比较诗学与比较文化丛书

刘耘华 主编

中国现代诗学导论

赵小琪　张慧佳
徐　旭　孙培培　著

本书受到中央财政支持地方高校发展专项资金项目"上海师范大学·比较文学与世界文学"以及上海高校高峰学科建设计划项目"上海师范大学·中国语言文学"资助

"诗学"本义与诗学再诠

——"比较诗学与比较文化丛书"编纂前言

刘耘华

"比较诗学与比较文化丛书"的编纂缘起,始于国家重点学科——上海师范大学"比较文学与世界文学"学科的一次人员调整。2012年5月,本学科的奠基人和开拓者——郑克鲁先生和先师孙景尧先生先后退休,学科的另外一些重要成员,如朱宪生教授、刘文荣教授以及刚刚从北京大学引入不久的孙轶旻博士,也先后或者退休,或者出国,使本学科陷入青黄不接、师资匮乏的局面。本人蒙学校不弃,临危受命担任学科负责人,首要之责自然便是大力引进人才——在学校一路绿灯的特殊关照之下,本学科自2012年5月起,在短短4年时间里先后引入了11名专职教师(他们全部都有名校博士学位,其中,两名是长聘的外籍专家),我自己则离开中外文学文化关系研究室,进入比较文学与中外文论研究室,研究的重心,相应地也由"基督教与中国古代文学文化关系"调整到"比较文学与中西文论比较"——后者被我国比较文学界日益认可和接纳的"学名"就是"中西比较诗学"。

中西比较诗学研究,不可能直接上手就做,而是先得培植根基——经典的阅读则是不二法门。我为研究生开设的"诗学"方面的课程,主要也就是中西诗学原典的导读以及比较文化方法论导论。在古代中国经典导读方面,因我自己长期对先秦两汉的著述颇有兴趣且比较熟悉,故这一课程我选择先秦两汉的重要著作作为导读的对象(我感到,中西比较诗学研究的展开,对于先秦两汉经典的研读乃是必经之途,否则,一方面《文心雕龙》《诗品》之类的古代文论专书之精微旨趣没法得到深切的领悟和休味,另一方面中外文论之间绵延不断的彼此吞吐融摄之原理机制也难以得到深刻的透析);在西方经典导读方面,我却一直窘迫于"教材"的选择:毋庸说,可供选择的"西方美学史"、"西方文论史"中英论著其实相当丰富且精准深入,不过,对于刚刚本科毕业的硕士生来说,"脱离"了经典文本的论述显得较为艰涩,而不少英文的诗学或文论原著选读本,却又往往缺乏"史"的连贯性和脉络性,对学生而言仍然难以产生"清楚明白"的效果。我突然想,为何不能自己编纂一套能够克服上述缺欠的诗学教材呢?即:选择一些诗学原典,同时每篇均给予概要性的精准导读。当时,学科点得到财政部"中央财政支持地方高校专项资金项目·比较文学与世界文学"的资助,经费比较丰沛(这一项目于2015年终止之后,上海高校高峰学科建设计划资助项目"上海师范大学·中国语言文学"给予了跟进支持);同时我又把设想向乐黛云师汇报,乐师对此十分支持并乐见其成,因此我便下了决心编纂这套丛书。

丛书的构成有三块:第一块是诗学原典的选粹和导读。朱立元先生推荐著名学者陆扬教授主持西方古典诗学部分,西方现代诗学部分我则请青年才俊范劲教授帮忙,结果两位都爽快地答应了。东方诗学部分,日本文论方面王向远教授于2012年编译出版了《日本古典文论选译》(四卷本),希望过几年我们还能编选一套原文导读本;印度诗学的编选与导读难度太大(更毋庸说阿拉伯文论了),本丛书只好暂付阙如。第二块是国别诗学的导论性著作,其中,尹锡南教授可谓担纲《印度诗学导论》的不二人选,《日本诗学导论》由我校严明教授和东京大学文学博士山本景子合作编撰,也是上佳的组合。《中国古典诗学导论》和《中国现代诗学导论》分别由朱志荣教授和赵小琪教授负责,二位是各自领域内最有资质的专家,相信其撰述能够行之久远。第三块是综合比较的研究,主要是《比较诗学导论》和《比较文化方法论》。前者由郭西安副教授负责,后者由我负责。我们希望到时能够交出令学界和自己都比较满意的答卷。

我们从2013年起,连续举办了三次编纂会,对各位专家所提出的选编策略、对象范围、撰写提纲、行文风格,特别是"诗学"的蕴含等问题进行了热烈而富有成效的讨论,有力地推动了项目的进度。《中国比较文学》对此做了跟进报道,而《上海师范大学学报》则开辟专栏来展示本项目的前期研究成果。现在第一批的五种著述将要先行问世,本丛书的选编策略、对象范围、行文风格等问题可在阅读中一眼即知,似毋需再作解释,倒是"诗学"概念的蕴含问题,讨论之时大家就歧论纷纭,难以统一,落实到实际的撰述或编选过程之中,似乎也有彼此扞格不一之处。我感到有必要借此机会对此予以学理上的澄清。

作为**系统性地**讨论"做诗术"的专有名词,"诗学"的概念似首起于亚里士多德。但是,即使在《诗学》之中,"诗"(poiesis)的本义也并非今日之文体意义上的一个文类[①],

---

① 按:《诗学》中较为严格意义上的"文类",有史诗(epikos)、悲剧(tragoidia)、喜剧(komoidia)以及"dithurambos"等其他地方性的艺术形式,它们都是"poiesis"的不同产品,而非全然是"poiesis"本身(无论用"行为"还是"结果"来衡量)。

而是指"制作"(to make)或"创造"(to create)的"行为"或"结果",后来,特别是指化"虚(不可见者)"为"实(可见者)"、"无"中生"有"之"制作"的"技能/技巧"(techne)。《会饮篇》205c-d记录了苏格拉底借第俄提玛(Diotima)之口所说的话:

> 创造(poiesis),可是件复杂的事情。任何事物,只要从非存在进入到存在,它的整个构造原理①就是创造(poiesis)。所有技艺(technais)的产品都是创造物(poiesis),而其制作者(demiourgoi)则都是创造者(poietai)。……可是你知道,人们不是把所有的制作者都叫做"诗人"(poietai),而是以各种其他的名字称呼他们。只有一种制作从制作的整体中被分立出来,即,单单是使用音乐和格律的(技艺)才叫做"创造"(poiesis),拥有这种技能的人才被称为"诗人"。②

这段话很重要,也被后世学人反复征引,因为由此可知,在亚里士多德之前,"poiesis"便已专指"诗"的"制作"或"创造"了,我们相应地可推断,"Peri Poietikes"译成"诗术"或"诗法"是比较准确的。这里有必要指出的是,在苏格拉底甚至更早的时代,"制作"的"技艺"**天然地**与"摹仿"(mimesis)相关,而在柏拉图的笔下,"制作"的"技艺"更是无疑地"具有模仿性的结构"③:造物者(demiourgos)的本义为"工匠"、"手艺人",即,使用某种技艺(techne)来制作(poiein)产品的人,无论何种"工匠",都需要通过"摹仿"。神圣的宇宙制作者(poietes)摹仿宇宙的"Nous"(在《蒂迈欧篇》里是指所有"eidos"的存储者),使"混沌(chaos)"变成"宇宙(cosmos)"④;人世的工匠通过摹仿万有之"eidos/idea"来制作和生产,这些工作都是把"不存在的"或"不可见的"变成"存在的"或"可见的",都是"无中生有"的"创造"⑤。这种通过"techne"(复数technais)把"某物"(ousiai)带入存在的活动,就是"poiesis"(生产/制作),因此,在"制

---

① 按:原文用的词是"aitia",它的主要意思是"原因、理由,控告"。一些中英译本将其译为"构造的过程",似不准确。
② Plato, *Symposium*: 205c-d. 按:此段引文是笔者根据《牛津古典文本》及《洛布丛书》收录的《会饮篇》希腊原文自行翻译的。
③ 〔美〕萨利斯(John Sallis):《方圆说:论柏拉图〈蒂迈欧〉中的开端》,孔许友译,戴晓光校,上海:华东师范大学出版社,2013年,第74页。
④ 柏拉图认为,这是神圣而智性的(noetic)的"创造",超出了人的"言说"(logos)范围。见:《蒂迈欧》28c。
⑤ 很显然,这种宇宙工匠的"创造",与基督教神学中绝对"无中生有"(Ex nihilo)的上帝创世论有所不同,因为前者用"技艺"制作,乃是化无秩序之混沌为有秩序之宇宙,其性质是从混沌之"有"到秩序之"有",不是绝对的"无"中生"有"。

作的秩序"①中,"poiesis"与"techne"的含义是可以彼此互换的。当然,在柏拉图看来,"techne"也不是在所有的情况下都等同于"poiesis",譬如,实践性的活动(学习、打猎、求知、教育等)虽有"技巧",却无需工匠(demiourgoi)的"制作",也不把新的存在带入"可见"的世界。按照亚里士多德的说法,实践(praxis)是"行"(doing),制作是"造"(making),二者不一样(*Nichomachean Ethics*, VI, iii, 4 - iv. 6②)。

亚里士多德十分重视摹仿与艺术的关系,他断言一切艺术皆源于摹仿。摹仿以及音调感、节奏感的产生,都是出自人的天性和本能,人在摹仿的成果中获得快感③。在亚氏这儿,摹仿似乎成了艺术创造的唯一途径。不过,若深入辨析一下,我们就能够发现,即使在亚氏这里,"摹仿"仍然只是**一种**"制作"(poiesis)的技艺:它没有完全等同于或者彻底覆盖"制作"的全部蕴含。首先,《诗学》的摹仿论只应用于对"行动"摹仿的文类(特别是悲剧、喜剧和史诗),像酒神颂之类的诗歌不在他的论列范围;其次,尽管亚里士多德特别重视悲剧的摹仿,但是这种"摹仿"从未与"悲剧"的文类划上等号(同样,他也未把史诗的摹仿与史诗的文类相等同),可以说他的"诗学",作为以韵律、节奏、言语、情节、性格、思想、场景或叙述等手段来对"一个完整划一,有起始、中段和结尾的行动"④进行创造性或虚构性"摹仿"的技艺(techne),**从逻辑上说**并不单纯地局限于或等同于某些特定的文类,也即,亚氏侧重于以**功能作用**,而非本体论地阐述"摹仿"或文类之"何所谓"(what it is),这样一来便使得"诗学"一词在后来的演变和发展中具有很大的包容性和开放性。可以换一种表述来重申一下笔者的观点:**作为"制作"或"创造"的诗学,它的外延超过了作为"摹仿"的诗学;进一步说,类似于"诗言志"的非摹仿性、非情节性、缺乏起承转合之行动时间的"诗学"(如希腊酒神颂以及后来的浪漫主义诗学、表现主义诗学等),归根结底,也是一种"制作"的技艺**。鉴于此,笔者认为,今天我们以"诗学"来指称"文学理论"、"文艺理论"或者甚至让它承担更特别的功能——譬如海德格尔让它来承纳"存在"的"真理",等等,这些都与"诗学"在古希腊时代的原初本义存有内在的逻辑勾连性,因而都是"合法的"挪用。

---

① 按:与之相对的是"生长或生育的秩序",即无需人工技能的照料、自然生发的秩序。
② 按:此处的英译采用"洛布丛书"(Loeb Classical Library)本。
③ 主要见于亚里士多德《论诗术》(*PeriPoietikes*)的第1—4章(陈中梅译:《诗学》,商务印书馆,1999年,第27—57页)。
④ 这是《诗学》第23章对史诗"行动"的规定,悲剧所摹仿的"行动"则要短一些,所以加了"有一定长度"(要尽量限制在"太阳转一圈"的时间之内)的修饰(第5—6章),两种"行动"都需要合乎"必然"或"可然"的原则,而非像历史一样只是具体事件的如实记录。

陆扬教授《西方古典诗学经典导读》的《选编序言》主张，"西方古典诗学"所覆盖的经典诗学文本，既可以是狭义的诗的理论和批评，也可以是广义的文学理论。后者他以托多罗夫(Tzvetan Todorov)的观点为据，认为亚氏的《诗学》所论述的对象并非后来叫做"文学"的东西，它只是探究怎样使用语言来进行摹仿（即，一种功能机制上的寻索）。窃以为，这一观点刚好与本人的上述见解相一致。范劲教授《西方现代诗学经典导读》的《选编序言》乃长篇宏文，依笔者的浅见，其要旨在于：包括文学理论在内的一切人类的知识，其实与生命一样是一个活的、开放的、整体性的系统。"诗学"以其灵动的模糊性而适于"模拟"这一"系统性"，并承担整合与协调系统之内纷繁多样之差异性（特别是内与外、无限与有限、整体与个别、现实与虚构、理性与知性、艺术与政治、文学与其他学科之间的复杂关系）的功能，它是一个富有弹性、可以让"理论"——包括"反理论"的理论、"反诗学"的诗学——既彼此渗透交缠又各自腾挪自如的自由游戏的空间。因此，相比较而言，"诗学"所表象的是世界的"大的理性"，而追求明晰分界因而自我拘束的"理论"反而是"小的理性"。"诗学"古老而常新，既与现代德国早期浪漫派心心相印，也与以《易经》为代表的中国诗学殊途同归，因而堪称弥合古今、融通中西、不断建构和创新的**自生性**思维框架，而且毫无疑问，它也同时具有比较诗学方法论的意义。作为本套丛书的发起人和组织者，本人不仅深深欣赏这一理论姿态，而且乐于认同和接受这一立场，因为它一方面颇合于亚里士多德以"创造"的行为来诠释"做诗术"的诗学精神，另一方面也为本丛书的国别诗学论述提供了富有包容性和适切性的言述空间。我们可以放心地说，无论是赵小琪教授从权力关系的视角对现代中国诗学的三脉主流——自由主义诗学、保守主义诗学和马克思主义诗学之互动与变奏关系的深层透视，还是尹锡南教授以范畴、命题、文体为核心对古老印度诗学之流变的严谨辨释，抑或严明教授和山本景子博士从发展阶段性、文体、范畴以及特质入手对日本诗学的清晰诠解，全都是"诗学"场地内的兴之所至的"自由游戏"。这些严谨扎实、蕴含丰厚的国别诗学论著，既是对于国别诗学的事实性陈述，同时也无不隐含了东方（主要是中国）比较诗学研究者的独特视角和"世界"关怀，因而无疑也是具有新的时代精神与学术情怀的"诗学再诠"。我们期待学术界对此展开严肃的批评和讨论。

借此机会，我也谨向诸位专家表示诚挚的敬意和真切的谢意。

2017 年 9 月 28 日
于上海师范大学文苑楼

目 录

"诗学"本义与诗学再诠
——"比较诗学与比较文化丛书"编纂前言 ……………… 刘耘华（1）

绪论 中国现代诗学的权力关系维度 ……………………………………（1）
    一、中国现代诗学的内结构与外结构 ………………………………（2）
    二、中国现代诗学的静态结构与动态结构 …………………………（26）

上编 中国现代自由主义诗学

第一章 权力关系视阈下的文学本质论 ………………………………（82）
  第一节 "自我"说的基本内涵与表现形态 ……………………………（82）
    一、"情感"本体论 ……………………………………………………（83）
    二、"潜意识"本体论 …………………………………………………（92）
  第二节 复合权力关系场域中生成的"自我"说 ……………………（100）
    一、"情感"论的个体性与"反映"论的社会性 ………………………（102）
    二、"潜意识"论的非理性与"道德"论的理性 ………………………（110）

第二章 权力关系视阈下的文学思维论 ………………………………（120）
  第一节 主体意向性思维的基本内涵与表现形态 …………………（120）
    一、"灵感"、"直觉"论 ………………………………………………（120）
    二、"主客应和"论 ……………………………………………………（132）
  第二节 复合权力关系场域中生成的主体意向性思维 ……………（138）
    一、"灵感"、"直觉"论的主观性与"生活经验"论的客观性 ………（139）

二、"主客应和"论的交融性与"主客二分"论的割裂性 …………… (146)

第三章 权力关系视阈下的文学形式论 ………………………………… (154)
第一节 形式论的基本内涵与表现形态 ……………………………… (155)
一、"内形式"论 ………………………………………………………… (155)
二、"外形式"论 ………………………………………………………… (162)
第二节 复合权力关系场域中生成的形式论 ………………………… (174)
一、"内形式"论的节奏化与"自由体"论的自由性 ……………… (174)
二、"外形式"论的技巧化与"纯自然"论的自然化 ……………… (181)

中编　中国现代保守主义诗学

第一章 权力关系视阈下的文学本质论 ………………………………… (212)
第一节 应用型文学本质论的基本内涵与表现形态 ………………… (212)
一、"载道论"：以实用对抗抒情 …………………………………… (215)
二、"明道论"：以教化对抗独善 …………………………………… (217)
第二节 复合权力关系场域生成的应用型文学本质论 ……………… (219)

第二章 权力关系视阈下的文学形式论 ………………………………… (222)
第一节 规范型文学形式论的基本内涵与表现形态 ………………… (225)
一、"文言论"：以文言对抗白话 …………………………………… (227)
二、"旧诗论"：以旧诗对抗新诗 …………………………………… (235)
第二节 复合权力关系场域生成的规范型文学形式论 ……………… (238)

第三章 权力关系视阈下的文学发展论 ………………………………… (244)
第一节 因果型文学发展论的基本内涵与表现形态 ………………… (244)
一、"变迁论"：以变迁对抗进化 …………………………………… (246)
二、"摹仿论"：以摹仿对抗自创 …………………………………… (247)

第二节　复合权力关系场域生成的因果型文学发展论 …………………（249）

第四章　权力关系视阈下的文学标准论 ……………………………（254）
第一节　和合型文学标准论的基本内涵与表现形态 …………………（256）
　一、"互参论"：以互参中西对抗厚西薄中 ……………………………（257）
　二、"调和论"：以调和中西对抗割裂中西 ……………………………（262）
　三、"会通论"：以会通中西对抗偏取西方 ……………………………（268）
第二节　复合权力关系场域生成的和合型文学标准论 ………………（274）

下编　中国现代马克思主义诗学

第一章　权力关系视阈下的文学本质论 ……………………………（281）
第一节　文艺实践论的基本内涵与表现形式 …………………………（282）
　一、"反映现实"说：从"镜子"到"工具" ………………………………（282）
　二、"反映政治"论：从"阶级"到"人民" ………………………………（291）
第二节　复合权力关系场域中"无产阶级文学本质说"的矛盾张力 …（296）
　一、"反映现实"说与"表现人性"论的"分离"和"互补" ………………（296）
　二、"反映政治"论与"反映道德"说的"博弈"与"统一" ………………（302）

第二章　权力关系视阈下的文学思维论 ……………………………（308）
第一节　辩证唯物创作思维的基本内涵及其特性 ……………………（308）
第二节　复合权力关系场域中"唯物辩证思维"说的矛盾张力 ………（314）
　一、"唯物"论与"主体意向"说的"断裂"与"交融" ……………………（315）
　二、"辩证"论与"守成"说之"相近"和"相远" …………………………（321）

第三章　权力关系视阈下的文学形式论 ……………………………（328）
第一节　复合权力关系场域中形成的"大众语"语言论 ………………（329）
第二节　复合权力关系场域中"民族化"体式论的矛盾张力 …………（337）

一、"民族化"体式论的基本内涵与表现形态 …………………… (338)
二、权力关系场域中"民族化"体式论之"长短" …………………… (343)

参考文献 …………………………………………………………… (347)

后记 ………………………………………………………………… (357)

绪论　中国现代诗学的权力关系维度

历史地看,中国现代诗学的研究出现过多种研究模式:或以"文化渊源"划界,将中国现代诗学视为单一的西方话语影响的产物;或以"诗学性质"划界,将中国现代诗学描述为政治文论与纯审美文论、启蒙文论与人文主义文论等对立性文论并列性存在的形态;或以"诗学时间与形式"划界,将中国现代诗学描述为包含着现实主义文论、浪漫主义文论、现代主义文论等互不通约的存在。应该说,这些研究模式,极大地拓展了中国现代诗学的研究空间,在很大程度上丰富了我们对于中国现代诗学的认识与了解。但是,这些研究,仍然受到非此即彼的二元对立思维的影响,将中国现代诗学中的复杂的权力关系作了过于简化和割裂化的处理。它们可以在某些层次、某些领域揭示中国现代诗学的某些部分、某些方面的特性,却难以对其复杂的内涵与形式进行整体、全面、辩证的理解与把握。

而在我们看来,中国现代诗学是由不同的诗学构成的既对立又统一的理论集合体。因而,我们要想真正有效地揭示中国现代诗学复杂的内涵与形式,就必须考察它的复合关系结构。所谓复合关系结构,是指我们所讲的中国现代诗学是一个具有多重结构关系层次的立体网络体系。这意味着,我们论证什么是中国现代诗学的时候,事实上表现了一种以整体性的视野整合被上述几种研究模式强行拆解、撕裂和断开的诗学的学术企图与研究思路。也就是说,我们拒斥用一种恒定不变的普遍性的研究观念将中/西、传统/现代、政治/文学、革命/审美、启蒙/人文等不同诗学分门别类地安顿在非此即彼的分割式的格子里面,主张在揭示不同诗学差异性的同时要探寻它们之间的关联点。这样的研究方法显然与结构主义的研究方法极为接近。结构主义理论家"采取了一种重视关系的态度;按照这种态度,认为真正重要的事情,既不是要人必须接受成分,也不是要人必须接受这样的整体而又说不出所以然来,而是在这些成分之间的那些关系;换句话说,就是组成的程序或过程,因为这个全体只是这些关系或组成程序或过程的一个结果,这个关系的规律就是那个体系的规律。"[①]显然,结构主义以结构性关系的视角努

[①] 〔瑞士〕皮亚杰:《结构主义》,北京:商务印书馆,1996年,第6页。

力穿透事物分散、孤立的表象,研究事物复杂性联系的思想与我们以整体性的视野整合被拆解、撕裂和断开的诗学的学术企图与研究思路是切合的。这使我们有可能在进行中国现代诗学的系统、整体性的研究中,非常自然而又有效地化用结构主义的结构原则,对复杂的中国现代诗学现象进行立体、动态的整体研究。

我们把关系性视为中国现代诗学结构的重要特性,是基于我们长期以来对大量具体的中国现代诗学的认识与了解。不同的中国现代诗学在相互碰撞、相互冲突、相互影响的过程中,生成了独特的复合关系结构系统。中国现代诗学的本质就存在于这种复合关系结构中,并由此获得自身的本质规定性。需要强调指出的是,我们这里所说的中国现代诗学的结构性关系,不再是那种非此即彼的关系,而是由诸多既各司其职又相互作用的中国现代诗学的结构性因素组成的一个网络。中国现代诗学的特性,也不再是由一种关系决定,而是由多种关系的共同作用来决定。具体地说,中国现代诗学的结构性关系存在着不同的样态,即以不同的问题结构和运思方式形成的系统性。所谓问题结构,是指不同的中国现代诗学家在纷繁复杂的中国现代诗学生成历史中共同关注的若干重要理论问题;所谓运思方式,是指他们对这些重要理论问题的既相互冲突又相互联系的阐释方式。从问题结构和运思方式看,中国现代诗学可以在本质论、思维论、形式论等方面形成一个个系统,同时,它们又可以被整合成一个更大的复合关系结构系统来呈现中国现代诗学。这要求我们在研究中国现代诗学时从系统论原则出发,对中国现代诗学的内结构与外结构、静态结构与动态结构等彼此间的既对立又统一的关系进行系统考察。从而达到对作为大系统的中国现代诗学的复杂性内涵和形态的更高层次的认识与理解。

一、中国现代诗学的内结构与外结构

概括、归纳、判断,进而生成一种对事物的整体性的看法,这是任何学术研究的一种基本向度,也是任何研究者的一种基本冲动。在中国现代诗学的发生、发展过程中,我们就始终可以看到这种非常突出的基本向度和冲动。而在诸多的向度和冲动中,对文学的本质进行界定的向度和冲动表现得最为突出与重要。这一方面是因为对文学的本质进行界定是建构中国现代诗学的基石,另一方面则因为它是中国现代诗学建构有别于中国古代文论的现代化、科学化的体系必须解决的问题。正因如此,中国现代诗学的发展过程,通常伴随着文学的本质和定义之争。鲁迅、茅盾等受西方现实主义诗学影响的诗学家认为文学是现实生活本质的典型再现;郭沫若、郁达夫、成仿吾等受西方浪漫主义诗学影响的诗学家强调文学是心灵情感的表现;李金发、戴望舒、梁宗岱、施蛰存、穆旦等受西方现代主义诗学影响的诗学家视文学为作家心理结构最深层次的潜意识欲念和愿望的呈现;蒋光慈、周扬、毛泽东等受马克思主义诗学影响的诗学家将文学看作是社会意识形态的反映;吴宓、胡先骕、陈铨等保守主义诗学家更看重文学的道德教化功能。这些众说纷纭、莫衷一是的观点表明,在中国现代诗学家眼中,文学本质不是单一的、永恒不变的,而是不断流动、不断变化的。这既表明了中国现代诗学的文学本质观的复杂性,也说明了对中国现代诗学的文学本质观作阐释的困难性。然而,也正是因为这种复杂性、困难性的存在,使我们对中国现代诗学的文学本质观的解读变得极富挑战性和诱惑性。事实上,在复杂的诗学的文学本质观的关系网络中,我们是可以发现有迹可循的理论脉络的。正如韦勒克所言:"在某种意义上说,整个美学上的问题可以说是两种观点的争论:一种观点断言有独立的、不可再分解的'审美经验'(一个艺术的自律领域)的存在,而另一种观点则把艺术认作科学和社会的工具,否认'审美价值'这样的'中间物'(tertium quid)的存在,即否认它是'知识'与'行动'之间,科学、哲学与道德之间的中介物。"①纵观不同流派、不同观点的中国现代诗学家对文学本质的各种看法,我们可以发现,他们的具体观点虽然相互矛盾、相互对立、相互交集,显示出极为复杂的形态,却主要可以归纳为韦勒克所说的两种观点:一种认为文学存在的合法化根据在于文学自身,文学的内部结构才具有文学性和审美性,表达的是对文学内在独特属性和存在合法依据的重视。一种认为文学存在的合法化根据在于与文学有关的政治、道德或宗教等外在的结构系统,要求对文学的这种外部结构关系进行研究,表现了对文学的功利性和实用目的的重视。这两种观点构成了中国现代诗学的本质观既对抗又互补的两极——文学他律性和文学自律性。它们在不同的历史文化语境下,在分属不同的思潮、流派、社团的诗学家的阐释当中或重或轻、此起彼伏,呈现出鲜明的历史性特征。从某种程度上说,中国现代诗学,正是沿着这两种既相互矛盾、相互抗衡又相互渗透、相互转化的文学本质观之争这条道路一步步展开的。

(一)

他律论的表现形式比较芜杂,主要有"摹仿论"、"再现论"、"反映论"、"功用论"等,与之相关的基本概念和术语也较多,主要有"社会性"、"政治性"、"客观性"、"历史

---

① 〔美〕韦勒克、沃伦:《文学理论》,刘象愚等译,北京:生活·读书·新知三联书店,1984年,第274页。

性"、"真实性"、"理性"、"阶级性"、"典型"、"典型化"等。如果从理论逻辑的角度去考察中国现代诗学他律论的发展过程,我们可以发现其理论大厦主要由两大基石支撑:一是反映论,二是功用论。前者更为注重从哲学化的社会认识论方式来谈文学与外在世界的关系,后者更为注重从思想理论基础的角度来谈文学的社会政治性目标和方向。二者的共同之处是,都强调文学是对外在的现实社会的反映。

历史地看,强调文学作品与现实世界的关系,一直是持反映论的诗学家们的一项基本工作。在西方文学史上,反映论最早可追溯到古希腊的赫拉克利特、德谟克利特、亚里士多德等人那里。赫拉克利特指出:"自然是由联合对立物造成最初的和谐……艺术也是这样造成和谐的,显然是由于摹仿自然。"[①]德谟克利特认为文艺来源于人类对动物的模仿。他说:"从蜘蛛我们学会了织布和缝补;从燕子学会了造房子,从天鹅和黄莺等歌唱的鸟学会了唱歌。"[②]亚里士多德也把文艺看作是对现实的"摹仿"。他说:"史诗和悲剧、喜剧和酒神颂以及大部分双管箫乐和竖琴乐——这一切实际上都是模仿。"[③]此后,在16世纪的新古典主义诗学家、18世纪启蒙主义诗学家、19世纪批判现实主义的诗学家一次次雄辩的声浪的推动下,反映论的体系日趋成熟。一般认为,中国古代是表现论一统天下的时候。而事实上,中国古代也不乏持反映论者。《易·系辞》中的"观物取象"说,韩非子的"画鬼魅易"、"画犬马难"之说,都是强调文学是对外在的社会生活的反映的文学本质观的体现。

文学源自非文学,非文学的政治、道德、经济等社会结构影响着文学的内部结构,这已是文学史上的常识。无论诗学家接受与否,承认与否,它已作为一种客观的事实呈现在他们的眼中。正如弗雷德里克·詹姆逊所说:"一切事物都是社会的和历史的,事实上,一切事物'说到底'都是政治的。"[④]也难怪,当20世纪初试图通过改良社会以挽救日益垂败的国家命运的茅盾等人将启蒙民众的目光延伸到文学领域的时候,他们一方面将西方传统的反映论和苏联的社会主义现实主义文学的文学意识形态论作为主要参照系;另一方面,又以难以割断的中国文化和文学的反映论、实用论作为接受和化用西方的反映论和马克思主义文艺的意识形态论的"前结构"。

[①] 北京大学哲学系编:《古希腊罗马哲学》,北京:生活·读书·新知三联书店,1957年,第19页。
[②] 〔古希腊〕德谟克利特:《著作残篇》,见伍蠡甫:《西方文论选》,上海:上海译文出版社,1979年,第425页。
[③] 〔古希腊〕亚里士多德:《诗学》,上海:上海世纪出版集团,2006年,第17页。
[④] 〔美〕弗雷德里克·詹姆逊:《政治无意识》,北京:中国社会科学出版社,1999年,第11页。

茅盾在《文学与人生》中指出："西洋研究文学者有一句最普通的标语：'文学是人生的反映（Reflection）。'"因而，"什么样的社会背景便会产生出什么样的文学来"，"而真的文学也只是反映时代的文学"。① 俞平伯在《诗底进化的还原论》一文中说："我对于诗的概括的意见是：诗是人生的表现，并且还是人生向善的表现。诗底效用是在传达人间的真挚，自然，而且普遍的情感，而结合人和人底正当关系。"② 茅盾、俞平伯等文学研究会的诗学家都偏重于强调文学反映外在的现实世界的真实性，并以客观真实地再现外在的现实世界为写作的主要目的。

对于西方许多诗学家而言，既然文学是社会的反映，那么，这种反映就总是建构在一定社会经济基础之上的。也就是说，它是对一定社会经济基础的反映。因而，它就不能不是意识形态的反映。如此，一部分持反映论的诗学家，实际上也赞成意识形态说。文艺复兴时期，一些诗学家就认为文艺的目的在于以道德感化读者。莎士比亚在《哈姆雷特》中借剧中人物之口说道："该知道演戏的目的，从前也好，现在也好，都是仿佛要给自然照一面镜子，给德行看一看自己的面貌，给荒唐看一看自己的姿态，给时代和社会看一看自己的形象和印记。"③ 古典主义时期，一些诗学家极为强调文学的伦理道德规范作用。布瓦洛指出："首先须爱理性，愿你的一切文章永远只凭着理性获得价值和光芒。"④ 到马克思、恩格斯、列宁这里，他们更是主要从阶级意识形态的角度来界定文学的本质。列宁所说的"写作事业应当成为无产阶级总的事业的一部分"⑤，对中国现代诗学的文学意识形态的本质论的影响就极为深远。在中国古代，情况有些特殊。中国古代的意识形态说不是与反映论结合在一起的，而是与"诗言志"、"诗缘情"的表现说混合在一起的。在儒家思想占统治地位的古代中国，无论是"诗言志"中的"志"，还是"诗缘情"中的"情"，都不能不染上儒家的政治思想、道德规范的色彩。无论是儒家始祖孔子的"兴、观、群、怨"说，还是王充的"劝善惩恶"说、周敦颐的"文以载道"说，都将文学看作了宣扬儒家的"礼义"思想的工具。

在中国现代诗学史上，首先将文学完全拉入意识形态论的轨道的，应该说是梁启超。1895年中日甲午战争以来，西方国家的不断侵略、中国政治的日趋腐败以及西方

---

① 茅盾：《文学与人生》，《茅盾全集》（第18卷），北京：人民文学出版社，1989年，第116页。
② 俞平伯：《诗底进化的还原论》，《诗》1922年1月1卷1号。
③ 〔英〕莎士比亚：《哈姆雷特》（第三幕第二场），北京：人民文学出版社，1957年。
④ 〔法〕布瓦洛：《诗的艺术》，北京：人民文学出版社，1959年，第4页。
⑤ 〔俄〕弗拉基米尔·列宁：《列宁论文学与艺术》，北京：人民文学出版社，1983年，第68页。

文化思潮的不断涌入,使梁启超等人意识到国家政治迫切需要文学作启蒙民众、"改铸所有的民众"的工具。在《丽韩十家文钞序》中,他强调指出:"国民性以何道而嗣续?以何道而传播?以何道而发扬?则文学实传其薪火而管其枢机。明乎此义,然后知古人所谓文章为经国大业、不朽盛世者,殊非夸也。"①在《论小说与群治之关系》中,他更是发出了振聋发聩之声:"欲新一国之民,不可不先新一国之小说。故欲新道德,必新小说;欲新宗教,必新小说;欲新政治,必新小说;欲新风俗,必新小说;欲新学艺,必新小说;乃至欲新人心、欲心人格,必新小说。"②从权力的角度讲,梁启超的诗学具有强烈的意识形态性。意识形态的本质或核心即权力,不同的政治力量往往会围绕着权力展开意识形态的占有、分配、使用之争。从这个角度上说,文学的意识形态之争又是一种权力之争、政治之争。事实上,梁启超之所以提倡文学的社会功能论,正是因为他想借助文学话语表达他的救亡解危的政治理想,从而为实现他的国富民强的政治抱负鸣锣开道。

此后,这种文学的意识形态化论由于契合了中国社会救亡图存的需要,在中国发生了日趋广泛的影响。而从其关注的内容来看,这种意识形态化论又可细分为两大类:侧重于阶级政治的意识形态化论和侧重于社会道德的文学意识形态化论。持阶级政治的意识形态化论的诗学家大都是马克思主义诗学家,持社会道德的意识形态化论的诗学家大都是保守主义诗学家。以往的论者更多注意的是他们在革命与复古问题上的争论,却忽视了他们在文学的意识形态化论上的趋同性以及这种文学本质观与权力甚至霸权的共同联系。当然,在意识形态化的视野里,我们讨论马克思主义诗学与保守主义诗学的关系的意义并不是对两种表面上完全对立而实际上有着一定联系的诗学观给予一种笼统而又宽泛的承认,而是要进一步确定以整体性的视野整合被既往的诗学研究模式强行拆解、撕裂和断开的诗学的学术理念与研究思路的历史合理性。换言之,我们对那种将马克思主义诗学等同于科学性诗学,保守主义诗学等于反动性诗学的历史结论表示担忧,对以政治上的革命性与保守性作为评估他们诗学观的先进与落后的标准表示怀疑。

在理论上,将道德划出政治的领域之外的观点,与将政治划出道德的领域的观点一样,都是片面之论,它们完全无视政治或道德的复杂内涵,否认在二者之间存在着的复

---

① 梁启超:《梁启超全集》(第五册),北京:北京出版社,1999年,第2677页。
② 梁启超:《论小说与群治之关系》,《新小说》1902年第1期。

杂的联系。事实上,在现代社会,"对现代人而言,非政治的存在领域已经成了一种乌托邦"①。为一些保守主义诗学家津津乐道的非政治的道德,只可能是他们异想天开的一种形而上学幽灵。无论他们意念中的道德具有多大程度的非政治性,它都不能不受到政治的制约,呈现出一种政治性的道德形式。另一方面,正如亚里士多德所说,政治"以正义为原则,由正义衍生的礼法恰好是树立社会秩序的基础"②。由此,"以正义为原则"的政治就无论在内涵还是形式上都不能不染上道德的色彩。

这不是说马克思主义的文学政治论与保守主义的文学社会道德论之间没有区别,而只是想强调一种常常被人忽视的历史事实。事实上,马克思主义的文学政治论与保守主义的文学社会道德论不仅是有区别的,而且在有些方面的区别还非常突出。

马克思主义的文学政治论是一种审美实践论,它极为强调的是"革命"二字。革命的对象既是现实中的艺术体制,也是现实中的政治体制。这不仅因为对于马克思主义诗学家而言,文学的政治化不仅可以改变中国现代文学的既有面貌,而且可以唤醒民众,改变中国现代社会的格局。李初梨指出:"我们的文学家,应该同时是一个革命家。他不是仅在观照地'表现社会生活',而且实践地在变革'社会生活'。"③林伯修说:"普罗文艺运动是普罗斗争中的一种方式,它和政治运动一样地是阶级解放所必要的东西,它与政治运动是有着内面的必然的联络,所以它必须与政治运动合流。"④革命意味着变化与更新。这不仅在某种程度上契合自然世界的发展规律,也与那个血雨腥风年代中人们的救亡图存的心理相一致。正缘于此,那个年代中的人们总是将李初梨、林伯修等人所说的"革命"、"解放"等与"进步"、"未来"的概念联系在一起,包含着"革命"、"解放"之义的文学政治论因而也就极具诱惑力。正如鲁迅所说:"其实'革命'是并不稀奇的,惟有了它,社会才会改革,人类才会进步,能从原虫到人类,从野蛮到文明,就因为没有一刻不在革命。"⑤如果说马克思主义的文学政治论侧重于通过革命的方式去启蒙,让人的思想开化,那么,保守主义的文学道德论则侧重于教化,主张以保文化、保道德的方式来挽救民族危机。保守主义诗学家认为,在世俗的现代化进程中,政治与道德、现代价值和道德理性的分裂已经发展到了惨不忍睹的地步,各种疾风骤雨式的政治

---

① 〔日〕加藤节:《政治与人》,北京:北京大学出版社,2003年,第15页。
② 〔希腊〕亚里士多德:《政治学》,北京:商务印书馆,1965年,第19页。
③ 李初梨:《怎样地建设革命文学》,《文化批判》1928年2月15日第2号。
④ 林伯修:《一九二九年急待解决的几个文艺问题》,《海风周报》1929年3月23日第12期。
⑤ 鲁迅:《革命时代的文学》,《鲁迅论创作》,上海:上海文艺出版社,1983年,第1531页。

与文学的革命运动让我们这个民族所付出的代价已经沉重得不堪回首。革命运动的意义与其说是积极的层面大于消极的层面,不如说是消极的层面大于积极的层面。吴宓说:"今世之思想学术文艺生活,既为科学及感情的浪漫主义所统辖,所操纵,所弥漫,所充塞,则谓今世为培根及卢梭二人所宰制可也。今之谈文艺者,所谓表现自我,纯任自然,平民生活,写实笔法。今之谈道德者,所谓任情纵欲,归真返朴,社会万恶,文明病毒。今之言改革者,所谓打破礼教,摆脱拘束,儿童公育,恋爱自由。凡此种种,皆无非承袭卢梭遗言遗行,奉为圭臬。故今日之乱,谓其泰半由于卢梭可也。"①由此,要使陷入严重的精神迷失境地的国人警醒,要使失去精神之家园的国人重新找到灵魂的归宿,我们应该保存与改造民族与世界的传统道德。这既因为传统道德是民族智慧的结晶,也是因为它能够改善和提升我们的道德修养与生命质量。因而梅光迪将白璧德与"文起八代之衰,道济天下之溺"的韩愈等而视之,极力赞美他们"对于道德崇高的诉求"。②吴宓说:"孔孟之人本主义,原系吾国道德学术之根本。今取以柏拉图、亚里士多德以下之学说相比较,融会贯通,撷取精华,再加以西洋历代名儒巨子之所论述,熔铸一炉,以为吾国社会群治之基。如是则国粹不失,欧化亦成。所谓造成新文化,融合东西两大文明之奇功,或可企收。"③尽管在一个"天下熙熙皆为利来,天下攘攘皆为利往"的现代社会里,吴宓等保守主义诗学家建构的这种崇高的道德神话已经很少有人感兴趣,展现的那种融合东西两大文明的人本主义思想的海市蜃楼般的乌托邦构想也难以吸引许多人的眼球。但是,让自己的道德变得更为完善并不只属于保守主义诗学家的理论构想,也属于人的一种永恒不变的人性。

应该说,马克思主义的文学政治论与保守主义的文学道德论的出现,都是基于对中国现代社会利益关系的维护和协调。正因如此,在国家/国民、民族利益/个人利益的二项选择上,二者都表现出了对前者的重视、对后者的拒斥。相对而言,马克思主义的文学政治论的利益指向性总是涉及特定的阶级,而保守主义的文学道德论的利益指向性则涉及超阶级的全体社会成员。"二者相通的是权力甚至霸权问题,不同的是前者涉及阶级、阶层、集团、政党之间的权力关系,属于相对限定的社会权力;后者关乎人类群体与群体之间(东方与西方、南方与北方、白人与黑人、富人与穷人、男人与女人、老辈

---

① 吴宓:《圣伯甫释正宗》"编者识",《学衡》1920年3月第1卷第18期。
② 段怀清编:《新人文主义思潮——白璧德在中国》,南昌:江西高校出版社,2000年,第16页。
③ 吴宓:《论新文化运动》,《学衡》1922年第4期。

与青年、侨民与土著)的权力关系,属于相对宽泛的文化权力。"①马克思主义的文学政治论的一个重要策略就是把阶级的价值观念转换为普遍的民族、国家观念,并使国内其他阶级也将这些党派的和历史上特殊的价值观视为自己的价值观进而认同它们。瞿秋白指出:"每一个文学家,不论他们有意的,无意的,不论他是在动笔,或者是沉默着,他始终是某一阶级的意识形态的代表。在这天罗地网的阶级社会里,你逃不到什么地方去,也就做不成'第三种人'"。② 周扬(周起应)在反驳苏汶时说:"我们对于现实愈取无产阶级的、党派的态度,则我们愈近于客观真理;你假使真是一个前进的战士,你就一定要站在无产阶级的立场,百分之百地发挥阶级性、党派性,这样你不但会接近真理,而且只有你才是真理的唯一具现者。"③瞿秋白、周扬等马克思主义诗学家之所以极为强调文学的无产阶级性,是因为在西方列强凌辱中国和中国激烈的阶级对抗的社会现实环境中,无产阶级遭受了最为惨无人道的对待,他们的利益遭受了最为严苛的剥削。就此看来,瞿秋白、周扬等马克思主义诗学家对阶级的价值观念的过分强调虽然反映了文学政治论的局限,但在当时的历史条件下又具有一定的历史必然性和合理性。

与瞿秋白、周扬等马克思主义诗学家那种围绕权力关系展开、以人民的名义为无产阶级谋取最大的政治利益的政治诗学截然不同,吴宓等保守主义诗学家重视的是超越身份、种族、性别的国民的共同利益,主张重构民族共同体的德性与个体的道德以促进人与自然、人与社会、人与他人的和谐相处。吴宓说:"盖今之文学批评,实即古人所谓义理之学也。其职务,在分析各种思想观念,而确定其意义。更以古今东西各国各时代之文章著作为材料,而研究此等思想观念如何支配人生、影响实事,终乃造成一种普遍的、理想的、绝对的、客观的真善美之标准。不特为文学艺术赏鉴选择之准衡,抑且为人生道德行为立事之正轨。"④柳诒徵在《论中国近世之病源》中指出:"而建设新社会新国家焉,则必须先使人人知所以为人。而讲明为人之道,莫孔子之教若矣"。⑤ 这充分肯定了孔子之教的现实意义。显然,"普遍的、理想的、绝对的、客观的真善美之标准"是对特定的阶级的真善美之标准的抗议。在中国不同政治党派竞相煽动党同伐异的仇恨的现代社会中,这种抗议与其说是指向某一个特定的政治党派,不如说是出于一种普

---

① 姚文放:《新中国的三次美学热》,《学习与探索》2009 年第 6 期。
② 易嘉:《文艺的自由和文学家的不自由》,《现代》1932 年 10 月第 1 卷第 6 期。
③ 周起应:《到底是谁不要真理,不要文艺?》,《现代》1932 年 10 月第 1 卷第 6 期。
④ 吴宓:《浪漫的与古典的》,《大公报》1927 年 9 月 18 日。
⑤ 柳诒徵:《论中国近世之病源》,《学衡》1922 年 3 月第 3 期。

遍的爱的情感。它引领被腥风血雨所包围的现代中国人走出个人的恩怨的泥潭,去感受和拥抱一种博大精深的道义的力量。从某种程度上说,它比文学阶级政治论的视野更宽广,指涉的阶层更广泛。但在历史的层面上,这种文学道德论大都停留在思想观念层面,其道德的拯救与提升的实际能力极为有限。而无论是马克思主义诗学那种将文学的功用指向对底层民众的深切关怀、对现实的反抗和批判以及对公平、正义的呼唤,还是保守主义诗学那种将文学的功用指向民族的道德情操和精神的重建,都是对中国传统的"文以载道"论和梁启超、鲁迅等人的文学启蒙论的承继与发展。只不过,与中国传统的"文以载道"论相比,它们所载的"道"不再是"圣人之道"、"天子之意",而是"革命之道"、"民族之道"、"现代化之道";与梁启超、鲁迅等人的文学启蒙论相比,它们不再仅仅是"揭出病苦,以引起疗救的注意",而是都提出了建设和重塑民族性格,实现民族振兴和国家独立的具体理论和方法。从这个意义上讲,保守主义诗学的意识形态论如同马克思主义诗学的意识形态论一样,都是对中国传统的"文以载道"论和梁启超、鲁迅等人的文学启蒙论的超越。作为民族精神历史的一种存在,它们都给中国现代诗学注入了新的活力和内容,是中国现代诗学对启蒙现代性追求的重要表现。

(二)

借文学启蒙民众,实现民族的振兴和国家的现代化固然重要,但问题是,文学的存在难道就在于对外在的世界的反映和为现实社会服务?文学难道就不需要关注自身的内在结构与内在的使命?事实上,一方面,文学确实不能离开外在世界而独立存在,具有较为强烈的改造世界的意义,另一方面,文学与政治、经济等改造世界的方式又毕竟存在着较大的差异。正如马尔库塞所说:"艺术与革命在'改造世界'即解放中携起手来;但是,艺术在其实践中并不离开它自身的维度。"[①]马尔库塞所说的"自身的维度"就是文学自身的内在结构与内在的使命,也就是文学的审美的维度。实际上,由于文学的内结构与外结构之间存在的无限复杂性关系,文学不可能只接受外在的世界与意识形态的单一的规约。注重文学内结构的自律论与注重文学外结构的他律论虽然都将终极目标设定为对真理的追求与传播,但注重文学内结构的自律论内蕴的自由特性使其从来就表现出对注重文学外结构的他律论的观念和话语的挑战与反叛。正因如此,在一个各种民族矛盾、阶级矛盾十分尖锐的中国现代社会,尽管言说文学的价值就在于自身

---

① 〔美〕赫伯特·马尔库塞:《审美之维》,北京:三联书店,1989年,第177页。

之美的"自律论"不像言说文学艺术的价值在于对外在世界的认识与反映的"他律论"那样具有鼓动性,说文学与文学以外的政治、经济、社会等无关的观点也显得有些不合时宜,然而,注重文学内结构和文学的审美价值的自律论在中国现代诗史上仍然不绝如缕、时强时弱,从而形成了一股与注重文学外结构和文学的社会价值的诗学潮流相对峙的非功利主义诗学潮流。这种诗学潮流的来源极为复杂,它一方面导源于中国儒家、道家、佛家的心性论,另一方面则受到了以西方浪漫主义和现代主义为主体的自由主义诗学的冲击和影响。

事实上,注重文学内结构和文学的审美价值的自律论古已有之。在中国,司马迁的"发愤著书"说、韩愈的"不平则鸣"说、陆机的"诗缘情而绮靡"说都将文学的本质定义为感情的表现。在西方,古希腊的朗吉努斯在《论崇高》中认为,表现"心灵的伟大"的作品才具有崇高的风格。

不过,自律论真正在文艺界和理论界盛行起来,则得力于西方近代主体性认识论哲学框架的确立。从笛卡儿的"我思故我在"论到康德的"审美的无功利性"论,其目的都是希望将人们的目光从对文学的外在结构与社会价值的关注拉回到对文学的内在结构与价值的关注上,以此对异化现象日益突出的社会进行审美救赎。自此以后,审美的无功利性问题构成了西方文艺界和理论界的一个热点话题。文学应从为现实的实用、功利的艺术转向为自身的非功利的艺术,文学不是政治、历史、经济、社会的附庸而具有自己的独立身份和地位,应该从文学的内在结构而不是从外部结构寻求文学存在的价值的观念,逐渐为越来越多的诗学家所认同,并成为西方浪漫主义、现代主义诗学家的主导观念。英国浪漫主义诗人华兹华斯在《〈抒情歌谣集〉序言》中提出:"诗是强烈感情的自然流露。"[1]另一湖畔派诗人柯勒律治在《诗的本质》中也强调指出:"有一个特点是所有真正的诗人所共有的,就是他们写诗是出于内在的本质,不是由任何外界的东西所引起的。[2]"到了19世纪末、20世纪初,现代主义的自律论仍旧以主体性哲学为理论依据和基础,依旧是以对主体性的肯定与张扬来反抗理性化世界对人的压抑与异化,只不过,它对感性主体的观照与体察更为深入。它不再将感性主体的心灵的意识层面作为表现的重点,而是将感性主体的心灵的潜意识、无意识层面作为深入挖掘的重点。象征

---

[1] 〔英〕华兹华斯:《〈抒情歌谣集〉序言》,《十九世纪英国诗人论诗》,刘若端编,北京:人民文学出版社,1984年,第22页。
[2] 〔英〕柯勒律治:《诗的本质》,《十九世纪英国诗人论诗》,刘若端编,北京:人民文学出版社,1984年,第111页。

主义诗人马拉美在《关于文学的发展》中认为,诗歌的任务就在于"一点一点地把对象暗示出来,用以表现一种心灵状态"①。超现实主义流派领袖布勒东在《第一次超现实主义宣言》中宣称,超现实主义是"纯粹心理上无意识的行为,通过它,人们或者用口头,或者用写作,或者用任何其他的方式,企图不受一切理性的监督,在一切美学和道德的成见之外,表达思想的真正的作用"②。显而易见,无论是浪漫主义的情感表现说还是现代主义的潜意识表现说,都是作为主体的人的本质力量不断获得认同与确证的产物,它颠覆了那种以文学之外的社会、历史、经济尺度来评析文学作品价值的传统观念,将文学从机械他律论的桎梏中解放了出来。

在中国现代诗学史上,首先将文学完全拉入自律论的轨道的,是王国维。当梁启超极力倡导文学意识形态论时,王国维化用以老庄为代表的中国传统思想和以康德为代表的西方近代哲学、美学思想,提出了"无用之用"说:"美之为物,为世人所不顾久矣!庸讵知无用之用,有胜于有用之用者乎?"③那么,"无用之用"又是如何胜于"有用之用"的呢?王国维认为:"盖人心之动,无不束缚于一己之利害;独美之为物,使人忘一己之利害而入高尚纯洁之域,此最纯粹之快乐也。"④我们不难发现,王国维的这种"无用之用"说的实质有两点:一是文学的价值就在于其"无关世用",因而,文学不需要以文学之外的政治、历史、社会价值规则来论证自己的合法性,也不需要追寻文学审美之外的社会功利目的;二是文学又是具有独特的功用的,这种功用就是"超出乎利用之范围"的审美功用。可以说,王国维的"无用之用"说为中国现代诗学开拓了一条不再从文学之外寻找,而是在文学自身寻找合法性存在依据的路径,显示了中国诗学由前现代的一元性知识体系向现代的知识分治体系的演变。这样一种将"文学"与"审美"联系起来对文学本质进行界定的思路、方法与话语,为后来的中国现代诗学家提供了极大的启示。

紧随王国维之后的非功利主义的诗学家们是前期创造社的郭沫若、郁达夫、成仿吾等人。这是一群极富激情和创造性的诗学家。为了获得在文学史中的生存权利与合法

---

① 〔法〕马拉美:《关于文学的发展》,伍蠡甫主编:《西方古今文论选》,王道乾译,上海:复旦大学出版社,1984年,第267页。
② 〔法〕布勒东:《第一次超现实主义宣言》(1924),《未来主义、超现实主义、魔幻主义》,北京:中国社会科学出版社,1987年,第259页。
③ 王国维:《论教育之宗旨》,《中国近现代美育论文选》,俞玉滋等编,上海:上海教育出版社,1999年,第11页。
④ 同上。

身份,他们奋起反抗传统的"载道"文学观和文学研究会"为人生而艺术"的诗学观的双重压迫与霸权。在他们看来,传统的载道文学观和文学研究会"为人生而艺术"诗学观的最大局限在于它们的明确的功利目的。而文学本来是无目的的,郭沫若在《文艺之社会使命》中说:"艺术本身无所谓目的。"①成仿吾认为:"玩文学的人,应该除去一切功利的追求,只营文学的全与美。""我们要追求文学的全!我们要实现文学的美!"②在他们看来,文学的美不在摹仿和反映现实,而在表现个体生命的情感。郭沫若在《编辑余谈》中认为,作家应该"本着我们内心的要求从事于文艺的活动"③。成仿吾指出:"文学是直诉于我们的感情,而不是刺激我们的理智的创造;文艺的玩赏是感情与感情的融洽,而不是理智与理智的折冲。"④这种以主观情感为核心的文学本体论当然不是中国传统的"诗缘情"说的复制,而是融合了西方唯美主义理论与中国传统的"诗缘情"说。如果说传统的"诗缘情"说主张"发乎情,止乎礼义",它所追求的是一种理性化、规范化的情感,那么,前期创造社诗学家的主观情感本体说则将审美情感当成了个体生命内质中最本质的因素和内容,它超越于政治、伦理、道德之上,成为评判文学是否具有审美性的最高标准。

前期创造社的"为艺术而艺术"的诗学观使人们从注重认识外部世界转向注重表现内部世界,从注重经验维度转向注重审美维度,但它同时也将文学的发展引入了一条与斑斓多姿的现实社会、人生完全隔绝的不归之路。因而,自其正式树起这面另类的旗幡起,对它的指责与批判之声便不绝于耳。文学研究会的郑振铎指出:"我以为就是新浪漫派,也应以实写的精神作骨子。他们于写实的精神,太为缺乏,无怪其只倾倒Goethe,Schiller,Termyson 诸诗人也。但此尚且趋向稍差耳。"⑤更耐人寻味的是,这种指责与批评之声不仅来自与创造社文学观相对立的文学研究会的诗学家,而且也来自被认为是同样偏重于文学自律论者的新月社的徐志摩等人。徐志摩就对郭沫若诗歌的滥情现象加以了辛辣的嘲讽:"固然作诗的人,多少不免感情作用,诗人的眼泪比女人的眼泪更不值钱些,但每次流泪至少总得有个相当的缘由。踹死了一个蚂蚁,也不失为一个伤心的理由。现在我们这位诗人回到他三月前的故寓,这三月内也并不曾经过重

---

① 郭沫若:《文艺之社会使命》,《民国日报·觉悟》1925 年 5 月 18 日。
② 成仿吾:《新文学之使命》,《创造周报》1923 年 5 月第 2 号。
③ 郭沫若:《编辑余谈》,《创造季刊》1922 年 11 月第 1 卷第 2 期。
④ 成仿吾:《诗之防御战》,《创造周报》1923 年 5 月第 1 号。
⑤ 郑振铎:《郑振铎致周作人》,《文学研究会资料》,郑州:河南人民出版社,1985 年,第 681 页。

大变迁,他就使感情强烈,就使眼泪'富余',也何至于像海浪一样的滔滔而来!"①然而,在理论上不无偏颇之处的"为艺术而艺术"论,并没有因为这些指责与批评的声浪的阻击而在诗学史中销声匿迹,反而在中国现代诗学史上愈演愈烈,并由唯美主义的表情论向现代主义的表现潜意识论方向发展。同时,对这种诗学本质论的质疑与抨击也愈演愈烈。20世纪20至40年代,徐志摩、闻一多等新月派诗人引进西方唯美主义的"艺术至上"论和各种形式主义理论,朱光潜、废名、沈从文等京派文人吸纳了西方唯美主义者纪德、法朗士等重视精神美的思想,戴望舒、施蛰存等现代派诗人引进瓦雷里、魏尔伦等的纯诗论,穆旦、袁可嘉、唐湜等九叶诗派诗人化用艾略特、奥登、瑞恰慈等英美现代主义诗学家的综感论,与主张为现实而艺术的功利主义诗学阵营形成了尖锐的对峙。

纵观"为艺术而艺术"的自由主义诗学阵营与"为现实而艺术"的功利主义诗学阵营的对峙,我们可以发现,二者诗学观的冲突的焦点在于:文学究竟是为了反映现实还是为了表现个体欲望?在梁实秋、胡秋原、朱光潜等自由主义诗学家看来,无论是马克思主义诗学那样将文学的本质设定为反映现实的革命斗争,还是保守主义诗学那样将文学的本质设定为反映伦理道德,都在某种程度上伤害了文学的独立性和审美的自律性,致使文学成为政治革命和伦理、道德的工具和武器。梁实秋认为:"(普罗文学理论)错误在哪里呢?错误在把阶级的束缚加在文学上面。错误在把文学当做阶级争斗的工具而否认其本身的价值。"②朱光潜明确指出:"我反对拿文艺做宣传的工具或是逢迎谄媚的工具。文艺自有它的表现人生和怡情养性的功用,丢掉这家田地而替哲学宗教或政治喇叭做应声虫,是无异于丢掉主子不做而甘心做奴隶。"③在他们看来,诗学家只有从审美的角度看待文学,才能展现人的无可代替的个性之美。因为,"性灵之为物,惟我知之,生我之父母不知,同床之吾妻亦不知。然文学之生命实寄托于此"④。而在毛泽东、瞿秋白、周扬等马克思主义诗学家看来,在外国列强侵略和凌辱中国,中华民族处于生死存亡的危机边缘之时,"每一个文学家,不论他们有意的,无意的,不论他是在动笔,或者是沉默着,他始终是某一阶级的意识形态的代表。在这天罗地网的阶级社会里,你逃不到什么地方去,也就做不成'第三种人'"⑤。处于这一时代的文学"必须是

---

① 徐志摩:《杂记(二)坏诗,假诗,形似诗》,《努力周报》1923年5月22日第51期。
② 梁实秋:《文学是有阶级性的吗?》,《新月》1929年9月第2卷第6、7号。
③ 朱光潜:《自由主义与文艺》,《周论》1948年8月第2卷第4期。
④ 林语堂:《有不为斋随笔·论文》,《论语》,1933年4月16日第15期。
⑤ 易嘉:《文艺的自由和文学家的不自由》,《现代》1932年10月1日第1卷第6期。

匕首,是投枪,能和读者一同杀出一条生存的血路的东西,但自然,它也能给人愉快和休息,然而这并不是'小摆设',更不是抚摸和麻痹,它给人的愉快和休息是休养,是劳作和战斗之前的准备"①。保守主义诗学家陈铨也认为:"政治和文学,是互相关联的。有政治没有文学,政治运动的力量不能加强。"②因而,像梁实秋等自由主义诗学家那样将文学的本质设定为远离现实或闭于象牙之塔中的普遍的人性,不仅无助于改善中华民族的处境,而且会对现实的政治革命有害。周扬指出:"对革命的不完全接受,对非本质的琐事的爱好,表面性,空虚的辞藻,公式化——这些,不但妨碍社会主义的现实主义的完成,而且会成为对革命的虚伪。"③更重要的是,在毛泽东等马克思主义诗学家看来,在阶级社会里,是没有超阶级的普遍的人性的,梁实秋等自由主义诗学家所谓的普遍的人性不过是"阶级性"和革命时代的"革命性"而已。毛泽东认为:"只有具体的人性,没有抽象的人性。在阶级社会里就只有带着阶级性的人性,而没有什么超阶级的人性。我们主张无产阶级的人性,人民大众的人性。"④正像"为艺术而艺术"的自由主义诗学家排斥现实、排斥阶级性一样,马克思主义诗学家排斥纯美、排斥抽象的人性,拼命把脱离现实的唯美的情调和超阶级的人性从作品里驱逐、消除,时刻提防着个人化的浪漫情感与潜意识的潮流污染和冲击着他们神圣的革命艺术殿堂。

(三)

表面上看,"为艺术而艺术"的自律论者和"为人生而艺术"的他律论者的诗学本质观壁垒森严、冰炭难容,而事实上,在中国现代诗学史上,这二者又是常常可以相互渗透、相互转化的。甚至可以说,文学的审美性与文学的政治性这一对看似壁垒森严、冰炭难容的特性以戏剧性、矛盾性、互为表里地融合在"为艺术而艺术"的自律论者和"为人生而艺术"的他律论者的诗学本质观之中,生成了中国现代诗学本质观极富个性、张力的面孔特征。

那么,在中国现代诗学史上,这二者的诗学本质观为何能相互渗透、相互转化呢?它们又是如何相互渗透、相互转化的呢?

---

① 鲁迅:《南腔北调集·小品文的危机》,《鲁迅全集》(第四卷),第441、443页。
② 陈铨:《民族文学运动》,《民族文学》1943年7月7日第1卷第1期。
③ 周起应:《关于"社会主义的现实主义与革命的浪漫主义"——"唯物辩证法的创作方法"之否定》,《现代》月刊1933年第4卷第1期。
④ 毛泽东:《在延安文艺座谈会上的讲话》,《毛泽东选集》(第三卷),北京:人民出版社,1967年,第827页。

在某种程度上说,无论是"为艺术而艺术"的自律论者,还是"为人生而艺术"的他律论者,都是理想家。"为人生而艺术"的他律论者,既然主张文学是现实世界的反映,那么,他们总是相信文学具有改造现实世界的神奇功能,相信作家是一种"为他者而存在"的道德性存在。"为他者而存在"意味着作家具备着一种责任。在中国历史上,这种责任常被中国传统知识分子视为"修身、齐家、治国、平天下",在中国现代诗学史上,这种责任常被现代功利主义诗学家们看成救亡图存的使命感,是诗学家们的一种理性自觉,是诗学家们自觉地把追求真理并为真理而不惜牺牲个人利益,以有利于他人、民族、国家的利益最大化的均衡的一种自觉意识。然而,正如鲁迅所说:"一首诗吓不走孙传芳,一炮就把孙传芳轰走了。"①在无情的现实面前,一些"为人生而艺术"的功利主义诗学家们发现,文学虽然具有一定的力量,具有一定的影响现实的功能,但这种力量与功能毕竟是有限的。因为,"批判的武器不能代替武器的批判,物质的力量只能用物质力量去摧毁"②。作为精神产物的文学,无论作家将它打磨得多么尖锐、有力,它都不能直接将作为精神的批判的武器转化为物质上的武器。那种期望文学能够对现实产生改天换地的影响的观念不过是诗学家心造的镜中月、水中影。现实的情况是,诗学家们还没有用自己的作品改造现实世界,现实世界早已经无情地改变了诗学家们。一旦意识到这一点,"为人生而艺术"的他律论者往往会由一个"为人生而艺术"的理想主义者变成为一个"为艺术而艺术"的悲观主义者。他们不但不再追求功利、喜欢功利、肯定功利,而且会追求唯美、喜欢唯美、肯定唯美。在世纪之交曾经满怀文学救国救民理想的梁启超,在经历了种种现实的磨难后,在20世纪20年代终于明白了文学家与文学在改变严峻而又残酷的现实社会环境方面的无能为力,转而退出政治舞台而埋头于书斋之中大谈文学的非功利的审美性。在《评非宗教同盟》中,他强调指出:"理性只能叫人知道某件事该做,某件事该怎样做法,却不能叫人去做事;能叫人去做事的,只有情感。我们既承认世界事要人去做,就不能不对情感这样东西十分尊重。"在《情圣杜甫》中,他更是非常清楚地阐明了文学在于表现情感的诗学本质观:"艺术是情感的表现,情感是不受进化法则支配的。"在1922年以前曾经"相信人生的文学实在是现今中国的唯一需要"的周作人,③在1922年以后觉得关于人生的"蔷薇色的梦都是虚幻"④,转而将

---

① 鲁迅:《革命时代的文学》,《鲁迅全集》第三卷,北京:人民文学出版社,1981年版,第423页。
② 〔德〕马克思、恩格斯:《共产党宣言》,北京:外语教学与研究出版社,1998年。
③ 周作人:《新文学的要求》,《艺术与生活》,上海:上海文艺出版社,1999年,第19页。
④ 周作人:《〈自己的园地〉旧序》,《谈龙集》,石家庄:河北教育出版社,2002年,第33页。

头从苦难的现实中转向他先前极力否定的"唯美及快乐主义"的"自己的园地"。他开始质疑文学对现实的作用力:"我至今还是尊敬日本新村的朋友,但觉得这种生活在满足自己的趣味之外恐怕没有多大的觉世的效力"。① 他开始倡导"为艺术而艺术"的文学观:"我以为文艺是以表现个人情思为主"②。在中国现代诗学史上,像梁启超、周作人这样由"为人生而艺术"的他律论者转向"为艺术而艺术"的自律论者的还有朱自清、俞平伯、废名等。他们的转向,既是西方诗学对中国现代诗学家冲击的一种回应,又是中国现代社会阶级矛盾和民族矛盾日趋尖锐的结果。

与"为人生而艺术"的他律论者相反,"为艺术而艺术"的自律论者将文学看成一个完全独立、自足的体系,相信文学的独立、自主是文学主体性成立的必要条件和真正标志,认为文学可以完全脱离于政治、社会、经济等外在因素获得自身的发展。在他们看来,独立、自由是作家从事文学创作的一项基本权利和重要品质,也是文学能够真实地表现个体最为本真的情感、欲望的基本条件。然而,正如鲁迅在《魏晋风度及文章与药及酒之关系》中所说:"即使是从前的人,那诗文完全超于政治的所谓'田园诗人',山林诗人',是没有的。……诗文也是人事,既有诗,就可以知道于世事未能忘情。"③文学既然是人学,它就不能不表现人的生活。而人属于社会性动物,他不可能脱离他人、社会而存在,总是生活于由一定的社会阶级和阶层所构成的社会关系网络之中。文学与社会的这种联系性,决定了文学的社会性特性。在民族矛盾、阶级矛盾激化,民族处于生死存亡的20世纪前半时期,作家如果仍然在血雨腥风面前闭上眼睛,转过身去钻进象牙之塔经营自我的纯艺术世界,那么,他们就不只是幼稚不幼稚的问题,而是有没有基本的人的良知的问题。正因如此,一些"为艺术而艺术"的自律论者不得不从象牙之塔之中走出来,不得不对轰轰烈烈的群体的革命浪潮表示自己的态度。残酷的现实告诉他们,作家对真理的追求不能只是满足于在狭隘的纯艺术世界中求索,完整意义上的求真不仅是对个体生命世界的无穷奥秘的发掘,同时还包括了对社会的合理性与合法性的存在的不懈探寻。在日本读书以及到上海的初期曾经极力倡导"为艺术而艺术"的郭沫若、成仿吾等创造社的诗学家,受到轰轰烈烈的群体的革命浪潮的冲击,到了20世纪20年代中期以后演变为比一般"为人生而艺术"的功利主义诗学家还功利的诗学家。郭沫若宣称:"我们要要求从经济的压迫之下解放,我们要要求人类的生存权,我

---

① 周作人:《〈艺术与生活〉自序》,《艺术与生活》,石家庄:河北教育出版社,2002年,第2页。
② 周作人:《文艺的讨论》,《晨报副刊》1922年1月20日。
③ 鲁迅:《鲁迅全集》(第三卷),北京:人民文学出版社,1981年,第516页。

们要要求分配的均等,所以我们对于个人主义的自由主义要根本划除,我们对于浪漫主义的文艺也要取一种彻底反抗的态度。"①成仿吾指出:"我们已经过于迟钝了。不革命的人,我们让他去没落。我们要求大家做一番全部的批评。反对这个工作的人,我们给他以当头的一击。"②当时代的轮盘飞快地从浪漫的自我一面转向残酷的现实的一面时,郭沫若、成仿吾等创造社的诗学家很难再像20世纪20年代中期以前那样激情澎湃,那样将自我和自我的情感抬到至高无上的地位。在一个血雨腥风都已经侵入象牙之塔的年代,仍然闭着眼睛做着远离尘嚣之梦的文学的自律论者,已经像堂吉诃德一样显得十分滑稽、可笑。人首先得活着,其次才能谈发展,谈文学的审美价值。而在一个自我的生存都举步维艰的时代,谈个体的价值与文学的审美价值无异于痴人说梦。

被残酷的现实惊醒自己象牙塔之梦的还有新月社的闻一多。这位早年鼓吹"为艺术而艺术"的自律论者,曾经宣称:"艺术的最高目的,是要达到'纯形'pure form 的境地",认为艺术家让政治、道德、社会等"不相干的成分粘在他笔尖上",艺术"便永远注定了是一副俗骨凡胎,永远不能飞升了"。③ 当日本侵略者的铁蹄踏上中国大地,目睹国人与民族遭受异族的凌辱与宰割的惨状,闻一多的诗学本质观发生了根本性的变化。他强调指出:"这是一个需要鼓手的时代,让我们期待着更多的'时代的鼓手'出现。至于琴师,乃是第二步的需要,而且目前我们有的是绝妙的琴师。"④生活已经告诉闻一多,对于一个文人来说最大的悲哀不是异族侵略者对国人无情的伤害与杀戮,而在于许多受过良好教育的文人对这种伤害与杀戮的无动于衷,在于他们在这种伤害与杀戮面前闭上眼睛仍然在倡导"为艺术而艺术"的自律论。在民族处于生死存亡之际,这种观念像精神鸦片一样散发着有毒的香味,让一些未谙世事的年轻人沉迷于此而不能自拔。正是在这个意义上,我们才能理解为何闻一多、老舍以及京派中较为年轻的何其芳、卞之琳等自由主义诗学家在抗战初期由"为艺术而艺术"的自律论者转变成"为人生而艺术"的功利主义诗学家,才能明白他们转变成"为人生而艺术"的功利主义诗学家后比一般的功利主义诗学家更讲功利,更鄙视"为艺术而艺术"的自律论者。

"为艺术而艺术"的自律论者和"为人生而艺术"的他律论者的诗学本质观之所以在一定的条件下可以相互朝着对方转化,是因为,在文学中,审美与人生、功利与非功利

---

① 郭沫若:《革命与文学》,《创造月刊》1926年第1卷第3期。
② 成仿吾:《全部的批判之必要》,《创造月刊》1928年第1卷第10期。
③ 闻一多:《戏剧的歧途》,《闻一多全集》(第三卷),北京:三联书店,1982年,第438页。
④ 闻一多:《时代的鼓手——读田间的诗》,《闻一多全集》(第三卷),北京:三联书店,1982年,第404页。

本来就是难以完全割裂的,而是相互联系、相互渗透的。对此,马尔库塞在评论康德的"审美的无功利性"论时说得非常清楚:"在康德的哲学中,我们发现审美之维在感性和道德性——即人类存在的两极之间,占据着中心地位。假如这可以成立,那么,审美之维必定包含对这两个王国都适用的原则。"①这就是说,即使在奠定了西方现代诗学审美价值话语基础的康德的"审美的无功利性"论中,审美与人生、功利与非功利就是共在和相互渗透的。

其实,审美与人生、功利与非功利的关系本来就是极为复杂的。中外诗学史都表明,审美与人生、功利与非功利是如影随形、紧密相依的。正如特雷·伊格尔顿在《二十世纪西方文学理论》中所说:"现代文学理论的历史乃是我们时代的政治和意识形态的历史的一部分。从雪莱到诺曼·N·霍兰德,文学理论一直就与种种政治信念和意识形态价值标准密不可分。"②

实际上,即使在中国现代诗学史上那些持极端艺术自律论的诗学家那里,他们的诗学观也常常有其鲜明的功利性目的。"为艺术而艺术"的自律论总是以一种与众不同的风格示人,以文学的审美性来反对文学的政治性、社会性。而当它以捍卫主体性和艺术自主性的形式既反对文学的政治功利观,又反对文学的商业功利观时,它的与社会对抗的特性就表露无遗。而究其根本,这种对现存社会秩序的批判不是对政治的疏离,而是对政治的亲近。王国维一直被人们认为是一个坚决主张以反政治来实现纯艺术目的的自律论者。然而,人们一般只注意到了王国维艺术"无用之用"说的"无用"一词包含的反政治性,而没有注意到"无用之用"说的"之用"一词包含的广义的政治性。王国维说:"叔本华之言一人之解脱,而未言世界之解脱,实与其意志同一之说,不能两立者也。"③这意味着,在王国维这里,文学不仅要像叔本华所说的那样起到抚慰个人心灵的作用,而且要起到拯救整个人类世界的作用。他强调指出:"美术之务,在描写人生之苦痛与其解脱之道,而使吾侪冯生之徒,于此桎梏之世界中,离此生活之欲之争斗,而得其暂时之平和。此一切美术之目的也。"④宣称自己"是个对一切无信仰的人,却只信仰'生命'"的自由主义诗学家沈从文⑤,他所说的"生命"就既蕴含着人的存在的神性维

---

① 〔美〕赫伯特·马尔库塞:《审美之维》,桂林:广西师范大学出版社,2001年,第45页。
② 〔英〕特雷·伊格尔顿:《二十世纪西方文学理论》,伍晓明译,北京:北京大学出版社,2007年,196页。
③ 王国维:《静庵文集·红楼梦评论》,《王国维遗书》(第三册),上海:上海书店出版社,1983年,第5页。
④ 王国维:《王国维文集》(第一卷),北京:中国文史出版社,1997年,第14页。
⑤ 沈从文:《水云》,《沈从文文集》(第十卷),广州:花城出版社,1984年,第294页。

度,也包含着人的人的存在的现实性维度。他说:"文学运动的意义,是要用作品燃烧起这个民族更年轻一辈的情感,增加他在忧患中的抵抗力。"①"我要表现的本是一种'人生的形式',一种'优美,健康,自然,而又不悖乎人性的人生形式'。"②这些话表明,沈从文并非一个沉浸于"只想造希腊小庙"、不问世事的孤寂学者,而是一个试图借助对自然人性的提倡来解决具体的社会弊病,把人性的复归视为一剂治疗现实社会道德败坏的对症良药的有政治理想的诗学家。事实上,虽然"为艺术而艺术"的自律论者总是强调作家唯有保持自身的独立性、使文学成为自律的文学,他才能够比政治家"更深刻并无偏见和成见地接触一切"。③ 然而,在他们的反政治的审美话语中往往潜伏着通过审美来实现政治理想的政治话语的潜流。自由主义诗学家梁实秋说:"吾人欲得一固定的普遍的标准必先将'机械论'完全撇开,必先承认文学乃'人性'之产物,而'人性'又绝不能承受科学的实证主义的支配。我们在另一方面又必先将'感情主义'撇开,因为'人性'之所以是固定的普遍的,正以其有理性的纪律以为基础"。④ 在这里,当梁实秋巧妙地将人性这一概念提升为全人类文学的"固定的普遍的标准"时,这一概念本来的阶级属性便被遮蔽了,他自己的文学观也就转换成了普遍人类的观念。而事实上,被梁实秋视为"固定的普遍的标准"的人性与康德式的"人类共通感"是颇有差异的,后面暗藏着极为强烈的资产阶级的意识形态。对此,梁实秋有非常清楚的说明:"经过自然变化之后,优胜劣败的定律又要证明了,还是聪明才力过人的占优越的位置,无产者仍是无产者。文明仍然要进行的。"⑤由此可见,梁实秋等自由主义诗学家以"人性"为标准的自律性观念本质上是一种资产阶级的观念,它把"聪明才力过人"的资产者与"不文明"的"无产者"放置在了固定不变的位置上加以了区别性的对待。因此,当他们以所谓固定的普遍的人性来反对阶级性时,与其说他们是反对文学的政治化,不如说他们是以资产阶级的意识形态反对无产阶级的意识形态。

与主张"为艺术而艺术"的诗学家的诗学观中审美与人生、功利与非功利因素是相互联系、相互渗透的一样,主张"为人生而艺术"的诗学家的诗学观中审美与人生、功利与非功利因素经常也是相互联系、相互渗透的。这主要表现在两个方面。第一,对文学

---

① 沈从文:《续废邮存底》,《沈从文文集》(第十一卷),广州:花城出版社,1982年,第353页。
② 沈从文:《从文习作选集代序》,《沈从文文集》(第十二卷),广州:花城出版社,1984年,第45页。
③ 沈从文:《一个传奇的本事》,《大公报·星期文艺》1947年3月23日第24期。
④ 梁实秋:《文学批评辩》,《晨报副刊》1926年10月27、28日。
⑤ 梁实秋:《文学是有阶级性的吗?》,《新月》1929年9月第2卷第6、7号合刊。

提升、超越现实的能力的认同与肯定。在一些"为人生而艺术"的诗学家看来,一方面文学是对现实的反映;另一方面它又总是通过对现实的提升、超越为人们提供一种与自然状态的现实迥然不同的现实。这一现实不仅不是对一般现实的复制,而且是对于一般现实的创造。《在延安文艺座谈会上的讲话》中,毛泽东强调指出:"文艺作品中反映出来的生活,却可以而且应该比普通的实际生活更高,更强烈,更有集中性,更典型,更理想,因此就更带普遍性。"[1]在《文学者的新使命》中,茅盾认为:"文学于真实地表现人生而外,又附带一个指示人生到未来的光明大路的职务……或者换过来说,文学的职务乃在以揭示人生向更美善的将来这个目的寓于现实人生的如实地表现中……"[2]这种对现实生活的集中化、典型化、理想化,使非艺术的信息转换成了艺术的信息,使非艺术的世界成为了艺术的世界。第二,对文学自身独特的构成方式、结构要素的认同与肯定。一些"为人生而艺术"的诗学家认为,文学是对现实世界的反映,总是服从现实世界发展的总体规律;但文学又有其不可替代的独特性,总是以其独特的方式反映着现实世界。鲁迅认为:"但我以为一切文艺固是宣传,而一切宣传却并非全是文艺,这正如一切花皆有色(我将白也算作色),而凡颜色未必都是花一样。革命之所以于口号,标语,布告,电报,教科书……之外,要用文艺者,就因为它是文艺。"[3]吴宓说:"自根本观之,无所谓文字之优劣与适宜于文学创造与否也。盖文字之功用与力量,实无穷无限,要在作者之能发达运用之而已。"[4]鲁迅、吴宓都强调了文学反映现实的独特的形式与方式以及这种形式、方式对反映现实本质的重要性。对这种重要性,茅盾在《论无产阶级艺术》中有更为清楚、具体的说明:"新而活的意象,在吾人的意识里是不断的在创造,然而随时受着自己的合理观念与审美观念的取缔或约束,只把那些美的和谐的高贵的保存下来,然后或借文字或借线条或借音浪以表现之。但是既已借文字线条音浪而表现后,社会的大环境又加以选择,把适合于当时社会生活的都保存了或提倡起来,把不适合的消灭于无形。此种社会的鼓励或抵拒,实有极大的力量,能够左右文艺新潮的发达。"[5]在茅盾这里,"文字线条音浪"不再是抽象静止的概念,也不仅是表达思想的工具,而是随着"社会生活"的发展而运行在人的思维层面的一种动态力量。它参与我们

---

[1] 毛泽东:《毛泽东论文艺》,北京:人民文学出版社,1992年,第49页。
[2] 茅盾:《文学者的新使命》,《茅盾文艺杂论集》(上),上海:上海文艺出版社,1981年,第218页。
[3] 鲁迅:《革命与文艺》,《语丝》1928年4月16日第4卷第16期。
[4] 吴宓:《论今日文学创造之正法》,《学衡》1923年3月第15期。
[5] 茅盾:《论无产阶级艺术》,《文学周报》1925年第172期。

的思维活动,影响着我们的思维和精神。依靠它,原来混乱的和没有意义的"社会生活"拥有了逻辑和意义。就此而论,与其说对"社会的鼓励或抵拒"的"极大的力量"是被"文字线条音浪"表达或者反映的东西,不如说它是被"文字线条音浪"创造出来的。

中国现代诗学史上功利与非功利的这种相互渗透、相互转化生成的审美功利主义论,一方面与康德等西方诗学家的"审美的无功利性"论的矛盾性有关,一方面也受到了中国传统"心性"论的影响。事实上,任何一种外来诗学在本国的影响和接受都是外来诗学与本土诗学视野融合的一种效果史,外来诗学要想对本土诗学发生实质性的影响,就必须与本土的传统诗学因素相沟通。正如阐释学大师伽达默尔所说:"不管我们是想以革命的方式反对传统还是保留传统,传统仍被视为自由的自我规定的抽象对立面,因为它的有效性不需要任何合理的根据,而是理所当然的制约我们的。"①而从整个中国现代诗学的发展历程来看,传统诗学因素对现代诗学的制约不仅仅表现在它对中国现代诗学家的内在心理的影响上,而且也表现在它对中国现代诗学的人性的启蒙、重建的审美功利主义诗学本质观的影响上。我们知道,无论是儒家的"正心修身"说,还是佛学的"明心见性"说、道家的"虚静其心"说,都是从"心"的角度去探讨人性的启蒙与人格的完善的。对此,徐复观有非常清楚的阐释:"人性论不仅作为一种思想,而居于中国哲学思想史的主干地位;并且也是中华民族精神形成的原理、动力。要通过历史文化了解中华民族之所以为中华民族,这是一个起点,也是一个终点。文化中其他的现象,尤其是宗教、文学、艺术,乃至一般礼俗人生态度等,只有与此一问题关联在一起时,才能得到比较深刻而正确的解释。"②徐复观的这段话的意思是,人性论是中国古代哲学的核心,要了解中国古代哲学与中华民族,就不能不了解中国古代哲学的人性论。就我们研究的问题而言,要想使传统诗学因素对现代诗学的制约得到"比较深刻而正确的解释",就不能不了解中国现代诗学与中国传统哲学在人性的启蒙与人格的完善论上的深层的血缘关联。

从中国现代诗学发展的历史来看,无论是主张"为艺术而艺术"的非功利主义诗学家还是主张"为人生而艺术"的功利主义诗学家,在以文学改善人性、完善人格这一点上是基本上相通的。

非功利主义诗学家王国维在《论教育之宗旨》中极为强调审美在完善人格上的功利性:"德育与智育之必要,人人知之,至于美育有不得一言者。盖人心之动,无不束缚

---

① 〔德〕伽达默尔:《真理与方法》(上卷),上海:上海译文出版社,1999年,第360页。
② 徐复观:《中国人性论史·先秦篇》序,上海:上海三联书店,2001年,第2页。

绪论　中国现代诗学的权力关系维度

于一己之利害；独美之为物，使人忘一己之利害而入高尚之域，此纯粹之快乐也。孔子言志，独与曾点；又谓'兴于诗'，'成于乐'。希腊古代之音乐为普通学之一科，及近世希痕林（谢林）、希尔列尔（席勒）等之重美育，实非偶然也。要之，美育者一面使人感情发达，以达完美之域；一面又为德育与智育之手段，此又教育者不可不留意也。"①另外一个非功利主义诗学家宗白华也极为重视审美对于建构完美人性、塑造健全人格的重要作用。在《论艺术的空灵与充实》中，他指出："哲学求真，道德或宗教求善，介于二者之间表达我们情绪中的深境和实现人格的和谐的就是'美'。……文艺从它的右邻'哲学'获得深隽的人生智慧、宇宙观念，使它能执行'人生批评'和'人生启示'的任务。"②表面上看，宗白华的这种以审美完善人性的思想是来自康德、叔本华等西方诗学家，而事实上它的根则是中国传统哲学。对此，他有非常清楚的说明："《华严经》词句的优美，引起我读它的兴趣。而那庄严伟大的佛理境界投合我心里潜在的哲学冥想。我对哲学的研究是从这里开始的。庄子、康德、叔本华、歌德相继地在我的心灵的天空出现，每个都在我的精神人格上留下不可磨灭的印痕。"③中西诗学传统在自己的诗学中构成这种相互参照、相互激活、相互发明的关系的，还有自由主义诗学家朱光潜。在20世纪50年代，他对自己诗学本质观的来源和形成加以说明道："由于对于中国古典作品作这样歪曲的理解，我逐渐形成了所谓'魏晋人'的人格理想。根据这个'理想'，一个人应该'超然物表'、'恬淡自守'、'虚静无为'，独享静观与玄想乐趣的。……这就替我后来主观唯心主义的发展准备了温床。"④可见，在以审美改善人性、健全人格这一点上，朱光潜的诗学观不仅与王国维、宗白华等诗学家的诗学观是一致的，而且与中国传统哲学以审美完善人性、教化人格的思想是一致的。

事实上，中国传统哲学以审美完善人性、教化人格的心性论既对王国维、宗白华、朱光潜等主张审美超功利性的诗学家产生了重要影响，也对那些主张审美功利性的诗学家具有不可低估的影响。鲁迅是主张以文学来启蒙民众、改变中国落后的国民性、再造国民人格的诗学家。一般人更为重视的是鲁迅这种诗学观念中尼采、克尔凯郭尔、叔本华、易卜生等西方现代人本主义思想家的影响，却忽视了鲁迅是以中国道家思想去会通这种人本主义思想的。事实上，"师心以遣论"的嵇康和"使气以命诗"的阮籍等魏晋文

---

① 王国维：《王国维文集》（第三卷），北京：中国文史出版社，1997年，第58页。
② 宗白华：《论艺术的空灵与充实》，《美学散步》，上海：上海人民出版社，1981年，第27页。
③ 宗白华：《美学散步》，上海：上海人民出版社，1981年，第238页。
④ 朱光潜：《朱光潜美学文集》（第一卷），上海：上海文艺出版社，1982年，第4—5页。

人的思想对鲁迅的影响是很大的。在《魏晋风度及文章与药及酒之关系》中,他就特别强调了"师心"和"使气"对于整个中国文学史具有的价值:"这'师心'和'使气',便是魏末晋初的文章的特色。正始名士和竹林名士的精神灭后,敢于师心使气的作家也没有了。"有鉴于此,站在漆黑如墨的中国大地上,鲁迅终其一生都以其心中所浮现的阮籍、嵇康等魏晋文人的理想人格为观照,致力于对个体的人性和整个民族的精神进行改造。与鲁迅一样,毛泽东也是一位主张以文学改造文化、改造人性、改造社会的诗学家。从青年时期开始,毛泽东就开始致力于对理想人性和人格的探寻。最理想的人性、人格是什么?人应该怎样生活,成为他苦苦思索的问题。在1917年8月23日给黎锦熙的信中,毛泽东写道:"觉吾国人积弊甚深,思想太旧,道德太坏。夫思想主人之心,道德范人之行,二者不结,遍地皆污。""五千年流传到今,种根甚深,结蒂甚固,非有大力不易摧陷廓清。""愚以为当今之世,宜有大气量人,从哲学、伦理学入手,改造哲学,改造伦理学,根本上变换全国之思想。"①1920年夏以后,毛泽东接受了马克思主义的唯物观,由对圣人型理想人格的推崇转向对实践型理想人格的积极追求和塑造。与早期重视圣人对改善人性和人格的重要作用不同,毛泽东这一时期更为重视人民大众这"多数的力量"在改变社会、世界中的作用。在此基础上,毛泽东也更为重视文学对人民大众这"多数的力量"的思想上的启蒙和精神上的解放的意义。在《在延安文艺座谈会上的讲话》中,他认为,文艺要"把这种日常的现象集中起来,把其中的矛盾和斗争典型化,造成文学作品或艺术作品,就能使人民群众惊醒起来,感奋起来,推动人民群众走向团结和斗争,实行改造自己的环境。"②表面上看,毛泽东这种以文艺来促进广大人民群众思想上的解放和精神上的自由发展的思想仅仅来自马克思的人的全面自由发展的理论,而事实上,它在儒家心性文化传统中的发明本心、由己及人的思想中同样获得了强有力的支撑。与上述诗学家相比,保守主义诗学家在以中国传统哲学去会通西方诗学方面用力更大,用时更久。一般认为,保守主义诗学家是以拒斥西方文化、固守民族文化传统为己任的,而实际上,保守主义诗学家有着不亚于同时代的马克思主义诗学家、自由主义诗学家的深厚的西学背景。像吴宓等学衡派的主要诗学家,就都在欧美留过学。在反对、否定传统文化极为时尚的时期,吴宓等保守主义诗学家不仅不赞成以非此即彼的二元对立的思维对待中国传统文化与西方文化,反对将一切中国传统文化元素

---

① 毛泽东:《毛泽东早期文稿》,长沙:湖南出版社,1990年,第539页。
② 毛泽东:《在延安文艺座谈会上的讲话》,《毛泽东选集》(第三卷),北京:人民出版社,1953年,第863页。

视为"旧"的东西而加以摧毁和抛弃;而且主张以辩证的态度看待中国传统文化与西方文化,"兼取中西文明之精华而熔铸之,贯通之"①。在吴宓等保守主义诗学家看来,要解决中国社会"假民主、假共和、贪污腐败、道德沦丧、民风日下"等问题②,就必须将中国传统哲学与西方文化中的精华融会贯通:"孔孟之人本主义,原系吾国道德学术之根本,今取以与柏拉图、亚里士多德以下之学说相比较,融会贯通,撷精取粹,再加以西洋历代名儒巨子之所论述,熔铸一炉,以为吾国新社会群治之基。如是,则国粹不失,欧化亦成,所谓造成新文化,融合东西两大文明之奇功,或可企致。"③而他们之所以将一般人认为过时、落后的中国儒家思想当作解决中国现代社会问题的良方,不仅是因为孔孟的人本主义思想是中国文化的精髓,更因为它与现代的人文主义思想相契合,合乎普遍性、永恒性的全人类的人性标准。具体而言,在他们看来,像中国儒家心性文化传统中的"克己复礼"这一基本命题就不仅不会像一些反传统的诗学家理解的那样会损害个体的人性的完善,反而可以促进个体克制私利物欲,发展和完善人的本性。吴宓指出:"人性二元,亦善亦恶。克己者,所以去人性中本来之恶。而复礼者,所以存人性中本来之善。合而用之,则可使人性止于完善。"④这里,吴宓吸收了白璧德人文主义中的"人性二元"之说,对儒家的"克己复礼"命题进行了现代性的转化。如果说,在孔子那里,"克己"主要指涉的是对个体欲望的克制,那么,在吴宓的阐释中,它主要指涉的则是对人性中的恶的去除;如果说,在孔子那里,"复礼"主要指涉的是对以周礼为核心的古代礼仪的恢复,那么,在吴宓的阐释中,它主要指涉的是对善的人性的保持或恢复。

韦勒克、沃伦在《文学理论》中指出:"一部文学作品,不是一件简单的东西,而是交织着多层意义和关系的一个极其复杂的组合体。"⑤韦勒克、沃伦这句话的意思是,并不存在着一个固定不变的文学本质。与韦勒克、沃伦一样,美国著名的结构主义理论家乔纳森·卡勒也认为并没有一种确定不变的文学本质,历史上的种种文学本质观,不过是一种"历史的建构",是人的主观性的产物。人们要真正地了解文学本质的全部含义,就必须不断改变自己观察文学的视角。因为,"哪一种视角也无法成功地把另一种全

---

① 吴宓:《论新文化运动》,《学衡》1922年第4期。
② 柳诒徵:《论中国近世之病源》,《学衡》1922年第3期。
③ 吴宓:《论新文化运动》,《学衡》1922年第4期。
④ 吴宓:《孔子之价值及孔教之精义》,《大公报》1927年9月22日。
⑤ 〔美〕韦勒克、沃伦:《文学理论》,刘象愚等译,北京:生活·读书·新知三联书店,1984年,第11页。

部包含进去。所以你必须在二者之间不断变换自己的位置"①。历史地看,中国现代诗学的发展史从另外一个角度印证了韦勒克、沃伦和乔纳森·卡勒的观点。在近半个世纪的发展历程中,无论是马克思主义诗学的文学政治论,还是保守主义诗学的文学道德论,抑或是自由主义诗学的文学审美论,都只言说了文学所具有的某些特征和功能,而都没有展现文学的全部内涵、特征和功能。因而,它们中的任何一种文学本质论都在特定方向上拓展了文学本质的存在空间,都在某些方面给我们以启发,却不可能成为终极的真理话语,成为判定文学本质的唯一标准。就此而论,要认识和理解文学的全部内涵、特征和功能,就既不能仅仅从马克思主义诗学的文学政治论出发,也不能仅仅从自由主义的文学审美论或保守主义诗学的文学道德论出发,而必须从文学政治论、文学道德论、文学审美论的对立统一关系出发。正如伽达默尔所说:"真正的历史对象不是一个客体,而是自身和他者的统一,是一种关系。在这种关系中,同时存在着历史的真实和历史理解的真实。一种正当的阐释学必须在理解本身中显示历史的真实。"②可以说,正是马克思主义诗学的文学政治论、自由主义诗学的文学审美论、保守主义诗学的文学道德论构成的这种对立统一关系才生成了中国现代诗学本质论的矛盾张力及其价值所在,也才生成中国现代文学表征社会现实关系的无限空间。

二、中国现代诗学的静态结构与动态结构

在 20 世纪上半段,中国现代诗学权力场域风起云涌、波涛翻滚,西方与东方,马克思主义与自由主义,自由主义与保守主义,各种各样的诗学潮流与力量相互碰撞、相互激荡、相互呼应,促动了中国诗学的重大变革与转向。这些重大变革与转向主要涉及本质论变革与转向、思维论变革与转向、形式论变革与转向等。在上述诸多变革与转向中,文学思维方式变革与转向的问题尤为突出。这是因为,思维方式作为主体认识、理解、阐释世界上万事万物的特定方法,具有较为稳定、定型的结构层面和模式化的程序。从某种程度上说,导致中国现代诗学与中国古代诗学的最为根本性的差异的不是某些具体的文学观念,而是主体以思维的多种要素、形式将这些具体的观念组合起来的相对稳定的思维结构和习惯性的思维程序。在中国古代诗学向中国现代诗学的转型过程中,最为深刻、最为有效的转型实际上发生在思维结构和思维程序等层面上。正是因为

---

① 〔美〕乔纳森·卡勒:《当代学术入门:文学理论》,李平译,沈阳:辽宁教育出版社,1998年,第29页。
② 〔德〕伽达默尔:《真理与方法》,洪汉鼎译,上海:上海译文出版社,2007年,第274—275页。

思维结构和思维程序的改变,导致了中国现代诗学与中国古代诗学在研究的出发点、研究方向和研究目的上的变异。就此而论,我们谈中国诗学由古代向现代的转型,不仅要谈个别的、具体的观念的改变,而且要谈二者在思维结构和思维程序上的碰撞、交流带来的思维方式的演变。只有这样,我们才能深刻、全面地认识与理解中国诗学的重大变革与转向的意义。然而,中国现代诗学中的思维方式的这种重要意义和价值并没有获得充分的重视。迄今为止,与关于中国现代诗学中的本质论、形式论的成果相比,关于中国现代诗学中的思维方式论的成果极为有限。更为令人担忧的是,就是在这些极为有限的成果中,还存在着将中国现代诗学的思维方式与中国古代诗学的思维方式、马克思主义诗学的思维方式、自由主义诗学的思维方式与保守主义诗学的思维方式割裂开来进行论述的问题。事实上,在中国现代诗学权力场域中,随着社会经济、政治结构的变革与转型,不同诗学潮流与力量呈现出既高度分化而又高度结合的发展态势,生成了纵横交错的具有极大的综合性、系统性的动态诗学网络系统。中国现代诗学中的思维客体和思维主体呈现出的这种系统性与整体性的特性,要求我们在对中国现代诗学中的思维方式论进行研究时一定要具备一种系统性、整体性的视野与思维。所谓研究的系统性,就是要求研究者不要像一般的中国现代诗学研究者那样将中国现代诗学思维方式论视为对中国古代诗学的思维方式论进行断裂式革命的产物,而是对作为大系统的中国诗学的思维方式论内部的两个子系统——中国现代诗学的思维方式论与中国古代诗学的思维方式论之间的相互联系进行系统分析;所谓研究的整体性,就是要求研究者不要像一般的中国现代诗学研究者那样不重视中国现代诗学思维方式论系统内部马克思主义诗学的思维方式论、自由主义诗学的思维方式论、保守主义诗学的思维方式论等各子系统之间的关系,而是将马克思主义诗学的思维方式论、自由主义诗学的思维方式论、保守主义诗学的思维方式论视为构成中国现代诗学思维方式论系统的三个子系统,从整体性出发来研究作为子系统的马克思主义诗学的思维方式论、自由主义诗学的思维方式论、保守主义诗学的思维方式论之间的关系,从而揭示出作为系统的中国现代诗学思维方式论的综合性、运动性的特质。

(一)

作为一定历史时代的产物,任何思维方式都会受到当时的知识、理论和技术手段的限制,都具有一定的时代色彩和局限性。这就使得,无论是西方人以理性思维的方式去看待和把握客体对象,还是中国人以直觉感悟思维的方式去看待和把握客体对象,都只在一定范围、一定层次上敞开了客体对象的某一侧面,而有意无意地忽略或遮蔽了客体对象的其他侧面。

不可否认,中国传统文化和文学重整体轻分析、重直觉轻知解的思维方式有其不可替代的历史价值,重整体的思维方式将人与人、人与社会、人与自然界看作一个不可分割的有机整体,注重人与事物、事物与事物之间的普遍联系;重直觉的思维方式不依赖既定的概念和逻辑,而直接凭借灵感式的妙悟去直接感知事物蕴含的本质和真理。这些都使我国的文化和文学在较长时期内完整地保存了事物本身固有的精气和血脉以及与其他事物的天然联系,避免了西方文化和文学因偏重科学理性思维造成的那种人与人、人与社会、人与自然的尖锐对立的现象。

不过,正像这种思维方式的优长之处十分突出一样,它的局限同样也十分突出。

追求天人合一的整体性思维方式习惯于将主体与客体作为封闭的整体来考察与理解,忽视了对作为客体的自然界的探析、认识和征服,导致了我国以自然界为对象的科学的发展缓慢;重直觉、感性的思维方式关注自身的内在超越和德性之知,这就使我国传统文化和文学重视的不是某种终极价值的根据,或理性的认识结果,而是自我的情感体验和人格修炼,这导致了传统文化和诗学的本源性范畴由于疏于概念界定和逻辑证明、推理,都具有模糊性和不确定性的特点。

与之非常不同的是,西方传统文化和文学偏重科学与理性,重视分析与实证,强调借助逻辑、推理去探寻与把握事物的本质和规律,逻辑性、实证性成为西方理性思维方式的重要特征。威廉·白瑞德说:"希腊人给我们科学和哲学;希伯来人给我们圣经。没有其他的民族,产生出理论科学,而且希腊人对理论科学的发现或发明,一直是西方文明不同于地球上其他文明之处。"[①]他之所以这么说,就是因为柏拉图、亚里士多德等古希腊哲学家开启了"逻各斯中心主义",也就是偏重逻辑思维、抽象思辨的理性思维方式的先河。古希腊的赫拉克利特的"逻各斯"说,德谟克利特的"原子论",恩培多克勒的"四根说",柏拉图的"理念"说,亚里士多德的形式逻辑论,欧几里得的平面几何说,都将人与自然、社会与自然、此岸世界与彼岸世界、物质与精神等对立起来。在他们看来,主体的任务便是对作为客体的世界的"是"与"何以是"进行追问与探寻。此后,这种极具抽象性的主客二分的理性思维方式,作为西方思想的源头极大地影响了西方的科学理性思维的发展。

---

① 〔美〕威廉·白瑞德:《非理性的人》,哈尔滨:黑龙江教育出版社,1988年,第70页。

绪论　中国现代诗学的权力关系维度

　　在近代,西方哲学家和诗学家进一步发展了古希腊崇尚分析与实证,重视逻辑、推理的理性思维传统,将探寻外在世界蕴含的真理作为自己义不容辞的研究任务。这一时期,伴随着实用化、技术化的科学的发展,数学、力学等自然科学的科学理性以势不可挡的强劲之力渗透到人文学科领域,极大地强化了古希腊重实验、重数学演绎的思维方法。前者以培根等经验派的观点为代表,后者以笛卡尔等唯理派的观点为代表。培根的"归纳法"强调了观察和经验在科学研究中的重要性,认为人们只有通过观察并掌握大量经验事实后才能对不同的事物进行辨析、归类、总结,最终发现事物的本质规律性和事物间的因果联系。与培根相比,笛卡尔既是一个哲学家,也是一个天赋很高的数学家。他的"演绎法"显然得力于他超凡的数学知识。在他看来,既然数学家可以用不证自明的数学公理推断出一个完整、精确无误的知识系统,那么,其他学科的研究者在借鉴、运用这种演绎法进行研究时,只要前提没有问题,推理的过程和得出的结论就没有问题。这种前提,他将之称为哲学的"第一原理"。在他那里,"我思故我在"便是哲学的"第一原理"。这意味着,"我思故我在"作为推理的前提为研究者提供了绝对必然的知识,自然世界的真实性秩序是由这一真正可靠的前提被推论出来的。①

　　笛卡尔之后,康德、黑格尔等德国古典哲学家进一步将科学方法推广到人类知识更为广泛的领域。在《纯粹理性批判》中,康德通过回答哲学认识论中的首要问题,即具有普遍性和必然性的科学知识是"如何可能"的问题,来对古希腊以来的西方的理性进行批判性反思。康德认为,无论是大陆唯理论与英国经验论,都无法完整、全面地说明"知识何以可能"的问题,要确认知识是否科学只能依靠既是先天的又是综合的判断。这是因为,一方面,人们的知识来源于感性经验并且建立在感性经验的基础之上;另一方面,人之所以是人,就是因为人具有理性。就此而言,不是知识必须符合对象,而是对象必须符合存在于具有理性的认识活动的主体的头脑之中的先在于经验的认识形式。由此,康德就将笛卡尔等人的唯理论和培根等人的经验论进行了调和,在一个更高层次上对科学理性进行了阐释。如果说康德对理性进行批判性反思的观念还具有较为强烈的外在的反思的色彩的话,那么,黑格尔在充分吸收康德的对理性进行批判性反思的成果的基础上,将康德的批判性反思拓展为思辨性反思,开创出了用辩证法讨论理性的理论体系。在探讨理性思维时,黑格尔极力主张以辩证法反对西方传统的静止、片面的形

---

① 〔法〕笛卡儿:《第一哲学沉思集》,北京:商务印书馆,1998年,第74—75页。

而上学。他强调指出,"认识到思维自身的本性即是辩证法"①,那么,何谓思维自身的本性呢？在他看来,思维自身的本性就在于"以思想本身为内容,力求思想自觉其为思想"②。这样,黑格尔就将康德等人的"外在的反思"活动上升为"内在的反思"活动,即"思辨的反思"活动。在他这里,思维已经成为一个能动的概念,它既是主体又是客体,"思辨的反思"过程,就是思想反思思想的辩证的运动和发展的过程,就是思想认识、理解、把握作为思想本体之自身并将其内容与形式、主体与客体统一起来的过程。也就是说,思想只有对思想进行辩证的反思,才能达到自知、自觉、自明、自由的境地,也才具有真理性和现实性。由此,黑格尔在实现了西方哲学由"外在的反思"向"思辨性反思"的转向的同时,也将西方的科学理性提升到了极高的地位。

至20世纪上半叶,随着科学技术的突飞猛进,科学理性思维也在人类支配自然的空前膨胀的意识中获得史无前例的发展。俄国形式主义、新批评、精神分析学、存在主义都力图建构充满着科学的理性精神和抽象思辨思维方式的诗学体系,西方诗学的发展伴随着思维的高度理性化、科学化呈现出令人目不暇接甚至头晕目眩的斑斓。

作为一个国家或地区的诗学思维,只有在面临另外一个国家或地区的思维的冲撞时,它的许多曾经似乎是天经地义、不容怀疑的范式与形态才会面临一种被追问和拆解的境遇。从某种意义上说,19世纪末20世纪初的中国重整体轻分析、重直觉轻知解的传统的思维方式就面临着这样的境遇。鸦片战争以来的内忧外患,将中华民族推上了亡国灭种的危险地带。面对着积贫积弱、国破民穷的现实境遇,希冀着国家快速富强的一大批中国文人着眼于中国社会的未来发展,开始了对中西文化的理性思考。西方人为何能取得如此巨大的科技与思想方面的成就？他们是怎样取得这些巨大的成就的？我们为何不能取得如此巨大的科技与思想方面的成就？原因何在？通过细致的疏理和比较,许多中国文人认为,导致中国落后于西方的主要原因,与其说是社会制度和体制问题等,不如说是传统的思维模式。正是因为科学理性思维的不发达,导致了中国科学技术发展的缓慢与国力的衰竭。因而,要使国家繁荣富强,就必须在对我们传统的直觉感悟思维进行反思、批判的同时,建构一种西方式的科学理性思维。"西洋人因为拥护德、赛两先生,闹了多少事,流了多少血,德、赛两先生才渐渐从黑暗中把他们救出,引到光明世界。我们现在认定,只有这两位先生,可以救治中国政治上、道德上、学术上、思

---

① 〔德〕黑格尔:《小逻辑》,贺麟译,北京:商务印书馆,1980年,第51页。
② 同上,第39页。

绪论 中国现代诗学的权力关系维度

想上一切的黑暗。若因为拥护这两位先生,一切政府的压迫,社会的攻击笑骂,就是断头流血,都不推辞。……要拥护那德先生,便不得不反对孔教、礼法、贞节、旧伦理、旧政治;要拥护那赛先生,便不得不反对旧艺术、旧宗教。"①这是因为,不对传统的艺术、宗教进行反思、批判,陈独秀等中国现代诗学家就不能展现它的片面性、狭隘性,就可能仍然被它的观念框架所束缚。反之,他们才能建构科学理性的思维的框架与范式,为中国思维的发展提供新的前提、方式和路径,在实现中国文学与文化的思维模式转换的同时,促进中国以工业文明为标志的现代化进程。由此,科学理性思维不仅成为中国文学与文化由传统向现代转型的知识背景和基本条件,而且也成为中国现代诗学家的一种具有强烈的政治性、社会性色彩的价值信仰。对此,胡适有非常清楚的说明。在《科学与人生观》一书的"序言"中,他写道:"这三十年来,有一个名词在国内几乎做到了无上尊严的地位:无论懂与不懂的人,无论守旧和维新的人,都不敢公然对他表示轻视或戏侮的态度。那个名词就是'科学'。"②可以这样说,在诉求"民主和科学"的中国现代诗学权力关系场域里,科学理性思维已经成为影响最大、波及面最广的一种思维方式。它以汹涌澎湃之势将中国现代诗学带入到与古代诗学完全不同的境界,使中国现代诗学家拥有了与古代诗学家不同的宇宙观、价值观、时空观以及对文学的新的体验和想象,使中国现代诗学中出现了注重逻辑、注重实证的科学理性思维的态势。

英文的Science,源于拉丁文的Scientia,词源学意义是"知识"、"学问"。当然,它不是一般的"知识"、"学问",而是重逻辑、重实证的"知识"、"学问"。因而,西方人又常以"-logy"表示"科学"。这意味着,西方诗学家在谈到诗学的科学理性思维时,不能不重点谈及诗学的逻辑思维;而中国现代诗学家要在现代诗学中接受和化用西方式的科学理性思维,就不能不接受和化用一种西方式的逻辑思维。

鉴于中国古代诗学存在着注重直觉、感悟的思维,忽视逻辑、推理的思维的问题,中国现代诗学家对西方式逻辑思维的接受和化用又是以对中国古代诗学注重直觉、感悟的思维方式的剖析与批评为出发点的。

早在近代,严复就认识到中国古代诗学直觉式思维方式的严重缺陷。在《名学浅说》一书中,针对传统中对"气"字的模糊解释,他进行了激烈的批评:"然则凡先生一无所知者,皆谓之气而已。指物说理如是,与梦呓又何以异乎。"③这里,他以西方界定清

---

① 陈独秀:《〈新青年〉罪案之答辩书》,《新青年》1919年1月第6卷第1号。
② 胡适:《〈科学与人生观〉序》,《胡适全集》(第二卷),合肥:安徽教育出版社,2003年,第196页。
③ 严复:《名学浅说》,北京:商务印书馆,1981年,第23页。

晰的逻辑学知识,反衬出中国古代诗学直觉式思维方式的定义不清、指物模糊的局限。在《天演论·真幻按语》中,他主张以西方式的逻辑学的思维方式代替这种使人"生为能语之牛马,死作后人之僵石"的直觉式思维方式。与严复一样,中国现代诗学家胡适对西方逻辑思维的接受和化用,也是从审视、针砭中国传统思维方式入手的。胡适认为,即使是那些看起来具有一定的理性思维的中国古代诗学家,他们仍然不具有发达的认识论意识和逻辑意识。例如古代著名的诗学家王阳明等人。"王阳明主张'格物'只能在身心上做。即使宋学探求事事物物之理,也只是研究'诚意'以'正心'。他们对自然客体的研究提不出科学的方法。"①如果说西方的诗学常常建构在一种逻辑性的思维方式之上,可以通过一系列缜密的逻辑推理、分析达到对事物的精确认识与理解,它强调人对事物的真实性的把握。那么,中国传统的诗学则常常建构在一种直觉性的思维方式之上,不以追求事物的明晰性和确定性为终极目的,强调通过一种无言的领悟与体验去达到人与宇宙的同一之境。对此,朱光潜是有深切感受的。在《诗论·抗战版序》中,他深刻地指出:"中国向来只有诗话而无诗学,刘彦和的《文心雕龙》条理虽缜密,所谈的不限于诗。诗话大半是偶感随笔,信手拈来,片言中肯,简练亲切,是其所长;但是它的短处是零乱琐碎,不成系统,有时偏重主观,有时过信传统,缺乏科学的精神和方法。……中国人的心理偏向重综合而不喜分析,长于直觉而短于逻辑的思考。"②

对中国"偏向重综合而不喜分析,长于直觉而短于逻辑的"思维方式的质疑、设难和反驳,促使胡适、朱光潜等中国现代诗学家日趋认识到它的片面性和狭隘性,也日趋认识到建构科学理性的思维方式的重要性和必要性。如何使现代诗学具备一种科学理性?如何使现代诗学的建构成为一种科学理性的活动?如何使现代诗学体系成为一种具备科学理性的体系?在他们看来,最为紧要的事情,就是要引入和化用西方的逻辑思维,为现代诗学的发展提供新的前提和新的思路。

在引入西方式的逻辑思维方式进入中国现代诗学的建构方面,梁启超、王国维等是先行者。他们对中国诗学的思维方式、结构方式、言说方式等从传统向现代的转变,起到了功不可没的开拓性作用。在《墨子学案》中,梁启超将逻辑学抬到了无以复加的高度,认为它是求真、求因果联系的学问,是"一切学问之母"③。主张以逻辑学的思维方法进行人文研究。他的《墨子之论理学》就是他运用西方逻辑学的思维方法研究墨家

---

① 胡适:《先秦名学史》,上海:学林出版社,1983年,第4—6页。
② 朱光潜:《诗论》,北京:三联书店,1984年,第76—77页。
③ 梁启超:《墨子学案》,北京:商务印书馆,1921年,第134页。

辩学的成功典范。王国维也认为,西方逻辑性思维作为中国传统的直觉性思维的对立物的出现是有其合理性的。正是借助于判断、推理等思维形式和分析、综合、抽象等方法,西方诗学常常能够超越经验世界达到纯粹的思辨和演绎普遍原理的高度。因而,要使我们的思维具有一种科学的理性,我们就要学习西方"长于抽象而精于分类,对世界一切有形无形之事物,无往而不用综括(Generalization)及分析(Specification)之二法"①。

在"五四"以前的梁启超、王国维等人那里,逻辑学和逻辑思维被更普遍地当作一种抽象的科学公理与"一切学问之母"来看待。他们认为,作为主宰着世界的"放之四海而皆准"的合理的精神形式,逻辑学和逻辑思维一旦从西方引进到中国,便能促进我们民族的文化和诗学思维模式的转换。这种情况,到了"五四"时期,开始发生变化。在蔡元培、胡适、丁文江等人那里,逻辑学和逻辑思维除了体现为公理或原则,更重要的是认识、理解与把握外在世界的知识学方法。蔡元培认为,在学术研究中,科学方法占据着最为重要的位置,"科学的结论,决不如介绍科学的方法重要。因为得了结论,不过趁他人的现成,得了方法,才可以引起研究的兴趣"②。而在科学研究的方法中,逻辑学的研究方法尤为重要。他强调指出:"研究科学,不可不知研究科学的方法,即不可不知论理学。"③

这种将逻辑学和逻辑思维的方法视为科学的本质所在的认识,在胡适、丁文江等人与张君劢等保守主义诗学家于1923年爆发的科学与玄学的论争中表现得尤为突出。

1923年春夏间,以张君劢等为代表的保守主义诗学家对科学理性思维进行质疑与抵制。在《人生观》一文中,张君劢认为,科学与哲学的性质和研究对象、范围是不同的。人生的问题,属于哲学研究的对象和范围,与科学无关,科学不能解决人生问题。张君劢之所以极力强调科学与哲学的不同,是因为寄希望于以传统哲学之力抵制科学万能论对中国社会的入侵。但他为了抵制科学万能论而在科学与人生之间挖出一条无法跨越的鸿沟,这样的观点显然失之偏颇。

针对张君劢的观点,丁文江、胡适、王星拱等站在科学主义立场上进行了驳斥,由此拉开了轰动一时的"科玄论战"的序幕。在他们看来,"科学就是哲学","科学方法万能"。在《玄学与科学》一文中,丁文江将逻辑学研究方法不仅视为推动科学理性发展

---

① 王国维:《王国维文集》(第三卷),北京:中国文史出版社,1997年,第40—42页。
② 中国蔡元培研究会编:《论蔡元培》,北京:旅游教育出版社,1989年,第344页。
③ 蔡元培:《对于筹办杭州大学之意见》,《教育杂志》1923年3月第15卷第3期。

的有力杠杆,而且也看成为评判一切知识的标准:"凡不可以用论理学批评研究的,不是真知识。"①。在《科学与人生观》一文中,王星拱也强调指出:"科学是凭借因果和齐一两个原理而构造起来的。人生问题无论为生命之观念或生活之态度,都逃不出这个原理的金刚圈,所以科学可以解决人生问题。"②

如果说梁启超、王国维等人更多地是将科学理性当作普遍永恒的绝对真理,当作取代儒教意识形态的新的精神信仰和武器,那么,在丁文江、王星拱等人这里,科学理性的实质与其说在于一种抽象的理念,不如说在于它的分析的、辩证的、逻辑的等一系列方法,在于它的这些方法对中国传统思维模式的冲击。由此,科学理性在他们这里就不再会由于超越实证科学而落入形而上学的泥坑,而成为一种可以指导人生的科学方法。正因如此,这场论争,以丁文江、王星拱等倡导逻辑学等科学方法的一方的胜利而告终。经过这场论争,"科学此时比以前更加强大,倒不是因为它的辩护者大名鼎鼎,也不是由于中国一般的反宗教感情,而是由于科学方法本身的流行"。"在这转折的年代里,中国正是被那种她企图吸取其科学遗产的文化,从政治、经济、军事到技术等方面都压迫到了不利的地位。由于这种因素——跨文化的思想运动——的出现,这场论战常常显得颇为肤浅。正因为它缺乏深度,所以它才充满激情。现代中国的转折问题太急迫了。"③

那么,为何又说"这场论战""常常显得颇为肤浅"、"缺乏深度"呢?这是因为,且不说以张君劢等为代表的保守主义诗学家认为科学没有能力解决人生观的问题的观点较为肤浅,就是以丁文江、王星拱等为代表的"科学派"的将逻辑学等科学的认知方式看成评判哲学以及一切人类活动的根据和标准的观点也失之偏颇。因而,尽管表面上看来,以丁文江、王星拱等为代表的"科学派"在这场论争中胜利了,然而,以张君劢等为代表的保守主义诗学家在这场论争中提出来的一些关键性的问题,诸如什么是科学的人生观?科学的人生观何以可能?科学观如何改变中国的人生?以丁文江、王星拱等为代表的"科学派"并没有给予令人信服的科学、合理的回答。

纵观逻辑学等科学理性思维方法在中国现代的传播、流变过程,我们不难看出,尽管"进化论"等饱含着逻辑推理的科学方法对中国民众和社会产生了较大的影响,然

---

① 丁文江:《玄学与科学》,《科学与人生观》,济南:山东人民出版社,1997年,第49页。
② 王星拱:《科学与人生观》,上海亚东图书馆,1923年,第16页。
③ 〔美〕郭颖颐:《中国现代思想中的唯科学主义(1900—1950)》,南京:江苏人民出版社,1989年,第12页。

而,由于它们重视的是生物进化的外因而不是内因,因而,它们只能说明和解释生物的进化,却不能说明和解释生物的发展的起源和动力,不能既在科学人生观又在科学方法论上说明和解释改变中国民众的人生的根本的动力机制。在这样的历史条件下,作为同属科学理性主义的马克思主义辩证唯物论,以其在人生观和方法论上具有的科学性特性,在中国现代诗学的建构进程中取代进化论举起了科学理性的旗帜。

20世纪30年代以后,随着中国马克思主义诗学家的大力宣传,唯物辩证思维法在国内发生了越来越大的影响,形成了一股激情澎湃的思潮。应该说,这既合乎中国现代社会经济发展的规律,也是中国现代科学理性思维发展的必然结果。然而,这种不断高涨的唯物辩证主义思潮,引起了以保存义化传统精粹为己任的牟宗三、张君劢等保守主义诗学家的反感与抵制。他们发表了一系列文章,掀起了一场关于"唯物辩证思维法"的论争,对中国马克思主义诗学的唯物辩证思维法进行了一连串的追问:何谓逻辑?何谓辩证法?逻辑与事实世界有关系吗?事实世界中的事物之间有矛盾吗?

在《辩证唯物论的限制》一文中,牟宗三认为,辩证法、唯物辩证法、辩证逻辑等都不直接涉及对象,都是本体论上范畴之逻辑地推演的元学理论。这种脱离现象界、脱离对象的元学理论是没有意义的,不能成为一种逻辑或方法。[①] 关于逻辑与事实的关系和事物中的矛盾关系,牟宗三等人对马克思主义诗学中的"辩证"论也进行了质疑。在牟宗三等人看来,既然逻辑思维过程是一个不依赖于现象界也不依赖于对象的先验的过程,那么,即使有矛盾,它也只可能是逻辑思维过程中的自相矛盾,而不可能是事实世界中事物的矛盾。"'事实'没有'矛盾','事实'只是'是其所是','事实'只有'歧异'、'变化'、'错综',而没有'正负'、'矛盾',事实世界(Factual-word)即是多元的'事情'(Event)所构成的万花镜般的世界。"[②]

针对牟宗三、张君劢等为代表的保守主义诗学家的质疑与发难,李达、陈伯达等马克思主义诗学家进行了针锋相对的回应。在李达、陈伯达等人看来,辩证法、唯物辩证法、辩证逻辑等并不是脱离现象界、脱离对象的见解和理论,当它们指涉思维的运动和发展的规律时,它们是逻辑学;而当它们指涉作为现象界的自然、人类世界的发展和演变的规律时,它们又是人生观、世界观。在马克思主义诗学中,人生观、世界观与逻辑学并不是像保守主义诗学家所谓截然分裂的,而是相互联系、相互统一的。陈伯达指出:

---

① 牟宗三:《辩证唯物论的限制》,《唯物辩证法论战》,张东荪编,北平民友书局,1935年,第126页。
② 同上,第113—114页。

"腐败哲学家以为逻辑是完全独立于事实之外、与事实无干,而我们则认为逻辑只是事实的反映,逻辑的发展与事实的发展相一致,没有事实没有逻辑。"[①]此外,他们认为,牟宗三等保守主义诗学家的事实世界中事物没有矛盾的观点,体现出了保守主义诗学家思维的静止性、间断性的特性。矛盾作为一关系范畴,它所揭示的基本意义是不仅主观思想中存在着矛盾,而且世界上所有事物之间和事物内部都存在着矛盾。可以说,正是这种矛盾,形成了事物发展的动力机制。在《社会学大纲》中,李达深刻地说明了马克思主义辩证法在历史领域、自然领域、社会实践领域上的发展、演变的逻辑进程:"首先阐明了历史领域中的辩证法,其次由历史的辩证法进到自然辩证法,而在社会实践上统一两者以创出科学的世界观的唯物辩证法。"[②]

经历了这次论争之后,马克思主义的唯物辩证思维法已经对中国现代诗学家的思维产生了主导性影响,成为中国现代诗学建构过程中最为重要的思维论。以周扬、冯雪峰、胡风、毛泽东、蔡仪等为代表的中国现代马克思主义诗学家对唯物辩证思维法的重视不仅停留在言论中,更在具体的文学批评和文学研究中付诸实践。毛泽东的《在延安文艺座谈会上的讲话》以文艺为人民大众服务为核心命题,从作品、作者、世界、读者四个要素及其相互关系,依据唯物辩证关系法则阐释了文艺与社会生活、文艺的意识形态性与审美特性、文学的内容与形式等方面的对立统一关系。而作为中国现代第一部具有完整诗学体系的专著《新艺术论》,也是诗学家蔡仪依据唯物辩证关系法则创造而成的。《新艺术论》所建构的理论体系,在理论前提的设定、基本概念或范畴的界定与区别、论述材料的判断与推理、论述内容的组织与安排等方面,无不贯彻着对唯物辩证法的理解与执著。无论是艺术的智性与感性、艺术的内容与形式、艺术的创作方法与世界观,还是艺术的主观性与客观性、艺术的表现与宣传、艺术的自然美与艺术美,都被诗学家看成既矛盾对立又相互渗透、融合的两个方面。从某种程度上说,马克思主义的唯物辩证思维法的输入,不仅向中国现代诗学家展示了西方科学理性思想中的一个全新的理论系统,推动了中国诗学的思维方式的重大变革,而且也极大地促进了中国现代诗学理论体系的形成和成熟。

不可讳言,在革旧图新的风云激荡的中国现代诗学权力关系场域中,随着西方的科学理性思维的持续输入,无论是持进化论的自由主义诗学家还是持唯物辩证论的马克

---

① 陈伯达:《腐败哲学的没落——为批判张东荪的〈唯物辩证法论战〉而作》,《读书生活》1936年第4卷第1—2期。

② 李达:《李达文集》(第二卷),北京:人民文学出版社,1981年,第56页。

思主义诗学家,都将科学理性思维看成认识事物的本质性联系和规律性运动的基本途径。实事求是地说,尽管这些中国现代诗学家对科学理性思维的这种迷恋带有一定的乌托邦色彩,但无论如何,它推动了中国诗学思维的现代化进程,提高了中国诗学思维的逻辑性、思辨性色彩。不过,我们也注意到,中国现代诗学家对科学理性思维的接受存在着一种饶有趣味的悖反现象。在显意识层次上,中国现代诗学家对西方科学理性思维的接受动因在于对传统思维的不满和反抗,而在潜在的层次上,这种接受的深层根基却又常常是中国传统的思维模式。中国传统的实用理性思维则是它的本源。

那么,何谓实用理性思维呢?李泽厚在《漫说"西体中用"》一文中指出:"所谓'实用理性'就是它关注于现实社会生活,不作纯粹抽象的思辨,也不让非理性的情欲横行,事事强调'实用'、'实际'和'实行',满足于解决问题的经验论的思维水平,主张以理节情的行为模式,对人生世事采取一种既乐观进取又清醒冷静的生活态度。它由来久远,而以理论形态去呈现在先秦儒、道、法、墨诸主要学派中。"简而言之,实用理性思维有两个最为突出的特点,一是强调思维必须以现实为依据。二是极其重视"实践理性"。孔子所说的"君子讷于言,而敏于行"、"听其言而观其行"等,强调的就是实用理性思维的实践性特点。

从文化传播学的方位看,任何地区或国家的诗学对另外地区或国家的接受都是在特定的时空中发生的传播者与接受者双方互动的过程。对此,胡适有非常清楚的说明:"大凡一种学说,绝不是劈空从天上掉下来的","古今学术思想的进化,只是一整然的活动。……新的呈现,定然为旧的汲引而出;断不会凭空而至"。[①] 在西方科学理性思维的传播过程中,中国现代诗学家的选择性接受显示了重要作用。也就是说,在众多的西方诗学思维中,许多中国现代诗学家之所以选择了西方科学理性思维,除了缘于时代的要求和个人的心理结构以外,传统的理性思维起着至关重要的作用。

像胡适等自由主义诗学家对于杜威的借鉴和学习主要基于两种种选择原则:一是要与潜藏在他们意识深层的传统的实用理性思维结构可以相互沟通,二是要能具体指导中国文化、诗学的建设工作。在《论国故学——答毛子水》中,胡适强调指出:"清朝的'汉学家'所以能有国故学的大发明者,正因为他们用的方法无形之中都暗合科学的方法。……这还是'不自觉的'(Unconcious)科学方法,已能有这样的成绩了。我们若能用自觉的科学方法加上许多防弊的法子,用来研究国故,将来的成绩一

[①] 胡适:《中国古代哲学史》,《胡适全集》(第五卷),合肥:安徽教育出版社,2003年,第223页。

定更大了。"①应该说,胡适等自由主义诗学家之所以在中国传统的实用理性思维论与西方的杜威实用主义思维论中寻找结合点,就是因为他们觉得前者反对抽象的、不切实际的玄谈、主张经世致用的观点与后者"拒斥形而上学"的理论存在着一种内在精神上的相似性。他们希图,当中西不同的实用理性思维论相互激荡、相互交会时,它们会形成一种全新的理性思维论,击垮空谈心性的玄学。

同理,马克思主义辩证唯物思维论在中国现代诗学思维领域的主导性地位,也是由中国现代诗学权力关系场域中的选择性接受机制决定的。马克思主义辩证唯物思维论之所以能够在各种西方理性思维论汇成的潮流中脱颖而出并占据中国现代诗学思维论的主流位置,就是因为当时中国现实社会发展的客观要求和传统的实用理性思维的引导作用。一方面,马克思主义辩证思维论与中国实用理性思维论一样,都具有强烈的现实性品格。这种思维论的特性在民族矛盾与阶级矛盾空前严重的中国现代社会中显得更加突出,也成为中国现代诗学家以中国实用理性思维论作为接受马克思主义辩证思维论先在的价值尺度与选择方向的重要原因。另一方面,马克思主义辩证思维论与中国实用理性思维论一样,都具有强烈的实践性品格。无论是马克思主义辩证思维论还是中国实用理性思维论,都要求人们从追求先验的、精致的、片面的事物的思维方式中超脱出来,代之以发展的、变化的、理论联系实践的思维方式去认识、理解事物的本质。这种思维论的特性在救亡图存的中国现代社会语境之中显得尤为耀眼,被中国现代马克思主义诗学家视为耀眼的希望之光。由此,他们将重实践的中国实用理性思维论作为接受重人的能动的实践活动的马克思主义辩证思维论的主要内在依据和基本理论框架,希图以此重建中国文化与中国社会。正如毛泽东指出的:"马克思列宁主义来到中国之所以发生这样大的作用,是因为中国的社会条件有了这种需要,是因为同中国人民革命的实践发生了联系。"②从某种程度上说,马克思主义辩证思维论与其说是作为一种文学理性思维论被中国现代诗学家所接受的,不如说是作为强大的哲学、政治理性思维论被中国现代诗学家所接受的。这一方面使这种思维论在中国的传播与接受过程留下了一些不可避免的遗憾,另一方面也使马克思主义辩证思维论获得了其他西方理性思维论所无法比拟的强大优势,对中国现代诗学权力关系场域中科学理性思维的形成产生了巨大的影响。

---

① 胡适:《论国故学——答毛子水》,《胡适全集》(第一卷),合肥:安徽教育出版社,2003年,第223页。
② 毛泽东:《毛泽东选集》(第四卷),北京:人民出版社,1991年,第1515页。

（二）

　　无论是在近代的西方还是在现代的西方,对科学理性思维的重视与推行都具有一定的历史的必然性和合理性。在某种程度上而言,正是得力于这种重视与推行,近、现代的西方在科学技术上取得了较大的进展。然而,我们也不能不看到,随着近、现代西方科学理性思维的发展,西方的理性思维离丰富而全面的古希腊理性思维渐行渐远,变得日趋极端化。这主要表现为:"抽象性,即把理性看成是超历史的普遍同一的性质,从而把理性变成了压制不同意见的权力话语……片面性,即只把理性看成是纯工具性的东西,并完全否定人性结构中非理性因素的积极性质,从而把理性变成了缺乏方向、理念和生命力的观念形式;形而上学性,这是旧理性主义的根本缺陷,从而使思维着的理性不能全面地、具体地、历史地、发展地看待理性本身。"①正因如此,从近代以来,伴随着科学理性思维的发展,一些西方的诗学家也不断对之进行深刻的反思和批判。休谟从纯粹经验论出发,敏锐地指出人们对事物的因果联系方面的认识的偶然性和不确定性,由此,他对作为实证科学基础的因果律提出了质疑。康德虽然不像休谟那样对科学理性思维持激烈的批判态度,而是对其持一种更为辩证的态度,但他对莱布尼茨——伏而夫的形而上学表示了怀疑。在他看来,人的认识能力是有限的,任何预先断定人们可以超越感性经验,只凭理性就能准确认识上帝、灵魂和意志自由等超感性的对象的理论都是独断论。

　　对于主体操纵科技理性所导致的一系列问题的强烈检讨,对于自然、宁静、和谐的生活的热切渴盼,促使许多西方学者将希望的眼光投向了东方。而一旦西方思维的触角转向东方,西方学者就不能不为推崇天人合一的神奇、玄妙的中国传统文化和传统思维所迷醉,不能不将救治西方现代科技带来的种种社会弊病的希望寄托在它的上面。由此,中国传统文化和传统思维,在西方产生了越来越大的影响。著名心理学家荣格强调指出:"在我看来,对道的追求,对生活意义的追求,似乎已成了一种集体现象,其范围远远超过了人们通常所认识到的。"②德国著名的表现主义诗人克拉朋德在《听着,德国人》一文中,将道家文化视为人类至高智慧加以推崇,希望现代德国人按照"神圣的道家精神生活"。法国现代主义诗人亨利·米修狂热地迷恋道家的文化的精神和思

---

① 韩震:《重建理性主义信念》,北京:北京出版社,1998年,第3页。
② 〔瑞士〕荣格:《心理学与文学》,冯川、苏克译,北京:三联书店,1987年,第255页。

维,他说:"老子是一个聪明人,他触及事物的底蕴。"①从中国传统文化和思维出发,荣格、克拉朋德、亨利·米修等西方哲学家、诗学家开始了他们以"无意识"超越"意识",以"直觉"超越"理性",以"感悟"超越"逻辑"的重新建构西方思维论的旅程。

既然理性的极度张扬所导致的人的"异化"和生存环境的恶化,迫使西方近现代的哲人和诗学家从它的反面去反思其自身,希图借助中国传统文化精神与思维作为化解社会危机,抚慰个体生命心灵的良方,那么,为了避免重演西方文化的悲剧,许多中国现代诗学家主张重新审视中国传统直觉感悟式思维与西方的科学理性思维。在他们看来,作为人类文明发展序列中的一个方面或侧面而存在的中国传统直觉感悟式思维与西方的科学理性思维,并不存着优劣、先进与落后的分明界限。就此,章炳麟批评那种"只佩服别国的学说,不论精粗善恶"的学者,认为这些学者以西方的科学理性思维为标准的言论是"第一种偏心"②。事实上,由于受到人类思维发展的内在规律的制约,无论中国传统直觉感悟式思维还是西方的科学理性思维,都是合理性与局限性并存的。这种并存格局,也就规定了任何一方解决不了的问题,都必须要借助另一方来解决。"欧洲的哲学思想将由中国哲学的直觉和体会来予以补充,同时中国的哲学思想也将由欧洲逻辑和清晰的思维来予以阐明。"③

正是导源于这种对中国传统直觉感悟式思维与西方的科学理性思维的不同理解,一些中国现代诗学家奏鸣出了与科学理性思维论主潮相对峙的非理性思维论的副部主题曲。虽然它在中国现代诗学权力关系场域的演进过程中并不处于主流位置,经常遭到科学理性思维论的挤压和排斥,然而,在近半个世纪的发展过程中,它以与科学理性思维论形成的相互碰撞、相互激荡所产生的巨大张力驱动着中国现代思维论的发展,形成了中国现代诗学思维对西方思维接受过滤的第二种结构性倾向,即,将中国传统直觉感悟式思维与叔本华的意志论哲学、柏格森的生命哲学、弗洛伊德的精神分析学等西方非理性主义哲学、诗学进行对接、融合。

首先,重视自然生命,认为借助直觉可以发现、把握个体生命的本质,是中国现代诗学中西方非理性思维与中国传统非理性思维相互对接、融合的一种重要表现形态。

道家非常重视人的生命自然本性,并将其视为个体生命的真实存在形态。老子说:

---

① 〔法〕米修:《一个野蛮人在中国》,刘阳译,见刘阳《米修:对中国智慧的追寻》,南京:南京大学出版社,2007年,第143页。
② 章太炎:《经的大意》,《章太炎的白话文》,沈阳:辽宁教育出版社,2003年,第35页。
③ 冯友兰:《三松堂学术文集》,北京:北京大学出版社,1984年,第289页。

"人法地,地法天,天法道,道法自然。"(《老子·二十五章》)老子这里所说的"自然",指的就是一种本源性状态、原初性状态。老子主张"道法自然",就是提倡人们按照生命的自然本性去生活。庄子也极为重视和推崇生命的自然天性。他将那种顺其自然的人称为"天人"、"真人":"不离于宗,谓之天人"(《庄子·天下》);"以天待之,不以人入天,古之真人!"(《庄子·徐无鬼》)庄子这里所说的"宗",指的也是一种根源性的状态或道的自然本性。"天人"、"真人"之所以是"天人"、"真人",是因为他不以人为做作改变自己的本性和原初性状,"俗人"之所以是"俗人",是因为他以人为做作破坏自己生命的自然本性。在老子的"返朴"观、庄子的"真人"观和"天人"观的支配下,道家反对将人与自然进行分拆,主张将人的精神归属于自然的直觉性思维论得到极大的发展,并进而在审美思维方面形成了一个非常突出的特征:以顺其自然的生命为美,以生气蓬勃、潇洒自由的生命为美。

与中国道家重视人的生命自然本性,并将其视为个体生命的真实存在形态一样,西方自近代以来也出现了一批以叔本华、柏格森、弗洛伊德等为代表的直面生命,主张通过直观去发现作为生命本质、世界本质的非理性主义哲学家、诗学家。在他们看来,传统的科学理性哲学、诗学那种将意识等同于心理的观点只对人的精神活动的表面现象进行了解释,无法真正地发现人的生命的本质。生命的本质不是理性所能观察、把握到的人的精神生活的海洋表面上的山体部分,而是海洋下面汹涌澎湃的巨大的欲望的潮流。这种汹涌澎湃的巨大的欲望的潮流,叔本华将其表述为"生存意志",柏格森称其为"生命冲动",弗洛伊德把它表述为"潜意识"。叔本华等人认为,要深刻地认识、理解人的这种生命本质,人们就必须努力摆脱科学理性思维的制约,摆脱概念、判断、推理等逻辑形式的束缚,让自己进入到一种直觉状态。

在叔本华那里,直觉是一种"直接的了知,并且作为直接了知也就是一刹那间的工作,是一个 appercu,是突然的领悟;而不是抽象中漫长的推论锁链的产物"[1]。这种"突然的领悟"的能力只有那些能够摆脱各种功利目的的天才可以拥有。他强调指出:"天才的性能就是立于纯粹直观地位的本领,在直观中遗忘自己,而使原来服务于意志的认识现在摆脱这种劳役。"[2]在柏格森那里,直觉是一种几乎不被意识所觉察的神秘的非理性认识能力,是一种引导人们认识与把握生命的真正本质的特殊本能。"直觉是面

---

[1] 〔德〕叔本华:《作为意志和表象的世界》,北京:商务印书馆,1982年,第50页。
[2] 同上,第259页。

向内心深处的,一般人会借助它意识到内在生命的持续,某些人的直觉更强烈,它把他们带向我们存在的根基,从而领悟普遍生命的法则。"①

在中国现代诗学家这里,直觉首先是一种认识与理解生命本体的思维取向和方法。受中西直觉论的影响,王国维、林语堂、朱光潜、宗白华等现代诗学家将自然的生命视为生命的本体。这种自然的生命不受理性的支配,而是受一种能量巨大的非理性的力量或无意识的冲动所驱使。王国维非常推崇叔本华,他说:"自希腊以来,至于汗德之生,二千余年,哲学上之进步几何?自汗德以降,至于今百有余年,哲学上之进步几何?其有绍述汗德之说,而正其误谬,以组织完全之哲学系统者,叔本华一人而已矣。"②他之所以给予叔本华这么高的评价,一个很重要的原因,就是他极为认同叔本华的世界的本质在于生命意志的直觉观。他说:"生活之本质何?'欲'而已矣,故人生者,如钟摆,实往复于苦痛与倦厌之间者也,夫倦厌固可视为苦痛之一种。"在王国维等中国现代诗学家看来,个体对非理性的生命本能、生命意志或生命冲动构成的深层自我的认识与把握,不能依靠逻辑、判断、推理等理性思维方式,而必须依靠非理性的神秘直觉。一旦个体通过直觉认识和把握到生命的本质时,作为对象的整个世界就会向他打开,他的生命精神就会达到一种自由的状态。这种生命的自由性,在自由主义诗学家林语堂那里被称为"个人之性灵之表现"。林语堂将中国的公安派、竟陵派和袁枚的"性灵"说和西方非理性主义诗学家克罗齐等人的"表现论"融会贯通,提出了自己的颇有创见的"性灵说"。他说:"文章者,个人之性灵之表现。性灵之为物,惟我知之,生我之父母不知,同床之吾妻亦不知。然文学之生命实寄托于此。"③这种生命的自由性,在自由主义诗学家宗白华那里则被称为"宇宙真相"的"显示"。在《读柏格森"创化论"杂感》中,他说:"天才所创造的思想与发明大半是由一种茫昧的冲动,无意识的直感,渐渐光明,表现出来,或借学说文章,或借图画美术,使宇宙真相得显示大众,促进人类智慧道德的进化。"④

在中国现代诗学家这里,直觉也是认识与理解生命本体的一种动态、流动的非理性活动。在科学理性思维的视域中,生命总是被当作客观的认识对象。在这种对生命的认识活动过程中,生命往往被做了预先设定的本质主义式理解,成为可以用逻辑推理和

---

① 〔法〕柏格森:《道德和宗教的两个来源》,王作虹、成穷译,贵阳:贵州人民出版社,2000年,第218页。
② 姚淦铭、王燕编:《王国维文集》(第三卷),北京:中国文史出版社,1997年,第318页。
③ 林语堂:《有不为斋随笔·论文》,《论语》半月刊1933年4月16日第15期。
④ 宗白华:《读柏格森"创化论"杂感》,《宗白华全集》(第一卷),合肥:安徽教育出版社,1994年,第78页。

数学方法进行判定的僵固的、静止的存在。而在受到柏格森等西方非理性主义诗学家和中国道家的直觉论影响的朱光潜、宗白华等中国现代诗学家看来，科学理性主义者之所以认为事物是固定、静止、不变的，是因为他们用理性强行地将统一的生命体中的精神与物质、心与身等割裂为截然不同的部分。而当这种割裂发展到极端状态时，生命就会完全沦为物质的奴隶，成为丧失了精神的空洞、僵死的物质符号。因而，个体生命倘若不想遭受被对象化与物质化的命运，就必须以顽强的精神去抵制物质对生命的侵袭，并在这种顽强的抵制中展现生命的力量与异彩。正因如此，宗白华对柏格森的创化论中包含着的创造、进化的思想大加赞赏："柏格森的创化论中深含着一种伟大的入世精神，创造进化的意志，最适宜做我们中国青年的宇宙观。"①事实上，世界上没有固定、静止、不变的生命，生命只要存在着，他就永远处于变动不居之中。而推动生命流动、进化的最为根本的内驱力则是"生命冲动"。在柏格森那里，这种生命冲动是奔腾咆哮的"生命之流"，是浩浩汤汤的无底无岸的河流。对此，朱光潜有非常深刻的认识。朱光潜说："柏格森说世界时时刻刻在创化中，这好比一个无始无终的河流，孔子所看到的'逝者如斯夫，不舍昼夜'，希腊哲人所看到的'濯足清流，抽足再入，已非前水'，所以时时刻刻有它的无穷的兴趣。抓住某一时刻的新鲜景象与兴趣而给以永恒的表现，这是文艺。"②生命的冲动在于创造，倘若作家能够直观到这种富有创造力的生命冲动，那么，他就能像朱光潜所说的那样创造出瞬间永恒的作品。

其次，重视个人生命体验，将思维主体与思维对象看成一个整体，认为作家可以借助个人独特的生命体验达致物我合一、内外契合的整体性境界，是中国现代诗学中西方非理性思维与中国传统非理性思维相互对接、融合后所生成的另外一种重要的思维范式。

在人类童年时期的"万物有灵观"的影响下，中国传统的直觉论与叔本华、柏格森等西方非理性主义诗学家的直觉论在审美思维方面除了形成重视自然生命，以具有生命冲动、生命意志的生命为美的特点以外，还形成了重视生命体验，以物我合一、内外契合的生命境界为最高境界的特点。在人与自然的关系上，无论是道家、佛家还是叔本华、柏格森等西方非理性主义诗学家，都反对任何以固定、机械、静止的眼光去看待人与自然的关系的认知方式。在道家、佛家这里，并不是像后来的一些学者所认为的那样，

---

① 宗白华：《读柏格森"创化论"杂感》，《宗白华全集》（第一卷），合肥：安徽教育出版社，1994年，第79页。
② 朱光潜：《朱光潜美学文集》，上海：上海文艺出版社，1982年，第245页。

不存在主体与客体的概念与区别。事实是,道家、佛家均有清醒的主、客体意识。他们讲超越,不是要超越主、客体的关系,而是要超越主体的有限性,让有限性的主体与无限性的客体融合、同一。佛家认为:"此有故彼有,此生故彼生"(《杂阿含经》卷十二)。在佛家看来,世界上既不存在独立于万物之外的生命,也不存在超越于万物之上的生命。世界上的生命之间形成了环环相扣的链条,形成了浑然天成的网,使所有的生命都构成了我中有你、你中有我的隐秘的联系。在道家看来,道是世界上所有生命必须遵循的共同的法则。个体生命要达到自由状态,就必须效法自然、依道而行。庄子所说的"体道"(《庄子·知北游》)、"以天合天"(《庄子·达生》),就都是要求以体道者的自然之性去体验、把握自然之道,就都在要求个体生命通过"体道"的直觉体验方式来达到"天地与我并生,而万物与我为一"的最高生命境界(《庄子·齐物论》)。

在叔本华、柏格森等西方非理性主义诗学家那里,直觉既是一种超越一切概念、判断、推理等科学理性思维形式的方法,也是一种在感觉经验中直接体验到个体生命与对象相互契合的一种特殊的认知能力。叔本华认为,个体生命要达致与对象相互契合的境界,首先要采取观审法:"这种主体已不再按根据律来推敲那些关系了,而是栖息于、沉浸于眼前对象的亲近观审中,超然于该对象和任何其他对象的关系之外。"①此时,个体生命才能在忘我的状态中一刹那间将个体生命与对象生命打成一片,并获得对对象生命的直接的、整体的把握。在柏格森的非理性世界中,直觉是一种反对对生命所作的客体化、逻辑化、割裂化的理性思维方式的认知方式,直觉活动是一种将个体生命融合于对象生命之内,与对象生命息息相通的体验与感受的过程。他强调指出:"所谓直觉就是把自己置身于对象之内,是意志生命的交融。"②

在中国现代诗学中,道家、佛家与叔本华、柏格森等西方非理性主义诗学家的这种以生命体验达致物我合一、内外契合的境界的直觉性思维论经常以对接、汇通的形式出现。

任何人谈物我合一、内外契合,都不能不谈这种"合一"、"契合"的前提。那么,个体生命达到物我合一、内外契合的境界的前提是什么呢?老子提倡"涤除玄览"(《老子·第十章》),佛家要求"无闲事挂心头",叔本华强调"观审"。宗白华、梁宗岱融合了他们的观点,主张"放弃"、"静观"。在宗白华、梁宗岱看来,个体生命与自然逍遥游的

---

① 〔德〕叔本华:《作为意志和表象的世界》,第249页。
② 〔法〕柏格森:《创造进化论》,佚名译,长沙:湖南人民出版社,1989年。

审美直观状态的前提是摒弃各种私心杂念。梁宗岱将这种摒弃过程称为"放弃"过程:"我们开始放弃了动作,放弃了认识,而渐渐沉入一种恍惚非意识,近于空虚的境界,在那里我们底心灵是这般宁静,连我们自身底存在也不自觉了。"①宗白华将这种摒弃过程称为"静观"过程:"在人生忘我的一刹那,即美学上所谓'静照'。静照的起点在于空诸一切,心无挂碍,和世务暂时绝缘,这时一点觉心,静观万象,万象如在镜中,光明莹洁,而各得其所,呈现着它们各自的充实的、内在的、自由的生命,所谓万物静观皆自得。"②

那么,个体通过何种方法、途径才能使自己的生命与对象的生命契合、同一呢?佛家认为,通向同 境界的方法是"妙悟":"玄道在于妙悟,妙悟在于即真。"(《涅槃无名论》)道家认为,通向人性与天道和谐一致的方法是"坐忘"、"心斋"。"堕肢体,黜聪明,离形去知,同于大通,此谓坐忘"(《庄子·大宗师》);"无听之以耳而听之以心……唯道集虚。虚者,心斋也。"(《庄子·人间世》)叔本华认为,使直观主体和客体完全融合的方法是"自失":"人们自失于对象之中了,也就是说人们忘记了他的个体,忘记了他的意志。"③实际上,无论是道家、佛家的"坐忘"、"心斋"、"妙悟",还是叔本华等西方非理性主义诗学家的"自失",都是有所"忘"、所"失",又有所不忘、不失的。他们要"忘"、"失"的是理性世界中主体与客体之间的隔阂和鸿沟,他们不能"忘"、"失"的是人之为人的生命的自由和高远的精神。这样一种以"坐忘"、"心斋"、"妙悟"、"自失"的方式来追求个体生命与对象生命的契合,实现生命的自由的直觉论,无疑对于厌倦喧嚣骚乱的现实世界、渴求个体生命的超越与自由的中国现代诗学家具有极大的诱惑力。

在梁宗岱、朱光潜等中国现代自由主义诗学家看来,个体要使自己的生命与对象生命契合,就必须超越科学的理性和概念化的逻辑方法,转而"以心眼去透视"个体生命与对象世界。这意味着,个体生命在面对对象世界时,应该使自己进入"坐忘"、"妙悟"、"自失"的状态,以自己的心去倾听宇宙万物的"无声之乐"。

一方面,当个体生命以"坐忘"、"妙悟"、"自失"的方式去与世界对话时,个体生命要超越现实时空的种种限制而接受宇宙本原的召唤,获得宇宙万物的自在性的精神特性。只有这样,他才能"深吸到最纤纤的潜在意识,听最深邃的最远的不死的而永远死

---

① 梁宗岱:《象征主义》,《文学季刊》1934年第2期。
② 宗白华:《美学散步》,上海:上海人民出版社,1981年,第121页。
③ 〔德〕叔本华:《作为意志和表象的世界》,第250页。

的音乐",发现"一般人找不着不可知的远的世界,深的大的最高生命"。① 此时,"我们底最隐秘和最深沉的灵境都是与时节,景色和气候很密切地相互缠结的"②。在这个个体生命与宇宙万物同击着一个节奏的世界中,日常经验意义上的时间顿然消失,"诗人在一刹那中所心领神会的,便获得一种超时间的生命,使天下后世人能不断地去心领神会"③。于是,个体生命在趋近宇宙时空的灵感充盈的一念之中,进入到宇宙万物的内在层面,观照到宇宙万物的本质和规律,并将其化为具体可感的图像。由此,这短短的一刹那的灵感,在使个体生命获得了更为广漠的存在时空的同时,也使其获得了像宇宙万物一样的永恒的生命。

另一方面,当个体生命以"坐忘"、"妙悟"、"自失"的方式去与世界对话时,个体生命的想象灌入宇宙万物之中,宇宙万物就会具有人的灵性。在梁宗岱看来,作家对对象世界的直觉意味着"我们放弃了理性与意志底权威,把我们完全委托给事物的本性,让我们底想象灌入物体,让宇宙大气透过我们心灵,因而构成一个深切的同情交流,物我之间同跳一个脉搏,同击着一个节奏"④。宗白华认为,真正艺术家的工作是"以宇宙人生的具体为对象,赏玩它的色相、秩序、节奏、和谐,借以窥见自我的最深心灵的反映;化实景而为虚境,创形象以为象征,使人类最高的心灵具体化、肉身化,这就是'艺术境界'"⑤。这时,真正的艺术家会认识到,个体生命与作为对象的宇宙万物之间都是各以其自身的现象互相反映对方的本质。当艺术家将个体精神置于宇宙万物的内部时,宇宙万物的本质就不能不表现出个体生命的本质属性。如此,在很大程度上,艺术家对于宇宙万物的内部本质的体察与把握,也就取决于他对自身生命本质的体察与把握。而生命境界的理想性,则是直觉化的本能使个体生命身心交合地处于宇宙万物之中,处于生命冲动的绵延之中。

不可讳言,由认同科学理性思维方式到认同直觉感悟思维方式,这是中国现代诗学思维自身发展过程中对"肯定"的否定,是中国现代诗学思维场域中权力关系运作的结果,具有一定的历史合理性。然而,无论是科学理性思维方式,还是直觉感悟思维方式,都是人对个体生命和世界存在方式的基本认知方式,都是在较长的历史进程中发生、发

---

① 穆木天:《谈诗》,《创造月刊》1926年第1卷第1期。
② 梁宗岱:《象征主义》,《诗与真·诗与真二集》,北京:外国文学出版社,1984年,第77—78页。
③ 朱光潜:《朱光潜美学文集》,第50页。
④ 梁宗岱:《象征主义》,《诗与真·诗与真二集》,第81页。
⑤ 宗白华:《中国艺术意境之诞生》,《宗白华全集》(第二卷),合肥:安徽教育出版社,1994年,第357页。

展的。因而,它们都不能不受到一定的社会和文化环境的制约,具有一定的历史局限性。这决定了,要真正实现中国现代诗学的根本变革,必须辩证地看待科学理性思维方式与直觉感悟思维方式。任何偏重直觉感悟思维方式而忽视科学理性思维方式的思维观,就像任何偏重科学理性思维方式而忽视直觉感悟思维方式的思维观一样,都是一种非此即彼的二元对立思维的表现,都在一定程度上影响了中国诗学思维的进一步拓展和深化。正因如此,当一些中国现代自由主义诗学家将中国传统的感悟思维方式与西方的直觉思维方式推崇为唯一的思维方式,将"潜意识"、"生命意志"、"生命冲动"等演绎为个体生命与世界的最为根本的驱动力时,一些持科学理性思维论的马克思主义诗学家和持道德理性思维论的保守主义诗学家对这些持非理性思维论的自由主义诗学家进行了尖锐的质疑与反驳。

如果说持非理性思维论的自由主义诗学家的直觉论偏重于对于生命的个体性、主体性的看法,那么,持科学理性思维论的马克思主义诗学家和持道德理性思维论的保守主义诗学家则偏重于对于生命的社会性、客体性的阐释。现实世界是个体的目标还是工具?是个体心灵投射的对象还是制约主观的客观、真实的存在?对于这些问题的不同阐释引发了双方激烈的争辩。

以林语堂为代表的自由主义诗学家认为,文学创作,只与"个体"和作为个体的"性灵"有关,与客观存在着的现实生活和现实生活中的大多数群众没有多大关系。他接连创办《论语》(1932年)、《人间世》(1934年)、《宇宙风》(1935年)等杂志,主张"以自我为中心,以闲适为格调"①,极力推举摆脱社会约束的人的自然本性的"性灵"。他强调指出:"一人有一人之个性,以此个性 Personality 无拘无碍自由自在表之文学,便叫性灵。"②并对"动辄仟何小事,必以'救国''亡国'挂在头上"的左翼文学加以嘲讽,讥之为具有"方巾气道学气"的文学。③

与此不同,鲁迅等中国现代诗学家运用的是一种重视关系型的马克思主义的辩证唯物思维方式,它并不否认个人在生活与文学创作中的价值,但又认为,生活与文学创作中的个人都不可能是想象中的个人,而是受到一定物质的、不受他们主观意愿任意支配的社会历史环境制约的个人。鲁迅指出:"在风沙扑面,狼虎成群的时候",中国读者"即使要悦目,所要的也是耸立于风沙中的大建筑,要坚固而伟大,不必怎样精;即使要

---

① 林语堂:《发刊词》,《人间世》1934年4月第1期。
② 林语堂:《记性灵》,《林语堂文集》(第十卷),西安:陕西师范大学出版社,2005年,第198页。
③ 梅中泉主编:《林语堂名著全集》(第十四卷),长春:东北师范大学出版社,1994年,168页。

满意,所要的也是匕首和投枪,要锋利而切实,用不着什么雅"。① 从唯物辩证的关系型思维方式出发,针对自由主义诗学家朱光潜以"静穆"为"艺术的最高境界"的观点②,鲁迅进一步分析了人的社会性本质,认为在阶级社会中,作家脱离社会极力宣扬个体意志的自由,不仅不能真正创作出真切而艺术地表现个体生命自由的"真"而"美"的艺术作品,而且他会发现自己作为个人的地位和意志都无法摆脱社会、阶级的制约。鲁迅尖锐地批评道:"就是诗,除论客所佩服的'悠然见南山'外,也还有'精卫衔微木,将以填沧海,刑天舞干戚,猛志固常在'之类的'金刚怒目'式,在证明着他并非整天整夜的飘飘然。这'猛志固常在'和'悠然见南山'的是一个人,倘有取舍,即非全人,再加抑扬,更离真实。"③

1936年,自由主义诗学家的代表性人物朱光潜将叔本华、尼采、克罗齐、柏格森等西方非理性主义诗学之"花",嫁接到了中国道家等传统诗学之"木"上,生成了他个人以及中国现代诗学中的代表性论著《文艺心理学》。在该著中,朱光潜将个体的直觉的经验和美感的活动放在了最为重要的位置。在他看来,审美经验是一种无功利性的直觉的形象活动,艺术的活动就是无功利性的美感的活动,而无功利性的美感的活动就是直觉的活动。它既要排除逻辑思维、知性概念等科学理性的认知方式的干扰,也要抵制社会、政治、道德等因素的介入。

针对朱光潜"无功利性的美感的活动就是直觉的活动"等观点,周扬、蔡仪等马克思主义诗学家进行了严厉的批评。根据马克思主义辩证唯物思维论,周扬认为,朱光潜的美学思维论存在着几个较为突出的问题。其一,朱光潜忽视了审美思维的实践性特性。在他看来,美与美感并不是像朱光潜所说的那样来自个体主观的直觉的活动,而是来自个体的社会实践。他说:"我们承认美的感情,美的欲望的事实(没有它们,艺术活动便不存在),却不承认它们是先于社会的发展,生物学地内在的。无论是客观的艺术品,或是主观的审美力,都不是本来有的,而是从人类的实践的过程中所产生。这就是我们和一切观念论美学者分别的基础。"④其二,朱光潜忽视了审美思维的社会性特性。美既然来自人类的社会实践,是人类社会实践的产物,那么,它就必然会受诸种人类社

---

① 鲁迅:《南腔北调集小品文的危机》,《鲁迅全集》(第五卷),上海:人民文学出版社,1973年,第169页。
② 朱光潜:《说"曲终人不见江上数峰青"》,《中学生》1935年12月第60期。
③ 鲁迅:《且介亭杂文二集·"题未定"草》,《鲁迅全集》(第六卷),北京:人民文学出版社,1973年,第345页。
④ 周扬:《周扬文集》(第一卷),北京:人民文学出版社,1984年,第217页。

会关系的制约。就此而论,他认为朱光潜所说的那种完全超功利、超社会的神秘的"智者"、"圣者"的自我表现说和自我直觉说严重背离了美的社会性。它"不用思想,不动感情,对于人生一切现象,不在那发展和关联上去研究,去把握,而只当一个孤立绝缘的意象去观赏。任何怎么严重的社会问题,在艺术家眼中也不过如一片云、一朵花一般。这样的人生表现,结果恐怕只有艺术和人生和本质之游离罢了"①。由此,周扬尖锐地指出,西方的非理性主义诗学已经走向了发展的困境:"现代美学的主观化,形式化,神秘化,和那完全失去了进步性的资产阶层的文化全体的没落和颓废相照应,显示了它已不能再往前发展"。他极力呼唤道:"新美学的建立,只有在和旧美学的彻底批判的基础上才有可能。"②

较为完满地实现周扬以唯物论的新美学取代唯心论的旧美学的愿望的是蔡仪。1942年,蔡仪以马克思主义的辩证唯物主义认识论来解释美的著作《新艺术论》出版。蔡仪认为,朱光潜的直觉论之所以不能够解决美学的根本问题,不能够深刻地展现美的真正的本质特性,主要在于他的思维方法论存在着较大的问题。朱光潜像鲍姆嘉通、克罗齐等持唯心论的西方诗学家一样,将处于初级认识阶段的感觉当作了生命和世界的真正本质。蔡仪指出:"他的所谓诗的真实是和历史的所谓真实无关的,也是和现实的法则——必然性及可能性无关的;它是作者'新综合'而得的,也就是作者主观的所产,因此他的真实并不是真实,而是臆造。"③在蔡仪看来,审美的真并不是个体凭借生命的直觉的形象活动就能认识与理解的,而是需要同时借助感性与理性的思维才能把握的。他强调指出:"我们认为美感是要经过智性,而且是以感性为基础的;美感不仅是形象的认识,而且也由于透过形象而进入事物的关联、本质、意义的认识,所谓'美感经验是形象的直觉',只是荒谬之谈。"④应该说,蔡仪对朱光潜等唯心主义诗学的诘难显示了一个年轻的马克思主义诗学家的强大的冲击力和创造力。一方面,它较为系统地揭示了旧有的唯心主义诗学本质论、思维论的问题,极大地冲击和破坏了旧有的唯心主义诗学体系;另一方面,它从马克思主义辩证唯物主义这一方法论原理出发,系统地阐述了美、美感、美的创造与认识的关系等诗学中的重大问题。与周扬的《我们需要新美学》相比,无论是在美学方法论的阐释上,还是在诗学体系的创建上,蔡仪的《新美学》都要

---

① 周扬:《我们需要新美学》,《认识月刊》1937年创刊号。
② 周扬:《周扬文集》(第一卷),北京:人民文学出版社,1984年,第212页。
③ 蔡仪:《美学论著初编》(上),上海:上海文艺出版社,1982年,第33页。
④ 同上,第265页。

略胜一筹。不过,我们也看到,由于主客观方面的原因,蔡仪的《新美学》也存在着一些问题。作为一部将克罗齐、柏格森等西方非理性主义诗学直觉思维之"花"嫁接到中国传统直觉顿悟式思维之"木"上的生成物的《文艺心理学》,尽管在阐释美与美感时过于关注个体的直觉审美活动,偏重于从人的主观感觉出发去认识、理解、把握美,然而,它融通美学与心理学的跨学科的研究视野,汇通西方非理性主义诗学思维与中国传统文论思维的研究范式,都使它在中国现代诗学史上具有极为重要的创新性意义。而对于它的这种意义,蔡仪的《新美学》显然没有给予充分的重视。另一方面,《新美学》中对美的认识也有不够全面的地方。它强调了美的客观性,却忽视和否认了美的社会性。在这一点上,周扬在《我们需要新美学》中的美既具有社会性又具有实践性的观点较之它的观点更为深刻、周全。然而,即使如此,我们仍然不能忽视《新美学》在中国现代诗学史上的历史意义和理论贡献。在中国现代诗学史上,它不仅以马克思主义辩证唯物论颠覆了"旧美学"的认识论,而且在马克思主义辩证唯物论的框架下系统地阐发了感性——悟性——理性的反映论的美学理论逻辑,成为第一部运用马克思主义唯物主义反映论的理论和基本方法系统地阐释美学体系的诗学专著。它在极大地促进中国现代诗学体系建设的深化的同时,也促使朱光潜进一步发现了自己曾经迷恋的唯心主义的直觉思维论本身存在的难以自圆其说的困境,极大地强化了朱光潜摆脱这种困境的决心。

个体情感与个体自由既是自由主义诗学中最为核心的原则,也是自由主义诗学区别于马克思主义诗学、保守主义诗学的最为根本的原则。这就使得,当这种将个体情感与个体自由视为首位的自由主义诗学传到中国的时候,它就自然对将集体主义看成第一位的中国现代马克思主义诗学和中国现代保守主义诗学造成了极大的冲击。正因如此,它既遭到了中国现代马克思主义诗学家的批评,也遭到了中国现代保守主义诗学家的批评。

中国现代保守主义诗学是伴随着中国"五四"时期反传统的新文化运动发展起来的,新文化运动对中国文化传统反对得越是激烈,中国现代保守主义诗学对这种"整体性的反传统思想"的运动进行纠偏的冲动就越是强烈。

从学衡派到醒狮派,从醒狮派到甲寅派,从甲寅派到战国策派,都不否认五四新文化运动对中国旧的家族主义进行批判的必要性,也不否认有将个体、情感从数千年来超我的权威的压抑中解放出来的必要性。刘伯明指出:"此项运动,无论其缺点如何,其在历史上必为可纪念之事,则可断言。盖积习过深之古国,必经激烈之振荡,而后始能焕然一新,此为必经之阶级,而不可超越者也。"①在他们看来,个体、情感的解放是中国走向现代化运动的重要一环,在一定程度上促使了中国人的生命由他控型向自控型的转型。林同济指出:"五四以来种种解放运动,根本意义就在要减杀数千年来超我的权威。反而观之,也是给阿物以空前的宣泄机会。"②他们不同意的是胡适等自由主义诗学家从"文学的进化历史观"出发,将中国文化与西方文化、个人与民族视为相互对立的两极,把生命的本质归结为个体的"意志"、"生命冲动"、"本能"等,把对自我主体性的追求演变成对"个人主义"、"利己主义"和"任情纵欲"的合理性论证。邰爽秋批评道:"原夫大多数中国人之思想,本为压迫个性消灭欲望之哲学所笼罩,新文化者流起而解放之,固为创造新人时必不可免之步骤,所惜解放时,缺乏正当指导,致使快乐主义,利己主义,唯我主义,满足感性主义猖狂泛滥乎中国。"③吴宓批评道:"今之谈文艺者,所谓表现自我,纯任自然,平民生活,写实手法。今之谈道德者,所谓任情纵欲,归真返朴,社会万恶,文明病毒。今之言改革者,所谓打破礼教,摆脱拘束,儿童公育,恋爱自由。凡此种种,皆无非承袭卢梭遗言遗行,奉为圭臬。故今日之乱,谓其泰半由于卢梭可也。"④

事实上,正如理性不是现代性运动的唯一一环一样,个体、情感的解放同样也不是现代性运动的唯一一环。在哈贝马斯看来,"现代性的自我确证"过程,就是人的自我完善、自我发展的过程。⑤"而人的自我完善、自我发展绝对不是一个简单的问题,而是一个极为复杂的问题。它既与人的个体性与社会性协调发展有关,也与人的理性与感性的协调发展相联系。"⑥

个体、情感的解放确实可以使个人获得从传统道德控制中解脱出来的自由,但实际上,单纯的个体、情感的解放只表现了一种生命形式上的低级形态的自由,却不能表现生命内心体验上的自由。正因于此,陈铨指出:"在第一个阶段……对于传统的道德,风俗,社会,政治,一切的标准都激烈的反抗……个人要有怀疑的精神,反抗的勇气,他不愿意受任何的束缚,崇拜任何偶像,他要绝对的自由,但是他的自由观念是很空泛的,

---

① 刘伯明:《共和国民之精神》,《学衡》1922年10月第10期。
② 望沧(林同济):《阿物,超我,与中国文化》,重庆《大公报》1942年1月28日第四版。
③ 邰爽秋:《青年七种人生观之改造与奋斗人生观之建设》,《醒狮周报》1926年总第73期。
④ 吴宓:《圣伯甫释正宗·编者识》,《学衡》1923年6月第18期。
⑤ 汪行福:《走出时代的困境——哈贝马斯对现代性的反思》,上海:上海社会科学院出版社,2000年,第32页。
⑥ 赵小琪:《当代台港澳新诗的现代性中国形象建构》,《社会科学战线》2014年第4期。

他只有要求自由的意志,他并没有明了自由的意义。他是一位纯洁天真的青年,他还没有实际人生的经验。他还不知道,人生是有限制的。"①显然,人类的活动不可能像自由主义者想象的那样是"绝对自由"的,而是受到种种外在与内在的条件"限制"的。无论你拥有多么高贵的身份,占据多么重要的地位,你都不能脱离既成的、给定的现实环境活动,你都不能改变社会发展的规律。那种自由主义者推崇的"不愿意受任何的束缚"的自由其实质只可能是"空泛的"梦想,正如黑格尔所说:"通常的人当他可以为所欲为时就信以为自己是自由的,但他的不自由恰好就在任性中。即某一个人当他任性时,恰好表明他是不自由的。"②

中国自由主义诗学家的问题不在于他们推崇个体的"意志"、"生命冲动"、"本能"的释放的自由,而在于他们完全被个体的"意志"、"生命冲动"、"本能"所控制,一味地追求没有边界的"绝对自由",却不知道他们的"绝对自由"已经阻碍和损伤了他人的自由。陈铨批评道:"自我要求伸张,团体的利益可以置之不顾。公益事业可以破坏,国家可以乱亡,自己的骄傲必须要满足。同辈中不能有任何人比我强,权力要由我独占,我不能崇拜任何人,我不能听从任何人,世界上一切的事物,是替我安排的,凡是不能发展我自己权欲的国家社会,我不能承认他,凡是比我强胜的人,我必须要消灭他。这就是自由主义的极端,个人主义的极端。"③

这种极端的自由主义、个人主义引发的结果是,在政治上导致了国人的民族意识与集体意识的缺乏,在人生观上导致了尼采的弱肉强食的超人主义哲学思想的盛行,在文学上导致了情感超越理智,官骸之美感胜过道德修养的纵欲的享乐主义和迷离恍惚的神秘主义的作品的泛滥。

而在吴宓等保守主义诗学家看来,导致这种种极端的自由主义、个人主义情况的出现的渊源一方面在于西方的自由主义诗学,另一方面则在于中国传统的道家学说。岱西指出:"道家乃不顾一切的。它要撇开了人类,社会,制度,文物,而归到其所谓'自然境界'。在这境界里,最高的价值,是个人,是个性。如果儒学的核心在'义务'两字,道家的精神在'自由'一词。"④而"中国人之所以为中国人","论到个人的心灵,个人的情

---

① 陈铨:《民族文学运动》,重庆《大公报》1942年5月13日第四版。
② 〔德〕黑格尔:《法哲学原理》,范杨、张企泰译,北京:商务印书馆,1983年,第27页。
③ 陈铨:《再论英雄崇拜》,重庆《大公报》1942年4月21日。
④ 岱西:《中国人之所以为中国人》,《战国策》1940年4月1日第1期。

感的深处秘处,道家的学说,似乎无疑地镌刻上了不可磨灭的印气"。①

显然,吴宓等保守主义诗学家认为,无论是西方的卢梭等人推崇的"任情纵欲"的自由,还是道家的"撇开了人类、社会"的自由,都不是真正、完全的生命自由。在他们看来,真正、完全的生命自由是一种责任性自由。刘伯明指出:"自由必与负责任合,而后有真正之民治。仅有自由,谓之放肆,任意任情而行,无中心以相维相系,则分崩离析,而群体迸裂;仅负责任,而无自由,谓之屈服,此军国民之训练,非民治也。"②显然,"自由必与负责任合"的责任性自由是一种将个体自由与社会责任紧密联系在一起的自由,是一种把个体塑为具有责任感的道德主体,使个体与他人能够和睦相处、共同获得自由感的自由。陈铨指出:"新的社会新的国家,不能建筑在极端的个人主义之上。虽然说自由的国家社会应当是一群自由份子所结合,然而为着国家社会的自由,往往个人的自由就不得不加以限制,甚至于牺牲。在这种关头,真正的自由,应当求之内心,尽责任就是得自由,自由在我自己,而不在他人。只有这样讲自由,才没有极端个人主义的流弊……中华民族是一个整个的集团,这一个集团,不但要求生存,而且要求光荣的生存。在这一个大前提之下,个人主义社会主义,都要听他支配。凡是对民族光荣生存有利益的,就应当保存;有损害的,就应当消灭。"③这种以社会责任为核心的责任性自由,一方面抛弃了西方自由主义与中国道家的无待式自由中脱离社会的消极因素,另一方面汲取了中国儒家有待式自由中强调社会责任的积极成分。这既显示了吴宓等保守主义诗学家重建儒家的道德和具有内在"好"的共同体社会的意图,表现了他们对解构儒家道德的自由主义诗学家的不满与批评。张君劢说:"儒家认定己与人之间,有其彼此共同之点,可名曰精神感召,或心心相印。因此有语言、有学术、有社会构造。我之所言,可以喻他人;我之所知,可以达诸他人;我之所行,可以责人之共行,尤其注意于人类同知义理、同有德性。"④张君劢所说的"精神感召"、"同知义理、同有德性",都说明了儒家所涉及的自由是一种以社会责任为核心的自由,是一种注重把个体生命引向与他人生命的共在的自由。

不过,如果我们据此认为吴宓等保守主义诗学家都是企图在现代社会恢复一个以己为中心、推己及人、以血缘为基础、由近及远的儒家的道德体系的复古主义者,那显然

---

① 岱西:《中国人之所以为中国人》,《战国策》1940年4月1日第1期。
② 刘伯明:《共和国民之精神》,《学衡》1922年10月第10期。
③ 陈铨:《民族文学运动》,重庆《大公报》1942年5月13日第四版。
④ 张君劢:《儒家哲学之复兴》,北京:中国人民大学出版社,2006年,第20—21页。

有失偏颇。吴宓指出:"世之誉宓毁宓者,恒指宓为儒教孔子之徒,以维护中国旧礼教为职志。不知宓所资感发及奋斗之力量,实来自西方。"①事实上,西方20世纪的保守主义诗学家白璧德的新人文主义的一系列价值观念都对吴宓等中国现代保守主义诗学家以理智、道德约束情感的观念产生了重大的影响。这种影响,使得他们倡导的道德理性思维论既承继了儒家的伦理道德的合理性内涵,又对之进行了现代性的变革。

如果说传统伦理道德是一种内指型伦理道德,具有个别的性质,关注的重点是个体的心性伦理,主要借助于内在自律的形式起作用;那么,吴宓等保守主义诗学家倡导的道德理性则是一种内指型与外指型相结合的伦理道德,具有普遍主义的性质,主要借助于外在他律与内在自律相结合的形式起作用。这是因为,与传统社会空间的封闭性、地域性和稳定性不同,现代社会生活空间呈现出日趋加强的开放性、联系性和流动性的特点。与之相联系,现代社会的伦理道德就不能像建立在传统的血缘宗法关系基础上的内指型伦理道德那样,把实现伦理道德的希望仅仅寄托在单个个体的心性修养与自我完善之上,而应从社会结构的整体性出发,建立具有稳定性、普遍性的合乎道德要求的制度和规范。

张君劢认为,在现代社会马克思主义诗学、自由主义诗学各执己说之时,超越不同诗学家的价值论的纷争,建立具有稳定性、普遍性的合乎公共道德的认同,是所有诗学家面临的最为紧迫的任务。他在《立国之道》中指出:"我认为新道德标准的确立,乃是新中国最基本的工作。"

那么,什么是具有稳定性、普遍性的新道德呢?在梅光迪那里,它是"与一切时代的精神相合"的"世界性观念"。在与胡适的论争中,他强调指出:"我们今天所要的是世界性观念,能够仅与任一时代的精神相合,而且与一切时代的精神相合。……只有这样,我们才有希望达到某种肯定的标准,用以衡量人类的价值标准,借以判断真伪,与辨别基本的与暂时性的事物。"②在吴宓那里,它是"理想的、绝对的、客观的真善美之标准"。它"以古今东西各国各时代之文章著作为材料,而研究此等思想观念如何支配人生,影响实事,终乃造成一种普遍的、理想的、绝对的、客观的真善美之标准。不特为文学艺术赏鉴选择之准衡,抑且为人生道德行为立事之正轨"③。显然,吴宓、梅光迪等

---

① 吴宓:《吴宓诗集》卷末,《空轩诗话》,北京:中华书局,1935年,第197页。
② 梅光迪:《我们这一代的任务》,转引自侯德建:《从文学革命到革命文学》,台北中外文学月刊社,1974年,第61页。
③ 吴宓:《浪漫的与古典的》,《大公报》1927年9月18日。

保守主义诗学家所说的道德,既是一种突破时间的限制,强调传统的精神、观念的永久价值的新道德,也是一种超越空间限制,强调文化的共通性与普遍性价值的新道德。这种从不同时间、不同空间中寻找普遍有效的、具有世界性意义的道德的观点,显然受到白璧德的新人文主义的深刻影响。事实上,道德理性是吴宓、梅光迪等保守主义诗学家文化构思的主要内容,从个体的道德修养出发,建立对全体公民有普遍的制约作用的稳定性的道德制度与秩序,造就一个人人信仰道德、遵守道德的文明社会,则是他们的最高理想。他们对中西价值观的选择和对自由主义诗学的批判,都是以此为基准的。

那么,如何建设这种稳定性、普遍性的新道德呢? 在吴宓、梅光迪等保守主义诗学家看来,这种稳定性、普遍性的新道德的建设既涉及个体内在的道德修养,也涉及外在的制度、规范。景昌极指出:"礼乐本于道德,假物而行;有礼乐而无道德,则失其大本,所余为浮文末节;惟讲道德而弃礼乐则其道德必难成就,即勉有成亦必不能普及社会。"①吴宓强调指出:"人类之需要礼教,需有规矩,犹航海者之需舵楫,登山者之需绳杖,寒冬之需裘,沙漠之需水。礼教规矩之造福人类,明眼人皆能见之,且深信之。彼肆行攻讦者,吾徒见其可怜可悲耳。今世诚有志爱国,心存救世之士乎? 愿共立定脚根,揭明宗旨,正言危行,拥护礼教。中国及西洋之礼教之精华皆为一体保存。纵或因此而为反对者所唾骂,受绝大之牺牲,亦所甘心。"②在传统的道德价值取向遭到批判和否定,而个体的直觉、感性欲望的释放和个体对物质利益的不羁的追逐被胡适等自由主义诗学家合乎逻辑地宣布为个人与生俱来的天赋权利的极端个人主义泛滥的时代,吴宓、梅光迪等保守主义诗学家对制度伦理的极力强调的意义在于,它可以用契约化的规则来规范和约束人们的行为,克服人们在道德选择中的盲从性和失范性的问题。景昌极指出:"道德制度,道者导引也,导人由不德入于德也;制者裁制也,制人之无度使有度也。"③吴宓认为,人类社会中的所有的道德制度、规矩都是为"人生利便而设,有益而无害且为不可须臾离者";一旦这些道德制度、规矩遭到破坏,就会"使凡人皆纵情任性行事,无所忌惮,则社会乱,生原苦,文明亡而人道息矣"④。而在柳诒徵看来,中国传统道德的最大问题在于,它在注重自律性道德主体的建构的同时,忽略了制度化、规范化的道德的建构。他说:"而历代之制度及先哲之议论,又实有与西方根本不同者。即其立

---

① 景昌极:《消遣问题》,《学衡》1924 年 7 月第 31 期。
② 吴宓译:《论循规蹈矩之益与纵性任情之害》,《学衡》1925 年 2 月第 38 期。此为吴宓按语。
③ 景昌极:《信与疑》,《学衡》1925 年 11 月第 47 期。
④ 吴宓:《论循规蹈矩之益与纵情任性之害》,《学衡》1925 年 2 月第 38 期。

法之始,不专重在争民权而惟重在淑民德,故于法律之权限、团体之构成,往往不加规定。而其所反复申明历千古如一辙者惟是劝善惩恶,以造就各地方醇厚之风。徒就其蜕变之迹言之,则病在徒善不足以为政。然于此法制万能之时,取其制度、议论而折衷焉,固未始非救病之良药也。"① 在吴宓、柳诒徵、景昌极等保守主义诗学家这里,人类道德或伦理总是包括或表现为个体的自律、人格的完善与外在的道德制度、规范两个基本的方面,倘若缺乏个体的自律和人格的完善,道德就会成为无源之水、无本之木的空洞的形式;倘若缺乏外在的道德制度、规范,道德的客观性、稳定性、普遍性、强制性等特点就不能获得充分的体现,道德的公正性、合理性的价值就无法获得充分的证明。因此,根据道德的外化与内化,制度化与主体化相统一的原则,人们要把内在的个体心性论与外在的规范论统一起来,使个人的美德或人格品德与社会道德规范在相互制约、相互转化、相互促进的过程中实现良性发展。只有这样,道德才能在拓展个体生命与世界的关联的同时,使个体生命与他人生命的精神空间和精神内涵获得充分的展开。此时,个体生命的自由发展不仅不会阻碍他人生命的自由发展,反而会极大促进他人生命的自由发展。

总的来说,在吴宓、柳诒徵、景昌极等保守主义诗学家看来,正如西方近代、现代文化不是一个绝对同质的、不可分割的整体一样,中国或西方的传统文化同样不是一个绝对同质的、不可分割的整体,因而,正如对中国或西方的传统伦理道德进行全盘否定是一种非理性的行为一样,对西方近代、现代文化的极端个人主义、自由主义的价值观进行全盘肯定同样是一种非理性的行为。他们认为,个体与集体、伦理道德与情欲的关系是一个关乎中国现代性发展的根本性问题。在中国现代性发展的进程中,对个体的自然欲望加以适当的调控和节制,不仅在价值上是正当的,而且对中国现代性的健康发展也是必需的。这些都显示了保守主义诗学思维论、价值论的合理的一面。然而,吴宓、柳诒徵、景昌极等保守主义诗学家在极力倡导稳定性、普遍性的道德的同时,也存在着忽略了道德的时代性与变迁性的问题。其中最为突出的一点是,儒家伦理道德中包含的不平等的思想,不仅没有被他们以现代性意识加以观照,对其进行批判,而且被他们加以认同与发扬。在正义、公平取代不确定的善而成为新道德的基石的现代社会,吴宓、柳诒徵、景昌极等保守主义诗学家却对自由主义诗学家的"天赋人权"论和马克思主义诗学的"平等"说不以为然,极力鼓吹"人生而绝对

---

① 柳诒徵:《中国乡治之尚德主义》,《学衡》1923年5月第17期。

不平等"的观点。萧纯锦说:"人固有智愚贤不肖之不齐,遗传不同环境不一,故人生永无可以至乎完全平等之境界"。① 胡先骕则说:"人类之天性绝不相齐,虽父母兄弟子女,亦不能一一相肖,盖不齐者生命之本性,无论是旅进旅退,决无或齐之一日也"。② 这就使得,虽然保守主义诗学的伦理道德较之儒家的伦理道德的指涉方向与范围有一定的变化,但其伦理道德主题并没有实现从善到正义的现代性转换。而当他们不能合理、公正地对待民族共同体的每个成员时,他们预设的那种获得民族共同体的每个成员的共识的稳定性、普遍性的新道德就只能转化为水中的月亮、梦中的楼阁。

(三)

在中国现代诗学权力关系场域中,从权力关系视域审视持科学理性思维论的诗学家与持直觉感悟思维论的诗学家,我们可以发现,他们的观点并不是绝对对立的,而是相互对立、相互碰撞却又相互转化、相互渗透的,二者共同构成中国现代诗学思维论的一体两面,形成了独特的中国现代诗学思维论的张力。中国现代诗学思维论也正是借助两者的这种互相碰撞却又互相启发的进程而曲折前进。

一般而言,思维方式具有一定的稳定性,但这种稳定性并不是绝对意义上的,而是相对意义上的。随着生产方式、生活方式和人们的思想观念、心理、情感状态等主、客观条件的变化与发展,人们的思维方式就会发生变化。这种变化,在民族矛盾与阶级矛盾极为尖锐的中国现代诗学权力关系场域,表现得尤为突出和频繁。

一种情况是,一些中国现代诗学家随着主客观条件的变化,由偏重直觉思维向偏重科学理性思维转变。

在中国现代诗学的诞生期,中国现代诗学家面临着一系列的问题:如何在民族政治、文化处于生死存亡之际来构建现代化的诗学? 如何重建我们民族文化的精神高地? 如何从西方哲学、诗学中引进思维方式对中国传统思维方式进行变革,提升中国现代诗学思维的现代性品位? 带着这些思考,中国现代诗学家主要在两个方面展开了思维方式的重建工作,一是以严复、胡适等人为代表,以西方达尔文的进化论批判中国传统的"天不变道亦不变"论,以重逻辑分析的科学理性思维论批判中国传统的重整体直观的直觉思维论;二是以鲁迅等人为代表,以尼采等西方非理性主义诗学家的唯意志论批判

---

① 萧纯锦:《平等真诠》,《学衡》1922 年第 5 期。
② 胡先骕:《论批评家之责任》,《学衡》1922 年 3 月第 3 期。

和否定传统的道德理性论。这其中,尼采等西方非理性主义诗学家的唯意志论对鲁迅、郭沫若等的思维方式的影响尤其值得我们关注。

尼采要求"重估一切价值",将非理性的生命冲动视为宇宙和人的本质,以"强力意志"、"酒神精神"、"超人"等学说对资本主义的道德和文明展开了猛烈的攻击,认为只有源自生命本体的"强力意志"、"酒神精神"才能冲决理性所强调的既定秩序,带来生命的自由与解放。他强调指出:"一个生命体首先想要发泄其力量——生命本身就是权力意志——自我保存是它的间接的通常的结果之一。"①尼采这种将"强力意志"、"酒神精神"等非理性的本能看作生命的本质,并要求个体生命在破坏、颠覆传统的道德、理性秩序中去展现桀骜不驯的人格与个体意志的理论,使他在一群注重个性和情感的西方的非理性主义哲学家、诗学家中显得尤为耀眼,因而自然而然地受到反对道德、理性扼杀精神和个性,要求文学表现个体生命的内在情感、展示勇抗时俗、卓尔不群的自我个性的鲁迅、郭沫若等的青睐。

鲁迅极力推崇尼采,热情地赞扬尼采是"近来偶像破坏的大人物"②,认为他"兀傲刚愎有名,言行奇觚,为世稀有"③。郭沫若则认为,"尼采根本就是一位浪漫派"④,称赞尼采的学说像中国古代老子的学说一样,"同是反抗有神论的宗教思想,同是反抗藩篱个性的既成道德,同是以个人为本位,而力求积极地发展"⑤。

在尼采以"强力意志"、"酒神精神"等非理性的本能破坏、颠覆传统的道德与资本主义理性秩序的学说的启发下,鲁迅、郭沫若对科学理性万能的观念发生了深刻的怀疑。鲁迅强调指出:"为当防社会入于偏,日趋而之一极,精神渐失,则破灭亦随之。盖使举世惟知识之崇,人生必大归于枯寂,如是既久,则美上之感情漓,明敏之思想失,所谓科学,亦同趣于无有矣。"⑥受尼采的影响,鲁迅开始对科学理性思维论进行深刻的反思。如何救治中国?是依靠科学理性?还是依靠尼采等西方精神界斗士张扬的"主观"精神?经过深入的思考,他认为,救治中国的希望与其说在于前者,不如说在于后者。这是因为,中国要"生存两间,角逐列国事务,其首在立人,人立而后凡事举"。而

---

① 〔德〕尼采:《善恶的彼岸》,朱泱译,北京:团结出版社,2001年,第10页。
② 鲁迅:《随感录四十六》,《新青年》1919年2月15日第6卷第2期。
③ 鲁迅:《坟·文化偏至论》,《鲁迅全集》(第一卷),北京:人民文学出版社,1973年,第51页。
④ 郭沫若:《鲁迅与王国维》,《郭沫若全集》(第十二卷),人民文学出版社1992年,第542页。
⑤ 郭沫若:《文艺论集·论中德文化书》,上海:光华书局,1925年,第178页。
⑥ 鲁迅:《坟·科学史教篇》,《鲁迅全集》(第一卷),北京:人民文学出版社,1981年,第35页。

要"立人",必须"掊物质而张灵明,任个人而排众数"。① 极为敏感、热情,偏爱冲动、想象的郭沫若则对尼采的"酒神精神"论情有独钟。在崇尚自由,追求个性解放与自由的"五四"时代,受到尼采"酒神精神"论的强烈感召,在对传统道德和资本主义理性秩序进行无情的批判的同时,郭沫若也将文学创作活动视为酒神的一种非理性的"醉"和"灵感"的闪现过程。他指出:"诗人底心境譬如一湾清澄的海水,没有风的时候,便静止着如像一张明镜,宇宙万汇底印象都涵映着在里面;一有风的时候,便要翻波涌浪起来,宇宙万汇底印象都活动着在里面。这风便是所谓直觉、灵感(inspiration),这起了的波浪便是高涨着的情调,这活动着的印象便是徂徕着的想象。这些东西,我想来便是诗的本体,只要把它写了出来,它就体相兼备。"② 显然,郭沫若这里所说的"翻波涌浪"的"风",就是尼采"酒神精神"中的"酒";"风"的"翻波涌浪"的状态就是酒神的狂欢状态。这种狂欢,不是感官满足的狂欢,而是一种生命意志的最高表现。所以,在郭沫若看来,对这种酒神的狂欢状态的表现是文学唯一的目的和最高的使命。

然而,既然任何思维方式都因受到社会、政治、经济发展的影响带有不可避免的历史局限性,都只是对客观对象一定角度、范围、深度的有限认识,那么,作为一定时代的产物的尼采的"强力意志"、"酒神精神"等非理性的思维论也同样存在着这种历史局限性。因而,一旦中国现代的社会、政治、经济发展的环境发生变化,鲁迅、郭沫若等中国现代诗学家就会顺应这种时代发展的需要,对自己的非理性的思维方式论进行自觉、主动的调整。

一系列的变革与革命的失败以及马克思主义理论在中国的强势传播,使鲁迅、郭沫若逐渐意识到尼采等西方非理性主义哲学家、诗学家的"强力意志"、"酒神精神"、"超人"等理论的偏颇。这种非理性的思维论不一定能够促进具有强劲创造力的国民的生成,却极有可能导致像高长虹那样的以自我为中心、极端漠视他人和集体利益的自私自利的狂人的出现。反过来,这让鲁迅、郭沫若发觉马克思主义的科学理性思维论在中国现代社会中的重要性,开始翻译与传播马克思主义的科学理性学说。1924 年,郭沫若翻译了日本学者河上肇以马克思主义辩证唯物主义和历史唯物主义观点撰写的《社会

---

① 鲁迅:《文化偏至论》,《鲁迅全集》(第一卷),北京:人民文学出版社,1995 年,第 46 页。
② 郭沫若:《论诗三札》,《中国现代诗论》(上编),刘匡汉、刘福春编,广州:花城出版社,1985 年,第 55—56 页。

组织与社会革命》,1929年至1930年,鲁迅先后翻译了卢那卡尔斯基的《艺术论》、《文艺与批评》和普列汉诺夫的《论艺术》。

翻译与接受马克思主义理论对鲁迅、郭沫若最大的意义在于,通过对马克思主义辩证唯物主义思维论的认识与理解,他们在修正了自己的原来的非理性的直觉感悟思维论的同时建构了马克思主义的科学理性的思维论。郭沫若说:"我从前只是茫然地对于个人资本主义怀着的憎恨,对于社会革命怀着的信心,如今更得着理性的背光,而不是一味的感情作用了。"①鲁迅坦承道:"我有一件事要感谢创造社的,是他们'挤'我看了几种科学底文艺论,明白了先前的文学史家们说了一大堆,还是纠缠不清的疑问。并且因此译了一本蒲力汗诺夫的《艺术论》,以救正我——还因我而及于别人——的只信进化论的偏颇。"②

如果说一些中国现代诗学家介绍、宣传马克思主义诗学的最重要原因,并不在于他们信仰辩证唯物主义与历史唯物主义的理论,而是他们希望借助这些富含着科学理性的理论能够解决中国的现实问题。也就是说,在很大的程度上,他们只是将马克思主义的辩证唯物主义与历史唯物主义的理论当做一种实现政治理想的手段,他们介绍、宣传它的动机是看中了它的现实功能。那么,鲁迅、郭沫若则比这些诗学家对马克思主义诗学的认识与理解要远为深刻。

在他们看来,与尼采等西方非理性主义哲学家、诗学家的理论相比,马克思主义的辩证唯物主义与历史唯物主义的理论是代表历史发展趋向、更具有科学性的理论,是既体现着现实性的价值要求,又包含着理想的价值目标的科学的结晶。郭沫若认为,马克思主义作为科学信仰的真理,它确定了以实践为核心的统一理想与现实、价值理性与工具理性这些矛盾面的思维方式。这种科学理性的思维方式使马克思主义对未来世界的允诺不断地在实践中由应然状态转变为实然状态:"这种世界是一个梦想着的乌托邦吗?是一个唯美主义者的象牙宫殿吗?芳坞哟,不是!不是!我现在相信着:它的确是可以实现在我们的地上的呢。科学的社会主义所告诉我们的'各尽所能各取所需'的时代,我相信是终久能够到来。"③鲁迅更是将自己对马克思主义科学理性思维论的认识内化为实践的动力,引导自己的理论批评活动。我们看到,鲁迅一再强调以辩证唯物主义的思维方式去看待人性与阶级性、审美性与实用理性的对立统一的关系。在谈

---

① 郭沫若:《孤鸿》,北京《创造月刊》1926年4月26日第1卷第2期,第130页。
② 鲁迅:《三闲集》序言,《鲁迅全集》(第四卷),北京:人民文学出版社,2005年,第14—15页。
③ 郭沫若:《孤鸿》,北京《创造月刊》1926年4月26日第1卷第2期,第139页。

到文学中的人性与阶级性的对立统一的关系时,鲁迅进行了颇富辩证意味的阐述:"文学不借人,也无以表示'性',一用人,而且还在阶级社会里,即断不能免掉所属的阶级性,无需加以'束缚',实乃出于必然。"①鲁迅的这种对人性与阶级性的对立统一的关系的认识,既与一些早期中国现代马克思主义诗学家以阶级性、实用理性否定人性、审美性的观点不同,也超越了以梁实秋为代表的中国现代自由主义诗学家以共同人性、审美性来否定阶级性、实用理性的观点。

另外一种情况是,一些中国现代诗学家随着主客观条件的变化,由偏重科学理性思维向偏重直觉思维转变。

在很大的程度上,中国现代诗学是以东西方文化比较揭开它的伟大序幕的。当中国现代诗学家不仅将西方的科学理性思维视为中国文学与文化由传统向现代转型的知识背景和基本条件,而且也视为自己的一种具有强烈的政治性、社会性色彩的价值信仰时,西方的科学理性思维论在与中国传统的直觉思维论的最初的较量中明显处于上风。许多中国现代诗学家在声势浩大的科学理性思维大潮的裹挟、冲击之下,往往无暇对中西不同的思维方式进行更为深入的探析,就沿用了西方式非此即彼的二元对立思维方式,将中国传统的直觉思维推上历史审判台,视科学理性为促进我们国家以工业文明为标志的现代化进程的最为重要的文化精神。

然而,当中国现代诗学家将西方的科学理性推上万能的神坛之时,科学理性在西方却陷入了四面楚歌的绝境。第一次大战以后,西方人发现,科学理性在给他们带来巨大的物质利益的同时,也使人与自然、人与社会、人与他人的冲突日趋尖锐、复杂。西方社会出现了极为严重的环境危机与人性异化的问题。

科学理性给西方社会带来的种种危机,促使梁启超、徐訏等原来推崇科学理性思维的诗学家开始对其进行深刻的反思。科学理性思维真的是万能的吗?直觉感悟性思维真的是落后的吗?

梁启超、徐訏等中国现代诗学家不是不知道科学理性思维对于科学上落后、物质上贫穷、政治上屡弱的中国的重要性,也不是不知道科学理性能够促进我们国家以工业文明为标志的现代化进程。正是因为知道这些,梁启超在《治国学的两条大路》中曾经将科学理性思维方式推到了无以复加的境界,认为只有运用这种思维方式去研究国学,才

---

① 鲁迅:《二心集·"硬译"与"文学的阶级性"》,《鲁迅全集》(第四卷),北京:人民文学出版社,1981年,第204页。

能"将这学术界无尽藏的富源开发出来,不独对得起先人,而且可以替世界人类恢复许多公共产也"①。也正是因为知道这些,徐訏在北大读书时,"读了大量有关资本论、经济学方面的书,又看了马克思、列宁、恩格斯,还有日本左派河上肇等人的著作,无形中思想便倾向社会主义"②。这时的他觉得,马克思主义的唯物论思想,"尤其是经济分配的论点,好像一实行,天堂就在眼前的样子"③。

然而,眼见着西方的科学理性思维论的神坛塌了,眼见着西方的直觉感悟思维论的浪起了,梁启超、徐訏等中国现代诗学家不由得不对他们原来信奉的科学理性思维论产生了深深的怀疑。当梁启超结束了1918年底至1920年的欧洲游历后,他写道:"当时讴歌科学万能的人,满望着科学成功,黄金世界便指日出现。如今功总算成了,一百年物质的进步,比从前三千年所得还加几倍。我们人类不惟没有得着幸福,倒反带来许多灾难。好像沙漠中失路的旅人,远远望见个大黑影,拼命往前赶,以为可以靠他向导。哪知赶上几程,影子却不见了,因此无限凄惶失望。影子是谁?就是这位'科学先生'。欧洲人做了一场科学万能的大梦,到如今却叫起科学破产来,这便是最近思潮变迁一个大关键了。"④同样,当徐訏1936年进入法国巴黎大学攻读哲学后,他也对原来信奉的科学理性思维论发生了深刻的怀疑和否定,转而推崇柏格森、弗洛伊德等人的非理性的直觉思维论:"那时候,我开始喜欢柏格森的哲学。我的马克思主义时代就是这样结束,而且一去不复返了。"⑤

显然,梁启超、徐訏等中国现代诗学家认识到,外在的社会生产、生活环境的变化,已经使他们无法再运用原有的科学理性思维方式去解决现代社会的环境危机与人性异化的问题。这些问题的出现,大大违背了他们对科学理性思维方式的期待视野,促使他们不得不对自己的思维方式进行重新建构和设定。徐訏以柏格森的直觉思维方式替代了自己原先信奉的马克思主义辩证唯物思维方式。梁启超则将分析、解决环境危机与人性异化问题的新的途径和方式指向原来被他轻视和否定的中国传统的直觉感悟思维方式。在文学批评中,他不再极力推举科学理性的"真",而是非常看重直觉感悟的"美"。由此,他对李商隐的诗也就有了新的认识与理解:"这些诗,他讲的什么事,我理会不着;拆开一句一句

---

① 梁启超:《治国学的两条大路》,《国学大师论国学》,胡道静编,上海:东方出版中心,1998年,第27页。
② 徐訏:《我的马克思主义时代》,《传记文学》1983年第5期。
③ 同上。
④ 梁启超:《欧游心影录》,《梁启超全集》(第五册),北京:北京出版社,1999年,第2972—2974页。
⑤ 徐訏:《我的马克思主义时代》,《传记文学》1983年第5期。

地叫我解释,我连文义也解不出来。但我觉得他美,读起来令我精神上得一种新鲜的愉快。须知美是多方面的,美是含有神秘性的,我们若还承认美的价值,对于这种文学,是不容轻轻抹煞啊!"①梁启超、徐訏等中国现代诗学家由偏重科学理性思维向偏重直觉思维的转变,其意义并不在于反对科学以及科学理性思维,而在于引起国内思想界对科学理性思维万能论和直觉感悟思维落后论的全面反思,以便我们在进行经济、政治、文化的现代化建设过程中,始终对"科学万能"论可能带来的负面性影响保持高度的警觉,不再陷于西方"科学万能"论制造的环境危机与人性异化的泥潭之中。

持科学理性思维论的诗学家与持直觉感悟思维论的诗学家的观点之所以在一定的条件下可以相互朝着对方转化,这是因为,在文学思维中,科学理性思维与直觉感悟思维本来就是难以完全割裂的,而是相互联系、相互渗透的。

在中国现代诗学场域中,马克思主义诗学、自由主义诗学、保守主义诗学是三种互相抗衡的诗学思潮。由于对中国社会与文化现代性理解的不同,三者在文学思维论方面的认识也具有较大的差异,并为此展开过多次论争。自由主义诗学强调个体至上的原则,推崇的是强调个体情感、意念的直觉感悟性思维;马克思主义诗学强调劳动阶级解放至上的原则,推崇的是以科学理性来解释社会历史发展的辩证唯物主义的思维;保守主义诗学强调国家的价值至上的原则,推崇的是对全体公民有普遍制约作用的、稳定的道德理性思维。然而,事实远非我们想象的那样简单。在复杂和充满矛盾的中国现代诗学场域中,马克思主义诗学、自由主义诗学、保守主义诗学的思维论虽然有分歧、对立,但并非壁垒森严、冰炭不容。这一是因为它们都处于共同的中国现代诗学场域中,无论从历时态还是从共时态的意义上说,都是同生共存的,三者之间既有相互冲突、相互对立的一面,也有相互影响、相互启发、相互吸收的一面;二是因为在人们的思维活动中并不存在着纯粹、孤立的直觉感悟思维,也不存在着纯粹、孤立的理性思维。不论从历时态的角度上看,还是从共时态的角度上看,科学理性思维与直觉感悟思维都是人类最为重要的两种思维形式。它们相互渗透、相互包含,共存于人类的思维机制之中。一方面,直觉思维是科学理性思维得以进行的前提。日本著名学者铃木大拙在《禅与心理分析》中说:"人类一切行为的根源是情感,而非思辨。心理在先,然后才是逻辑与分析。"可以说,任何一种人类的认识活动,都不可能在完全占有材料的基础上才开始,都要依靠直觉和想象的力量才得以进行。正是依赖于直觉和想象,许多暂时无法证明而又具有自明性的知识才

---

① 梁启超:《文集之三十七》,北京:中华书局,1989 年,第 119—120 页。

得以生成,并成为科学理性思维的新的生长点。另一方面,直觉思维需要逻辑思维的支持与验证。直觉不是无源之水、无本之木,它来源于人长期积累的丰富的理论知识和逻辑推断。此外,由于直觉思维具有突发性和偶然性的特点,直觉思维的结果往往具有不确定性。因而,要使直觉思维的结果更为准确、可靠,就必须以逻辑思维对其进行检测,将直觉性认识转化为科学性真理。正因如此,保守主义诗学在推崇道德理性思维的同时也不忽视个体的情感、自由,自由主义诗学在推崇直觉感悟思维的同时也不忽视科学理性思维,马克思主义诗学在推崇科学理性思维的同时也不忽视个体的情感、意志。三者之间,就这样既有相互冲突、相互排斥、相互疏离的一面,又有相互影响、相互吸纳、相互聚合的一面,从而形成了中国现代诗学场域内思维论的有离有合的动态发展的场景。

在一般的意义上说,理性与非理性的生命本能、生命意志或生命冲动具有非常明显的对立性。正因如此,人们习惯于认为推崇科学理性思维论的马克思主义诗学和推崇道德理性思维论的保守主义诗学对推崇非理性的生命本能、生命意志或生命冲动的直觉思维论构成压抑和束缚。

而事实上,马克思主义诗学的科学理性思维论和保守主义诗学的道德理性思维论不仅不一概地反对个体的生命情感和自由,而且较为重视这种情感和自由。在《共产党宣言》中,马克思指出:"代替那存在着阶级和阶级对立的资产阶级旧社会的,将是这样一个联合体,在那里,每个人的自由发展是一切人的自由发展的条件。"[①]每个人的自由而全面的发展,既是马克思主义科学理性思维论的出发点和落脚点,也是马克思主义科学理性思维论的终极指向。

而在影响了中国现代保守主义诗学的中国古代的孔子学说和西方的保守主义理论那里,都有着既重视道德理性又注重个体感性生命自由的思想。孔子认为,人生的理想境界应该是"志于道、据于德、依于仁、游于艺"。"志于道、据于德、依于仁"涉及的是人的有意识、有理性的活动,"游于艺"则涉及人的无意识的、感性的活动。在李泽厚、刘纲纪看来,这"说明孔子所追求的'治国平天下'的最高境界,恰好是个体人格和人生自由的最高境界,二者几乎是同一的"[②]。而在西方,"保守跟激进中间,还有一个 common ground……这中间是一个实际的现状,是一个自由的传统"[③]。也就是说,西方的保守

[①] 〔德〕马克思、恩格斯:《马克思恩格斯选集》(第一卷),北京:人民出版社,1995年,第294页。
[②] 李泽厚、刘纲纪:《中国美学史(先秦两汉)》,合肥:安徽文艺出版社,1999年,第115页。
[③] 余英时:《中国近代思想史上的激进和保守》,《钱穆与中国文化》,上海:上海远东出版社,1994年,第191—193页。

主义者在很大程度上都是保守的自由主义者。像白璧德等人就并不是从根本上反对自由主义者推崇的个体自由,而是认为这种自由应该受到理性的调控,应该有利于人的全面发展。

在中国现代马克思主义诗学家或者中国现代保守主义诗学家中,不能说不存在没有完全、深刻地认识与理解马克思主义科学理性思维论或者中国古代的孔子学说、西方的保守主义理论的精髓的人,也不能说不存在以科学理性或道德理性去压抑、贬低个体生命意识的诗学家,然而,在许多中国现代马克思主义诗学家和中国现代保守主义诗学家的思维论中,都体现了理性思维的感性化指向。

在这些诗学家的思维论中,理性思维的感性化,首先意味着诗学家们将一直遭受科学理性和道德理性压抑、贬低的个体情感、意志或生命冲动纳入到思维论的重要地带进行考察。茅盾、胡风、熊十力等诗学家认为,一些诗学家习惯于认为作家认识的深化单纯依靠的是逻辑、理性的力量,这是不全面、不真实的。在文学创作过程中,个体情感、意志或生命冲动具有逻辑、推理等科学理性思维方法不可代替的重要作用。熊十力指出:"待思辨者,以逻辑谨严胜,而不知穷理入深处,须休止思辨而默然体认,直至心与理为一,则非逻辑所施也。"①胡风虽然认为人的精神活动具有社会性的特性,但又认为文学作为人的一种"精神上的追求"具有不可抹煞的个人性的特性。由此,胡风特别要求作家在文学创作过程中依靠"主动精神"、"独立负责精神"去实现人格自由,"把分工的地位属性这样的人格力量提高到对于事物的支配的人格力量,即主动地认识并把握现实"②。在胡适、胡风等中国现代诗学家这里,正是这种生命的自由,才是科学理性的核心与根本,科学理性倘若拒斥它,将会使自己的文明之花无情地凋落。从某种程度上说,个体情感、意志或生命冲动有时甚至比逻辑、推理等理性因素具有更为重要、更为直接的作用。对于个体情感、意志或生命冲动的这种作用,就是极为推崇"求真"的"科学的精神"的茅盾也不得不加以认同。在《文艺修养》中,茅盾强调指出:"创作是感情在生活中所起的作用。一个人如果不是白痴,不是低能儿,便时时刻刻都有所触动,这种情绪的激动,在作家方面来说就是创作欲。"事实上,个体情感、意志或生命冲动等非理性因素既是文艺活动中极为重要的推动器,也是生成文艺的独特性价值的主要构成部分。对此,就是强调科学理性对于文学创作具有重要价值的陈独秀也不得不承认。

---

① 熊十力:《十力语要初续》,《熊十力全集》(第五卷),湖北教育出版社,2001年,第57—58页。
② 胡风:《论现实主义的路》,《胡风全集》(第三卷),武汉:湖北人民出版社,1999年,第531页。

在《答胡适之〈文学革命〉》中,他强调指出:"美感与伎俩"是"所谓文学、美术自身独立存在之价值"。①

在陈独秀、茅盾、熊十力等诗学家看来,个体情感、意志或生命冲动等非理性因素不仅不会妨碍科学理性思维,反而会促进科学理性思维的发展。离开个体情感、意志或生命冲动等非理性因素,人类知识之树的繁茂将是难以想象的。

在这些诗学家的思维论中,理性思维的感性化,其次意味着理性思维与直觉感悟思维的辩证关系获得了全面而又充分的重视。我们知道,任何思维方式都是在特定的历史文化语境中形成的,都受到当时的社会、政治、经济发展的影响,都不可避免地带有一定的历史局限性。这就要求中国现代诗学家不能片面地以某一种思维完全排斥、反对另外一种思维。

在文学创作的过程中,没有漫长而且有耐心的逻辑推理作为基础和必要条件,作家的丰富的直觉就不可能产生;没有对零乱、模糊的猜想和揣测等瞬间的直觉活动的理性的宏观调控,作家就不可能通过事物表面的现象发现事物内在的本质,通过对特殊、有限的事物的认识生成一种普遍性的认识。凡此种种,都说明了逻辑、推理等理性思维方法在文学创作中具有不可代替的作用。在具有偏重直觉、感性的思维方式传统的中国,对这种逻辑、推理等理性思维方法的极力推崇,既是对传统思维方式的一种冲击,也是一种进步。

然而,逻辑、推理等理性思维方法的功能又是有限的。张君劢强调指出:"科学无论如何发达,而人生观问题之解决,决非科学所能为力。"②在张君劢看来,科学理性可以解决物理世界的问题,却并不能解决个体情感、意志或生命冲动等属于个体内在生命方面的问题。不仅如此,逻辑、推理等理性思维方法的推行在促进了中国思维方式的变革与进步的同时,也产生了消极性的影响。这主要表现为,逻辑、推理等作为一种主体自觉的有意识的理性思维方法固然可以使零乱、模糊的思绪有序化、系统化,然而,作为一种程式化思维,它在强调普遍性与形式化原则的同时,也常常有忽视特殊性和情感性原则的问题。在革命文学论争、左联前期钱杏邨、蒋光慈等马克思主义诗学家和"五四"时期的一些自由主义诗学家的科学理性思维论中,这种消极性表现得特别明显。

受苏联"拉普"的"唯物辩证法的创作方法"理论的影响,成仿吾、钱杏邨、阳翰笙等

---

① 陈独秀:《答胡适之〈文学革命〉》,《新青年》1916年10月1日第2卷第2号。
② 张君劢:《人生观》,《清华周刊》1923年第272期。

诗学家极力强调世界观对于文学创作的决定作用,这虽然在一定程度上促进了人们对世界观、倾向性与文学创作方法关系的认识,然而,这种完全用世界观取代文学创作方法的诗学思维论在一定程度上导致了这一时期左翼文学的"公式化"、"概念化"倾向的出现,因而引起了一些马克思主义诗学家的反思和批评。在周扬看来,文学创作固然离不开科学理性的精神制约,但文学之所以是文学而不是科学,就在于它具有独特的运行原则和规律,因而,像成仿吾、钱杏邨、阳翰笙等诗学家"把创作方法的问题直线地还原为全部世界观的问题,却是一个决定的错误"①。而在胡风看来,将科学理性看作决定文学创作的唯一的、永恒不变的因素,将无法揭示出作为主体的人的情感、意志等在文学创作中的能动作用。事实上,在义学创作过程中,"作家是一个'感性的活动',不能是让客观对象自流式地装进来的'一个工具',一个'唯物'的死的容器"②。作为有着自己主观感受和体验的创作主体,他要"把他的全部精神力量注向在对于对象的追求上面,要设身处地地体会出每一个情绪转变的过程"③。

而在张君劢、梅光迪等保守主义诗学家看来,胡适等自由主义诗学家在整理国故运动中高举科学大旗,极力推崇杜威的实验主义的"科学方法",以为凭借科学理性可以解决一切问题,这对中国文化的现代化发展是极为有害的。尤为令人担忧的是,胡适等自由主义诗学家背离了科学理性的基本原则,他们宣扬科学理性的客观化与精确化,"然其用归纳法,则取不完备之证据,用演绎法,则取乖谬之前提,虽两者所得结论,皆合于名学原理,而其结论之失当,无可免也"④。这就使得他们的科学理性论变成了科学独断论,最终使他们提倡的科学理性走向了真正的科学理性的反面。

不过,胡风、周扬等马克思主义诗学家和张君劢、梅光迪等保守主义诗学家对科学理性进行人文反思、批评的目的,不是要由一味推崇科学理性的极端走向一味推崇直觉感悟的极端,而是意在对作家的科学理性思维和直觉感悟思维的全面开发、协调提高。在谈到人们对事物认识时的科学理性思维与直觉感悟思维的对立统一的关系时,鲁迅说道:"社会人之看事物和现象,最初是从功利底观点的,到后来才移到审美底观点去。在一切人类所以为美的东西;就是于他有用——于为了生存而和自然以及别的社会人

---

① 周起应:《关于"社会主义的现实主义与革命的浪漫主义"——"唯物辩证法的创作方法"之否定》,《现代》1933年11月1日第4卷第1期。
② 胡风:《论现实主义的路》,《胡风全集》(第二卷),武汉:湖北人民出版社,1999年,第522页。
③ 胡风:《关于创作发展的二三感想》,《创作月刊》1943年第35期。
④ 梅光迪:《论今日吾国学术界之需要》,《学衡》1922年第4期。

生的斗争上有着意义的东西。功用由理性而被认识,但美则凭直感底能力而被认识。享乐着美的时候,虽然几乎并想到功用,但可由科学底分析而被发现。所以美底享乐的特殊性,即在那直接性,然而美底愉乐的根柢里,倘不伏着功用,那事物也就不见得美了。并非人为美而存在,乃是美为人而存在的。"①而在谈到批评家的敏锐的感应能力、科学的分析能力和哲学的透视能力的辩证关系时,一方面,胡风认为,"批评家应该从作品给他的感应出发","首先要在生活实践上具有和时代的脉搏合拍的感应能力",这样的感应能力"是批评的最本源的基础,最健康的胚型";②另一方面,他又认为,除了重视感应以外,批评家还要深入探寻"他所发生的感应"的"根源"以及这种感应"和现实人生的行程有着怎样的相关的意义"。而要做到这些,批评家必须具备对于"现实的社会发展的科学的分析能力和哲学的透视能力"。③

如上所述,张君劢、梅光迪等保守主义诗学家对于胡适等自由主义诗学家实验主义方法论的批评,着眼点并不在科学理性思维本身,而是在于胡适等自由主义诗学家运用科学理性思维的方式背离了理性,导致了中国现代价值标准的混淆。而他们之所以认同白璧德和孔子,就在于二者的学说中都包含着对极端的科学理性论和极端的直觉感悟论进行纠偏的思想。他们希望,将西方保守主义理论与中国儒家的理论融会贯通、熔铸一炉,协调科学理性思维与直觉感悟思维的关系,以处理个体的感性生命与道德理性的调和、个性自由与社会道德的调和问题。在熊十力看来,柏格森虽然极力推崇直觉,却并不排斥理智。他认为罗素将柏格森看成"反理智"派的观点是违背事实的。柏格森只是说"理智不可以及本体,故理智之效用有限,而非谓理智可摒斥也"④。因而,他并不同意梁漱溟等第一代新儒家将直觉和理智、科学与哲学对立起来的观点,而是对它们的相互依赖、相互推动的动态性关系进行了辩证的阐释。他指出:"玄学者,始乎理智思辨,终于超理智思辨,而归乎返己内证。及乎证矣,仍不废思辨。"⑤

与熊十力一样,贺麟在吸纳了柏格森的直觉论的同时,也不同意将柏格森的直觉论完全归结为反理性的"主观想象"论。他认为在人的思维过程中,直觉方法与理智方法并不是截然对立的,而是相互支持、相互融合的:"直觉与理智乃代表同一思想历程之

---

① 鲁迅:《〈艺术论〉译本序》,《萌芽月刊》1930年第1卷第6期。
② 胡风:《人生·文艺·文艺批评》,《胡风全集》(第三卷),武汉:湖北人民出版社,1999年,第202页。
③ 同上,第197—202页。
④ 熊十力:《近代唯心论简释》,重庆:重庆独立出版社,1944年,第94、98页。
⑤ 熊十力:《十力语要初续》,香港:香港东升印务局,1949年,第6页。

不同阶段或不同方面,并无根本的冲突,而且近代哲学以及现代哲学的趋势,乃在于直觉方法与理智方法的综贯。"①就此而论,在世界上根本不可能存在只运用直觉思维方法或理智思维方法的哲学家或诗学家。因为,"无一用直觉方法的哲学家而不兼采形式逻辑及矛盾思辨的;同时亦无一理智的哲学家而不兼用直觉方法及矛盾思辨的"②。

由此可见,无论是鲁迅、胡风,还是熊十力一样,贺麟,虽然他们在关注个体感性生命的自由,或者在关注理性上的偏重程度不一样,但都有救治唯科学理性思维是举和唯直觉感悟思维是举的思维论之弊的意图,都希望一方面用中国哲学直觉感悟的思维方法去补充西方科学理性的逻辑、推理方法的不足;另一方面又以西方的科学理性思维的逻辑、推理方法去阐明中国儒家的道德理性思想。从现代性的历史进程看,这种相互阐释、相互补充的方法的真正意义在于,它生成了中国现代诗学现代性思维论自身内在的张力,促使中国现代诗学现代性思维论中的直觉感悟思维论和理性思维论的同时发展。

与人们习惯于认为推崇科学理性思维论的马克思主义诗学和推崇道德理性思维论的保守主义诗学对推崇非理性的生命本能、生命意志或生命冲动的直觉思维论构成压抑和束缚一样,人们也习惯于认为推崇非理性的生命本能、生命意志或生命冲动的自由主义诗学对科学理性思维论和道德理性思维论是持非此即彼的反对态度的。

从哲学基础看,叔本华、柏格森、克罗齐等西方非理性主义哲学为中国非理性主义诗学的产生和发展提供了理论依据。中国非理性主义诗学之所以推崇直觉论,与叔本华、柏格森、克罗齐等的直觉论将潜意识和生命冲动等看成生命的真正本质的宇宙观和认识观是分不开的。不过,我们也必须看到,在直觉论接受的实践活动中,中国非理性主义诗学家又总是无法摆脱自己的历史性的。他们存在于历史与传统之中,作为历史与传统的中国道家的非理性的整体观及其直觉感悟式的思维是先于他们而存在的,它们已经游动如岚地活在中国非理性主义诗学家的深层精神结构之中,化为精血与骨髓,制约着他们对叔本华、柏格森、克罗齐等西方非理性主义诗学家的直觉论的选择和接受行为。而事实上,无论是在叔本华、柏格森、克罗齐等的直觉论之中还是在中国道家的非理性的整体观及其直觉感悟论之中,都同样强调了感性与理性的辩证统一的重要性。

道家主张"以天合天"(《庄子·达生》),要求人们以一种直觉感悟的认识方式去体悟作为世界本原和道德根据的"道"。这体现出了道家思维论的辩证性,即关于真与

---

① 贺麟:《贺麟选集》,长春:吉林人民出版社,2005年,第65页。
② 同上,第64页。

美、理性与直觉的对立统一性。在道家这里,最真实的就是最美的,人只有在进入最为真实的世界中才能获得最大的生命自由。与道家的"以天合天"说一样,叔本华、柏格森、克罗齐等西方非理性主义诗学家的直觉论同样带有一定的理性色彩。叔本华认为,直观"决不是单纯的感觉,在直观中已现出悟性的活动"①。柏格森指出:"所谓直觉就是指那种理智的体验,它使我们置身于对象的内部,以便与对象中那个独一无二、不可言传的东西相契合。"②而在克罗齐看来,在直觉活动中,"审美的与理性的(或概念的)两种知识形式固然不同,却并不能完全分离脱节,象两种异向牵引那样"③。显然,无论是道家的"以天合天"说还是叔本华、柏格森、克罗齐等的直觉论,虽然推崇的都是一种非理性的思维方式,然而,"非理性"不等于完全反对理性。从某种程度上说,他们"只反对以分析为究竟,并不反对分析"。他们所说的人的"以天合天"过程和直觉过程既强调以直觉进入真实的自然世界的重要性,也强调以主体的理智之光照亮事物的本质规律的必要性。

受叔本华、柏格森、克罗齐等的直觉论和中国道家非理性的整体观的影响,周作人、梁宗岱、朱光潜等自由主义诗学家也较为重视理性思维与直觉思维的辩证性关系。梁宗岱极力提倡"参悟"说,主张诗人应该"放弃了动作,放弃了认识,而渐渐沉入一种恍惚非意识,近于空虚的境界",在这种境界中,"参悟""到一个更庄严,更永久更深更大的静",实现生命的自由。④ 这样的思维论使人们习惯上将梁宗岱视为极端推崇直觉感悟的自由主义诗学家。而事实上,梁宗岱所说的"参悟"过程,既包含直觉感悟的成分,也涵纳着科学理性的元素。在《谈诗》中,梁宗岱强调指出:"一切伟大的诗都是直接诉诸我们底整体,灵与肉,心灵与官能的。它不独要使我们达到美感的快乐,并且要指引我们去参悟宇宙和人生的奥义。而所谓参悟,又不独间接解释给我们的理智而已,并且要直接诉诸我们的感觉和想象,使我们全人格都受它感化和熔铸。"⑤习惯上,林语堂同样被人们视为偏重直觉感悟论的自由主义诗学家。在林语堂的许多观点中,我们都可以看到克罗齐等西方非理性主义哲学家、诗学家的影响,表现出非常强烈的反对科学理性的文化态度。他对科学主义所推崇的逻辑推理方法颇为反感,尖锐地批评道:"数学

---

① 〔德〕叔本华:《作为意志和表象的世界》,第646页。
② 〔法〕柏格森:《形而上学引论》,北京:商务印书馆,1982年,第137页。
③ 〔意〕克罗齐:《美学原理·美学纲要》,北京:外国文学出版社,1983年,第29页。
④ 梁宗岱:《象征主义》,第78页。
⑤ 梁宗岱:《谈诗》,《梁宗岱文集·评论卷》,北京:中央编译出版社,2003年,第99页。

与逻辑是科学的工具,所以大体上,今日哲学成为数学的附庸,'道'跑到哪里去了? 谁管? 这是今日西方哲学所以脱离人生的空虚现象。"①他对唯科学理性是举带来的后果痛心疾首:"今日世界之瓦解,可以证明是由于科学的物质主义侵入文学思想的直接结果。人文科学教授已陷入一种境地,只管在人类的活动中,求得机械式的公例。"②然而,如果我们据此就认定林语堂像克罗齐等西方非理性主义哲学家、诗学家那样彻底地反对科学理性,那又失之偏颇了。林语堂强调指出:"我嗜科学,故同时留意科学的探究以补救我的缺失。如果科学为对于生命与宇宙之好奇感的话不谬,则我也可说是个科学家。"③由此可见,林语堂并不从根本上反对科学理性,他反对的是将科学理性思维推举为人类唯一的思维方式的思维论。在他看来,科学理性思维与直觉感悟思维构成人类思维的整体,它要求人们不能因为偏重任何一种思维方式而漠视、偏废另外一种思维方式。

而在自由主义诗学家朱光潜看来,正因为人类的思维方式是由科学理性思维与直觉感悟思维构成的,那么,那种将科学理性推上至高无上地位的"理智救国"论显然是偏颇的。他严厉地批评道:"他们想把理智抬举到万能的地位,而不问在事实上理智是否万能;他们只主张理智应该支配一切,而不考究是否完全可以理智支配。我很奇怪张先生以柏格森的翻译者而抬举理智。"④不过,同样源于人类思维是一个由不同思维构成的有机的整体的理念,朱光潜也并不赞成克罗齐的那种认为直觉思维与科学、实用思维绝缘的观点。他强调指出:"我察觉人生是有机体;科学的、伦理的和美感的种种活动在理论上虽可分辨,在事实上却不可分割开来,使彼此互相绝缘。"⑤由此可见,朱光潜虽然受到克罗齐等西方非理性主义诗学家的直觉思维论的影响,但没有完全袭用他的直觉思维论,而是根据人类思维的整体性的理念,一方面极力倡导超功利性的审美直觉论,另一方面又强调科学理性思维与直觉感悟思维有着相互依靠、相互渗透的联系。这种既强调直觉感悟思维,又不忽视科学理性思维的思维论,显然超越了西方非理性主义诗学的直觉感悟思维论的理论意义。

在周作人等自由主义诗学家看来,理性思维与直觉思维的辩证性关系首先表现为

---

① 林语堂:《论东西思想法之不同》,《无所不谈合集》,上海:开明书店,1974年,第70页。
② 林语堂:《西方人文思想的危机》,《无所不谈》,海口:海南出版社,1993年,第91页。
③ 林语堂:《我的信仰》,《林语堂文集》(第九卷),北京:作家出版社,1995年,第437页。
④ 朱光潜:《给青年的十二封信》,《朱光潜美学文集》(第一卷),合肥:安徽教育出版社,1987年,第41页。
⑤ 朱光潜:《文艺心理学》,《朱光潜美学文集》(第一卷),合肥:安徽教育出版社,1987年,第4页。

直觉对理性思维具有驱动性、提升性作用。亚里士多德指出:"了解原始前提的将是直觉……证明不可能是证明的创始性根源,因而也不是科学知识的科学知识……直觉将是科学知识的创始性根源。"①在文学创作的开始,作家对世界上一切人物、事物的感知,都是通过他的感觉器官进行的。自然世界和社会世界中的各种各样的信息通过作家的感觉器官传达给他,然后经过层层转化,成为激发他的创作冲动的动力源。② 对此,宗白华有非常清楚的说明:"天才所创造的思想与发明大半是由一种茫昧的冲动,无意识的直感,渐渐光明,表现出来,或借学说文章,或借图画美术,使宇宙真相得显示大众,促进人类智慧道德的进化。"③从文学创作动力的角度来说,无论是"茫昧的冲动",还是"无意识的直感",都是文学创作的强大的动力源。没有它的冲击与灌溉,理性的概念就会因为失去感性的内容而成为空洞的符号,推理就会因为失去具体材料的支撑而发生错误。

　　直觉除对理性思维具有驱动性作用以外,还具有提升性作用。古今中外的无数的事例证明,当作家在文学创作过程中有意识地思考某个问题而又百思不得其解,走入理性思维的死胡同时,或者理性思维活动处于高度集中化、紧张化的临界状态时,作家一旦暂时让理性思维活动松弛或者中止,由理性思维转入直觉思维,那么,作家的认识会实现飞跃式的发展,久思不解的问题会迎刃而解。朱光潜将这种思维的飞跃称为"灵光一现"。他说:"读一首诗和做一首诗都常须经过艰苦思索,思索之后,一旦豁然贯通,全诗的境界于是像灵光一现的突然现在眼前,使人心旷神怡,忘怀一切。这种现象通常人称为'灵感',诗的境界的突现都起于灵感。灵感亦并无若何神秘,它就是直觉,就是'想象'(Imagination)。原谓意象的形成,也就是禅家所谓'悟'。"④梁宗岱将这种思维的飞跃称为"醉,梦或出神"。他说:"对于一颗感觉敏锐,想象丰富而且修养有素的灵魂,醉,梦或出神——其实只是各种不同的缘因所引起的同一的精神现象"。"外界底事物和我们相见亦有两副面孔。当我们运用理性或意志去分析或挥使它们的时候,它们只是无数不相联属的无精彩无生气的物品。可是当我们放弃了理性与意志底权威,把我们完全委托给事物底本性,让我们底想象溜入物体,让宇宙大气透过我们心

---

① 〔希腊〕亚里士多德:《工具论》,广州:广东人民出版社,1984年,第256页。
② 俞平伯:《做诗的一点经验》,《新青年》1920年第8卷第4期。
③ 宗白华:《读柏格森"创化论"杂感》,《宗白华全集》(第一卷),第78页。
④ 朱光潜:《诗论》,北京:读书·生活·新知三联书店,1984年,第53页。

灵",那么,物我之间就会"同跳着一个脉搏,同击着一个节奏"。①

在周作人、朱光潜等自由主义诗学家看来,理性思维与直觉思维的辩证性关系其次表现为理性思维对直觉具有分析性、验证性作用。

不可否认,直觉思维由于具有直接性、突然性、跳跃性等特点,因而它在文学创作中具有非常重要的作用。然而,直觉并不是毫无根基的天外之物,而是建构在作家已有的知识和经验的基础之上的。从这种意义上说,获取广博的理性知识是作家直觉发生的重要基础。在周作人看来,表面上看,直觉性思维具有精骛八极的自由性,然而,这种自由性其实是有一定条件限制的。这个条件"即是科学思想的养成。我们无论做什么事情,科学思想都是不可少的"②。实际上,不但直觉的产生以广博的理性知识为基础,而且直觉的整个发生过程都受到作家理性的分析、评价、鉴定。在创作之初,作家受到某种需要、目的或精神取向的限制和驱使,往往需对已有的经验和知识进行充分的理性的分析和理解,以便消化已有的经验和知识。当直觉产生以后,由于直觉发生的突然性,直觉知识往往呈现出零乱、模糊的特性,作家同样需要对之进行逻辑上的分析和加工整理。正因如此,梁宗岱才说:"一切心灵底进展,其实可以说一切文化底进展,大部分基于分辨底功能。"③李健吾才说:"一个批评家,与其说是法庭的审判者,不如说是一个科学的分析者。"④不过,即使是经过逻辑上的分析和加工整理的直觉知识,由于它客观上仍然是跳跃式的直觉思维的产物,充满着或然性的猜想或假设,因而,在这种直觉知识的基础上得出的结论就仍然不是绝对可靠的。对这种知识和在此基础上产生的结论的真理性的检验和鉴定,就仍然需要借助于理性思维。正因如此,李健吾强调指出:"他不仅仅是印象的,因为他解释的根据,是用自我的存在印证别人一个更深更大的存在,所谓灵魂的冒险者是,他不仅仅在经验,而且要综合自己所有的观察和体会,来鉴定一部作品和作者隐秘的关系。"⑤与直觉思维的模糊性和不确定性相对立,保证思维结论的有效性和准确性是理性思维的核心问题。从某种程度上说,理性思维就是借助于推理、判断的有效性得出合理、准确的结论的思维形式。由此可见,在文学创作过程中,理性思维和直觉思维缺一不可。它们既互为主次、不断更替,构成了一种既相互补充、相

---

① 梁宗岱:《象征主义》,《文学季刊》1934年第2期。
② 周作人:《妇女问题与东方文明等》,《周作人民俗学论集》,上海:上海文艺出版社,1999年,第94页。
③ 梁宗岱:《梁宗岱文集·批评卷》,北京:中央编译出版社,2003年,第55页。
④ 李健吾:《咀华集·咀华二集》,上海:复旦大学出版社,2005年,第24页。
⑤ 李健吾:《咀华集·边城》,《咀华集·咀华二集》,上海:复旦大学出版社,2005年,第24页。

互交织又相互依赖、相互渗透的关系。

人类认识事物的思维机制表明,作为整体性、系统性的人类思维活动过程中存在着逻辑思辨性—直觉感悟性—逻辑思辨性辩证地转化的演变规律。之所以如此,是因为客观事物本身就具有清晰性与模糊性的特质,也就是说,它既有"非此即彼"性,也有"由此及彼"的转化性和"亦此亦彼"的中介性。就此而论,无论是"科学万能论",还是"直觉万能论",都忽视了客观事物的这种"由此及彼"的转化性和"亦此亦彼"的中介性。正是意识到这个问题,一般来说,在中国现代诗学发展的后期,诗学家们是较为注重科学理性思维和直觉感悟思维的对立统一的。这种注重事物的对立统一面的现代性思维与中国传统的朴素辩证性思维显然有着明显的承继关系,但又有着十分显著的区别。其相似性表现为,二者都主张从事物的对立统一关系中去认识、理解事物,发现万事万物之间运动、发展、演变的态势;其相异性表现为,中国传统的朴素辩证性思维视和谐统一为目标,一旦思维抵达这一境界,辩证法将不再运行。因而,中国传统的朴素辩证性思维论的动态性,是一种相对意义上的。与之不同,中国现代诗学的对立统一思维的动态性却不会因为抵达某一境界而凝滞,而是会不断地以螺旋式的运动状态演进。因而,中国现代诗学的对立统一思维论是真正现代的动态论。

由此可见,中国现代诗学权力关系场域中的思维论,既不像中国传统的朴素辩证性思维论那样一味地追求和谐统一,也不像西方科学理性思维论那样一味地注重事物之间的对立和分裂,而总是力图在对直觉思维与科学理性思维的深刻认识与理解中超越二者的矛盾,实现二者的统一。这就使得,中国现代诗学权力关系场域中的思维论既内含着中国传统的朴素辩证性思维论、西方的直觉思维论和西方科学理性思维论的某些特征,又具有自身非常独特的特性,尽管从实际的情况看,中国现代诗学家对中国传统的朴素辩证性思维论、西方的直觉思维论和西方科学理性思维论的融会贯通的工作做得还不是十分完善。在许多时候,他们提出了对中国传统的朴素辩证性思维论、西方的直觉思维论和西方科学理性思维论进行融合的种种设想和主张。但不可讳言,在整个中国现代诗学思维的发展演变过程中,中国现代诗学家并没有找到在实践层面上可以进行操作的对中西不同思维方式进行融合的切实可行的方法,他们的中西思维融合论也常常演变为中西思维杂陈与共生论。但无论如何,先有杂陈与共生,才有融会贯通,这符合人类思维由低向高的发展规律。另一方面,中国现代诗学思维融合论的这种未完成状态也对中国当代诗学提出了更高的要求,如何吸取中国现代诗学思维论建设的经验和教训,根据时代的需要,在更高的阶段上将中国传统的朴素辩证性思维论、西方的直觉思维论和西方科学理性思维论冶于一炉,真正实现中国传统思维同西方思维、现代思维与当代思维的和合共生与融会贯通,这是历史和时代交给当代诗学家的极为重要而又极为艰难的任务。

上 编

中国现代自由主义诗学

作为一种系统的理论学说,"自由主义"最早出现于西方,并在政治、经济、文化等领域对于西方世界的进程产生了广泛且深远的影响。在文艺复兴时期,"自由主义"理念被解读为政治自由和制度民主,这也为作为一种完整的理论体系的"自由主义"的出现提供了理论资源。直至 17 世纪,英国哲学家洛克(John Locke)、伯克(Edmund Burke)、密尔(John Stuart Mill)、亚当·斯密(Adam Smith)等人终于从政治和经济的角度出发,建立起了一套系统的"自由主义"理论,其后,"自由主义"更是从理论上推动了欧洲大陆上一系列社会革命的出现。时至 20 世纪,以哈耶克(Friedrich August Hayek)、霍布豪斯(Leonard Trelawney Hobhous)为代表的一系列哲学家则从社会学的角度进一步阐发了自由主义理论,正如哈耶克所指出的,"自由主义"是"一种可取的政治秩序的观点"[①],其中心思想是"在贯彻保护公认的个人私生活领域的公正行为普遍原则的情况下,十分复杂的人类行为会自发地形成秩序,这是特意的安排永远做不到的"[②]。在阐发自由主义理论的过程中,他们分别从经济自由和政治自由两方面来解读"自由主义"的理论诉求,即通过实现个人的经济自由和政治自由,以在根本上实现个人的自由,从而延续了此前的西方自由主义学说对于"自由主义"的阐释传统,并进一步从社会结构和政治权力的角度对之进行了意义阐发。

　　由此,不难看出,"自由主义"理论自诞生以来就被赋予了一种政治内涵于其中,而后,在其发展过程中,学者们也更倾向于从政治角度对其进行阐释和深化,将它解读为个体表达其政治诉求——追求个体自由而建立起来的一套理论学说。然而,作为一种成熟的理论形态,"自由主义"对于整个人类社会的重要影响体现在,它既在政治、经济领域推动了个人自由权利的实现,又在文化领域掀起了一波又一波的关于"主体自由"的诗学潮流,人文主义、浪漫主义、唯美主义、象征主义以及一系列现代主义诗学形态的出现,在一定程度上都可以被视作西方知识分子关于"人之独立"和"艺术之独立"的思考所致。而这些在文化、文学领域相继出现的诗学潮流,对于"自由"的理解虽来源于此前诸多西方哲学家从政治、经济方面着手而定义的"自由主义"理论,但又不同于此。

---

① 〔英〕哈耶克:《自由社会的秩序原理》,《哈耶克文选》,冯克利译,南京:江苏人民出版社,2007 年,第 342 页。
② 同上,第 344 页。

他们在艺术精神方面汲取了"自由主义"学说惯常所强调的"自由"、"独立"之品性,然而又摒除了其中的政治、经济内涵,也就是说,这一系列诗学形态均坚持艺术独立于政治、经济而自有其本质属性和发展规律。

而以这一系列西方自由主义诗学资源为重要理论来源的中国现代自由主义诗学同样如此。一方面,作为一种社会思潮,中国现代自由主义与马克思主义思想和保守主义思想并行于1912—1949年间的中国现代知识场域,起初,严复、梁启超等人的确是怀着启蒙民智、振兴民族的夙愿而将西方自由主义学说引入中国视野,这也就表明,中国现代学者起初是以启蒙现代性的视角关注"自由主义",因此,他们所阐述的自由主义思想,带有明确的政治倾向性;而另一方面,我们所关注的中国现代自由主义诗学,则是从审美现代性角度出发来阐释"自由"的含义,也就是说,中国现代自由主义诗学汲取了"自由主义"学说之追求"自由"、"独立"的精神,从而形成了一种既强调主体之独立,却又摒除政治启蒙思想于艺术创作之干扰,以实现艺术之独立为终极诉求的文艺理论形态。由此,我们认为,中国现代自由主义诗学,即在1912—1949年的现代中国这一时空中得力于西方自由主义诗学和中国传统个性主义诗学资源的共同浇筑而萌芽、发展,并在与马克思主义诗学、保守主义诗学的话语斗争中逐渐走向边缘化的一种艺术至上主义的文学理论形态。

作为中国现代诗学场域的一种重要诗学形态,中国现代自由主义诗学以其对于文学之独立品格的坚持而形成了一套系统且颇有价值的诗学理念,而该诗学阵营中不断涌现出的一批又一批诗学大家亦以其开阔的诗学视野、宽阔的诗学胸怀以及敢为人先的勇气而就文学本质、文学思维、文学形式以及文学功能等关键问题提出了许多令人耳目一新且振聋发聩的诗学观念。在一次又一次地引领了中国现代诗学潮流的同时,中国现代自由主义诗学也因其独特的价值观念而一直身处于话语论争的漩涡之中,从"五四"文学革命起,该诗学形态一直被马克思主义诗学和保守主义诗学视作"他者"而加以严厉的批评。直至20世纪80年代中期以来,以美籍华人学者夏志清为代表的大批学者对以钱锺书、张爱玲、沈从文为代表的自由主义作家的关注才终于将长期以来处于边缘地位的自由主义诗学推回了中国现代诗学场域的中心。

不同于马克思主义诗学和保守主义诗学均将文学与政治意志、社会秩序相勾连,并赋予文学作品以负载社会集体意志之功能的诗学倾向,中国现代自由主义诗学坚持从审美层面出发探索文学艺术和艺术主体之独立品性。由此看来,中国现代自由主义诗学与现代中国之时代主流意识显然是格格不入的。然而,其之所以能在社会结构发生巨大转型的关键时期引起如此广泛的关注,正是因为其在推动中国新文学的发展的过程中,不断催生出了种种既与传统诗学相异又与传统诗学相接的浪潮,这主要体现在,它既提倡借鉴西方自由主义诗学资源来建构中国文学新形态,从而突破传统诗学的条条框框对于文学发展的束缚,又潜在地沿袭了中国传统文化经验,从纵向上延续了中国传统诗学之本土个性。需要说明的是,中国现代自由主义诗学接受的西方自由主义诗学资源主要是指自文艺复兴以来先后出现并盛行于西方世界的浪漫主义诗学、唯美主义诗学、现代主义诗学等多种诗学资源,虽然这些资源在发生机制、审美追求、价值观念、外部表征等方面存在差异,但他们均主张摆脱理性和逻辑对于艺术的束缚,强调艺术主体对客观物象的主观感受,从而突显艺术之主体性。

由此可见,跨越的诗学视域和宽容的诗学胸怀使得中国现代自由主义诗学家在认识价值之外,又从审美价值方面丰富了中国诗学的话语内涵和表现形态,真正推动了中国诗学传统的延续与发展,这使得中国现代自由主义诗学无论对于过去的、传统的中国诗学场域还是当时的世界诗学场域乃至今天的中国诗学场域都体现出了独特的现代性意义。而正因其话语内涵和表现形态的多元化和复杂性,才使得它从诞生之日起,就免不了成为各方诗学力量关注和争论的焦点。正如阐释学理论所指出的,时代需要、个人的文化背景、价值取向等因素决定了阐释主体的立场,而有着不同阐释立场的主体对于同一件事物的认识、评价显然是不同的。由此,在艺术评论的过程中,我们总能看见"一百个读者就有一百个哈姆雷特"的情况出现,因为,每一个读者所建构的哈姆雷特形象均是其个人的主体意识投射至艺术形象之上的体现。既然如此,那么,如果一个艺术形象或者一种理论体系有着丰富的内涵,其自然就为不同的阐释主体提供了多向阐发的可能性。也就是说,对于中国现代自由主义诗学这一有着丰富内涵的理论体系而言,其复杂的诗学内涵就有待不同的阐释主体来开掘,而阐释主体对于该诗学内涵的理解与阐释亦从来都不是一个静态而固定的过程,而是不断开放与生成的过程。

第一章 权力关系视阈下的
文学本质论

文学本质论,即关于"什么是文学"的观念,是区别文学与非文学的因素集合的观念,是诗学体系中最基本的问题,它对于文学本质的规定决定文学的思维方式、形式观和功能观;然而,却也是最难以得到定论的问题。自古以来,诗学场域内关于文学本质这一问题的讨论众说纷纭,亚里士多德之"摹仿说"、柏拉图之"理念说"、席勒之"游戏说"、弗洛伊德之"潜意识说"等是诗学场域内比较主要的几种话语形态,引起了较多的关注和认同。而中国现代自由主义诗学,作为文学转型过程中的一支重要的诗学力量,亦提出了一套异于他者的文学本质论,即以表现自我、重塑自我形象为文学本质的"自我"说,而"自我"说的建构和实践也使得中国现代自由主义诗学从根本上区别于其他的诗学形态。

第一节 "自我"说的基本内涵与表现形态

自1917年胡适发表《文学改良刍议》一文起,中国诗学翻开了崭新的一页。正如郁达夫所言:"五四运动,在文学上促生的新意义,是自我的发见"[1],"从前的人,是为君而存在,为道而存在,为父母而存在,现在的人才晓得为自我而存在了。"[2]数千年来,在中国封建社会中,人性受到了来自政权、道德的严酷压制,自晚清起,"自我"的观念在提出"我手写我口,古岂能拘牵?"[3]的黄遵宪等倡导文学改革的有识之士的努力之下逐渐苏醒,直至五四运动之后,以"自我表现"为本质的现代自由主义诗学观念的形成,将文学表现的对象由"大我"转变为"小我",彻底刷新了以"文以载道"为目标的传统诗学对于文学本质的定义,这也是自由主义诗学家为确认"自我"的主体形象而向传统诗学

---

[1] 郁达夫:《五四文学运动之历史的意义》,《文学》创刊号,1933年7月。
[2] 郁达夫:《中国新文学大系·散文二集·导言》,上海:良友图书印刷公司,1935年,第5页。
[3] (清)黄遵宪:《杂感》,《人境庐诗草笺注》,上海:古典文学出版社,1957年,第15页。

乃至封建社会发起的一场话语斗争。郭沫若以一首《天狗》发起对既有社会结构的抗争，诗中的"天狗"形象，是诗人自我的化身，负载着中华民族数千年来积郁的能量，怀着五四新人的自信与期待，他喊出了"我便是我了"、"我是全宇宙底 Energy 底总量！"的口号；"我飞奔，我狂叫，我燃烧"，"我剥我的皮，/我食我的肉，/我吸我的血，/我啮我的心肝，/我在我神经上飞跑，/我在我脊髓上飞跑，/我在我脑筋上飞跑"①等句更是道出了诗人欲推翻本土文化传统，继而建构新的中国诗学的决定与勇气。诗中每句都以"我"开端，表现"我"之情绪，由此可见，该诗显然是诗人宣泄自我情感的产物。对"自我"的发掘及自由意志的实践成为"五四"新文学运动发起的根本动力。

在这场话语论争中，以前期创造社②、新月派等为代表的自由主义诗学阵营围绕以"自我"为核心的文学本质论，建立起了一套完整的诗学话语体系，"自我"、"主观主义"、"个性主义"、"理想"、"情感"、"自由意志"、"潜意识"成为其中出现频率极高的话语。不过，细加考察，我们发现，总的来说，中国现代自由主义诗学以"自我"为本质的话语体系是沿着表现"情感"和"潜意识"两条主线展开的。

一、"情感"本体论

布迪厄认为，"文学场"作为一个独立的场域，有一套独立的法则，而文学场的形成和成熟过程，往往是一个与社会场域中的其他场域决裂的过程，须通过艺术家反对政治、经济、道德等外在力量干涉，建立文学艺术的自主标准来完成。而文学艺术的独立法则之一，就是关注"自我"的内在情感，使文学艺术紧贴心灵，而远离社会其他场域的干扰。可以说，中国现代自由主义诗学正是一群自由主义艺术家为建构"文学场"而发展起来的一套诗学话语体系，"主体情感"在此被认为是一切文学创作的根本动力和表现内容，解构封建文学之"大我"形象，建构"小我"形象，以确认"自我"的合法性，则是其最直接的任务。

---

① 郭沫若：《天狗》，《郭沫若诗》，晓章选编，杭州：浙江文艺出版社，2002年，第45—46页。
② 在此，笔者需要说明的是，事实上，前期创造社并不能算作自由主义知识分子阵营中的一员，而且，其于1928年发生的诗学和政治态度的明显转型，使之反而成为自由主义诗学的对立面。但是，笔者在绪论中已谈到，中国现代自由主义诗学在诗学面貌上呈现出了一种重视主体情感的浪漫主义色彩，而如果仅从诗学观念上审视创造社成员，我们不难发现，前期创造社的郭沫若、郁达夫、成仿吾等人都是浪漫主义情感本体论的忠实拥护者，且在与保守主义诗学就文学本质、文学功能等问题而展开论争的过程中，前期创造社在反对保守主义诗学以道德约束文学，从而确证文学之主体性与独立性的道路上，是作出过卓越贡献的。因此，可以说，在对于浪漫主义诗学的建构过程中，前期创造社的诗学理论是有着一定的自由主义色彩的。所以，本文将前期创造社诗学视为中国现代自由主义诗学的萌芽，并将之纳入中国现代自由主义诗学的讨论之中。

自文学革命发端起，宣泄自我情感的话语就大量涌现于中国现代自由主义诗学体系之中。前期创造社作家甫一登上历史舞台，就亮出了这样惊世骇俗的观点：

> 诗底主要成分总要算是"自我表现"了。①
> 把内心的要求作一切文学上创造的原动力。②
> 文学是直诉于我们的感情，而不是刺激我们的理智的创造；文艺的玩赏是感情与感情的融洽，而不是理智与理智的折冲；文学的目的是对于一种心或物的现象之情感的传达，而不是关于他的理智的报告。③

他们严格区分了"感情"与"理智"，并在创作实践中写下了"你们知道创造者的孤高，／你们知道创造者的苦恼，／你们知道创造者的狂欢，／你们知道创造者的光耀"④这样的诗句以突显人之内在情感，并借此重新唤起现代文坛对主体情感的关注。与热情澎湃的前期创造社一样，唱着悠扬的小夜曲走入人们视野的新月派亦是情感的信徒：

> 我是一个信仰感情的人，也许我自己天生就是一个感情性的人。⑤
> 感情，真的感情，是难得的，是名贵的，是应当共有的；我们不应该拒绝感情，或是压迫感情，那是犯罪的行为，与压住泉眼不让上冲，或是掐住小孩不让喘气一样的犯罪。人在社会里本来是不相连续的个体。感情，先天的与后天的，是一种线索，一种经纬，把原来分散的个体织成有文章的整体。
> 感情是力量。不是知识。人的心是力量的府库，不是他的逻辑。……所以感情才是成江成河的水泉，感情才是织成大网的线索。⑥

在以上文字中，徐志摩结合个人体验谈到了文学与感情之联系，他认为，感情构成了文学作品的灵魂，也是文学作品之所以能与读者产生共鸣的原因。同为情感的信徒，热情高歌的前期创造社和浅声低吟的新月派从精神层面彻底刷新了中国诗学的面貌，

---

① 郭沫若：《郭沫若致宗白华函》，《三叶集》，合肥：安徽教育出版社，2006年，第87页。
② 成仿吾：《新文学之使命》，《创造周报》1923年5月20日第2号。
③ 成仿吾：《诗之防御战》，《创造周报》1923年5月13日第1号。
④ 郭沫若：《创造者》，《创造社作品选》，刘纳编选，北京：人民文学出版社，2011年，第24—25页。
⑤ 徐志摩：《落叶》，《徐志摩全集》（第三卷），散文集，赵遐秋等编，南宁：广西民族出版社，1991年，第6页。
⑥ 同上，第7—8页。

为扭转新文学的发展方向做出了卓越的贡献。

黑格尔曾说:"浪漫型艺术的真正内容是绝对的内心生活,相应的形式是精神的主体性,亦即主体对自己独立自由的认识。"[①]浪漫主义艺术对于"自我"的诠释突出表现为绝对尊重人的内心,以从精神层面确证其主体性。从这一点来看,中国现代自由主义诗学与西方浪漫主义诗学的诉求是一致的,即两者都是借助于充沛的情感、大胆的想象来实现艺术家对于理想的追求。事实上,以前期创造社和新月派为代表的自由主义诗学家的确是在西方浪漫主义诗学的影响下,借鉴浪漫主义的诗学资源来建构自己的话语体系的,激进直白如拜伦(George Gordon Byron,1788—1824)、歌德(Johann Wolfgang von Goethe,1749—1832)、雪莱(Percy Bysshe Shelley,1792—1822),含蓄内敛如华兹华斯(William Wordsworth,1770—1850)、柯勒律治(Samuel Taylor Coleridge,1772—1834),均是中国浪漫主义文学的先师。而中国社会的现实需要、中国自由知识分子的个人审美趣向以及中国传统审美经验则为中国现代自由主义诗学对西方浪漫主义诗学的接受提供了契机。

首先,从社会关系角度来看,作为法国大革命催生的产物,西方浪漫主义诗学对于初生的中国现代自由主义诗学有着借鉴的价值。浪漫主义诗学上承文艺复兴时期诞生的人本主义思想,起初是作为新兴资产阶级反对封建文化秩序的理论武器出现。在古典主义时期,文学生产的自主性受到了来自封建君主专制的中央集权的干预,表现主题(王权的至高无上)、表现方法(三一律)和语言形式(民族规范语言)等方面均呈现出受制于其他领域的附属形态,代表着王权的"理性"统摄着文学艺术场域的运行。然而,动荡的社会和频发的战争却使人们对所谓的"理性王国"产生了质疑,标榜着"自由、平等、博爱"的资产阶级知识分子转而将信仰转寄于"情感",并借"情感"、"自我"、"天才"、"灵感"、"理想"等话语对"理性"发起了冲击,以期扫清社会其他场域对于文学自主生产的控制和威胁。与之相似,自晚清以来,由于封建体制的沉疴已积重难返,且数千年以来,文学场在政治、道德、经济等场域控制下已愈发失去了自主声音,面对这种情况,有识之士终于踏上了对于文学自主性诉求的征途。正因为浪漫主义带来了"公众趣味和审美情感的一次巨大革命,这种浪漫的类型代替了那种冷漠的、清晰的、虚假的古典精神"[②],中国自由主义诗学家便效法于西欧浪漫主义艺术家们以"情感"为核心反

---

① 〔德〕黑格尔:《美学》(第二卷),北京:商务印书馆,1982年,第275—276页。
② 寇鹏程:《古典、浪漫和现代》,上海:上海三联书店,2005年,第42页。

对"理性",以恢复"自我"主体性为目标的方法,对传统的诗学范式发起了一场声势浩大的挑战。

西方社会关于浪漫的想象终在19世纪逐渐形成了一套体系化的诗学话语,且集中表现为两种形态,即积极的浪漫主义和消极的浪漫主义。积极的浪漫主义,以德国的歌德、席勒(Johann Christoph von Schiele,1759—1805),英国恶魔派诗人拜伦、雪莱、济慈(John Keats,1795—1821)为代表,他们"立意在反抗,指归在动作,而为世所不甚愉悦"①,他们是革命者,因"无法忍受不断加剧的整个世界对神的亵渎,无法忍受越来越多的机械式的说明,无法忍受生活的诗的丧失"②而挑战僵死的传统。在理想的激励之下,他们的情感热烈奔放,言辞大胆直白。而消极的浪漫主义,是指以英国湖畔诗派诗人华兹华斯、柯勒律治、骚塞(Robert Southey,1774—1843)为代表的一类诗人的诗学想象,在诗的世界中,他们构建的意象往往是"令人生怀古之幽情的残垣断壁、苍凉婉转的邮车号角和月光照亮的古堡废墟、童话公主、蓝花和在绚丽的夏夜里潺潺催眠的流泉"③,也就是说,不同于前一类型诗人热心于批判现实、改造世界,他们则选择逃避现实、沉迷想象,因其不能正视社会场域中的尖锐矛盾,从而寄情于一些"令人生怀古之幽情"的衰颓之景或乌托邦化的美好意象。

其中,前一类浪漫主义诗学形态对西方社会的影响尤为明显,在欧洲浪漫主义运动兴起之时,积极参与其中的抗争者,如歌德和席勒,在德国狂飙运动中书写着敢于向强大的封建意识发起挑战的少年维特、费迪南、露伊斯的故事;济慈和雪莱则以诗作表明其对于革命的渴望与信仰:"永生的鸟呵,你不会死去!/饥饿的世代无法将你蹂躏"④;"把我的话传播给全世界的人,/犹如从不灭的炉中吹出火花!/请向未醒的大地,借我的嘴唇,//象号角般吹出一声声预言吧!/如果冬天来了,春天还会远吗?"⑤这种"虽九死而其犹未悔"的政治激情主义精神恰巧为饱受内忧外患之苦痛的现代中国所急需,这一类积极的浪漫主义诗学资源便自然成为中华民族完成启蒙民智、破"旧"立"新"之历史任务的利器。

---

① 鲁迅:《摩罗诗力说》,《坟》,北京:人民文学出版社,1980年,第59页。
② 〔英〕马丁·亨克尔,转引自刘小枫:《诗化哲学》,济南:山东文艺出版社,1986年,第6页。
③ 卡尔·巴特:《论诺瓦利斯》,刘小枫选编,林克译,转引自诺瓦利斯:《夜颂中的基督——诺瓦利斯宗教诗文选》,香港:香港道风书社、汉语基督文化研究所,2003年,第193页。
④ 〔英〕济慈:《夜莺颂》,查良铮译,《外国文学作品选·西方卷》,刘洪涛、王向远编,北京:北京师范大学出版社,2010年,第148页。
⑤ 〔英〕雪莱:《西风颂》,杨熙龄译,《雪莱抒情诗选》,上海:上海译文出版社,1981年,第90页。

1907年，鲁迅执笔著下《摩罗诗力说》一文，以向数千年来饱受封建礼教束缚的国民力荐摩罗诗派；1922年，郭沫若翻译的《少年维特之烦恼》出版，并在"序引"中指出，少年维特之思想，即作者歌德之思想，于此时的中国有极大的启示作用；同时又以"写真师！写真师！／我们在寻你！我们在寻你！／歌德也在这儿！／席勒也在这儿！"①"雪莱是我最敬爱的诗人中之一。他是自然的宠子，泛神宗的信者，革命思想的健儿"②等语表现出其对于歌德、席勒、雪莱所代表积极的浪漫主义诗学的推崇。在他们的大力推介之下，此时的中国青年大多沉浸于一种热烈的浪漫情绪之中，正如周作人所述：

> 现在中国刮刮叫地是浪漫时代，政治上的国民革命，打倒帝国主义，都是一种表现，就是在文学上，无论自称哪一派的文士，在著作里全显露出浪漫的色彩，完全是浸在"维特热"——不，更广泛一点，可以说"曼荸勒德（Manfred）热"里面。③

对于这类表现文学革命的浪漫想象，来自不同阵营的中国知识分子罕有地达成了共识，一时间，"维特热"风靡中国文坛，《少年维特之烦恼》一书既出，德国狂飙突进运动的时代精神，及德国进步青年的革命激情，唤起了中国青年对于浪漫理想的向往。具体来说，主导歌德、少年维特及一代青年人人胆追求自由和爱情的，是"主情主义"的精神，即以自己的心情为"唯一的至宝"。面对"宇宙万汇"，人"不是以理智去分析，去宰割"，而是要以"心情去综合，去创造"。④ 以歌德为代表，浪漫主义诗学在面对文学本质这一关键的诗学问题上，有着一套颠覆传统诗学的认知，他们认为，文学的任务并非刻板地再现客观世界，而是真实地表现主观情感。别林斯基曾将浪漫主义定义为"人的灵魂的内在世界，他心灵的隐秘生活"⑤。这一定义较为恰当地概括了浪漫主义诗学的特征，其中，突显了人的主观情感和想象于文学之重要性，并指出了，文学作品应反映人

---

① 郭沫若：《致宗白华（1920年3月30日）》，《郭沫若书信集》，黄淳浩编，北京：中国社会科学出版社，1992年，第129页。
② 郭沫若：《〈雪莱的诗〉小引》，《郭沫若散文选集》，王锦厚编，天津：百花文艺出版社，1992年，第43页。
③ 周作人：《〈海外民歌〉译序》，《周作人散文全集》（第5卷），桂林：广西师范大学出版社，2009年，第98页。
④ 郭沫若：《〈少年维特之烦恼〉序引》，《创造社资料》（上卷），饶鸿竞编，福州：福建人民出版社，1985年，第274页。
⑤ 〔俄〕别林斯基：《别林斯基论文学》，梁真译，上海：新文艺出版社，1958年，第153页。

内在的炽热而复杂的情感。藉此,浪漫主义诗学在真正意义上挑战了古典主义时期僵化的理性规则对于文学创作的约束,在一定程度上解放了人性,实现了文学的独立与自由。

不同于积极浪漫主义诗人以革命的方式参与社会现实,以湖畔派诗人为代表的消极浪漫主义则提倡远离社会现实,寄情自然山水。表面看来,两种浪漫主义诗学的话语形态差异颇大,而事实上,他们的终极诉求却是一致的。积极浪漫主义诗人以革命之势直接向工具理性发起抗争,而消极浪漫主义的诗人则认为,大自然承载着超然于现实世界的美,对于大自然之沉迷,是对于工具理性的另一种"反抗"方式。而且,在建构"主观主义"的诗学观念,并为其争夺主动话语权的过程中,两类浪漫主义诗人均作出了重要的贡献。真正将奠定了浪漫主义诗学的哲学体系——德国古典唯心主义哲学经由法国介绍至英国的,正是湖畔派诗人柯勒律治,另一位湖畔派诗人华兹华斯则以"诗是强烈情感的自然流露"[①]一言正式开启了英国浪漫主义运动的大幕。

浪漫主义诗学的"主情主义"倾向,引起了中国文坛极大的共鸣,自由主义文人也以情为本,发起了对旧有文学传统的挑战,郭沫若指出:"诗的本职专在抒情。"[②]以此将中国诗学从"文以载道"的轨道上带回文学艺术本身。而其"情绪的吕律,情绪的色彩便是诗"[③],郁达夫的"诗的实质,全在情感"[④],梁实秋的"艺术品的中心是情感"[⑤],以及闻一多的"诗是被热烈的情感蒸发了的水气之凝结"[⑥]等观念则更是直接地为"诗"重新定义,道出诗之内容即情绪、情感,从而将文学从政治、经济、道德等外在条件的约束之中解脱出来,以使诗歌获得独立的审美价值。除了在诗学理论方面的建树,"主情主义"的诗学理论更是进入了创作实践。在《女神》诗集中,郭沫若塑造了多个情感充沛的进步青年形象,他质疑世界:"宇宙呀,宇宙,/你为什么存在?/你自从哪儿来?/你坐在哪儿在?/你是个有限大的空球?/你是个无限大的整块?/你若是有限大的空球,/那拥抱着你的空间/他从哪儿来?/你的外边还有些什么存在?/你若是无限大的整块,/这被你拥抱着的空间/他从哪儿来?你的当中为什么又有生命存在?/你到底还

---

① 〔英〕华兹华斯:《〈抒情歌谣集〉序言》,《西方文论选》(下卷),伍蠡甫主编,上海:上海译文出版社,1979年,第17页。
② 郭沫若:《郭沫若致宗白华函》,《三叶集》,合肥:安徽教育出版社,2006年,第36页。
③ 同上,第37页。
④ 郁达夫:《诗的内容》,《晨报副刊·艺林旬刊》1925年5月30日第6号。
⑤ 梁实秋:《〈草儿〉评论》,《梁实秋文集》(第一卷),杨迅文主编,厦门:鹭江出版社,2002年,第19页。
⑥ 闻一多:《〈冬夜〉评论》,《闻一多论新诗》,武汉:武汉大学出版社,1985年,第26页。

是个有生命的交流？/你到底还是个无生命的机械？"继而,大胆地对世界表现出不满:"啊啊! /生在这样个阴秽的世界当中, /便是把金钢石的宝刀也会生锈! /宇宙呀,宇宙, /我要努力地把你诅咒: /你脓血污秽着的屠场呀! /你悲哀充塞着的囚车呀! /你群鬼叫号着的坟墓呀! /你群魔跳梁着的地狱呀! /你到底为什么存在?"①怀疑、愤怒和抗争,是一代中国青年的普遍情绪,作为个人主体意识确立的标志,亦作为时代的需要,情感抒发的要求,推动了数千年来依附于政治、道德、经济等外在之物而生的文学场内部出现了反抗的因素,也就是说,在积极的浪漫主义诗学影响之下,中国现代自由主义诗学呈现出一种个人情绪与时代精神相结合的趋势。

其次,本土文化经验和审美范式对于中国现代自由主义诗学的接受行为亦有着潜在的影响。不能否认,中国现代诗学确实是在西方文化的催生下形成的,而且,其最初更是以反叛中国传统诗学的形象出现。为了完成建构新型诗学以推动中国文学发展的目标,许多身处于这一复杂的时代语境中的知识分子往往以片面且极端的态度评价中西双方诗学。1922 年,刚由英国返华的徐志摩在其第一次演讲时就指出:

> 我们中国人尽管具备各种德行和特性,但作为一个民族,却没有像希腊人和罗马人一样,透过艺术来充分认识和表达自己,而艺术就是生命的自觉……
>
> 我们中国人成为了这样的一种生物,足够称为"人",但却不懂得宗教、爱,甚至任何精神的历险。……对生命的冷静,可不是把生命全然地否定,把感情的火焰也燃熄了?生活里的中庸之道,可不是思想和行动上的怯懦、生命活动上的浅薄呆板的最可爱借口?而那所谓理智的调和的精神,制造出来的岂不只是普遍的惰性,和那我们今天所称为中华民国政府的怪物!②

徐志摩的这番言论,是其站在西方的立场将中国传统文化"他者化"处理的结果,以"中庸之道"为核心建立起来的中华民族精神体系在此被全盘否定,这典型地代表了五四时期盲目反叛传统、颂赞西方的狂热思潮。与这一思潮相应的,是既有研究成果中存在的诸如"中国现代浪漫主义绝不是中国传统抒情文学的'进化'或'发展'。它是一种全新的反叛的文艺思潮。'洋媳妇'嫁到中国成了中国人,但绝不是有着'三寸金莲'

---

① 郭沫若:《凤凰涅槃》,《郭沫若诗》,晓章选编,杭州:浙江文艺出版社,2002 年,第 35—36 页。
② 徐志摩:《艺术与人生》,《创造季刊》1923 年 7 月第 2 卷第 1 号。

的祖母的复活"①一类的观点。应该说,中国现代自由主义诗学的形成确受到了"欧风美雨"的浇铸,然而,中国古典诗学是否真如徐志摩所述,全然否定生命,压抑感情,只剩下"中庸"的一面? 答案是否定的。

中国古典诗学思维的确有"中庸"的一面,其目的在于追求一种天人的平和、身心的平衡与精神的静穆,在诗学方面表现为《诗经》风格的"乐而不淫、哀而不伤"、汉大赋华美文辞尾端的温柔讽谏、唐诗宋词的清丽雅健,诸如此类,正是徐志摩所谓的"理智的调和"。不可否认,相对于感情炽烈的西方文化而言,中庸思维影响下的中国古典文化的确显得持重、内敛、沉静,然而,任何民族的文学发展的内在动力绝非以单一形式演进。中国诗学不仅沿以"中庸静穆"为美这一条脉络发展,其内在的抒情性、个人情感的爆发性亦在文学发展的彷徨历程中得到了体现。可以说,中国古典诗学的抒情传统乃是一以贯之、不可小觑的。与《诗经》并称"风骚"的《楚辞》实际已开中国抒情诗之先河。屈氏在湘水边任情地表达内心的惆怅,这绝非"诗经"所谓敦厚之旨可以框定;汉代抒情小赋直接承袭了《离骚》的哀婉之情状,并注入了更多个人的情感因素,以表达对大一统政权下黑暗现实的不遇之悲;抒情传统在魏晋六朝达到高峰,"竹林七贤"的情感放任与行为失礼,不仅表露出对封建礼教的蔑视,更突显了个人对自由地表达真挚情感的渴求。阮籍月夜抚琴,嵇康斗酒吟醉,其间透出了个性的膨胀与自由意识的勃发,显然,他们绝非徐志摩所谓的"行为的懦弱"、"生命的浅薄"之徒,反而是中国古典诗学苑囿里行为任情、个性诗意的典型形象。如果说阮籍、嵇康之辈用行为演示了中国诗学的抒情传统,那么西晋陆机则首次在诗学理论上确立了中国诗学抒情之风尚。陆机《文赋》中"诗缘情而绮靡,赋体物而浏亮。碑披文以相质,诔缠绵而悽怆"②一言宣告了诗学的"抒情"旨归得到了普遍认同。文学之本质,不再是儒家"言志"之类的为国、为民、为时而作,自此,文学可以为个人、为情感、为个体情性甚至为靡靡之音。陆机的"诗缘情"主张,既延续了"诗言志"传统中对创作主体情志的关注,又进一步强化了情感的主体性,将表现对象由有关国家与现世功利的"大我"之"志"转向有关个人与审美愉悦的"小我"之"情",使得"情感"彻底摆脱了国家意志和道德伦常的束缚,推动了文学自律的实现。

由此可见,在对"情感本质论"的话语阐述方面,中国古典诗学与中国现代自由主

---

① 汤奇云:《中国现代浪漫主义思潮史论》,广州:广东高等教育出版社,2007年,第51页。
② (晋)陆机:《文赋》,《中国历代文论选》,郭绍虞主编,上海:上海古籍出版社,2001年,第67页。

义诗学明显是相似的。阐释学认为,阐释主体的阐释行为深受时代背景、社会现实、文化经验、个人修养等因素的影响。其中,"前理解"对于阐释主体的影响尤为引人注目。海德格尔(Martin Heidegger,1889—1976)认为,任一时空中的人都是"在世界之中存在"并"以在世界之中的方式存在着的存在者"①,这就意味着人的存在状态是一种"先行于自身的"、"被抛入的"存在,人类所处的世界,已经对于一切人和事物的存在制定了一套前有的规则,而存在于其中的人则无法"去存在"而实现纯粹的自主。以此来观照中国现代自由主义诗学对于西方浪漫主义诗学资源的接受行为,即可发现,作为一种既有的文化经验和知识形态,中国古典诗学中的抒情传统已固定地存在于中华民族的知识结构之中。那么,现代自由主义诗学家在接受西方自由主义诗学资源时,就会按照一种"意义预期"来对之进行相应的择取,因此,与中国古典诗学中"主情主义"的文化经验相契合的,宣扬"情感本体论"的西方浪漫主义诗学自然进入了中国现代诗学家的视野。正如王德威所言,"二十世纪上半叶中国文学对抒情的理解深受西方浪漫、现代主义的影响。拜伦和雪莱,或波特莱尔和艾略特成为新的灵感对象。然而传统资源的传承不绝如缕。鲁迅、王国维等人不论,鲁迅眼中'中国最杰出的抒情诗人'冯至同时接受杜甫和理尔克(Rainer Maria Rilke)的影响;何其芳的抒情追求从唯美的瓦雷里(Paul Valéry)转到唯物主义的马雅克夫斯基(Vladimir Mayakovsky),却总不能或忘晚唐的温李"②。从这种意义上来说,中国现代自由主义诗学的建构,正是中国古典诗学的现代转型,而这个现代转型的过程,事实上也就是中西诗学话语的融合过程。

此外,民族文化经验对于文学接受的影响还具体体现在知识分子面对不同诗学资源时的择取态度上。事实上,除了西方浪漫主义诗学与中国古典诗学中的抒情传统在审美倾向上的相似性使得前者得以顺利被中国诗学所接纳,差异的存在更是推动且左右了中国知识分子的接纳行为。中国诗学虽历来有着"诗言志"、"诗缘情"的抒情传统,但封建礼教加之于其上的束缚亦是相当明显。在《尚书·尧典》中,舜帝命夔典乐时即在"诗言志,歌永言,声依永,律和声"之后附有"八音克谐,无相夺伦,神人以和"③一言,以示"谐"、"伦"、"和"于诗歌表现效果之重要性,而这亦展示了"礼"、"序"对"诗言志"的约束。《毛诗序》中,作者在阐述了诗的生成机制,即"志"借助"言",生

---

① 〔德〕海德格尔:《存在与时间》,陈嘉映、王庆节译,北京:生活·读书·新知三联书店,1987年,第66页。
② 王德威:《抒情之现代性——"抒情传统"论述与中国文学研究·前言》,北京:生活·读书·新知三联书店,2014年,第1页。
③ 《尚书·尧典》,《中国历代文论选》,郭绍虞编,上海:上海古籍出版社,2001年,第5页。

成"诗"之后,亦附有"发乎情,止乎礼义"一言,进一步把人的主观情绪纳入了封建政治伦理的规范领域之内。朱自清亦指出,这种主观情绪与"礼"有关,事关君子"修身齐家治国平天下"之志,有着强烈的道德与政治关怀。由此可见,在中国传统的抒情主义诗学传统中,主体情感的抒发是以不违背封建伦理道德为前提的,"小我"的形象常常为历史所湮没。而吹响号角、高骑战马的西方浪漫主义英雄形象则不同,他们势如破竹的呐喊震醒了不知所措的中国人,适应了中国新文学运动"处处要求扩张,要求解放,要求自由"①的时代需求,积极浪漫主义思潮就在一片水深火热的呻吟、呐喊中顺利地进入了中国现代诗学场域。因此,为适应当时中国社会兴起的政治激进主义热潮,中国现代自由主义诗学就更倾向于介绍并发展西方浪漫主义诗学资源中的积极浪漫主义诗学,而非消极浪漫主义诗学。其中的革命、反抗精神激发了中国青年重建"自我"的决心和勇气。相对而言,消极浪漫主义虽也受到了一些自由知识分子的青睐,但其中的避世倾向也注定了这一类诗学资源在社会环境复杂、危机重重的现代中国受到冷遇的命运。

捷克汉学家普实克(Jaroslav Prusek,1906—1980)曾谈到,"清代和第一次世界大战之后的中国现代文学"的主要特征是"主观主义和个人主义"②,这一观点既道出了中国现代自由主义诗学的基本面貌,亦为论证中国现代诗学与古典诗学之连续性提供了一个有价值的参考。正如王德威提出的"没有晚清,何来五四"的观点所言一般,我们不应盲目地割裂中国现代诗学与古典诗学之间的联系,而片面地将中国现代自由主义诗学全盘西化。查尔斯·泰勒(Charles Taylor)曾指出,"现代性"突出表现为现代主体的生成,而现代主体的典型特征之一,正是"'个人'被赋予一个具有深度的'自我'","给予感情(sentiment)一个中心、正面的位置"③。从这个意义上来说,相对于西方浪漫主义诗学为中国现代自由主义诗学提供的外在牵引力量而言,中国古典诗学更是内在且自发地为中国现代诗学的现代化转型提供了根本性的理论支持。

二、"潜意识"本体论

"我在年青时候也曾经做过许多梦,后来大半忘却了,但自己也并不以为可

---

① 梁实秋:《现代中国文学之浪漫的趋势》,《梁实秋文集》(第一卷),厦门:鹭江出版社,2002年,第42页。
② 〔捷克〕普实克:《中国现代文学中的主观主义和个人主义》,《抒情与史诗——现代中国文学论集》,李欧梵编,上海:上海三联书店,2010年,第1页。
③ 转引自王德威:《抒情传统与中国现代性:在北大的八堂课》,北京:生活·读书·新知三联书店,2010年,第4页。

惜。所谓回忆者,虽说可以使人欢欣,有时也不免使人寂寞,使精神的丝缕还牵着已逝的寂寞的时光,又有什么意味呢,而我偏苦于不能全忘却,这不能全忘的一部分,到现在便成了《呐喊》的来由。"①

——鲁迅《呐喊》

这是鲁迅为小说集《呐喊》作的一段序言,其中提到,作家个人的生活经历与潜在记忆,是其进行创作的重要资源。这段话是鲁迅对其创作经验的总结,亦表明了中国现代诗学在西方现代主义诗学影响之下走向了深化和哲理化,开始深入人的内在心理结构,关注人的精神的本质部分——潜意识。

潜意识,是人类的一种不自觉的、不知觉的、无法清晰陈述的对于客观物象的认识,如鲁迅所言,会以"梦"等形式间而浮现于意识层面。潜意识理论,最早是作为一种心理学理论由弗洛伊德(Sigmund Freud,1856—1939)系统地提出,这一理论以柏格森(Henri Bergson,1859—1941)的生命意识理论为基础,将人的精神结构分为意识、前意识和潜意识三个部分,人类可以觉知到的"意识"事实上只是巨大冰山露出的一角,就像弗洛伊德所认为的:"心理过程主要是潜意识的,至于意识的心理过程则仅仅是整个心灵的分离的部分和动作。"②

作为一种诗学资源进入中国现代自由主义诗学话语的潜意识理论,包含叔本华(Arthur Schopenhauer,1788—1860)、尼采(Friedrich W. Nietzsche,1844—1900)的唯意志论、柏格森的生命意识理论、弗洛伊德的精神分析学说等哲学、心理学资源。如果说浪漫主义诗学将中国现代自由主义诗学的目光转向"自我"的情感层面的话,那么,潜意识理论则以其对于意志、本能、生命的推崇,将中国现代诗学的视线带入人的深层心理,进一步推动了中国诗学对于本体的探索。通过突显巨大的社会历史空间中个体生命的自觉意识和独立价值,"自我"的主体性进一步得以确证。在相关的西方现代主义诗学资源影响下,中国现代自由主义诗学的"潜意识"本体论集中呈现为以下三种话语形态。

1. "生命是文学底本质。"③

作为潜意识理论的基础,柏格森提出的生命哲学从生命意志的角度为确认主体的自觉提供了一种理论参照。该理论批判地发展了叔本华、尼采等人的唯意志论,继续否

---

① 鲁迅:《呐喊·自序》,《鲁迅全集》(第一卷),北京:人民文学出版社,1981年,第415页。
② 〔奥〕弗洛伊德:《精神分析引论》,高觉敷译,北京:商务印书馆,1986年,第8页。
③ 郭沫若:《生命底文学》,《郭沫若谈创作》,彭放编,哈尔滨:黑龙江人民出版社,1982年,第204页。

定理性、理智的作用,认为世界的本原在于生命意志,而生命的冲动则是世间一切"创化"行为的根本动力。在西方现代主义诗学的影响之下,中国现代自由主义诗学将其触角透过"情感"表层,深入人的意识深层,关注人的生命意志和心理结构,从而使得中国现代自由主义诗学的"自我"本质获得一种普遍且永恒的意义。

通过翻译或转述的方式,尼采、柏格森、厨川白村、松浦一等来自欧美或日本的哲学家、文论家关于生命意志的理论认识进入中国现代诗学场域,并在中国现代自由主义诗学话语体系中留下了影响的痕迹。宗白华曾译介了柏格森的相关著作,并在其启发之下,提出了自己对于"文学与生命"之关系的认识:

> 文学自体就是人类精神生命中一段的实现,用以表写世界人生全部的精神生命。所以诗人底文艺,当以诗人个性中真实的精神生命为出发点,以宇宙全部的精神生命为总对象。文学的实现,就是一个精神生活的实现。文学的内容,就是以一种精神生活为内容。①
>
> 艺术本就是人类——艺术家——精神生命底向外的发展,贯注到自然的物质中,使他精神化,理想化。②

宗白华指出,文学是人的精神生命的再现,文学作品的内容即人的精神生活,这既包含了作家个人的精神生活,又涵括了人类普遍意义上的精神生活。这一观点对于解释文学作品与诗人创作经验之关系提供了一个新的视角。在中国乃至世界范围内的文学创作中,一直存在着"文学作品,都是作家的自叙传"的共识,在欧洲,勃兰兑斯(Georg Brandes,1842—1927)、法朗士(Anatole France,1844—1924)等人就认为,文学作品应是描述性的,而描述的内容就是作者本人的自我经历,这种自我经历包含外在的人生经历,以及内在的苦闷心绪,至多对其进行一定的艺术改造。在中国现代文坛,诸多知识分子均以其自身的创作经验对之表示认同,郁达夫说:"现代的散文,却更是带有自叙传的色彩了,我们只消把现代作家的散文集一翻,则这作家的世系,性格,嗜好,

---

① 宗白华:《新文学底源泉——新的精神生活内容底创造与修养》,《宗白华中西美学论集》,张兵、周宪编,南京:南京大学出版社,2009年,第52页。
② 宗白华:《美学与艺术略谈》,《艺境》,北京:北京大学出版社,1987年,第7页。

思想,信仰,以及生活习惯等等,无不活泼泼地显现在我们的眼前。"①周作人亦指出:"一切小说,正当的说来,无一非自叙传,好的批评家便是一个记述他的心灵在杰作间之冒险的人。"②与之相应,文学创作领域更是涌现出了大量自传性的作品,郁达夫因深受民族偏见和失恋苦痛折磨而生出的苦闷,青年郭沫若因难以抑制的革命热情而发出的呐喊,庐隐以其特有的女性话语将其心中所想婉婉道来,"乡下人"沈从文进城后因文化差异而生出的种种隐秘的心绪……从中,我们看见的是作者个人的生存记忆,乃至民族集体记忆沉淀下来的痕迹,是有限的个人与无限的历史时空碰撞的产物,展现了一代中国人对于时代的反思与期待,是重建中国文学的重要资源。

此外,宗白华还谈到,人类的精神生命是文学生成的根本动力,生命意志由内而外的自觉发展,实现了艺术价值的独立和永恒。对于中国现代自由主义诗学影响很大的"超人"尼采极为肯定自我的意志和生命的价值,他指出:"审美状态仅仅出现在那些使肉体的活力横溢的天性之中,第一推动力(Primum mobile)永远是在肉体的活力里面。"③肉体的活力,即生命力,为审美活动的进行提供了根本动力,艺术也因此成了表现生命的审美活动,且"艺术是生命的最高使命和生命本来的形而上活动"④。受这一观念影响,郭沫若也以"生命是文学底本质。文学是生命底反映。离了生命,没有文学"⑤。"我想我们的诗只要是我们心中的诗意诗境之纯真的表现,生命源泉中流出来的Strain,心琴上弹出来的Mclody,生之颤动,灵的喊叫,那便是真诗,好诗,便是我们人类欢乐的源泉,陶醉的美酿,慰安的天国"⑥等观念对之进行诠释和发展。更为宝贵的是,郭沫若还将自身的创作经验融入了对这一观念的阐释之中:"像'凤凰涅槃'那首长诗,前后怕只写了三十分钟的光景,写的时候全身发冷发抖,就好像中了寒热病一样,牙关只是震震地作响,心尖只是跳动得不安。"⑦这种身体受到生命的活力的冲击而表现

---

① 郁达夫:《中国新文学大系·散文二集·导言》,《郁达夫文选》,林文光选,成都:四川文艺出版社,2010年,第145页。
② 周作人:《文艺批评杂话》,《周作人批评文集》,杨扬编,珠海:珠海出版社,1988年,第115页。
③ 〔德〕尼采:《作为艺术的强力意志》,《悲剧的诞生——尼采美学文选》,周国平译,北京:生活·读书·新知三联书店,1986年,第351页。
④ 〔德〕尼采:《悲剧的诞生》,《悲剧的诞生——尼采美学文选》,周国平译,北京:生活·读书·新知三联书店,1986年,第2页。
⑤ 郭沫若:《生命底文学》,《郭沫若谈创作》,彭放编,哈尔滨:黑龙江人民出版社,1982年,第204页。
⑥ 郭沫若:《论诗三札》,《郭沫若谈创作》,彭放编,哈尔滨:黑龙江人民出版社,1982年,第5页。
⑦ 郭沫若:《写在〈三个叛逆的女性〉后面》,《郭沫若谈创作》,彭放编,哈尔滨:黑龙江人民出版社,1982年,第98页。

出的病症,恰巧印证了雪莱的那句话:"人不能够说,我要做诗"(A man can not say, I will compose poetry)。就像他曾谈到,歌德"每逢诗兴来时,便跑到书桌旁边,将就斜横着的纸,连摆正它的时间也没有,急忙从头至尾矗立着便写下去。"①生命力的冲动往往能左右作家的创作行为,人的理智在艺术创作过程中甚至会屈服于生命的活力和喷涌而出的主体情绪,以至于诗人往往在进入创作高潮时表现出一种无法控制的病症。由此可见,人的意识、精神活动对于艺术创作而言,有着至关重要的作用。

2. "不足之状态,苦痛是也。"

既然生命意志是世界之本原,而生命的冲动则推动了世间一切"创化"行为,那么,生命的冲动,即生命力的本质是什么呢?柏格森认为是人类自发的生命欲望。此前,叔本华就曾谈及该问题,认为意志是世界的本质,而生存意志和欲望则支配了人的一切行动,而由于客观条件的限制,欲望的满足是一个永远无法实现的命题,由此,人生与苦痛是相伴而行的。王国维是叔本华生存意志论在中国语境内最早的阐释者和践行者,他在《〈红楼梦〉评论》一文中指出:

> 生活之本质何?"欲"而已矣。欲之为性无厌,而其原生于不足。不足之状态,苦痛是也。既偿一欲,则此欲以终。然欲之被偿者一,而不偿者什佰。一欲既终,他欲随之。故究竟之慰藉,终不可得也。既使吾人之欲悉偿,而更无所欲之对象,倦厌之情,即起而乘之。于是吾人自己之生活,若负之而不胜其重。故人生者,如钟表之摆,实往复于苦痛与倦厌之间者也,夫倦厌固可视为苦痛之一种。②

在叔本华影响下,王国维对于人生也抱着一种悲观的态度,生活之本质即"欲","欲之不足"则为人生苦痛之根源。为解除及超越人生之欲乃至"欲之不足"所带来的苦痛,人只有投身艺术,因为"美术之为物,欲者不观,观者不欲;而艺术之美所以优于自然之美者,全在于使人易忘物我之关系也。"③艺术活动的根本动力在于使人在审美体验中超越一切欲望,并忘却物我之利害关系。

叔本华及柏格森的生命意志哲学直接影响了弗洛伊德潜意识理论的生成,在生命哲学的启发下,弗洛伊德提出了"力比多"概念。力比多(Libido),即性力,是一种性本

---

① 郭沫若:《论诗三札》,《郭沫若谈创作》,彭放编,哈尔滨:黑龙江人民出版社,1982年,第6页。
② 王国维:《〈红楼梦〉评论》,杭州:浙江古籍出版社,2012年,第2页。
③ 同上,第4页。

能,也就是说,"生命的冲动"也是潜意识的本质,弗洛伊德认为:"在神经症现象背后起作用的,并不是任何一类情绪刺激,而常常是一种性本能。它或者是当时的一种性冲突,或者是早期性体验的影响。"①作为生命力的表征,力比多一般会受到道德规范的压制而隐于潜意识深处,而由于长期受压而带来的本能的冲动,则是所有哲学家、文论家关注的焦点所在。

真正将潜意识理论带入中国现代诗学场域并产生了大范围的影响,须归功于鲁迅等人对于日本文艺理论家厨川白村《苦闷的象征》的译介。该著是厨川白村"据柏格森一流的哲学,以进行不息的生命力为人类生活的根本,又从弗罗特一流的科学,寻出生命力的根柢来,即用以解释文艺,——尤其是文学"②的成果,其主旨在于阐述"生命力受了压抑而生的苦闷懊恼乃是文艺的根柢"③,然而,与弗洛伊德不同之处在于,他认为生命力的根底在于"力的突进和跳跃":

> 永是不愿意凝固和停滞,避去妥协和降服,只寻求着自由和解放的生命的力,是无论有意识地或无意识地,总是不住地从里面热着我们人类的心胸,就在那深奥处,烈火似的焚烧着,将这炎炎的火焰,从外面八九层地遮蔽起来,巧妙地使全体运转着的一副安排,便是我们的外底生活,经济生活,也是在称为"社会"这一有机体里,作为一分子的机制(mechanism)的生活。④

一方面,厨川白村延续了柏格森、叔本华的生命哲学,肯定人的生命力推动了人对个性、自由和解放的积极寻求;另一方面,又提出内在的生命力与外在的社会规范之间存在一种极强的张力,两种力的冲突斗争导致人类处于"苦恼挣扎着的状态"⑤,这亦是"人间苦的根柢"⑥。那么,人间苦与文艺创作之间是何种关系呢?厨川白村继续谈道:"我们的生活愈不肤浅,愈深,便比照着这深,生命力愈盛,便比照着这盛,这苦恼也不得不愈加其烈。在伏在心的深处的内底生活,即无意识心理的底里,是蓄积着极痛烈而且深刻的许多伤害的。一面经验着这样的苦闷,一面参与着悲惨的战斗,向人生的道路

---

① 〔奥〕弗洛伊德:《弗洛伊德自传》,张霁明、卓如飞译,沈阳:辽宁出版社,1986年,第27页。
② 〔日〕厨川白村:《苦闷的象征》,鲁迅译,北京:人民文学出版社,2007年,第5页。
③ 同上。
④ 同上,第8—9页。
⑤ 同上,第11页。
⑥ 同上,第26页。

进行的时候,我们就或呻,或叫,或怨嗟,或号泣,而同时也常有自己陶醉在奏凯的欢乐和赞美的事。这发出来的声音,就是文艺。"①也就是说,在伦理道德规范等外在社会束缚之下,两种力的冲突导致的人间苦将在一段时间内隐藏于潜意识之中,而这些苦恼的心理碎片,则是文学创作的重要资源,将在"朝着真善美的理想,追赶向上的一路"②上以不同的方式表现出来。其中,最主要的表现形式即为"梦"。厨川白村说:

> 据弗罗特说,则性底渴望在平生觉醒状态时,因为受着那监督的压抑作用,所以并不自由地现到意识的表面。然而这监督的看守松放时,即压抑作用减少时,那就是睡眠的时候。性底渴望便趁着这睡眠的时候,跑到意识的世界来。但还因为要瞒过监督的眼睛,又不得不做出各样的胡乱的改装。梦的真的内容——即常是躲在无意识的底里的欲望,便将就近的顺便的人物事件用作改装的家伙,以不称身的服饰的打扮而出来了。这改装便是梦的显在内容(manifeste Trauminhalt),而潜伏着的无意识心理的那欲望,则是梦的潜在内容(latente Trauminhalt),也即梦的思想(Traumgedanken)。③

梦,是人自幼年时代以来积累的生活经验,在长时段的压抑之下,借着生命的冲动发出的呐喊,亦是久久不得抒的人间苦以象征的方式表现生命对自由的渴望。在梦境中,作家的想象力得到了完全自由的舒展,而欲望,即生命的冲动继而在此得到了满足,因此,作家们往往疯狂沉迷于梦境。徐志摩欣赏济慈的《夜莺歌》,认为那"不是清醒时的说话",而是"半梦呓的私语:心里畅快的压迫太重了流出口来绻缱的细语"④,鲁迅有感于夏目漱石笔下的"梦",自己更是化身成了一位梦的制造者。在《呐喊》、《野草》等文集中,鲁迅一直在现实中制造着清晰的梦境,深藏于其潜意识之中的、对于人生的所痛所叹,就以梦境和象征的方式呈现出来。显然,厨川白村对于文艺本质的探索批判地继承了叔本华、柏格森、弗洛伊德等人的生命意志理论,且由于他是着眼于文艺本质及文艺生成机制等问题而探索生命意志与文艺之关联,无疑,他给予中国现代诗学的帮

---

① 〔日〕厨川白村:《苦闷的象征》,第 11 页。
② 同上,第 27 页。
③ 同上,第 30 页。
④ 徐志摩:《济慈的夜莺歌》,《徐志摩全集》(第三卷),散文集,赵遐秋等编,南宁:广西民族出版社,1991 年,第 143 页。

助就更加直接、明确了。

对生命意志、欲望、潜意识的关注,将中国现代自由主义诗学带入了一个新的视域。一方面,他们藉此再一次强化了"文艺表现心理真实"的观念,以此来反对现实主义的客观真实观念并为自己立言;另一方面,对于非理性的心理活动的研究,使得中国现代自由主义诗学对于"自我"的探索已由表层的情感深入到了心灵的深处。在他们看来,文学艺术就是与心灵最深处的潜意识相关联,因此,若要探寻艺术之本质,就必须将触角伸入人之潜意识领域,以获得与作者灵魂上的共鸣。

经由"生命意志"、"生命的冲动"、"力比多"、"苦闷的象征"等话语译介阶段后,真正以"潜在意识"进入诗学话语体系的,是以穆木天、王独清为代表的初期象征派诗人。他们是法国象征主义诗学的推崇者,对于"纯诗"及其相关的内涵、表现方式、审美属性,均给予了热切的关注和狂热的推介。1926年,穆木天在介绍"纯粹诗歌"(The Pure Poetry)时直言:"诗的世界是潜在意识的世界。"诗是一种"内生命的反射",而"内生命",正是"不可知的远的"、深藏于人的心理结构之中的潜在意识。因此,要深入纯粹艺术之境——"诗的世界",就必须"要深汲到最纤纤的潜在意识,听最深邃的最远的不死而永远死的音乐"[①]。从这种意义上来说,表现"人的内生命的深秘"的"诗的世界"是一种纯粹的、形而上的世界,诗人也须以一种"暗示"的手段予以表现。"暗示",即波德莱尔所谓之"契合"(Correspondence),展现的是宇宙与心灵之间的形而上的共鸣,而诗的表现对象的抽象性以及表现方法的暗示性导致的是诗的语言的朦胧多义。然而,或许也正是这种朦胧状态,才能最为真实地展现人的潜意识的深不可及。正是在这一深不可及的领域中,艺术在持之以恒地尝试着探索心灵最深处的奥秘,因为,只有在这一不可知、不自知的隐蔽场域中,人的生命意志以一种原初、自然、纯粹的状态存在而不被任何外在力量所缚,这正是西方现代主义诗学为完成艺术自律而作出的努力,对此,中国现代自由主义诗学也较为完整地予以传承下来。

事实上,"生命意志"、"潜在意识"等西方话语的引入,确实在丰富了中国现代诗学话语体系的同时,进一步从学理角度上确认并强化了"自我"的主体意识,使得个体的"生命意志"凌驾于政治、道德之上而得以控制自己的话语和行为;同时,亦使得文学重新恢复"抒情"的本质,成为个体真实情感的载体。从这个意义上来说,中国现代自由主义诗学对西方"潜意识"理论的接纳,是以恢复个体生命的主体性、重建"自我"形象

---

① 穆木天:《谭诗》,《创造月刊》1926年3月第1卷第1期。

为目的的,简单来说,即对于"心"的关注。而这种以"心"为本,认为心中藏着艺术的澄明之境的观点,在中国古典文论中亦有迹可循。儒家以仁德为本的厚生意识,历来以重视生命价值贯通思想全线。《乐记》认识到音之所起乃由心生,并且树立以德正之音为准的的艺术评判标准,表明儒家对人之内心的生命意识与情感表达有着深刻的认识。同时,司马迁之"发愤说"、韩愈的"不平则鸣",则与厨川白村之"苦闷的象征"内涵几乎无二,是从压抑与苦闷的宣泄这一视角出发来阐述人之心性意志在受到压制之时转而以艺术"象征"的方式倾吐苦闷情绪的文学发生机制。当然,如果说儒家心性理论虽重视生命价值,却仍有以外在之"仁德"伦常辖制生命意志的倾向的话,那么道家心性理论则是以一种尊重生命意志的自由舒展的态度观照人之"心"。"道法自然"、"法天归真"、"无为"、"齐物"都蕴含了道家以个体生命追求自由意志之内涵,而面对压抑与苦闷,道家选择"虚静"、"心斋"与"坐忘",这种"心游"观乃是自我的主观过滤,其出发点也正是为了自我的重建。

  在中西诗学资源的合力浇筑之下,中国现代自由主义诗学基本形成了一套以确证"自我"之主体形象为核心的诗学话语体系。一方面,这套诗学话语借鉴了西方浪漫主义、现代主义的主体性诗学资源,以颠覆之态对抗中国古典诗学中以"大我"为核心的主流话语模式,在具体的文学创作实践中,这种颠覆具体体现为人的"情感"和"潜在意识"由边缘走向中心地带;另一方面,中国现代自由主义诗学起初虽是以反传统的革命者姿态出现的,但是,在西方诗学资源影响之下成型的中国现代自由主义诗学,却又在事实上延续并发展了中国古典诗学中的"主情主义"传统,与中国古典诗学构成了一种潜在的对话关系。所以,中国现代自由主义诗学不仅并未草率地割裂传统诗学经验与现代诗学之间的联系,而且更是为中西诗学资源提供了一个平等沟通、对话的机会。可以说,中国现代自由主义诗学在沟通、融合中西双向诗学资源的工作中是作出了颇多有益的尝试的。

第二节 复合权力关系场域中生成的"自我"说

  五四运动是先进的中国知识青年在怀疑主义精神的导向下,对中国传统文化发起的一场反叛运动。由于传统的封建体制发展至晚清已经显示出衰颓之势,"破旧立新"

成为历史的必然趋势。接受了西方文化洗礼的胡适在回国之后,就试图以一种现代性视角观照中国文化乃至社会现状,1919 年,在《新思潮的意义》一文中,他以质疑者的身份谈道:"一,对于习俗相传下来的制度风俗,要问:'这种制度在今日还有存在的价值吗?'二,对于古代遗传下来的圣贤教训,要问:'这句话在今日还是不错吗?'三,对于社会上糊涂公认的行为与信仰,都要问:'大家公认的,就不会错了吗?人家这样做,我也该这样做吗?难道没有别样做法比这个更好,更有理,更有益的奥妙?'"①胡适的质疑态度为五四青年提供了学习的范例,抱着"重新估定一切价值"的目标,五四青年倡导以"德先生"和"赛先生"为评判依据,从而指出中国封建文化不合于现世所需,并提出"推翻旧文学,建设新文学"的文学革命目标。

福柯认为:"在人文学科里,所有门类的知识的发展都与权力的实施密不可分。当然,你总是能发现某些独立于权力之外的心理学理论或社会学理论。但是,总的来说,当社会变成科学研究的对象,人类行为变成供人分析和解决的问题,我认为,这一切都与权力的机制有关。"②确如他所言,任何文学运动都离不开权力的实施,中国新文学何以在五四运动之初就以一个革命者的形象出现,并不惜彻底推翻以孔儒为代表的中国传统文化来建立新文学?其原因就在于,在延续了数千年的封建中国社会,尊礼法重道德的儒家文化掌握了社会场域中的话语权,是封建文化的权力象征。因此,陈独秀说:"要拥护那德先生,便不得不反对孔教,礼法,贞节,旧伦理,旧政治。要拥护那赛先生,便不得不反对旧艺术,旧宗教。要拥护德先生,又要拥护赛先生,便不得不反对国粹和旧文学。"③"德先生"和"赛先生",即"民主"(Democracy)和"科学"(Science),是西方近代文明精神的缩影,亦是五四新青年的时代信仰,那么,新青年若要建立自己的话语体系,并为自己在文学场域内争取到一份话语权,必须要推翻既有权力关系网络中占据主导地位的话语主体,孔教、礼法、贞节、旧伦理、旧政治、旧艺术、旧宗教、国粹和旧文学等封建文化载体自然成为了五四运动口诛笔伐的对象。而以民主和科学为核心的西方文化,则成为五四新青年寻求可利用资源以重建"自我"形象和中国新文学的精神导师。

在中国现代诗学借鉴西方诗学资源以建构中国新文学的道路上,自由主义诗学的立场和态度十分坚决,这也使其在社会场域内受到了非常多的质疑和反对,自由主义诗

---

① 胡适:《新思潮的意义》,《惟适之安——胡适精选集》,武汉:崇文书局,2013 年,第 96—97 页。
② 〔法〕福柯:《权力的眼睛》,严锋译,上海:上海人民出版社,1997 年,第 31 页。
③ 陈独秀:《〈新青年〉罪案之答辩书》,《新青年》1919 年 1 月 15 日第 6 卷第 1 号。

学家亦因其对于文学之审美价值的坚持而与同期的其他诗学形态就诸类文学问题展开了激烈的话语论争。就文学本质而言,中国现代诗学场域内关于自由主义诗学的"自我"说的论争集中表现为以下两类。

一、"情感"论的个体性与"反映"论的社会性

捷克汉学家普实克曾在谈及中国现代文学的主观主义和个人主义倾向时分析道:"在受传统束缚的社会里,个人自决的意愿非常薄弱,甚至完全被宗教信条和传统道德所窒息。"因此,"一个现代的、自由的、自决的个体,自然只有在打破或抛弃这些传统的观念习俗以及滋养了它们的整个社会结构之后才有可能诞生"[1]。此番言论清晰地道明了,新文学运动之初中国现代自由主义诗学的"自我"和"个体"属性的生成,是源于一种反抗的力量,即现代的个体出于对自由、自决的向往而发起的对于传统社会制度的反抗。福柯认为,欲对社会进行现代化建设,"首先应该完成一项否定性的工作:摆脱那些以各自的方式变换连续性主题的概念游戏",对于类似传统、发展、演进等起源模糊且具有连续性内涵的概念,"应重新提出质疑;应该挖掘人们通常借以连接人类话语的这些模糊形式和势力;应该将它们从它们在其中肆虐的阴影中驱逐出去"[2]。也就是说,现代性主体应带着一种质疑和否定的精神观照传统社会,就中国封建社会而言,其中压抑个体性和感性、推崇集体性和理性的一套话语体系,应首先受到现代性主体的拷问和批判。

在这种社会语境之下,强调个体性的话语声音此起彼伏于20世纪初年的中国文坛,自由主义诗学家的声音尤为响亮。胡适于五四运动之初即发声:"解放云者,脱离夫奴隶之羁绊,以完其自主自由之人格之谓也","盖自以为独立自主之人格以上,一切操行,一切权利,一切信仰,唯有听命各自固有之智能,断无盲从隶属他人之理"。[3] 在这类以"解放"和"自由"为主论调的话语声潮中,中国现代自由主义诗学建立了一套以"个体性"为突出属性的知识话语,正如陈独秀所言:"现代生活以经济为之命脉,而个人独立主义,乃为经济学生产之大则,其影响遂及于伦理学。故现代伦理学上之个人人格独立,与经济学上之个人财产独立,互相证明,其说遂至不可动摇。而社会风纪,物质

---

[1] 〔捷〕普实克:《中国现代文学中的主观主义和个人主义》,《抒情与史诗——现代中国文学论集》,李欧梵编,上海:上海三联书店,2010年,第1—2页。
[2] 〔法〕福柯:《知识考古学》,谢强、马月译,北京:生活·读书·新知三联书店,1999年,第23—25页。
[3] 陈独秀:《敬告青年》,《新青年》1915年9月15日第1卷第1号。

文明,因此大进。中土儒者,以纲常立教。为子者为人妻者,既失个人独立之人格,复无个人独立之财产。"①可见个人独立人格的重建于社会经济、伦理体制变革之必要性。然而,在写实主义传统渊厚且面临着内忧外患的中国文化语境中,"个体性"的诗学体系是否真正合乎中国文学的发展规律呢?围绕这一关键问题,自由主义诗学家与主张文学反映社会现实的诗学家展开了一场旷日持久的论争。

　　文学研究会自1921年成立之日起,就以"整理中国旧文学,创造新文学"②为目标,以"为人生而艺术"为信条,继承了中国传统的写实主义创作手法,以反映和再现客观世界为内容。作为文学研究会的机关刊物,《小说月报》传递了"为人生而艺术"的诗学精神,1921年1月,沈雁冰接任《小说月报》的主编后,在《〈小说月报〉改革宣言》中虽然提纲挈领地提出"对于为艺术的艺术与为人生的艺术,两无所袒",但却在其后的言论中表现出了明显的倾向性:"写实主义文学,最近已见衰歇之象,就世界观之力点言之,似已不应多为介绍;然就国内文学界情形言之,则写实主义之真精神与写实主义之真杰作未尝有其一二,故同人以为写实主义在今日尚有切实介绍之必要;而同时非写实的文学亦充其量输入,以为进一层之预备。"③他认为,在众多文学类别之中,写实主义文学于此时的中华民族是最为紧要的,然而,不仅是因为"写实主义之真精神与写实主义之真杰作"在国内文学界还"未尝有其一二",更是因为沈雁冰本人认为:"文学是为表现人生而作的。文学家所欲表现的人生,决不是一人一家的人生,乃是一社会一民族的人生。"而文学家"积极的责任是欲把德谟克拉西充满在文学界,使文学成为社会化,扫除贵族文学的面目,放出平民文学的精神。下一个字是为人类呼吁的,不是供贵族阶级玩赏的;是'血'和'泪'写成的,不是'浓情'和'蜜意'做成的,是人类中少不得的文章,不是茶余酒后消遣的东西!"④在此,沈雁冰已明确道出了文学的"社会性",即文学的任务在于再现人生,且是"一社会一民族"的人生,文学亦是"德谟克拉西"(Democracy)精神在文学领域的实践,是由"血"和"泪"写成的"平民文学"。1923年,沈雁冰辞去《小说月报》主编一职,郑振铎接任,作为文学研究会同人,郑振铎对于文学本质的认识与沈雁冰是相同的,1921年,他曾在《血与泪的义学》一文中痛心地谈道:"武昌的枪声、孝感车站的客车上的枪孔、新华门外的血迹……忘了么?虽无心肝的人

---

① 陈独秀:《孔子之道与现代生活》,《新青年》1916年12月1日第2卷第4号。
② 《文学研究会简章》,《小说月报》1921年1月第12卷第1号。
③ 《〈小说月报〉改革宣言》1921年1月10日第12卷第1号。
④ 沈雁冰:《现在文学家的责任是什么?》,《东方杂志》1920年1月10日第17卷第1期。

也难忘了吧!"在如此非常时期,"我们现在需要血的文学和泪的文学似乎要比'雍容尔雅''吟风啸月'的作品甚些吧:'雍容尔雅''吟风啸月'的作品,诚然有时能以天然美安慰我们的被扰的灵魂与苦闷的心神,然而在此刻道出是榛棘,是悲惨,是枪声炮影的世界上,我们被扰乱的灵魂与苦闷的心神恐总非他们安慰得了的吧。……然而竟有人能之:满口的纯艺术,剽窃几个新的名词,不断地做白话的鸳鸯蝴蝶式情诗情文,或是唱道着与自然接近,满堆上云、月、树影、山光等字"。① 在沈雁冰、郑振铎等作家的努力建设之下,《小说月报》成为中国现代文坛中最具影响力和话语权的新文学刊物,刊物基本刊登文学研究会同人的作品,并沿着沈雁冰、郑振铎等人的诗学观念形成了基本的价值取向和话语风格。"反映社会的现象,表现并且讨论一些有关人生一般的问题"②的文学作品成为《小说月报》青睐的作品,而那些无关社会现实、只写春华秋月的作品则被文学研究会同人以及《小说月报》排斥,甚至批评。

在"文学为人生的反映"的信念导向下,以沈雁冰为代表的文学研究会一众成员极为厌恶文坛上出现的那些无关人生、无关现实、无关"血"和"泪"的文学类型,他们认为,处于"大转变时期"的文学应表现人生、促进人生,应该以一种积极的态度承担起"唤醒民众而给他们力量的重要责任",因此,他们"反对'吟风弄月'的恶习,反对'醉罢;美呀'的所谓唯美的文学,反对颓废的,浪漫的倾向的文学",这些文学类型不仅包括了名曰"雍容尔雅"、"吟风啸月",实为迎合市场低级趣味而生的鸳鸯蝴蝶派文学等庸俗文学,还包含了以"情感"、"个性"、"天才"立论的自由主义文学在内,文学研究会认为,这些作品只能"供给烦闷的人们去解闷,逃避现实的人们去陶醉"③。前一类庸俗文学是受经济利益驱使而生的作品,其弊端显而易见,此处无须赘言。然而,后一类自由主义文学则是从纯粹的审美趣味出发来建构文学形象,这类文学受到西方浪漫主义和唯美主义诗学资源的影响,往往以"一段人生"、"一个人所经过的一段生活,及其当时的零碎感想"④为表现对象,以实现"美的文学"并使文学回归本体为目的,期待以文学创作带给读者"美的快感和慰安"⑤。前期创造社成员郁达夫、郭沫若等人积极翻译

---

① 郑振铎:《血和泪的文学》,《文学旬刊》第6期,《时事新报》1921年6月30日。
② 茅盾:《〈中国新文学大系·小说一集〉导言》,《中国新文学大系导论集》,上海:良友复兴图书印刷公司,1940年,第87页。
③ 沈雁冰:《"大转变时期"何时才来呢?》,《文学周报》1923年12月31日第103期。
④ 茅盾:《〈创造〉给我的印象》,《创造社资料》(下卷),饶鸿竞编,福州:福建人民出版社,1985年,第925页。
⑤ 成仿吾:《新文学之使命》,《创造周报》1923年5月20日。

了王尔德、佩尔特的唯美主义理论,并提出了"艺术本身无所谓目的"①,作家应"本着我们内心的要求从事于文艺的活动"②,并"以唯真唯美的精神来创作文学和介绍文学"③等一系列观点。显然,写实主义的文学研究会与浪漫、唯美的自由主义诗学阵营就此形成了非常大的观念差异,这也就导致了文学研究会与前期创造社就文学作品的价值取向发生了非常大的分歧。

针对文学研究会在选编《小说月报》作品时对于持有不同诗学观念的文学作品的甄别倾向,前期创造社提出了质疑和诟病,郭沫若就曾不满地指出:

> 我国的批评家——或许可以说是没有——也太无聊,党同伐异的劣等精神,和卑陋的政客者流不相上下,是自家人的做作译品或出版物,总是极力捧场,简直视文艺批评为广告用具;团体外的作品或与他们偏颇的先入见不相契合的作品,便一概加以冷遇而不理。他们爱以死板的主义规范活体的人心,什么自然主义啦,什么人道主义啦,要拿一种主义来整齐天下的作家,简直可以说是狂妄了。我们可以各人自己表张一种主义,我们更可以批评某某作家的态度是属于何种主义,但是不能以某种主义来绳人,这太蔑视作家的个性,简直是专擅君主的态度了。④

他们认为,文学研究会以一种党同伐异的态度观照现代文坛上拥有着不同审美趣向的文学群体,这无疑是其维护话语权力的一种方式,然而,却阻碍了文坛多样化发展的良性状态。因此,为了维护自由主义诗学的合法地位,且为自由主义诗学争得一席话语地位,以前期创造社为代表的自由主义诗学展开了对文学研究会的权力争夺。

显然,文学研究会的"为人生而艺术"、"文学须反映社会现象"的理念,是在现实主义思想的"反映论"的影响下形成的。自文学研究会起,中国现代诗学领域就逐渐形成了一条影响深远的"反映论"诗学脉络。如果说文学研究会将现实主义的"反映论"解读为文学应表现时代,表现"一社会一民族"的人生的话,那么,其后,在蒋光慈、郭沫若、郁达夫等太阳社和后期创造社成员的发展、衍生中,"反映论"开始走向了"左"的偏至。这些诗学家在处理文学与社会现实、文学与政治之关系时,往往表现出一种"庸俗

---

① 郭沫若:《文艺之社会使命》,《民国日报》副刊《文学》1925年5月18日第3期。
② 郭沫若:《编辑余谈》,《创造季刊》1922年9月第1卷第2期。
③ 郁达夫:《创造日》,《中华新报》1923年7月21日。
④ 郭沫若:《海外归鸿》,《创造社作品选》(上卷),刘纳选编,北京:人民文学出版社,2011年,第274页。

社会学"的倾向,即教条主义地将文学解读为对政治意识形态、阶级斗争的简单图解,如此,文坛出现了大量"公式化"、"概念化"的理论和文学作品。当然,这也在一定程度上适应了国内阶级斗争形势的需要。一般认为,马克思主义理论在中国语境内的成熟开始于20世纪30年代初中国左翼文学联盟的形成,在鲁迅、瞿秋白等人的理论建设下,马克思主义诗学逐渐形成了一个完整且系统的理论体系。

所谓的"理论成熟",就体现在以鲁迅、瞿秋白为代表的左翼知识分子在唯物论的指导下,能客观地处理主观与客观的关系,他们不仅坚持认为,物质决定意识,是世界的本质,而文学创作虽是一种主观活动,却也是对于客观世界的反映;而且,他们摆脱了此前一度在后期创造社成员的诠释中陷入的庸俗化、机械化的误区,使文学的"反映论"的内涵发生了大的转变,即由文学反映"时代"、"阶级斗争"、"政治意志"转向了文学反映"生活",并指出,文学虽源于生活,却不是对生活的刻板照搬,作家应从现实生活中选择创作的素材来塑造典型环境中的典型性格。与此同时,左翼诗学与自由主义诗学之间关于文学本质的论争仍在继续。

左翼诗学的代表诗论家瞿秋白认为,文艺反映生活,且与一切社会现象相联系。事实上,对文学的这般定义就意味着文学的"反映论"是以社会性、集体性为基础的,他们认为文学来源于社会现实经验,来源于广大群众的现实生活。与此相关,左联在成立之后就坚持把"文学大众化"作为无产阶级文艺运动的中心命题,并成立了大众文艺委员会,出版《大众文艺》半月刊,此外,更是先后召开两次大会以讨论"文艺大众化"的问题,郭沫若、鲁迅、冯雪峰、冯乃超等人都加入了这场讨论。其中,冯乃超提出:"文学战线如果是解放斗争的一部分,那么,文学的大众化问题,就是怎样使我们的文学深入群众的问题。"[①]鲁迅也以《文艺的大众化》对该问题发表了独到见解,他反对文坛上存在的"贵族文学"、"天才说"等观点,并认为,文学须与大众发生关系,但同时也不能为实现"大众化"而忽略文学的美学属性,从而使文学创作流入"迎合大众"、"媚悦大众"的误区。[②] 从诸位左翼诗学家的言论中,可以看出,左翼诗学阵营所建构的文学形象与社会现实经验有着紧密的联系,践行了"文学反映客观现实"的唯物史观。因此,左翼诗学认为,文学是社会性的、集体性的,这从根本上区别于个体、主观的,且关乎内心的自由主义诗学。

[①] 冯乃超:《大众化的问题》,《大众文艺》1930年3月1日第2卷第3期。
[②] 鲁迅:《文艺的大众化》,《大众文艺》1930年3月1日第2卷第3期。

而且,正如鲁迅在谈及"文艺大众化"时所提到的,对于当时的社会形势而言,文艺大众化的实践自然是有其合理性和必要性的,然而,如果强制性地要求文艺"全部大众化",则显然是不切实际的。这也正是20世纪30年代坚持以维护文艺之自由为任务的自由主义诗学阵营对之不满之处。故而,在左翼诗学阵营为建构并推广无产阶级革命文学而努力时,自由主义诗学阵营总有人适时地发出质疑和反对的声音。胡秋原、苏汶等人称其文艺自由论的方法源于唯物史观,一面继承了"艺术只有一个目的,那就是生活的表现,认识与批评"的唯物史论;另一面却又宣称"艺术的最高目的,就在消灭人类间一切的阶级隔阂",同时指出:"文艺至死是自由的,民主的","艺术虽然不是'至上',然而也决不是'至下'的东西。将艺术堕落到一种政治的留声机,那是艺术的叛徒。艺术家虽然不是神圣,然而也决不是叭儿狗。"①对此,瞿秋白站在马克思唯物论的立场对之进行批判,首先,他认为胡秋原、苏汶的思想中存在悖论,他们虽然宣称自己的思想源于唯物史观,但是,唯物史观"存在决定意识"的观念却被之抛诸脑后了,因此,他们的思想是一种"变相的艺术至上论"。因为,对于现代中国的社会环境而言,革命和阶级就是现实,就是决定一切意识形成的根本因素,所以,他直接指出:"文艺也永远是,到处是政治的'留声机'。问题是在于做那一个阶级的'留声机'"的观点。当然,他同时也反对机械的"留声机主义和照相机主义",因为"文艺的反映生活,并不是机械的照字面来讲的留声机和照相机"。② 1931年,胡秋原"自由人"的言论一经提出,就引发了左翼文学阵营的集体批评,谭四海、瞿秋白、冯雪峰先后撰文发表意见,反复指斥胡秋原虽口头拥护马克思主义唯物论,实则"曲解、强奸、阉割马克思主义",从而达到"破坏中国普洛革命文学"的目的。③ 然而,事实上,胡秋原、苏汶之自由主义诗学观也并非如左翼诗学阵营所指斥的、以破坏革命文学甚至破坏革命为目的,对此,胡秋原也专门在《浪费的论争》一文中解释道:"易嘉先生(瞿秋白,笔者注)以及其他的理论家或许有一个幻觉,我是以反对民某文学的旗帜,来掩护对于普罗文学之进攻的。但我在这里声明,我绝对没有这个意思,我承认普罗文学存在的权利。"④作为第三种人,他们反对"法西斯蒂"的民族文艺运动及民族主义文学,在这一方向上,他们显然是与马克思主义诗学站在同一战线上的;同时,他们也反对左翼文学阵营的无产阶级革命文学,因为这两类

---

① 胡秋原:《阿狗文艺论》,《文化评论》1931年12月25日创刊号。
② 易嘉(瞿秋白):《文艺的自由和文学家的不自由》,《现代》1932年10月第1卷第6期。
③ 瞿秋白:《自由文学理论检讨》,《北斗》1932年7月20日第2卷3、4期。
④ 胡秋原:《浪费的论争》,《现代》1932年12月第2卷第2期。

文学均以功利主义的视角塑造文学的形象,从而"摧残思想的自由,阻碍文艺之自由的创造"①,而这也是其艺术至上主义思想的体现。

不仅如此,"自由人"、"第三种人"的出现,还对纠正无产阶级文学的"左"的倾向带来了反思的机会。正如苏汶在坚持唯物论的原则的同时道出了"只要作者是表现了社会的真实,没有粉饰的真实,那便即使毫无煽动的意义也都决不会是对于新兴阶级的发展有害的","武器的文学虽然是现在最需要的东西,但如担当不起的话,那便可以担任次要的工作"②等观点,从中,我们不难发现其不但没有以艺术至上主义的观念淹没了文学与现实经验之必要联系,更是以其对于文学之本体意义的思考纠正了革命文学中出现的公式化、概念化倾向。

应该说,与20世纪20年代发生在文学研究会与前期创造社之间的那场论争一样,双方阵营争论的关键还是在于,文学究竟应该反映现实生活经验?抑或是表露主体情感?而这一本质问题也决定了文学的自由与不自由。应该说,五四文学革命的枪声打响之后,马克思主义诗学与自由主义诗学之间关于文学本质的论争一直在持续,直至1937年抗日战争结束,中国共产党逐渐掌握了现代中国社会场域的核心话语权力,在政治力量的保驾护航之下,马克思主义诗学在中国现代诗学场域占据了绝对的主导地位并彻底成为主流话语形态,它与自由主义诗学之间的论争才最终平息了下来。

福柯认为,置身于权力关系之中的主体对权力发起斗争的主要形式有三种:"对抗(族裔、社会或宗教的)主导形式的斗争;谴责那将个人与他或她所生产的东西分离的剥削的斗争;以及抗拒那使个人束缚于其自身并确保他或她屈从于他人的东西(反对制服,反对各色各样的主体性和屈从形式)的斗争。"③很明显,出现于两人诗学阵营之间的这场论争,是双方为力证自身的主体地位和存在的合法性而产生的一场权力争斗,尤其,从一系列自由主义诗学家愤怒的言论中可以看出,游身于权力网络边缘的自由主义诗学家,受主体意志驱动,必然会因"抗拒那使个人束缚于其自身并确保他或她屈从于他人的东西",即该阶段处于现代诗学场域主导形态的"反映论",而发起权力斗争。在这场激烈的话语争论中,双方均为确立自身的合理性、合法性而设计了一套系统的话语体系,各自的诗学形象亦在话语阐述中逐渐清晰起来。

---

① 胡秋原:《阿狗文艺论》,《文化评论》1931年12月25日创刊号。
② 苏汶:《"第三种人"的出路——论作家的不自由并答复易嘉先生》,《现代》1932年10月第1卷第6期。
③ 〔法〕福柯:《主体与权力》,《现代主义之后的艺术:对表现的反思》,〔美〕沃利斯主编,宋晓霞等译,北京:北京大学出版社,2012年,第467页。

中国现代自由主义诗学以个人的"情感"立论,认为文学是个人心绪的流露而成,在这一整体诗学观念导向之下,作家作品确实如写实主义诗学家所批评的,呈现出无关社会现实的面貌。而此般面貌的形成,与这些知识分子的个人经历有着密切的关系。中国现代自由主义诗学家多拥有留学英美或日本的背景,一方面,受西方"个体化"、"个性化"的文化传统影响,他们也倾向于将文学艺术视作个人情感的产物;另一方面,成长于西方文化语境之中的这群知识分子往往由于身处异域而不能切身感受祖国之苦难,自然也就不能感受启蒙民智之重要性,亦不能对文学的启蒙功能表示认同,这使得中国现代的自由主义诗学家通常只是从审美现代性的角度,而不是从启蒙现代性的角度去审视文学。而写实主义诗学阵营的知识分子却大多是在本土环境中成长起来,他们往往因生于此长于此而能切身感受到本民族所处环境之艰难困苦,所以,他们认为,所谓艺术之审美功能,在危机重重的现代中国这一社会环境中应让位于启蒙功能。事实上,国之危难,使得所有国人都不可能真正不为所动,俄国十月革命的热情此时蔓延至中国,就连一向沉迷于个人情绪之中的郁达夫也于1923年5月发表了《文学上的阶级斗争》一文,并在文中写道:"我想学了马克思和恩格斯的态度,大声疾呼的说:世界上受苦的无产阶级者,/在文学上社会上被压迫的同志,/凡对有权有产阶级的走狗对敌的文人,/我们大家不可不团结起来,/结成一个世界共和的阶级,百屈不挠的来实现我们的理想!/我确信'未来是我们的所有'。"①郁达夫尚且意识到文学的社会性和阶级性,更何况是具有"左"的倾向的知识分子。

一般认为,在不同的生活经验及知识背景的影响之下,知识分子会根据其主体意志而建构出迥异的诗学观念。然而,在这场关于"破"与"立"的话语争斗中,除了差异,我们还可以发现,双方在某些问题上表现出一些共通性。作为一群有良知的青年,作为社会的一员,来自不同派别的知识分子对于"启蒙"之历史任务,仍持有相差无几的期待。在这一特殊的局势之中,郭沫若的复杂态度尤其具有典型性。他斥责文学研究会因诗学观念的差异而将"个性化"的创造社文学视作"他者";但同时又指出:"凡受着物质的苦厄之民族,必见惠于精神的富裕","我们要反抗资本主义的毒龙",在混沌之中,"要先从破坏做起",要"做个纠纷的人生之战士与丑恶的社会交绥","我们的运动要在文学之中爆发出无产阶级的精神,精赤裸裸的人性"。② 在这种认识引导之下,我们可以

---

① 郁达夫:《文学上的阶级斗争》,《创造周报》1923年5月27日第3号。
② 郭沫若:《我们的文学新运动》,《创造周报》1923年5月27日第3号。

发现,自由主义诗学与写实主义诗学在根本对立的同时,亦存在一定程度的融合的可能,而且,在其后的发展中,也确实呈现出了一种融合趋势。

正如,虽然郁达夫曾因其文学创作的"个人性"而难逃被文学研究会的批评的命运,但是,是否真应将其作品完全视作脱离现实、无关人生之作呢? 答案自然是否定的。郁达夫曾在《忏余独白》一文中说:"我的这抒情时代,是在那荒淫惨酷,军阀专权的岛国里过的。眼看到的故国的陆沉,身受到异乡的屈辱,与夫所感所思,所经所历的一切,剔括起来没有一点不是失望,没有一处不是忧伤,同初丧了夫主的少妇一般,毫无力气,毫无勇毅,哀哀切切,悲鸣出来的,就是那一卷当时很惹起了许多非难的《沉沦》。"[1] 显然,郁达夫的绝望、忧伤的消极情绪是有其社会生成原因的,这种情绪源于其孤身飘零于日本的所见所闻。眼见故国的衰颓,身受"他者"的屈辱,种种失落集中于郁达夫一身,终化作"求爱而不得"的情感失落。这种失落,表面上看似消极,实为郁达夫向世界诉说其不满与反抗情绪的一种方式。通过这种文字诉说,中国封建专制体制和帝国主义的民族歧视对于以"我"为代表的中国人的压迫与毒害都表现了出来。也就是说,个人经历与社会环境、文学的个人性和社会性之间存在着密切的联系。在谈论文学研究会与前期创造社之间的权力斗争时,不能单一地关注两者的差异,而忽视了其背后存在的联系。

关于文学艺术究竟应是表现个体情感为本,抑或是再现社会现实为本,中国现代诗学场域内持续发生了多次相似的论争。归根结底,论争源于双方在文学本质的认识方面的分歧,即文学在本质上究竟是抒写个体情感的产物,抑或是再现客观现实的工具? 然而,也正是在这场关于文学本质问题而展开的话语论争中,我们看见了自由主义诗学家为坚持其诗学信仰而展示出的坚持、甚至是执拗的一面,亦可以看到,随着话语论争的深入,自由主义诗学话语也发生了一些变化,这种变化是西方诗学资源与中国传统文化先验、中国文化语境融合的结果,表现出了自由主义诗学话语形态的成熟。

二、"潜意识"论的非理性与"道德"论的理性

中国的封建时代有着根基深厚的"文以载道"诗学传统,该传统将文学视作道德伦理的载体,赋予文学以传递、阐释封建礼法伦常的功能。而这恰是将文学视作潜意识涌

---

[1] 郁达夫:《忏余独白——〈忏余集〉代序》,《郁达夫散文》,卢今、范桥编,北京:中国广播电视出版社,1992年,第325页。

现的产物的自由主义诗学所极力反对的,因此,在五四新青年大张旗鼓地将封建文学视作"旧文学",并发起对于"旧文学"乃至"旧道德"、"旧宗教"观念的冲击时,那群深以封建制度为尊的保守主义力量必然会为维护自身话语的合法性而发起一场斗争。在文学革命初期,保守主义力量中最引人关注的代表人物是声称"拚我残年,极力卫道"的林纾。事实上,在晚清资产阶级改良运动中,林纾还曾积极加入运动洪流,译介了170余种西方文学作品,在中外文学交流的工作中起到了先导的作用。然而,林纾以文言文为载体翻译西方文学作品,也表明了其对于传统文化的守护。当然,林纾竭尽全力维护的,并非单纯的文言文及封建文学,而是文言文及封建文学所代表的封建体制乃至数千年来积淀而成的封建道德伦理体系。通常而言,一套知识话语的生成是与特定的社会环境以及复杂的权力关系相关的,以儒家三纲五常为核心的道德伦常之所以能成为中国封建社会的"真理",继而影响了封建社会文学场域的发展,并形成了含语言、格律、格式、内容等一套较为稳定的话语体系,正是权力关系运作的结果。福柯认为,真理"是一堆可变的隐喻、转喻、拟人化,简言之,是一堆人类关系,它们被诗意地、修辞地提高、翻译、修饰了,由于长期使用,一个民族便以为它们牢不可破,奉若神明,具有约束力。"也就是说,问题并非"什么是真理",而是"什么被说成是真理"[①]。

因此,对于封建社会的留恋及对于封建道德观念的坚守,推动着以"极力卫道"的林纾为代表的保守势力连连发文以向新文学阵营发难,早在胡适发表《文学改良刍议》之时,林纾就抛出了《论古文之不当废》予以回应,其文道:"知腊丁之不可废,则马班韩柳亦自有其不宜废者。吾识其理,乃不能道其所以然。"[②]如果说,此时的林纾只提出了"古文之不当废"这一观点,而并未从学理上予以支持的话,那么,在沉寂几年之后,眼见着文学革命之势愈演愈烈的林纾终于按捺不住了,借着1919年北洋军阀政府查禁"过激主义"的机会,他发表了小说《荆生》,并借其中人物"荆生"之口,痛斥新文化运动和文学革命。其言曰:

> 中国四千余年,以伦纪立国,汝何为坏之!孔子何以为圣之时?时乎春秋,即重俎豆;时乎今日,亦重科学。譬叔梁纥病笃于山东,孔子适在江南,闻耗,将以电报问疾,火车视疾耶?或仍以书附邮者,按站而行,抵山东且经月,俾不与死父相

[①] 〔法〕福柯:《权力的眼睛》,严锋译,上海:上海人民出版社,1997年,第202—203页。
[②] 林纾:《论古文之不当废》,《民国日报》1917年2月8日。

见,孔子肯如是耶?子之需父母,少乳哺,长教育耳。乳汝而成人,教汝而识字,汝今能嗥吠,非二亲之力胡及此!……尔乃敢以禽兽之言,乱吾清听!①

很明显,林纾是从道德角度出发,论述文学革命乃至现代化对于人的理性,乃至人性的戕害,因此,文学革命中胡适、陈独秀、钱玄同等人所言,无异于"禽兽之言",将扰乱人的理性思维。继之,林纾又接连发表了文章《致蔡鹤卿书》和小说《妖梦》,并于其中指斥新文化运动和文学革命乃"覆孔孟,铲伦常"②之行为,更是丑化胡适、陈独秀等新文化运动的领袖。透过其文字,我们可以很清晰地看到林纾对于新文化运动的反感与痛恨。

在林纾接连对新文学阵营发难的同时,新文学阵营中的众位同人也以文反击之。蔡元培作《答林君琴南函》一文,答道:"惟《新青年》杂志中,偶有对于孔子学说之批判,然亦对于孔教会等托孔子学说以攻击心学说者而发,初非直接与孔子为敌也。……诚然,北京大学教员中,善作白话文者,为胡适之、钱玄同、周启孟诸君。公何以证知为非博极群书,非能作古文,而仅以白话文藏拙者?胡君……所作《中国哲学史大纲》言之,其了解古书之眼光,不让于清代乾嘉学者。钱君所作之《文字学讲义》、《学术文通论》,皆古雅之古文。周君所译之《域外小说》,则文笔之古奥,非浅学者所能解。然则公何宽于《水浒》、《红楼》之作者,而苛于同时之胡钱周君耶?"③鲁迅更是斥责林纾一流"明明是现代人,吸着现在的空气,却偏要勒派腐朽的名教,僵死的语言,侮蔑尽现在,这都是'现在的屠杀者'。杀了'现在',也便杀了'将来'——将来是子孙的时代。"④在新文学阵营发出的一系列反击声中,林纾终在"吾辈已老,不能为正其非;悠悠百年,自有能辩之者,请诸君拭目俟之"⑤的慨叹中退出了这场关于新旧文学合法性的话语斗争。

究其根本,这是一场挑战与保卫的斗争,亦是自由主义诗学与保守主义诗学在中国现代诗学场域内展开的一场关于文学本质的话语论争,论争的主题是文学艺术的本质究竟是理性的,还是非理性的。林纾生于晚清,长于封建教育体制之下,对于满清皇权的尊重以及对于封建大一统的想象使得他坚守着"革命军起,皇帝让政。闻闻见见,均

---

① 林纾:《荆生》,《新申报》1919年2月17、18日。
② 林纾:《致蔡鹤卿书》,《公言报》1919年3月18日。
③ 蔡元培:《答林君琴南函》,《北京大学日刊》1919年3月21日。
④ 鲁迅:《现在的屠杀者》,《鲁迅杂文集》,上海:复旦大学出版社,2001年,第14页。
⑤ 林纾:《论古文白话之相消长》,《林纾文选》,许桂亮选注,天津:百花文艺出版社,2006年,第96页。

弗适于余心……惟所恋恋者故君耳"①的执念,并以封建遗老自居;而桐城派和程朱理学则是直接为其建构保守主义诗学提供了理论资源,并成为他与新文学阵营论争的理论依据。因此,若要分析林纾一类的保守主义诗学何以形成这样一套诗学话语,须得先从学理层面探清话语的内在本质。

程朱理学之"理"有两层含义,一是"道德",理学即道学,程朱理学是宋明理学主要派别之一,以儒家价值观念及道德伦理等为主要内容;二是"理性",程朱理学认为,理性思维是树立道德观念以及人依道德修身之本,亦更是维护封建伦常的基石,以"理"驭德,方能使得道德观念更加逻辑化、概念化和系统化,从而能保障封建社会结构的稳定和制度的正常运作。在程朱理学影响下,桐城派以"道统自任",所谓"道统",即传承于封建社会的儒家道德体系,具体表现为儒家八法:格物、致知、诚意、正心、修身、齐家、治国、平天下,他们所作之文亦多是"阐道翼教"之作,梁启超评价桐城派"好述欧阳修'因文见道'之言,以孔、孟、韩、欧、程、朱以来之道统自任"②。由此可见,程朱理学以及桐城派均以传统的儒家道德伦常为内容,桐城派更是赋予了文学以承载道德之功能,受其影响,林纾以为"取义于经,取材于史,多读儒先之书,留心天下之事,文字所出,自有不可磨灭之光气"③。也就是说,多读儒家先贤之书,且取材于经、史,是有助于创作出好的文学作品的,这与自由主义诗学对于文学之定义有着本质上的区别。在林纾一派建构的保守主义诗学体系中,"真理"即以孔儒理念为核心的封建道德伦常体系,该话语体系服务于封建统治阶级,因而是权力的象征,主导着整个社会价值观念(包含诗学观念)的发展方向,而该体系的形成、发展和自我维护有赖于理性。

其实,不仅仅是林纾这位作为封建卫道士形象立身于中国现代诗学场域,并开启了中国现代诗学场域内的保守主义诗学家是以"理性"为本来构建其"道德"本质论的,其后出现的学衡派、战国策派等学派更是从"理性"的角度发展、深化了中国现代保守主义诗学,并在林纾之后延续了保守主义诗学与自由主义诗学、马克思主义诗学的论争。1922年,《学衡》杂志的创刊标志着学衡派这一文学复古流派的成立。该派主要成员吴宓、梅光迪、胡先骕等人虽然是以新文学运动的反对者形象出现于文坛,但事实上,其理论来源于美国哲学家白璧德(Irving Babbitt, 1865—1933)的新人文主义思想,新人文主

---

① 林纾:《畏庐诗存·自序》,台北:文海出版社,1973年,第175页。
② 梁启超:《清代学术概论》,北京:东方出版社,2012年,第59页。
③ 林纾:《春觉斋论文·论文十六忌》,北京:人民文学出版社,1959年,第112页。

义思想是针对文艺复兴之后盛行于西方社会的人文主义的弊端而生,该理论认为,人文主义思想的过度泛滥导致了人的主体性的无限放大,这就包括了情感的放纵和道德的沦丧,由此,西方社会终于在19世纪末出现了文明危机。不同于启蒙运动以来涌现的浪漫主义、唯美主义等思潮提倡以"非理性"对抗古典主义的"理性"秩序,受到注重人性关怀的东方哲学的影响的白璧德反对功利主义的文学观,并提出要以理性节制情感,从而恢复人文秩序,保证社会文明体系的正常运转。而其所谓的"人文秩序",则集中表现为"道德"。在先师白璧德及其新人文主义理论的影响下,学衡派立志于在延续传统文化精髓的基础上,汲取西方两希文化及基督宗教文化等注重"理性"、"秩序"之价值的文化类型,以建构其理想的中国文学乃至文明体系。具体来说,即以孔儒之"克己复礼"、"守中庸"为核心精神,继而"以佛教为辅翼,西洋之文化,以希腊罗马之文章哲理与耶教融合孕育而成"①,将东方之孔教、佛教以及西方之两希文化等重理性、重节制的文化类型纳入一个文化系统之内,并欲建立一种完善的人文秩序来对之进行配置,从而在确保文学的延续性的同时扩展了文学的视野,这是学衡派对于中国现代诗学的发展给出的建议。

相对于保守主义诗学一再强调以理性为本,建立一种道德本位的诗学形态,自由主义诗学却认为文学是个人的潜意识向外涌动的产物,这个过程是不受理性控制的。正如前期创造社的郁达夫所说,五四运动以来,创造社的发展路径分为三个阶段,即"要求人心的解放"、"旧道德的打破"、"和那些无聊的偶像决斗"②,而他挑战并冲击封建旧道德的手段就是在其小说创作中大胆描写人物的性苦闷,《沉沦》即是代表,该小说出版后,即带着"惊人的取材与大胆的描写"③的评价而引起了文坛的一阵热烈讨论。数千年来,"存天理,灭人欲"的封建统治使得中华民族早已习惯了将纲常伦理置于个人欲求之上,"忠、孝、贞节三样,却是中国固有的旧道德,中国的礼教(祭祀教孝,男女防闲,是礼教的大精神)、纲常、风俗、政治、法律,都是从这三样道德演绎出来的;中国人的虚伪(丧礼最甚)、利己、缺乏公共心、平等观,就是这三样旧道德助长成功的;中国人分裂的生活(男女最甚),偏枯的现象(君对于臣的绝对权,政府官吏对于人民的绝对权,父母对于子女的绝对权,夫对于妻男对于女的绝对权,主人对于奴婢的绝对权),一

---

① 吴宓:《论新文化运动》,《学衡》1923年4月第16期。
② 郁达夫:《公开状答日本山口君》,《郁达夫全集》(第十卷)"文论·上",杭州:浙江大学出版社,2007年,第277页。
③ 成仿吾:《〈沉沦〉的评论》,《创造季刊》1923年2月第1卷第4期。

方无理压制一方盲目服从的社会,也都是这三样道德教训出来的;中国历史上、现社会上种种悲惨不安的状态,也都是这三样道德在那里作怪。"①长久的苦闷经历使得中国人早已有欲呐喊而不能的冲动,加之五四时期西方浪漫主义文学的输入,激起了中国青年对于理想和情感的热烈向往,郁达夫的《沉沦》则以其对于内心情欲的大胆描写撕开了封建礼教这层厚重的屏障,顺应了时代潮流。然而,郁达夫此举却难免受到许多保守力量批评的命运,很多人指斥《沉沦》是不道德之作,这显然是站在封建卫道士的立场对之给予的评价。在该作饱受争议之时,周作人于《晨报》副刊"文艺评论"栏内发表的《"沉沦"》一文则适时地为郁达夫正了一次名。该文中,周作人指出,《沉沦》描写的是"青年的现代的苦闷","生的意志与现实的冲突是这一切苦闷的基本;人不满足于现实,而复不肯遁于空虚,仍旧这坚冷的现实中,寻求其不可得的快乐与幸福",他承认,《沉沦》属于"非意识的不端方的文学","他的价值在于非意识的展览自己,艺术地写出升华的色情",虽然有"猥亵部分",却"未必损伤文学的价值",而且,这种"非意识"与"猥亵"正是"真挚与普遍的所在"②。周作人相对公允地评价了郁达夫及其《沉沦》对于人性的启示,且指出,人应以爱智信勇为本,"革除一切人道以下或人力以上的因袭的礼法,使人人能享自由真实的幸福生活"③。此处所谓之"因袭的礼法",正是以理性为核心而制定的封建道德伦常体系。自由主义诗学一再强调,由于人的潜意识中有着对于性与爱情的向往,这种向往是人的天性使然,因此,当人的性本能在现实生活中受到来自封建礼教思想的压抑,人就会陷入郁达夫笔下的那种"现代的苦闷",而《沉沦》则是其"苦闷的象征"。郁达夫以文字表述自己乃至一代青年人内心的呐喊,"对于深藏在千年万年的背甲里面的士大夫的虚伪,完全是一种暴风雨式的闪击,把一些假道学、假才子们震惊得至于狂怒了"④。郁达夫乃至自由主义诗学阵营也因此被封建卫道士冠以"不道德"之名,事实上,所谓的"不道德"只是自由主义诗学家以非理性的诗学观念向虚伪的封建道德展开的一场弹劾。在这次影响广且深的弹劾中,"以理驭德"、以理性压制个人情欲的封建道德体系受到了猛烈的冲击,数千年来掩盖在中华民族的人性之上的遮羞布终被撕破,过去的那套"真理"话语——"道德"的封建礼教体系,此时已成为新文学阵营眼中的"谬误",是"不道德"、"伪道德"的;而过去被压抑的个性、

---

① 陈独秀:《调和论与旧道德》,《新青年》1919年12月1日第7卷第1号。
② 周作人:《"沉沦"》,《晨报副刊》"文艺批评"栏,1922年3月26日。
③ 周作人:《人的文学》,《新青年》1918年12月15日第5卷第6期。
④ 郭沫若:《论郁达夫》,《郭沫若全集》(第二十卷),北京:人民文学出版社,1992年,第317页。

情感等话语,随着五四运动的兴起和发展,却转而成为"真理"。

可以说,数千年来,道德这一知识体系服务于封建统治阶级,而且,作为权力的象征,在封建统治阶级的庇佑之下,一直被视为"真理",其地位几乎没有受到其他边缘化知识体系的撼动。然而,随着封建政权的崩溃,马克思主义诗学、自由主义诗学在此时都纷纷从学理层面出发,重审封建道德礼教这一知识体系的合法性,尤其是自由主义诗学,更是从人性潜意识角度出发展开了与知识特权的斗争,论证了封建道德礼教对于人性的摧残,从而提出一种新的"真理",即建设一种非理性的、尊重人性的、自然的新文学。

关于文学的本质问题,中国现代诗学场域内的诸种诗学形态各执一词、各发其声,却又不是各自孤立独立的,在此起彼伏的文学论争中,中国现代诗学就像一个动态的权力关系场域,身处其中的各种诗学形态之间的关系也不是静态的。事实上,时至20世纪30年代,中国现代自由主义诗学话语也一度在知性的现代主义诗学资源影响之下呈现出了理性的一面,从而区别于20世纪20年代在浪漫主义诗学资源影响之下呈现出的非理性姿态。西方诗学向来推崇理性思维和逻辑分析,在古希腊时期,人就普遍认为世界是有规律可循的,是人通过理性即可探知的,柏拉图提出建立理性社会的理想,亚里士多德同样强调以理性思维获取知识;经历了漫长的宗教神权凌驾理性的中世纪,随着文艺复兴、启蒙运动等思想文化运动的出现,"理性"又一次成为了西方社会的主流话语形态,人文主义者、古典主义者、启蒙主义者频频为构建理性的思想大厦而著言。20世纪的现代主义诗学虽在表面上呈现出一番重感性、感知的面貌,但是,细察其话语论述,便可看出,现代主义诗学家是极为重视人的理性思维的作用,其诗学理论中的知性内涵更是决定了诗的价值。艾略特一反浪漫主义诗学热衷于自我情感之倾诉的选择,指出:"诗是许多经验的集中,集中后所发生的新东西……诗不是放纵感情,而是逃避感情"①,后期象征派诗人瓦雷里更是直接谈及理性及抽象思维在诗歌创作中的重要性,他认为:"如果诗人永远只是诗人,没有丝毫进行抽象思维和逻辑推理的愿望,那么就不会在自己身后留下任何诗的痕迹。……任何真正的诗人,远比人们一般所认为的更加擅长正确推理和抽象思维。"②也就是说,诗人以抽象思维入诗,并由此生成诗之知性内涵,是诗的必要品质。在此,诗的知性内涵成为众诗学家关注的焦点,"理性"又一

---

① 〔美〕艾略特:《传统与个人才能》,《艾略特诗学文集》,卞之琳译,王恩衷编译,北京:国际文化出版公司,1989年,第8页。
② 〔法〕瓦雷里:《诗与抽象思维》,《文艺杂谈》,段映虹译,天津:百花文艺出版社,2002年,第283、300页。

次回到诗学场域的中心。因此,不同于20世纪20年代初期,在中国现代自由主义诗学体系内,"感性"、"情感"等话语泛滥,且占据主流话语形态的情况,30年代以后,中国现代诗学场域内掀起了一阵知性诗学的热潮。"主智诗"、"主知诗"、"智慧诗人"一类的说法在文坛上得到了非常多的关注和认可。金克木认为,新诗发展的重要趋势之一就是"主智诗",即"以智慧为主脑的"诗,不同于此前浪漫主义诗学盛行时一度大量涌现的以情为主的诗作,这一类诗以不使人动情而使人深思为特点。诗人往往在知性、理性的主导下进行创作,在创作中"极力避免感情的发泄而追求智慧的凝聚"①,然而,诗人在强调知性内涵于诗歌之重要性的同时,又并不会彻底将情感排斥出诗的世界,他们主张情智合一的诗歌理想,即将情感与理性,逻辑思维与感性经验于诗歌创作中融合,避免了新诗成为纯粹宣泄情感的工具或者说理的工具,从而在为诗填上一层知性内涵的同时亦在一定程度上确保了诗歌的审美品格。与之相应的是,金克木、卞之琳、袁可嘉等现代派诗人对于诗的理解,已与同为"现代派"诗人的戴望舒、李广田、何其芳等人不同,自20世纪30年代中后期开始,"智慧之美"成为前一类现代派诗人对于诗歌创作提出的新要求,而这种智慧往往在意象、语词的选择、组合方面体现为一种"象征"和"晦涩",以卞之琳的《圆宝盒》为例:

    我幻想在哪儿(天河里?)
    捞到了一只圆宝盒,
    装的是几颗珍珠:
    一颗晶莹的水银
    掩有全世界的色相,
    一颗金黄的灯火
    笼罩有一场华宴,
    一颗新鲜的雨点
    含有你昨夜的叹气……
    别上什么钟表店
    听你的青春被蚕食,
    别上什么古董铺

---

① 柯可(金克木):《论中国新诗的新途径》,《新诗》1937年1月10日第4期。

>   买你家祖父的旧摆设。
>   你看我的圆宝盒
>   跟了我的船顺流
>   而行了,虽然舱里人
>   永远在蓝天的怀里,
>   虽然你们的握手
>   是桥!是桥!可是桥
>   也搭在我的圆宝盒里;
>   而我的圆宝盒在你们
>   或他们也许就是
>   好挂在耳边的一颗
>   珍珠——宝石?——星?①

该诗中,"圆宝盒"这一意象正是诗人所期待的"智慧之美"的象征物,这个珍贵的"圆宝盒"是珍珠,是宝石,是星星,虽然小,却涵括了大千世界之纷繁色相和茫茫宇宙之知性菁华,而诗人对于"智慧之美"之乌托邦化的想象,也正是其对于新诗之期待。显然,单从语词和意象方面来看,该诗是一首典型的晦涩的象征主义诗作,超现实的语境、抽象的意象选择和模糊的语词表达都使得该诗晦涩难懂,按照金克木的解释,这类新诗正是因其缺乏"清晰明白的条理和事实",以及"合乎逻辑的推理与科学的证明"而"不仅是难懂,竟是不能懂",更甚之,他指出:"几乎所有情绪微妙思想深刻的诗都不可懂。"②可以说,这种晦涩难解就来源于诗人在诗歌创作中对于诗之知性内涵与哲理意趣的强调,而所谓知性内涵与哲理意趣之核心,即人的理性精神。其后,20世纪40年代以穆旦、郑敏、袁可嘉等人为代表的九叶诗派则提出了新诗现代化的构想,所谓"新诗现代化",是指在诗歌创作中实现"现实、象征、玄学的综合",其中,"现实表现于对当前世界人生的反映,象征表现于暗示含蓄,玄学则表现于敏感多思,感情、意志的强烈结合及机智的不时流露"③。显然,知性思维推动着诗人通过"象征"、"玄学"之思来实现诗的内涵的哲理化和深化,从而使得诗关乎人生意志和宇宙意志;同时也有助于诗人从

---

① 卞之琳:《圆宝盒》,《卞之琳文集》,姜诗元编选,北京:华夏出版社,2000年,第71—72页。
② 柯可(金克木):《论中国新诗的新途径》,《新诗》1937年1月10日第4期。
③ 袁可嘉:《新诗现代化》,《论新诗现代化》,北京:生活·读书·新知三联书店,1988年,第7页。

现实的人生经验中提炼出文学的经验,恰如袁可嘉、唐湜等人在谈及诗之内容时指出的,诗的内容须来源于生活,然而生活经验却不等同于诗的经验,诗的经验是诗人通过理性作用对生活经验进行提炼、加深、综合、"去芜存菁",继而转化成为文学的经验,理性在诗歌的创作过程中担任着重要的角色。不难看出,"理性"的融入使得20世纪30年代中后期在中国现代自由主义诗学场域内出现的一系列现代化新诗区别于感情滥觞的新诗创作潮流以及口号化的抗战诗歌创作潮流。

当然,自新文化运动伊始,中国现代自由主义诗学曾一度以"情感"的复苏为由发起了对以道德理性为立论根本的保守主义诗学的挑战,并也在中国现代文坛兴起了一股强大的抒情文学潮流,诗之情感品质得到了广泛的认可;然而,当新诗之发展逐渐深入,中国现代自由主义诗学家又往往能在不断的反思中重新审视"理性"与"情感"在中国现代新诗中的对立统一关系,由此,"理性"重返中国现代自由主义诗学家的视野之中,在此基础上,他们既肯定了理性思维、知性内涵于诗歌创作的重要性,又不以一种二元对立的态度而否定诗歌的抒情本质,并就"理性"与"情感"的关系而提出"情智合一"的构想,从而为实现新诗的现代化的良性发展提供了一种很好的思路。此外,通过对中国现代自由主义诗学关于"理性"的话语的梳理,我们不难发现,由"非理性"到"理性"、"情智合一",中国现代自由主义诗学的话语内涵实现了深化,而这种话语内涵的深化、诗学理论的成熟,也就体现在,中国现代自由主义诗学场域内的"理性"与"情感"之关系,经由最初的二元对立,终在20世纪30年代的现代主义诗学家处走向了统一、融合、共生。

由此可见,各方诗学力量前赴后继地投入了这场关于文学本质的热烈讨论,话语的交锋考验了交战双方诗学理论的合理性,为论争中任意一方的诗学话语提供了另一种或多种思路,推动了单一诗学形态的反思和自我调整,并为多种诗学话语的"融合"与诗学理论的成熟提供了可能性,从而丰富了中国现代诗学整体的话语内涵。

第二章 权力关系视阈下的文学思维论

文学思维,即创作主体在文学创作过程中主导创作行为的一种思维方式,它是中国现代诗学体系中又一重要问题。与文学本质论一样,中国现代自由主义诗学的文学思维论亦是中西视域融合的产物。横向上,它是中国现代自由主义诗学家"睁眼看世界"的产物,西方浪漫主义诗学中的"灵感"说、象征主义诗学中的"契合"论对之影响极深;纵向上,它表面上呈现出与中国传统文艺思维论的断裂性,实际上却与之保持着潜在的承继关系,中国传统的"妙悟"说、"心物交融"说均作为集体经验而为之提供了源源不绝的理论供养。因之,在文学思维的层面重新审视权力关系场域中的中国现代自由主义诗学,对于认识中国现代自由主义诗学乃至中国现代诗学而言,都有着切实的价值。

第一节 主体意向性思维的基本内涵与表现形态

主体意向性思维,简言之,即以创作主体的主观意向为文学思维的触发点,观照文学创作的过程。在文学创作过程中,"主体意向"对于主题的择取及意象的选择、建构、组织有着至关重要的影响,与以"自我"为中心的文学本质论相关,中国现代自由主义诗学的文学思维论亦表现出一种强烈的主体性意识。具体来说,中国现代自由主义诗学的主体意向性思维论重视"灵感"、"直觉"等主体性思维在艺术创作过程中的作用,并认为主体在"心物交融"、"物我两忘"的艺术境界中可以实现精神上的绝对自由。

一、"灵感"、"直觉"论

中国现代自由主义诗学家认为,文学艺术是思维主体体悟世界的产物,而创作主体的体悟行为,在文艺活动中则具体表现为瞬间产生且富有创造性的突发思维——灵感。"灵感"(Inspiration)概念最初源于古希腊时代的"Εμπνευση"一词,原指"神灵之气",

意指神灵与诗人之间的灵性交流时,神灵赋予诗人以"神灵之气",而这种"神灵之气"则是诗人进行文艺创作的思维源泉。古希腊辩证唯物主义哲学家德谟克利特(Demokritos,B.C.460—370)最早使用"灵感"概念来解释诗人的创作过程:"没有心灵的火焰,就没有一种疯狂式的灵感,就不能成为大诗人。"[1]在德谟克利特看来,灵感点燃了心灵的火焰,并引导诗人的思维走进非理性的疯狂状态,而艺术作品的产生就与这种"迷狂"的精神状态有着莫大的关联。德谟克利特关于灵感的这套言说直接启发了柏拉图(Plato,B.C.427—347)的"迷狂说"。相对而言,柏拉图的"迷狂说"深化了"灵感"概念中的"神灵"之内涵,在《伊安篇》中,他借苏格拉底之口说:

> 科里班特巫师们在舞蹈时,心理都受一种迷狂支配;抒情诗人们在作诗时也是如此。他们一旦受到音乐和韵节力量的支配,就感到酒神的狂欢,由于这种灵感的影响,他们正如酒神的女信徒们受酒神凭附,可以从河水中汲取乳蜜,这是她们在神智清醒时所不能做的事。……诗人是一种轻飘的长着羽翼的神明的东西,不得到灵感,不失去平常理智而陷入迷狂,就没有能力创造,就不能作诗或代神说话。[2]

在这段关于文艺创作过程的言说中,柏拉图一再提及"迷狂"、"狂欢"、"失去理智"等语词,显然,他肯定了此前德谟克利特等人论述"灵感"时谈及的"非理性"属性,认为诗人作诗须得在"失去平常理智而陷入迷狂"的状态下完成。德谟克利特、柏拉图等人的"灵感"论一改以往把诗歌创作视作工匠技艺的传统,排除了生活经验、技能积累与诗歌创作之联系,而将诗歌创作与非理性、超验的神性力量相关联,这一主体性诗学理念为后世发展起来的浪漫主义诗学和现代主义诗学奠定了理论基础。

而西方话语中的"灵感"概念真正传入中国,并成为中国现代自由主义诗学的重要理论资源,则是在五四时期。这一时期,伴随着主体性的浪漫主义诗学和现代主义诗学的传入,西方诗学的"灵感"论对中国现代自由主义诗学家也产生了重要的影响。正如弥洒社成员胡山源所说:"我们乃是艺文之神;/我们不知自己何自而生,/也不知何为而生;/……我们一切作为只知顺着我们的Inspiration!"[3]换言之,他们将灵感思维置于艺术创作过程中至高无上的地位,相应的,诗人的主体理性思维则被抛诸脑后。

---

[1]〔古罗马〕西塞罗,转引自朱光潜:《西方美学史》(上卷),北京:人民文学出版社,1979年,第36页。
[2]〔古希腊〕柏拉图:《柏拉图文艺对话集》,朱光潜译,合肥:安徽教育出版社,2007年,第27页。
[3] 胡山源:《弥洒临凡曲》,《弥洒》1923年3月15日创刊号。

关于"灵感"思维,中国现代自由主义诗学也有着一套系统的理论话语。首先,自由主义诗学家们普遍认为,文学思维是非理性的。自古希腊时期起,西方人已然意识到艺术创作有一套独立且异于他者的思维规律,继而将之视作一种特殊的精神活动,并对其中的心理现象作出了细致的探讨,这种从精神层面观照艺术创作的倾向无疑推动了西方主体性诗学的发展。受其影响,中国现代自由主义诗学家亦认为,诗不等同于历史和科学文献,它是"我们心中的诗意诗境底纯真的表现",是"生底颤动"、"灵底喊叫",所以诗不是"做"出来的,只是"写"出来的。① 既然文学艺术是生命力的冲动爆发所致,它的思维模式必定不是受制于理性和意志的逻辑思维,而是在非理性的思维状态下生成的。情感来了,生命的冲动来了,艺术创作的灵感和冲动也随之而来,因此,灵感思维是一种"可遇而不可求"的自然偶发的思维形式。

自由主义诗学家认为,灵感思维及其非理性的属性能使得文学艺术真正实现独立、成就自我,成仿吾就从文学思维入手而发起了"诗之防御战":"理智是我们的不忠的奴仆,至少对于诗歌是这般,他是不可过于信任的,如果我们过于信任他,我们所筑成的效果,就难免不为他所打坏。而最可恶的叛徒,便是浅薄的理论 reasoning。诗的职务只在使我们兴感 to feel 而不在使我们理解 to understand。"②与之相似,自由主义诗学家也极为推崇非理性的直觉思维在文学创作过程中的重要作用,虽然"直觉"与"灵感"在本质上有着不同的生成机制,但是,两种思维却在非理性的属性方面有着一致性,而这也正是自由主义诗学家所信赖和建构的主体意向性思维中的主要思维方式。在西方,由柏格森、克罗齐等人建立起来的直觉主义理论认为,作为一种感知世界、认识世界的方式,直觉比理性更可靠。他们认为,既然文学、美学观照的对象实质上是一种"绵延不绝的生命之流",而这种"生命之流"是不能被概念、判断、分析、推理等理性方式所研究的,那么,作为一种内在体验,它只能通过一种超越于理性与经验之上的直觉方式而被感知、认识,而这种对于内在生命的感知,则正是文学的根本任务。因此,以论证主体性为核心任务的中国现代自由主义诗学家极为推崇"直觉"在文学创作过程中的作用,郭沫若说:

> 诗人底心境譬如一湾清澄的海水,没有风的时候,便静止着如像一张明镜,宇

---

① 郭沫若:《补白之二》,《创造》1922 年 5 月季刊创刊号。
② 成仿吾:《诗之防御战》,《创造周报》1923 年 5 月 13 日第 1 号。

宙万汇底印象都涵映着在里面;一有风的时候,便要翻波涌浪起来,宇宙万汇底印象都活动着在里面。这风便是所谓直觉、灵感(inspiration),这起了的波浪便是高涨着的情调,这活动着的印象便是徂徕着的想象。这些东西,我想来便是诗的本体,只要把它写了出来,它就体相兼备。

继之,他更以一条公式来表示诗的构成:

$$诗=(直觉+情调+想象)+(适当的文字)①$$
$$\quad\quad\;\;\text{Inhalt}\quad\quad\quad\quad\;\;\text{Form}$$

这条公式简要展示了中国现代自由主义诗学家对于"诗"的认识,除去形式(Form)以外,诗的内容(Inhalt)由"直觉"、"情调"和"想象"构成,其中,"直觉"是"情调"和"想象"的触发因子,是诗情兴起、诗作生成的关键因素。一旦"直觉"来袭,文学创作活动将变得不能自控。而这种关于"直觉"、"灵感"等非理性思维的论述,初期象征主义诗派和现代诗派则更是将之推向高潮。西方象征主义诗学认为,诗歌所要展示的,是"诗的世界",它关乎人的内在生命,反映人的潜在心理,反映了一个神秘、超验,且理性和生活经验不能企及的世界,因此,西方象征主义诗人的作品中的语言往往是晦涩难懂的、形象往往是模糊变形的。这一诗学观念影响了中国初期的象征主义诗人,李金发主张以自我的主观情感为诗的表现对象,并随着内在情绪的波动而构建意象,而其"弃妇之隐忧堆积在动作上,/夕阳之火不能把时间之烦闷/化成灰烬,从烟突里飞去,/长染在游鸦之羽,/将同栖止于海啸之石上,/静听舟子之歌"②等诗句中,我们可以读到其"不寻常的章法"③和"不固执文法的原则"④,而这也就显示出,在李金发看来,文学思维是不受理性控制的。其后,穆木天指出"诗的世界是潜在意识的世界"⑤,王独清更是直言:"诗,要作者不要为作而作,需要为感觉而作。"⑥"潜在意识"、"感觉"已然作为关键词而大量出现在自由主义诗学话语体系之中,诗的创作也在中国现代诗学的深入

---

① 郭沫若:《论诗三札》,《郭沫若谈创作》,彭放编,哈尔滨:黑龙江人民出版社,1982年,第6页。
② 李金发:《弃妇》,《微雨》,北京:北新书局,1925年,第3—4页。
③ 朱自清:《中国新文学大系·诗集导言》,《朱自清集》,广州:花城出版社,2005年,第358页。
④ 苏雪林:《论李金发的诗》,《现代》1933年7月1日第3卷第3期。
⑤ 穆木天:《谭诗》,《创造月刊》1926年3月第1卷第1期。
⑥ 王独清:《再谭诗》,《创造月刊》1926年3月第1卷第1期。

发展中变身为一种非理性的情绪的话语陈述。其后,在西方现代主义诗学的启示之下,于20世纪30年代崛起于文坛的现代派同样以人的情感体验和潜在心理为文学的表现对象,并由此建议起一种重视感觉而非理性的思维方式。延续了象征主义诗人关注人的潜在意识、内在生命的倾向,现代派亦以内在生命之隐秘为由,致力于建构一种朦胧多义的文本呈现,在此,非理性的主观意识依旧与作家的思维方式之间有着密切的联系。

当然,值得一提的是,前期创造社作家与象征派诗人、现代派作家虽然都认为文学思维是非理性的,但是,其具体的诗学话语却存有明显的差异,郭沫若、郁达夫等浪漫主义诗人笔下的文学形象和审美风格是热情而直白的,而现代主义诗学家则因其关注对象——"梦一般地朦胧的"潜在心理的隐秘性而将诗的创作动机视作"表现自己与隐藏自己之间"[①],诗的语言、结构、思维也都呈现出一种模糊多义。不过,不同的表述形式却有着统一的诗学诉求,即论证非理性思维之合理性和文学之独立品格。在一众自由主义诗学家的论述之中,理性已被驱逐出艺术的世界。不同于传统的机械反映论注重以理性克制情感,以真实再现客观物象为文学创作的宗旨,自由主义诗学极为重视非理性的主体思维在艺术创作过程中的重要性。

与"灵感"、"直觉"等主体意向性思维的非理性属性相适应的,则是这类思维方式的突发性。正如德国哲学家费尔巴哈（Ludwig Andreas Feuerbach, 1804—1872）所说:"灵感不是为意志所左右的,是不由钟表来调节的,是不会依照规定的日子和钟点迸发出来的。"[②]这类非理性思维的发展不同于理性思维的渐进性的逻辑推理过程,往往借由人的创造性大脑思维而瞬间完成,是诗人的大脑与客观事物接触的瞬间突然兴起的创作冲动,正如郭沫若在文艺创作谈中一再提及的诸般创作体验：

> 《地球,我的母亲》是民八学校刚放好了年假的时候做的,那天上半天跑到福冈图书馆去看书,突然受到了诗兴的袭击,便出了馆,在馆后僻静的石子路上,把"下驮"(日本的木屐)脱了,赤着脚踱来踱去,时而又率性倒在路上睡着,想真切地和"地球母亲"亲昵,去感触她的皮肤,受她的拥抱。……
>
> 《凤凰涅槃》那首长诗是在一天之中分成两个时期写出来的。上半天在学校

---

① 杜衡：《〈望舒草〉序》,《戴望舒诗全编》,杭州：浙江文艺出版社,1989年,第50页。
② 〔德〕费尔巴哈：《费尔巴哈哲学著作》(下卷),北京：生活·读书·新知三联书店,1984年,第504页。

的课堂里听讲的时候,突然有诗意袭来,便在抄本上东鳞西爪地写出了那诗的前半。在晚上行将就寝的时候,诗的后半的意趣又袭来了,伏在枕上用着铅笔只是火速的写,全身都有点作寒作冷,连牙关都在打战。就那样把那首奇怪的诗也写了出来。……由精神病理学的立场上看来,那明白地是表现着一种神经性的发作。那种发作大约也就是所谓"灵感"(inspiration)吧?①

郭沫若以其亲身创作经验阐述了灵感(诗兴)袭来时的表现,以"袭击"、"袭来"描述灵感思维的出现,显示出了灵感的突发性特征,而后,诗人便在灵感的推动之下陷入创作的迷狂之中。对于文学思维的突发属性,中西诗学有着较为一致的共识,歌德曾在与爱克曼的谈话中说:"事先毫无印象或预感,诗意突如其来,我感到一种压力,仿佛非马上写出来不可,这种压力就像一种本能的梦境的冲动。"②而在中国古代理论中,也多次有人谈及该问题,陆机在《文赋》中即有言曰:"若夫应感之会,通塞之纪,来不可遏,去不可止。"③唐代李德裕亦指出:"文之为物,自然灵气。恍惚而来,不思而至。"④"来不可遏,去不可止"、"恍惚而来,不思而至"等语辞均表现出,文学思维是突如其来的、难以预料的。中西双方对于文学思维的认知共同影响了中国现代自由主义诗学家的判断。朱光潜归纳了中西诗学的相关经验并总结认为,灵感思维是"突如其来的",它的出现"往往出于作者自己的意料之外"。⑤ 但是,需要说明的是,非理性的文学思维虽在时间上表现为"可遇而不可求"的突发性,然而,其在本质上是作家经历了长时间的生活经验和知识技能积累之后,大脑与客观世界相遇时突然产生的创作冲动或创造能力,对于艺术创作有着极大的推动作用。

而这种创造能力和推动作用则表现在,在灵感、直觉思维到来之时,人的大脑被激活,其中积累的既往的经验、知识和能量被惊醒、调动、集中起来,在这种亢奋的状态之下,艺术的任务就不再是再现世界,而是表现世界,甚至是创造世界。由于其不同于常规的思维模式,情绪的紧张程度、精力的专注程度、想象的自由程度都在这种不一般的

---

① 郭沫若:《我的作诗的经过》,《郭沫若谈创作》,彭放编,哈尔滨:黑龙江人民出版社,1982年,第38—39页。
② 〔德〕歌德:《歌德谈话录》,北京:人民文学出版社,1980年,第207页。
③ (晋)陆机:《文赋》,《中国历代文论选》,郭绍虞主编,上海:上海古籍出版社,2001年,第70页。
④ (唐)李德裕:《文章论》,《中国历代文论选》(第二册),郭绍虞主编,上海:上海古籍出版社,1999年,第163页。
⑤ 朱光潜:《文艺心理学》,合肥:安徽教育出版社,2006年,第183页。

心理态势中发展到了极致,这也使得主体的创造能力超越了通常状态下的思维能力。那么,在这一超常的心理状态的酝酿中产出的文学作品必然是自由的、美的,更是神圣的。一般认为,研究概念知识的科学需要的是理性分析的能力,与之相对,作为创造活动的文学艺术需要的则是创新能力,由此,灵感思维、直觉思维在文学创作领域尤其受到推崇,特别是以突显主体性和创造性的自由主义诗学。为区别艺术创作与历史、科学的思维模式,亦为了区别于写实主义诗学再现客观现实的创作法则,自由主义诗学家向来重视艺术的创新性。具体而言,这种创新主要表现在思想内容方面对于个体新的感受、新的领域的发掘。歌德曾说:"现代最有独创性的作家,原来并非因为他们创造了什么新的东西,而仅仅是因为他们能够说出一些好像过去从来没有人说过的东西。"[1]闻一多也曾在其轰动一时的评论文章《〈冬夜〉评论》中写道:"作者若能摆脱词曲的记忆,跨在幻想的狂恣的翅膀上遨游,然后大着胆引嗓高歌,他一定能掊得更加开扩的艺术。"[2]可见,通过极具想象力的文学实践来表现出全新的生命体验,正是自由主义诗学对于创新的理解和诉求,而主体性思维则能助其实现这种文学想象。当然,这些独到的感受和发现不是异想天开之物,而是源于现实生活经验。

总的说来,在西方,关于非理性的灵感、直觉思维已经形成了一套较为成熟、系统的理论,而这套理论话语对于中国现代自由主义诗学建构主体性思维的路径有着明显的导向作用。然而,是否可以说该体系中关于"灵感"的诗学话语完全是照搬西方诗学资源而摒弃中国传统诗学资源的呢?答案自然是否定的。英国著名美学家冈布里奇(Ernst Hans Josef Gombrich,1909—2001)对中国传统文化给予了这样的评价:"没有一种艺术传统象中国古代的艺术传统那样着力坚持对灵感的自发性的需要。"[3]在中国现代自由主义诗学家设想建构一套新的诗学话语时,中国传统文化作为一种审美心理经验,对于现代知识分子接纳、选择并改造西方相关的诗学资源有着潜在的影响。

虽然"灵感"一词是在五四文学革命之后才出现在中国现代诗学话语体系之内的,然而,中华民族对于这种非理性的主体思维的追求却早已开始。中国古代文艺理论家和作家往往结合自身创作经验和审美体验来谈文艺创作的主体性思维,只不过,在话语形态表述上可能与西方诗学家的表述不尽相同。应该说,东方文化,尤其是中国传统文

---

[1] 转引自程代熙、张惠民编:《歌德的格言和随思集》,北京:中国社会科学出版社,1982年,第76页。
[2] 闻一多:《〈冬夜〉评论》,《闻一多论新诗》,武汉:武汉大学出版社,1985年,第31页。
[3] 〔英〕冈布里奇:《艺术与错觉——图画再现的心理学研究》,林夕等译,杭州:浙江摄影出版社,1987年,第181页。

化是极为重视"心"在艺术中的独特作用的。自老庄思想一脉演化发展而成的中国诗学传统提倡从精神层面观照艺术创作,那么,灵感,作为诗人创作过程中非常特殊且重要的一种精神现象,自然受到了历代文论家的关注。首次以清晰的文辞论述灵感来临之际的感受者当属西晋的陆机。陆机在《文赋》中这样谈道:

> 若夫应感之会,通塞之纪,来不可遏,去不可止,藏若景灭,行犹响起。方天机之骏利,夫何纷而不理?思风发于胸臆,言泉流于唇齿,纷葳蕤以馺遝,唯毫素之所拟。文徽徽以溢目,音泠泠而盈耳。及其六情底滞,志往神留,兀若枯木,豁若涸流,揽营魂以探赜,顿精爽而自求,理翳翳而愈伏,思轧轧其若抽。是故或竭情而多悔,或率意而寡尤。虽兹物之在我,非余力之所戮。故时抚空怀而自惋,吾未识夫开塞之所由。①

陆机所谓"应感之会"即灵感涌现之时,诗人的大脑活动到达了一种高度亢奋的精神状态,仿佛一条堵塞已久的通道被突然打开,文辞流动于眼前,音声飘荡在耳侧。此时,作家必须迅速地抓住这些来之不易的艺术诗思加以雕琢,因为一旦灵感过后,作家之思绪则"兀若枯木,豁若涸流",继而悔恨情思早用导致抚空自惋,乃至连当初那种豁然开朗的状态如何得来都不知所由。陆机所述的"应感之会",突如其来、不由自主,且极具创造力,恰好与西方诗学对于灵感思维的描述极为相似。如果说陆机对于灵感思维的探讨只限于现象表述,而"未识平开塞之所由"的话,那么,齐梁间的刘勰对"灵感"思维的表述则更为系统且深入了。刘勰在《文心雕龙》中以"神思"之说论述了其对于灵感思维的认识。"枢机方通,则物无隐貌,关键将塞,则神有遁心",神思不随主观意愿而来去,"枢机"和"关键"决定了神思的通塞;"思理为妙,神与物游。神居胸臆,而志气统其关键;物沿耳目,而辞令管其枢机"②,神思是虚静沉淀之后的一种思理之妙,一旦枢机通畅,大脑思维随即进入高度亢奋状态,创作的激情膨胀,想象力和创造力爆发,奇思妙想也随之喷薄而出。刘勰对于"神思"的探索又不止于此,他在表述了灵感思维的现象的基础上,更是写道:"是以陶钧文思,贵在虚静,疏瀹五藏,澡雪精神,积学以储宝,酌理以富才,研阅以穷照,驯致以绎辞。然后使玄解之宰,寻声律而定墨;独照之匠,

---

① (晋)陆机:《文赋》,《中国历代文论选》,郭绍虞主编,上海:上海古籍出版社,2001年,第70—71页。
② (梁)刘勰著,范文澜注:《文心雕龙注》,北京:人民文学出版社,1958年,第493页。

窥意象而运斤;此盖驭文之首术,谋篇之大端。"也就是说,他认为"神思"源于日常生活中知识、经验的积累,而且,主体之心境决定了"神思"的去留及效果,"虚静"之境,即"疏瀹五藏,澡雪精神"之内心纯净,为神思之来去疏清了障碍,有利于文思的培育与表达。一旦灵感之思开启,作家能够达到"登山则情满于山,观海则意溢于海"的神妙境地,乃至高傲宣称"我才之多少,将与风云而并驱矣!"①

在陆机、刘勰的启发之下,加之释家"兴察妙语"、"顿悟"、"妙悟"之观念的影响,时至唐宋,关于灵感思维的研究理论转而集中于"悟"字之上。说到底,文学艺术是主体体悟客观世界的产物,"悟"字体现了艺术主体与客观世界的交流方式。佛教自两汉之际传入中国,历经汉末之立与魏晋之定,大约在南北朝已经与中原儒道二家取得了融合。承袭南北朝佛教发展而来的唐代禅宗直接吸其营养以自立为宗。禅宗区别于传统佛教的最明显之处在于,后者重视外在的宗教礼仪规矩,而禅宗看重的则是内在精神境界的大彻大悟,所谓"放下屠刀,立地成佛","佛"不在彼岸,而在身边,在于内心之解脱。中唐禅僧皎然曾以"意静神王,佳句纵横,若不可遏,宛如神助"②一句道明诗歌艺术境界之构建须得建立在主体情思与客体物象相交相融的基础之上,只有在此境界中,主体方可获得"神助",当然,皎然并不认为灵感思维完全是神秘主义的产物,而是辩证地指出,"盖由先积精思,因神王而得乎",意即,"悟"是创作主体积累、精炼思想而得。南宋诗论家严羽以"妙悟"二字评价了禅宗的思维方式,并从禅宗之"妙悟"得到启发而生出其"妙悟"说。《沧浪诗话》有云:"大抵禅道惟在妙悟,诗道亦在妙悟"③,严羽所谓之"妙悟",是指一种"入神"的最高境界,且一旦悟入,"及其透彻,则七纵八横,信手拈来,头头是道矣"④,与柏拉图所谓之"迷狂"状态一样,创作的冲动袭来而不受主观意志控制,然而,如果仅此就认为"妙悟"与"迷狂"完全相同又是不妥的。不同于柏拉图之"迷狂"说中所指的失去心理平衡、失去平常理智而陷入的酒神般热烈的迷狂,"妙悟"更倾向于在一种平静的状态中,以主体长时间的经验积累而渐入悟境。正如严羽所谓"先须熟读《楚辞》,朝夕讽咏以为之本;及读《古诗十九首》、《乐府四篇》,李陵苏武汉魏五言皆须熟读。即以李杜二集枕藉观之,如今人之治经,然后博取盛唐名家,酝酿胸

---

① (梁)刘勰著,范文澜注:《文心雕龙注》,北京:人民文学出版社,1958年,第493—494页。
② (唐)皎然:《诗式·取境》,《诗式校注》,李壮鹰校注,北京:人民文学出版社,2003年,第39页。
③ (南宋)严羽:《沧浪诗话·诗辨》,《沧浪诗话校释》,郭绍虞主编,北京:人民文学出版社,1998年,第12页。
④ 同上,第131页。

中,久之自然悟入"①,"妙悟"乃是主体修炼自身功夫,自然水到渠成之结果。因此,我们可以说,"妙悟"说与"迷狂"说虽讨论的均为文学创作中的"灵感"这一特殊且关键的思维,且对于该思维有着基本相同的认知、判断,然而,从双方的论述中亦可看出,"妙悟"说较之"迷狂"说,少了一份宗教狂热和神秘性,却多了一份理智性和经验性。

事实上,中国现代诗学选择、接受西方诗学资源的行为,是中华民族在异域寻找本民族历史记忆的过程,传统文化经验往往在背后影响着中国现代诗学的发展方向。正如海德格尔所言:"把某某东西作为某某东西加以解释,在本质上是通过先行具有、先行见到与先行掌握来起作用的。解释从来不是对先行给定的东西所作的无前提的把握。"②因此,中国传统诗论中对于"神思"、"妙悟"乃至相关诗学概念的讨论,为中国现代自由主义诗学接受西方的"灵感"、"直觉"概念和思维模式提供了审美心理基础。然而,也正是中西双方文化的异质性决定了中国现代自由主义诗学在接受西方诗学资源时必然会依据本土传统文化的特殊性而对异域资源作出相应的改造,以期适应本土文化的心理图式,并与中国传统文化达成一种潜在的对话。

西方文明通常将"灵感"视作一种不一般的生命体验,它是古希腊神话中的酒神狄奥尼索斯(Dionysus)的"醉"态,在这种状态中,人的主观情感处于非理性的亢奋状态,人的感悟能力、创造能力和表现能力都达到了顶峰,享受着由生命力带来的"醉"感。其后,柏拉图则进一步加深了灵感思维的超验属性,他认为,艺术源于灵感,而灵感则源于缪斯神的亲吻,或是不朽的灵魂带回的前世回忆。具体来说,诗人是神的"代言人",诗人创作诗的过程,是神"夺去他们的平常理智",使其"在无知无觉中说出那些珍贵的辞句"的过程,也就是说,诗是神欲向世人说的话。因此,诗人作诗凭借的是"神力"而不是"技艺"。③ 柏拉图将诗人的技艺、知识等经验性因素排除在艺术创作的大门外,反而独尊"灵感",而"灵感"显然纯粹是神的意志的显现。更甚之,柏拉图将灵感诗人列为第一等人,而将摹仿诗人作为第六等人,即工匠之列。在随后的发展史中,浪漫主义诗学进一步深化了柏拉图等先人对于"灵感"思维的讨论,将"神启说"发展至"天才说",他们认为灵感源于内在,是"天才"的伟大能力的显露,而诗人的天才诗篇则是"上

---

① (南宋)严羽:《沧浪诗话·诗辨》,第1页。
② 〔德〕海德格尔:《存在与时间》,陈嘉映、王庆节译,北京:生活·读书·新知三联书店,1987年,第184页。
③ 〔古希腊〕柏拉图:《伊安篇》,《柏拉图文艺对话集》,朱光潜译,合肥:安徽教育出版社,2007年,第27页。

帝的天国在地球上的一种可见的显现"①。更甚之,西方社会关于"灵感"思维的讨论更是一度陷入了神秘主义的泥潭之中。然而,这样一种西方文明的产物是否真正能与中国文化语境完全融合呢?

我们知道,在数千年来的历史长河中,受儒家文化影响,中国文化形成了一套较为稳定的、以"实用理性"精神为核心的文化心理结构。这种"实用理性"精神主要表现为"关注现实社会生活,不作纯粹的抽象的思辨,也不让非理性的情欲横行,事事强调'实用'和'实行',满足于解决问题的经验论的思维水平,主张以理节情的行为模式,对人生世事采取一种既乐观进取又清醒冷静的思维态度","重人事关系,重具体经验"②。在孔子"不语怪力乱神"观的影响之下,中国文化关注此岸的世俗生活,对于彼岸世界则缺乏一种终极关怀,这与以基督教文化为本体论基础的西方文化传统恰好相反,因此,在西方人一再希冀以个人生命意志对宇宙本原进行一种终极的关怀和感知的同时,中国人则一直在脚踏实地关注自己的日常生活和道德规范。也正因为此,关于"灵感"和"直觉"的话语虽作为一种主体性理论被纳入中国现代诗学话语体系,但中国知识分子却在传递过程中对于该话语形态原有的神秘性、超验性内涵做了有意的遮蔽和误读。

在此,须提到郭沫若对于"灵感"的一段认识:

> 灵感在英文称为"烟士披里纯",以前的人对于这种东西看得神乎其神,现今的人又差不多把它骂成狗屁胡说。这东西到底是有没有呢?如有,到底是需要不需要呢?在我看来是有的,而且也很需要。不过这种现象并不是什么灵魂附了体或是所谓"神来",而是一种新鲜的观念突然使意识强度集中了,或者先有强度的意识集中因而获得了一种新鲜观念而又累积地增强着意识的集中度的那种现象。这如不十分强烈的时候,普通所谓诗兴,便是这种东西。如特别强烈可以使人作寒作冷、牙关发战,观念的流如狂涛怒涌,应接不暇,大抵有过这种经验的作家,便认这种现象为灵感了。我自己是有过这样的经验的,因而我并不想一味骂斥灵感。我无宁认为诗人的努力倒应该是怎样来诱发伟大的灵感吧。
>
> 忠于一种正确的思想即真理,以这为生活的指标,而养成自己的极端犀利的正

---

① 〔德〕施莱格尔,转引自〔英〕H.奥斯本:《论灵感》,《外国文艺思潮》(第一集),中国社会科学院情报研究所编译,西安:陕西人民出版社,1982年,第89—90页。
② 李泽厚:《漫说"西体中用"》,《说西体中用》,上海:上海译文出版社,2012年,第15页。

义感,因而能够极端真挚地憎与爱,这便是诱发灵感的源泉。你的生活范围越大,你的灵感的强度也就越大,你如能以人民大众的生活为生活,人民大众的感情为感情,那你的灵感便是代表人民大众的。更进一步的努力便是要用人民大众的语言来,巧妙地记录这种灵感。①

郭沫若认可了"灵感"思维之于文学创作的必要性。无论是表现为"诗兴",抑或是表现为"使人作寒作冷、牙关发战,观念的流如狂涛怒涌,应接不暇"的激烈体征,在郭沫若看来,"灵感"都是诗人大脑活动踊跃的一种表现,亦是创作过程中的一种体验。然而,在中国文化传统中,对于"鬼神之说"等神秘观念的讨论虽一直不绝于耳,却从未真正进入中国文化的主流话语体系,因此,郭沫若一扫"灵感"一词在原语境中的宗教性、神秘性内涵,认为真正触发灵感出现的,并非缪斯神的亲吻,或"灵"的时空穿越,而是生活经验的累积,并在生活中为谨守真理和正义而生的真挚情感。朱光潜亦就此问题谈道:

> 古时学者大半都把它(灵感,笔者注)看作神的启示。在灵感之中仿佛有神凭附作者的躯体,暗中在酝酿他的情思,驱遣他的手腕。作者对于得自灵感的作品只是坐享其成。这种信仰是很普遍的。……但是在科学界中这种神秘的解释已经不能成立了。依近代心理学家说,灵感大半是由于在潜意识中所酝酿成的东西猛然涌现于意识。我们最好择几种类似灵感的潜意识现象来研究一番,然后拿它们来比较灵感,就可以见出灵感究竟是什么一回事了。②

朱光潜从科学的角度分析灵感,认为灵感源于潜意识中的生活经验累积,也就是说,灵感是生活经验的渐进性积累到了一定程度之后的瞬间涌现,而并非诗人对于神灵启示的坐享其成。那么,"灵感"思维在中国文化语境中就失去了原有的超验内涵,转而成为一种以现世经验为基础的创作思维形式。也就是说,中国现代诗学延续了实用理性的中国文化精神,并从现世生活立场出发解读"灵感"思维,认为给予作家暗示的不再是超自然的神灵,而是生活经验,而创造性、主体性的大脑思维则是真正能促使生

---

① 郭沫若:《诗歌底创作》,《郭沫若谈创作》,彭放编,哈尔滨:黑龙江人民出版社,1982年,第51—52页。
② 朱光潜:《文艺心理学》,合肥:安徽教育出版社,2006年,第184页。

活转变为艺术的关键因素,颠覆了西方诗学对于"灵感"的定义。

综上所述,中国现代自由主义诗学对于文艺思维有着一套系统的话语,其中,为了突显文学创作之主体性与创造性,灵感、直觉成为自由主义诗学家一再关注且探讨的思维现象,西方诗学、心理学等领域关于"灵感""直觉"的话语资源无疑给予了中国现代诗学诸多启示,但其中的宗教神秘主义色彩却往往容易使其沾上"唯心主义"之嫌。与之不同,中国现代自由主义诗学所谈到的主体性思维,则是一种辩证的思维模式,它是一种心理现象却又不疏离于社会现实,是作家长时间积累的生活经验在刹那间迸发的结果,往往出现于主体与客体交流的瞬间。因此,中国现代自由主义诗学虽是在西方诗学的直接影响下形成的,但是,通过中国知识分子结合本土文化语境而对异域话语资源进行改造的行为,我们可以看出,中国现代自由主义诗学家建构其主体性思维的话语体系的过程,事实上正是其根据本土文化经验提出自己的文学思维论,进而实现理论自省与自觉的过程。

二、"主客应和"论

在中国现代自由主义诗学话语系统中,"心"占据着非常重要的地位。由于艺术是诗人用心感受客观世界并真实表达心绪之产物,因此,主客体的交流方式、过程及效果,决定了艺术作品的成功与否。总体来说,中国现代自由主义诗学对于主客交流模式的认识在横向上基本借用了西方象征主义诗学资源,且集中表现为"契合"说。"契合"(Correspondence),亦被译作"交响"(穆木天译)、"交错"(王独清译)、"应和"(卞之琳译)、"通感"(朱光潜译)、"契合"(梁宗岱译),这一概念最早由法国象征主义诗人波德莱尔提出,在其名为《契合》的诗中,他描绘了这样一幅图景:

  自然是座大神殿,在那里
  活柱有时发出模糊的话;
  行人经过象征的森林下,
  接受着它们亲密的注视。

  有如远方的漫长的回声,
  混成幽暗和深沉的一片,
  渺茫如黑夜,浩荡如白天,

颜色,芳香与声音相呼应。

有些芳香如新鲜的孩肌,
婉转如清笛,青绿如草地,
——更有些呢,朽腐,浓郁,雄壮。

具有无限的旷邈与开敞,
象琥珀,麝香,安息香,馨香,
*歌唱心灵与官能底热狂。*①

就这首诗而言,对于"契合"的解读可以从以下三个层面来谈。首先,在修辞层面,可以将"契合"理解为人的官能的狂热状态,在这一状态中,"颜色,芳香与声音相呼应",各种感官相交融,或是"有如远方的漫长的回声/混成幽暗和深沉的一片,/渺茫如黑夜,浩荡如白天",抑或是"芳香如新鲜的孩肌,婉转如清笛,青绿如草地",这种官能交感的状态,等同于中国文论中早有人涉足的"通感"范畴。其次,在审美层面来看,整首诗观照的是人与自然、主客体之间的应和关系,波德莱尔曾说:"自从上帝说世界是一个复杂而不可分割的整体那天起,事物就一直通过一种相互间的类似彼此表达着"②,"我总是喜欢在外部的可见的自然中寻找例子和比喻来说明精神上的享受和印象"③,在波德莱尔想象的世界中,人的内在世界通过寻找客观对应物的方式而与外在物质世界融为一体。最后,从哲学层面来说,波德莱尔所谓之"契合",意指个体的生命意志通过官能对于客观世界的感受而与神秘的自然融为一体,从而超越经验而接受宇宙本原的召唤,个体生命也由此与广阔无边的宇宙意志融为一体。

随着欧洲近代哲学、心理学对人的生命意志和潜在意识的发掘,人的生命时空随之扩展起来,相较于浪漫主义时期文学艺术仅被视作一种吟咏主体感情的工具而言,现代主义则期待将触角透过表层的情感而深入人的内在心理结构,并随着生命时空的扩张

---

① 《梁宗岱译诗集》,长沙:湖南人民出版社,1983年,第29页。
② 〔法〕波德莱尔:《理查·瓦格纳和〈汤豪舍〉在巴黎》,《1846年的沙龙:波德莱尔美学论文选》,郭宏安译,北京:人民文学出版社,2002年,第486页。
③ 〔法〕波德莱尔:《玛斯丽娜·代博尔德-瓦尔莫》,《1846年的沙龙:波德莱尔美学论文选》,郭宏安译,北京:人民文学出版社,2002年,第103页。

而表现出探索宇宙本体的强烈欲望。也就是说,由于"世界是一个复杂而不可分割的整体",且人与自然之间"通过一种相互间的类似彼此表达着",人的生命意志与宇宙的本原意志就是一体的,因此,诗人须得认识并尊重心物之间的契合关系,并且跟随自己的内心进行创作,从而引导人类向宇宙本源之处寻去。这种理想的"契合"关系,既为文学创作提供了艺术源泉,亦是西方现代主义诗学和中国现代自由主义诗学对于文学思维的共通认识。

中国早期象征派代表穆木天曾指出:"故园的荒丘我们要表现它,因为他是美的,因为他与我们作了交响(correspondence),故才是美的。因为故园的荒丘的振律,振动的在我们的神经上,启示我们的新世界;但灵魂不与他交响的人们感不出他的美来。"[1]在穆木天看来,"故园的荒丘"之所以能成为文学作品表现的对象,正是因为"他与我们作了交响"而成为"美"的象征,也就是说,客观事物只有在与人之内心达成契合之时,才能引发主体的情感。此刻,"世界和我们中间的帷幕永远揭开了……我们恢复了宇宙底普遍完整的景象,或者可以说,回到宇宙底亲切的跟前或怀里,并且不仅是醉与梦中闪电似的邂逅,而是随时随地意识地体验到的现实了"[2]。在"契合"的状态中,个体生命与宇宙精神都实现了彻底的自由和完整,因为当心与物产生交响之时,"我们放弃了理性与意志底权威,把我们完全委托给事物的本性,让我们底想象灌入物体,让宇宙大气透过我们的心灵,因而构成一个深切的同情交流,物我之间同跳一个脉搏,同击着一个节奏"[3]。在这种理想的物我交融的境界之中,诗人只需跟随自己的心灵观照事物,放任想象自由深入到事物乃至宇宙的本性之中,而无须受到任何外在的、非艺术的意识形态、道德律令、风俗习惯的压制,艺术在此境之中亦实现了彻底的自在、自足。

可以说,中国现代自由主义诗学在关注与论述"我与物之契合关系"时的话语形态与法国象征主义诗学话语之间有着相当高的相似度。从发生学角度来看,中国现代自由主义诗学的确是参照、借鉴西方象征主义诗学的"契合"理论来建构自身的文艺思维,然而,在此须得一提的是,法国象征主义诗学之"契合"理论事实上亦是借鉴中国文化之"心物融合"的传统诗学的产物。西方文化一直有着"天人对立"的传统,自古希腊起,人与自然的关系就是矛盾的、对抗的。赫拉克利特的"战争是万物之父,也是万王

---

[1] 穆木天:《谭诗》,《创造月刊》1926年3月第1卷第1期。
[2] 梁宗岱:《象征主义》,《诗与真·诗与真二集》,北京:外国文学出版社,1984年,第81页。
[3] 同上。

之王"①和普罗塔哥拉的"人是万物的尺度,是存在的事物存在的尺度,也是不存在的事物不存在的尺度"②,燃起了西方人征服自然的欲望,此种趋势在其后的历史进程中更是愈演愈烈,直至工业革命之后,新兴资产阶级为积累原始资本而向自然发起进攻,人与自然之间的关系愈发紧张,同时,人类亦愈发地耽于物质享受而忽视精神建设。19世纪末20世纪初,深陷文明危机而不能自拔的西方人在穷途末路中终将目光投向以"天人合一"、"心物交融"为信仰的东方文化,寄希望于从东方文化借鉴心物之相处模式。黑格尔就曾指出:"象征主义是艺术的开始","主要源于东方"③。

　　黑格尔所言不虚,对于主客体之间应建立起一种怎样的审美关系,中国传统文化一直有着极为理想化的想象,在这种理想化的审美关系之中,主体与客体相互作用、相互契合,正如《乐记》所云:"乐者,音之所由生也,其本在人心之感于物也。"④客观之物拨动了主体之心弦,艺术之源泉由此而生。中国古典美学一直就有"美在心物交融"的传统,《庄子》提出"心与物游",即用齐物的观点,放任心性的自由去体会万物的静穆,目的是将天地万物看做"天地与我并生,万物与我为一"⑤的"等一"。庄子的"心游论"给后世"心物交融"之说铺设了最初的底色。后继者不论是以"体物"为本,"遵四时以叹逝,瞻万物而思纷;悲落叶于劲秋,喜柔条于芳春"⑥,将个人内心情感寄予外界事物之变更的陆机;或是感叹"盖阳气萌而玄驹步,阴律凝而丹鸟羞"⑦,从天地气候变化引发生物的活动谈及无情之物与有情之物的互动关系的刘勰,又或是依山赋乐、临水摹文,将自然山水的曲折蕴含于诗人诗心巧妙的苏轼,乃至融通世间有我之境和无我之境于神理之妙和无垠之态的王国维,都以一种纯粹"天人合一"的诗思将艺术思维推向一个更为静穆和自然的境地。他们都认为,客观世界是文艺创作之源泉,只有当主体实现"心游万仞"之境且主客体之间实现了理想的"契合"状态之时,创作主体的丰富的想象力、舒旷的心境、充沛的情感以及可遇而不可求的灵感才会源源不断地出现于其大脑活动之中,诗人更是能借此以其个体的生命意志感知宇宙的本原。对于文艺创作而言,这

---

　　① 转引自《古希腊罗马哲学》,北京大学哲学系外国哲学史教研室编,北京:生活·读书·新知三联书店,1982年,第23页。
　　② 转引自《哲学实用手册》,姚安译主编,厦门:鹭江出版社,1988年,第149页。
　　③ 〔德〕黑格尔:《美学》(第2卷),朱光潜译,北京:商务印书馆,1982年,第9页。
　　④ 王文锦:《礼记译解》,北京:中华书局,2011年,第525页。
　　⑤ 陈鼓应:《庄子今注今译》,北京:中华书局,1983年,第80页。
　　⑥ (晋)陆机:《文赋》,《中国历代文论选》,郭绍虞主编,上海:上海古籍出版社,2001年,第66页。
　　⑦ (梁)刘勰著,范文澜注:《文心雕龙注》,北京:人民文学出版社,1958年,第693页。

是一种十分宝贵的思维状态。

中国文论的"心物交融"传统,为中国现代自由主义诗学建构主客体交融的审美关系,并接受西方浪漫主义诗学"亲近自然"的观念和象征主义诗学"契合"说等相关的诗学资源奠定了一种心理基础。然而,须得指出的是,象征主义诗学的主客体"契合"说与中国传统诗学之"心物交融"又明显有着不同。前文提及,西方文化中一直有着超验性传统,这一超验性属性在"契合"论诗学中又一次表现了出来,对于人与自然之关系,他们不仅限于表现东方式的"心物交融",而于其中又加入了他们对于宇宙本原的超验性的思考,象征主义诗学先驱爱伦·坡(Edgar Allan Poe,1809—1849)指出,尘世一切都是上天的应和,诗人审美追求的最终目标就是彼岸世界的"神圣美";兰波(Jean Nicolas Arthur Rimbaud,1854—1891)则认为,诗人应在探索"未知"领域的路上担任"通灵者";马拉美(Stéphane Mallarmé,1842—1898)则进一步发展了波德莱尔"契合"论中的超验色彩,强调诗人的唯一使命是阐释梦幻,向天堂超升。可见,在早期象征主义诗学中,理性是被众位诗人、艺术家所排斥的,而超验性则成为这一时期象征主义诗学的主流审美风格。在该时期的象征主义诗学影响之下,中国早期的象征主义诗学亦显示出了一丝超验性和神秘性的特征。穆木天就认为,诗人须"深汲到最纤纤的潜在意识,听最深邃的最远的不死的而永远死的音乐","诗的内生命的反射,一般人找不着不可知的远的世界,深的大的最高生命"①。如其所言,诗的内容可谓是"一般人找不着不可知的",因而是神秘的、超验的。然而,在西方语境之中,象征主义诗学经由后期象征主义领军人物瓦雷里的发展,已显示出由非理性向理性发展的倾向。虽然瓦雷里仍然认为诗歌"倾向于便我们感觉到一个世界的幻象","诗的世界就与梦境很相似"②,但他同时也指出:"任何真正的诗人都善于正确的逻辑推理和抽象思维"③,理性沉思比灵感更为重要,诗人若要使诗歌创作真正完善起来,必然要以其自觉理性的意识活动冲淡诗歌创作思维的神秘性,从而为"纯诗"建立起更为合理合法的存在基础。

在瓦雷里的影响之下,中国现代自由主义诗学在20世纪30年代开始呈现出了一种融合趋势,梁宗岱的象征主义诗学理论体系即为典型。一方面,梁宗岱依据波德莱尔的"契合"理论发展了一套关于心物关系的话语体系,他认为,象征是实现"物我两忘"

---

① 穆木天:《谭诗》,《创造月刊》1926年3月第1卷第1期。
② 〔法〕瓦雷里:《纯诗》,《现代西方文论选》,上海:上海译文出版社,1983年,第27页。
③ 〔法〕瓦雷里:《诗,语言和思想》,《现代主义文学研究》(下册),袁可嘉编选,北京:中国社会科学出版社,1989年,第852页。

的根本途径,象征往往能"藉有形寓无形,藉有限寓无限,藉刹那抓永恒,使我们只在梦中或出神底瞬间瞥见的遥遥的宇宙变成近在咫尺的现实世界",所以,象征"所赋形的,蕴藏的,不是兴味索然的抽象观念,而是丰富、复杂、深邃、真实的灵境"①。不难看出,受西方象征主义诗学影响,梁宗岱仍难免从超验性视角出发观照心物关系,以期在"梦中或出神底瞬间"这种超验的状态中以有限的个体意志把握无限的宇宙本原。由此,梁宗岱提出了象征的两大特征,即"融洽或无间"和"含蓄或无限"。另一方面,须得指出的是,对于西方象征主义诗学资源,梁宗岱并不是简单、生硬甚至断裂地接受与摹仿,相反,他是以一种综合性和跨越性的视野来观照中西诗学理论,并"在中国现代诗学史上第一次使诗的本体面目在整体性的揭示中得以较为充分的敞开"②,以期在中西诗学双向沟通的状态中对西方诗学理论作出本土化阐释,对于"象征"概念的阐释即是如此。首先,他从超时空的视野出发,认为象征主义"在无论任何国度,任何时代底文艺活动和表现力,都是一个不可缺乏的普遍和重要的原素"。随之,他则将象征主义纳入本土语境,以中国古典文论来对之进行阐释,他否定了朱光潜以修辞手法"比"等同于"象征"的观点,认为"比只是修辞学底局部事体而已",而象征"却应用于作品底整体"。继之,他提出,象征与《诗经》中的"兴"颇为相似,在此,"兴"不仅是一种修辞手法,而更是一种诗歌的存在方式,正如他对《文心雕龙》中"兴者,起也;起情者依微以拟义"一句的阐释:"所谓'微',便是两物之间微妙的关系。表面看来,两者似乎不相联属,实则一而二,二而一。象征底微妙,'依微拟义'这几个字颇能道出。当一件外物,譬如,一片自然风景映进我们眼帘的时候,我们猛然感到它和我们当时或喜,或忧,或哀伤,或恬适的心情相仿佛,相逼肖,相会合。我们不摹拟我们底心情而把那片自然风景作传达心情的符号,或者,较准确一点,把我们底心情印上那片风景去,这就是象征。"③以"兴"来阐释象征,并以"一而二、二而一"形容之,意味着在梁宗岱看来,象征和"兴"一样,表现的是物我之间的关系状态,且是"景即是情,情即是景",物我交融的存在状态。梁宗岱以一种综合性的视阈观照中西诗学,由此完成了中西诗学的平等对话,并在这种对话中丰富了双方诗学话语的内涵。一方面,梁宗岱以"兴"解释象征,赋予了起初作为《诗经》的表现手段之一的"兴"以"情景交融"、"物我为一"之意义,丰富了中国古代文论的现代性内涵;另一方面,他以中国文论概念阐释西方诗学概念,冲淡了西方诗学的超验性

---

① 梁宗岱:《象征主义》,《文学季刊》1934年4月1日第2期。
② 赵小琪:《梁宗岱的纯诗系统论》,《文艺研究》2004年第2期。
③ 梁宗岱:《象征主义》,《文学季刊》1934年4月1日第2期。

和神秘性,为本土语境接受异域诗学资源起到了推波助澜的作用,最终将为中国现代诗学的话语建构提供更多的优质资源。

因此,虽然梁宗岱是在波德莱尔等西方象征主义诗人的启发之下建构其象征主义诗学话语的,但由于他是立足于本土审美经验和现实需要而观望和输入西方象征主义诗学,并对西方象征主义诗学进行批判的接受,因此,他对于象征的理解必然是异于西方象征主义诗学的。在梁宗岱处,"契合"依然意味着个体生命与自然万物的和谐共融,然而,西方象征主义诗学信仰中驾驭一切的超验本体已然不复存在,人与万物皆有灵性,个体的生命意志亦有着绝对的力量,因此,人类应尊重自我,亦应尊重万物,以此来维持宇宙间万物的和谐共生状态。

由此可见,中国现代自由主义诗学在其发展过程中展现出愈发成熟的一面,由最初将之作为一种创作思维而不加反思地予以接受,经由戴望舒、梁宗岱等人的发展而逐渐体现出综合性和理性的趋势,而在原语境中沾染了神秘色彩的象征概念也逐渐在中国语境中褪去了超验性外衣,转而成为诗人对诗歌创作实践的经验总结。

通过对于主体性思维的强调,以及对于"主客体"关系的重新建立,中国现代自由主义诗学从文学思维方面再一次辅证了其对于"主体性"的文学本质的判断。也就是说,其对于文学思维模式的构建过程,实质上正是中国现代自由主义诗学阵营的文艺自证的过程。文艺自证和自觉,在某种程度上也是诗学体系走向成熟的一种表现,不仅如此,该诗学体系之成熟还表现在他对于诗学资源的配置和调和方面。一般认为,中国现代自由主义诗学关于文学思维的想象,是其在横向上充分汲取有效的西方主体性诗学资源的结果,但是,重新对之进行审视之后,我们认为,真正决定其如何汲取西方诗学资源并对之进行改造的,则是中国传统文化经验和文化语境的现实需要,中国现代自由主义诗学阵营在配置诗学资源以建构自身的文艺思维模式时,的确培养起了一种成熟的诗学形态应有的融合视域,在以建构平等对话为目的的心态下建立一种合理的诗学想象,并将之予以实践。

第二节　复合权力关系场域中生成的主体意向性思维

正因为中国现代自由主义诗学是一种关注内心,并以争取自我情感的自由表现为核心任务的诗学形态,因此,自由主义诗学家极为关注作家的创作思维,尤其是主体意向性的创作思维。这种思维模式区别于西方传统的"主客二分"思维模式,传承了中国传统思维的"圆融性";然而,事实上,它又是中国现代自由主义诗学家与西方现代主义诗学沟通对话的产物。由此可见,文学思维在中国现代自由主义诗学系统中是一个相当具有话语内涵的问题。并且,由于文学思维关系着文学作品的具体表现形态和文学功能,马克思主义诗学、保守主义诗学均积极地加入了这场讨论。在三方诗学体系的持续论争中,文学思维这一命题的内涵愈发的丰富了起来。

一、"灵感"、"直觉"论的主观性与"生活经验"论的客观性

一般认为,自由主义诗学是一种重个性、重情感、重主观想象的诗学话语形态,与重实践、重经验、重客观现实的马克思主义诗学有着本质上的区别。关于文学思维,双方展开了持续且深入的话语论争。

自20世纪20年代初,文学研究会与前期创造社成员就关于该问题进行过深入的讨论。起初,双方知识分子均是作为新文化阵营的同人而共同为破"旧"立"新"奋斗,然而,当文学革命进程日渐深入,双方在文学本质、文学思维、批评方法等问题上产生了明显的分歧,这就导致了双方在之后数年中的一系列论争。在西方,柏拉图最早提出"理式"的设想,并深信文学艺术无法真实再现理式世界,这也就开启了后世不以真实再现客观世界为任务的主观主义诗学传统;19世纪,康德将艺术与"天才"挂钩,宣称"艺术即天才之作品"[1];近代以来,西方的诗学世界更是沉迷于对"天才"的向往之中,浪漫主义、唯美主义、象征主义、表现主义等等,无一不是以"天才"为艺术之核心,将艺术区别于科学、历史。可以说,西方主观主义思潮认为,诗人的思维是一种"非逻辑"的思维,诗人的创作不是凭借生活的经验或知识的累积,而完全得力于天赋的灵感和诗人的艺术想象。受其影响,中国现代自由主义诗学也惯以"天才"、"想象"立论。恰如郭沫若将艺术喻作"春日之花草",认为其是"艺术家内心之智慧的表现"和"天才的自然流露"[2]。这种主观主义的诗学观念对于诗人的想象力提出了极高的要求,因为,只有想象才能赋予艺术创作以灵动之美,也只有想象能将自然美升华为艺术美,从而使得诗人与宇宙实现理想化合一。在郭沫若看来,直觉、情调和想象等三个主观性的因素是决定诗之所以成为诗的关键因素。也正是大胆的艺术想象赋予了郭沫若对神话故事和历

---

[1] 郭沫若:《生活的艺术化》,《郭沫若作品新编》,蔡震编,北京:人民文学出版社,2010年,第361页。
[2] 郭沫若:《文艺之社会的使命》,《民国日报·文学》1925年5月18日。

史事实进行艺术加工的能力,所以,我们才看到了《凤凰涅槃》、《天狗》中反叛、抗争,又极富创造力的"自我"形象,这就是"天才"。他所谓的"天才",是诗人特有的个人气质和天赋的才情,是诗人由于向往理想而生成的一种浪漫主义的情绪,也是推动郭沫若创作出伟大的《女神》诗集的原因。在《艺文私见》一文中,其创造社同人郁达夫更是抛出了"真的天才是照夜的明珠,假批评家假文学家是伏在明珠上面的木斗"[1]的言论,以"天才"自称,明确表示其拒绝受所谓的"死板的主义"的约束,在展现创造社同人的高蹈姿态的同时,将矛头直指文学研究会的茅盾、郑振铎等人。由此,文学研究会与创造社之间的拉锯战开始了。茅盾对于郭沫若、郁达夫的不满,首先就从"天才"说开始。

在《小说月报》的一则通信中,茅盾说:"历来成功的文学家并非人人都是大天才(提倡天才过甚,往往有束缚个人尝试心的不意的结果,故我不赞成动辄曰'这是要天才方能'的那种论调。)"[2]显然,这就是针对创造社所引以为傲的"天才论"而给出的批评,双方在文学家的身份认定方面产生了巨大的分歧。作为西方主观主义思维的信徒,前期创造社成员认可"天才"的存在,认为诗人须具有天赋的艺术才能,而诗人的创作亦是其在神的启示之下主观情感的非理性倾泻,正如克罗齐(Benedetto Croce, 1866—1952)所指出的,人的禀赋和才质有所不同,并非人人皆可为诗人或其他什么出色的人物,诗人的"想象力"、"创造"能力应强于"观察力"和"反省"能力,而后者正是对逻辑能力要求极高的历史学家和科学家所需要的。可以说,自由主义诗学认为艺术创作是"不可为外人道"也"无须为外人道"的,他们只将文学视作个人与宇宙的情感交流,而并不刻意强求考虑作品的接受效果。这与文学研究会乃至其后逐渐成形的马克思主义诗学构成了一种二元对立。考虑到文学作品的传播和接受效果,以及文学对于社会、民族的影响,受到马克思主义"唯物史论"启示的文学研究会成员主张"为人生而艺术",并认为,作品须表现广泛而深刻的现实生活、社会矛盾、阶级斗争等攸关民族命运的重要事件,若作品均如郁达夫之《茫茫夜》一般,记录的内容"只是一段人生而已,只是一个人所经过的一段生活,及其当时的零碎感想而已",必然是"没有怎样深湛的意义"的。[3] 所谓"深湛的意义",指的正是文学作品对于社会的启示作用。

对于茅盾的批评,郭沫若以反对社会意识形态干涉艺术独立性的观点进行了回击。

---

[1] 郁达夫:《艺文私见》,《创造季刊》1922年3月15日第1卷第1期。
[2] 茅盾:《致史子芬》,《小说月报》1922年5月10日第13卷第5号。
[3] 茅盾:《〈创造〉给我的印象》,《创造社资料》(下卷),饶鸿竞编,福州:福建人民出版社,1985年,第925页。

他指出,作家"上之想借文艺为宣传的利器,下之想借文艺为糊口的饭碗",都是功利主义的表现,以功利主义的观点来约束文学创作,自然是"文艺的堕落"①。为了保持文艺应有的纯粹性,他将自己的文艺观表述为:"文艺本是苦闷的象征","对于艺术上的见解,终觉不当是反射的,应当是创造的。……真正的艺术品当然是由于纯粹的主观产出"。②对于郭沫若所反感的"功利主义",茅盾在晚年曾这样解释:"文艺上的功利主义是创造社诸公的用语,翻译为我们现在通行的用语,就是:'文艺作品应当是社会生活的反映,创作是要为人生为社会服务的。'而反对文艺上的功利主义翻译为我们通用的话,就是:'文艺作品应当是作家主观思想意识的表现,创作是无目的无功利的。'"③归根结底,双方对于文学本质的认识,决定了其文艺思维的形态。文学研究会认为"文艺作品应当是社会生活的反映",因而,他们反对主观想象,认为文学创作应尊重现实,紧贴现实,反映现实,以作家的观察力为前提;然而,前期创造社则认为"文艺作品应当是作家主观思想意识的表现",因此,他们反对将文学简单地沦为记录现实的工具,认为文学创作是个人的、主观的,以作家的想象力为依托。

其后,随着社会形势的日益复杂化,以郭沫若为代表的创造社成员在意识到主情主义的文艺本质论于社会现实之不适应性后,在对文艺本质、文艺思维等问题的认识上发生了重大转变,对于"文学工具论"的共同声援使得创造社与文学研究会之间关于文艺思维的论争终于划上了句点。然而,自由主义诗学与马克思主义诗学阵营关于文艺思维的论争非但没有随着创造社与文学研究会的论争的结束而停止,且在其后的20世纪30年代至40年代中展现出了愈演愈烈的态势。

1927年大革命失败后,帝国主义势力和国民党政府反动势力日趋壮大,反动的民族主义文学在国民政府的政权保障之下,霸占了文坛的话语主权。在这种岌岌可危的社会情势之下,无产阶级开始有意识地酝酿和领导革命运动,声势浩大的左翼文学阵营亦在此时决然地宣称自己是无产阶级革命斗争的一翼,并提出了"革命文学"的设想,从而积极地建立文学与社会革命之间的联系。正如鲁迅所说:"最初,文学革命者的要求是人性的解放,大约十年以后,阶级意识觉醒了起来,前进的作家,就都成了革命文学者。"④在马克

---

① 郭沫若:《文艺之社会的使命》,《民国日报·文学》1925年5月18日。
② 郭沫若:《论国内的评坛及我对于创作上的态度》,《时事新报·学灯》1922年8月4日。
③ 茅盾:《复杂而紧张的生活、学习与斗争(下)——回忆录(五)》,《新文学史料》(第5辑),北京:人民文学出版社,1979年,第10页。
④ 鲁迅:《〈草鞋脚〉(英译中国短篇小说集)小引》,《鲁迅作品集》(第6册),郑州:郑州大学出版社,2004年,第1703页。

思主义哲学的指导下,这些革命文学者自觉地站在无产阶级的立场上,以辩证唯物主义和历史唯物主义的思想指导创作,该时期左翼文学的文艺思维集中表现为"现实主义"和"革命浪漫蒂克"。"现实主义",即作家从社会现实中寻找创作的材料,继而真实、历史、具体地描写现实生活;"革命浪漫蒂克"则是作家按照"革命+恋爱"的方式塑造革命英雄、构建革命故事,从而以一种浪漫的形式图解意识形态。也就是说,此阶段的革命文学依然是以客观的现实经验为文学创作的原材料,而在他们看来,该历史阶段最重要的现实经验就是革命斗争,所以,作家就理所应当地要以革命斗争为主题而展开创作实践。当然,狭隘的主题定位会带来文学创作公式化、概念化的危险倾向。抗日战争爆发后,民族战争的危急形势和无产阶级力量的日趋壮大,使得革命文学之势头愈发不可遏制,尤其是在 1942 年 5 月毛泽东在延安文艺座谈会上的一番讲话就指出:"在我们为中国人民解放的斗争中,有各种的战线,就中也可以说有文武两个战线,这就是文化战线和军事战线。"其中,"文化战线"指的就是作家为配合现实斗争而建立起来的,与"军事战线"并立的一条重要战线,与军队拿起武器奋勇抗敌相同,作家也须以笔杆为枪杆,以文学作品为武器,在唤起民众共存亡的意识的同时,在文学场域内与其他形态的文学力量做斗争。显然,以《延安文艺座谈会上的讲话》为代表的无产阶级革命文学将文学视作工具和武器,它是"整个革命机器的一个组成部分",亦是"团结人民、教育人民、打击敌人、消灭敌人的有力的武器"。作为一个符号,文学作品承载了一定的社会意识形态。而且,为了使文学更好地实践其"工具"的功能,无产阶级文学坚定地认为,作家须与根据地的人民群众完全结合,深入群众。[①] 可以说,这篇讲话是中国左翼诗学主体对于马克思主义哲学"存在决定意识"的本土化诠释,因为,对于现代中国而言,民族斗争和阶级斗争就是客观事实,客观事实的存在影响了人的思想感情,更决定了文学艺术应表现的内容。从现实中取材,又回归到现实中去,这是无产阶级革命文学的文艺思维模式。

  事实上,革命文学阵营将革命意识、阶级意识注入文学,甚至将文学视作革命意识、阶级意识的传声筒的行为,导致了政治意识形态对文学领域的入侵和吞噬。这无疑是坚持审美自律的自由主义诗学阵营所不能容忍的,因此,虽然自 20 世纪 30 年代以来,马克思主义诗学愈来愈向诗学场域的核心位置靠拢,但自由主义诗学仍坚持不懈地一再对革命文学提出质疑。总的来说,30 年代两大诗学阵营的论争集中在文学应以普遍

[①] 毛泽东:《在延安文艺座谈会上的讲话》,北京:人民文学出版社,1975 年,第 1—2 页。

意义上的人性为本,抑或是以其对于社会的功用为本。换言之,正是创作自由论与阶级工具论的话语斗争。

　　大革命之后,国内政治形势的大变动带动着文学格局的变动,新文化运动初期自由主义诗学阵营的主力战将创造社摇身一变,加入了革命文学的阵营,而新月派却依然坚持己见。1927年,徐志摩、胡适、梁实秋等人再次集结,以新月书店与《新月》月刊为阵地,发起了对于左翼文学阵营的革命文学潮流的攻击。事实上,梁实秋、徐志摩等人之所以会与革命文学阵营在"文学是否应该反映革命现实"这一问题上产生如此大的分歧,是因为双方的政治立场不同,由此导致了双方对于西方文艺资源的择取标准不同。相对于左翼文学受到了国际普罗文学的影响而呈现出以"阶级意志"代替"个体意志"、以"革命斗争"代替"个人情感"的激进面貌,资产阶级知识分子们理想的文学仍是以"人性"这一普遍概念来为己方的诗学体系立论,从而在根本上维护人之主观想象在艺术创作活动中的自由自主。作为一名典型的资产阶级自由主义知识分子,梁实秋站在资产阶级立场而提出了"人性论"和"天才论",从而表现对于以"阶级意志"和"意识形态"干预文学创作的左翼文学的不满。他指出了"革命的文学"这一概念的不合理:"在革命的时代不见得人人都有革命的境遇(精神方面感情方面的生活也是经验),我们决不能强制没有革命经验的人写'革命文学',文学的创作经不得丝毫的勉强。"[①]从而否定了革命文学的立论之本,即"文学反映现实经验"的历史唯物主义观念。接着,他还从功利主义的角度解读左翼文学,认为"革命的文学"这一说法"完全是站在实际革命者的立场从功利出发的",而"伟大的文学者,必先不为群众的胃口所囿,趋出时代的喧豗,然后才能产生冷静的审慎的严重的作品",并以"最厌恶群众最鄙视社会的"歌德的诗学观念为例来言明文学创作不应受制于群众、社会等外在条件。[②] 由此,他认为,"革命文学"这一概念的提出并未对文学的根本属性得出普遍而有效的解释,文学有其普遍而固定的衡量标准和表现对象,即"人性",因为"伟大的文学乃是基于固定的普遍的人性,从人心深处流出来的情思才是好的文学,文学难得的是忠实,——忠于人性"[③]。"人性论"的提出,直接否定了左翼文学赋了文学创作以阶级性、革命性的属性,坚守了文学的独立价值。此外,梁实秋延续了资产阶级文艺的贵族化路线,再次提出"天才论",从而将无产阶级、普罗大众拒斥于文学殿堂的大门外。正因如此,梁实秋接连受

---

① 梁实秋:《文学与革命》,《新月》1928年6月10日第1卷第4期。
② 梁实秋:《文学的纪律》,《新月》1928年3月创刊号。
③ 梁实秋:《文学与革命》,《新月》1928年6月10日第1卷第4期。

到冯乃超、鲁迅、郁达夫等普罗文学者的攻击。然而,"天才论"的提出,在切断了文学与阶级之联系,并否定了普罗大众亦可创作文学这一观点的同时,又一次论证了主观想象性思维在文学创作中的重要作用,因为,只有少数具有天赋的想象力和创造力的人,才能创作出真正伟大的艺术作品。而左翼诗学家依然坚持从社会历史的角度指出梁实秋"天才论"的错误之处。一方面,他们认为,身为资产阶级的梁实秋并未能以历史的眼光观照社会制度变革,分析社会制度变革中生产力、生产关系的矛盾关系;另一方面,亦认为其忽略了文学创作与社会历史之间的必然联系,其引以为傲的"天才论"和"人性论"草率地切断了个人与社会之间的联系,他们坚信,"文化是一定社会的'物质的产物'"[①],个人不可能孤立于社会集体而成为"天才",所谓的"天才"亦不可能隔绝于社会现实而空谈文学。

或许正如冯乃超、鲁迅所指责的,梁实秋之所以会以这样一种超阶级、超地域、超种族的"人性"概念来质疑革命文学的阶级属性,正是源于他的资产阶级身份,站在资产阶级的立场上,梁实秋不能像革命文学阵营的知识分子一般因深感国家、民族现实情势之危急而调整文学的发展方向,从而在一定程度上割裂了文学与现实经验之间的联系,呈现出了一种脱离社会经验的主观主义倾向。然而,对于革命文学者而言,"是描写香汗好呢,还是描写臭汗好?"[②]的问题则是亟待解决的重要问题,只有在该问题上摆正了态度,才能真正创作出于中国社会进程有益的文学作品。可以说,双方就该问题产生的巨大分歧,就源于各自所处的资产阶级立场与无产阶级立场的对立。无产阶级关注社会现实生活,关注民族发展进程,关注普通劳动者的疾苦,且能以社会现实生活经验为文学创作的表现对象,从而创作出关乎无产阶级切身利益的文学作品;而资产阶级则往往因为远离底层百姓生活现实而忽略了阶级差异,却只关注个体的主观情绪和艺术想象力,从而提出以主观想象力建造出一种无关革命、无关阶级的脱离现实经验的文学形态。也正是这种身份的差异和对立,导致了革命文学阵营一再将梁实秋、徐志摩等人刻意丑化为"资产阶级的走狗",文学论争在某种程度上甚至发展成为阶级之间的斗争。显然,如果只是单方面地从功利主义的角度出发,认为革命文学形态的出现会使得文学沦为革命宣传的工具,从而彻底地否定革命文学于中国文学的现实意义,这显然是有失妥当的。而中国现代语境中的自由主义诗学的初衷,就是要恢复文学的审美独

---

① 冯乃超:《冷静的头脑——评驳梁实秋的〈文学与革命〉》,《创造月刊》1928 年 8 月 10 日第 2 卷第 1 期。
② 鲁迅:《文学与出汗》,《语丝》周刊 1928 年 1 月 14 日第 4 卷第 5 期。

立价值,因此,当中国的新文学刚在五四浪潮中挣脱数千年来捆绑于身的意识形态,却在左翼诗学形态中又一次沦为政治意志的奴隶时,以梁实秋为代表的自由主义诗学家自然会为清扫文学之上的种种障碍而又一次敲响战鼓。归根结底,梁实秋以及新月派同人所理想的"人性论",就是认为文学应该关乎人性,关乎内心,关乎人的主观思维,寄希望于以"人性"将文学从政治的漩涡中拯救出来,从而坚守文学的独立价值,并搭建起纯粹的文学与主体内心的交流空间。由此可见,虽然梁实秋的政治立场确实影响了他对于中国社会现实的判断,但是,他的"人性论"还是有着一定程度上的合理性。

在中国现代语境内,关于文学思维究竟应该呈现何种形态这一问题的论争一直在持续,而自由主义诗学阵营则因其独树一帜的论点而一直处在风口浪尖之上。最早由胡适起,经由浪漫主义的前期创造社、新月派以及现代主义的象征派、现代派诗人,再至孑然一身的京派……纵览自由主义诗学阵营关于文学思维的论述,"主观"、"想象"、"创造"、"灵感"、"直觉"、"天才"等一系列关键词构成了该诗学阵营的思维主脉。呈现出如此思维形态的自由主义诗学,显然与建立在"尊重经验"、"再现现实"、"客观描写"的基础之上的"为人生"文学、"革命文学"是不同的,前者无疑是由内出发,将文学创作内化为一种人与宇宙的心灵沟通,甚至切断文学与外在的社会现实之间的联系,以期力证文学独有的审美特质。当然,对于双方诗学观念的理解又不能仅仅止步于此。在一种显明的二元对立关系之下,两大诗学阵营对于文学思维的阐述又远比这复杂。

一般认为,写实主义思想的核心在于"理性",与之相对,浪漫主义、现代主义诗学的核心则在于"感性"。在现代中国,左翼文学阵营的前奏——文学研究会显然是在写实主义理论的指导下进行文学创作的,然而,随着社会形势的日趋复杂和民族危机的步步逼近,激进的左翼知识分子继续践行着文学服务社会、再现现实的观念,甚至更进一步,将文学视作宣传政治意志的工具。而这样一种诗学观念,以及时势的危急,则使得左翼诗学关于文学思维的论述逐渐呈现出一种"非理性",这主要表现在作家往往为了渲染革命氛围,任由革命情绪过度泛滥,从而促成了革命浪漫主义的盛兴。与此同时,一直以来被贴上"感性"标签的自由主义诗学则在新人文思想的影响之下,一再提出要以理性重塑文学的面貌。正如梁实秋所指出的,革命运动对于文学的影响,在于激发人们的革命热情和反抗精神,这本无错;然而,若无"一个冷静的头脑"控制革命情绪的肆意膨胀和情感的过度蔓延,只会影响文学创作的良性发展。也就是说,文学在打倒"外在的权威(outer authority)"的同时,须得建立其"内在的制裁(internal check)",以避免文学陷入混乱的状况。① 对此,梁实秋在白璧德新人文主义思想的启示下,提出了"以理性(Reason)驾驭情感,以理性节制想象"的建议,以理性构建起文学创作的节制、规矩、纪律,从而避免了因革命激情主义的无限制发展而使得普罗文学创作过分流于滥情主义和非理性主义之境。

由此可见,双方诗学形态关于"主观"、"感性"和"客观"、"理性"的二元对立关系为彼此的对话提供了机会,也正是在这一场场诗学论争与对话中,双方关于诗学思维的观点走向了复杂化的发展趋势,在这种日益复杂化的态势之中,自由主义诗学逐渐成熟起来,这种成熟,源于论战之后对双方诗学理论的深入反思,表现为将"理性"融入了其对于文学思维的阐释。如果说,20世纪20年代初期的自由主义诗学为了争取自由而孤注一掷地宣称打破一切"外在的权威"的话,那么,在梁实秋及其后出现的京派批评家身上,我们已经看到了自由主义诗学阵营为重建"内在的制裁"而付出的努力。显然,"理性"和"感情"在此已实现了较为圆满的融合,此般文学思维观,有效地遏制了自由主义文学和革命文学创作中的非理性主义和滥情主义倾向,对于中国新文学的发展,无疑是起到了积极的作用的。

二、"主客应和"论的交融性与"主客二分"论的割裂性

关于主客体之间的关系,成熟的中国现代自由主义诗学家普遍认为,文学创作是作家将其个体意志向宇宙诉说的过程,是个体与宇宙的心灵交流,而创作思维之妙就在于"主客交融"、"物我两忘"。象征派诗人以"故园的荒丘"等一系列颓败、却与人的心灵之间产生了"交响(Correspondence)"的意象为自然之美,我们发现,在此,"美"已不是主客分立的状态中"客体"给"我"带来的视觉上的简单享受,而是由"主客交融"而带来的心灵上的审美愉悦。

可以看出,自由主义诗学家在处理主客体之间的关系时,非常注重人的主观思维的想象力和创造力在艺术创作中的作用;然而,对于主客体之关系,成熟的自由主义诗学家往往能辩证地将艺术之美的生成归因于主客体之间的沟通与交流。当然,这种开阔的诗学视域并不是每一种关注主观思维的诗学形态都可以具有的。如果仅仅强调主观思维之用而忽视了客观现实,就会有陷入唯心主义的危险,事实上,在中国现代诗学场域中,就存在着两种主要的唯心主义诗学观念。

---

① 梁实秋:《文学的纪律》,《新月》1928年3月创刊号。

其一,是保守主义诗学。保守主义诗学历来以"文化"立论,并热衷于以保护、延续传统文化为途径来维护社会秩序的正常运作。可以说,中国现代保守主义诗学是一种文化保守主义。保守主义诗学家普遍认为,文化决定了人类社会的形态和性质,对于人类社会的发展有着至关重要的作用。因此,他们往往寄希望于以"文化"之力应对民族危机,具体来说,即主张以传统的儒家思想为基础,佐以西方先进文化,从而在融合视域中建构一种更为合理的文化形态,恰如《学衡》之办刊宗旨所言:"论究学术,阐求真理,昌明国粹,融化新知。以中正之眼光,行批评之职事。无偏无党,不激不随。"[1]其中,"昌明国粹"四字清楚地昭示了学衡派复兴传统文化之决心,而"融化新知"则表明了其融合中西文化、且以"无偏无党,不激不随"的态度审视中西文化之观念。事实上,受新人文主义思想影响的学衡派将如何建构一民族之文化形态视为其诗学体系的核心问题;而且,在审视中西文化时,与新文学阵营倾向于借鉴西方近世文化资源不同的是,他们认为西方文明之源头的两希文化和中国先秦时期的孔儒之学实乃中西方文化之精华,而中国现世新文学建构之关键,就在于会通、糅合中西文化。显然,保守主义诗学以"文化"为人类社会之根本因素的观念迥异于坚持"存在决定意识"的唯物史观,后者往往是从社会制约的角度来审视文化与社会场域的关系,并认为,在一定的社会发展阶段中,文化身为社会结构的一员,其表现形态和发展趋势受制于经济基础和政治制度。然而,唯心主义的文化史观则认为,"文化"是一个社会结构中的根本因素,决定了一个国家、民族的基本面貌,新儒家早期代表人物梁漱溟就在《东西文化及其哲学》一书中提出了著名的"三种文化路向说",该著将东西文化、哲学之发展模式归结为西方文化、中国文化和印度文化三种,其中,西方文化是一种与自然对立、个人本位的物质文化,而东方文化,尤其是中国文化,是一种与宇宙生命相契合的、伦理本位的文化。继而,梁漱溟通过区别三种文化形态之差异而将中国、印度、西方三个地区区别开来。在论述了文化对于人类社会进程之重要性的基础上,梁漱溟认为,当下之中华民族若要走出困境,就须得借鉴印度文化之路,同时也要遵循中国文化之传统惯式,从而建构出一种新的文化形态。梁漱溟一言极大地肯定了文化对于社会发展的关键作用,更是重燃了中华民族对于中国传统文化的信心。

值得提及的是,梁漱溟在此将文化解读为"意欲指向",也就是对于人生、生活的态度,而意欲的满足或不满足就决定了整个社会的精神文化形态。由此可见,梁漱溟将文

---

[1] 吴宓:《学衡杂志简章》,《学衡》1922年1月第1期。

化释为"意欲指向",且将意欲之满足或不满足视作社会形态变动之动力的观点,使得保守主义诗学的唯心主义色彩愈发清晰起来。与之相同,新儒家的另一代表人物张君劢曾在一篇演讲辞中提到:"人生观之特点所在,曰主观的,曰直觉的,曰综合的,曰自由意志的,曰单一性的。惟其有此五点,故科学无论如何发达,而人生观问题之解决,决非科学所能为力。"①按其所说,"主观的"、"直觉的"、"自由意志的"人生观是独立自主而不受科学所制约的。时至20世纪40年代,"战国策"派的出现继续从文化形态史观出发,针对中华民族当时所处的危难处境而提出了一种应对方法,即建构一种能够适应社会形势需要的新型文化,可见,其试图以创建文化形态来实现救亡图存之历史任务的观念,恰恰延续了此前的中国现代保守主义诗学诸流派共有的唯心主义的文化史观。

在这种唯心主义的文化史观的导向下,保守主义诗学家一再强调文化乃至一切主观精神因素于社会历史发展过程中的重要作用,具体来说,就是极力夸大本土传统文化,尤其是孔儒之学于中国社会发展之决定性作用,以期在延续中国文化传统的基础上实现文化乃至社会的发展。学衡派代表吴宓在《我之人生观》中说:"观念为一,千古长存而不变;外物实例,则为多到处转变而刻刻不同。前者为至理,后者为浮象。吾为信此原则,故信世间有绝对之善恶是非美丑,故虽尽闻古今东西各派之说,而仍能信道德礼教为至可宝之物。"②"战国策"派亦提出"倒走二千年,再建起战国时代的立场,一方面来重新策定我们内在外在的各种方针,一方面来重新估量我们二千多年来的祖传文化"③的观点。保守主义诗学家之所以提出这类观点,一方面是因为他们意识到一民族之文化传统自有其特殊品质,决不能随意以异质文化取代之。对此,东方文化派的杜亚泉就指出:"吾固有文明之特长,即在于统整,且经数千年之久未受若何之摧毁,正示世人以文明统整之可以成功。"④杜亚泉认为,中国传统文化之长处即在于统整,这种统整性使得中国文化得以延续数千年之久,那么,时至20世纪,中国社会局势虽然发生剧变,但是,中国文化之"统整性"却仍需作为一种文化自信和信仰来统摄中国新文学的建构,坚定"千古长存而不变"的信念,延续"二千多年来的祖传文化",并适当地融合西方文化来建设适合中国语境需要的本土新文化模式,才是现世中国社会之真正需要。另一方面,也正是由于保守主义诗学家坚守中国传统儒家文化之"道统",并否定新文

---

① 张君劢:《人生观》,《清华周刊》1923年3月9日第272期。
② 吴宓:《我之人生观》,《会通派如是说:吴宓集》,徐葆耕编选,上海:上海文艺出版社,1998年,第83页。
③ 林同济:《战国时代的重演》,《战国策》1940年4月第1期。
④ 伧父(杜亚泉):《迷乱之现代人心》,《东方杂志》1918年4月15日第15卷第4号。

学阵营以西方近世文化为榜样而意欲切断新文学与中国文学传统之联系、从而建构全新的文学形态的构想,保守主义诗学才因此受到了来自新文学阵营的集体批判。

关于保守主义诗学的唯心主义文化史观,我们需要清楚的是,这是保守主义诗学家针对自晚清起逐渐发展起来的文化危机而提出的应对措施。西方文化的入侵,推动了中国现代诗学主体的文化反思进程和中国文学的现代化转型,当中国新文学阵营以"打倒孔家店"为口号发起一场彻底的、摧毁性的文学革命运动时,保守主义诗学家深感民族文化命脉断裂的危机,"刀临头顶、火灼肌肤、呼吸之间就要身丧命倾"[①]的威胁迫使着保守主义诗学家对此进行了积极的思考。无论是林纾等人纯粹因难舍传统的封建文化而提出反对西方文化进入中国文化体系,从而指责中国新文学阵营汲取西方文化以重建中国文学的根本观念;还是学衡派、新儒家提倡以本土文化为根本,有选择地借鉴西方文化以改造本土文化,保守主义诗学家对于文化传统之延续性和统整性的强调,确实在一定程度上为抑制"全盘西化"的错误倾向作出了贡献。但是,保守主义诗学家将文化等主观因素视为社会场域中的根本因素,并以建构新型文化形态为解决社会危机的根本途径的观念,也确实使得保守主义诗学成为一种唯心主义的观念体系,在这一诗学体系之中,经济制度、政治体制等社会现实经验对于社会发展的重要性则相应地被抛诸脑后。这种片面强调主观文化,却忽视客观的现实经验于社会发展之重要性的观念,显然是在"主客二分"的思维模式下形成的。

其二,则存在于自由主义诗学体系之内,这种唯心主义的"主客二分"思维,是主体之自由意志发挥到极致的结果。文学革命是一场以彻底推翻旧的文学传统为目标的文学运动,参与其中的革命者均提倡以一种反抗、叛逆的精神重塑自我形象,并建构"人的文学",而自我形象重塑之关键,就在于情感的自由抒写和意志的自由实践。其中,在西方浪漫主义诗学影响之下,前期创造社成员塑造的"自我"形象又是极为耀眼的。因为,他们笔下的"自我"形象是在一种极端的自我中心意识的引导下形成的。在"泛神论"和尼采"超人说"的影响下,他们崇拜自然和神灵、相信"天才"和生命力,他们意欲破除一切既有的偶像崇拜,对于自我有着极端的自信,甚至宣称:"我即是神"[②],这种自我中心意识和自信精神确实带动了中国现代文坛的革命热情。然而,伴随着极端的自我中心意识而来的,则是这些创作主体对于自我主观世界的沉迷和耽溺,以及对于客

---

① 梁漱溟:《东西文化及其哲学》,北京:商务印书馆,1999年,第227页。
② 郭沫若:《〈少年维特之烦恼〉序引》,《创造社资料》(上卷),饶鸿竞编,福州:福建人民出版社,1985年,第274页。

观的社会现实经验的一定程度上的忽略。"返回自然"等口号的提出,确实避免了现实政权对于个人意志的干涉,为人的绝对自由提供了理论上的可能性;然而,这种无政府主义的文学倾向,亦使得文学创作脱离了现实经验,主体与客体在这种文学构想中被一分为二。与之相似而又更甚之的,则是中国现代诗学场域内的唯美主义诗学,我们知道,唯美主义诗学是一种纯粹向往"美"、探索"美"的诗学形态,如果说,浪漫主义诗学已经在一定程度上表现出一种亲近自然而游离社会现实的倾向的话,那么,唯美主义诗学则完全是一种乌托邦的诗学形态。周作人以为,文艺的本质即"个人的解放",文艺就是"个人主义的文艺"①,当1928年前后中国社会形势发生大的动荡时,他便反复以"手拿不动竹竿的文人只好避难到艺术世界里去"②为由来为自己的唯美主义倾向辩护。与之相应的是,一众自称"厌世者"、"画梦者"的中国唯美主义诗学家则一再提出建构"自己的园地"、"象牙塔"、"书斋"等空间,以期为人类感受心灵的澄净及审美的愉悦提供一片纯净的天地,而在唯美主义者的想象中,这一艺术之境是隔绝于外在的社会环境的。显然,这两种极端的自由主义诗学形态,均只关注人之内在的主观感受,却忽视了外在的客观现实经验于文学创作活动的重要性。可以说,这两种诗学形态反映了当时社会中一部分人的心理期待,因而对于推动中国现代诗学的发展起到过一定的积极作用;然而,其脱离社会现实经验的这一弊端,也使得其失去了被广泛认可、接受、继而被运用至实践的可能性。

不难发现,以上两种极端的唯心主义诗学观之问题就在于诗学家在建构诗学理论时只重视主观和内心,却完全忽略了客观和现实。因此,若要避免该类错误倾向带来的一系列问题,就需要诗学家正确看待客观现实经验与文学创作之关系。当然,只看重客观现实,却忽略主体思维的能动性和创造性也是错误的,因为,极端的客观主义只会带来机械唯物主义和庸俗社会学的倾向。这种倾向就表现在无产阶级革命文学发展中出现的一系列八股文学、口号文学的潮流之中。20世纪30年代初,"自由人"胡秋原和"第三种人"苏汶就革命文学中存在的机械唯物主义和庸俗社会学倾向而发起的批判,就引发了一场在中国现代文学史上影响甚远的论战。一般认为,庸俗社会学"出于片面地解释马克思主义关于意识形态的阶级制约性原理"③,认为"意识形态现象直接取决于物质生产现象和社会阶级的利益,而不考虑时代的政治、思想、心理等多方面的复

---

① 周作人:《文艺的讨论》,《晨报副刊》1922年1月20日。
② 周作人:《〈燕知草〉跋》,《周作人代表作》,陈为民编选,北京:华夏出版社,1997年,第109页。
③ 〔苏〕柯静采夫:《文艺学中的庸俗社会学》,《文艺理论研究》1982年第3期。

杂因素"①,从而使得文艺活动完全受制于经济、政治,粗暴地抹杀了文艺活动的自律性,把马克思主义唯物史观庸俗化了。自称"马克思主义文艺理论家"的胡秋原较早地发现了部分左翼诗学家对于马克思主义唯物史观的曲解与简单化运用,他指出,"唯物史观固然是一个最正确的方法,但倘若盲目而机械地误用,也必定要达到种种离奇可笑的结论",而左翼文学阵营中就有"一个大的危险与流弊",即对"马克斯主义的夸张,曲解与误用"②,这些革命文学论者往往线性地理解社会经济基础与作为上层建筑一员的艺术之间复杂而微妙的关系,将经济因素看作决定艺术的唯一因素,从而忽视了在经济基础与艺术及一切意识形态之间的诸多中介。对此,胡秋原在其著述中一再使用"庸俗"、"机械"、"盲目"、"偏狭"、"夸张歪曲"、"曲解误用"、"粗笨使用"等词语来表现出他对于革命文学中的一系列错误倾向的不满,他认为,"将艺术堕落到一种留声机,那是艺术的叛徒"③。对于这一类偏狭的革命文艺理论,"第三种人"苏汶也谈到:"我们与其把他们的主张当做学者式的理论,却还不如把它当做政治家式的策略,当做行动;……什么真理,什么文艺,假使比起整个的无产阶级解放运动来,还称得出几斤几两?……你假如真是一个前进的战士,你便不会再要真理,再要文艺了。"④不能否认,革命文学的兴起有其一定的历史原因和存在的合理性,然而,若完全忽视人的主体思维对于艺术创作的主观能动作用,而仅仅从功利主义的角度出发,将经济、政治视作文学创作的决定因素,继而把文学创作等同于无感情的革命记录和宣传品,也是不利于文学自身发展的。

显然,胡秋原、苏汶的批评是有其合理性的,革命文学中确实存在着这样一种倾向,即片面强调经济、政治等客观因素对于文艺创作的影响,而忽略了文学艺术的自律性以及作家主体的创造性和能动性,这种极端的客观主义倾向,显然也是由"主客二分"的思维所导致的结果。对此,身处左翼文学阵营中的鲁迅也提出过严厉的批评,他一再批评创造社、太阳社作家的极左倾向,认为"他们对于中国社会,未曾加以细密的分析,便将在苏维埃政权之下才能运用的方法,来机械地运用了"⑤,而他则能在坚持"艺术反映

---

① 《苏联"庸俗社会学"资料选译》,《文艺理论研究》1982年第4期。
② 胡秋原:《〈唯物史观艺术论〉前记》,上海:神州国光社,1932年,第6页。
③ 胡秋原:《阿狗文艺论》,《文化评论》1931年12月25日创刊号。
④ 苏汶:《关于〈文新〉与胡秋原的文艺论辩》,《三十年代"文艺自由论辩"资料》,吉明学、孙露茜编,上海:上海文艺出版社,1990年,第95页。
⑤ 鲁迅:《上海文艺之一瞥》,《鲁迅全集》(第四卷),北京:人民文学出版社,1981年,第297页。

社会现实经验"的唯物史观的基础上,充分发挥人的主观能动性,以期塑造出典型环境中的典型形象,从而在文学创作过程中实现"主客应和"。而这种坚持以辩证唯物主义思想观照主客体关系的左翼作家的"主客应和"思维模式,恰好与前文谈及的成熟的自由主义诗学家所提出的"主客应和"的思维模式有异曲同工之妙。正如周扬在描述他所理解的创作过程的最高境界时所说的一段话:"记得有个甚么作家关于创作过程仿佛曾有过类似这样的比喻:一大堆潮湿的干草垒在那里,里面有火在潜燃着,却烧不出来,尽是在冒烟,这样酝酿又酝酿,于是突然一下子,完全出你意外地,火从里面着出来了,火舌伸吐着,照得漫天通红。这个火就是融化了客观的主观,突入了对象的热情。借用王国维式的表现法,叫做'意境两忘,物我一体'。这是创作的最高境界。"①身为革命文学阵营的中坚力量,周扬对于创作过程的一番描绘却正中中国现代自由主义诗学的下怀,灵感的乍现、"意境两忘,物我一体"……都是自由主义诗学对于文学思维的定义,也就是说,在对于文学思维的认识方面,理论成熟的中国现代自由主义诗学与马克思主义诗学之间存有一定的共识,只有在这种"圆融"的主客体关系之中,个人与宇宙、现象世界与本体世界才能实现深刻的统一,人与宇宙才能实现生命的交流。

在现代中国的复杂语境之中,有着不同的知识背景、价值观念,来自不同派别的知识分子对于文学思维这一命题均给出了不同的回答,这为中国文学的发展方向也提供了多种可选择的路径。然而,综观中国现代诗学场域中丰富多样的话语形态,我们发现,秉持一种圆融、辩证的视角去观照文学思维,以期在一种对立统一的张力关系中实现天才与经验、主体与客体等话语内涵的深化,是非常关键的。此外,正如柯灵在《现代散文放谈》中所说:"任何伟大的事业,既需要轰轰烈烈,又需要踏踏实实;要有人奔走呼号,也要有人坐下来埋头苦干;立足当前,放眼未来,高瞻远瞩,并蓄兼收。"②也就是说,任何一种成熟的诗学理论,或者任意一类诗学家,都有其存在的合理性,或"轰轰烈烈"、"奔走呼号"者,如革命文学作家,抑或是"踏踏实实"、"埋头苦干"者,如自由主义诗学家,出于不同层面的考虑,他们均为中国新文学的发展方向提供了一套有价值的诗学理论。因此,不应片面地站在自己的立场去随意攻击其他学派之不足。而且,在关于文学思维这一问题上,各诗学体系之理论差异反而为各个诗学力量之间展开对话提

---

① 周扬:《文学与生活漫谈》之一,《解放日报》1941年7月17日。
② 柯灵:《现代散文放谈——借此评议梁实秋与"抗战无关论"》,《文汇报》,1986年10月13日。

供了良好的契机,继而在事实上构成了彼此之间的制衡与张力的关系。这种互相制衡的关系往往通过批评与反思的方式抑制了双方诗学理论中的不良倾向,避免新文学的发展陷入任意一种非理性的偏狭之境。强调主观思维之重要性的自由主义诗学从艺术表现、审美价值方面质疑革命文学创作,而看重客观现实与文学创作之关系的马克思主义诗学却又从文学创作之真实性的角度批评自由主义诗学,彼此之间的话语论争,其实也给自己和对方提供了一个反省自身的契机。同时,论争双方的互相牵制、互相依托和互相生发的关系,推动了双方各自的诗学理论,乃至中国现代诗学整体的理论张力的生成,中国现代诗学体系亦会在这种"牵制—平衡"的张力关系中实现理性与感性的融合,从而愈发完善起来。

第三章 权力关系视阈下的文学形式论

美国新批评学派的代表人物兰色姆(John C. Ransom, 1888—1974)在《纯属思考推理的文学批评》一书中指出:"诗的表面上的实体,可能是能用文字表现的任何东西。它可以是一种道德情境,一种热情,一连串的思想,一朵花,一片风景,或者一件东西。"[1]他认为,这些"表面上的实体",可视为诗的逻辑核心,即"诗可以释义而换成另一种说法的部分",这一部分就是诗的"逻辑构架"。然而,在"逻辑构架"之外,真正引起了新批评学派关注的,是附着于逻辑构架之上又与构架分立的"肌质",正如兰色姆所说:"像一所房子一样,它显然有一个'蓝图',或者说一个中心逻辑构架,但是同时它也有丰富的个别细节,这些细节,有的时候和整个的构架有机地配合,又有的时候,只是在构架里安然自适地讨生活。"[2]在兰色姆看来,真正决定诗的本质的并非所谓的"中心逻辑构架",而是"肌质",即与诗的构架分立的一些细节部分。"肌质"才真正决定了诗的本质和表现世界的能力,是使诗区别于散文的关键元素。这里所说的"肌质",即新批评学派关注的诗歌形式问题。

当然,新批评学派在纠正了以往关注内容而忽略形式的"内容—形式"二元对立错误倾向的同时,其偏至的形式主义倾向又使得研究陷入另一种二元对立。客观来说,此举一出,的确引起了批评家对形式问题的反思和关注,"形式"确实是诗学体系中非常重要的一个问题,其重要性就体现在,从历代诗学家对于形式问题的讨论之中,即可大致看出当下诗学风貌的总体面貌。尤其是在中国现代诗学场域内,知识分子对于形式的思考与文学本质、思维、功能观念都是分不开的,因此,对于文学形式观的观照,是极具价值的。

---

[1] 〔美〕兰色姆:《纯属思考推理的文学批评》,张谷若译,《"新批评"文集》,赵毅衡编选,天津:百花文艺出版社,2001年,第103—104页。

[2] 同上,第107页。

第一节　形式论的基本内涵与表现形态

本节将讨论中国现代自由主义诗学中的"形式"问题,具体沿着内形式与外形式两个方向来论述。内形式是内化于文学作品内部的、有助于作品情绪传达和意境建构的重要因素,包括诗的情绪的节奏以及诗的内在音律。而外形式则是指读者可直接感知到的平仄、对偶、音韵等外在的语言组合形式。可以说,中国现代自由主义诗学对于文学作品内外形式的特质的设想,明显地展示出了其所构建的新的诗学范式对于传统范式的突破。

一、"内形式"论

在中国现代诗学场域中,最早涉及"内形式"这一概念的,是中国现代诗学的开山人王国维。在《古雅之在美学上的位置》一文中,王国维提出了一个重要的美学范畴——"古雅":

> 至宏壮之对象,汗德虽谓之无形式,然以此种无形式之形式能唤起宏壮之情,故谓之形式之一种无不可也。就美术之种类言之,则建筑、雕刻、音乐之美之存于形式固不俟论,即图画、诗歌之美之兼存于材质之意义者,亦以此等材质适于唤起美情故,故亦得视为一种之形式焉。释迦与马利亚庄严圆满之相,吾人亦得离其材质之意义,而感无限之快乐,生无限之钦仰。戏曲小说之主人翁及其境遇,对文章之方面言之则为材质,然对吾人之感情言之,则此等材质又为唤起美情之最适之形式。故除吾人之感情外,凡属于美之对象者,皆形式而非材质也。而一切形式之美又不可无他形式以表之,惟经过此第二之形式,斯美者愈增其美,而吾人之所谓古雅,即此第二种之形式。即形式之无优美与宏壮之属性者,亦因此第二形式故,而得一种独立之价值,故古雅者,可谓之形式之美之形式之美也。[①]

[①] 王国维:《古雅之在美学上的位置》,《王国维学术文化随笔》,佛雏编,北京:中国青年出版社,1996年,第172页。

其中提到的"无形式之形式"的"第二种之形式",即"内形式"之概念。王国维在这段文字中详细阐述了产生"古雅"之美的"第二种形式"与通过"对称变化及调和"而产生"优美"、"宏壮"之感的"第一种形式"之不同。建筑、雕刻、音乐往往借助于可诉诸视觉、听觉的材质而唤起观者美的情感,这种形式之美的展现方式往往也是传统诗歌创作经验所不能缺少的。传统诗歌往往呈现出句式整齐、抑扬顿挫、节奏分明、合辙押韵的语言材质形态;然而,诗歌不同于建筑、雕刻、音乐等媒介之处在于,除去明显可感知的材质之形式带来的美感,在诗歌,乃至文学内部,"吾人亦得离其材质之意义,而感无限之快乐,生无限之钦仰",意即,内化于诗歌内部的、有助于诗歌情绪传达和意境建构的"第二种之形式"将唤起超越于生成于"第一种之形式"的"优美"、"宏壮"等美感的"古雅"之美。"古雅"因其在形式上"无优美与宏壮之属性"而获得了一种独立的美学价值,即"形式之美之形式之美"。

　　文中还提到,"古雅"之一概念的提出,源于康德美学中的"无形式"概念,可以说,这是王国维在西方美学基础上发展而出的一种新的美学概念,是王国维对于西方诗学资源的又一次创造性借鉴。然而,这一概念是否西方独有而中国绝无呢? 答案是否定的。儒道二家之早期哲学思维就十分关注"气"这一范畴,并将之视作人文化成的重要载体。其后,"气"这一范畴更是由"我善养吾浩然之气"中对于人之气质之评判,逐渐发展成为文艺美学层面的"文气"概念,曹丕最早提出了系统的"文气"之说:"文以气为主,气之清浊有体,不可力强而致。譬诸音乐,曲度虽均,节奏同检,至于引气不齐,巧拙有素,虽在父兄,不能以移子弟。"①曹丕所谓之"文气",是一种文体风格论。首先,此处所指之"气",是"徐幹时有齐气"、"孔融体气高妙"之"气",与文人的个人性情有关,是作者之情绪内化于文本情绪的体现,因此,"人之气"(品性、气质)与"文之气"(风格)息息相关,恰如李白与杜甫,前者天资纵横而诗风逍遥,后者顿挫敦厚而诗风沉郁,二人虽几乎身处于同时,然二人之气质不同,文风自然不同。其次,"文以气为主"则说明了"气"(风格)于"文"之重要性,"奏议宜雅,书论宜理,铭诔尚实,诗赋欲丽",不同的文体宜有不同的"文气"与之相匹配,从而显示出该文体应有的美学面貌。由此可见,曹丕所谓之"文气",与王国维所谓之"古雅"在本质上几近相同,均是指内化于文学作品内部的、有助于作品情绪表现和意境建构的因素。

　　王国维之"古雅"概念的提出,体现了中国现代诗学对于文本"内形式"的关注,颠

---

① (三国魏)曹丕:《典论·论文》,《曹丕集校注》,魏宏灿校注,合肥:安徽大学出版社,2009年,第313页。

覆了主流的传统诗学重视作品道德内涵的倾向,这种颠覆,是建立在对西方诗学资源学习借鉴的基础之上;然而,在"颠覆"之外,王国维亦延续了本土诗学资源中的"文气"说传统,从而在一种融合的视域中解读了"无形式之形式美"。自"古雅说"被提出之后,这一美学概念就因其对于作品"内在形式"的关注而受到了中国现代诗学的普遍瞩目。

在王国维的论述中,已将"古雅"这种"无形式"的形式与通常所谓的"第一形式"区分开来。如果说"第一形式"的整齐、和谐带来的是"优美"、"壮美"之感的话,那么,中国现代诗学,尤其是自由主义诗学一经萌芽,就是以突破中国古典诗学中以句式、音律等外形式束缚文人情感而生成的"优美"、"壮美"之美学期待为目标的。前文谈到,中国古典诗学中即有观点认为,"人之气"与"文之气"之间有着密切的联系,那么,五四运动伊始以"自由"和"解放"为革命目标的郭沫若、成仿吾等人就极其渴望将"自由"精神灌注入文学实践之中。在内容方面,"自由"精神表现为文学是诗人自我情感的自然流露;而在形式方面,则表现为反对传统的韵律格式的镣铐对于文学创作的束缚,从而以牺牲文学的"第一种形式"(外形式)为代价来建构诗的"自由体"。在具体的操作中,他们提出了"旧诗大体遵格律、拘音韵,讲雕琢,尚典雅。新诗反之,自由成章而没有一定的格律,切自然的音节而不必拘音韵,贵质朴而不讲雕琢,以白话入行而不尚典雅"[①]一类的观念言说。从中国新诗开拓者之一的康白情的界定中可以看出,诗歌句式是否受制于格律、音韵,诗歌语言是否以雕琢、典雅为尚在本质上区分了新旧诗歌,也就是说,伴随着20世纪20年代初期自由主义诗学对文学的情感本质的强调,文学作品的外形式被他们大胆地抛弃了。由此,我们看到了前期创造社成员大批不拘音韵、不尚典雅的诗作问世。譬如成仿吾之《静夜》:

> 我漂着,
> 我听见大自然的音乐,
> 徐徐的,清清的,
> 我跟着他的音波,
> 我把他轻轻吻着,
> 我也飞起轻轻的。[②]

[①] 康白情:《新诗底我见》,《少年中国》1920年3月15日第1卷第9期。
[②] 成仿吾:《静夜》,《成仿吾诗选》,李逵六、成其谦编,北京:中共中央党校社,1994年,第11页。

在这首诗作中,古典诗词中"遵格律,拘音韵,讲雕琢,尚典雅"的痕迹已然不见,由刻意雕琢"第一种形式"而带来的"优美"、"宏壮"之感也随之被隐匿,取而代之的是"我"的主观情感的尽情诉说。但是,"第一种形式"的被忽视,并不意味着诗体的绝对自由。上文中,康白情在阐述其对于新诗不拘格律和音韵的构想时,亦指出了新诗的要求在于"切自然的音节",而"自然的音节"意即诗歌须以"自然的节奏"保证诗歌情感的自然流露,也就是说,诗歌创作仍然有着形式的要求,只不过,他们对诗歌的形式要求由"外形式"转向了"内形式",将情绪的节奏内化为诗歌的节奏。

郭沫若则进一步把对于诗歌节奏的讨论推向了一个更深的维度,他明确提出"内在的韵律"概念,并对之进行了如下阐述:

> 诗之精神在其内在的韵律(Intrinsic Rhythm),内在的韵律(或曰无形律)并不是甚么平上去入,高下抑扬,强弱长短,宫商徵羽;也并不是甚么双声叠韵,甚么押在句中的韵文!这些都是外在的韵律或有形律(Extraneous Rhythm)。内在的韵律便是"情绪的自然消长"。……内在韵律诉诸心而不诉诸耳。
>
> 这种韵律异常微妙,不曾达到诗的堂奥的人简直不会懂。这便说它是"音乐的精神"也可以,但是不能说它便是音乐。音乐是已经成了形的,而内在律则为无形的交流。大抵歌之成分外在律多而内在律少。诗应该是纯粹的内在律,表示它的工具用外在律也可,便不用外在律,也正是裸体的美人。散文诗便是这个。①

郭沫若从诗歌的形式问题出发,将其分为"内在的韵律"和"外在的韵律","外在的韵律"意指古典诗歌中"平上去入,高下抑扬,强弱长短,宫商徵羽"等人为对诗歌的音律、建行、节奏等划定的程式化规范,而"内在的韵律",即"情绪的自然消长",它诉诸于心,因而微妙、神秘,只可意会,不可言传,却是"诗之精神"所在。诗的"内在韵律"是无形的,为人之心灵与诗之精神提供了一种交流的机会,因此,所谓"情绪的自然消长",既是诗人自我的情绪起伏,亦是诗歌随着情绪的起伏而表现出的节奏的抑扬顿挫。郭沫若说:"情绪的进行自有它的一种波状的形式,或者先抑而后扬,或者先扬而后抑,或

---

① 郭沫若:《论诗三札》,《郭沫若谈创作》,彭放编,哈尔滨:黑龙江人民出版社,1982年,第2—3页。

者抑扬相间,这发现出来便成了诗的节奏。……节奏之于诗是她的外形,也是她的生命。"①此处所谓之"节奏",并非固定成型的,诸如"平上去入,高下抑扬,强弱长短,宫商徵羽"等诉诸于听觉和视觉的"外形式",而是"情绪的节奏"。节奏"由我们的感情之紧张与弛缓交互融合处所生",诗人将其主体情绪内化于文本,再通过"内在律"的建构和运作,将主体情绪传达于接受者,因此,从接受效果方面出发,郭沫若更是将诗歌的节奏分为"鼓舞我们的节奏"和"沉静我们的节奏"②。通过对于诗歌的情感的节奏的系统分析,郭沫若一扫传统文论中以"外在形式"束缚诗歌创作的阴霾,论证了"内在韵律"于诗歌之重要性,从而在情感属性方面巩固了诗歌的"自我"本质论,并在学理层面为诗人实现自由、自然的创作添上了一块砝码。同时,成仿吾、郭沫若等自由主义诗学家的努力,延续了自王国维开始的对于艺术审美独立的理想的追寻。抛弃旧的文学创作规范赋予文学这一本体的枷锁,遵循诗歌本身的节奏,这就从根本上肯定了文学作为一种艺术门类的独立价值,这对于当时的文学发展而言,是起过一定的积极作用的。

时至20世纪30年代,自由主义诗学阵营内对于诗歌"内形式"的关注和论述仍在继续,却在内涵上呈现出了一些不同。如果说20年代初期的自由主义诗学家在论及诗歌问题时,是从颠覆古典诗歌的外在形式决定论的角度出发提出"内在的韵律"的话,那么,可以说,他们所提及的"内在的韵律"是一种普遍意义上的主体情绪。而且,随着20年代后期国内形势出现的诸如文学革命退潮、大革命失败、国民政府对文坛实行"白色恐怖"等一系列变化,一代有志青年在失落和绝望的情绪中将目光转向出现于世纪末的西方现代主义诗学,这与五四运动之初颂扬自由意志和情感独立的自由主义诗学家在对于情绪和文学的需求方面已产生了很大的差异。

徐迟曾这样介绍现代主义:"在现代的欧美大陆,执掌着世人最密切的情绪的诗人已不是莎士比亚,不是华兹华茨、雪莱与拜伦等人了。从20世纪的巨人之吐腹中,产生了新时代的20世纪的诗人。新的诗人的歌唱是对了现世人的情绪而发的。因为现世的诗是对了现世间世界的扰乱中歌唱的,是走向了机械与贫困的世人的情绪的,旧式的抒情旧式的安慰是过去了。"③正如胡适在新文学革命之初提出的"一时代有一时代之

---

① 郭沫若:《论节奏》,《创造月刊》1926年3月第1卷第1期。
② 同上。
③ 徐迟:《诗人 Vachel Lindsay》,《现代》1933年12月1日第4卷第2期。

文学"①，文学革命之初，在建设新文学的问题上，自由主义诗学家是满怀热情和希望的，积极、愤怒、激情的浪漫主义激励着知识分子的革命历程；然而，时至30年代，社会环境发生了巨大的变化，"大船舶的港湾，轰响着噪音的工场，深入地下的矿坑，奏着Jazz乐的舞场，摩天楼的百货店，飞机的空中战，广大的竞马场"等"各式各样独特的形态"汇聚于一体，共同构成了特殊的"现代时空"。② 由于社会环境的迥异，身处其中的诗人对于生活的所感所想自然也不会等同于前一代诗人的诗情，弥漫于世纪末的西方世界的绝望、失落的情绪，在自由主义诗学阵营中扩散开来。虽然徐迟亦在该文中指出"新的诗人的歌唱是对了现世人的情绪而发的"，但是，他对于文学形式的看法仍延续了前期创造社以"内形式"——情绪为诗之精华所在的观念，认为诗歌是情绪抒发的结晶。当然，"现世人"三字一出，就已表明现时所谓之"内形式"的概念还是与早前的"内形式"的内涵有着差异的，"现世"一词已然赋予了"内形式"以特定的时空属性。对于这一属性，《现代》诗刊主编施蛰存在介绍该诗刊时的一席阐述则更是明确：

  《现代》中的诗是诗。而且是纯然的现代诗。它们是现代人在现代生活中所感受的现代情绪，用现代的词藻排列成的现代的诗形。
  《现代》中的诗大多是没有韵的，句子也很不整齐，但它们都有相当完美的"肌理"（Texture）。它们是现代的诗形，是诗！③

通过"现代诗"、"现代人"、"现代生活"、"现代情绪"等关键词语的排列呈现，施蛰存已明确道出了《现代》派的文艺形式观念：依然关注内化于诗歌的情绪（内形式），但这种情绪已被赋予了明确的时空界限，即"现代人在现代生活中所感受的现代情绪"；而这种"现代情绪"的重要性，就体现在它构成了诗歌的节奏，并借助于"现代的词藻"排列出"现代的诗形"，而所谓的"现代的诗形"，即"没有韵的，句子也很不整齐"，不受制于"外形式"的诗形，这种诗形的成立依赖于其中"相当完美的'肌理'（Texture）"，当然，真正左右"肌理"形成的因素，则是《现代》派诗人一再提及的"现代情绪"。

而"现代情绪"是一种怎样的情绪呢？在《现代》派诗人看来，"现代情绪"是一种深

---

① 胡适：《文学改良刍议》，《尝试集》，中国现代文学馆编，北京：华夏出版社，2009年，第4页。
② 施蛰存：《又关于本刊中的诗》，《现代》1933年11月1日第4卷第1号。
③ 同上。

入到人的内在生命的、隐隐触动着神经而又不能直言的情绪,在这种情绪的主导下,《现代》派的诗朦胧、含蓄,善造意象,并以意象传情,显然,《现代》派诗人依然认为诗歌是现代人倾诉、沟通内在情绪的载体,但经由这群诗人对情感的知性升华,中国现代自由主义诗学已超越了直白的情感、激情的宣泄阶段。这于现代诗学的发展历程而言,无疑是一步不小的跨越。此后,随着相关讨论的日渐深入和成熟,自由主义诗学阵营对于"内形式"问题的理论建设愈发走向了普遍化和系统化。

如果说前文提及的诗学家对"内形式"的讨论集中于单一的诗歌文体之内的话,那么,与废名同属京派批评家的沈从文、朱光潜就在更普遍的文学体式意义上,延续并丰富了现代自由主义诗学对于文学作品的"内形式"的讨论。

朱光潜在论及散文时提出了"声音节奏"概念,并认为其是散文里"最主要的成分",因为"文学须表现情趣,而情趣就大半靠声音节奏来表现"。而且,这种"声音节奏"不拘于形式,往往随着作者的"'情趣'、'气势'或'神韵'"而自然生成,且随着情感思想因素的变化而表现为"骈散交错、长短相间、起伏顿挫",[①]文章也由此在语感上形成了一种愉悦的美感。沈从文也相应地提出过"情绪的体操"说,他认为,文章的写作是"一种'情绪的体操',一种使情感'凝聚成深潭,平铺成湖泊'的体操,一种'扭曲文字试验它的韧性,重摔文字试验它的硬性'的体操"[②],也就是说,支配作家写作的不是所谓的写作技巧,而是"情绪",是作家的精神与情感,是作家的内在生命,因此,它在意的不是作品的表现形式,而是一种随心而转的"契合"感受。

无疑,对于"内形式"的持续讨论是自由主义诗学阵营为突破既有的以"外形式"为诗之精神所在的传统观念束缚的体现,且"内形式"之内在性,着实也在形式方面为自由主义诗学家的自我情感辩护提供了理论支持,这对于丰富中国现代诗学的话语形态和内涵有着积极的作用。当然,以"内形式"完全取代"外形式"的偏至行为,导致的则是诗歌乃至文学作品体式的绝对自由化,这往往又将带来文学体裁界限模糊化的不良影响,暂且不论来自其他诗学阵营就自由主义诗学体系中的该种倾向而发起的非难,单看自由主义诗学阵营内的新月派、象征主义派等出于反思和纠正而一再提及重视诗歌外形式的修饰,就可以明白,以绝对肯定或否定的态度评价任一事物,都是欠妥的。

[①] 朱光潜:《散文的声音节奏》,《朱光潜美学文集》,上海:上海文艺出版社,1982年,第303—305页。
[②] 沈从文:《情绪的体操》,《沈从文研究资料》(上册),刘洪涛、杨瑞仁编,天津:天津人民出版社,2006年,第46页。

二、"外形式"论

外形式指的是读者可直接感知到的诗歌的句式、音韵等外在的语言组合形式。譬如,在视觉方面,表现为文句的长短、整散形态;在听觉方面,表现为作品的节奏、音韵等等。中国古典诗学向来就极为看重文学作品的"外形式",自魏晋南北朝时起,声律论广泛出现于各家诗论之中,西晋陆机以"暨音声之迭代,若五色之相宣"①一语来谈字音的调配;南齐周颙始提"四声"说,并作《四声切韵》以谈论诗文之用字;齐梁之际的沈约则在"四声"说基础上提出"八病"说,"八病",即"平头、上尾、蜂腰、鹤膝、大韵、小韵、傍纽、正纽"八种诗病。"四声八病"说是沈约一生诗学研究之菁华,对于诗文声律的具体要求,沈约更是在《宋书·谢灵运传论》中系统地提出了他的构想:"夫五色相宣,八音协畅,由乎玄黄律吕,各适物宜。欲使宫羽相变,低昂互节,若前有浮声,则后须切响。一简之内,音韵尽殊;两句之中,轻重悉异。妙达此旨,始可言文。"②以沈约为代表的"竟陵八友"则将这一严格的声律规范应用至创作实践之中,形成了对后世格律诗影响甚大的"永明体"诗。此后,刘勰在此基础上批判地发展出了"文采论"这一文质兼美的诗学主张。相对于沈约仅重视声律,刘勰则更注重文学形式,一方面总结了齐梁间的声律与声韵,另一方面更是促进了唐诗讲求韵律的风气。此后,唐代格律诗、宋代长短句、元代散曲……虽在外形式上呈现出不同之貌,但却相承相继地构成了中国的格律诗学传统。总而言之,中国古典诗学是一种典型的格律诗学,对于诗文的外形式提出了苛刻的要求。

虽然中国现代诗学起初在胡适"作诗须得如作文"的信念激励之下,一度是以突破传统格律之形式束缚并创作绝对的自由体诗为目标,但是,短短几年之后,在部分自由主义诗学家对于胡适一派提出的自由体诗学的质疑浪潮之中,出现了一种特征极为明显的格律诗学。这种新的格律诗学的出现,虽离不开传统格律诗学的影响,却又与传统的格律诗学有着明显的差别。从某种角度上来说,新格律诗学的建立是中国现代自由主义诗学家对于西方相应的诗学资源的主动响应。事实上,对于"外形式"问题,西方世界同样有着持续且深入的关注,早在古希腊时代,毕达哥拉斯学派就展开了对于自然世界中存在物的形式的关注,并提出了最初的形式概念"数理";随后,亚里士多德则以

---

① (晋)陆机:《文赋》,《中国历代文论选》,郭绍虞主编,上海:上海古籍出版社,2001年,第68页。
② (南朝)沈约:《宋书·谢灵运传论》,转引自《六朝文论讲疏》,郑在瀛编著,武汉:华中理工大学出版社,1989年,第78页。

"四因"说中的"形式因"再次巩固了形式美学的基础,他认为,形式是事物的本质定义和存在方式;贺拉斯继而又以融"合理"与"合式"于一体的美学观念丰富了形式美学的内涵。其后,形式美学经历了一个艰难的发展期,直至19世纪,德国古典美学的诞生终为形式美学在西方世界的发展打开了一扇天窗。康德对于形式美学的贡献无疑是巨大的,"先验形式"(an apriori form)概念的提出,保证了审美判断的纯粹性;与康德割裂形式与内容的关联不同,黑格尔则将形式视作内容的感性显现,形式与内容不可割裂。以二人为代表的德国古典美学对于"形式"的关注直接启发了20世纪的形式美学,俄国形式主义明确将"形式"界定为艺术的本体存在,随之而来的英美新批评则进一步明晰概念,指出"文本"(Text)主要指文学的"语言",包括音韵、词义、语境,那么,作品的文学性就存在于文本之中。在文学思潮方面,19世纪的唯美主义、20世纪的象征主义等对于作品形式的关注亦源于形式美学对于作品形式的思考。

出于一种"为艺术而艺术"的审美追求,唯美主义、象征主义诗学排斥种种以内容为本位的诗学观念,因为在那些诗学主体的构想中,文学只会沦为经济、政治、道德等种种意识形态的奴隶,而诗人的神圣光环则早已被世俗的权力所打破。马拉美以"在这个不允许诗人生存的社会里,我作为诗人的处境,正是一个为自己凿墓穴的孤独者的处境"[①]一言概括出诗人在这个世俗权力神圣化的社会中的尴尬处境。因此,为重建诗人和艺术的尊严,实现艺术的独立自主,他们极为强调文学作品的"外形式",甚至表现出一种"唯形式论"的倾向。正如瓦雷里所说:"只有独一无二的形式才能适应和追步于诗。只有声音、节奏、词语的物质性的涵概,词语的浓缩性的效果以及词语间的相互影响,依靠其被一种确定、确实的意义所吸收的属性占着统治地位。因此在一首诗里,意义还不如形式重要,一旦将形式毁坏,便难以复原。"[②]这种形式主义倾向,诉诸于听觉,则表现为相应的西方诗学资源中的音乐性倾向;诉诸于视觉,即表现为对于字词择取、句式设计、篇章布局等方面的刻意唯美化追求。在西方唯美主义、象征主义诗学资源的影响之下,中国现代自由主义诗学中也出现了一种将"内容"与"形式"分立,且重视诗文"外形式"构建的倾向。宗白华早在1920年就指出:"我想诗的内容可分为两部分,就是'形'同'质'。诗的定义可以说是:'用一种美的文学——音律的绘画的文

[①] 〔法〕马拉美:《关于文学的发展》,《西方文论选》(下卷),伍蠡甫编选,上海:上海译文出版社,1988年,第259页。
[②] 〔法〕瓦雷里:《论〈幻魅集〉》,《瓦雷里诗歌全集》,葛雷、梁栋译,北京:中国文学出版社,1996年,第279页。

字——表写人底情绪中的境。'……诗的'形'就是诗中的音节和词句的构造诗的;'质'就是诗人的感想情绪。……诗的形式的凭借是文字。而文字能具有两种作用:(一)音乐的作用。文字中可以听出音乐式的节奏与协和。(二)绘画的作用。文字中可以表写出空间的形相,与彩色。所以优美的诗中都含着有音乐,含着有图画。"①文中,宗白华即指出,诗的文字是"音律的绘画的"文字,而美的文学就是含"音乐"和"图画"于其中的文学,也就是说,文学之美就在于能在听觉和视觉上赋予人一种感官上的享受,这种享受源于作品时间和空间上的和谐安排。这种对于"美"的话语论述,明显受到了西方唯美主义、象征主义诗学的影响。除宗白华以外,中国现代自由主义诗学阵营中还有多位知识分子加入了这场讨论,他们的共同讨论使得以打破格律对文学束缚的新文学又一次为自己带上了"外形式"的枷锁,并随着诗学讨论的深入而不断往复于"自由"与"格律"之间。具体而言,自由主义诗学家对于"外形式"的讨论,集中于从听觉和视觉两方面来展开。

1. 听觉方面

音乐,作为希腊神话中与史诗、历史、抒情诗、悲剧、圣歌、舞蹈、喜剧、天文并列的九大艺术门类之一,自古以来就令人类为之陶醉。文学与音乐之关系则一直是中外诗学极为关注的话题之一。对于文学而言,音乐往往能在外形式上完成美化诗文的功能,这主要体现在对字音声调、音韵和节奏进行合理的调配,从而赋予文本以一种听觉上的美感。这往往使得格律诗在听觉效果方面远远优越于散文诗、自由诗等语言松散的诗体。正因如此,一代代中西诗人均痴迷于在文学世界中阐述他们对于音乐的信仰,也正因这种审美经验的延续性和普遍性,使得闻一多、徐志摩等人在胡适提出"话怎么说,就怎么写"的革命口号之后不久,就以"音乐美"为由再次开启了对新诗外形式的讨论。

在新诗革命之初,闻一多曾写下"诗体底解放早已成了历史的事实……若要真做诗,只有新诗这条道走"②这样的言论以表达出他对新诗革命的支持。然而,相对于胡适、康白情等人提倡完全打破形式束缚以建立一种绝对自由的诗体而言,闻一多则较为理智地探讨了新诗的"音节"问题,在《诗歌节奏的研究》中,他认为,诗歌的"节奏"由"拍子"和"韵律"组成,从实用和美学两方面对于诗歌有着重要的作用,因而是不能忽

---

① 宗白华:《新诗略谈》,《少年中国》1920年2月15日第1卷第8期。
② 闻一多:《敬告落伍的诗家》,《闻一多论新诗》,武汉:武汉大学出版社,1985年,第1—2页。

视的。而胡适、康白情提倡的绝对自由的新诗之弊端就在于"妄图打破规律",而其"在抛弃节奏方面的失败"将会导致"平庸"、"粗糙"、"柔弱无力"等后果。① 也就是说,将新诗的革新任务仅仅止步于破除旧诗词的形式束缚是远远不够的,依据诗歌的自然音节而重新设定音律的审美规范更是当务之急。为解决这一问题,闻一多提出"音乐美"的诗学构想,意即将诗歌之美蕴含于音节、节奏之中。

具体来说,闻一多的"音乐美"构想集中表现在"音节"的设置上。"音节"是闻一多诗学中的关键性话语之一,他认为:"美的灵魂若不附丽于美的形体,便失去他的美了。"针对胡适的"自然音节"说,闻一多认为:

> 旧词曲的音节并不全是词曲自身的音节,音节之可能性寓于一种方言中,有一种方言,自有一种"天赋的"(inherent)音节。声与音的本体是文字里内含的质素;这个质素发之于诗歌的艺术,则为节奏,平仄,韵,双声,叠韵等表象。②

从这段论述中,我们发现,闻一多虽在此前公开支持新诗对于古典旧诗的颠覆,但其对于诗歌"音乐美"的想象,则表现了其评价中西诗学理论的理性态度,他认为,每一种语言均有其特有的"'天赋的'(inherent)音节",那么,在同一语言环境和文化传统中建设新诗,就不应抛弃中国艺术之特质,也不能完全脱离中国艺术的审美经验与范式。旧词曲中已经失去生命力的文法、语辞可以丢弃,而内在于民族语言内部的音节则应被传承下来,这也是真正能使诗区别于散文的关键。简单来说,新诗当延续"中国艺术之特质"。

在充分认识现代汉语的品质的基础上,闻一多既吸收了中国古典诗词中的音节优点,又借鉴了西方自由体和散文体诗歌的"自然音节"说,并提出了"音乐美"的构想。所谓"音乐美",是指一行诗中要有规律的音节、音步,而音节的划分须依照现代汉语的品质而定,由于现代汉语多是双音节词,不同于多以"单音节词"为单位的古汉语,那么,现代新诗的单位"音尺"一般就以两个字或三个字构成,即"二字尺"和"三字尺",而"二字尺"和"三字尺"的合理配置就能促成音节的调和和字句的整齐。以其代表作《死水》为例:

---

① 闻一多:《诗歌节奏的研究》,《闻一多论新诗》,武汉:武汉大学出版社,1985年,第17—22页。
② 闻一多:《〈冬夜〉评论》,《闻一多论新诗》,武汉:武汉大学出版社,1985年,第26页。

这是|一沟|绝望的|死水
清风|吹不起|半点|漪沦。
不如|多扔些|破铜|烂铁，
爽性|泼你的|剩菜|残羹。
也许|铜的|要绿成|翡翠，
铁罐上|锈出|几瓣|桃花；
再让|油腻|织一层|罗绮，
霉菌|给他|蒸出些|云霞。
让死水|酵成|一沟|绿酒，
漂满了|珍珠|似的|白沫；
小珠|笑一声|变成|大珠，
又被|偷酒的|花蚊|咬破。
那么|一沟|绝望的|死水，
也就|夸得上|几分|鲜明。
如果|青蛙|耐不住|寂寞，
又算|死水|叫出了|歌声。
这是|一沟|绝望的|死水，
这里|断不是|美的|所在，
不如|让给|丑恶|来开垦，
看它|造出个|什么|世界。[1]

　　以闻一多提出的"音步"理论来观照《死水》一诗即可发现，诗的每一行都是"用三个'二字尺'和一个'三字尺'构成"[2]，节奏和谐，读来琅琅上口，诗歌既突破了古典诗词的复杂繁琐的格律束缚，又保持了语言内部的自然节奏，可以说，他将音乐特有的美学特质融入了诗歌文本之中，通过对音节的合理设置，使得诗歌真正区别于节奏松散、随意的散文。在闻一多之后，罗念生、孙大雨、梁宗岱、朱光潜、卞之琳、林庚等人先后以"音步"、"音组"、"停顿"、"顿"、"半逗律"等节奏概念对闻一多的"音乐美"理想予以

---

[1] 闻一多：《死水》，《闻一多文集》，北京：线装书局，2009年，第149—150页。
[2] 闻一多：《诗的格律》，《晨报副刊·诗镌》1926年5月13日7号。

了积极的响应和发展。

其中,对之作出了突破性的贡献的,是梁宗岱在纯诗理论视域中对诗的外形式作出的解读。西方象征主义诗学的"纯诗"概念与音乐有着紧密的联系,魏尔伦即以"音乐,永远至高无上"①一语表达了其对于"音乐美"的热情,瓦雷里则认为:"任何散文的东西都不再与之(纯诗,笔者注)沾边,音乐的延续性,永无定止意义间的关系永远保持着和谐……那么人们便可以把纯诗作为一种存在的事物而加以谈论了。"②可见,象征主义诗派对于诗歌的音乐美有着极高的期待,"纯诗"即是在"音乐的延续性"中实现美感的诗歌。受其影响,梁宗岱在解读"纯诗"概念时说:

> 所谓纯诗,便是摒除一切客观的写景,叙事,说理以至感伤的情调,而纯粹凭借那构成它底形体的原素——音乐和色彩——产生一种符咒似的暗示力,以唤起我们感官与想象底感应,而超度我们的灵魂到神游物表的光明极乐的境域。像音乐一样,它自己成为一个绝对的独立,绝对自由,比现世更纯粹,更不朽的宇宙;它本身的音韵和色彩底密切混合便是它底固有的存在理由。③

梁宗岱意识到,文学革命开始之后国内诗歌创作中存在着一系列问题,或是以"写景,叙事,说理"作为诗之内容,导致诗歌与散文的界限模糊,又或是以未经节制的"感伤的情调"入诗,使得诗歌出现情感泛滥的弊端。为了应对这些问题,他借鉴瓦雷里之"纯诗"理论,并提出了"音乐"和"绘画"于诗歌创作之重要性。继之,他又在其他文章中多次提及了他对于诗歌"音乐美"之想象。他认为"旧诗底形式自身已臻于尽善尽美",但与"别国底诗体比较",则"显得太单调太少变化了"④,由此,他提出借鉴西方诗学资源于中国新诗发展之必要性,希望汉语诗人以瓦雷里等注重诗歌音乐美的西方诗人为榜样,在诗歌创作中"把诗提到音乐底纯粹的境界"⑤,并"用文字创造一种富于色彩的圆融的音乐"⑥。而其中所谓之诗歌"音乐美",意即通过对诗歌之音韵、格律、句式

---

① 〔法〕魏尔伦:《诗艺》,《西方文论选》,孟庆枢编,北京:高等教育出版社,2002年,第303页。
② 〔法〕瓦雷里:《论纯诗(一)》,《瓦雷里诗歌全集》,葛雷、梁栋译,北京:中国文学出版社,1996年,第310页。
③ 梁宗岱:《谈诗》,《诗与真·诗与真二集》,北京:外国文学出版社,1984年,第95页。
④ 梁宗岱:《新诗底分歧路口》,《诗与真·诗与真二集》,北京:外国文学出版社,1984年,第168页。
⑤ 梁宗岱:《保罗·梵乐希先生》,《诗与真·诗与真二集》,北京:外国文学出版社,1984年,第20页。
⑥ 梁宗岱:《试论直觉与表现》,《诗与真续编》,北京:中央编译出版社,2006年,第185页。

等外形式的建构而达到的一种字音的相互应答、回环复沓的美感。具体来说,在建构诗歌之"音乐美"这一问题上,梁宗岱提出的意见可集中表现为"节奏说"。

他非常重视节奏与艺术生命之重要性,且认同孙大雨提出的"字组"概念,认为"孙大雨先生根据'字组'来分节拍,用作新诗节奏底原则,我想这是一条通衢"①,这一"字组"概念与闻一多的"音尺"概念基本吻合,意即通过词组的停顿来构成诗的节奏。然而,与中国现代诗学场域的大部分诗学主体相比,梁宗岱理论之成熟体现在他能以一种跨越、中和的视野来观照中西诗学资源,并根据本民族文化、语言之特质来择取有效的诗学资源以建构中国文学。因此,虽然他与闻一多、徐志摩等人一样对西方诗学资源青睐有加,并主张借鉴西方诗歌的外形式理论来建立中国新诗的音节、格律,但他同时指出:"英德底诗都是以重音作节奏底基本的",而中国文字虽"有平仄清浊之别,却分辨不出除了白话底少数虚字,那个轻那个重来"。② 因此,他反对闻一多直接移用英语诗的"重音说"来建构中国诗歌之节奏。梁宗岱以其在"音乐美"方面的理论建设,推动了中国现代诗学对于文学作品之外形式"音乐美"的进一步探索,其后,何其芳、卞之琳等人均在冷静地比较中西语言特点以及中西诗作之节奏的异同后,以创建出一种最适应现代汉诗的格律为前提,提出了"音步"理论。

应该说,中国现代自由主义诗学家在诗歌之外形式方面所作的探索,源于其对于诗歌本体的独立、纯粹和自由的实现的愿望。通过"音乐美"的建构,诗之所以为诗的特性更加得以突显,而诗歌与其他文体之间的界限也在前后相承的自由主义诗学家的努力下,摆脱了胡适提出的自由体诗学带来的文体界限模糊的困境,诗也终于确证了它的独立艺术品格。

2. 视觉方面

除了让人觉得"好听",给人以听觉上的享受之外,诗歌之美还体现在视觉上的"好看",这也是诗歌区别于散文的美学特质之一。穆木天认为,"诗要兼造形与音乐之美"③,闻一多也在论及该问题时谈道:"诗的实力不独包括音乐的美(音节),绘画的美(词藻),并且还有建筑的美(节的匀称和句的均齐)。"④其中,"绘画美"是指将绘画美学中的创作手段引入诗歌创作之中,具体可表现为,通过对语言的合理调配和运用,以

---

① 梁宗岱:《关于音节》,《大公报·文艺》1936年1月31日第85期。
② 梁宗岱:《论诗》,《诗与真·诗与真二集》,北京:外国文学出版社,1984年,第43页。
③ 穆木天:《谭诗》,《创造月刊》1926年3月第1卷第1期。
④ 闻一多:《诗的格律》,《晨报副刊·诗镌》1926年5月13日7号。

赋予平面文本以立体性的可视感。在闻一多看来,绘画美学中的色彩、构图等表现手段就有助于建构诗歌的意象,表现诗人的主观情绪,从而丰富诗歌文本的内涵。在《色彩》一诗中,闻一多写下了"绿给了我发展,/红给了我热情,/黄教我以忠义,/蓝教我以高洁,/粉红赐我以希望,/灰白赠我以悲哀"①的诗句,这就表明,对于闻一多而言,色彩不只能为人带来一种视觉上的感受,更重要之处在于,色彩可作为一种情绪的载体而将诗人的情感传递至读者。作为在新诗发展早期大胆地运用色彩的诗人之一,闻一多从不吝啬将自己的诗作当作一幅画来装饰,不论是《秋色》中的"紫得像葡萄似的涧水/翻起了一层层金色的鲤鱼鳞。//几片剪形的枫叶,/仿佛朱砂色的燕子,/颠斜地在水面上,/旋着,掠着,翻着,低昂着"②,或是《剑匣》中的"我将描出白面美髯的人乙/卧在粉红色的荷花瓣里,/在象牙雕成的白云里飘着。/我将用墨玉同金丝/制出一只雷纹商嵌的香炉"③,抑或是《忆菊》中的"镶着金边的绛红色的鸡爪菊;/粉红色的碎瓣的绣球菊!/懒慵慵的江西腊哟;/倒挂着一饼蜂窠似的黄心,/仿佛是朵紫的向日葵呢。/长瓣抱心,密瓣平顶的菊花;/柔艳的尖瓣钻蕊的白菊/如同美人底拳着的手爪,/拳心里攥着一撮儿金栗"④。浓烈的色彩,加之冷暖色的合理调配,使得闻一多诗作中的意象是精美的、可视的、情感浓烈的,且蕴含了极强的诗性于其中。

闻一多曾留学美国学习绘画,期间,西方艺术恰好经历了由古典型到现代型的转型,印象派艺术的兴起,从色彩语言方面极大地扩充了绘画艺术的表现力。对此,闻一多深有感触,继而在绘画美学视域下观照诗歌这一文学体裁,并将西方绘画艺术的色彩语言融入诗歌创作,从而提出"绘画美"的诗学想象。而这种浓墨重彩的表现艺术是有悖于中国传统的艺术风格的,中国传统绘画惯以轻描淡写之水墨画为典型,以水与墨调和而成,以黑白两色为主色,从而达到一种冲淡而又深远的意境。相对于西方绘画以色彩表现情感而言,中国传统绘画则偏重于以线条表现形而上的内涵。因此,我们认为,闻一多诗学中的绘画美学更多的是其受到西方绘画美学启发的结果。

可以说,闻一多所谓的"绘画美"就是一种对于诗歌语言之唯美性的强调,通过对词藻的修饰,以凸显诗歌语言的审美属性和情感属性,展现诗歌的美学意境,从而使其区别于散文语言。当然,闻一多提出"绘画美"之构想的初衷,并非一种"为艺术而艺

---

① 闻一多:《色彩》,《闻一多文集》,北京:线装书局,2009年,第112页。
② 闻一多:《秋色》,《闻一多文集》,北京:线装书局,2009年,第98页。
③ 闻一多:《剑匣》,《闻一多文集》,北京:线装书局,2009年,第16页。
④ 闻一多:《忆菊》,《闻一多文集》,北京:线装书局,2009年,第101页。

术"的唯美主义诗学行为,而是针对胡适的"不避俗字俗语"的诗学观念可能造成的诗歌审美属性流失的后果而提出的应对方法。

闻一多诗学的另一重要构想则是"建筑美",即"节的匀称和句的均齐"。闻一多认为,诗歌是一种空间艺术,这种空间性就体现在他的间架构造之上,也就是章节和句子的结构。闻一多对于诗歌"建筑美"的构想亦源于其在留美期间受到的西方美学思想的影响。西方美学对于"形式美"历来就有着特别的关注。早在《美的分析》一文中,康德就指出,纯粹的美的快感是由艺术的形式引起的,而不涉及对象的概念和质料。在康德影响之下,推崇纯粹美的唯美主义诗学亦在探索形式美的方面做出了诸多探索,唯美主义的旗手王尔德就谈道:

> 真正的艺术家不是从情感到形式,而是从形式到思想和激情。他决不是先有了一种思想,然后对自己说"我要把我的思想变成十四行复杂的诗律",而是由于意识到十四行诗这种结构的美,才构思出某种音乐模式和节奏手段,同时这种纯粹的形式启示着他要填写些什么,以及如何使它趋于理性的和情感的完整。
>
> 形式都是万物的起点。……形式就是一切,形式不仅创造了批评的气质,而且创造了审美的直觉……从崇拜形式出发,就没有什么你所看不到的艺术的奥秘。[①]

唯美主义对于形式的青睐影响了留学英美的闻一多、徐志摩等人,由此,我们看到唯美主义精神对新月派艺术理想的影响。不得不提及的是,对唯美主义乃至西方诗学的推崇,使得新月派在精神层面上汲取了唯美主义的形式美学之余,更是以借鉴商籁体(Sonetto,十四行诗)这一风行欧洲的抒情诗体创作新诗来进行诗歌形式的探索。梁实秋在《谈十四行诗》一文中对这一诗体进行了基本介绍:

> "十四行诗"即是 Sonnet,有人译音而为"商籁"。这个字源于意大利文之Sonetto,原意为"声音"。……共十四行,不得多亦不得少,每行有五重音,每行均有韵脚。依韵脚之配置,前八行成一节,后六行又成一节,前后二节内又各平分为二小节。其韵脚之配置,前八行为 abbaabba,后六行为 cdecde 或 cdcdcd。意思的

[①] 〔英〕王尔德:《作为艺术家的批评家》,《唯美主义》,赵澧、徐京安编,北京:中国人民大学出版社,1988年,第175页。

结构亦有定章,恰似我们中国文章家所谓之"起承转合",第一段起,第二段承,第三段转,第四段合,综起来是一完整的单体。这是纯粹的严格的皮特拉克式的十四行诗。①

梁实秋此文已展示了商籁体的基本概貌。该诗体兴起于文艺复兴时期,对行数、结构、句式、格律均作了严格的规定,及后数千年,都是欧洲文学领域中的一种重要的抒情诗体。在新月派信仰文学作品的形式而苦于暂时找不到"一双适合自己的鞋子"之时,商籁体给他们提供了一个可借鉴的范本。就此,陈梦家曾谈道:"十四行诗(Sonnet)是格律最严谨的诗体,在节奏上它需求韵节在链锁的关连中最密切的接合;就是意义上,也必须遵守合律的进展。"②也就是说,十四行诗以其在技巧方面对新诗形式的严谨要求而受到了新月派诗人的关注及推崇。随后,梁实秋、闻一多等人先后对之进行了理论的介绍,以期为"现代格律诗"的构想提供实践的可能性。虽然,"戴着脚镣跳舞"的新月派诗人并未真正在创作实践上就商籁体的引入作出响应,但是,他们的介绍、阐释工作却直接推动了一系列优秀的十四行诗人诗作的产生。其中,成就最显著的诗人正是鲁迅口中的"中国最杰出的抒情诗人"的冯至,他是"洋为中用"的积极倡导者和践行者,这一观念贯彻在其诗歌创作中即表现为,他积极吸收外来养分,以期丰富中国新诗的形式,引起中国现代诗学对于艺术形式的关注和讨论,这直接促成了大量十四行诗的出现。《我们准备着》就是一首典型的十四行诗:

> 我们准备着深深地领受
> 那些意想不到的奇迹,
> 在漫长的岁月里忽然有
> 彗星的出现,狂风乍起。
>
> 我们的生命在这一瞬间,
> 仿佛在第一次的拥抱里
> 过去的悲欢忽然在眼前
> 凝结成屹然不动的形体。

---

① 梁实秋:《谈十四行诗》,《梁实秋批评文集》,徐静波编,珠海:珠海出版社,1998年,第189页。
② 陈梦家:《新月诗选〈序言〉》,《中国现代诗论》(上编),杨匡汉、刘福春编,广州:花城出版社,1985年,第152—153页。

>我们赞颂那些小昆虫,
>它们经过了一次交媾
>或是抵御了一次危险,
>
>便结束它们美妙的一生
>我们整个的生命在承受
>狂风乍起,彗星的出现。①

这首诗严格遵守十四行诗的形式要求:诗形按照"4-4-3-3"的格式,每行诗句字数基本一致,韵脚整齐,比较完整地实现了十四行诗的汉语化过滤,亦诠释了闻一多所期待的"建筑美"。而文学的"建筑美"具体表现为何种形态呢?闻一多认为,句法整齐、音节和谐,可以构成诗歌的建筑美,前文例举的《死水》就完美地诠释了诗歌"建筑美"的内涵,该诗一共20行,每行均由9个字组成,在构型上是非常整齐的。当然,我们不能因《死水》一诗的诗形绝对整齐就将闻一多之"建筑美"等同于中国古典格律诗以"五言"或"七言"的句式强行将诗歌句式整齐化,事实上,闻一多仍是在不反对自由体诗的范围内针对自由诗的过分散文化而提出的解决办法。因此,在其新诗创作中,我们更多地读到的是《洗衣歌》一类的诗作:

>铜/是那样臭,血/是那样腥,
>脏了的/东西/你不能/不洗,
>洗过了的/东西/还是/得脏,
>你忍耐的/人们/理它/不理?
>替他们/洗! 替他们/洗!②

按照其"音乐美"的构想,闻一多在每句诗中依然严谨地布局着诗歌的音步,诗歌的节奏自然、和谐,但是,每一诗行的字数显然并不一致,且"铜是那样臭"、"血是那样腥"两句诗还并存于同一诗行内,体现了诗体之"自由"。然而,音尺的合理配置依然能

---

① 冯至:《我们准备着》,《冯至诗选》,成都:四川人民出版社,1980年,第101页。
② 闻一多:《洗衣歌》,《闻一多诗文选集》,北京:人民文学出版社,1955年,第128页。

保证诗形的整齐和节奏的和谐。这就在实现了诗歌的空间"建筑美"之余,又避免了古典格律诗削足适履的弊端,体现了闻一多对于自由体诗与古典格律诗之利弊的思考。

当然,虽然前文一再提及,新月派之"形式"思考是在西方形式美学的启发下展开的,但是,新月派的形式美学与中国古典诗学之间仍有着极深的渊源。尽管闻一多一再强调其对新诗的"建筑美"的构想绝非对旧体诗的复古,因为"律诗永远只有一个格式……无论你的题材是什么? 意境是什么? 你非得把它挤进这一种规定的格式里去不可",而"新诗的格式是层出不穷的"、"量体裁衣"的;"律诗的格律与内容不发生关系,新诗的格式是根据内容的精神制造成的";"律诗的格式是别人替我们定的,新诗的格式可以由我们自己的意匠来随时构造"。① 并由此认为"建筑美"的诗学观念,事实上与旧体诗的音韵之说有着本质上的区别,是一种文学进化的表现。然而,我们在其中亦能发现中国古典诗学的痕迹。

相对于闻一多、徐志摩等新月社成员主张在新诗的建筑构型方面借鉴西方的十四行诗等固有诗形,从而实现诗的"建筑美",梁宗岱则在充分认识到古典诗歌之形式美的基础上提出了与闻一多等人迥异的"均行说"。均行,即每行诗的字数一致,这是中国古典诗歌中最代表民族美学特征的形式表现,切合了汉语语言的单音字特质。因此,虽然梁宗岱也与所有新文学阵营的知识分子一样深感古典诗歌韵律范式之弊端,但是,他依然反对全盘抛弃传统格律诗学。一方面,他描述了自由诗在西方文坛迅速陨落的命运和边缘化的地位,并从而得出"形式是一切文艺品永生的原理,只有形式能够保存精神底经营,因为只有形式能够抵抗时间底侵蚀"的结论;另一方面,他有感于中国古典诗歌之句式整齐、每行字数一致带来的和谐美感,从而表示出"我很赞成努力新诗的人,尽可以自制许多规律,把诗行截得齐齐整整"②的想法,因为新诗若能如中国古典诗歌一般,每行诗字数一样,且诗行与诗行间的节拍也相同,这就在保证诗歌节奏整齐的同时,实现了诗的结构的和谐与稳定。

可以说,在闻一多、梁宗岱、卞之琳等人对新诗外形式的探讨中,中国现代诗学体系中出现了"现代格律诗"的构想,现代格律诗是在充分认识中国艺术之特质和现代汉语之品质的基础上,中和本土古典格律诗和西方诗歌而得的诗学构想。具体来说,就是将古典诗词中的格律艺术移植到白话文的土壤之中,并对之进行相应的调整,以使其适应新的环境,从而延续格律诗的发展。

---

① 闻一多:《诗的格律》,《晨报副刊·诗镌》1926 年 5 月 13 日 7 号。
② 梁宗岱:《论诗》,《诗与真·诗与真二集》,北京:外国文学出版社,第 36 页。

第二节　复合权力关系场域中生成的形式论

中国古典诗词向来以格律严谨著称,严格的形式要求虽然赋予了古典格律诗词特有的审美风格,却也在事实上限制了诗人情感的表达和社会生活的表现。而且,随着时代的发展以及语言文字和审美经验的变化,古典格律诗的固定形式与诗歌创作之间的不适性愈发明显起来。晚清时期的黄遵宪、谭嗣同等人已经尝试着在诗歌创作中融入一些新的词汇,但这只是针对同时期以"同光体"为代表的复古逆流而作出的微调,整体上却仍主张"以旧风格含新意境"①,并未突破旧体诗词在形式上对文学创作造成的束缚。而真正从形式层面上意识到古典诗词的问题所在,并开启中国现代诗学对"形式"问题的关注的,则是胡适。

胡适在美留学期间,眼见了西方的意象派、表现派、象征派等现代主义流派诗歌创作对古典诗歌形式的抗争,受其影响,他也认为中国文学欲革新和发展,必须打破旧体诗词在形式上对新文学造成的束缚。他提倡建设白话的自由体新诗,因为中国旧体诗词存在"以文胜质"的问题,即旧体诗词过分苛求诗词之平仄、对仗、押韵等形式问题,为此,胡适在《文学改良刍议》一文中指出"一时代有一时代之文学"②,而且,在总结由古至今中外文学发展的经验的基础上,他得出了"文学革命的运动,不论古今中外,大概都是从'文的形式'一方面下手,大概都是先要求语言文字文体等方面的解放"的结论,因此,他提出:"这一次中国文学的革命运动,也是先要求语言文字和文体的解放。新文学的语言是白话的,新文学的文体是自由的,是不拘格律的。"③胡适对文学形式问题的关注,及其提出的白话—自由体新诗的构想,为这场声势浩大且影响深远的文学革命指明了方向,即语言和文体的变革,且继王国维之后又一次将中国现代诗学的焦点转至文学的形式问题之上,开启了中国现代诗学关于形式的理论自觉。

一、"内形式"论的节奏化与"自由体"论的自由性

受美国意象派诗歌的影响,胡适认为中国文学若要实现发展,必须要彻底突破传统

---

① 梁启超:《饮冰室诗话》六三,北京:人民文学出版社,1959年,第51页。
② 胡适:《文学改良刍议》,《新青年》1917年1月1日第2卷第5号。
③ 胡适:《谈新诗——八年来一件大事》,《中国现代诗论》(上编),刘匡汉、刘福春编,广州:花城出版社,1985年,第2页。

文学的束缚,随着现代汉语的普及以及"言文一致"的逐渐实现,对于古典诗词之平仄、对仗、押韵等一系列形式要求的否定,并建立新的诗歌形式成为首要任务。自《新青年》1917年2月刊登了胡适的《白话诗八首》,及其白话诗集《尝试集》推出之后,众多新诗诗人都在创作方面给予了积极的回应,俞平伯、康白情、刘半农、沈尹默、鲁迅、刘大白、朱自清、刘延陵、汪静之等人就进行了白话诗的创作。其中,泰东书局于1922年3月出版的俞平伯的《冬夜》、康白情的《草儿》两部诗集可以说是最完整地践行了胡适的白话自由体诗学,且受到了广泛的社会关注的新诗成果。这些诗人与胡适一样,肯定诗歌的情感属性,并为实现诗歌之抒发情志的功能而支持胡适的自由体诗学。刘半农就认为:"文学为有精神之物,其精神即发生于作者脑海之中。故必须作者能运用其精神,使自己之意识、情感、怀抱——藏纳于文中。而后所为之文,始有真正之价值,始能稳立于文学界中而不摇。否则精神既失,措辞虽工,亦不过说上一大番空话,实未曾做得半句文章也。"①如刘半农所述,既然作者将其意识、情感、怀抱均藏纳于文字之中,那么,文学作品就应表现自我的真情实感,而过于严苛的形式要求无疑会妨碍情感的流露,基于此,刘半农认为:"非将古人作文之死格式推翻,新文学决不能脱离老文学之窠臼。"因此,他提议"吾辈心灵所至,尽可随意发挥"②,作文决不可受"死格式"的限制,继之,他又在形式方面具体提出了"破坏旧韵重造新韵"、"增多诗体"等建议。

事实上,"自由体诗"的概念之所以能在中国现代诗学场域内出现、兴起,是因为,一方面,文学革命以来,中国现代自由主义诗学家在探索新诗的文体形式时热衷于借鉴、模仿外国诗,梁实秋就此直接指出:"新诗,实际就是中文写的外国诗……我以为取材的选择,全篇内容的结构,韵脚的排列,都不妨斟酌采用。"③有感于中国古典文学之情感的内敛含蓄与严格的格律规范,以及近代以来西方文学的情感奔放与形式自由,胡适、梁实秋等人借鉴了浪漫主义、象征主义、意象派文学中的自由诗,并由此在中国现代诗学场域内提出了建构自由诗的主张。另一方面,自由诗在文体形式上突破了古典诗学的格律规范,从而在一定程度上也避免了形式规范对于情感表现造成的束缚,是诗人为争取情感、情绪以及主体的自由而作出的尝试。由此,我们看到了一系列诸如"我是主张自由诗的。因为那可以最自由地表达我自己所要表达的东西"④之类

---

① 刘半农:《我之文学改良观》,《刘半农文选》,徐瑞从编,北京:人民文选出版社,1986年,第4页。
② 同上,第4—5页。
③ 梁实秋:《新诗的格调及其他》,《诗刊》1931年11月创刊号。
④ 何其芳:《谈写诗》,《中国现代诗论》(上卷),杨匡汉、刘福春编,广州:花城出版社,1985年,第455页。

的观点出现。

然而,在实现了对于中国古典诗学格律范式的解构之后,中国现代诗坛出现了大批自由诗作,然而,由于"作诗须得如作文"的诗学口号的错误引导,许多诗人确实将诗歌作成了散文,诗文界限已然模糊不清,这显然是一种矫枉过正的行为。由此,诗人们在质疑和反思自由诗之利弊时,开始重新寻求新的途径建构新诗之形式范式。一方面,新月派诗人最早提出了在外形式方面重建诗之格律范式的提议,即在西方格律诗的启发下建构一种不同于中国古典格律诗,却依然有着一套形式规范的"现代格律诗";另一方面,胡适、俞平伯等自由诗运动的发起者则在坚持"自由诗"构想的基础上,从内形式方面入手来思考新诗之出路。

在众多的质疑声中,胡适不得不承认"作诗须得如作文"的自由体诗学在学理层面存有问题,即由于诗文界限不清而可能带来的诗歌散文化倾向,由此,不久后,胡适就以"自然的音节"说对此前的自由体诗学进行纠正。所谓"自然的音节",是指"诗的音节必须顺着诗意的自然曲折,自然轻重,自然高下。……凡能充分表现诗意的自然曲折,自然轻重,自然高下的,便是诗的最好的音节"[①]。我们发现,"自然的音节"说认为新诗须在外形式方面突破古典诗学既有的格律范式的同时,按照"诗意"的自然起伏而建立一种内在的自然的音节,从而使得诗区别于散文。胡适此举一改古典文学"文胜质"的弊病,以思想与情感为诗之本质,以思想的自由书写与情感的自然表现为旨要来调整诗歌的音节与语言。

对于诗的"自然音节",他进一步谈到,"诗的音节全靠两个重要分子:一是语气的自然节奏,二是每句内部所用字的自然和谐。至于句末的韵脚,句中的平仄,都是不重要的事。语气自然,用字和谐,就是句末无韵也不要紧"[②]。在这段观点中,胡适反复强调"自然"二字,也就是说,不同于旧体五、七言律诗中固定的音节设定模式,新诗应随诗意而定下每行诗的字数,且单行诗内的音节也应随意义或文法而自然划分。胡适"自然音节"的提出,为诗人自由舒展情感提供了理论上的可能性。因此,新文学阵营随之就对胡适的"自然音节"说普遍表现出极大的认同和支持。

俞平伯就从创作动机出发,进一步为胡适的"白话—自由诗学"提供了理论依据。他认为,"凡做诗底动机大都是一种情感(feeling)或是一种情绪(emotion)",由于诗兴

[①] 胡适:《〈尝试集〉再版自序》,《胡适全集》(第1卷),合肥:安徽教育出版社,2003年,第202页。
[②] 胡适:《谈新诗——八年来一件大事》,《中国现代诗论》(上编),刘匡汉、刘福春编,广州:花城出版社,1985年,第9页。

往往出现于"强烈的,冲动的,一瞬的"情感、情绪活动中,而理性的干涉却只能浇灭诗兴的火花,因此,"要做诗,只须顺着动机,很热速自然的把它写出来,万不可使从知识或习惯上得来的'主义''成见',占据我们底认识中心"①。也就是说,俞平伯认为,"自然的诗"是情感活动的一种本能的要求,对于情感、情绪的忠诚,对于自由表现情感的渴望,使得诗人听任于自我情感的起伏而作诗,那么,在确保诗人意志的自由实现的前提下,诗歌的形式必然是自然的,不受外形式的束缚的。

于此之外,以郭沫若为代表的中国浪漫主义诗学亦从争取情感自由的角度出发,为胡适的"自然音节"说提供了理论上的支持。1920年,在郭沫若写给宗白华的一封信中,他就谈道:"诗不是'做'出来的,只是'写'出来的。"②此后,他又提出"内在韵律"的概念来对胡适的"自然音节"说予以发展,"内在韵律"意即"情绪的自然消长",在对该概念的建立和诠释过程中,郭沫若建构起了诗歌节奏与情绪之间的联系,他认为,诗的节奏须随着情绪的自然消长而成,它内化于诗歌,与诗歌内容融为一体,这与古典诗词中形式无关于内容的范式是完全不同的。与俞平伯相同,郭沫若同样认为,诗人情绪的自然抒发、创作意志的自由书写,以及灵感的乍现,会受到平仄、韵脚等人为设定的外形式规范的约束,随物赋形、回归自然因而成为他们理想的诗歌形态。这就从本质上为胡适提倡的新诗的"白话—自由"形态提供了一套系统的理论依据,正如胡适所言:"形式上的束缚,使精神不能自由发展,使良好的内容不能充分表现。若想有一种新内容和新精神,不能不先打破那些束缚精神的枷锁镣铐。"③因此,打破形式束缚,就能维护诗歌的情感本体属性,从而有助于推动诗的自由的实现。在中国现代诗学场域之内,胡适、俞平伯、郭沫若等人较早地关注到诗的内形式问题,并为建构新诗之内形式提出了各自的建议,这使得新诗在延续了其"自由诗"的概念的同时,又避免了因诗之体式的绝对自由而可能带来的一系列问题。

但是,须得指出的是,自文学革命以来,社会矛盾不断,表现时代精神、宣传革命意识成为激进的革命文学的共同认知和历史使命,而自由诗则因其可以无障碍地帮助诗

---

① 俞平伯:《做诗的 点经验》,《俞平伯全集》(第二卷),石家庄:花山文艺出版社,1997年,第519—520页。
② 郭沫若:《论诗三札》,《郭沫若谈创作》,彭放编,哈尔滨:黑龙江人民出版社,1982年,第6页。
③ 胡适:《谈新诗——八年来一件大事》,《中国现代诗论》(上编),刘匡汉、刘福春编,广州:花城出版社,1985年,第2页。

人表达情感而成为革命文学家青睐的对象。尤其是1927年大革命失败以后,文学宣传革命意识的任务愈加紧迫,自由诗被更大范围地运用于太阳社、后期创造社的诗歌创作中,蒋光慈在诗作中就采用了自由诗的文体形式与白话的语言形式,如其《太平洋的恶象》一诗:

> 横着欧亚的中间,
> 我站在乌拉山的最高峰上。
> 看啊! 那不是太平洋么?
> 那阴惨惨地——水的气,
> 　　　　　　雾的瘴,
> 　　　　　　煤的烟,
> 隐隐跃现着的,那不是
> 美利坚假人道旗帜的招展,
> 英吉利资本主义战舰的往来,
> 日本帝国主义魔王的狂荡?
> 那无数的人们,——
> 被那魔王战舰打下波浪的人们,
> 一撞,一撞,——张皇地撞,
> 只是怎样撞得起!
> 哪里是救生的轮船?
> 哪里是望得见的边际?
> 听啊!
> 那波浪轰轰
> 助那战鼓冬冬地响!
> 是嘶杀声?
> 　痛哭声?
> 　喊叫声?
> 仔细地听啊!
> "远东被压迫的人们起来罢,
> 我们拯救自己命运的悲哀,

快啊,快啊……革命!"①

显然,这是一首以白话写成的自由诗,不过,相较于胡适、俞平伯等自由主义诗学家以"自然的音节"、"内在的韵律"来对自由诗的形式作出规范而言,蒋光慈的诗作更像是一篇由革命口号集合而成的散文或演讲辞,诗作完全成为时代精神的发泄品,而这一类的自由诗也因此成为一种缺失诗意的空泛叫喊。

进入20世纪30年代,由于社会形势的剧烈变化,新诗的目标读者已然是遍及街头巷尾、田野乡间的普罗大众,"文艺大众化"就自然成为左翼文学最为关注的话题,为了强化文学作品的宣传力度和效果,无产阶级革命文学一再提出文学的大众化、通俗化的命题。而在作品的形式方面,这种大众化、通俗化则表现为口语化的语言和自由的文体形式。伴随着"文章下乡,文章入伍"的口号的提出,文坛上一度涌现出了大量口号化、教条化、散文化的革命诗歌,这些诗歌多因缺乏"诗的内容"而失去了诗的本体意义。

对此,艾青、朱自清、李广田均给予了相应的意见。艾青是一位自由诗的积极实践者,他认为:"称为'诗'的那种文学样式,脚韵不能作为决定的因素,最主要的是它是否有丰富的形象",而"自由体受格律的制约少,表达思想情感比较方便,容量比较大——更能适应激烈动荡、瞬息万变的时代,自由体的诗,更倾向于根据情感起伏而产生内在的旋律的要求"。② 也就是说,从文学的外在功能方面看,自由体的诗的文体特征适应了时代的需要;从文学的内在品格来看,自由体的诗依据情感起伏而建构内在的旋律集中体现了"诗的散文美"。"诗的散文美"是深谙现代汉语之语言散文化特性的艾青对新诗掇出的一种建议,意即以现代口语化语言作诗,充分表现现代人之丰富的情感。然而,在艾青的"诗的散文美"、废名的"新诗应该是自由诗"③等主张提出之后,诗歌的散文化越来越严重,这其中就存在着大量空洞的自由体诗。对此,艾青指出:"自从新文学发展以来,也产生了许多散文化的诗。有些诗,假如不是分行排列的话,就很难辨别它们是诗。有的人挖苦自由诗是'无韵、带杠、有点、隔开、高低不平',这虽然是属于形式主义的批评,却也说明了自由诗的庞杂现象。这种散文化的诗,缺少情感,语言也不

---

① 蒋光慈:《太平洋中的恶象》,《蒋光赤选集》,北京:人民文学出版社,1955年,第4—5页。
② 艾青:《诗论》,北京:人民文学出版社,1982年,第24页。
③ 废名:《新诗应该是自由诗》,《文学集刊》(第一集),1943年9月。

和谐,也没有什么形象。"①艾青提及的这种散文化的诗虽在外形式上是自由的,但却因其缺乏情感和形象而并非他所期待的优秀的自由体新诗。李广田也指出,自"诗的散文化"之构想出现,大批诗论家对之予以支持,然而,这却使得大多数人错误地以为"写诗是一件很容易的工作"②,这种错误的观念自然也会引发一系列问题。

客观来说,诗的"散文化"、"自由化"这一诗学观念集利弊于一身,而诗人在自由诗的创作中忽略"内在形式"的构建,或者对于"内在形式"的把握不当,使得许多诗学家开始对之进行反思,何其芳在1944年发表的一段言论也在一定程度上表现了自由体诗受到的质疑:"从前,我是主张自由诗的。因为那可以最自由地表达我自己所要表达的东西。但是现在,我动摇了。因为我感到今日中国的广大群众还不习惯于这种形式,不大容易接受这种形式。而且自由诗的形式本身也有其弱点,最易流于散文化。"③由此,文学作品究竟应以何种形式呈现仍然是中国现代诗学场域内一直未有定论的问题。

经胡适、俞平伯、郭沫若等人的修正,以及30年代以降以戴望舒、施蛰存、卞之琳等现代派诗人的发展,自由主义诗学阵营对于自由体新诗的诗学理论建设愈发成熟了起来。经修正和发展后的自由体新诗在外形式方面依然坚持"自由"。其"自由"体现在,相对于古典格律诗,它在句式、文法、平仄、押韵等方面都较为随意,这有助于推动诗情的自然表露;但是,外形式的"自由"又不损其诗性,因为自由体新诗在音节、节奏、韵律等方面也对诗人提出了要求,诗人须以情绪的自然起伏为依据建构和谐的内在韵律,内在韵律的存在避免了自由体新诗走向"散文化"、"口号化",从而推动诗的审美理想的实现。其中,现代派诗人在自由体新诗的发展道路上作出的贡献尤其值得关注,他们肯定并继承了前人对于"情绪"与"诗律"之联系的观点,继而提出了"诗的韵律不在字的抑扬顿挫上,而在诗的情绪的抑扬顿挫上,即在诗情的程度上"④一类的观点,再次强调诗的"韵律"须建立在"情绪的抑扬顿挫"之上,而非"字的抑扬顿挫"这种外在的格律范式之上。此外,他们更是深化和推进了中国现代文学场域对文学作品的内形式的理解,正如朱自清所说,诗人的意识自觉一般体现在他能"配合着生活的需要"来建设诗学形

---

① 艾青:《诗的形式问题——反对诗的形式主义倾向》,《中国现代诗论》(下卷),杨匡汉、刘福春编,广州:花城出版社,1985年,第34—35页。
② 李广田:《论新诗的内容和形式》,《李广田文学评论选》,昆明:云南人民出版社,1983年,第98页。
③ 何其芳:《谈写诗》,《中国现代诗论》(上卷),杨匡汉、刘福春编,广州:花城出版社,1985年,第455页。
④ 戴望舒:《望舒诗论》,《现代》1932年11月第2卷第1期。

态,而现代派诗人就在对诗律的解读中,将"情绪"限定为现代人与现代生活碰撞之后产生的现代情绪,无疑,这体现了诗学主体是依据现实生活的需要建构新诗,这为"内形式"论赋予了现实依据,诠释了朱自清所谓的文学意识的"自觉",同时也是身处于复杂的社会环境的自由主义诗学对社会现实作出的积极回应。

二、"外形式"论的技巧化与"纯自然"论的自然化

在五四运动之前,中国文学长期面临着文言文(书面语)文学与白话(口头语)文学共生共存的处境,两种文学甚至被分别贴上"阳春白雪"与"下里巴人"的标签,其中,凭借着语言和格律要求的严谨,文言文文学表现了中国文学特有的音乐属性,且一直以来占据着中国文学场域内的主导地位。然而,随着口语文学的日渐崛起,以及现代汉语的逐渐成熟,口头语文学与书面语文学两种类型日趋分离。胡适认为,古典诗词僵化的格律范式对于文学的束缚愈来愈严重,继而提出从形式方面发起文学革命。有学者指出,胡适倡导的新诗运动的信条之一,就是"为了打破旧诗的困境和古典诗学传统加于汉诗的重重束缚,而从诗歌语言形式入手,主张返朴归真的自然—还原主义……而掩隐在这一诗学信条背后的则是诗本自然、返本开新的诗学理想"[①],"诗本自然、返本开新"的具体内涵是什么呢?即实现"诗体的大解放",打破一切人为制定的格律枷锁,"有什么话,说什么话;话怎么说,就怎么说"[②],还原诗歌的自然模样,从而使得诗歌挣脱旧体诗词僵化的格律规范,随着诗意而自然发展。

在胡适"作诗须得如作文"的精神引领之下,中国现代文坛涌现了大批诗人响应其"新文学的语言是白话的,新文学的文体是自由的,是不拘格律的"[③]这一号召而创作了大量新诗,这一白话新诗潮流对数千年以来古典文学积重难返的因袭势力予以了猛烈的冲击。然而,胡适的白话—自由诗学在开启了一条新诗发展思维的同时,也为自身的发展埋下了隐患。俞平伯就在对之予以支持的同时亦不无忧虑地谈到:"他是赤裸裸的,没有固定形式的,前边没有模范的,但是又不能胡诌的:如果当真随意乱来,还成个什么东西呢!所以白话诗的难处,不在白话上面,是在诗上面;我们要紧记,做白话的

---

① 解志熙:《汉诗现代革命的理念是为何与如何确立的——论白话—自由诗学的生成转换逻辑》,《中国现代文学研究丛刊》2005年第2期。
② 胡适:《〈尝试集〉自序》,《胡适全集》(第1卷),合肥:安徽教育出版社,2003年,第193页。
③ 胡适:《谈新诗——八年来一件大事》,《中国现代诗论》(上编),杨匡汉、刘福春编,广州:花城出版社,1985年,第2页。

诗，不是专说白话。……白话诗是一个'有法无法'的东西，将来大家一喜欢做，数量自然增加，但是白话诗可惜掉了底下一个字。"①如何处理白话诗中"白话"与"诗"的尺度，确实值得深思。俞平伯的担忧不无道理。在盲目地追求诗体解放的热情中，大家对于"白话诗"的关注重点往往不在于"诗"而在于"白话"，一味地强调"白话"、"自由"，则会牺牲"诗"的艺术属性，导致诗歌与散文的边界模糊。俞平伯的言论点明了中国新诗在格律形式方面面临的尴尬处境，其后，愈来愈多的诗人及诗论家均加入了对诗歌"文"与"质"间性关系的讨论，诗歌的外形式究竟应按着"道法自然"的精神还原本相，抑或是遵循艺术的原则探求技巧化的发展？在此后的数十年中，这一问题成为中国现代诗学场域中一个不可绕过的话题。

虽然对提倡恢复自然的还原主义原则的信奉使得胡适将新文学建设的任务简单化至形式问题，然而，他也的确引发了中国现代诗学关注诗歌"外形式"的历史，自其诞生之日起，他的自然诗学论就一度占据了中国现代诗学文学形式领域的主导地位，其后出现的现代格律诗学起初就是以质疑、挑战该诗学观念的面貌出现的。怀着对艺术审美本质的尊重和信仰，众人开始了对于诗歌形式的热烈探讨。在理论建设方面，一大批诗论家在接下来的二三十年间围绕着新诗的形式问题展开了探索，并为确认自家之言的合法性而展开了多场论争。其中，闻一多、梁实秋、徐志摩等人出于对艺术原则的坚持而展开的对胡适诗学的反思和对新诗形式发展方向的探索从另一方向推进了中国现代诗学的文学形式论的发展。

针对胡适、郭沫若、俞平伯等人提出的自然诗歌论中可能带来的诗文界限不明的问题，新月派诗人认为，诗歌的情感属性和审美属性二者缺一不可，不能片面地强调情感属性而刻意忽视审美属性，也就是说，在判定一首诗作的价值时，既要看该诗作是否是诗人兴之所至、自由抒情的自然之作，亦要看它是否凝练了一定的艺术技巧和创作经验于其中。正如钱锺书在《谈艺录》中引王济之言道："'文生于情。'然而情非文也。性情可以为诗，而非诗也。诗者，艺也。艺有规则禁忌，故曰'持'也。持其情志，可以为诗，而未必成诗也。"②所以，诗歌创作在尊重诗人之"情"时，又不仅仅止步于"情"之自由挥洒，而更在于以艺术规则提炼、调控情感，从而极尽可能地推动语言文字的审美化，使得文本成为诗，成为充满自觉且智慧的语言表现形式。因此，当郭沫若提出"诗不是

---

① 俞平伯：《社会上对于新诗的各种心理观》，《俞平伯全集》（第三卷），石家庄：花山文艺出版社，1997年，第511页。
② 钱锺书：《谈艺录》，北京：中华书局，1984年，第39—40页。

'做'出来的,只是'写'出来的"①时,闻一多却依然从艺术审美的角度出发,坚持认为"诗就是'做'出来的"。此外,他更是从唯美主义诗学中得到启示,并接连抛出"自然界的格律不圆满的时候多,所以必须艺术来补充它","绝对的写实主义便是艺术的破产","自然并不尽是美的。自然中有美的时候,是自然类似艺术的时候"等观点来指出,对于一部艺术作品来说,一定的形式枷锁是必要的,它能帮助自然臻于完美。针对浪漫主义诗人将诗歌完全等同于"自我的表现"而刻意抹煞一切艺术手段的主张,闻一多亦毫不留情地指斥他们"没有创造文艺的诚意",因为他们"只认识了文艺的原料,没有认识那将原料变成文艺所必须的工具"。② 可以说,闻一多对于白话—自由体诗学的批评还是较为公允的,他是在整体肯定自由体诗学对于传统格律诗学的突破功绩上,对于其中矫枉过正的倾向给予了纠正,并继而提出"音乐美"、"绘画美"、"建筑美"的形式构想,以重新赋予白话自由体新诗以艺术之美的品质。

在新诗形式美学的建构道路上,与闻一多并肩作战的,是新月派的一众同人。徐志摩、梁实秋、朱湘、刘梦苇、饶孟侃等人在此期间一再发文论述新诗的格律问题,在他们看来,技巧性的艺术调控对于文学创作而言,虽不可过量,但亦不可缺少。针对自由体新诗诗人提出的"自然音节"说,及其对格律诗的音节、形式提出的质疑,陈梦家认为,"文字到底不能表现我们情绪之整体",以技巧对情绪进行艺术化处理,才能凸显出艺术的审美特质,由此,诗人不能完全排斥格律之功用,因为"格律是圈,它使诗更显明,更美"。当然,对于格律的尊重,并不等同于为格律所奴役,而是合理地将格律化为己用,对之进行"规范的利用",从而,在对文字、情绪的处理中,"把技巧和格律化成自己运用的一部"③。在此种认识基础之上,陈梦家对于新月派诗人的现代格律诗作评价颇高,他认为,闻一多和饶孟侃的诗作均是诗人在"苦炼"的精神指导下"不断的锻炼不断的雕琢后成就的结晶"④;而其提及的饶孟侃则先后写下《新诗的音节》和《再论新诗的音节》等文章强调格律于诗歌创作的必要性,他指出,现代格律诗之"格律"已明显不同于古典诗词之"格律",相对于古典诗作,新诗是自由的,这体现在"新诗押韵,不必完全

---

① 郭沫若:《论诗二札》,《郭沫若谈创作》,彭放编,哈尔滨:黑龙江人民出版社,1982年,第6页。
② 闻一多:《诗的格律》,《晨报副刊·诗镌》1926年5月13日第7号。
③ 陈梦家:《〈新月〉诗选序言》,《中国现代诗论》(上编),杨匡汉、刘福春编,广州:花城出版社,1985年,第149—150页。
④ 同上,第152页。

依照旧的韵府,凡是同音的字,无论是平是仄,都可以通用"①,"新诗的音节"亦"没有被平仄的范围所限制,而且还有用旧诗和词曲里的音节同时不为平仄的范围所限制的可能"②,而且,现代格律诗又绝非复古的,它的现代性体现在它以现代汉语为语言材料,其"发音的根据则以普通的北京官话为标准"③。因此,在新月派诗人看来,合理调配"自由"与"格律"之度,是推进新诗健康发展的唯一途径,而如何调配二者之间的比例,则无疑是一项艺术技巧,正如饶孟侃所构想的:"新诗的音节要是能达到完美的地步,那就是说要能够使读者从一首诗的格调,韵脚,节奏和平仄里面不知不觉的理会出这首诗里的特殊的情绪来;——到这种时候就是有形的技术化成了无形的艺术。"④显然,新月派一众言论不断重复的核心理念就是,在新诗创作中,艺术技巧是绝不能被忽视的。

关于新诗创作究竟应该沿着自然化还是技术化的方向这一问题,中国现代文坛最具影响力的一场观念交战,当论闻一多、梁实秋借由对白话诗集《冬夜》和《草儿》的评论而发起的对于白话自由体诗学的清算。作为胡适自然化诗学最积极的响应者和实践者,俞平伯和康白情创作了《冬夜》和《草儿》,1922年,这两部诗集出版,一时间,在文坛上大获好评,众多青年诗人对之争相模仿。然而,在一片叫好声中,闻一多和梁实秋则发出了不同的声音。

由于俞平伯是胡适提出其诗学理论后最为积极的支持者之一,其在为该诗集作的《自序》中亦谈到:"我不愿顾念一切做诗底律令,我不愿受一切主义底拘牵,我不愿去摹仿,或者有意去创造那一诗派。我只愿随随便便的,活活泼泼的,借当代的语言,去表现自我,在人类中间的我,为爱而活着的我。"⑤因此,一般认为,俞平伯的诗歌创作正是胡适"自然音节"说理论的实践产出,然而,闻一多却一反常态,认为俞平伯之《冬夜》的成功之处就显示于"音节"之上,因为该诗集的音节是"凝炼,绵密,婉细"的,是"从旧诗和词曲里蜕化出来的",这显然不是自然的,而是经作者以艺术技巧精心打磨而得。闻一多由此从反面例证了好的诗歌的音节不可能是自然的,"一切的艺术应以自然作原料,而参以人工",作为艺术门类中的一员,诗歌必须是"艺术化"、技巧化的。在此基础上,闻一多从语言本体出发探讨诗的音节与散文的音节之不同,诗的语言承载的厚重情

---

① 饶孟侃:《新诗的音节》,《晨报副刊·诗镌》1926年4月22日第4号。
② 饶孟侃:《再论新诗的音节》,《晨报副刊·诗镌》1926年5月20日第8期。
③ 饶孟侃:《新诗的音节》,《晨报副刊·诗镌》1926年4月22日第4号。
④ 饶孟侃:《再论新诗的音节》,《晨报副刊·诗镌》1926年5月20日第8期。
⑤ 俞平伯:《〈冬夜〉自序》,《俞平伯散文选集》,孙玉蓉编,天津:百花文艺出版社,1990年,第24页。

感属性发之于音节,即表现为文字内"声与音"的质素,在诗歌中一般形象化为"节奏,平仄,韵,双声,迭韵"等形式表现,这是诗的"天赋的"音节,而胡适提倡的"自然的音节"只属于散文。① 显然,对于诗歌外形式的认识不同,导致了胡适与闻一多双方对融合了旧诗和词曲的音律的俞平伯《冬夜》诗集给出了截然不同的评价。

几乎同时,另一位新月派同人梁实秋与闻一多相应和,从诗歌的艺术本质出发考察诗歌的外在形式,认为"新诗运动的起来,侧重白话的一方面,而未曾注意到诗的艺术和原理一方面。一般写诗的人以打破旧诗的范围为唯一职志,提起笔来固然无拘无束,但是什么标准都没有了,结果是散漫无纪"②。从这一立足点出发,梁实秋对康白情的《草儿》诗集及白话自由休新诗进行了价值重估。在"我们不能承认演说辞是诗"、"我们不能承认小说是诗"、"我们不能承认记事文是诗"、"我们不能承认格言是诗"③等言辞中,梁实秋将胡适提倡的自然无技巧的诗歌等同于演说辞、小说、记事文、格言,诗文界限的模糊性已被梁实秋毫不客气地指认出来。这一文章的发表,响应了闻一多关于诗歌技巧化与自然化之抉择的建议,梁实秋认为诗歌本身的艺术属性需要受到中国新诗的绝对重视,对于诗歌这一艺术体裁而言,一定的艺术创作规则是必要而不能抹煞的。

在新月派一众同人的理论建设与创作实践努力之下,中国现代诗坛普遍开始从艺术本质和原理出发,反思胡适的"自然化诗论"的偏颇之处,继而关注诗应有的审美属性与外在形式,前期创造社成员成仿吾即是一例。不同于同期创造社另一位成员郭沫若由内在之绝对"自由意志"而至外在之绝对"自由形式"的狂热追逐,成仿吾看到了诗歌自然化倾向中的诸多问题。该文开篇即谈到:"一座腐败了的宫殿,是我们把他推倒了,几年来正在从新建造。然而现在呀,王宫内外遍地都生了野草了,可悲的王宫啊!可痛的王宫!"④成仿吾该言直指新诗革命以来,由胡适引导的形式运动在推倒旧诗形式范式的同时并未建立起一种与诗歌的情感本质相适应的外形式观念,诗坛上盛行的白话诗、小诗、哲理诗均未能从技巧方面为新诗树立一种正确的形式观念,成仿吾认为,诗不同于文,诗的情感与想象本质决定了其真谛在丁"利用音律的反复引我们深入一

---

① 闻一多:《〈冬夜〉评论》,《闻一多论新诗》,武汉:武汉大学出版社,1985年,第26页。
② 梁实秋:《新诗的格调及其他》,《梁实秋文集》(第六卷),杨迅文主编,厦门:鹭江出版社,2002年,第529页。
③ 梁实秋:《〈草儿〉评论》,《梁实秋文集》(第一卷),杨迅文主编,厦门:鹭江出版社,2002年,第7—13页。
④ 成仿吾:《诗之防御战》,《创造周报》1923年5月13日第1号。

个梦幻之境"①,因此,诗的外形必须是音乐的、技巧的,而不是说理的、自然的。

可以说,新月派发起的格律诗学在20世纪20年代中期与胡适倡导的白话—自由诗学以一种二元对立的姿态就诗歌应有的形式问题发起了一场激烈的话语交锋,并对此后中国新诗的发展产生了深远的影响。从表面上看来,双方的论争焦点集中于诗歌的艺术形式问题,事实上,其背后的诗学观念则更值得细琢。

知识话语背后的诗学理念往往决定了其具体的表现形态。胡适在美国留学时师从实用主义哲学家杜威,作为实用主义哲学在中国的传播者,胡适的诗学观念深受实用主义哲学影响。一方面,胡适根据实用主义哲学中的相对主义理论界定了"真理",他认为,真理"乃是这个时间,这个境地,这个我的这个真理。那绝对的真理是悬空的,是抽象的,是笼统的,是没有凭据的,是不能证实的。……真理是对付这个境地的方法,所以它若不能对付,便不是真理,它能对付,便是真理"②。胡适所谓之"真理"是一个动态的知识概念,可随着社会需要而不断变化,显然,胡适对"真理"概念的构想有着明确的现实指向性,是实用主义的。将这一真理观运用至中国新诗建设的问题上,针对五四前期中国文坛存在的一系列问题,胡适以尽快地解决问题为旨要,提出了在后人看来偏至如"诗体大解放"、"作诗须得如作文"等煽动性极强的诗学口号。客观来说,胡适的诗学观念的历史进步意义相当明显。针对过去僵死的诗歌传统,胡适此举确实大大刺激了知识分子对于诗歌形式与内容之关系的思考,为救活诗歌提供了一种思维路径。对于信奉相对主义的真理观的胡适而言,白话自由体诗学在一定历史范围内诠释了"真理"。然而,相对主义的片面性使得胡适诗学中暗藏了许多隐患。另一方面,在方法论上,胡适受西方自然科学影响,提出了"科学方法"论,并以科学研究的方法研究文学,讲求研究过程的科学性、客观性。按其所说,"科学方法"分为"历史的方法"和"实验的方法",胡适怀着"大胆假设"的实验精神提出了文学的形式革命,并将进化论引入研究过程,继而从纵向上梳理中国文学的革命史,以期在总结历史规律的基础上探出新诗的发展方向。因此,在他的文学研究中,我们常常看到诸如"文学革命的运动,不论古今中外,大概都是从'文的形式'一方面下手,大概都是先要求语言文字文体等方面的大解放"③一类的观点。同时,科学的研究方法在一定程度上亦影响了胡适对于文学作品

---

① 成仿吾:《诗之防御战》,《创造周报》1923年5月13日第1号。
② 胡适:《实验主义》,《胡适谈哲学》,哈尔滨:哈尔滨出版社,2013年,第13页。
③ 胡适:《谈新诗——八年来一件大事》,《中国现代诗论》(上编),刘匡汉、刘福春编,广州:花城出版社,1985年,第2页。

的要求,他提倡音节的自然、语言的自然通俗,反对诗歌形式的技巧修饰及语言的晦涩,这显然是胡适以科学主义的方法观照文学创作的直接结果,艺术与生俱来的审美品质被残酷地遗弃。其后的俞平伯、康白情、郭沫若等人在理论与创作方面对之给予的有力声援,一度使得以自然—还原主义为理论基础的白话自由体新诗成为新文化运动的标杆,大批青年诗人唯此是瞻,古典格律诗学中的条条框框伴随着"'车子!车子!'车来如飞。/客看车夫,忽然中心酸悲。/客问车夫,'你今年几岁?拉车拉了多少时?'/车夫答客,'今年十六,拉过三年车了,你老别多疑。'/客告车夫,'你年纪太小,我不坐你车。我坐你车,我心里惨凄。'/车夫告客,'……'"①一类新诗的兴起而被无情地抛诸脑后。虽说胡适是在科学主义思维的指导下探索中国文学的新出路,但是,他对于"自然的情绪"、"自然的音节"、"自然的诗歌"的片面强调,却在事实上使得中国新诗创作陷入了一种非理性的困境。正如潘颂德曾指出的:"一味强调'内在韵律',无视诗歌声律的作用,过分地强调诗歌形式的绝端自由,导致丧失诗的形式要素,其结果导致取消诗的恶果。"②这段言论命中了胡适的自由体诗学因其在"内容"、"形式"问题上绝对二元对立的思维带来的恶果,即割裂了内容与形式、外形式与内形式之间的潜在联系。而新月派也正是意识到这一问题,并欲以一种中和的视域来观照主观情感和审美特质在诗歌中的共生方式,以期解决胡适的白话自由体诗学中的非理性倾向。

可以说,胡适的白话—自由诗学和新月派的新格律诗学实质上是双方分别在情感和理性的作用下对于诗歌形式发起的想象,而双方就该问题产生的一系列分歧和论争,也就是情感与理性在中国现代诗学领域的权力关系的体现。人的理性与情感相互排斥,理性主义仅强调理性对于本能、情感的克制、超越,而非理性主义则一味地提倡人的本能意志的自由实现,因此,二者的冲突不可避免,且往往需要通过否定、批判对方而验证自己的合理性。以此来观照中国现代诗学场域中的话语论争,即可发现,胡适等人出于对诗的情感属性和人的本能的保护而反对一切形式规范的束缚。客观来说,在对情感与理性的选择中,若如中国古典律诗一般,仅仅看重理性之功用,并以理性凌驾于感情之上,无疑会阻碍人的精神生活自由的实现,从而导致文学的僵化、畸形;然而,若如胡适、郭沫若一般,为恢复精神自由而全盘否定古典诗词之形式范式,以至于矫枉过正,无限扩大情感之作用,又必然会使得文学沦为放纵情欲的工具。因此,绝对的偏向理性

---

① 胡适:《人力车夫》,《新青年》1918年1月第4卷第1号。
② 潘颂德:《中国现代新诗理论批评史》,上海:学林出版社,2002年,第41页。

之力,或是情感之用,都是不妥的。闻一多、徐志摩等人的新格律诗学则是在充分认识了中国传统诗学与胡适的自由体诗学双方的各自利弊后,在以"理性节制感情"的美学观念指导下对胡适的绝对自然的诗学构想提出的修正。正像鲁迅说的那样:"感情正烈的时候,不宜做诗,否则锋芒太露,能将'诗美'杀掉。"①新月派诗人反对感伤主义和滥情主义,反对毫无节制的情感宣泄。他们在诗艺上实践着使主观情感客观化的原则,在诗中大量铺排意象。譬如,《死水》表达了诗人对祖国死水一潭的社会现实的绝望与激愤之情,但诗人没有让这种强烈的情感肆意抒发,而是将之外化为"死水"的总体意象,通篇采用形象的拟喻手法,在情绪内敛的同时,使诗境升华到一个具有普遍意义的象征层面,这正是诗人遵循诗歌艺术本身固有的规律和法则的结果。

然而,值得注意的是,新月派诗人虽是以理性来控制胡适诗学中感情因素过度泛滥的,然而,在其后的发展中,对于理性的片面强调,也同样使得现代格律诗被推到了风口浪尖。胡适、郭沫若等人在提倡建立自由体新诗时就已提到,欧洲"自由诗、散文诗的建设也正是近代诗人不愿受一切的束缚,破除一切已成的形式,而专抱诗的神髓以便于其自然流露的一种表示"②,而近代欧洲诗人创作自由诗、散文诗时所流露出来的"不愿受一切束缚"的情绪,正是五四青年之时代情绪,因此,西方近代以来盛行的自由诗、散文诗为其提供了借鉴的榜样,这两种形式松散的诗体也就成为了文学革命伊始新青年竞相模仿的对象。而新月派却在指责自由体新诗矫枉过正,将新诗从一个圈套解脱的同时,又将其带入了另一个圈套,由于对形式的过分强调,中国新诗一度陷入了偏激的形式主义误区。对此,曾经因受法国象征主义诗人魏尔伦影响而沉迷于诗歌音律美,并根据"三美"的艺术构想创作了在音韵与意象方面极具考究的《雨巷》一诗的戴望舒,就在人们仍沉醉于"撑着油纸伞,独自/彷徨在悠长,悠长/又寂寥的雨巷,/我希望飘过/一个丁香一样地/结着愁怨的姑娘"中和谐的节奏与完美的音韵之际,忽地意识到新格律诗学的弊端,从而发生诗学的转向,决定放弃诗的音乐美,提出"诗不能借重音乐,它应该去了音乐的成分";"诗的韵律不在字的抑扬顿挫上,而在诗的情绪的抑扬顿挫上,即在诗情的程度上","韵和整齐的字句会妨碍诗情,或使诗情成为畸形的"③的观点,且欲以"情绪的抑扬顿挫"代替"字的抑扬顿挫",强调以"诗情"为核心建立诗的内在韵律,从而打破外形式的藩篱。而现代派另一代表诗人施蛰存则直接指出:"胡适之先生

---

① 鲁迅:《两地书·第一集·三二》,北京:人民文学出版社,1973年,第83页。
② 郭沫若:《论诗三札》,《郭沫若谈创作》,彭放编,哈尔滨:黑龙江人民出版社,1982年,第10—11页。
③ 戴望舒:《诗论零札》,《现代》1932年11月1日第2卷第1期。

的新诗运动,帮助我们打破了中国旧体诗的传统,但从胡适之先生一直到现在为止的新诗研究者却不自觉地坠入于西洋旧体诗的传统中。他们以为诗该是有整齐的用韵法的,至少该有整齐的诗节的。于是乎十四行诗,'方块诗',也还有人紧守着规范填做着。这与填词有什么分别呢?"对西方诗体的过度效仿,帮助中国诗歌创作从旧诗的藩篱中解脱出来,却未能真正完成中国现代诗学对文学本体价值的关注,这是以施蛰存为代表的现代派尤为担忧之处,在这种情况之下,他们重新提出了其对诗的定义,他们所理想的诗"大多是没有韵的,句子也不很整齐,但它们都有相当完美的'肌理'(Texture),它们是现代的诗形,是诗"①。而且,随着大革命之后新月派资产阶级知识分子的政治态度受到左翼文学阵营的诟病,新月派及其建构的现代格律诗概念逐渐被边缘化。

在此后的新诗发展中,我们看到的更多的是像陈梦家一样,即从诗的审美本质出发,认定"诗应当是可以观赏的歌咏的思味的文学",而诗的成分则由"韵律"这一"外在的形式"和"诗感"这一"内在的精神"两部分组成,诗的形式之美往往需要"用美术和音乐的调配,便因美观的格式与和谐的音韵所生出来的美感,衬托诗的灵魂"。然而,与技巧性的调配相对的是,陈梦家认为,诗"要其有自然的格式,自然的音韵,自然的感情"②。由此看出,陈梦家的新诗理论,纠正了此前过分强调形式因素的倾向,承认"诗感的来临是因为内心接受外物印象的击应",须顺应诗人情绪的自然起伏而建构自然的诗歌;但在对于诗歌的美学属性的认识方面,仍然继承了此前新月派同人"使诗的内容及形式双方表现出美的力量,成为一种完美的艺术"③的传统。随着现代诗学对于形式问题思考的日益成熟,陈梦家的这种较为圆融的形式观念逐渐成为诗学场域中的一种话语常态。就连一直以来将文学视作政治意志的宣传工具的左翼作家,也终于在一系列的论争之后,转以一种包容的姿态来探讨文学的本质以及形式问题。他们不再单一地强调文学作品的内容而忽视从审美角度出发考虑形式的重要性,艾青就在《美学》一文中指出,形式与格律于文学作品来说是必需的,首先,"每种存在物都具有一种自己独立的而又完整的形态";其次,"格律是用文字对于思想与情感的控制,是诗的防止散文的芜杂与松散的一种羁勒",但是,诗人须把握好度,不能使自己沦为格律的努力,

---

① 施蛰存:《又关于本刊中的诗》,《现代》1933年11月1日第4卷第1期。
② 陈梦家:《诗的装饰和灵魂》,《国立中央大学半月刊》1930年1月16日第1卷第7期。
③ 于赓虞:《志摩的诗》,《于赓虞诗文辑存》,解志熙、王文金编校,开封:河南大学出版社,2004年,第609页。

因为一旦格律成为"囚禁思想与情感的刑具",诗的创作必然会受到重创。由此,一首真正的诗,须"在一定的规律里自由或者奔放",这样才能在"思想"和"美学"两方面都实现诗歌的功能。①

由上可见,同为自由主义诗学阵营的成员,胡适、俞平伯和新月派对于新诗的形式却有着不同的理解。归根结底,这是由于各自有着不同的学术理论背景,且身处中国现代诗学发展的不同阶段所致,而善于反思的诗学家则往往会在审度前有诗学理论之利弊的基础上提炼出自己的新见解,而这也就促成了自由主义诗学阵营内部一次又一次关于"外形式"问题的论争。当然,也正是因为他们同处于自由主义诗学阵营,所以,他们建构及秉持"自然"论或"格律"论的出发点也都是为了维护文学之独立和自由,只是实践的方式略有不同而已。从这个角度来看,发生在中国现代自由主义诗学内部的这场形式论争更像是处于不同时期、来自不同派别的自由主义诗学家之间的一次理论对话。

在中国现代诗学场域内,关于文学形式的论争一直没有停止过,然而,直至中国现代史结束,该问题依然没有在各派别诗学家频繁的权力斗争中形成一个普遍的共识。正如李广田所言:"多少年来,新诗的形式在变化中,但没有人能说新诗一定要用什么形式。这很难说,但我们可以承认,这种情形是非常自然的,尤其是一次新的革命之后。新诗之没有一定的形式,正是新诗的一种好处,正是新诗的生命之所托。"②李广田的这番话是颇有道理的,就像阐释学中一再提及的,处于不同时空背景之中,且有着不同知识经验背景的阐释主体对于同一事物自然有着不同的理解,而事物意义的生成和推进也有赖于不同阐释主体的参与。因此,在中国现代诗学场域内,诗的内涵的衍生和生命力的勃发也正是在一次次的形式革新中得到实现的。显然,在中国现代诗学场域之中,自由主义诗学家对于诗的形式问题作出了积极且有效的思考和阐释,不论是在外形式方面提出的自由体诗和现代格律诗观念,还是在内形式方面建构起的"内在的韵律"的思想脉络,均共同呈现于中国现代自由主义诗学场域,乃至中国现代诗学场域之内,丰富了中国文学的形式话语,推动了中国文学的意义生成。从这个角度来重新审视中国现代自由主义诗学,便可更清楚地看见该诗学理论的价值所在。

关于"现代"与"传统"之关系,是一个在世界范围内已然吸引了广泛的关注与讨

---

① 艾青:《美学》,《艾青文集》,刘屏编选,北京:华夏出版社,2000年,第305—307页。
② 李广田:《论新诗的内容和形式》,《李广田文学评论选》,昆明:云南人民出版社,1983年,第96页。

论,且仍在不断地被阐发出新意义的奇妙话题。历史的经验明确地告诉我们,简单地以"否定"来割裂二者之间的联系无疑是错误的。美国当代学者本杰明·史华慈(Benjamin I. Schwartz,1916—1999)在谈及该问题时就指出:"在人类经验里可能存在着一些极为重要的超越时空的领域,不可能很容易地把它们确认为'传统的'或'现代的'……人类过去的各方面经验,不论有益有害,能够可能继续存在于现在之中",现代知识范式的创建并不需要以对传统范式的彻底颠覆为代价,尤其对于中国现代诗学的建构而言,"中国之'过去'和'现代'未必就作为互不渗透的整体彼此对抗"[1]。史华慈的观点驳斥了以往的"传统—现代"二元对立的机械论观念,道出了传统与现代的文化经验之间潜在的源流、传承的联系,这也为论证中西两种类型的文化经验在同一时空中的共生、融合、互相补给提供了坚实的理据。

事实上,确如史华慈所言,只有当中国现代诗学家以一种辩证统一的观念看待"传统"与"现代"、"中国"与"西方"之关系,才能真正以融合和跨越的视域建构出一种具有普适意义的知识范式,使其在汲取西方先进的文化经验的同时又能积极主动地适应本土文化语境,融入本土文化经验。而且,正像前面谈到的,在一定程度上,建构新文学的设想是五四知识分子面临民族危机时为维护民族尊严而提出的应对之策,然而,"全面否定本土文化传统,学习西方文化经验"的观念显然不能实现其维护民族文化自尊的初衷,反而可能使中国文化在西方文化面前丧失自主、自足性。因此,正视中与西、传统与现代的诗学资源之间的联系,平等、客观地对待双方的优长与不足,在此基础上,合理择取并调配各类诗学资源,是每一诗学主体都须具备的观念。

在这项工作上,中国现代自由主义诗学家显然是作出了贡献的。为了探索文学的独立品格,他们广泛地接受来自中西诗学体系中的多种相关诗学资源,纵向上,他们将重精神、蔑功名、尚无为、任自然的老庄哲学,"越名教而任自然"[2]的魏晋风度,"众人之宰,非道非极,自名曰我"[3]的明清个性主义思潮等文化经验视作民族文化的记忆而予以保留;横向上,"为自我而艺术"的浪漫主义以及"为艺术而艺术"的唯美主义、象征主义等西方自由主义诗学资源亦被纳入其诗学体系之中。不同于同一时期的其他诗学体系或片面地固步自封、抱残守缺而拒绝一切外来文化资源,又或因妄自菲薄而彻底否定

---

[1] Schwartz, *History and Culture in the Thought of Joesph Levenson*, Cambridge: Harvard University Press, 1972. pp.108-110.
[2] (三国魏)嵇康:《释私论》,《嵇康集注》,合肥:黄山书社,1986年,第231页。
[3] (清)龚自珍:《壬癸之际胎观第一》,《龚自珍文选》,苏州:苏州大学出版社,2001年,第89页。

传统文化经验,继而盲目、机械地在中国文化语境中照搬西方知识范式,中国现代自由主义诗学既有放眼世界的气魄,又不失纵览古今的胸怀,他们在以西方为师的道路上实现了由"传统"向"现代"的迈进的同时,亦在知识范式的现代转型的过程中保存了本土文化之特性,从而实现了在本民族文化经验的范围内推动中国文学现代化转型和发展的初衷。从这个意义上来评价中国现代自由主义诗学,显然,其对于中国新文学的发展方向是作出了成熟的思考和有价值的探索的。作为一名研究者,我们在评价中国现代自由主义诗学的功与过时,的确需要将中国现代自由主义诗学这一研究对象带回历史现场,依据其所处时代的社会现实所需来对之进行评价。除此之外,更重要的是,身处于当今这样一种理性、反思的文化氛围之中的我们面对着这一曾在中国现代诗学场域内引起颇多争议的对象,更应以一种冷静的思维对其在艺术审美层面为中国现代诗学作出的贡献给予客观、公正的评价。

中　编

中国现代保守主义诗学

当今学术界对中国近现代①思想史的研究,既有笼统的"两分法"——保守主义与激进主义分庭抗礼,也有相对具体的"三分法"——保守主义与自由主义、激进主义鼎足而立。其中,"三分法"应用最广泛,如俞祖华、赵慧峰认为"在清末与民国思想史上,激进主义、保守主义与自由主义三大思潮鼎足而立"②;何晓明认为自近代以来的"一百多年中,种种思索、方案纷繁歧异,但若依他们处理中西古今关系的基本态度而论,大致存在着保守主义、自由主义、激进主义三大分野"③;冯兆基则认为"保守主义、自由主义(或西化主义)和马克思主义④为民国时期的三大文化思潮,对中国的文化、政治思想发展影响深远"⑤。无论是分庭抗礼还是鼎足而立,保守主义都是中国近现代思想史上绕不开的话题。但是,关于中国近现代思想史上的保守主义的界定,学术界迄今都仍存争议而未有定论。

就国内学术界的相关研究而论,主要表现为两种颇具代表性的观点。一种有代表性的观点认为,19世纪末以康有为为首的"今文经学"派因致力于"以传统对抗西方近世文明"而成为中国"保守主义初版的雏形"⑥;另一种有代表性的观点则是将中国保守主义与"中体西用"观相关联,或认为中国保守主义始于1894年的"甲午战争"之后而以"张之洞等后期'洋务派'"⑦为代表,或认为中国保守主义起于"洋务运动"早期而强调"19世纪60年代冯桂芬的《校邠庐抗议》就已经定下日后文化保守主义的基调"⑧。

---

① 本编使用的"中国近现代"一词参照中国历史学界的界定,其时间跨度为1840年至1949年。
② 俞祖华、赵慧峰:《社会主义:现代中国三大思潮的共同取向》,参见郑大华、邹小站主编《中国近代史上的社会主义》,北京:社会科学文献出版社,2011年,第40页。
③ 何晓明:《知识分子与中国现代化》,上海:东方出版中心,2007年,第59页。
④ 也有学者认为,自由主义和马克思主义都从属于激进主义,后于"五四运动"后期分化,从而与保守主义构成20世纪中国思想史上的三大潮流(参见王锟著《孔子与二十世纪中国思想》,济南:齐鲁书社,2006年,第26页)。本编赞同这一观点,即中国现代激进主义在初期主要表现为激进的中国现代自由主义,后来又分化出激进的中国现代马克思主义。
⑤ 〔澳〕冯兆基:《中国民族主义、保守主义与现代性》,参见郑大华、邹小站主编《中国近代史上的民族主义》,北京:社会科学文献出版社,2007年,第43页。
⑥ 欧阳哲生:《中国现代文化保守主义思潮述评》,《求索》1990年3月第1期,第122页。按:该文认为"今文经学"派一方面从汉儒今文经学中汲取微言大义而为维新改制提供理论借口,另一方面又试图将儒家学说改造成宗教教义,并奉孔教为国教。所以,这里所谓的"今文经学"派包含着民国初年以康有为为首的"孔教"派。
⑦ 郑大华:《文化保守主义与"五四"新文化运动》,《北京师范大学学报》1989年6月,第31页。
⑧ 何晓明:《返本与开新——近代中国文化保守主义新论》,北京:商务印书馆,2006年,第322页。

不难发现,这几种观点都将中国保守主义的起源时间定位于19世纪中后期,但更为具体的时间节点有所差别,同时这几种观点又都认为凡是维护传统文化①并在一定程度上抗拒西方文化②的主张就是中国的保守主义思想。然而,一个令人疑惑的问题是:早在"洋务运动"尚处于讨论之中而并未付诸实践之际,以倭仁为代表的"顽固"派一方面认为传统文化源远流长、博大精深而固守之,另一方面又视一切西方事物为"奇技淫巧"而拒斥之,那么比任何后来者都更加维护传统文化且又比任何后来者都更加排斥西方文化的倭仁一类的"顽固"派为什么不可以被视为中国保守主义的肇始之源呢?"洋务运动",无论是在其早期还是在其晚期,自始至终都伴随着"洋务"派和"顽固"派之间的激烈斗争。如果"洋务"派被划入保守主义的阵营,那么与"洋务"派针锋相对的"顽固"派又将何去何从? 显然,激进主义不适合被用来描述"顽固"派的言行,更遑论自由主义。也许正是为了解决这其中所潜藏着的冲突和矛盾,有学者提出将中国的保守主义划分为"封建的文化保守主义"和"近代式的文化保守主义"两种类型,由之"洋务"派和"顽固"派都属于"封建的文化保守主义",而"中国最早具有近代意义的文化保守主义思潮应以辛亥革命时期的国粹主义为代表"③。但如果依照这种说法,"封建的文化保守主义"其实至少可以追溯到孔子的"郁郁乎文哉,吾从周"(《论语·八佾》)之说,于是中国的保守主义似乎早在几千年前就诞生了。至于主要由典型的清末学者所组成的"国粹"派是否已完全脱离封建文化的影响而表现出近代性或现代性,也是一个有待商榷的问题。

当下,尽管学术界对中国保守主义的起源也尚无一致的看法,但绝大多数学者都在不否认中国保守主义对西方文化有所借鉴和吸收的前提下,将维护和弘扬传统文化视为中国保守主义的基本特征,并多名之为"文化保守主义",如有学者指出,"对传统文化的维护和弘扬,这是中国近代文化保守主义者最基本的文化取向,也是他们之所以被称为文化保守主义者的根本原因"④。于是,"洋务"派(以曾国藩、李鸿章、张之洞等人为代表)、"国粹"派(以章炳麟、邓实、刘师培、黄节、黄侃、马叙伦等人为代表)、"孔教"派(以康有为、梁启超等人为代表)、"东方杂志"派(以杜亚泉、钱智修、陈

---

① 在无特别说明的情况下,本编所使用的"传统文化"一词都是指中国的传统文化。
② 本编所用"西方文化"一词中的"文化"就其广义而言,所以"西方文化"一词指涉一切具有西方特色的风俗、习惯、思想、理论、学说等各种内容。
③ 胡逢祥:《社会变革与文化传统》,上海:上海人民出版社,2000年,第11页。
④ 郑大华:《民国思想史论》,北京:社会科学文献出版社,2006年,第84页。

嘉异等人为代表)①、"学衡"派(以吴宓、梅光迪、胡先骕、柳诒徵、汤用彤、刘伯明等人为代表)、"甲寅"派(以章士钊为主)、"本位文化"派(主要指王新命、何炳松、武堉幹、孙寒冰、黄文山、陶希圣、章益、陈高佣、樊仲云、萨孟武这十位教授)以及"现代新儒家"派(以梁漱溟、张君劢、熊十力、冯友兰、贺麟等人为代表)便构成了最宽泛意义上的"文化保守主义"阵营。自20世纪80年代中后期开始,国内学术界基于对中国现代激进主义(包括激进的中国现代自由主义和激进的中国现代马克思主义)和现代化的反思,掀起了一股文化研究热潮,而他们对中国近现代思想史上的保守主义的研究在很大程度上也都着眼于狭义文化的层面,即研究"文化保守主义",并多秉持着辩证而肯定的态度②,由之产出了为数众多而又丰富多彩的学术成果。

其实,维护传统文化并在一定程度上抗拒西方文化的思想和行为只是中国保守主义的一种具体表现而非其本质特征,所以并不能完全地借之以探究中国保守主义的起源。再者,虽然说"保守主义"一词并不属于那些"由严格的语言哲学家所限定的教条式的"语词,但"也不是那些可以视为毫无意义而随意弃之不用的词汇"③。作为一种能指符号,"保守主义"一词在中国已经使用了一个多世纪,具备了一些约定俗成的能指意义,并不能被随心所欲地使用甚至于撤弃不用。事实上,也并非只有剥离政治与保守主义的关系,并创造"文化保守主义"一类的新概念,从而逃脱保守主义在西方往往与自由主义政治制度相纠葛的羁绊一途,才能借用源自西方的保守主义理论来发掘、研究中国近现代史上的保守主义思想。应该说,比照西方保守主义反思④现代化的本质特征,我们依然可以确证中国近现代史上确实存在着的徘徊于传统和现代之间的保守主义思想。

从现代化发生的角度而言,现代化可以被归结为两种类型,即"自我本土的发展或

---

① 学术界的研究者们往往将杜亚泉、钱智修、陈嘉异等人归为"东方文化"派成员,但"东方文化"派是个模糊而宽泛的概念。早在20世纪20年代中期,就有人指出"'东方文化派'这个名词,似稍嫌笼统,且包含的类别很复杂"(昌群:《什么是文化工作》,《中国青年》1926年9月第142期),因此本书选择使用相对明确的"东方杂志"派一词以专门指代杜亚泉、钱智修、陈嘉异等围绕《东方杂志》撰文并与"新文化"派展开论战的保守主义者。

② 在此期间也存在着一些对"文化保守主义"持批评、否定态度的学术论文,如杨春时和宋剑华的《关于当前"文化保守主义"倾向的对话》(《海南师院学报》1995年第1期)、马庆钰的《对于文化保守主义的检省》(《中国人民大学学报》1997年第3期)、李立功的《革命退潮期的文化保守主义》(《攀枝花大学学报》1997年第4期)、段建海的《评近代中国的文化保守主义》(《陕西师范大学学报·哲学社会科学版》1998年第S2期)等。

③ 〔美〕史华慈:《论"五四"前后的文化保守主义》,参见许纪霖、宋宏主编:《史华慈论中国》,北京:新星出版社,2006年,第73页。

④ 指哲学意义上的反思,即不同于直接认识的间接认识。

内发性的(indigenous)现代化"和"外力促逼而生或外发性(exogenous)的现代化"①。英、法等国经由自身的长期发展自然而然地逐渐走上现代化之路,其现代化是本土发明、创造的产物,也即"自我本土的发展或内发性的现代化"。与英、法等先进国家不同,中国、印度等相对落后的后进国家则在毫无先期准备的情况下被外力强行推到了现代化之路上,故其现代化是借鉴、习来的产物,即"外力促逼而生或外发性的现代化"。现代化既被用于描述英、法等最先崛起又最为先进的资本主义国家在科技、经济、政治等方面不断取得突破的发展过程,又被用于描述后进国家努力学习先进国家并试图迎头赶上的过程。在先进国家的现代化进程中,人们一方面热衷于现代科技创新和现代工业发展,正向地推动现代化的发展,另一方面又及时地反思现代化、修正现代化,逆向地推动现代化的发展。其中,保守主义思潮及保守主义人士的所作所为在客观上便是逆向推动现代化发展的典型代表。与先进国家的现代化不同,后进国家的现代化一开始往往就等同于西方化(或称欧洲化)。因之,在后进国家的现代化进程中,人们起初往往惑于西方先进国家的坚船利炮以及五花八门的各种科技成果,急功好利地只知一味效仿而不知其所以然,既无现代化之准确认识,也无现代化之自觉意识,更遑论对现代化的质疑、反思,直到历经挫折后才逐渐明白现代化并不完全等于西方化,于是开始挣脱西方化的怪圈,反思现代化的利弊,摸索本国的现代化之路。在这个过程中,保守主义人士的思想主张功不可没,因为最先质疑、反思西方化之人往往就是保守主义者。

作为一个后进国家,中国在其现代化过程中既得益于英、法等先进国家的现代化经验而迅速走上现代化之路,又受困于英、法等先进国家的现代化而经历长时期的西方化挫折。爆发于1840年的"鸦片战争"被视为中国近代史的开端,因其改变了中国的社会性质,同时也迫使中国卷入世界现代化的洪流之中。从19世纪50年代魏源在《海国图志》中提出"师夷长技以制夷"的口号,到"洋务"派在19世纪60年代将这一口号付诸实践,中国的现代化进程便已悄然开始并迅速展开。然而,从"洋务运动"到"戊戌变法"再到"辛亥革命",中国虽然在现代化的道路上不断前行,但其对现代化的反思始终没有跟上其现代化发展之脚步。

在中国近现代史上,现代化也往往就意味着西方化,而西方化的一个主要内容就是大量引进西方文化并积极学习西方文化。清末时期,除了"洋务运动"期间本能地视一

---

① 金耀基:《现代化与中国现代历史——提供一个理解中国百年来现代史的概念架构》,参见金耀基:《金耀基自选集》,上海:上海教育出版社,2006年,第40页。

切西方事物为"奇技淫巧"的"顽固"派之外,绝大多数有识之士都将强国、富国的宏愿寄托于对西方文化的借鉴和学习之上。当时,虽然不同的人基于不同的具体目的而截取西方文化的不同侧面,但他们都无一例外地将他们所选择的西方文化的不同侧面——甚至于想象中的所谓西方文化视为先进和优秀的典范而从未对之有所质疑。可以说,当时国人对西方文化的歆慕,在很大程度上"不过如儿童之欢迎玩物,但求纵其欲望,他无所知"①。如果非要说存在着一种质疑的话,那也仅仅表现为"洋务"派、"国粹"派以及后来的"孔教"派等团体虽然肯定并强调西方文化在"器用"方面有其优势,但在骨子里依然认为中国文化所蕴含的无限智慧才是治国甚至于放诸世界皆准的良方。也正因如此,"中学为体,西学为用"的观点成为一种集体无意识贯穿于"鸦片战争"以后的整个清末时期,以至于"洋务"派、"国粹"派、"孔教"派等团体后来都不约而同地致力于"在中国寻找其在外国看到的相似之物,或同类之物,或中国的与之相对应之物"②,即致力于从传统文化尤其是传统的儒学中找寻可与西方文化的一些断面相比附的内容。因此,清末时期的一部分国人虽醉心于借鉴和学习西方文化,却从未怀疑西方文化也可能存在弊端。没有质疑西方文化也就意味着没有质疑西方化,更意味着没有质疑现代化,而对现代化的反思也就无从谈起了。"洋务"派、"国粹"派、"孔教"派等团体固然因为竭力维护传统文化而表现出一种鲜明的保守倾向,但这种保守不是基于本能的无意识反应便是以维护传统文化作为翼护其某种政治诉求的保护伞,这从本质上说与两千余年前孔子以复兴周礼之名义宣扬其思想文化主张的做法并没有太大的差别。因此可以说,这种力主"道为本,器为末,器可变,道不可变"③的保守倾向不过是深受"数千年旧化的潜势力"影响的"一种反射运动罢了"④,或可名之为 E·A·罗伯特·塞西尔(Edgar Algernon Robert Gascoyne-Cecil,1864—1958)所说的"自然保守主义"或马克斯·韦伯(Max Weber,1864—1920)所谓的"传统主义"⑤等依循先例的惯性思想和行为,却并不等同于以反思现代化为本质的保守主义。值得一提的是,这种"自

---

① 高劳(杜亚泉):《现代文明之弱点》,《东方杂志》1913 年 5 月 1 日第 9 卷第 11 号,第 2 页。按:本编所引用的包括早期《东方杂志》在内的部分民国时期的报刊,多使用旧式句读,现为符合出版规范,均改为新式标点,以下不另作说明。

② 〔美〕费正清:《剑桥中华民国史》(上卷),杨品泉等译,北京:中国社会科学出版社,1994 年,第 8 页。

③ 郑观应:《〈盛世危言〉增订新编凡例》,参见郑观应:《盛世危言》,辛俊玲评注,北京:华夏出版社,2002 年,第 15 页。

④ 梁漱溟:《〈东西文化及其哲学〉导言》,参见梁漱溟:《唯识述义》,北京:北京大学出版社,1920 年,第 4 页。

⑤ 〔德〕卡尔·曼海姆:《保守主义》,李朝晖、牟建君译,南京:译林出版社,2002 年,第 56 页。

然保守主义"或"传统主义"的保守倾向在民国初年发展到极致,并具体地表现为"以尊孔为旗帜,以反对共和制度为中心","或与袁世凯的集权专制相配合,或为帝制复辟摇旗呐喊"[①]。

中国走上现代化之路本就非其自由、自主的选择结果,而在深情向往西方文化、着力美化(甚或神化)西方文化的时代,国人又根本不可能辩证而批判地对待西方文化,当然也无所谓对现代化有所反思甚至修正了。反而言之,只有当国人普遍怀疑西方文化而开始逐步解构被美化(甚或神化)的西方文化时,他们才会真正地开始反思甚或修正现代化。应该说,国人对西方文化的普遍怀疑和逐步解构始于"第一次世界大战"的爆发,而他们也恰恰就是在那个时候开始反思现代化和修正现代化。在反思现代化和修正现代化的过程中,一部分先知先觉的有识之士不但呼吁国人重新审视西方文化,还号召国人客观对待传统文化。于是,真正意义上的中国保守主义——中国现代保守主义(不同于中国近现代史上的"自然保守主义"或"传统主义")便由此而在民国初年登上中国的历史舞台。需要强调的是,民国之前并不存在真正意义上的中国现代保守主义,而真正意义上的中国现代保守主义其实诞生于民国时期——更为确切地说是诞生于"第一次世界大战"爆发之后。

在"第一次世界大战"爆发之前,国人对西方文化——尤其是其物质文化充满着美好的幻想,但在"第一次世界大战"爆发之后,这种美好幻想便开始破灭,而西方文化绝对积极、绝对先进的意义也随之烟消云散。当时,国内许多报章杂志都对"第一次世界大战"进行了跟踪报道和实时评论,如《东方杂志》在奥匈帝国向塞尔维亚宣战后的第四天——1914年8月1日便刊出了杜亚泉主笔的《欧洲大战争开始》[②]一文以介绍"第一次世界大战"爆发的始末,而自1914年9月1日出版的《东方杂志》第11卷第3号开始,平均每两期都有一篇题为《大战争续记》的文章跟进介绍"第一次世界大战"的进展[③]。通过报章杂志的介绍和分析,国人逐渐了解到在看似先进而美好的西方文化的主导下,西方世界竟然如此混乱不堪,而战争导致的血流成河、哀鸿遍野更是随处可见。

[①] 吴雁南、冯祖贻、苏中立、郭汉民:《中国近代社会思潮(1840—1949)》(第二卷),长沙:湖南教育出版社,1998年,第2页。

[②] 高劳(杜亚泉):《欧洲大战争开始》,《东方杂志》1914年8月1日第11卷第2号,第5—12页。

[③] 可能是因为《大战争续记》的作者杜亚泉后来陷于"东西文化论战"之中而无暇续记"第一次世界大战",所以《大战争续记》只刊到1916年3月10日出版的《东方杂志》第13卷第3号为止(第14卷第7号另有一篇题为《大战争续记十二》的文章)。不过,此后的每一期《东方杂志》依旧刊载众多其他作者评述"第一次世界大战"的文章。

此时此刻,国人虽然可能并没有深刻地认识到,西方文化在理性至上、理性万能一类思想的指导下所表现出的对功利和效率的执着追求必然会导致伦理道德的沦丧和掠夺战争的爆发,但也都直观地感受到西方文化非但不如他们想象中的那般美好,反而还会导致诸如"第一次世界大战"一类的可怕后果。当时,杜亚泉有感于"第一次世界大战"之爆发而创作的《大战争之所感》一文集中体现了国人对西方社会和西方文化的质疑:"彼欧洲文明国家之人民,所享自由丰富之幸福,固常使吾侪惊叹羡慕而不能自已者也。然大战争一起,欧洲人民之死于礮火兵刃之下者,乃至数十百万人。吾侪之死于刑戮、劫杀、疾病、灾难者,其数虽亦不下于此,其势固不若是之骤焉。两相比较,则彼等平日之幸福,虽胜于吾侪,而不幸之事,乃积聚于一时期之内。吾侪之不幸,则蔓延散布于数十百年之间。同一死也,惟紧缩与弛缓之殊耳。世人愿学神仙,神仙亦须遭劫。吾侪虽不幸,亦可聊以自慰矣。腐败欤?文明欤?人类之幸福,固将于何处求之欤?"[1]杜亚泉将"第一次世界大战"爆发后两个月内的死亡人数与中国非战争期间"数十百年"内因自然和人为因素导致的死亡人数相比较,在突出战争的血腥和残酷的同时,直观而形象地呈现了西方文化所产生的负面效应,警告了汲汲渴望学习西方之"神仙"的国人勿忘"神仙"必将经历的劫难,并发人深省地反问:"人类之幸福,固将于何处求之欤?"毫无疑问,在杜亚泉看来,人类寻求幸福不能单单依靠西方文化,因为国人所想象的西方文化之乌托邦已被无情的事实所证伪。西方文化乌托邦的幻灭固然令国人一度陷入无所适从的迷茫之中,但这同时也迫使国人开始重新审视西方社会和西方文化,也即逐渐开始反思现代化,而这种对现代化的反思就是现代保守主义思想萌发的开始。不过,当时虽有一部分像《大战争之所感》的作者——杜亚泉一样的有识之士对西方文化有所质疑甚至批判,却尚未转向复兴传统文化以寻觅救赎之道。应该说,真正促成这种转向的是始于1915年底的"东西文化论战",而中国现代保守主义也就是从那个时候开始逐渐成为盛行于民国时期的一大社会思潮。

1915年9月,陈独秀、李大钊等人在上海创办《青年杂志》(翌年迁往北京办刊并将之更名为《新青年》),并以此为理论阵地发起了一场声势浩大的"新文化运动"。应该说,"新文化运动"最初的直接目的在于抵抗袁世凯的帝制复辟活动和尊孔复古运动,而其终极目的则在于建构一种新的思想文化——新文化,从而促进中国摆脱积弱不振、国势危殆的生存困局,走上独立自主、繁荣富强的发展坦途。在中国历经各种政治变革

---

[1] 伧父(杜亚泉):《大战争之所感》,《东方杂志》1914年10月1日第11卷第4号,第5页。

（政治运动甚或政治革命）而终究没有得到根本改观的无情事实面前，民国时期的绝大部分有识之士继而都将其思虑的重点转向了思想文化领域，因此"新文化运动"所暗含着的直接目的和最终目的几乎都为当时的绝大部分有识之士所普遍认同。但是，在建构新文化的具体实施层面，不同的人又有不同的看法，并因此而逐渐分裂为相对激进和相对保守的两大阵营。发起"新文化运动"的陈独秀等"新文化"派人士力倡民主、科学思想，并在事实上流露出试图用西方文化——尤其是西方"文艺复兴"运动以来的近世西方文化取代传统文化的激进主张。以《东方杂志》主编杜亚泉为代表的相对保守的人士则对"新文化"派力倡"民主"、"科学"思想和力讨"孔家店"做法提出质疑（尤其是质疑后者），并主张整合中西文化，即主张既不能彻底地盲从西方文化也不能完全地蔑弃传统文化，而应将二者恰当糅合以重构顺应时势的新文化。由此，两大阵营展开了一场旷日持久且规模宏大的"东西文化论战"，而其最初则恰恰在《新青年》和《东方杂志》两大刊物上展开。"东西文化论战"一方面固然令"民主"、"科学"等现代思想更加深入人心，并极大地放开了借鉴、学习西方文化的尺度；另一方面却也促使杜亚泉等人在反思、批判西方文化固有之弊端的同时，又不遗余力地发掘传统文化中极具应时对景之价值意义的思想文化内容。于是，以杜亚泉等人糅合中西文化乃至于糅合东西文化以重构新文化之论为主要内容的现代保守主义思想便在"东西文化论战"中登上历史舞台，此后更成为盛极一时的社会思潮而贯穿民国始终。

梁启超曾说过："凡'思'非皆能成'潮'，能成'潮'者，则其'思'必有相当之价值，而又适合于其时代之要求者也。"[①]现代保守主义之所以能发展成一种社会思潮就在于它有存在的价值，同时也符合时代的要求。集中并充分暴露西方文化之固有弊端的"第一次世界大战"令当时的许多国人都不得不忧虑：即使中国完全打倒"孔家店"，并真正实践西方的"民主"、"科学"等思想，甚至于全盘西化，最终也会重蹈西方国家之旧辙，堕入"礮火相寻，杀人以逞"[②]的无间地狱。所以，国人呼唤一种能够引领人类规避战祸、奔向幸福的新的思想文化。这是当时的国人的共同呼声，同时也是时代的迫切要求。诚然，现代保守主义者提出的糅合中西文化乃至于糅合东西文化而构建的新文化，其真正效用到底如何在当时也无人知晓且难以预料，但毕竟为茫然不知所措的国人谋求出路开启了新的视野，提供了一种新的追求。另一方面，其实大多数国人出于"自然

[①] 梁启超：《清代学术概论》，上海：商务印书馆，1921年，第1页。
[②] 高劳（杜亚泉）：《吾人今后之自觉》，《东方杂志》1915年10月10日第12卷第10号，第3页。

保守主义"或"传统主义"的保守倾向而在心理上难以完全抛弃传统文化,更不愿被西方文化所同化,而现代保守主义者所倡导的延续传统文化和改造西方文化的主张便暗合国人的"自然保守主义"情结或"传统主义"情结。需要强调的是,现代保守主义者并不排斥所有的西方文化,只是主张有所选择、有所限制地借鉴西方文化并结合传统文化而对之加以改造、吸收。如此,现代保守主义一方面抗拒了西方文化的话语霸权,另一方面又伸张了传统文化的话语权力,而这便是现代保守主义存在的真正价值之所在。现代保守主义既符合时代要求又有其存在价值,所以现代保守主义思想能够发展成为一种社会思潮,并在民国时期独树一帜而与其他各种社会思想或社会思潮分庭抗礼。

在民国的第一个十年(1912—1921),现代保守主义已发展成为一种不容小觑的社会思潮,但此时的现代保守主义基本上还处于防守阶段。在这一时期,"新文化"派等激进主义者不断地抛出崇尚西方文化、贬抑传统文化的论断,而杜亚泉等早期现代保守主义者则只能见招拆招,疲于应付,甚至在有意或无意间被激进主义者所牵引而将西方文化作为评判东方文化——尤其是传统文化之优劣的标准,从而在客观上遮蔽了东方文化及传统文化的主体性地位。到1920年的时候,杜亚泉已经完全退出了"东西文化论战"。就在激进主义看似胜利在望之际,梁漱溟却自觉地从杜亚泉手中接过现代保守主义的衣钵,摇旗呐喊。此后,现代保守主义阵营异军突起,逐渐转守为攻,而民国的第二个十年(1922—1931)便成为现代保守主义大放异彩的时代。

随着杜亚泉的淡出,"东西文化论战"已渐趋沉寂,但梁漱溟于1921年秋出版的成名作——《东西文化及其哲学》一书又再掀波澜——不但使"东西文化论战"复燃,更使之愈演愈烈。在《东西文化及其哲学》一书中,梁漱溟将西方文化、中国文化、印度文化置于平等并列的框架中加以横向比较和综合研究,并提出了著名的"三种文化路向说"。梁漱溟的"三种文化路向说"虽然明言人类最终的出路将是重走印度文化所走过的路,但同时又意谓当下之人应尊重并遵循中国文化(甚或以中国文化取代西方文化)而重走中国文化所走过的老路。应该说,《东西文化及其哲学》一书极大地增强了人们复兴东方文化尤其是传统文化的信心,这从该书在短短三年间竟重印十余次中便可窥一斑。也许是受到《东西文化及其哲学》一书的感召,梅光迪、吴宓等人又于1922年1月在南京创办《学衡》杂志,并打出"论究学术,阐求真理,昌明国粹,融化新知。以中正之眼光,行批评之职事。无偏无党,不激不随"[①]的旗号,其中的"昌明国粹"

---

① 吴宓:《学衡杂志简章》,《学衡》1922年1月第1期,扉页。

四字明白无误地昭示出"学衡"派复兴传统文化的执着诉求。自民国初年以来——尤其是在以康有为为首的"孔教"派大肆活动期间,"国粹"二字已成为众矢之的。然而,"学衡"派不但重提"国粹",还更试图"昌明"之,这颇有冒天下之大不韪的危险。不过,"学衡"派所谓的"昌明国粹"以"阐求真理"为前提,并始终伴随着"融化新知"——借鉴西方文化,从而与清末民初之士对国粹、国学、国故的颂扬迥然有别。较之于杜亚泉等早期现代保守主义者,以自己创办的《学衡》杂志为依托的"学衡"派既因为由一批志同道合且相对固定的学术同仁所组成而表现其流派组织性,又因为以较流行于西方世界的美国学者欧文·白璧德(Irving Babbitt, 1865—1933)的新人文主义为理论武器而展现其论辩攻击性。"学衡"派首次明确地将西方文化区分为古代西方文化和近世西方文化两种类型,并进一步指出古代西方文化才是西方文化之正宗,也恰恰是其精华之所在,同时又强调古代西方文化与中国先秦时期的孔儒学说若合符节,进而主张在会通中西文化并糅合中西文化的基础上铸就新文化。就在"学衡"派方兴未艾之际,章士钊又于1925年在北京复刊《甲寅》①,从而与"学衡"派形成南北呼应之势。复刊后的《甲寅》虽然带有官办杂志的政治色彩,但以章士钊为主的后期"甲寅"派在评价、取舍中西文化甚或东西文化方面表现出与"学衡"派相一致的观点,而且"甲寅"派和"学衡"派一样,都拒绝白话文写作、拒载白话文文章并反对"新文化"派所谓的新文化。"南《学衡》,北《甲寅》"时期,"东西文化论战"高潮迭起。1922年,旅欧归来的张君劢甫一回国便应邀在"中华教育改造社"发表演讲,指出欧洲陷于种种危机之中,不但文化愈趋没落,而且人心日益思变,各界甚至掀起了一股与科学主义背道而驰的"反主智主义"②思潮。翌年2月14日,张君劢又在清华大学发表题为《人生观》的演讲,提出"人生观之特点所在,曰主观的,曰直觉的,曰综合的,曰自由意志的,曰单一性的。惟其有此五点,故科学无论如何发达,而人生观问题之解决,决非科学所能为力"③,并由此而引发一场关于科学和玄学的论争——史称"科玄论战"。就在"科玄论战"激荡一年有

---

① 章士钊曾三办《甲寅》,即1914年5月10日在日本东京创办的《甲寅》月刊(即《甲寅》杂志,自1915年5月10日出版的第5期起,由上海亚东图书馆出版,至1915年10月10日出版的第10期被袁世凯查禁后停刊)、1917年1月28日在北京复刊的《甲寅》日刊(实为日报,每日1号,每号6版,至当年6月18日停刊,共出142号,但报纸排号共计150号)、1925年7月在北京再度复刊的《甲寅》周刊(至1927年4月2日出版第45期后停刊)。在思想文化取向方面,《甲寅》周刊相对于《甲寅》月刊、日刊而言趋于保守。因之,"甲寅"派可分为《甲寅》月刊及《甲寅》日刊时期的前期"甲寅"派和《甲寅》周刊时期的后期"甲寅"派两种。
② 张君劢:《欧洲文化之危机及中国新文化之趋向》,《东方杂志》1922年2月10日第19卷第3号,第118页。
③ 张君劢:《人生观》,《清华周刊》1923年3月9日第272期,第9页。

余而趋于沉寂之时,"醒狮"派又横空出世。"醒狮"派于1924年10月在上海创办《醒狮》周报,并因其以《醒狮》周报为主要论辩阵地而得名。"醒狮"派以力倡国家主义为重要特征,主张团体、国家、民族的利益至上并限制个人自由和个人意识(至"九·一八"事变后,"醒狮"派更以新法家主义和生物史观为指导,愈加强调国家意识和集体意识,民族主义色彩浓烈)。"学衡"派与"甲寅"派的南北唱和、大范围的"科玄论战"以及"醒狮"派的国家主义主张都极大地推动了现代保守主义思潮的发展。

在"新文化运动"(包括"五四运动")蓬勃发展之际,现代保守主义者的所作所为似有拂逆历史潮流之嫌。但事实并非如此,因为现代保守主义的勃兴有其坚固的现实基础,而响应现代保守主义者也不乏其人。胡适曾言:"自从中国讲变法维新以来,没有一个自命为新人物的人敢公然毁谤'科学'的。直到民国八九年间梁任公先生发表他的《欧游心影录》,'科学'方才在中国文字里正式受了'破产'的宣告。"[1]就在"第一次世界大战"结束后不久,梁启超于1920年出版了《欧游心影录》一书,详细地记录了欧洲在经历大战之后所呈现出的破败而悲惨的景象,同时令"科学破产"的言论在国内像野火一样无限蔓延开来。可以说,《欧游心影录》的出版与流传极大地扭转了国人对西方文化的观感。而在此之前,奥斯瓦尔德·斯宾格勒(Oswald Spengler,1880—1936)也不失时机地出版了《西方的没落》一书,既煞有介事地揭示了西方走向没落的必然结局,又不无企羡地流露出向东方寻求救世之法的思想倾向。于是,长久以来饱受压抑和冷落的东方文化便引起了全世界人民的关注,甚至形成了一股席卷全球的"东方文化热"。因此可以说,恰恰是当时这些不容否认又人所共知的客观事实支持了现代保守主义者之保守主义理论的伸张和流行。

在20世纪20年代,众多有代表性的人物或流派加入到现代保守主义阵营之中,他们著书立说、生发议论,不但积极回应"新文化"派(包括此期逐渐从"新文化"派中分离出来的马克思主义者)等激进主义者的诘难,甚至还在有意无意间主动挑起论战,从而在客观上壮大了现代保守主义的舆论声势。如果说民国的第二个十年是现代保守主义的勃兴期的话,那么民国的最后十八年(1932—1949)则是现代保守主义的成熟期。

在20世纪30年代,现代保守主义获得了一个深入发展的契机:国、共两党所共同表露出的对传统文化——尤其是传统道德的认同和宣扬从政治上推动了传统文化的复

---

[1] 胡适:《胡序》(1923年11月29日序于上海),参见亚东图书馆编:《科学与人生观》,上海:亚东图书馆,1924年(1923年12月初版,上海:亚东图书馆),第3页。

兴。1935年,王新命、何炳松、武堉幹等十位教授在国民党当局的授意下发表了题为《中国本位的文化建设宣言》一文(又称"十教授宣言"或"一十宣言"),提出"中国是既要有自我的认识,也要有世界的眼光,既要有不闭关自守的度量,也要有不盲目模仿的决心"①,即主张以中国文化为本位,采取批评态度和科学方法检讨过去、把握现在、创造将来,而王新命、何炳松、武堉幹等人后来就被称为"本位文化"派。"本位文化"派有志于"发扬中国固有文化,宣传现代中国的建设事业"②,但他们在理论上并无突出建树。事实上,"本位文化"派的文化主张与杜亚泉、吴宓、章士钊等其他现代保守主义者的观点并无本质的差别,即都试图糅合中西文化以重构新文化。不过,"本位文化"派极度强化了传统文化的自我意识和主体意识,以至于"本位文化"一词也成为流行一时的保守主义术语。因此,作为现代保守主义的一支,"本位文化"派的历史意义也不能忽视。

随着1937年"抗日战争"的全面爆发,现代保守主义又获得了另一个深入发展的契机:空前一致的民族意识和空前高涨的民族热情致使一切发扬民族精神、复兴传统文化的民族主义思想文化主张为绝大多数国人所拥护或默认。从20世纪30年代到40年代,为现代保守主义添砖加瓦并在理论上有着突出建树的是"现代新儒家"派。一般认为,撰作《东西文化及其哲学》并标举新儒学的梁漱溟是"现代新儒家"派的第一人,而承接梁漱溟思想余绪的熊十力、马一浮、张君劢、冯友兰、贺麟等人则与梁漱溟一起构成了"现代新儒家"派的第一代代表人物。"现代新儒家"派成员兼具儒学家和哲学家的双重身份,他们一方面尊奉宋明理学,发扬传统儒家学说,另一方面又援引西学入儒,借鉴西方哲学思想(如梁漱溟、张君劢、熊十力之于柏格森生命哲学,冯友兰之于新实在主义,贺麟之于新黑格尔主义等)。其中,贺麟还进一步地明确提出"儒化西洋文化,华化西洋文化"③的观点,从而发展和深化了现代保守主义者糅合中西文化以重构新文化的主张。总之,"现代新儒家"派出版了一系列融会中西、贯通华梵的哲学、历史论著,既建构了比较完整的新儒家哲学体系,又将现代保守主义推到了哲学反思的高度,从而促进了现代保守主义的成熟。

"现代新儒家"派较之于此前的现代保守主义者已经开始流露出一些相对明显的民族主义倾向,而诞生于1940年的"战国策"派则将民族主义思想发挥到了极致。"战

---

① 王新命、何炳松、武堉幹等:《中国本位的文化建设宣言》,《文化建设》1935年1月10日第1卷第4期,第4页。
② 《文化建设》编者(陶希圣、樊仲云):《本刊启事二》,《文化建设》1934年10月10日第1卷第1期,扉页。
③ 贺麟:《儒家思想的新开展》,《思想与时代》1941年8月1日第1期,第15页。

国策"派从斯宾格勒在《西方的没落》一书中提出的文化形态史观(或称文化形态学)出发,推导出当时的世界正处于一个强国吞并弱国、大国侵略小国的"战国时代",而中国欲救亡图存则必须建构一种能够适应"抗日战争"所需的强有力的新文化。为建构这种新文化,"战国策"派提出"必须要倒走二千年,再建起战国时代的立场,一方面来重新策定我们内在外在的各种方针,一方面来重新估量我们二千多年来的祖传文化"①。可见,"战国策"派一方面拒和主战,主张限制自由和民主以图迅速、有效地调集全国一切力量共拒外敌;另一方面又察往观来,指出中国先秦文化不但非常优秀,还相当符合"抗战"所需,应积极予以发掘、发扬。"战国策"派同样力主批判地吸收西方文化和承继传统文化以重构新文化,所不同的是"战国策"派试图重构的新义化具有更为强烈的民族性,弥漫着更为浓烈的民族主义气息。

事实上,从保守主义在西方诞生开始,民族主义就成为保守主义的题中之义。相较于激进主义,保守主义往往会最先对新生事物(包括由旧有事物转变、发展而来的新生事物)产生质疑和反思,而这种质疑和反思的结果又往往会导致其对传统的维护。传统本身就具有鲜明的民族性,因为不同的民族都各有其维系自身之特色及发展的不同传统。由之,维护传统的保守主义也就相应地具有民族性。在此基础上,保守主义对民族传统的极力维护和不断强调又会致使其将民族性转化为民族主义的思想文化主张。无怪乎被奉为保守主义之鼻祖的柏克大声疾呼"把英国政制的榜样推荐给我们的邻国,而不要采取他们的模式来改变我们自己的政制"②,而在"启蒙运动"的衍生区——德国,尤斯图斯·莫泽(Justus Moser,1720—1794)、约翰·哥特弗雷德·赫尔德(Johann Gottfried von Herder,1744—1803)等人则竭力维护日耳曼民族的"民族风格"或"民族精神"③。柏克维护的是英国的自由政治制度传统,莫泽、赫尔德维护的是德国民族的传统文化,他们的保守主义主张都具有鲜明的民族主义色彩。不过,保守主义者是因为质疑和反思新生事物才意识到民族传统的可贵并对之加以维护,而不是因为先意识到民族传统的可贵并纯粹为维护可贵的民族传统才质疑和反思新生事物甚至排斥新生事物。正因如此,虽然中国的民族主义主张自"鸦片战争"之后就为许多有识之士所伸张,但现代保守主义者的民族主义主张应该始自梁漱溟的《东西文化及其哲学》一

---

① 林同济:《战国时代的重演》,《战国策》1940年4月1日第1期,第8页。
② 〔英〕休·塞西尔:《保守主义》,杜汝楫译,北京:商务印书馆,1986年,第38页。
③ 〔美〕艾恺:《世界范围内的反现代化思潮——论文化守成主义》,贵阳:贵州人民出版社,1991年,第23—28页。

书,中经"醒狮"派,并最终为"现代新儒家"派和"战国策"派所发扬光大。

综上所述,现代保守主义大致经历了萌发、勃兴以及成熟三个阶段。民国的第一个十年是其萌发期,以杜亚泉、钱智修、陈嘉异等"东方杂志"派成员为代表。民国的第二个十年则是其勃兴时期,当时既有以吴宓、梅光迪、胡先骕、柳诒徵、刘伯明等人为代表的"学衡"派以及以《甲寅》周刊时期的章士钊为代表的后期"甲寅"派,又有以曾琦、李璜、左舜生、陈启天、余家菊、常乃惪等人为代表的"醒狮"派以及以梁漱溟、张君劢为代表的"现代新儒家"派。民国的最后十八年是其成熟期,20世纪30年代出现了由王新命、何炳松、陶希圣等十位教授为主体的"本位文化"派,但当时引领现代保守主义主潮的是"现代新儒家"派。从20世纪30年代至40年代,伴随着"现代新儒家"派的不断发展,现代保守主义走向成熟,并呈现出愈趋浓烈的民族主义色彩,而将现代保守主义的民族主义主张推至巅峰的则是诞生于20世纪40年代并以林同济、陈铨、雷海宗等人为代表的"战国策"派。

现代保守主义的诞生始于对现代化——尤其是西方化的反思,而其发展和成熟则立足于探索中国的现代化之路。因此,现代保守主义的思想文化主张其实是一种反思现代化的批判性言说,并极富现代性——尤其是极富审美现代性。现代性往往被限定在形而下的范畴之中,并"被相当广泛地用于描述那些在技术、政治、经济、社会发展方面最先进国家的共同特征"①,但现代性也可以被理解为一种把握时代本质或时代精神的形而上的哲学反思意识。法国著名哲学家米歇尔·福柯(Michel Foucault,1926—1984)将现代性理解为一种态度:"所谓'态度',我指的是与当代现实相联系的模式;一种由特定人民所做的志愿的选择,最后,一种思想和感觉的方式,也是一种行为和举止的方式,在一个或相同的时刻,这种方式标志着一种归属的关系并把它表述为一种任务。无疑,它有点像希腊人所称的社会的精神气质(ethos)。"②事实上,现代保守主义从萌发到勃兴再到成熟所表现出的现代性恰恰就是福柯所谓的契合时代要求的"态度"。现代保守主义者的立论基于救亡图存的当务之急,而其糅合中西文化甚或糅合东西文化以重构新文化的思想主张则是在反思西方社会的前车之鉴和西方文化的固有之弊后所得出的以应时需之策。他们立论阐发又躬身实践,并以推动中国的复兴——中国的现代化进程为己任。由之,现代保守主义者徘徊于现代和传统之间,既在西化的同时有

---

① 〔美〕C·E·布莱克:《现代化的动力》,段小光译,成都:四川人民出版社,1988年,第9页。
② 〔法〕米歇尔·福科:《什么是启蒙?》,参见汪晖、陈燕谷主编:《文化与公共性》,北京:生活·读书·新知三联书店,1998年,第430页。

所复古,又在复古的同时有所开新。

民国时期,思想界的先行者们不约而同地试图从重构民族文化以及改造国民思想的角度实现其救亡图存的现实目的,并由此而掀起了一场以"新文化运动"(包括"五四运动")为代表的轰轰烈烈的启蒙运动。但是,发起"新文化运动"的"新文化"派在一开始便为"新文化运动"定下了西化甚或全盘西化的基调,于是以"新文化运动"为代表的启蒙运动便势所必然地呈现出狂热崇拜西方文化之态。从另一个角度而言,一些西方发达国家及一些西方传教士或政客、学者等人本身就试图借其文化同化中国,从而实现其不可告人的目的。由之,西方文化在当时便以一副极富攻击性的侵略姿态大肆涌入中国,而这不但极大地压制了中国本身所具有的传统文化,还俨然监禁了传统文化并大有置之于死地之势。客观地说,现代保守主义者也是那场启蒙运动的积极参与者之一,并在事实上曾不遗余力地大量引介过西方文化。如"五四运动"时期的冯友兰,刚从北京大学毕业不久而任教于河南开封的一所中等专科学校,当时的他尽管囊中羞涩,却克服万难而创办了河南省唯一一份宣传新文化的刊物——《心声》月刊,而这一刊物的宗旨即在于"输入外界思潮,发表良心上之主张以期打破社会上、教育上之老套,惊醒其迷梦,指示以前途之大路,而促其进步"①。不过,现代保守主义者一直都主张对西方文化"明白辨析,审慎取择"②,从而反抗西方文化对传统文化的监禁甚或统治。客观地说,现代保守主义者的西方文化观及其实践活动便是反制西方文化对传统文化之监禁的举措之一,其对"新文化运动"及启蒙运动显然具有补偏趋正之用。不过,这种补偏趋正侧重"破"而非"立"。事实上,针对来势汹汹的西方文化对传统文化的监禁,现代保守主义者也注重"立",即通过阐发传统文化所具有的重大价值或意义的方式,深入地反抗西方文化对传统文化的监禁甚或统治。

现代保守主义者对传统文化之重大价值或重大意义的阐发,"所要讨论的集中点就是中国民族和文化的生死存亡问题":"中国民族究竟还有出路吗?中国的旧文化还有存在的价值吗?新文化运动是成功了吗?我们还有更新的,更光明的路可走吗?"③"第一次世界大战"的演绎以及后来的"第二次世界大战"的爆发无不昭示出"欧化不必良"④,

---

① 冯友兰:《〈自序〉之自序》,参见冯友兰:《冯友兰文集·三松堂自序》(第一卷),长春:长春出版社,2008年,第36页。
② 吴宓:《学衡杂志简章》,《学衡》1992年1月第1期,扉页。
③ 常乃惪:《自序》(写于1936年8月),参见常乃惪:《蛮人之出现》,上海:中华书局,1937年,第2页。
④ 梁漱溟:《冯著〈从合作主义以创造中国新经济制度〉题序》(写于1930年6月24日),参见梁漱溟:《中国民族自救运动之最后觉悟》,北京:村治月刊社,1932年,第255页。

而始终服膺西方文化的"新文化运动"显然也就具有天然的局限而并不足以完全地拯救中国及中华民族。有鉴于此,现代保守主义者将目光聚集于东方文化——尤其是中国的传统文化以探寻中国及中华民族的出路。在现代保守主义者的言说之下,传统文化不但具有历时性的特点而可以适应时移势易之变,还具有共时性的特点而能够保持其固有的属性。一方面,现代保守主义者认为只要对源远流长而又博大精深的传统文化加以适当地阐发和运用,就可使其在新时代发挥既新且又积极的影响作用,即传统文化即使在新时代的新社会中也有其价值存在。另一方面,现代保守主义者又认为任何社会或群体中的任何文化都具有规范性情、指导人生的教化作用,而这种社会功用又永恒不变。显然,传统文化也是如此。不过,现代保守主义者还更进一步地认为传统文化中的一些精华内容——尤其是其伦理道德内容,本身就具有永恒的价值意义和功用意义。基于这种认识,现代保守主义者在阐发传统文化的过程中,首先便对那些肆意诬蔑、毁弃传统文化的言行逐一展开批判,接着便着手发掘传统文化之精华,并揭示其当下价值和当下功用,最后又侧重于道德阐发而力倡尽可能地延续传统文化——尤指传统的伦理道德。不难看出,现代保守主义者试图通过深入发掘传统文化和详细论述传统文化的方式,凸显传统文化之价值和功用并确证其存在和延续的意义。现代保守主义者在取舍传统文化方面所秉持的态度及其实际行动,颇可以用同为现代保守主义者而又身为史学研究大家的柳诒徵所提出的"择精语详"、"继往开来"这八个大字加以概括,因为现代保守主义者就是在择取传统文化之精华并详论传统文化之精华的基础上,对传统文化之精华展开创造性的阐发,从而在"继往"的同时又"开来",并进一步期望能够裨益中国之未来甚或裨益世界之未来。

不可否认,传统文化包罗万象,而其精华内容也是多不胜数,所以发掘传统文化全部的精华内容显然也是不可能。不过,现代保守主义者曾在不同时期、不同场合发掘、阐发过诸多具体的传统文化之精华内容,而丰富传统诗学便是其中的重要组成成分之一。张君劢曾说:"民族建国之大前提,曰民族情感、民族思想、民族意志之融化",而其"要有全国人所推崇之文艺与学说,则情感,思想,与意志自随之集合而融化"[①]。张君劢所说的文艺主要是指文学,而毕生致力于延续儒学传统、复兴传统儒学的张君劢显然也认为文学对社会人生具有重大的影响作用。事实上,文学(也包括其他文艺)对人类的"三观"(世界观、人生观、价值观)具有无可争辩的重要影响作用,而文学影响社会人

---

① 张君劢:《绪言》,参见张君劢著作《民族复兴之学术基础》(上卷),北京:再生社,1935年,第7页。

生也是现代保守主义者重视文学、探究诗学的根本原因之所在。但是,现代保守主义者致力于丰富传统诗学则有其复杂的原因。

胡适在1917年1月1日出版的《新青年》第2卷第5号上发表了著名的《文学改良刍议》一文。在这篇文章中,胡适提出"今日而言文学改良,须从八事入手",即:"一曰须言之有物,二曰不摹仿古人,三曰须讲求文法,四曰不作无病之呻吟,五曰务去滥调套语,六曰不用典,七曰不讲对仗,八曰不避俗字俗语。"[①]从文章题为"改良"之"刍议"中可知,胡适在主张文学变革时极为审慎和谦逊。但是,胡适所谓的"改良"已无异于革命,而他所谓的"刍议"又等同于定论,因为从实际的社会反响来看,《文学改良刍议》一文在客观上打响了"新文学革命"的第一枪,其中的"八事"后来更被称为"八不主义"而成为"新文学革命"的八大标准。自《文学改良刍议》一文诞生以后,"新文化运动"不再局限于论辩东西文化及中西文化之异同、优劣而增添了又一个重要内容,即以"八不主义"为标杆的"新文学革命"。以胡适为先驱的新文学革命者所奉行的"八不主义"可归结为三个方面、六大论,即文学本质论方面的"情感论"和"思想论"、文学形式论方面的"白话论"和"新诗论"以及文学发展论方面的"进化论"和"创造论"。这六大论既是新文学革命者开展文学革命的基本理论主张,也是其进行文学创作的努力方向。不难看出,新文学革命者提出的六大论无一不反叛中国的传统诗学,又无一不针对中国的传统文学。与此相反,现代保守主义者认为中国的传统诗学及传统文学在总体上都值得肯定而不应被全盘舍弃。因此,现代保守主义者在肯定传统文学之总体价值的基础上,致力于丰富传统诗学。现代保守主义者对传统诗学的丰富又主要地表现为他们同样围绕三个方面却提出了针锋相对的六大论,即文学本质论方面的"载道论"和"明道论",文学形式论方面的"文言论"和"旧诗论"以及文学发展论方面的"变迁论"和"摹仿论",并借之以反驳新文学革命者所提出的六大论。不过,现代保守主义者除了在文学本质论、文学形式论及文学发展论三个方面提出针锋相对的六大论外,还曾从和合中西文化甚或和合东西文化的角度生发出"互参论"、"调和论"以及"会通论",间接地阐发了诗学层面的文学标准论,从而进一步地丰富了他们的诗学,并进一步地批驳了新文学革命者的诗学。

---

① 胡适:《文学改良刍议》,《新青年》1917年1月1日第2卷第5号,第1页。

第一章　权力关系视阈下的文学本质论

胡适在言说"八不主义"之第一"不"——"须言之有物"时曾指出,他所谓的"物"其实主要包含两方面的内容,即"(一)情感"、"(二)思想"①。这两个方面实际上又构成了胡适及其他新文学革命者在论究文学本质时所主张的两大论,即"情感论"和"思想论"。新文学革命者在主张其新创的文学本质论——"情感论"和"思想论"的同时,又着力批判传统的文学本质论——明道论和载道论。与新文学革命者不同,现代保守主义者在论究文学本质方面不但维护被新文学革命者所深恶痛绝的传统的明道论、载道论,还从重新诠释"道"而赋予其以新的时代意义的角度丰富传统的明道论、载道论,使之成为他们所言说的"明道论"、"载道论",并借之以批判新文学革命者所主张的"情感论"、"思想论"。由此,现代保守主义者就与新文学革命者在文学本质论方面展开了激烈的论争。

第一节　应用型文学本质论的基本内涵与表现形态

在阐发"情感论"时,胡适先是引用了《诗大序》中的"抒情说"来定义"情感"的概念:"诗序曰:'情动于中而形诸言。言之不足,故嗟叹之。嗟叹之不足,故永歌之。永歌之不足,不知手之舞之,足之蹈之也。' 此吾所谓情感也。"②《诗大序》中的"情"往往与"志"相对应,主要指涉那种不具功利目的的自我情感,因之胡适所谓的"情感"也就是一种注重抒情性而排斥功利性——尤指政治功利性的自我情感。紧接着,胡适又强调了情感之于文学作品的重要性甚或决定性:"情感者,文学之灵魂。文学而无情感,

---

① 胡适:《文学改良刍议》,《新青年》1917年1月1日第2卷第5号,第2页。
② 同上。

如人之无魂,木偶而已,行尸走肉而已。(今人所谓'美感'者,亦情感之一也。)"①从引用《诗大序》中的"情"到强调"情感"之于文学作品的重要性甚或决定性,胡适大体上完成了对其"情感论"的申说。从表面看去,胡适借《诗大序》之论"情"而引出并阐发其"情感论"的做法,使其"情感论"显得合情合理又易于为国人所接受,因为《诗大序》在中国诗学史上极具合理性和权威性。但是,胡适在引用《诗大序》时刻意剔除了"情动于中而形诸言"一语的前一句,即"诗者,志之所之也,在心为志,发言为诗",从而刻意遮蔽了《诗大序》中与"抒情说"相对相生的"言志说"。实际上,从文学本质论的角度而言,《诗大序》最主要的内容是提出并论证了"情志统一说",从而扩充了早先的"言志说"。可见,"抒情说"和"言志说"本是《诗大序》之文学本质论的一体之两面。因之,胡适偏引《诗大序》的"抒情说"并不足以佐证其"情感论"的合理性。但是,胡适的这一做法无疑意味着他所主张的"情感论"就是一种强调自我抒情性的文学本质论。

在阐发"思想论"时,对逻辑学深富研究的胡适也同样遵循着先定义其概念再强调其意义的思维顺序而展开论说:"吾所谓'思想'盖兼见地、识力、理想、三者而言之。思想不必皆赖文学而传,而文学以有思想而益贵。"②大而言之,"见地"、"识力"、"理想"三词都可以包含两层意义,即关于社会或关于自我——后者尤指关于文学创作主体本人。应该说,在这两个层面上,"思想论"都表现出显明的言志色彩。从表面看去,"思想论"似乎就是"情感论"的补充,从而体现出胡适在文学本质论方面实际上主张"情志统一说"。但是,事实并非如此。"见地"、"识力"、"理想"三词都强调了自我修养而非社会实用,因之胡适以这三词阐释"思想"之概念的做法,在很大程度上意味着他所主张的"思想论"具有独善其身式的独善性。胡适曾着力批判近世"文学之衰微",并曾不无痛心地说:近世文人"既无高远之思想,又无真挚之情感"③。"思想"与强调个人之纯粹情感的"情感"并列,可见胡适所谓的"思想"根本就偏重于仅仅关涉自我之情感的思想。因之,"思想论"虽有一定的言志色彩却偏于表达自我之志。换言之,"思想论"的自我独善性重于其社会实用性。从这个角度而言,"思想论"固然是"情感论"的补充,但充其量也只是补充了"情感论"所缺乏的抒发自我之思想的内容。因此,即使说胡适秉持"情志统一说",其"情"、其"志"也都局限于自我,而在"情"与"志"之间又偏

---

① 胡适:《文学改良刍议》,《新青年》1917年1月1日第2卷第5号,第2页。
② 同上。
③ 同上。

于"情"。显然,这与传统的关注社会而又偏重言志的"情志统一说"迥然有别。

自《诗大序》提出"情志统一说"以来,"情志统一说"便成为中国经典而传统的文学本质论之主张。传统的"情志统一说"在历经发展的过程中又分出两大典型,即唐代的明道论(韩愈《争臣论》)以及宋代的载道论(周敦颐《通书·文辞》)。明道论和载道论都兼及道家、释家等诸子百家思想,但二者终究都以阐发儒家之道——孔孟之道为核心,并极富社会性。就二者的相异点而言,明道论着重阐发儒家之道之于社会人生——尤指伦理层面的社会教化意义,而载道论则着重阐发儒家之道之于社会人生——尤指政治层面的社会实用意义。换言之,明道论多具社会教化性,而载道论则多具社会实用性。显然,胡适所提出的具有自我抒情性的"情感论"以及具有自我独善性的"思想论"分别是对传统的具有社会实用性的载道论和具有社会教化性的明道论的一种反动。继胡适的《文学改良刍议》一文之后,《新青年》第2卷第6号又刊发了陈独秀撰写的《文学革命论》一文。陈独秀在该文中旗帜鲜明而又不无激愤地表达了他对传统的载道论和明道论的不满:"吾人今日所不满于昌黎者二事",其一便是"误于'文以载道'之谬见",因为"文学本非为载道而设",而"所谓载道之文,不过钞袭孔孟以来极肤浅极空泛之门面语而已"。[①] 较之于胡适,陈独秀更为果敢和刚毅,因为他不仅直接批判传统的载道论和明道论而深化了胡适所提出的"情感论"和"思想论",还明言"文学革命"而非"文学改良"。对此,现代保守主义者在改造传统的载道论及明道论的基础上,提出他们所谓的"载道论"、"明道论"来对抗"情感论"和"思想论"。从这个角度而言,现代保守主义者丰富传统的载道论及明道论之举实际上是一种反动之反动,而非简单意义上的反动。

现代保守主义者对传统载道论、明道论的改造,主要表现为他们重新诠释了传统载道论、明道论中的"道"。所以,他们所主张的"载道论"、"明道论"其实仍然分别具有社会实用性、社会教化性的特点。现代保守主义者主张强调社会实用性的"载道论"、注重社会教化性的"明道论",而新文学革命者则倡导强调自我抒情性的"情感论"、注重自我独善性的"思想论"。比较二者不难发现,这其中最大的差别在于一则重社会功用,一则重自我审美。在现代保守主义者看来,文学应该是裨益社会的社会文学,不应成为满足自我的自我文学,而他们反对"情感论"、"思想论"的根本原因也在于此。因此可以说,现代保守主义者所主张的文学本质论是一种注重社会应用的应用型文学本质论。

[①] 陈独秀:《文学革命论》,《新青年》1917年2月1日第2卷第6号,第2页。

一、"载道论":以实用对抗抒情

在明显针对《文学改良刍议》及《文学革命论》等文的《再论吾人眼中之新旧文学观》一文中,吴芳吉首先从载道无害于文学作品之价值的角度来驳斥"情感论"。吴芳吉指出:"夫吾国文学。以受孔孟影响为最深厚。后世文人之所谓道。固亦孔孟之所为道",而"孔孟所为道者,曰忠恕之道,曰仁义之道,曰孝弟之道,曰中庸之道;曰富贵不以其道不处,贫贱不以其道不去之道;曰仁者不忧,知者不惑,勇者不惧之道;曰得志与民由之,不得志独行其道之道;曰人人亲其亲,长其长,而天下平之道;曰喜怒哀乐发而中节之道",概而言之,即是"生人共由之路",所以文以载道指的是"为文者必由此生人之路以行之"①。由此,吴芳吉认为孔孟之道极富指导现实的积极的实用意义,所以载道不但不缺乏或拖累胡适、陈独秀等新文学革命者所谓的"情感"而无害于文学作品之价值,反而可以增益文学作品之价值。紧接着,吴芳吉又含蓄地指出新文学革命者所谓的"情感"对于"生人共由之路"既不能"达乎是者"又不能"辩乎是者"②,从而暗谓这种"情感"才真正地有害于文学作品之价值。

最后,吴芳吉还从道德是文学创作之根本的角度来驳斥"情感论"。吴芳吉指出:"文学作品,譬如园中之花;道德,譬如花下之土。彼游园者固意在赏花而非以赏土,然使无膏土,则不足以滋养名花。土虽不足供赏,而花所托根,仍于土也。道德虽于文学不必昭示于外,而作品所寄,仍道德也。"③吴芳吉以花与土之间的紧密关系比拟文学作品与道德之间的共生关系,这既揭示出道德对于文学作品之生成具有滋养之功和托寄之用,又强调了道德对于文学作品之价值的有无和高低具有重大的影响作用,从而进一步地肯定了载道的积极意义。在吴芳吉看来,"情感思想,并非神圣不易之物。不以道德维系其间,则其所表现于文学中者,皆无意识。"④在这句话中,吴芳吉一并批判了"情感论"及"思想论",指斥"情感论"和"思想论"所昭示出的"文学自有独立之价值"而"不必以道德为本"的观念根本就"似是而非"⑤且又有害于文学作品之价值(尤指其超越时间限制的恒久之价值),从而进一步地批判了"情感论"的偏颇。

---

① 吴芳吉:《再论吾人眼中之新旧文学观》,《学衡》1923年9月第21期,第2页。
② 同上。
③ 同上,第3页。
④ 吴芳吉:《再论吾人眼中之新旧文学观》,第3页。
⑤ 同上,第4页。

从丰富传统诗学的角度而言,吴芳吉的论说主要是丰富了传统载道论中的重"道"思想;而从阐发文学本质论的角度而言,吴芳吉显然拥护极为传统的载道论,并激烈反对新文学革命者所主张的"情感论"。除了吴芳吉,其他现代保守主义者在论究文学本质论时往往也都和吴芳吉一样,颇为认同传统的载道论。不过,包括吴芳吉在内的现代保守主义者赖之以反抗"情感论"的文学本质论——"载道论"与传统的载道论既有所同又有所不同。应该说,现代保守主义者所秉持的"载道论"之所以与传统的载道论同中有异,主要是因为现代保守主义者所秉持的"载道论"之"道"与传统的载道论之"道"既密不可分又不尽相同。

在《再论吾人眼中之新旧文学观》一文中,吴芳吉阐发的关涉文学本质论的"道"既指传统的孔孟之道,又指宽泛意义上的道德——包括现代之理性道德。显然,吴芳吉所谓的"道"与传统的载道论多指孔孟之道或儒家道德的"道"有所不同。吴宓曾在评点《再论吾人眼中之新旧文学观》一文时指出:"其尤长处,在不局局于新旧之派别畛域,而惟着眼于文学之本体与其真理"①。吴宓所谓的"文学之本体"关涉文学本质论,而他所谓的"真理"则又意谓文学作品及其他文艺作品都必须着力阐发"道"。显然,吴宓认同吴芳吉对于"道"的独特阐释。事实上,诸位现代保守主义者在阐发其"载道论"的过程中,往往都会对"道"有所重释甚或扩充。吴芳吉将"道"解释为宽泛意义上之道德就已然拓宽了"道"的含义——因其不限于孔孟之道,而认同吴芳吉之文学本质论的吴宓在谈及传统的载道论的时候,更曾有所发挥地说:传统的载道论中的"道"本来就"非仅儒家之道、孔孟之道"而"实即万事之本原、人生之真理",所以他认为"道者,至平常,至简单,至正确,而至普及之事理耳"②。经过现代保守主义者的重释和扩充,所谓的"道"其实包含孔孟之道的积极成分又不仅限于孔孟之道,包含各种具有永恒价值意义的道德又不仅限于传统的道德,从而成为一种极度抽象而又极富真理的哲学概念。但是,传统的载道论中的"道"事实上主要就是指传统的孔孟之道或儒家道德。由此可知,现代保守主义者对传统的载道论的承继和阐发具有一定的选择性和显明的创造性,即延续其重"道"思想而又不以孔孟之道或儒家道德来限定"道"。

应该说,现代保守主义者将传统载道论中的"道"重释为一种更为抽象而又蕴含真理的哲学概念,可使他们所秉持的"载道论"更具合理性和现代性而更易于为现代人所

---

① 吴芳吉:《再论吾人眼中之新旧文学观》文前"按语",吴宓撰,《学衡》1923年9月第21期,第1页。
② 吴宓:《附录三:余生随笔(节录)》,参见《吴宓诗集》,上海:中华书局,1935年,第40页。

认可和接受,毕竟传统载道论中的"道"包含了太多不为现代人所认可和接受的封建伦理或封建教条等方面的内容。

二、"明道论":以教化对抗独善

在论究文学本质方面,现代保守主义者之所以重"道"且以"道"为文学创作及文学批评之根基,主要是因为他们认为文学既源自社会人生又表现社会人生,而其价值则更取决于它是否符合社会人生或裨益社会人生。所以,现代保守主义者在阐发他们所主张的奠基于传统明道论的"明道论"时,非常注重揭举文学的社会教化作用,亦即非常注重揭举其所主张的"明道论"的社会教化性。与此同时,他们也批判了新文学革命者所倡导的富于自我独善性的"思想论"。

在《论文学的起源》一文中,常乃惪曾指出,人类进化到社会阶段以后,迫切需要某种工具以"团结情意、鼓舞集团精神",于是作为文艺表现形式之一的歌舞便先告诞生,而作为文艺另一大重要表现形式的文学又继而"从这种歌舞中发展出来"[1]。常乃惪是依据其"生物史观"来探讨文学的起源问题,所以他的论述因具有历史的考证性而显得详致而深入。相较于常乃惪,刘永济在《文学论》一书中虽未详致而深入地探讨文学的起源问题,却也明确指出文学起源于先民抒发"感乐"、"慰苦"之情志[2]。显然,常乃惪和刘永济二人都认为文学源于社会人生。在论证文学起源于社会人生的同时,二人又不约而同地揭示出文学还是社会人生之表现,如常乃惪所说"原始的文学都是集团的","内容所表现的也全是集团的情感、希望"(后来又发展出了"表达个人情感欲望"的文学作品)[3];而刘永济则谓"文学者,乃作者具先觉之才,慨然于人类之幸福有所供献,而以精妙之法表现之,使人类自入于温柔敦厚之域之事也"[4]。

不过,关于文学表现人生的观点,吴宓论述得最多也最为详细。在天津《大公报》之《文学》副刊上,吴宓以《文学与人生》为题而论文学,其起首第一段话便详论文学是社会人生之表现:"文学以人生为材料,人生借文学而表现,二者之关系至为密切。每一作者,悉就己身在社会中之所感受,并其读书理解之所得,选取其中最重要之部分,即

---

[1] 常乃惪:《论文学的起源》,参见黄欣周主编:《常燕生先生遗集》(杂著一)之《蛮人之出现》,台北:文海出版社,1967年,第380—381页。按:本文写于1945年6月24日。

[2] 刘永济:《文学论》,上海:商务印书馆,1934年,第3—4页。

[3] 常乃惪:《论文学的起源》,参见黄欣周主编:《常燕生先生遗集》(杂著一)之《蛮人之出现》,台北:文海出版社,1967年,第381页。

[4] 刘永济:《文学论》,上海:商务印书馆,1934年,第23页。

彼所视为人生经验之精华者,乃凭艺术之方法及原则,整理制作,借文字以表达之,即成为文学作品。"①后来,吴宓又曾多次阐发并强调这一观点。在20世纪30年代,当吴宓为清华大学高年级学生开设文学课时,他又以"文学与人生"为课程名,并倡言"文学是人生的表现"②。

既然文学起源于社会人生又表现社会人生,那么文学作品之价值的有无、高低自然也就取决于它是否符合社会人生或裨益社会人生。事实上,大凡现代保守主义者都秉持这一观点。对此,常乃惪曾作过精妙的阐发:文学创作主体"用表达自己情感的方法去唤起他人的共鸣","如果他的情感是和成千百万的群众打成一片,有了民胞物与的精神,则他的作品必然可以唤起成百千万人的共鸣,那作品便可以成为伟大;如果他的情感不止和一代的群众打成一片,并且具有超时间的生命力,能够在任何时代中都唤起读者的共鸣,则这种作品不但是伟大,并且是不朽的了"③。显然,常乃惪是以文学作品引起文学接受主体之共鸣的多寡、深浅作为评判文学作品之价值的标准,但他所谓的共鸣又源于文学作品对社会人生的契合或补益。因之,常乃惪实际上是以文学作品契合或补益社会的程度来评判文学作品的价值。后来,常乃惪又进一步地明确阐发了这一观点:一部文学作品"能否流传(包涵空间的广播和时间的永续)",全视其"含有社会共同意识之多少为判"④,而"一件伟大不朽的文学创作,应该是社会集团意识的表现,即创作者的个人天才能够与社会集团意识泯合为一"⑤。进一步地,常乃惪还指出:"当一个文学者在创作的时候,自身接受了社会集团(无论是一个民族或一个国族)无数代以来构成的集团意识,把这个意识(内中包括集团的使命、目的、苦痛、经验等等)用个人的手腕再表现出来,能够唤起集团中各份子的共鸣,这就是最伟大的文学。其次虽不能代表整个集团的意识,而也可以代表集团中一部分人的意识,能够唤起一部分人的共鸣的,是第二流的文学。仅仅发挥个人的意识,能够唤起一部分人的共鸣的,是第三流的文学。空费创作力而不能唤起一点社会的反应或共鸣者,是死的文学,是文学上的殭

---

① 吴宓:《文学与人生(一)》,《文学》副刊,参见1928年1月9日第2期,天津《大公报》第九版。
② 吴宓:《文学与人生》,北京:清华大学出版社,1993年8月版第16页。按:本书由吴宓于20世纪30年代为清华大学高年级学生开设《文学与人生》课程时所作的讲稿整理而成。
③ 常乃惪:《怎样创作伟大的文学》,参见黄欣周主编:《常燕生先生遗集》(杂著一)之《蛮人之出现》,台北:文海出版社,1967年,第387页。按:本文写于1945年6月8日。
④ 常乃惪:《文学的社会理论》,参见黄欣周主编:《常燕生先生遗集》(杂著一)之《蛮人之出现》,台北:文海出版社,1967年12月初版,第398页。按:本文写于1946年。
⑤ 常乃惪:《文学的社会理论》,参见黄欣周主编:《常燕生先生遗集》(杂著一)之《蛮人之出现》,第400页。

骨。"①可见,常乃惪非常看重文学作品对社会人生所能产生的社会意义。其他现代保守主义者也都和常乃惪一样极为看重文学作品的社会意义,并锐意阐发社会意义在很大程度上影响甚或决定文学作品之价值的观点。

第二节 复合权力关系场域生成的应用型文学本质论

现代保守主义者对文学作品之社会意义的强调和阐发,既是其所秉持的"载道论"和"明道论"的重要内容之一,又是其对传统的载道论和明道论的一种延续,因为传统的载道论和明道论同样强调文学作品的社会意义。大体而言,传统的载道论具有偏重社会实用——尤其是政治实用的倾向,而传统的明道论则具有偏重社会教化——尤其是伦理教化的意味。实际上,现代保守主义对文学作品之社会意义的强调和阐发也主要围绕这两个方面而展开。

就政治层面的实用意义而言,现代保守主义者认为文学与政治相辅相成而密不可分。"学衡"派一向主动疏离政治,而"学衡"派的精神领袖吴宓则更是如此。然而,一向寡于谈政、议政的吴宓却指出:"政治乃显著于外之事功",其"得失成败因革变迁"往往"以文学之趋势为先导为枢机";而"文学则蕴蓄于内之精神",但若"舍政治而言文学",则"文学将无关于全体国民之生活"而沦为"文人学士炫才斗智消遣游戏之资"②。由此,吴宓认为:"欲提高政治而促进国家之建设成功,应先于文学培其本、植其基、浚其源;而欲求文学之充实发挥光大,亦须以国家政治及国民生活为创造之材料、为研究之对象、为批判之标准。"③吴宓虽然深知文学与政治相辅相成,但吴宓以及整个"学衡"派对现实政治都疏于深入研究而从未真正地在其文学作品——包括论文或杂文中直接地谈政、议政。不过,除"学衡"一派而外,现代保守主义阵营中的其他各派都不乏精研政治者,尤其是"甲寅"、"醒狮"、"战国策"三派多在其论著中谈政、议政,而源出于"学衡"派后又成为"战国策"派主将的陈铨则更是通过创办《民族文学》(月刊)并力倡民

---

① 常乃惪:《文学的社会理论》,参见黄欣周主编《常燕生先生遗集》(杂著一)之《蛮人之出现》,第400页。
② 吴宓:《本副刊之宗旨及体例》,《文学》副刊第1期,参见1928年1月2日天津《大公报》第五版。
③ 同上。

族文学运动的形式将现代保守主义者注重政治实用的"载道论"演绎得淋漓尽致。

就伦理层面的教化意义而言,现代保守主义者认为文学与教化相伴相生而一如文学与政治相辅相成般同样密不可分。在众多现代保守主义者当中,章士钊是极为重视文学之政治实用的人,但在论及文学与教化的关系时,章士钊又指出:"非有伦理基本观念,万说无自而立",因此"文者,孕育理道以传后,而非徒文墨笔砚之为也"①。章士钊对文学教化社会人生之作用的重视可见一斑,从中也可以看出章士钊之注重文学的政治实用不废其对伦理道德的坚守。吴宓则更有"心口不一"之嫌:虽在口头上言之凿凿地揭举文学与政治相辅相成,却在实际的文学创作和文学批评的过程中更偏重文学的教化作用。在《文学研究法》一文中,吴宓主张以"转移风俗,端正人心"为文学批评之标准②,可见吴宓更偏爱那种"表现高超卓越之理想想象与情感"③而又具有教化人生之用的文学作品。总计79期的《学衡》杂志几乎篇篇都有吴宓所加的按语(或文前或文中或文后),而这些大量的按语无一不透露出吴宓力主文学创作和文学批评以教化社会人生为主要功用。在胡先骕翻译的《白璧德中西人文教育谈》一文文前,吴宓更在其所加按语中流露出他视文学创作和文学批评为"教人以所以为人之道"的"人文教育"之一种④。

大凡现代保守主义者都注重文学的政治实用和伦理教化,但在二者之中更偏重伦理教化,因为他们往往更强调文学"有教育底功用,可以作为一种教育的工具"⑤。注重文学的伦理教化之用又不偏废其政治实用之功是现代保守主义者所秉持的"载道论"、"明道论"与传统的载道论、明道论的相通之处,而这与胡适、陈独秀等新文学革命者所主张的"情感论"和"思想论"又针锋相对,因为现代保守主义者所秉持的"载道论"、"明道论"以及传统的载道论、明道论都注重表现社会的、普遍的人生,而新文学革命者所主张的"情感论"和"思想论"虽也注重表现人生,却偏于表现个人的、特殊的人生。也正是因为这种区别的存在,颇受西方文学及西方诗学影响的新文学革命者强调创作的激情,以求达到亚里士多德所说的情感"宣泄"(Catharsis)的效果,最终致使在传统文学中并不发达甚或根本不存在的西方文学意义上的浪漫主义文学盛极一时;与此相反,

---

① 孤桐(章士钊):《文俚平议》,《甲寅》(周刊)1925年10月10日第1卷第13号,第7页。
② 吴宓《文学研究法》,《学衡》1922年2月第2期,第5页。
③ 胡先骕:《文学之标准》,《学衡》1924年7月第31期,第3页。
④ 〔美〕白璧德(Irving Babbitt)撰、胡先骕译《白璧德中西人文教育谈》,文前"按语",吴宓撰,《学衡》1922年3月第3期,第2页。
⑤ 冯友兰:《艺术之教育底功用》,参见冯友兰:《新理学》,长沙:商务印书馆,1939年,第266页。

大部分现代保守主义者则都主张情感的节制、反对情感的泛滥,因而他们对当时的浪漫主义文学多有微词。

在众多现代保守主义流派中,最为反对浪漫主义文学的是"学衡"派。"学衡"派之所以强烈反对浪漫主义文学,除了因为他们认同传统的载道论、明道论而坚持其"载道论"、"明道论"以外,还因为他们在一定程度上深受美国文学批评家欧文·白璧德(Irving Babbitt,1865—1933)及其新人文主义理论的影响。"学衡"派的主要成员都是白璧德的门生或追随者,而白璧德的新人文主义理论恰恰强调情感克制与道德救赎,主张以文化力量——尤其是道德力量来拯救世界。因之,白璧德及其新人文主义理论对"学衡"派的反浪漫主义文学思想甚或反浪漫主义思想势必有所影响。从这个角度而言,"学衡"派认同传统的载道论、明道论并秉持其独特的"载道论"、"明道论"其实也有白璧德及其新人文主义理论的影响存在。

不过,现代保守主义者都是极富主体意识的现代知识分子,无论是西方新说还是传统旧论都不足以完全左右甚或决定他们审视世界、评判世界的眼光。事实上,现代保守主义者既不反对浪漫主义文学本身,也并不反对所有的浪漫主义新文学作品,而只是反对那些片面强调个人情感之宣泄——尤其是充斥个人主义思想的浪漫主义新文学作品,如常乃惪就曾专门写作《对于现代中国个人主义文学潮流的抗议》一文批判个人主义的文学观而提倡集团主义的文学观[1]。即使是"学衡"派,他们所竭力反对并极力抨击的也是那种"空虚"、"放荡"[2]的末流浪漫主义新文学。总之,在现代保守主义者看来,个人的、特殊的情感宣泄根本不是文学作品的真正价值之所在,而那种表现社会的、普遍的人生并进而契合之甚或补益之的文学作品才具有真正的价值。当然,现代保守主义者又认为文学作品实现其价值的关键在于倚靠"道"的原则指导,因为文学作品一旦缺乏"道"的原则指导就会迷失方向而不知所谓。所以说,现代保守主义者之所以重"道"且以"道"为文学创作之根基,主要是因为他们认为文学既源自社会人生又表现社会人生,而其价值也取决于其对社会人生的契合程度或补益程度。

---

[1] 常燕生(常乃惪):《对于现代中国个人主义文学潮流的抗议》,参见常燕生等著《生物史观研究》,上海:大光书局,1936年,第223—236页。

[2] 刘永济:《文学论》,上海:商务印书馆,1934年,第116页。

第二章　权力关系视阈下的文学形式论

　　大凡人们在谈论文学时,都会涉及文学的内在之思想意义和外在之表现形式,亦即涉及文学本质论和文学形式论。事实上,无论是现代保守主义者所秉持的"载道论"、"明道论",还是新文学革命者所主张的"情感论"、"思想论",甚或传统的载道论、明道论,虽都偏于文学本质论,却都关涉着文学形式论。在中国传统诗学中,探讨文学本质论和文学形式论之关系的内容被称为文质论。文质论之"质"即指文学作品的内在之思想意义,关涉着文学本质论;而文质论之"文"则指文学作品的外在之表现形式,关涉着文学形式论。一般认为,"质"、"文"做为关涉文学本质论和文学形式论的对举概念始于《论语·雍也》:"子曰:质胜文则野,文胜质则史。文质彬彬,然后君子。"孔子这句原本意在揭示君子人格之内在品质与其外在仪表对立统一的名言,不但成为"质"、"文"这对诗学概念的源出之处,还被引申为诗学断语——"文质统一说"。"文质统一说"主张文学作品的内在思想意义与其外在表现形式和谐统一,即主张"质"、"文"并重。与"文质统一说"相对,中国诗学史上还有重"质"轻"文"的"质胜文说"和重"文"轻"质"的"文胜质说"。先秦时期,道家、墨家、法家便主张重"质"轻"文"的"质胜文说",更有甚者谓"灭文质,博溺心"(《庄子·缮性》)。及至魏晋南北朝时期,重"文"轻"质"的"文胜质说"又颇为流行,世人往往"竞一韵之奇,争一字之巧"(《隋书·李谔传》)。不过,从总体上说,儒家"质"、"文"并重的"文质统一说"是中国传统诗学史上影响最为广泛的文质论。

　　然而,主要以阐发孔孟之道为思想核心的传统载道论、明道论,往往会因过于强调文学的伦理教化意义或政治实用意义而产生忽视甚或排斥文学之外在表现形式的倾向,亦即出现重"质"轻"文"的倾向。重"质"轻"文"的倾向曾在讲究道学(理学)的宋代发展到极致,如周敦颐说"文辞艺也,道德实也"(周敦颐《通书·文辞》),而程颐则谓"作文害道"(程颢、程颐《二程语录》)。不可否认,历史上那些彻底贯彻传统载道论、明道论的封建文人往往会产生重"质"轻"文"的倾向。于是,历史上的一些所谓文学作品便往往都是代圣贤立言之作,既充斥说教意味,又毫无艺术美感,尤其是那些浩如瀚海的科举应试帖,几乎篇篇都是这类文学作品的典型之作。新文学革命者之所以反对传统的载道论、明道论,除了因为他们认为新时代的文学并不必须以道德为本(主要指不必"代圣贤立言")外,更因为他们认为传统载道论、明道论存在着重"质"轻"文"之弊。所以,新文学革命者对传统载道论、明道论的反对,其实不止着眼于文学本质论,还涉及文学形式论(这其实意味着新文学革命者在文质论方面秉持着"质"、"文"并重的"文质统一说")。吴芳吉之所以在《再论吾人眼中之新旧文学观》一文中首先便申说载道、明道无害于文学作品之价值,也恰恰因为新文学革命者尖锐地指出了传统载道论、明道论往往催生教条式的说教作品而非艺术性的文学作品这一客观存在的不良现象。客观地说,新文学革命者批判传统载道论、明道论重"质"轻"文"不无道理。至于现代保守主义者所阐发的"载道论"、"明道论",虽然在阐释"道"的方面不同于传统,但在强调"道"的方面又不逊于传统。这似乎意味着新文学革命者就文质论方面对传统的载道论、明道论所作出的批判同样适用于批判现代保守主义者所秉持的"载道论"、"明道论",但事实并非如此,因为现代保守主义者虽重"质",却也不轻"文",而其"质"其实又包含着一些"文"的内容。

现代保守主义者在重新诠释"道"(包括道德)并极度重视"道"的基础上,更进一步地将"道"升华为文学创作和文学批评的首要标准。具体而言,现代保守主义者往往将"道"等同于"善"和"真",并将其凌驾于"美"之上。在冯友兰看来,人凡蕴含"道""人道"或"道德底标准"的"艺术作品"都"宜于社会生活"而"能使人觉一种境而引起一种善底情"[①]。从中可以看出,冯友兰视"道"为"善"。不过,冯友兰所谓的"道"符合"人道"及"道德底标准",因之冯友兰将"道"与"善"相等同也不无道理。从诗学的角度看去,冯友兰的论断显然是专就文学本质论而言,即专就"质"而言。与冯友兰有所不同的是,吴芳吉视"道"为"真",并在诗学层面上兼及"质"与"文"两个方面。吴芳吉曾说:"文学境界,固不必真。屈子庄生之为幻固矣,《水浒》《红楼》何莫非幻?然终不嫌其为幻者,以世事本属至幻。惟有识者能见幻中之真。何以辨真?曰天理人情。合于天理人情者,虽幻不害其真;不合于天理人情者,虽真而实幻。"[②]吴芳吉所谓的"天理人情"可以被纳入现代保守主义者所谓的极具普遍真理性的"道"之中,而吴芳吉此言显然是将"道"等同于"真"。不难看出,吴芳吉所谓的"真"是艺术真实而非客观真实,

---

① 冯友兰:《艺术之教育底功用》,参见冯友兰著作《新理学》,长沙:商务印书馆,1939年,第266—267页。
② 吴芳吉:《再论吾人眼中之新旧文学观》,《学衡》1923年9月第21期,第11页。

所以他将"道"等同于"真"实际上是意谓文学文本虽必须符合情理却并不必拘泥于具体事件。正如德国著名美学家、文学批评家以及接受美学创始人沃尔夫冈·伊瑟尔(Wolfgang Iser,1926—2007)所言,"现实、虚构与想象之三元合一的关系是文学文本存在的基础"①,尽管"文本中弥散着大量的具有确定意义的词语,它们来源于社会,来源于一些非文本所能承载的现实",可是"这种现实本身,对文本并没有多大的意义,因为,文本并不为了追求现实性而表现现实"②。从这个角度来看,吴芳吉的论断也不无道理,而他的这一论断其实又兼顾了"质"——文学本质论及"文"——文学形式论这两个方面,因为它既可以就文学作品的内在思想意义而论,又可以就文学作品的外在表现形式而言——尤其是就文学创作过程中的取材、用料的角度而言。在将"道"等同于"善"和"真"的基础上,现代保守主义者又进一步地将"道"凌驾于"美"之上。景昌极曾说,"美者一人一时之善,善者多人多时之美。多人多时者,自较一人一时者为尤要耳",所以"善之于人,较美尤要"③。不难看出,景昌极将"善"之化身——"道"凌驾于"美"之上。从文学之美的角度而言,"美"实际上至少包含内在思想意义之美和外在表现形式之美两个方面,而景昌极显然专就内在思想意义之美而论,即专从"质"——文学本质论的角度而论。

冯友兰、吴芳吉和景昌极等人的论断,从不同的侧面展现出了现代保守主义者阐发"道"与"真"、"善"、"美"之联系以及阐发文质论时所秉持的观点。不过,在这两个方面最能代表现代保守主义者观点的是刘永济的论断。刘永济曾指出:"人生莫不有思,所思合理,即为道德。能思合理,即为智慧。换言之,即所思者善,能思者真。再换言之,所思者真即善,能思者善即真。真善齐同,则美。文学者具能思真之才,所思者善,而供献其真善于人生以文学之美也。故真与善者,文学家之学识也。具此学识不欲正言质言以强聒于人,而以巧妙之法,用文字感化人。不欲空言抽象之理于人,而以具体的表现,使人自领悟。故文学家不可无道德于智慧,而纯正文学非质言道德与智慧之事也。"④刘永济将"道"与"真"、"善"、"美"之联系同文质论紧密地结合起来而展开论述,这在系统地揭示出"道"关乎"真"、"善"、"美"的同时,又全面地阐释了"道"及"真"、

---

① 〔德〕沃尔夫冈·伊瑟尔:《虚构与想象——文学人类学疆界》,陈定家、汪正龙等译,长春:吉林人民出版社,2011年1月版,第3页。
② 同上,第2页。
③ 景昌极:《信与疑(真伪善恶美丑之关系)》,《学衡》1925年11月第47期,第17页。
④ 刘永济:《文学论》,第102页。

"善"、"美"既关乎文学之"质"又关乎文学之"文",从而得以推出文学必须以"道"为根基而又不能无视文学之外在表现形式的结论。不难看出,刘永济重虽"质",却也不轻"文",而这种"质"又包含一些"文"的内容。胡先骕曾说:"为文者,既求其质之精良,亦须兼顾其形之美善。"①类似这种"文质统一说"之论也是所有现代保守主义者在文质论方面比较统一的看法,同时又是所有现代保守主义者所秉持的"载道论"、"明道论"的重要内涵之一。

文质论是横亘于文学本质论和文学形式论之间的诗学间性论,所以现代保守主义者与新文学革命者就文质论而展开的论辩既不完全从属于文学本质论的范畴,也不完全从属于文学形式论的领域。民国时期,完全而典型意义上的关涉文学形式论的论争以"白话论"与"文言论"之争以及"新诗论"与"旧诗论"之辩为主要表现形式。当时,新文学革命者主张以源自口语的白话作为书面用语而倡导白话写作和新诗创作,而一部分现代保守主义者则主张沿袭传统的文言为书面语而仍旧坚持文言写作和旧诗创作,从而与新文学革命者相抗。由此,双方在文学形式论的层面上展开了"白话论"与"文言论"之争以及"新诗论"与"旧诗论"之辩。

第一节 规范型文学形式论的基本内涵与表现形态

实事求是地说,"白话论"和"新诗论"并非胡适、陈独秀等人的创制,早在清末就已有人提出与之相关的主张。"太平天国运动"时期的洪仁玕就认为作文应"使人一目了然"而主张"不须古典之言"(洪仁玕《戒浮文巧言谕》);"维新改良运动"时期的黄遵宪则倡导"我手写我口"(黄遵宪《杂感》)而主张引白话入诗;潜心西学而又致力于维新改良的裘廷梁则更曾组织"白话学会",编印《白话丛书》(自第五期起更名为《中国官音白话报》),并发表了著名的《论白话为维新之本》一文而首度明确地提出了"崇白话而废文言"②的口号。应该说,"白话论"和"新诗论"本是清末"诗界革命"、"文界革命"、"小说界革命"的延续,但真正将白话写作及新诗创作发展成为一种影响广泛的社会运

---

① 胡先骕:《文学之标准》,《学衡》1924年7月第31期,第3页。
② 裘廷梁:《论白话为维新之本》,参见张枬、王忍之编著《辛亥革命前十年间时论选集》(第一卷·上),北京:生活·读书·新知三联书店,1960年,第39页。按:原载《无锡白话报》。

动的却是"新文化运动"时期的"新文学革命",而这又与胡适的"八不主义"密不可分。

新文学革命者在主张"情感论"和"思想论"之时,就已预示着他们将会进一步地推出"白话论"和"新诗论",因为他们提出的注重个人抒情性的"情感论"和注重个体独善性的"思想论"包含着对传统的载道论、明道论重"质"轻"文"以致因重视"质"而钳制"文"之不当倾向的批判,从而隐含着形式解放或形式自由的因子。事实上,胡适在《文学改良刍议》中所提出的"八不主义",几乎条条都关涉文学形式论,而其中几条则更是纯粹地为其"白话论"和"新诗论"张目,鲜明者如"务去滥调套语"、"不用典"、"不讲对仗"、"不避俗语俗字"等等。客观地说,胡适的论断确有其合理之处,这也是"白话论"和"新诗论"的主张被当时绝大多数国人所接受的主要原因之一。但同样客观地说,"八不主义"关于文学形式论的阐释以及具体的"白话论"和"新诗论"都存在着或多或少的局限,而新文学创作主体在进行白话写作和新诗创作的过程中又充分暴露了这些诗学主张的一些弊端甚或缺陷。冯友兰曾说过,新文学家"专在西洋文学中找新花样"[1],以至于他们创作的新文学作品"教人看着,似乎不是他们'作'底,而是他们从别底言语里翻译过来底"——"不但似乎是翻译,而且是很坏底翻译",其中"新诗的成绩最不见佳",因为新诗"令人看着,似乎是一首翻译过来底诗"[2]。陈铨则说:"鲁迅先生提倡直译,生硬不通的文字,曾经替中国语文",留下了"坏影响"、造成了"坏风气"[3]。冯友兰和陈铨二人分别从不同的角度揭举了白话写作和新诗创作的流弊,而这些流弊的出现主要就是因为新文学革命者所倡导的白话文(包括以白话文为载体的新诗)往往在很大程度上是"一种'披着欧洲外衣',负荷了过多的西方新词汇,甚至深受西方语言的句法和韵律影响的语言"[4]。

或许正是因为这些流弊的存在,一部分民国保守主义者才批判白话写作、新诗创作并反对"白话论"、"新诗论",同时又针锋相对地主张文言写作、旧诗创作并提出"文言论"、"旧诗论"。应该说,白话写作和新诗创作产生流弊的根本原因在于当时的白话写作和新诗创作都尚处于草创时期,从而未能形成一套行之有效又广受认可的具体规范。现代保守主义者不是不明白白话写作和新诗创作产生流弊的根本原因所在,因为他们

---

[1] 冯友兰:《评艺文(新事论之八)》,《新动向》1939年2月1日第2卷第2期,第454页。
[2] 冯友兰:《评艺文(新事论之八)》,第455页。
[3] 陈铨:《编辑漫谈》,《民族文学》1943年9月第1卷第3期,第114页。
[4] 〔美〕史华慈:《〈"五四"运动的反省〉导言》,参见许纪霖、宋宏主编:《史华慈论中国》,北京:新星出版社,2006年,第90页。

主张文言写作和旧诗创作的根本原因就恰恰在于"规范"一词——文言写作和旧诗创作都已形成一套行之有效又广受认可的具体规范。从表面看去,由于白话写作和新诗创作在客观上确实存在流弊,所以一部分现代保守主义者才批判白话写作、新诗创作而反对"白话论"、"新诗论",并针锋相对地主张文言写作和旧诗创作而提出"文言论"和"旧诗论"。但是,这其中的根本的原因其实在于"规范"之争,即现代保守主义者主张保持传统的书面写作和诗歌创作的具体规范,而新文学革命者则在"新文学革命"一开始就急欲突破这一具体规范。

需要强调的是,并非所有的现代保守主义者都一致赞同"文言论"、"旧诗论"而极力反对"白话论"、"新诗论",但绝大多数现代保守主义者都对"白话论"和"新诗论"有所指摘——尽管这些现代保守主义者并不完全反对"白话论"和"新诗论"。事实上,在现代保守主义阵营中,矢志不渝地秉持"文言论"、"旧诗论"而反对"白话论"、"新诗论"者主要是"学衡"和"甲寅"两派。

一、"文言论":以文言对抗白话

胡适在《文学改良刍议》一文中所提出的"务去滥调套语"、"不用典"、"不讲对仗"、"不避俗语俗字"等说法虽然都各有其特定的含义,却又都明显地传达出胡适主张用源自口语的白话进行书面写作而奉行"白话论"。在《再论吾人眼中之新旧文学观》一文中,"学衡"派的吴芳吉曾对"八不主义"展开逐条的批驳,而这不仅意味着吴芳吉反对"白话论",还透露出吴芳吉主张用相沿成习的文言进行书面写作而奉行"文言论"。

胡适提出的"务去滥调套语"一说意谓"人人以其耳目所亲见亲闻所亲向阅历之事物,——自己铸词以形容描写之","但求其不失真,但求能达其状物写意之目的"[1]。显然,胡适专就用词而论,而其所谓的"滥调套语"则主要指传统的文言旧词。吴芳吉敏锐地看到了这一点,于是他首先便指出"滥调套语"的说法本身就意味着文言旧词"传之弥久"、"用之甚广",因此文言旧词"必有其可取之处"而不应被尽数除去[2]。接着吴芳吉又退一步而论道,文言旧词固然存在被滥用、套用的现象,但白话新词其实也不免于此。当时创制的白话新词大体上可分为几类,如心灵类的"生命"、"灵魂"、"印象"、

---

[1] 胡适:《文学改良刍议》,《新青年》1917年1月1日第2卷第5号,第5页。
[2] 吴芳吉:《再论吾人眼中之新旧文学观》,《学衡》1923年9月第21期,第12页。

"观念"、"幻象"等,感观类的"心弦"、"泪泉"、"眼帘"、"耳鼓"、"气息"等,态度类的"牺牲"、"奋斗"、"抵抗"、"挣扎"、"打破"等,动作类的"凭肩"、"握手"、"微笑"、"抱腰"、"接吻"等,恋爱类的"恋爱"、"爱恋"、"失恋"、"标致"、"漂亮"等,科技类的"神经"、"血管"、"色素"、"音波"、"电流"等,政治类的"平民"、"贵族"、"阶级"、"奴隶"、"产业"等,拟化类的"救主"、"天使"、"爱神"、"秋姊"、"风姨"等,隐喻类的"光明"、"黑暗"、"淫嚣"、"沉闷"、"恐怖"等,儿字类的"蝶儿"、"花儿"、"鸟儿"、"月儿"、"雪儿"等,的字类的"金的"、"玉的"、"红的"、"绿的"、"白的"等,叠字类的"怯怯的"、"轻轻的"、"缓缓的"、"匆匆的"、"微微的"以及"懒洋洋的"、"羞答答的"、"赤条条的"、"闷沉沉的"、"活泼泼的"等,叠词类的"颤颤巍巍的"、"遮遮掩掩的"、"呢呢喃喃的"、"颠颠倒倒的"、"断断续续的"等,音译类的"安琪儿"、"密司脱"、"白兰地"、"梵阿玲"、"摩托卡"等。吴芳吉指出:"诸词皆新文学家之所惯用。欲为新文学家尤在熟记乎此。"①客观而言,当时创制的这些白话新词确实在不同程度上存在着被滥用、套用的现象,而新文学革命者还往往以这些白话新词相呼号、标榜,如他们"不曰动而曰劳动,不曰俭而曰节制,不曰仁而曰良心,不曰义而曰服务,甚至不曰感兴而曰烟士披里纯②,不曰游宴而曰辟克匿克③,不曰科学而曰赛因斯④,不曰民本而曰德谟克拉西⑤"⑥等等。由之,吴芳吉戏谑道:"为新派解者必又曰:凡烂套皆当去,固无分新旧,此乃务去烂套之真意也。"⑦但是,吴芳吉实际上并不赞同"凡烂套皆当去"。在吴芳吉看来,用词之关键"全视运用者手段之高下",所以"不必务求铲除"而应"养成吾高明之手段",同时也"不必务求取用"而应"视察其自然之时机"⑧。换言之,吴芳吉主张语词之是否烂套不能作为舍弃或保留该语词的标准。应该说,吴芳吉对"务去滥调套语"一说的批驳既符合事实又入情入理。

客观地说,胡适在提出"务去滥调套语"一说的时候本有其美好的初衷,但"务去滥调套语"一说本身也确实有其客观局限存在。除了吴芳吉所批驳的几点外,"务去滥调

---

① 吴芳吉:《再论吾人眼中之新旧文学观》,《学衡》1923年9月第21期,第14页。
② "烟士披里纯"为英语"inspiration"(意为"灵感")的音译。
③ "辟克匿克"为英语"picnic"(意为"野餐")的音译。
④ "赛因斯"为英语"science"(意为"科学")的音译。
⑤ "德谟克拉西"为英语"democracy"(意为"民主")的音译。
⑥ 吴芳吉:《再论吾人眼中之新旧文学观》,第3页。
⑦ 同上,第14页。
⑧ 同上,第14—15页。

套语"一说的最大流弊在于它所倡言的"自己铸词"四字导致当时的文学界甚或整个文化界刮起了一股狂热的造词之风。显然,胡适所谓的"自己铸词"主要是指自铸白话之新词,而当时的人们往往因过于注重"自己铸词"四字而一味地求新求异,甚至不惜以音译外文词作为自铸白话新词的主要方式之一,从而制造出了诸多令人颇感莫名其妙而又啼笑皆非的所谓白话新词。一些由外文翻译而来的白话新词,如密司脱(Mr.,源自英语,意为"先生")、布尔什维克(Bolshevik,源自俄语,意为"多数派")、奥伏赫变(Aufheben,源自德语,意为"扬弃")等等,往往令不少初次接触者觉得比文言旧词更加晦涩难懂。当然,在当时创制的诸多白话新词中,也不乏佳词妙语而沿用至今者,例如翻译类的"迷思"(英语"myth")、"幽默"(英语"humour")、"时髦"(英语"smart")、"沙发"(英语"sofa")、"咖啡"(英语"coffee")等等。但从总体上来看,白话新词的泛滥成为新文学作品令人难以卒读的一大主要原因之所在,从而在事实上影响了新文学作品的广泛传播。这一事与愿违之客观现实的出现,恐怕是大出胡适的意料之外。

胡适的"不用典"一说其实是"务去滥调套语"一说的注解或补充,因为典故显然也属于滥调套语之列。需要指出的是,胡适所谓的"不用典"主要是指不使用"狭义之典",亦即不使用那些"比例泛而不切"、"刻削成语"、"失其原意"而"不合文法"又"使人不解"的所谓典故,至于成语、史事、古人之语等"广义之典"则"可用可不用",而即使是"狭义之典","其工者偶一用之"也"未为不可"①。可见,胡适充其量只是主张尽量地不用典而非主张完全地不用典。事实上,"不用典"一说的实质并不在于用典与否,而在于倡导以新式语词创作新文学作品。当然,这种新式语词仍然是指白话新词。也正因如此,吴芳吉从阐发"用典之要有五"及论证"典无广义狭义之称"而"只有合法与不合法之用"的角度批驳胡适的"不用典"一说②便显得并没有抓住问题的核心,反倒是他略微提及的"新派不知用典"③之说才稍稍触及了问题的核心。吴芳吉指出:"近自白话文学之言大倡,举国风从之者,咸秉其有什么话说什么话、要怎样说就怎样说之旨,以为凡有口舌能说话者,皆文学家矣。于是书足以记姓名之辈,皆从事于作品之发表,其不解修辞、反对用典,自属情理。"④吴芳吉的论断揭示出了新文学的又一大流弊,即一些新文学创作主体往往因为对传统文化失于理解、研究而拙于用典甚或根本不会用典,

---

① 胡适:《文学改良刍议》,第 5—10 页。
② 吴芳吉:《再论吾人眼中之新旧文学观》,第 15—17 页。
③ 同上,第 18 页。
④ 同上。

从而制约了他们所创作的新文学作品的文学性或艺术性。应该说,胡适的"不用典"一说本有其合理之处,因为似是而非之典故的运用往往会令文学作品变得晦涩难懂。但"不用典"一说在客观上又导致了新文学创作主体刻意抵制用典或以"不用典"之说掩盖其对传统文化的无知,甚或粉饰其怠于学习、研究传统文化之举,最终则致使一些新文学作品毫无文学性或艺术性而基本上等同于日常所说的白话。

胡适主张"务去滥调套语"及"不用典"都是为了引出其"白话论",而"不避俗语俗字"则直接阐发了他的"白话论"。在不主张用旧词、不主张用旧典的基础上,胡适提出"不避俗语俗字"而引民间白话入文、入诗。在胡适看来,"施耐庵、曹雪芹、吴研人为文学正宗",而"白话文学之为中国文学之正宗,又为将来文学必用之利器,可断也",所以他"主张今日作文作诗,宜采用俗语俗字"①。对此,吴芳吉首先指出"白话之字亦文言之字",亦即"文字本身且无白话文言之分别",所以无所谓"俗话俗字之避不避"②。旋即,吴芳吉又指出:"窥新派真意所辨,似不在此。新派固常谓口里能说出、笔下能写出者,便为文章。其不避俗字之真意,殆可糊乱写去,不必顾忌者耳。"③吴芳吉的措词有些情绪化,但所论却不无道理。胡适主张"不避俗语俗字"而引民间白话入文、入诗确实有以口中所言作为笔下所书的倾向,亦即混同"语"与"文"(口语与书面语)的倾向。与胡适不同,吴芳吉显然是主张"语"与"文"有别。客观地说,胡适与吴芳吉的观点都各有其道理而难分对错,因为无论是白话还是文言,都只是一种形式层面上的工具而无关文学作品的根本价值或意义。其实,"不避俗语俗字"一说的流弊主要在于充斥俗语、俗字的作品往往给人以庸俗、低劣之感。因为与"雅"相悖,人们甚至不视此类作品为文学作品。当然,这是就当时的批评眼光而论。在今天看来,"俗"与"雅"也不能成其为评判文学作品之价值或意义的标准之一。就"白话论"与"文言论"之争的角度而言,胡适"不避俗语俗字"一说的最大意义在于明确地阐发了使用白话文写作的理论主张,而吴芳吉的论断则显然没有从根本上驳倒"不避俗语俗字"一说。

除吴芳吉以外,"学衡"派的吴宓、梅光迪、邵祖平等人都曾数度批驳过"白话论"而又多有鞭辟入里之见④。其中,胡先骕《中国文学改良论上》一文颇具代表性。该文主

---

① 胡适:《文学改良刍议》,第 10 页。
② 吴芳吉:《再论吾人眼中之新旧文学观》,第 25 页。
③ 同上。
④ 参见吴宓的《论今日文学创造之正法》(《学衡》1923 年 3 月第 15 期)、梅光迪的《论今日吾国学术界之需要》(《学衡》1922 年 4 月第 4 期)、邵祖平的《论新旧道德与文艺》(《学衡》第 7 期,1922 年 7 月出版)等文。

要是在宏观层面上探讨中国文学的出路,但它从标题到内容都显然有针对《文学改良刍议》一文的倾向。就"文言论"与"白话论"之争的角度而言,该文最大的特色在于从"语"、"文"分离的角度揭示了"文学自文学,文字自文字"[①]之理,并在阔谈古今中外之文学史实的基础上列举了诸多"白话不能全代文言之证"[②],从而有力地反驳了胡适那种口中所言即为笔下所书的论调。

在众多现代保守主义流派中,惟有"学衡"派以文学研究为主。但诞生于"新文学革命"时期的"学衡"派,其文学观又往往与新文学革命者的文学观针锋相对。因此,"学衡"派也是最先从诗学层面抗击"新文学革命"而致力于丰富传统诗学的现代保守主义流派。不过,就批判"白话论"、阐发"义言论"的角度而言,"学衡"派较之于"甲寅"派不免有些逊色。就在"学衡"派诞生后不久,以章士钊为核心的后期"甲寅"派又横空出世,并迅速地加入到反抗"新文学革命"之列。至此,吴宓主持的《学衡》杂志与章士钊主编的《甲寅》杂志形成南北呼应之势,共同对抗陈独秀主编的《新青年》,亦即对抗"新文化运动"(包括"新文学革命")。应该说,在整个现代保守主义阵营中,"甲寅"派——尤其是"甲寅"派的章士钊批判"白话论"最深刻、阐发"文言论"最深入。章士钊但凡在论及"新文化运动"的时候,往往都会不由自主地评说、比较"白话论"和"文言论"的优劣得失。这一方面意味着章士钊的批白话、倡文言之论比比皆是,另一方面又意味着章士钊的批白话、倡文言之论零乱、分散。不过,综观章士钊的批白话、倡文言之论,大体上可归纳为三种观点,即"文言美而白话陋"、"文言简而白话繁"、"文言活而白话死"。

在章士钊看来,文言文比白话文更具美感,而白话文则较文言文显得粗陋。章士钊指出:"凡长言咏叹,手舞足蹈,令人百不读厌者,始为美文。"[③]从诗学的角度而言,文学之美至少包括两个方面,即文学本质论方面的文学内在思想意义之美和文学形式论方面的文学外在表现形式之美。章士钊所谓的美,主要就文学作品的外在表现形式之美而言。胡适曾多次称颂白话文学作品极富美感,但他所谓的美其实主要就文学作品的内在思想意义之美而言。也正因如此,章士钊说"适之谓本身有美,此美其所美,非吾

[①] 胡先骕:《中国文学改良论上》,《东方杂志》1919 年 3 月 15 日第 16 卷第 3 号,第 169 页。按:本文原载于《南京高等师范日刊》,具体刊出时间不详。
[②] 同上,第 171 页。
[③] 孤桐(章士钊):《答适之》,《甲寅》(周刊)1925 年 9 月 5 日第 1 卷第 8 号,第 5 页。

之所谓美"①。在《文论》一文中,章士钊曾不无偏激地放言:"文章,形式之事,非精神之事也。"②不过,从中也可以看出章士钊极为重视文学的外在表现形式及文学的外在表现形式之美。在章士钊看来,文学的外在表现形式之美又具化为"言之短长,声之高下,与意之疾徐轻重,适然相应,使人读之,爽然如己之所欲出,而未审其道何由"③。也就是说,文学的外在表现形式之美具体地表现为语句的长短错落有致,声调的高下搭配得宜,二者又与文意的轻重缓急严丝合缝。"言之短长"、"声之高下"及"意之疾徐轻重"都与声韵有关,从接受主体的角度而言则都与阅读的朗朗上口密切相关。胡适曾在《文学改良刍议》一文中提出"废骈废律"④的主张,所以章士钊论述"言之短长"、"声之高下"及"意之疾徐轻重"等内容可能更多地是针对胡适"废骈废律"的主张而主要强调声韵对于增进文学作品之美感具有重要的影响作用。也正因如此,章士钊认为"从白话中求白话"(亦即用源自口语的白话作白话之文)的白话文"雅不欲再"、"漠然无感",进而反诘白话文"美从何来"⑤。由之,章士钊批白话、倡文言的"文言美而白话陋"之论便油然而生。不过,章士钊也曾强调过:"以白话、文言,愚固非谓白话文必不可为也,特于白话中求白话,无有是处。"⑥客观地说,章士钊从文学形式论的角度论断"文言美而白话陋"不无道理,因为骈律——尤其是其对仗、排偶、平仄、押韵等内容确实能为文学作品的外在表现形式之美增色不少,而废骈、废律的白话文在其外在表现形式上也确实难以称得上美,这也是章士钊说"白话而欲其美,其事之难,难如登天"⑦的根本原因之所在。但是,文学作品之美并不仅仅取决于形式一端,所以章士钊从文学形式论的层面论说文言文之美、胡适从文学本质论的层面论说白话文之美,都各有其理——二者其实根本未曾真正交锋,至于章士钊说"白话文,差足为记米盐之代耳"⑧,则显然是夹杂意气之争的气愤之言和不公之论。

应该说,"文言简而白话繁"之论实际上是"文言美而白话陋"之论的内涵之一,因为章士钊所谓的文言文之美就蕴含着文言文用词用句简洁凝练的内容。不过,"文言

---

① 孤桐(章士钊):《答适之》,《甲寅》(周刊)1925年9月5日第1卷第8号,第5页。
② 章士钊:《文论》,《甲寅》(周刊)1927年1月8日第1卷第39号,第9页。
③ 章士钊:《文论》,第9页。
④ 胡适:《文学改良刍议》,第9页。
⑤ 孤桐(章士钊):《答适之》,第5页。
⑥ 孤桐(章士钊):《疏解輈义》,《甲寅》(周刊)1925年9月26日第1卷第11号,第7页。
⑦ 孤桐(章士钊):《答适之》,第5页。
⑧ 同上。

简而白话繁"之论更为主要地是针对于胡适引俗语、俗字入诗、入文而言,从而与"文言美而白话陋"之论有所区别。章士钊一方面认为"文事之精,在以少许胜人多许,文简而当,其品乃高"[1];另一方面又认为"文之为道,要在雅训,俚言之屏于雅,自无待论"[2]。不难看出,章士钊的这些论断隐现着清代"桐城"派的身影,而事实上章士钊在为文方面就主要师法"桐城"派,并积极奉行"桐城"派力求雅洁、力避俚俗的行文用语之主张。毋庸讳言,胡适主张"白话论"本有其针对"桐城"派之意,而章士钊批白话、倡文言则又有遵复"桐城"派之意。不过,刨去"桐城"派这一层纠葛,章士钊从用词用句之简繁、雅俗的角度批判白话文而作出白话文不简、不雅的论断也有其合理性。白话文的一大特征是大量使用"的"、"啊"、"吗"、"了"、"呢"之类的助词或感叹词,章士钊也敏锐地发现了这一点,于是他往往从这类词的引入使白话文变得冗长繁复的角度批判白话文的用语用句之弊。章士钊称"的"、"啊"、"吗"、"了"、"呢"之类的助词或感叹词为"骈枝字"[3],并将之归入"俚言"之列,而他对"骈枝字"或"俚言"之功用的理解又关涉他对中国"语"(日常所说之话)、"文"(笔下所著之文)分离现象的阐释。章士钊指出,中国文字以象形和单音为特征,所以同音而异形、异义之字特别多,而这些字又只宜于"目治"而不能"耳治",即目视一字可辨别该字(指字形和字义方面),而耳闻一字(指发音方面)却不能辨别该字(同样指字形和字义方面)[4]。正是因为"吾国语文,自始即不一致,以字为单音,入耳难辨",所以具有"便耳治"之用的"骈枝字"或"俚言"在"语言中为独多"[5]。但是,章士钊认为"语以耳辨,徒资口谈;文以目辨,更贵成诵"[6]。所以在章士钊看来,"骈枝字"或"俚言"的作用或意义也就仅限于"语"而无关于"文",至于强行以"语"入"文"则势必会有害于"文"(主要指有害于文学外在表现形式之美)。正是基于这一认识,章士钊进而揭举了白话文的一大流弊:"凡说理层累之文,恒见五六'的'字,贯于一句,亘二三十言不休。耳治既艰,口诵尤涩,运思至四五分钟,意犹莫明。请遣他词,源乃不具;谋易他句,法亦不习。臃肿堆垛,为势殰然。"[7]显然,章士钊指斥了白话文因大量使用"骈枝字"或"俚言"而变得拖泥带水、冗长繁复,却又"书

---

[1] 孤桐(章士钊):《文俚平议》,《甲寅》(周刊)1925年10月10日第1卷第13号,第6页。
[2] 同上,第5页。
[3] 孤桐(章士钊):《答适之》,第5页。
[4] 孤桐(章士钊):《评新文化运动》,《甲寅》(周刊)1925年9月12日第1卷第9号,第8—9页。
[5] 孤桐(章士钊):《答适之》,第5页。
[6] 孤桐(章士钊):《评新文化运动》,《甲寅》(周刊)1925年9月12日第1卷第9号,第9页。
[7] 孤桐(章士钊):《文俚平议》,《甲寅》(周刊)1925年10月10日第1卷第13号,第5页。

不尽言,言不尽意"(《周易·系辞上》)的弊病。虽然并非所有的白话文都存在着章士钊所揭举的那种弊病,但章士钊的论断却揭举了白话文确实存在的一大弊端。一个不可否认的事实是,一部白话文巨制或可浓缩为一篇文言文短文,而一篇文言文短文又或可扩充为一部白话文巨制。白话文的冗长繁复之弊既见诸白话文初创时期的白话文作品,也见诸当下白话文成熟时期的白话文作品。客观地说,白话文的冗长繁复之弊是其天生局限而永远也无法被克服,而在各种条件都相当的情况下,文言文相对于白话文而言又确实具有简洁凝练的优势。也正因如此,章士钊反对"以纷縠为尚"且"以驳冗为高"的白话文,而坚守"贵剪剔纷縠"、"宜整齐驳冗"的文言文①。应该说,章士钊从"文言简而白话繁"的角度倡文言、反白话也确有其合理之处。

"文言美而白话陋"、"文言简而白话繁"两论都主要在空间层面上(并奠基于同一空间)论辩文言文和白话文之优劣得失,而"文言活而白话死"一论则主要是在时间层面上论辩文言文和白话文之优劣得失。在阐发"不避俗语俗字"时,胡适曾说:"与其用三千年前之死字(如'于铄国会、遵晦时休'之类),不如用二十世纪之活字。与其作不能行远不能普及之秦汉六朝文字、不如作家喻户晓之《水浒》《西游》文字也。"②胡适显然是视文言为死字,而白话则为活字。相应地,文言文就成为死文体,而白话文则成为活文体。对此,章士钊针锋相对地反驳道:"文言贯乎数千百年,意无二致,人无不晓。俚言则时与地限之,二者有所移易,诵习往往难通。黄鲁直之词,及元人之碑碣,其著例也。如曰'死'也,以在彼而不在此矣。"③章士钊在申辩文言并非死字的同时,又以牙还牙地讥讽白话才是死字。进而言之,章士钊其实意谓文言文才是活文体,而白话文则是死文体。显然,这颇具反唇相讥的意味。应该说,胡适的论说比较偏激,而章士钊的论说则比较准确。这并不是说章士钊反唇相讥的文言文为活文体、白话文为死文体一说符合客观事实,而是说章士钊对胡适在论述文言文、白话文之差异的过程中所表现出的言论逻辑和思想主张之批判合情合理。不可否认,文言文曾作为主流文体相沿数千年,而这便足以证明文言文并不是只适合一时一地而不会发展的死文体。事实上,文言文在胡适、章士钊等人所生活的时代仍被普遍使用——就连胡适、陈独秀等新文学革命者为"新文学革命"立论的《文学改良刍议》、《文学革命》等文也都是文言文,而这便足以证明文言文尚未死去。其实,即使时至今日,白话文完全取代了文言文而成为主流文

---

① 孤桐(章士钊):《文俚平议》,《甲寅》(周刊)1925年10月10日第1卷第13号,第6页。
② 胡适:《文学改良刍议》,第10页。
③ 孤桐(章士钊):《评新文学运动》,《甲寅》(周刊1925年10月17日)第1卷第14号,第4—5页。

体,文言文也不过是将死未死。而胡适所谓的白话文之活又恰恰存在着章士钊所讥讽的白话文之死的弊病,即白话文——尤其是那些奠基于小地方之方言俗语的白话文既往往因受地域限制而不易为他地之人所辨识,又往往因时移世易之变而不为所有后人所知晓,充斥苏白的《海上花列传》之不能在当时及后来广泛流行就是一例。文言文之所以即使时至今日也只是将死未死,主要就是因为文言文隐含着各地及古今都基本一致的作文规范和阅读规范而不太受时移世易的影响。在从时间层面上论辩文言文和白话文之优劣得失的过程中,章士钊论文言文之活、白话文之死基于从古至今乃至未来的广大时间视域,而胡适论白话文之活、文言文之死却局限于一时的狭隘时间视域,因此章士钊的论说相对客观,而胡适的论说则不免有所偏颇。

二、"旧诗论":以旧诗对抗新诗

在胡适的《文学改良刍议》一文中,"不避俗语俗字"一说是胡适阐发其"白话论"的核心之所在,而"不讲对仗"一说则是胡适阐发其"新诗论"的核心之所在。虽然说着重阐发"白话论"的"不避俗语俗字"一说及"务去滥调套语"、"不用典"等说也都隐含着"新诗论"——因为"新诗论"的一大特征就在于以白话新词作诗甚至引俗语、俗字入诗(这其实意味着"新诗论"在很大程度上是"白话论"的衍生论),但"八不主义"直接为"新诗论"张目的其实是"不讲对仗"一说。"不讲对仗"一说不无偏颇地认为骈律(传统格律的内涵之一)是"文学末技",进而主张"不当枉废有用之精力于微细纤巧之末"而应"废骈废律"①。骈律本不仅限于诗而也用于文,但"不讲对仗"一说的废骈、废律主张之主要意义在于打破传统格律(字数、句数、平仄、押韵、排偶、对仗等方面为诗、为文之规范)对诗歌创作的限制而解放诗歌形式,从而为形式自由之新诗的诞生和崛起奠定理论基础。

吴芳吉曾在《再论吾人眼中之新旧文学观》一文中逐条批判"八不主义",所以他对胡适的"不讲对仗"一说也有所批判。不过,吴芳吉的这一批判始终执着于胡适所说的骈律为"文学末技"、"微细纤巧之末"等语,以至于他从始至终都是在激愤地力陈对仗、排偶等骈律内容之于诗文的重要性。更为有趣的是,吴芳吉还引证了几首胡适创作的新诗,如"头也不回,汁也不揩"(《上山》),"作客情怀,别离滋味"(《新婚杂诗》),"头发偶有一茎白,年纪反觉十岁轻"(《赠朱经农》)等等,指出其中无不存在着对仗,从而

---

① 胡适:《文学改良刍议》,第9页。

达到了以子之矛攻子之盾的讽刺效果。不过,吴芳吉终究未能真正地在文学形式论的层面上探讨新诗之利弊得失。

在现代保守主义阵营中,"学衡"派最先从诗学层面抗击"新文学革命",并力斥"白话论"和"新诗论"、力主"文言论"和"旧诗论"。但在"学衡"派中,最先阐发"旧诗论"并批判"新诗论"之人既不是诗名远播的"白屋先生"吴芳吉,也不是"学衡"派创始人并兼具诗人身份的吴宓,反而是身为植物学家的胡先骕。在那篇针对胡适的《文学改良刍议》而作的《中国文学改良论上》一文中,胡先骕不仅揭举了文言文、白话文在作文方面所表现出的短长差异,还论辩了文言文、白话文在作诗方面所表现出的优劣之别,从而开启了"学衡"派以及整个现代保守主义阵营与新文学革命者之间的旧诗与新诗之辩。

在《中国文学改良论上》一文中,胡先骕明确地指出:"诗家必不能尽用白话,征诸中外皆然。"[①]中国旧诗不用白话创作自是众人皆知而不必赘言,但难能可贵的是胡先骕搬出了华兹华斯(William Wordsworth,1770—1850)、布朗宁(Browning Robert,1812—1889)、拜伦(George Gordon Byron,1788—1824)、丁尼生(Alfred Lord Tennyson,1809—1892)、朗费罗(Henry Wadsworth Longfellow,1807—1882)等近代西方著名诗人及其诗作而论证了西方近代诗歌也不尽用并必不能尽用源自口语的白话进行创作:"Wordsworth, Browning, Byron, Tennyson,此英人近代最著名之诗家也。如Wordsworth之《重至汀潭寺》(*Tintern Abbey*)诗,理想极高洁而冲和,岂近日白话诗家所能作者? 即其所用之字,如 Seclusion, Sportive, Vagrant, Tranquil, Tririol, Aspect, Sublime, Serene, Corporeal, Perplexity, Recompense, Grating, Interfused, Behold, Ecstasy等,岂白话中常见之字乎? 其他若 Byron 之 *The Prisoner of Chillon*,Tennyson 之 *A Enone*,Longfellow 之 *Evangeline*,皆雅词正音也。至 Browning 之 *Rabbi Ben Ezra*,则尤为理想高超之作。"[②]在揭举白话文与诗歌创作并不存在必然之联系的同时,胡先骕又深入地阐发了他反对白话新诗、倡导文言旧诗的根本原因之所在。胡先骕指出:新文学革命者——尤其是新诗论者"以为白话作诗,始能写真、能述意,初不知白话之适用与否为一事,诗之为诗与否又一事也"[③]。在胡先骕看来,"诗之为诗与否"的关键不在"写真"与"述意"而在其是否为"美术之韵文",至于"美术之韵文"则是指"以有志韵之

[①] 胡先骕:《中国文学改良论上》,《东方杂志》1919年3月15日第16卷第3号,第170页。
[②] 胡先骕:《中国文学改良论上》,第170页。
[③] 同上。

辞句,传以清逸隽秀之词藻,以感人美术道德宗教之感想者"①。不难看出,胡先骕所谓的"美术之韵文"主要就是指符合传统格律的诗歌。显然,胡选骕认同传统格律对诗歌的规范,并认为传统格律一类的形式规范是诗之所以为诗而有别于其他文类的根本特征之所在。

胡先骕是最早阐发形式规范之于诗歌身份之重要标识作用的现代保守主义者,而胡先骕的观点又为现代保守主义阵营中的所有旧诗论者所共拥(实际上也为社会各界的旧诗论者所共拥)。在现代保守主义阵营中,"学衡"派多诗人或热爱诗歌之人。或许也正因如此,"学衡"派——尤其是"学衡"派诗人对诗以及诗歌创作多有独到的见解。但是,他们都不约而同地主张诗歌形式的格律化,而吴宓则更是提出了具体的"新材料入旧格律"②的说法。在吴宓看来:"今日旧诗所以为世诟病者,非由格律之束缚,实由材料之缺乏。即作者不能以今时今地之闻见事物思想感情,写入其诗,而但以久经前人道过之语意,陈陈相因,反覆堆塞,宜乎令人生厌。"③有鉴于此,吴宓主张"仍存古近各体",而"旧有之平仄音韵之律,以及他种艺术规矩,悉宜保守之、遵依之,不可更张废弃"④,在此基础上再"镕铸新材料以入旧格律"⑤。事实上,"学衡"派诗人及其他旧诗论者在创作诗歌过程中就都遵循着这种"新材料——旧形式"⑥的既定模式,而"新材料入旧格律"一说就是"旧诗论"的根本主张之所在。就文学形式论的层面而言,"新材料入旧格律"一说显然是主张以传统格律作为形式规范来规范诗歌创作。客观地说,"旧诗论"有其合理之处,但它与"新诗论"存在着不可调和的矛盾。

"新诗论"应该说并非中国本土自产的诗歌创作理论,因为"新诗论"之根远植于大洋彼岸的美国。20世纪初,美国诗界曾掀起一场声势浩大、影响广泛的新诗运动,而这一运动的直接目的则在于破除美国诗坛模仿欧洲、附庸英国并讲究风雅的不良习气。美国新诗论者认为,源自欧洲(主要是英国)的传统诗歌创作理论在诗歌形式方面存在固定、呆板之弊,不适合表现新生活、新思想和新情感,至于那种扬抑格的诗律格式则更是不适用于美国语言。于是,一种形式自由的自由诗体便在美国新诗运动中应运而生,

---

① 胡先骕:《中国文学改良论上》,第170页。
② 吴宓:《论今日文学创造之正法》,《学衡》1923年3月第15期,第14页。
③ 同上。
④ 同上。
⑤ 同上,第15页。
⑥ 吴宓:《论诗之创作》,《文学》副刊第210期,参见1932年1月18日天津《大公报》第八版。

并逐渐成为被主流社会所接受的流行诗体。可见,美国新诗运动具有反古典主义或反传统主义的意味,而美国新诗则具有形式自由的特点。中国的新诗论者恰恰是参考了美国新诗运动及美国新诗而推出其"新诗论",所以中国的新诗论者也反古典、反传统,并斥责传统格律一类的形式规范限定了诗歌形式、禁锢了诗人思想,进而主张突破规范限制、解放诗歌形式。

可以说,旧诗论者与新诗论者的最大分歧就在于诗歌的形式规范问题:前者主张诗歌需要形式规范并具体地以传统格律为诗歌形式之规范,后者因汲汲于破除传统格律以解放诗歌形式而以实际上并不具规范作用的自由形式为诗歌形式之规范。但凡新诗论者,往往都贬斥旧诗,但旧诗论者却并不都反对新诗,如坚定而执着的旧诗论者——吴宓就曾明确说"新诗(语体诗)可作"[①]。当然,但凡旧诗论者都极为反对新诗在形式层面上所表现出的自由性或无规范性。也正因如此,"旧诗论"与"新诗论"之辩在所难免。

第二节 复合权力关系场域生成的规范型文学形式论

在"新文学革命"初期,白话写作和新诗创作存在流弊是不可否认的客观事实。产生这一现象的根本原因其实在于当时的白话写作和新诗创作都尚处于草创时期,从而未能形成一套行之有效又广受认可的具体规范。从这个角度而言,当时的新文学革命者所主张的"白话论"、"新诗论"也缺乏具体的规范性内容,并且尚未成熟。虽然如此,但当时的新文学革命者对其"白话论"和"新诗论"还是拥有一个笼统的设定,即书面用语大众化、诗歌形式自由化。与此相反,现代保守主义者则坚持传统的书面用语和传统的诗歌形式,因其已然形成一套行之有效又广受认可的具体规范。于是,他们坚持书面用语精英化的"文言论"以及诗歌形式格律化的"旧诗论"。所以,从根本上说,"文言论"之于"白话论"是书面用语的精英性同大众性的交锋,而"旧诗论"之于"新诗论"则是诗歌形式的格律性同自由性的博弈。

不可否认,新文学革命者诸多阐述白话文之优的论断都有其合情合理之处,而坚持

---

① 吴宓:《诗韵问题之我见》,《文学》副刊第210期,参见1932年1月18日天津《大公报》第八版。

"文言论"的现代保守主义者对文言文之优的阐释也是言之凿凿、有理有据。因此,在"文言论"与"白话论"之争中,双方各执一词而又互不服气。从唯物辩证法的角度而言,事物都有其利弊共存的两面性,作为文体的文言文和白话文也是如此,而新文学革命者和现代保守主义者各执一词的根本原因就在于他们都偏于阐发自己所认可的文体之优势而批驳对方所认可的文体之弊病。"文言论"与"白话论"之争固然属于文学形式论的范畴,但其相争的根本原因其实在于精英主义与平民主义的分野,而这又关涉"语"、"文"分离说和"语"、"文"合一说。

长期以来,中国之"语"与中国之"文"相分离,而造成这种"语"、"文"分离现象的原因又很复杂。不过,汉字之字形、字音的特异之处应该是造成这一现象最为主要的客观原因,而一部分国人不断建立作文规范之举则应该是造成这一现象最为主要的主观原因。章士钊显然主张"语"、"文"分离,所以他维护已形成系统规范而又可超越时空限制的文言文,同时反对尚未确立规范也不一定能超越时空限制的白话文。与章士钊相反,胡适主张"语"、"文"合一,明言"有什么话,说什么话;话怎么说,就怎么说"①,即谓口中所言即为笔下所书。胡适这一主张的一大根据在于西方国家"语"、"文"相一致,但胡适只是片面地强调了当时的西方国家"语"、"文"一致,同时又刻意地规避了历史上的西方国家也是"语"、"文"分离——西欧国家在相当长的一段时期内都以源自异国的拉丁文写作而以本国语言交谈即是一例。

事实上,胡适诸多为其"语"、"文"合一主张张目的论说都站不住脚。为推行其"语"、"文"合一主张及"白话论",胡适甚至提出文言属于贵族、白话属于平民的说法而在客观上具有挑起政治纷争之嫌。其实,胡适的这一说法既不客观也不准确,因为即使在封建社会,平民也可以学习并使用文言,而一些平民也恰恰是在学习并使用文言的基础上才跻身上流社会(或官场)而成为胡适所谓的贵族;至于贵族,在平日的交谈过程中显然也不会全然使用文言而又完全不用白话。不过,胡适的这一说法已趋近于"文言论"与"白话论"之争的本质。从古至今,文言是主要被上层人士所有限使用的小众用"语"或用"文",而白话则是被各阶层人士所广泛使用的大众用"语"或用"文",这是不争的事实。章士钊虽不认同文言属于贵族、白话属于平民的说法②,但他主张"语"、"文"分离而秉持"文言论"就具有精英主义倾向,而且他的主

---

① 胡适:《建设的文学革命论》,《新青年》1918年4月15日第4卷第4号,第290页。按:据胡适此文之意,本条引文后半句应为"话怎么说,就怎么写"。
② 孤桐(章士钊):《评新文学运动》,第5页。

张至少将会在写作方面加剧小众与大众的隔膜。胡适虽然在申说文言属于贵族、白话属于平民时并不客观、准确,但他主张"语"、"文"合一而秉持"白话论"就具有平民主义倾向,尤其是他有意于普及写作之"文"而至少将会在写作方面缩小大众与小众的隔阂。因此,"文言论"与"白话论"之争的实质其实就在于精英主义与平民主义的分野。

平民是大众之大众,而当平民逐渐登上历史舞台时,作为大众用"语"或用"文"的白话势必也会焕发生机而取代作为小众用"语"或用"文"的文言。在这个时候,文体是否具有系统的规范不再重要,因为没有规范大可以慢慢地建立规范;而文体是否可以超越时空限制也不再重要,因为不同的时期、不同的地方都可以有不同的文体。历史的事实证明,易于平民学习又易于平民写作的白话文最终在政治觉醒甚或掌握政治话语的平民的支持和推动之下完全取代了文言文。因此可以说,"文言论"与"白话论"(包括文言文与白话文本身)都各有利弊,而"语"、"文"分离说和"语"、"文"合一说也各有千秋,至于哪一种论说可以取代另一种论说而独领风骚,关键就在于哪一种论说为掌握政治话语的人群所普遍接受。

主张以白话新词作诗的"新诗论"是"白话论"的衍生论,白话文后来取代了文言文而成为主流文体,但白话新诗从未真正地成为诗歌创作之主流,更遑论其取代文言旧诗,这其中的原因不得不令人深思。应该说,新诗之成与胜在其破除传统格律、解放诗歌形式,而其败与弊则又在其尽弃传统格律、放纵诗歌形式。

传统格律从数量方面的字数、句数到声韵方面的平仄、押韵及至修辞方面的排偶、对仗等等,都对诗歌创作作出明确的规定甚或限制,这在一定程度上确实不利于诗人尽情地抒发情志。但是,如果说旧诗在传统格律的规范下在一定程度上表现出一种重"文"轻"质"之倾向的话,那么新诗则在破除格律限制、解放诗歌形式之主张的推动下从一个极端走向了另一个极端,即由重"文"轻"质"之极端转向重"质"轻"文"之极端。诚然,诗歌之本质并不在于形式方面的规范,但形式方面的规范却恰恰可使诗成为诗而不至蜕变或混同为其他文类。正是在传统格律的规范之下,古今每一首旧诗都表现出鲜明的诗歌特征。反观那些实际上毫无规范可言的新诗,篇幅极短者仅只一字(如北岛的《生活》),篇幅较短者与警句无异(如顾城的《一代人》),篇幅较长者则与小说相类(如刘半农的《敲冰》),而篇幅不长不短者又酷似散文(如周作人的《小河》)。至于末流的新诗,不仅不具诗之特征,其内容更是不知所谓。胡先骕曾说:"诗之有声调格律音韵,古今中外,莫不皆然。诗之所以异于文者,亦以声调格律音韵故。"①可见在胡先骕看来,诗歌最重要的形式规范在于音韵规范。音韵虽然同样不是诗歌之本质所在,却确实具有辨别诗歌之身份的功效。但是,早期的新诗往往都不讲究音韵,早期的新诗诗人甚至都刻意排斥押韵。也正因如此,当时许多人(不仅限于现代保守主义者)都不承认新诗为诗,而现代保守主义者反对新诗的一大理由也就是新诗非诗。正是因为丧失规范——尤其是丧失音韵规范的新诗似诗非诗,胡适的好友朱经农身在美国却不辞万里致信而提醒胡适道:"'白话诗'要立几条规则",明确"'诗'与'文'之别"②。不过,没有规范也不需要讲究平仄、押韵的新诗却易于创作,也易于诗人抒发情志,于是新诗创作风靡一时,而这即是新诗之成与胜。

应该说,早期新诗创作活动的文学史意义远大于其文学意义,因为早期的新诗创作活动虽有为新诗运动披荆斩棘而丰富中国的诗歌表现的一面,却也制造了大量似诗非诗之作而鲜有真正的新诗或精品新诗。面对新诗非诗论,新诗诗人也曾赋予新诗运动以"纯诗化"的内涵而开始注重诗歌形式方面的格律规范。尤其是"新月"派诗人,他们明确地提出了新诗格律化的主张,从而极大地推动了新诗形式从自由化或无规范化向规范化的转变。这一时期产生了诸多传诵至今的新诗名篇,而尤以"新月"派代表诗人徐志摩的诗为多、为最。徐志摩的诗之所以流传广泛甚至传诵至今,一大原因就在于他的诗具有声律音韵之美。新诗从自由化转向规范化——尤其是开始注重声律音韵之美,这在某种意义上意味着新诗败了,因为它表现出向注重格律的传统旧诗复归的趋势。新诗的这一发展趋势显然与旧诗论者的主张若合符契,而吴宓也敏锐地看到了这一点。就在徐志摩逝世后不久,吴宓在自己所主编的天津《大公报》之《文学》副刊上以不曾有过的连篇累牍之势不断地刊载悼念、品评徐志摩的文章,并选登徐志摩生前的新诗作品③。《文学》副刊很少引介新文学作家,也很少刊载新文学作品,但为了悼念徐志摩,吴宓一反常态,甚至还刊载了老对手胡适为悼念徐志摩而作的新诗作品——《狮子》④。吴宓之所以对徐志摩及徐志摩之诗"青睐有加"而又"眷顾倍至",主要就是因为以徐志摩为代表的"新月"派的格律化诗歌创作理念及其格律化新诗作品都为吴宓所认同,于是同样身为诗人的吴宓对徐志摩产生英雄所见略同的惺惺相惜之感。徐志

---

① 胡先骕:《评尝试集》,《学衡》1922年1月第1期,第3页。
② 朱经农:《原书》(写于1918年6月5日),参见《胡适文存》,上海:亚东图书馆,1924年(初版于1921年12月),第114页。
③ 参见天津《大公报》之《文学》副刊第202、205、209、212、215、216、254等期。
④ 胡适:《狮子》,《文学》副刊第205期,参见1931年12月14日天津《大公报》第七版。

摩的离世使新诗格律化的主张失去了一位最好的言传身教者,而新诗格律化的主张也随着徐志摩的离世逐渐被抛弃。在20世纪40年代,陈铨曾对发展了二十余年的新诗作过一番评述:"中国白话诗运动,经过三个明显的阶段:第一是自由解放,第二的[是]谨严穿鉴,第三是徬徨歧途,莫知所从"①。"谨严穿鉴"的阶段大体上就是指"新月"派活跃、"纯诗化"盛行的20年代,而"徬徨歧途,莫知所从"的阶段则是指格律化主张渐趋失势、诗歌形式规范再度丧失的30年代及40年代。虽然陈铨"深信白话诗能够成立,旧诗的形式,不能充分表达现代中国人的感情",而新诗那种"简单的格调,单纯的感情,至少比较容易引起别人的同感",但他也不得不承认"时至今日白话诗已不为人重视,报纸勉强登载,读者见着头疼"②。陈铨指出,新诗之所以迅速走向衰弱,"主要原因,恐怕是现代诗人作品,成功者凤毛麟角,其余大都草率从事,不下工夫。不是粗俗不堪,就是读者不懂。尤其是没有音节,形同散文"③。可以说,新诗后来主要就是因为完全抛弃格律化主张、完全丧失形式规范而回归到新诗初创时期毫无规范可言的放纵状态,才呈现其最大的败与弊。

不失客观地说,新中国时期的朦胧诗是新诗形式自由化或无规范化的登峰造极之作。挣脱形式规范又丧失文类特征的朦胧诗是否为诗其实有待商榷,而形式规范之于诗歌身份的重要标识作用早在民国时期就有新诗诗人、现代保守主义者以及其他各界人士对之加以深入地探讨,但在时下,似乎并没有多少人真正地去关注、研究这一问题,这颇为令人叹息。当下,许多似诗非诗之作往往都以所谓的朦胧诗自居,而当人们面对此类作品时,充其量只能从其意义的千变万化上姑且推断它可能就是传说中的朦胧诗。刨去这一层,此类作品与散文、短章其实并无多大的区别。意义的含混、规范的丧失——尤其是声律音韵之美的丧失,在很大程度上决定了朦胧诗一类的所谓新诗无法像徐志摩之诗那样广泛流传并被普遍接受。当然,当下也有不少新诗诗人致力于突破朦胧诗的局限、探寻新诗的出路。但是,近年来热议的"梨花体"、"羊羔体"一类的新诗,虽然在意义方面不再如早先的朦胧诗那般含混不清,却在根本上没有突破新诗似诗非诗的局限,而人们也恰恰是从似诗非诗的角度非议"梨花体"和"羊羔体"一类的后朦胧诗时代的新诗。值得一提的是,第六届"鲁迅文学奖"(2014年)的诗词奖颁给了旧诗作品。鲁迅若生而有知,对此不知将作何感想——尽管"鲁迅文学奖"与倡导新文

---

① 《民族文学》编者(陈铨):《编辑漫谈》,《民族文学》1943年9月第1卷第3期,第114页。
② 同上。
③ 同上。

学、反对旧文学的鲁迅毫无关联。

陈铨说新诗在20世纪40年代时"已不为人重视,报纸勉强登载,读者见着头疼",而在当下这个本就没有真正文学氛围的时代,新诗更是不为人所重视:除诗刊外,一般报章杂志都鲜有登载新诗,而读者见着新诗也是头疼。可以说,新诗发展至今,实际上同文言文一样,陷于将死未死的困境。

第三章 权力关系视阈下的文学发展论

不可否认,在"新文学革命"时期,曾是"新文化运动"之发起者的新文学革命者往往都是积极的"造论"者。为实现其文学革命的目的,新文学革命者的"造论"之举既不限于在文学本质论的层面上创制"情感论"、"思想论",又不止于在文学形式论的层面上创建"白话论"和"新诗论",事实上还延伸至文学发展论的层面,并抛出了独具特色的"进化论"和"自创论"。新造之论总不免存在着一些片面之见和武断之言,新文学革命者所新造的"进化论"和"自创论"也是如此。新造之论往往因其新及其局限而必然会遭受各种质疑,新文学革命者所新造的"进化论"和"自创论"就引来了现代保守主义者——尤其是"学衡"派的激烈反对。从表面看去,与新文学革命者相抗的现代保守主义者只是驳论者,但事实上现代保守主义者又以其极富针对性的立论而成为纠偏者。针对新文学革命者所主张的"进化论",现代保守主义者提出了相应的"变迁论"与之争锋;针对新文学革命者所主张的"自创论",现代保守主义者则提出了相应的"摹仿论"与之相抗。

第一节 因果型文学发展论的基本内涵与表现形态

新文学革命者所主张的"进化论"和"自创论"的出笼同样可追溯到胡适在《文学改良刍议》一文中提出的"八不主义",因为"八不主义"之第二"不"——"不摹仿古人"一说恰恰是"进化论"和"自创论"的源出之处。

在阐发"不摹仿古人"一说时,胡适开篇即言:"文学者,随时代而变迁者也。一时代有一时代之文学:周秦有周秦之文学,汉魏有汉魏之文学,唐宋元明有唐宋元明之文学。"[1]客观地说,胡适这几句论述文学随时代而发生变迁之语不无道理,但胡适后来的

---

[1] 胡适:《文学改良刍议》,第2页。

论述却使这几句话的意义也发生了变迁。胡适指出,这一现象的存在"乃文明进化之公理"①使然。为了佐证自己的观点,胡适先后列举了无韵之文(主要指散文和小说)和有韵之文(主要指诗歌和戏剧)的例子。在具体的论述过程中,胡适侧重于展现不同文类或不同文体在不同时代的兴衰、替代现象,并视这种兴衰、替代现象为自然或人为之选择、淘汰的结果,最终则将文学(包括无韵之文和有韵之文)之发展过程视为文学之进化过程。所以,胡适所谓的文学随时代而变迁其实就是"文学因时进化,不能自止"②之意。显然,胡适以生物进化论或社会达尔文主义的观点来阐释文学的发展、演变历程,并认为文学一直都沿着笔直的道路不断前进。因此,胡适的文学史观就是一种直线发展的进化观。换言之,胡适在文学发展论方面秉持着"进化论"。"进化论"是"不摹仿古人"一说的立论基础,胡适也说"明文学进化之理,然后可言吾所谓'不摹仿古人'之说"③。既然文学一直都循直线前进,那么后人之文学必胜于前人之文学。正是基于这一推论,胡适提出"不必摹仿唐宋,亦不必摹仿周秦","洒脱此种奴性,不作古人的诗",进而主张"今日之中国,当造今日之文学"④。后来,胡适又以"今人当造今人之文学"⑤及"要说我自己的话,别说别人的话"⑥作为"不摹仿古人"一说的注解。可见,胡适的"不摹仿古人"一说之核心在于强调跨越传统甚或脱离传统而强调自我创造。从文学发展论的角度而言,这其实是一种极具跨越性的"自创论"。胡适所阐发的"进化论"和"自创论"为绝大多数新文学革命者所认同,因之"进化论"及"自创论"就是新文学革命者的文学发展论的具体表现。

客观地说,"进化论"揭示文学向前发展的前进性、"自创论"强调文学自主创造的重要性固然都有其合理的成分,但"进化论"与"自创论"也存在着诸多不合理之处,如"进化论"将文学发展历程与生物的进化过程相混同、"自创论"忽视客观世界对创作主体的影响作用等等。但从根本上说,"进化论"有意忽视了事物发展过程中的量变阶段,"自创论"则刻意彰显了事物发展过程中的质变结果,所以这两种论断都违背了事物发展所遵循的基本规律——因果律。由之,"进化论"与"自创论"引来批判——尤其

---

① 胡适:《文学改良刍议》,第2页。
② 同上,第3页。
③ 同上。
④ 同上。
⑤ 胡适:《历史的文学观念论》,《新青年》1917年5月1日第3卷第3号,第2页。
⑥ 胡适:《建设的文学革命论》,《新青年》1919年4月15日第4卷第4号,第290页。

是引来现代保守主义者的批判也就在所难免了。相较于新文学革命者,现代保守主义者极为强调文学发展的因果联系,而他们所阐发的"变迁论"和"摹仿论"也是如此。

一、"变迁论":以变迁对抗进化

在现代保守主义阵营中,"学衡"派在很大程度上就是为反抗"新文化运动"及"新文学革命"而生,所以他们对"新文化运动"及"新文学革命"非议最多。在《学衡》杂志创刊后不久,"学衡"派的精神领袖吴宓便在《学衡》杂志上撰文指斥"进化论"的谬误:"物质科学,以积累而成。故其发达也,循直线以进,愈久愈详,愈晚出愈精妙。然人事之学,如历史政治文章美术等,则或系于社会之实境,或由于个人之天才。其发达也,无一定之轨辙,故后来者不必居上,晚出者不必胜前。因之若论人事之学,则尤当分别研究,不能以新夺理也。"①吴宓一针见血地点明,新文学革命者所主张的"进化论"之最大弊病在于不恰当地以源出于生物学的进化论阐释"并无一定之轨辙"的"人事之学"而得出后必胜前、新必胜旧的错误结论。虽然吴宓敏锐地捕捉到了新文学革命者所主张的"进化论"与生物学上的进化论密切相关甚至基本一致,但并没有正面而深入地解释为什么生物学上的进化论不能被应用于阐发"人事之学"。

后来,具有自然科学家身份的胡先骕通过详细地比较事物发展的不同特点而明确了何者为进化、何者不为进化而为变迁的问题,从而充实了吴宓的论断。胡先骕指出,事物固然会历时而变,但"不能概谓有递嬗之迹者皆为进化",因为只有当事物的本质发生了变化时才可称之为进化,如"生物之自单细胞之原虫运动进而为人类"、电子"自原子量之轻如轻气之原子"进而为"重如镭之原子"、原子"自含少量之原子如水之分子"进而为"含数千原子如蛋白质之分子"等,都"可谓为进化";但若事物的本质并未发生变化则只可称之为变迁而非进化,如"星球与太阳系之由星云凝结而成"、"地球凝结而成山海"、"风水剥蚀火成岩复变为水成岩"等自然现象及"古昔峨冠博带,今日短衣窄袖"、"昔作灵蛇髻,今作堕马装"等人事现象,都"只得称为变迁"而"不得比之于进化"②。在明确何者为进化、何者不为进化而为变迁的基础上,胡先骕指出文学从无到有的过程或可称之为进化,但文学自诞生以后所经历的发展过程则只能称之为变迁而不能称之为进化③。由此,胡先骕既充实并深化了吴宓对新文学革命者所秉持的"进化

---

① 吴宓:《论新文化运动》,《学衡》1922年4月第4期,第3—4页。
② 胡先骕:《文学之标准》,《学衡》1924年7月第31期,第31页。
③ 同上。

论"的批判,又首次明确提出了与"进化论"针锋相对的"变迁论"。不过,反对"进化论"的胡先骕或许恰恰是因为太过急于反驳"进化论",以至于他在阐发"变迁论"的时候多有偏激之言和偏颇之论。为论证"变迁论",胡先骕不仅声称"自唐至清千余年而诗人未有胜于李白、杜甫者;自十七世纪至于今日,英国诗人未有胜于莎士比亚、弥儿顿者"①,还明言中国文学"不日进而日退"②。这其中蕴含着今不如昔、新不胜旧的意味,从而走向了另一个极端。

应该说,在新文学革命者所新造的诸论之中,"进化论"最为偏激、武断,因为"进化论"所暗含的自相矛盾之处最多。"进化论"既谓新文学胜于旧文学,又谓今人之文学胜于前人之文学,同时又隐含着文学形式渐趋自由化、文学内容渐趋大众化之意。从"进化论"的角度看去,唐代之诗显然要胜于早先之诗(是否确实如此姑且不论),但诗歌自唐代之前的古诗发展到唐代的律诗时,诗歌形式在事实上并没有渐趋自由化,而诗歌内容也并没有渐趋大众化,这其中的矛盾不言而喻。作为有韵之文的诗歌是如此,而作为无韵之文的小说也同样是如此。从"进化论"的角度看去,后出的《红楼梦》显然也胜于早出的《水浒传》、《西游记》(是否确实如此姑且不论),但章回小说从元明时期发展到乾嘉时期,也并没有明显地表现出章回小说形式之渐趋解放、章回小说内容之渐趋易懂的趋势,这其中的矛盾同样不言而喻。

二、"摹仿论":以摹仿对抗自创

"进化论"偏激、武断而多有自相矛盾之处,以"进化论"为立论基础的"自创论"也是如此。在现代保守主义阵营中,最先明确地针对"自创论"而阐发"摹仿论"的也是胡先骕。同样是在《中国文学改良论上》一文中,胡先骕说:"文学须有创造之能力,而非陈陈相因",但"前人之著作,即后人之遗产",不可尽弃,因为"尽弃遗产,以图赤手创业"极难实现。③ 胡先骕肯定文学需要创造性,但并不赞成"尽弃遗产"以"赤手创业"的做法。显然,胡先骕之言是针对"自创论"而发,因为"自创论"在主张自主创造的同时又反对摹仿前人旧作。从文学发展论的角度而言,"自创论"蕴含着文学出于创造之意,并具有排斥传统文学及割裂文学传统的特点。对此,胡先骕认为一切所谓的创造都是"脱胎",即"去陈出新",如"史汉"(《史记》与《汉书》)、"俪文"(骈体文)、"韩柳"

---

① 胡先骕:《文学之标准》,《学衡》1924 年 7 月第 31 期,第 31 页。
② 同上,第 2—3 页。
③ 胡先骕:《中国文学改良论上》,第 172 页。

（韩愈与柳宗元的散文）虽都是创造，却都"脱胎于周秦之文"，"他若五言七言古诗五律七律乐府歌谣词曲"，看似出于创造，实则都出于脱胎①。从词义的角度而言，"脱胎"一词一方面预设了孕胎之物的存在并肯定了孕胎之物对于被孕之物的积极孕育作用，另一方面又意味着胎虽出于孕胎之物却又不同于孕胎之物。同样地，胡先骕的"脱胎"说也蕴含着两种意义：一方面正视前人旧作的存在并肯定前人旧作对后人新作具有积极的影响作用，另一方面又谓后人新作虽起于摹仿前人旧作却又不同于前人旧作。胡先骕的"脱胎"说即是现代保守主义者在文学发展论方面所秉持的另一大论调——"摹仿论"的雏形，同时也是"摹仿论"的形象化说法。后来，现代保守主义者不断地深入阐发"摹仿论"，并借之以抗击新文学革命者所主张的"自创论"。

　　在现代保守主义者看来，前人旧作对后来的创作主体的文学创作活动具有积极的借鉴意义，而后来的创作主体的文学创作活动则又始于对前人旧作的摹仿。胡先骕曾说："试以一哺乳之小儿，使之生于一禽鸟俱无之荒岛上，虽彼生具孔墨之圣智，必不能发达有寻常市井儿之技能。"②胡先骕之言，意在表明"人之技能智力，自语言至于哲学，凡为后天之所得，皆须经若干时之模仿"③。事实上，文学创作技能的获得也是如此。吴宓指出："文章成于摹仿 Imitation。古今之大作者，其幼时率皆力效前人，节节规抚。初仅形似，继则神似，其后逐渐变化，始能自出心裁。未有不由摹仿而出者也。"④吴宓揭举了文学创作过程中所存在的一个客观而普遍的现象，即任何一个创作主体都是在摹仿前人旧作的基础上逐渐掌握文学创作技能，进而逐渐成长为一位优秀作家。显然，在吴宓看来前人旧作是后来的创作主体进行文学创作时的学习对象，而后来的创作主体在进行文学创作时所表现出的摹仿前人旧作的行为则是一种学习行为。这一方面意味着吴宓肯定前人旧作对后来的创作主体的文学创作活动具有积极的影响作用，另一方面又意味着吴宓肯定文学创作过程中的摹仿行为。其他现代保守主义者也都认同吴宓的观点，而肯定前人旧作及肯定摹仿行为即是"摹仿论"的基本内涵之所在。客观地说，无论天资如何聪慧之人，都不可能跳过摹仿前人旧作这一步而直接进入文学创作的殿堂。从这个角度而言，"摹仿论"具有无可争辩的合理性。

　　与此相反，"自创论"所包含的"不摹仿古人"一说就显得不可思议。从新文学革命

---

① 胡先骕：《中国文学改良论上》，第172页。
② 胡先骕：《评尝试集（续）》，《学衡》1922年2月第2期，第1页。
③ 同上，第1页。
④ 吴宓：《论新文化运动》，第4页。

者的相关诗学论著看去,"自创论"极力反对摹仿行为,但从新文学革命者的文学创作实践看去,"自创论"似乎又并不反对摹仿行为,因为新文学作品多有摹仿外国文学作品之作,且部分作品的摹仿痕迹非常明显。这不能说新文学革命者在文学创作过程中放弃了"自创论",而只能说他们赋予"自创论"以新的内涵,即反对摹仿中国的前人旧作而并不反对摹仿外国的前人旧作。不过,这或许又不能说"自创论"被赋予了新的内涵,因为胡适所强调的"不必摹仿唐宋,亦不必摹仿周秦"一类的说法或许就单单是指不摹仿中国的前人旧作而不排斥摹仿外国的前人旧作。正如梅光迪所言:"以模仿非笑国人,斥为古人奴隶。实则模仿西人与模仿古人,其所模仿者不同,其为奴隶则一也。"[①]"于本国文学不屑摹仿,于外国文学依然摹仿甚肖,且美其名曰欧化"[②],这是"自创论"的一大矛盾之处,也是其最具偏颇之处。

第二节 复合权力关系场域生成的因果型文学发展论

新文学革命者所秉持的"进化论"、"自创论"存在着诸多的不合理之处,但很难说那些学贯中西、博通古今的新文学革命者就没有意识到这些不合理之处。一个很大的可能是,他们故作不合理的偏激之言,而这其中的原因又很可能在于他们试图尽可能地摆脱当时的文学界始终受传统文学所束缚的困境。不管"进化论"、"自创论"是否合理,这两个论断的提出显然可以促进当时文学创作的解放。但是,现代保守主义者所关注的不是"进化论"、"自创论"的积极意义所在,反而是这两种论断的不合理性所在,所以他们提出了分别与之针锋相对的"变迁论"、"摹仿论"。在现代保守主义者看来,文学的发展并不遵循直线进化的形式,而是呈现出有进有退、时进时退式的曲线发展的景象。与此同时,他们又认为文学创作过程中的创造并不能凭空产生,而是起于借鉴前人旧作,也即文学是在借鉴的创造中发展而不是在凭空的创造中发展。也正因如此,他们其实是以"变迁论"的曲线性否定"进化论"的直线性、以"摹仿论"的借鉴性否定"自创论"的凭空性。

[①] 梅光迪:《评提倡新文化者》,《学衡》1922年1月第1期,第4页。
[②] 吴芳吉:《再论吾人眼中之新旧文学观》,《学衡》1923年9月第21期,第6页。

虽然"变迁论"直到胡先骕写作《文学之标准》一文才得以明确化,但自胡适提出"进化论"以后,现代保守主义者实际上一直都以其"变迁论"与"进化论"相抗。不过,相较于胡先骕,吴芳吉在阐发"变迁论"的时候表现得更为理智和合理。几乎与胡先骕同时,吴芳吉也阐发了"变迁论",并以之对抗"进化论"。胡适在论证其"进化论"时曾犯下一个严重的错误,即视不同文类或不同文体在不同时代的兴衰、替代现象为文之进化,如视小说为散文的进化、视宋词为唐诗的进化、视元曲为宋词的进化等等。小说、散文、唐诗、宋词、元曲分属于不同的文类或文体,他们在特定时代的兴盛、发达其实并不意味着他们在根本上就胜于其他文类或文体,更不意味着他们已然取代了其他文类或文体——即使在他们所兴盛、发达的特定时代,因而他们在特定时代的兴盛、发达并不足以佐证文学存在着进化的情况。吴芳吉就敏锐地意识到了这一点,并紧紧抓住这一点而展开辩驳。吴芳吉同样分别列举了无韵之文及有韵之文的例子,但他不像胡适那样特意强调后出的文类或文体的优势,而是客观地展现了各种文类或文体在任何历史时期都普遍存在着的利弊、长短之两面[①]。客观地说,各种文类或文体确实都各有其利弊共存、长短共生的两面性,所以很难说哪一种文类或文体较之于其他文类或文体就更为进步或落后。也正因如此,吴芳吉认为"文学固非进化,亦非退化",而是"有进有退,无进无退,旋进旋退,即进即退,进退相寻,终不可息"[②],亦即一直处于不断地变迁之中。可见,吴芳吉在文学发展论方面所秉持的就是与"进化论"相对的"变迁论"。基于这种文学进退相生、曲线发展的观点,吴芳吉又进一步地指出:"如父之生子,子实依父,然父不必贤于其子,子不必不肖于其父也。文学亦然:古人不必胜于今人,今人不必不及古人。"[③]也就是说,吴芳吉既认为今未必胜于昔、新未必胜于旧而反驳了"进化论"的今必胜昔、新必胜旧之断,又认为今未必不如昔、新未必不胜旧而纠正了胡先骕的今不如昔、新不胜旧之偏。

其实,经过吴芳吉的阐发,"变迁论"已然拥有了相当辩证的思想内涵。但是,胡适提出"进化论"的出发点在其关涉"一时代有一时代之文学"的论断,即谓不同的文类或文体往往兴盛于不同的时代,而"一时代有一时代之文学"这一现象的出现在胡适看来恰恰就是文学发生进化的具体表现。显然,若不能合理地解释这一现象,就不能从根本上推翻胡适提出的"进化论"。然而,吴芳吉、胡先骕以及其他"学衡"派成员甚或其他

[①] 吴芳吉:《三论吾人眼中之新旧文学观》,《学衡》1924年7月第31期,第6—7页。
[②] 同上,第8页。
[③] 同上。

现代保守主义者在阐发其"变迁论"时都有意无意地回避了这一问题。事实上,只有易峻曾真正地直面这一问题并对之加以深入地探讨,从而在有力地驳斥"进化论"的同时,又进一步地丰富了"变迁论"的理论内涵而使"变迁论"更具论辩说服力。

在《评文学革命与文学专制》一文中,易峻指出:"文学,一时代有一时代之风尚,一时代有一时代之特色,斯固有然"[①],但"历代文学之流变,非文学的历史进化,乃文学的时代发展"[②]。显然,易峻之言是针对胡适将"一时代有一时代之文学"的现象视为文学进化之具体表现而论。至于为什么会出现"一时代有一时代之文学"的现象,易峻认为这主要是因为"文学为情感与艺术之产物",往往"随各时代文人之创造冲动与情感冲动,及承袭其先代之遗产,而有发展之弹性"[③]。也就是说,文学本身并无发展的主观意愿,而它在客观上表现出的发展过程则是因为不同时代的文人对文学施加了不同的影响作用。当某一特定时代的文人认为某一特定的文类或文体更利于他们抒发"创造冲动与情感冲动"时,这一特定的文类或文体便在这一特定的时代特加发达,由此便出现了"一时代有一时代之文学"的现象,而几种不同文类或文体在不同时代的繁荣叠加起来便构成了文学历史在客观上所表现出的发展之势。显然,文学的发展是一种被动发展,而文学的被动发展与生物为寻求生存而主动演变以至进化迥然相异。也正因如此,易峻说:"文学之历代流变,非文学之递嬗进化,乃文学之推衍发展;非文学之器物的替代革新,乃文学之领土的随时扩大;非文学为适应其时代环境,而新陈代谢、变化上进,乃文学之因缘其历史环境,而推陈出新、积厚外伸也。"[④]易峻主要就是从变迁的被动性、曲线性与进化的主动性、直线性之间存在差别的角度辨析文学之变迁与生物之进化存在着本质的区别,进而丰富了"变迁论"的理论内涵,同时也进一步地驳斥了"进化论"。不可否认,易峻对"变迁论"的阐发及其对"进化论"的批驳都颇为合理。

新文学革命者所主张的"自创论"因为反对摹仿——尤其是反对摹仿中国古人而显得颇为不合情理。但是,"自创论"除了具有反对摹仿的一面,还具有主张创造的另一方面。事实上,"自创论"除关涉文学之摹仿外,主要是关涉文学之创造,且尤为强调文学的原创性,而这也恰恰是"自创论"最为合理、积极之处。所以,新文学革命以"自创论"阐发文学的发展也有一定的合情性。

---

① 易峻:《评文学革命与文学专制》,《学衡》1933年7月第79期,第7页。
② 同上,第8页。
③ 同上,第5页。
④ 同上。

现代保守主义者也深知,简单而纯粹的层层相因、代代相袭并不足以推动文学的发展,反而还会制约文学的发展,所以他们也注重文学的原创性。但与新文学革命者所不同的是,现代保守主义者认为文学的原创性也需以摹仿为基础。胡先骕在阐发其脱胎说时便已流露出这一观点,而他后来在品评《尝试集》时则更为明确地表达了这一观点:"模仿既久,渐有独立之能力,或因之而能创造"[1],至于"不模仿而能创造者"则是"目所稀见"[2]。然而,胡先骕始终只是揭示了一种文学创作现象——创作主体从摹仿前人旧作起步而终至获得独立创作的能力,却并没有解释这一现象产生的根本原因之所在。不过,吴宓曾对此做出过生动的解释。吴宓以自己早年学习写作的经历为例说,当时他刚刚学完题为《说山》的文章,先生便出题《说海》而命自己仿照《说山》作文,于是吴宓"学得'套文'之法,即袭用某一篇之层次、章法(结构),而装入我之意思、材料(内容)"[3]。由此,吴宓总结出摹仿是"创造的摹仿"[4]。正是因为摹仿是"创造的摹仿"而非刻板的复制,所以创作主体虽从摹仿前人旧作起步,却可以逐渐获得独立创作的能力,而其创作的作品也不会完全等同于前人旧作。吴宓指出:"作文者所必历之三阶级:一曰摹仿,二曰融化,三曰创造。由一至二,由二至三,无能逾越者。"[5]其他现代保守主义者也都认为摹仿是创造的前提,而不以摹仿为基础的创造则一如无源之水、无根之木般不合实际又不可实现。当然,如果摹仿流为刻板复制的话,那么由摹仿而出的文学作品则必将丧失创造性,而整个文学史也将无从发展。刘永济说"摹仿与创造,以能取法实际而自为为极致。否则其摹仿为蹈袭,而创造为虚妄"[6];而吴芳吉则谓"摹仿不可不有,又不可不去。不摹仿,则无以资练习;不去摹仿,则无以自表现"[7]。应该说,现代保守主义者既看到了摹仿的创造性,又看到了摹仿与创造之间对立统一的辩证关系,所以他们所主张的富于借鉴性和创造性的"摹仿论"较之于片面强调创造性的"自创论"更为合理。

现代保守主义者主张"创造的摹仿",其摹仿对象虽可能偏于中国的前人旧作,却并不排斥外国的前人旧作。反观新文学革命者,他们即使并不完全排斥摹仿,却限于摹

---

[1] 胡先骕:《评尝试集(续)》,《学衡》1922年2月第2期,第1页。
[2] 同上,第3页。
[3] 吴宓:《吴宓自编年谱》,北京:生活·读书·新知三联书店,1995年,第63页。
[4] 同上。
[5] 吴宓:《论今日文学创造之正法》,《学衡》1923年3月第15期,第8页。
[6] 刘永济:《论文学中相反相成之义》,《学衡》1923年3月第15期,第13页。
[7] 吴芳吉:《再论吾人眼中之新旧文学观》,《学衡》1923年9月第21期,第6页。

仿外国的前人旧作,并极力反对摹仿中国的前人旧作。诚然,新文学革命者所秉持的这种"自创论"具有突破当时那个僵化、陈腐的传统文学格局的积极意义,但其弊也在于过于强调与传统文学的疏离。吴方吉曾泛论"文学乃由古今相孳乳而成也"[①],而胡先骕则更具针对性地说"欲创造新文学,必浸淫于古籍,尽得其精华,而遗其糟粕"[②],其他现代保守主义者也多有类似的论断。客观地说,注意承继传统文学并延续文学传统的现代保守主义者所阐发的"摹仿论"对新文学革命者所秉持的"自创论"具有补偏趋正的作用,同时也有利于新文学的健康发展。

[①] 吴芳吉:《三论吾人眼中之新旧文学观》,第8页。
[②] 胡先骕:《中国文学改良论上》,第172页。

第四章 权力关系视阈下的
文学标准论

　　肇始于民国初年的"东西文化论战"持续了数十年,而广义上的"东西文化论战"其实伴随着民国始终,并一直延续至今。"东西文化论战"的主要内容在于论辩中西文化之长短、优劣,亦即中西文化之争。中西文化之争在根本上其实又都紧紧围绕两个问题展开,即探讨中西文化是否相通及中西文化可否糅合的问题。关于这两个问题,不同的现代保守主义者以及不同的西化论者[①]都有其不同的看法,他们或是同时肯定二者,或是同时否定二者,或是肯定前者而否定后者,或是否定前者而肯定后者,而这其实也是中西文化之争之所以论辩不息的一大主要原因之所在。

　　绝大多数的西化论者都认为,诞生于不同历史时期和不同地理环境的中西文化在根本上绝无相通之处,如陈独秀便坚决地秉持这种中西文化观而曾说:"东西洋民族不同,而根本思想亦各成一系,若南北之不相并、水火之不相容。"[②]陈独秀所谓的"东西洋",其实主要是就中西两地而论。显然,陈独秀从中西民族及中西民族之思想存在差异的角度在根本上否定了中西文化是否相通的问题。可以说,大凡否定中西文化可以相通的西化论者同时又都会否定中西文化可以糅合的问题。进一步地,他们甚至还都会认为新文化若非传统文化的自身进化则必将是西方文化的他者翻版。当然,西化论者——尤其是陈序经之类的全盘西化论者普遍认为西方文化是人类文化中最为优秀的代表文化,所以他们势所必然地主张依托西方文化建构新文化,从而同样势所必然地走向全盘西化之途。不过,也有一部分西化论者肯定中西文化存在相通之处。西化论者普遍崇尚西方文化,而肯定中西方文化存在相通之处的西化论者多少也都会肯定那些与西方文化相通的传统文化内容,所以这类西化论者并不完全而彻底地排斥传统文化。胡适便是这类西化论者的代表,因为胡适不仅承认中西文化有其共性,还曾以"研究问

[①] 国内学术界对"新文化"派、"西化"派以及二者之关系的界定存有分歧,因此本章选择使用更为宽泛的"西化论者"一词代指近代以来那些既标榜西方文化又(在不同程度上)贬抑传统文化以鼓吹其不同程度之西化论的人。

[②] 陈独秀:《东西民族根本思想之差异》,《青年杂志》1915年12月15日第1卷第4号,第1页。

题、输入学理、整理国故、再造文明"①为口号而发起"整理国故运动",从而表现出他对传统文化有所肯定。但是,胡适等人终究还是西化论者,所以他们到底还是主张西化并主张依托西方文化建构新文化,从而在根本上表现出否定中西文化可以糅合的倾向。

关于中西文化是否相通及中西文化可否糅合的问题,西化论者莫衷一是,而现代保守主义者其实也是如此。绝大多数现代保守主义者都基于中西文化存在差异的客观事实而普遍承认中西文化有所不同,只不过现代保守主义者不但不像西化论者那样面对颇具优势的西方文化便自惭形秽,反而还极为注重从中西方文化的不同点中发掘传统文化的优势。杜亚泉、章士钊等人便是此类现代保守主义者的代表,而且他们虽然强调中西文化有所不同,却并不否定中西文化可以糅合。杜亚泉一直主张在比较中西文化之差异的过程中取长补短以完善传统文化,而章士钊则旗帜鲜明地提出了糅合中西文化的调和论。从这个角度而言,杜亚泉、章士钊等现代保守主义者即使是不肯定中西文化相通,也不是完全否定中西文化相通。与杜亚泉、章士钊等现代保守主义者不同,以吴宓为代表的"学衡"一派的现代保守主义者虽同样不否认中西文化存在差异,却更加偏重于阐发中西文化的相通性。不过,吴宓等人所谓相通的中西文化之"西"多指古代西方文化而非整个西方文化,更遑论近世西方文化。在吴宓等人看来,传统文化精华多于糟粕,而传统文化之精华与古代西方文化之精华又多有共通之处。至于近世西方文化,吴宓等人指出近世西方文化虽糟粕多于精华,但其精华部分也确为传统文化所无而值得借鉴。所以,吴宓等人主张承继、发扬传统文化,并汲取近世西方文化之所长以补传统文化之所无,从中可见吴宓等人其实也不否定中西文化可以糅合。总体而言,不同的现代保守主义者虽在中西文化是否相通的问题上持见不太一致,但在中西方文化可否糅合的问题上持见基本一致,并矢志于"揽世界之菁英、挥固有之国粹"②。

民国时期之人但凡提到中西文化的糅合,往往都惯于使用"调和"一词;当下学术界的研究者们但凡提到中西文化的糅合,则往往惯于使用"融合"一词。但是,无论是"调和"一词还是"融合"一词,其实都无法统摄现代保守主义者对中西方文化之糅合的阐发。现代保守主义者对中西文化之糅合的阐发,讲究中西文化的水乳交融及和谐共生。有鉴于此,"和合"一词显得更为恰当,因为"和"有"和睦"、"和顺"、"和谐"等意,

---

① 胡适:《新思潮的意义》,《新青年》1919年12月1日第7卷第1号,第5页。
② 钱智修:《第二章 时势》章末评语,参见钱智修:《苏格拉底》,上海:商务印书馆,1932年(约1918或1919年初版),第7页。

而"合"则包含"汇合"、"联合"、"融合"等义。现代保守主义者对中西方文化之糅合的阐发就是和合中西方文化,而现代保守主义者又恰恰是在和合中西文化的基础上阐释其新文化主张。不过,在如何和合中西文化的层面上,不同的现代保守主义者有不同的看法,从而造成中西文化和合理论的分野。大体而言,现代保守主义者的中西文化和合理论可分为"互参论"、"调和论"以及"会通论"三种。中西文学的比较历来都是"东西文化论战"的论辩焦点之一,所以现代保守主义者所生发出的和合中西文化的三种论调其实也兼含和合中西文学以裨益中国文学的内容。从诗学的角度而言,和合中西的"互参论"、"调和论"以及"会通论"其实都蕴含着文学标准论。

第一节 和合型文学标准论的基本内涵与表现形态

"新文化运动"时期,西化论者惯以达尔文的生物进化论或社会达尔文主义的观点观照文化而秉持文化进行论。西化论者的文化进化论奠基于西化论者以"古代文化—现代文化"的二分法简单地图解世界各种文化,而其具体表现则是西化论者认定世界各种文化都遵循着从古代文化向现代文化进化的固定规则。客观地说,西化论者的文化进化论有其积极的历史意义甚或革命意义,因为它强调了文化的前进性而突破了清末以来颇富守旧色彩的"中体西用"论。但是,西化论者的文化进化论又有其不可否认的偏颇存在,因为它具有鲜明的西方中心主义色彩。

西化论者所谓的古代文化以中国传统文化为代表,而其所谓的现代文化则以近世西方文化为典型。于是,西化论者的文化进化论所主张的文化由古代文化向现代文化进化,便意谓中国传统文化必须向近世西方文化靠拢,甚或中国传统文化必将被近世西方文化所取代。在西化论者的文化进化论中,世界各种文化从时间上说只有从古代文化向现代文化演变一路,而从空间上说则只有从东方文化向西方文化(尤指近世西方文化)靠拢一途。在这种文化一元进化的简单图式中,没有东方文化的主体位置,更没有中国传统文化的主体位置。所以,西化论者的文化进化论在很大程度上便是西方中心主义思想的具体化呈现。

西化论者所秉持的文化进化论不仅因其主张文化的一元进化而抹杀了各种其他文化的民族特质,还因其贯彻着西方中心主义思想而往往以西方文化作为"先进"或"优秀"的标杆来审视、评判其他文化。在具体的比较中西文化的过程中,绝大多数西化论者都大力张扬西方文化的现代性而以居高临下的姿态睥睨传统文化,进而主张在全面抛弃传统文化的基础上全面仿习西方文化。事实上,这与其说是比较中西文化,倒不如说是以西方文化批判甚或取代传统文化。虽然说,以杜亚泉为代表的早期现代保守主义者未必意识到西化论者是基于文化进化论来评判、取舍中西文化,并在很大程度上消解了传统文化的主体性;但是,他们显然都意识到西化论者有意抬高西方文化并刻意贬低传统文化,因为他们不但明言西化论者秉持西方文化尽优而传统文化尽劣之论,还明确地反对这一武断、偏激之论。后来的现代保守主义者越来越清楚地认识到西化论者崇拜西方文化、贬斥传统文化的思维逻辑以及由此而产生的流弊,所以他们对西化论者的批判也更为深入和深刻。可以说,杜亚泉的"互参论"首次为中西文化提供了一个平等比较的平台,而章士钊的"调和论"则在"互参论"的基础上转向阐发中西文化的和合。及至以吴宓为代表的"学衡"派,他们又更为具体地阐发了为时人所不注意的中西古代文化的共通性。

一、"互参论":以互参中西对抗厚西薄中

较之于西化论者那种文化进化论的"厚彼薄此",杜亚泉的中西互参论将中西两种文化放置在对等的位置上加以平等地比较。

杜亚泉对中西文化的比较也像西化论者那样强调二者的差异性,但杜亚泉认为中西文化的差异不在于先进与落后、优秀与低劣等"程度之差",而在于中西两种社会的不同所引起的"性质之差"[1]。至于"两社会差异之由来,则由于社会成立之历史不同"[2],并具体地表现为两个方面。一方面,西方社会由诸多迥异的民族混合而成,而"民族对抗纷争"则从未真正地停止过;反观中国社会,虽也由诸多民族构成,但各民族的"发肤状貌"大都相同,在根本上都属于中华民族而易于相互同化或融合,而且中国社会大一统时期较长,即使是分裂时期的各民族间的相互争斗也不同于西方社会的"民族之争"[3]。另一方面,西方社会发达于交通便利的地中海沿岸,"宜于商业,贸迁远服,操奇计赢,竞争自烈",而中国社会则发达于土地肥沃的黄河沿岸,"宜于农业,人各

---

[1] 伧父(杜亚泉):《静的文明与动的文明》,《东方杂志》1916年10月10日第13卷第10号,第1页。
[2] 同上,第2页。
[3] 同上。

自给,安于里井,竞争较少"①。杜亚泉指出,"社会成立之历史不同,则其于社会存在之观念,亦全然殊异"②。也就是说,中西两种社会的诞生环境的不同决定了生活于这两种社会中的人们在思想观念上也迥然相异。具体而言,西方社会的民族纷争和商业角逐造就了西方人强烈的忧患意识和竞争意识;而中国社会的民族一统和土地肥沃则造就了中国人显著的和乐精神及自给精神。显然,杜亚泉极为重视客观环境对人类社会的影响作用,甚至视客观环境的影响作用为决定人类社会形态及人类社会意识的主要因素之一。其实,这种观点也具有鲜明的社会达尔文主义色彩,这或许是因为博涉西学的杜亚泉深受斯宾塞学说的影响。

在论证中西环境差异导致中西之人在思想观念方面也有所差异的基础上,杜亚泉又进而指出中西文化的五大差异。第一,西方文化重人为、恶自然,"一切以人力营治之",而传统文化则轻人为、顺自然,"一切皆以体天意遵天命循天理为主"③。第二,西方文化向外扩张,以致西方社会内"各个人皆向自己以外求生活","常对于他人","为不绝的活动",而传统文化则向内收敛,以致中国社会内各个人"皆向自己求生活","常对于自己","求其勤俭克己"和"安心守分"④。第三,西方文化所天然具有的竞争观念既使西方人重个体以致个人主义发达,又使西方人重团体以致国家主义发达,而传统文化天然地缺乏竞争观念又天然地具有自给观念,以致"我国除自然的个人以外,别无假定的人格,故一切以个人为中心,而家族,而亲友,而乡党,而国家,而人类,而庶物,皆由近及远,由亲及疏,以为之差等"⑤。第四,西方文化因竞争观念发达而重私产及私权,以致西方文化在道德方面公德重于私德;而传统文化则因自给观念发达而在道德方面并重公德与私德⑥。第五,西方地狭人稠以致西方"社会之和平,用以构造战争",即战争为西方社会的常态,所以西方文化具有好战倾向;而中国地大物博,中国"社会之战争,用以购求和平",即和平为中国社会的常态,所以传统文化具有尚和倾向⑦。由此,立足于社会达尔文主义的杜亚泉认为中西文化的差异在根本上是由"自然存在"和"竞争存在"这两种环境差异及观念差异所致。杜亚泉总结道:"综而言之,则西洋社会,为

---

① 伧父(杜亚泉):《静的文明与动的文明》,《东方杂志》1916年10月10日第13卷第10号,第2页。
② 同上。
③ 伧父(杜亚泉):《静的文明与动的文明》,第2—3页。
④ 同上,第3页。
⑤ 同上。
⑥ 同上,第4页。
⑦ 同上。

动的社会;我国社会,为静的社会。由动的社会,发生动的文明;由静的社会,发生静的文明",其中动的文明具"繁复的色彩",而静的文明则带"恬淡的色彩"[①]。杜亚泉以中国古典哲学中的"动—静"说总括中西文化的相异特征可谓颇为精当,而其在论证中西文化之第二大差异时所提出的"外向—内向"的说法虽可说是"动—静"说的扩展,但事实上又是杜亚泉的首创,因为在杜亚泉之前从未有人以"外向—内向"之说比较中西文化之差异。无论是"动—静"说还是"外向—内向"说,杜亚泉终是论证了中西文化本无程度之别而仅限于性质之异的观点,同时还揭示出了中西文化间所存在的诸多性质差异。

论证中西两种社会的环境差异导致中西两种文化的性质差异并揭示出诸种性质差异是杜亚泉的中西文化互参论的前提,而这一前提便已足以反驳西化论者的文化进化论在具体的比较中西文化方面所存在的"厚彼薄此"之误。客观地说,较之于静的或内向的文化,动的或外向的文化显然更具攻击性甚或侵略性,这也是近代以来西方文化以强势之态涌入中国甚或侵略中国而大有取代传统文化之势的一大主要原因之所在。但是,动的或外向的文化未必就先进于或优胜于静的或内向的文化。就中国历史而言,女真族(包括后来的满族)、蒙古族都曾以其相对动的或外向的文化而在一段时期内击败过汉族,甚至还曾一统中国而建立元朝和清朝,但是,这种动的或外向的文化只是取得了短暂的胜利而终未获全胜,更遑论长胜。元朝享国不过百来年而成为中国历史上著名的短命王朝之一,这其中的一大原因就在于元朝统治者自傲其民族及其文化而蔑视汉人,更蔑弃以汉族文化为代表的传统文化。元朝的统治者自始至终都坚守着民族特色,但元朝最终为汉族所颠覆,这即证明了动的或外向的文化并不一定就先进于或优胜于静的或内向的文化。反观清朝,享国长达两百六十余年,走完了中国封建社会典型的王朝之路,其中的一大原因就在于清朝统治者有意无意地融合汉族、融入传统文化。就其主动融合汉族、融入传统文化的方面而言,清朝统治者深知马上得天下但不能以马上治天下之理,于是积极学习传统文化,这显然意味着清朝统治者认识到自身那种动的或外向的文化不足以与汉族那种静的或内向的文化作长久抗衡,而汉族那种静的或内向的文化反而还可以促进他们的长久统治;就其被动融合汉族、融入传统文化的方面而言,传统文化具有强大的同化他种文化之力,而这种同化他种文化之力又得益于传统文化是一种静的或内向的文化。清朝的统治者固然逐渐丧失了民族特色,但清朝比元朝

---

① 伧父(杜亚泉):《静的文明与动的文明》,第4—5页。

更像中国历史上的其他汉族王朝,其灭亡在根本上也不是由民族矛盾所致,因为民国还有清朝遗老,其中不乏汉人,而明朝则没有元朝遗老。结合元、清的历史史实来看,动的或外向的文化不一定就较静的或内向的文化更为先进或优胜,而静的或内向的文化反而可能更适于人类社会的长远发展。具体到中西文化而论,西方文化未必就先进于传统文化或优胜于传统文化,而传统文化则可能更适于人类社会的长远发展。事实上,包括杜亚泉在内的现代保守主义者大都有此看法,这也是他们反对西化论者之新文化建构方案的一大主要原因之所在。

杜亚泉论证了中西文化的差异在于性质而非程度,这固然积极地回应了西化论者的"厚彼薄此"之论,但杜亚泉比较中西文化的目的并不在此而在建构互参中西文化的新文化。杜亚泉指出,为动的或外向的文化所熏染之人,"富于冒险进取之性质","常向各方面吸收生产",以至"其生活日益丰裕",而为静的或内向的文化所熏染之人,"专注意于自己内部之节约","不向外部发展",以至"其生活日益贫啬",但生活丰裕者身心劳碌,而生活贫啬者生活安闲,所以"以个人幸福论,丰裕与安闲,孰优孰劣,殊未易定,二者不可得兼,而其中常具一平衡调剂之理"①。如果说西方文化"醲郁如酒"、"腴美如肉",那么传统文化便"淡泊如水"、"粗粝如蔬",但"中酒与肉之毒者、则当以水及蔬疗之也"②。可见,杜亚泉之言其实意谓中西两种文化无所谓落后与先进之分或低劣与优秀之别,而是各有短长、互有利弊。所以,在杜亚泉看来,建构新文化的关键在于互参中西文化之长处及益处。在20世纪20年代末,已淡出"东西文化论战"的杜亚泉曾说:"我国,在最近的三四十年间受西洋思想的刺戟,社会间发生种种变动,至呈杌陧不安的现象。"③这种"杌陧不安的现象"的出现,在根本上是由中西文化之冲突所引起。诚如杜亚泉所言,当时一部分国人"羡慕西洋人之富强,乃谓彼之主义主张,取其一即足以救济吾人,于是拾其一二断片,以击破己国固有之文明"④,可是大部分国人徘徊于西方文化和传统文化之间而莫知所从、焦虑不安。在杜亚泉看来,国人大可不必忧虑于中西文化之冲突,因为事物的矛盾总是蕴含着对立与统一两个方面,比如说"进化论谓世界进化,尝赖矛盾之两力,对抗进行,此实为矛盾协进最大之显例"⑤。杜亚泉更曾明

---

① 伧父(杜亚泉):《静的文明与动的文明》,第5页。
② 同上,第1页。
③ 杜亚泉:《编辑大意》(写于1929年1月),参见杜亚泉编纂:《人生哲学》,上海:商务印书馆,1929年,第2页。
④ 伧父(杜亚泉):《迷乱之现代人心》,《东方杂志》1918年4月15日第15卷第4号,第6页。
⑤ 高劳(杜亚泉):《矛盾之调和》,《东方杂志》1918年2月15日第15卷第2号,第5页。

确地指出,"地球之存在,由离心力与向心力对抗调和之故;社会之成立,由利己心与利他心对抗调和之故"①,所以"有冲突而后有调和,进步之机括,实在于此"②。正因如此,杜亚泉认为国人在面对中西文化之冲突的时候,最应值得注意的是具备"推测抉择之力"、"贯通融会之方"以互参中西文化之长处及益处,进而"调剂之以求其体合"③。不过,杜亚泉也曾一再强调,新文化的建构"决不能希望于自外输入西洋文明",因为"产生西洋文明之西洋人方自陷于混乱矛盾之中"而"亟亟有待于救济"④,若国人寄希望于外,则无异于问道于盲。在杜亚泉看来,建构新文化最需注重"统整吾固有之文明,其本有系统者则明瞭之,其间有错出者则修整之"⑤。"自欧战发生以来,西洋诸国,日以其科学所发明之利器,戕杀其同类。悲惨剧烈之状态,不但为吾国历史之所无,亦且为世界从来所未有"⑥。当时的西方社会确如杜亚泉所言,正"陷于混乱矛盾之中"。但不可否认,西方文化仍确实有其长处和益处,只不过西方文化的这些优点散布于整个西方文化之中。正因如此,杜亚泉说建构新文化还需要"尽力输入西洋学说",并使其"融合于吾固有文明之中",而对于那些如满地散钱般的西方文化之精华,则必须"以吾固有文明为绳索,一以贯之"⑦。

不难看出,杜亚泉基于中西文化互参论的新文化建构方案不但迥异于西化论者基于文化进化论的新文化建构方案,还侧重于以西方文化之长裨补传统文化之短,这透露出杜亚泉的新文化建构方案颇富主体意识和民族意识。事实上,杜亚泉在主观上就颇为强调新文化须以传统文化为主体的主体性和须以民族特质为根本的民族性。杜亚泉曾说:"一国有一国之特性"、"一国亦自有一国之文明",可以取他人之所长而补自己之所短,但不可乞他人之所余而弃自己之所有,而且"吾社会输入之文明","与旧时之国性,居于冲突之地位,绝不融合",一旦"欲持此摹仿袭取而来"又"无国性以系乎其后者,以与世界相见",则"犹披假贷之冠服,以傲其所借之物主",这不但会被物主所耻笑,更"恐将被引而与之同化"⑧。所以,在《现代文明之弱点》一文中,杜亚泉一再申说

---

① 伧父(杜亚泉):《论思想战》,《东方杂志》1915年3月1日第12卷第3号,第4—5页。
② 伧父(杜亚泉):《再论新旧思想之冲突》,《东方杂志》1916年4月第13卷第4号,第6页。
③ 高劳(杜亚泉):《现代文明之弱点》,《东方杂志》1913年5月1日第9卷第11号,第2页。
④ 伧父(杜亚泉):《迷乱之现代人心》,《东方杂志》1918年4月15日第15卷第4号,第6页。
⑤ 同上,第6—7页。
⑥ 伧父(杜亚泉):《静的文明与动的文明》,第1页。
⑦ 伧父(杜亚泉):《迷乱之现代人心》,第7页。
⑧ 高劳(杜亚泉):《现代文明之弱点》,第2—3页。

中西文化之冲突及建构新文化所可虑者"非无文明之为患,乃不能适用文明之为患;亦非输入新文明之为患,乃不能调和旧文明之为患",而"适用之,调和之,去其畛畦,祛其扞格,以陶铸一自有之文明"则是"今日之要务"①。在杜亚泉看来,传统文化与西方文化"差异殊多",而"关于人类生活之经验与理想",则"颇有足以证明西洋现代文化之错误,为世界未来文明之指导者"②。所以,杜亚泉大声疾呼:"吾人现今所宜致力者,当采世界文明之所同,而去其一二端之所独,复以吾国性之所独,融合乎世界之所同。"③可见,杜亚泉的中西文化互参论及其新文化建构方案极富爱国主义色彩和民族主义色彩。

二、"调和论":以调和中西对抗割裂中西

杜亚泉在阐发其中西文化互参论的过程中,曾经涉及过诸多调和中西文化的内容。进而言之,杜亚泉曾明确使用过"调和"一词,并主张调和中西文化。不过,杜亚泉的中西文化互参论偏重于阐发借取西方文化之长处或优势以裨补传统文化之所短或所无,所以杜亚泉虽曾使用过"调和"一词并借之以阐释其中西文化观,却终究没有真正深入地阐发中西文化之调和。事实上,在众多现代保守主义者当中,只有章士钊曾明确地提出过调和中西文化之论,并一而再、再而三地使用"调和"一词以阐发其中西文化调和论。

相较于杜亚泉,章士钊参与"东西文化论战"稍晚,但章士钊对中西文化之冲突、抉择的思虑却丝毫也不晚于杜亚泉,而章士钊的中西文化调和论则更是早在民国之前便已颇具雏形。早年的章士钊曾是近乎狂热的革命者,不但"持极端之革命论",还"主废学以救国"④,但在历经"苏报案"及数次革命挫折之后,章士钊的思想发生了巨大的转变。1905年至1906年期间,流亡日本并留学日本的章士钊逐渐由废学救国转向苦学救国,并开始思虑中西文化之冲突与抉择——这为其中西文化调和论的萌发奠定了思想基础。1908年至1911年"辛亥革命"爆发之前,留学英国的章士钊不仅系统学习了英国的宪政理论、切身体会了英国的民主政制,还师从苏格兰阿伯丁大学的戴蔚孙教授(Prof. Davidson)学习逻辑学而"自是践履逻辑途径"⑤——这些留学经历又对章士钊

---

① 高劳(杜亚泉):《现代文明之弱点》,第5页。
② 伧父(杜亚泉):《新旧思想之折衷》,《东方杂志》1919年9月15日第16卷第9号,第2页。
③ 高劳(杜亚泉):《现代文明之弱点》,第5页。
④ 章士钊:《新时代之青年——章行严君在寰球中国学生会之演说》,《东方杂志》1919年11月15日第16卷第11号,第161页。
⑤ 章士钊:《自序》,参见章士钊著作《逻辑指要》,重庆:中心印书局,1943年,第15页。

提出并阐发其中西文化调和论具有重大的影响。值得一提的是，留学英国期间的章士钊还首度使用了"调和"一词以阐发其中西文化观，如发表在《帝国日报》上的《论畸形内阁》(1911年5月21日、5月22日号)、《政党内阁果优于非政党内阁乎》(1911年8月18日号)等文。这些文章中的"调和"一词都具有协同差异或统一对立的意义，而这也恰恰是章士钊后来所明确提出并竭力主张的中西文化调和论之"调和"的基本内涵之所在。可以说，留学英国时期恰恰是章士钊的中西文化调和论的形成期。需要指出的是，章士钊往往自称其中西文化调和论为"调和立国"论或"新旧调和"论。由于章士钊曾留学英国而精研英国政制，所以他的中西文化调和论最初多仅就中西政治制度而言，并被具体地命名为"调和立国"论。后来，随着"东西文化论战"的爆发，关涉西方文化与传统文化的新旧之争愈演愈烈，而积极参与这场论战的章士钊又从其"调和立国"论中生发出"新旧调和"论，并以之与西化论者的西化论相抗衡。"调和立国"论意谓调和具体意义上的中西政制，而"新旧调和"论则意谓调和宽泛意义上的中西文化，可见二者在本质上都可归结为中西文化调和论。

"新文化运动"时期，西化论者既对西方文化存在着偏信、狭隘、浅陋的不当理解，又对传统文化存在着低劣、僵化、陈旧的错误认识，以至于他们这些"醉心欧化者，对于西洋现代文明，无论为维持的、为破坏的，皆主张完全仿效，虽陷于冲突矛盾而不顾；惟对于中国固有文明，则以为绝无存在之价值。苟尚有纤芥之微，留于国人之脑底者，则仿效西洋文明，决不能完全"[1]。与西化论者相反，章士钊以及杜亚泉等早期的现代保守主义者普遍认为：对于西方文化虽然应该"主张相当的吸收"，却不能"主张完全的仿效"，而对于传统文化则应该"主张科学的刷新"，并且"不主张顽固的保守"[2]。可见，早期现代保守主义者都主张恰当地糅合中西文化——和合中西文化而反对偏信、偏取西方文化一端。章士钊就是在这种历史背景下以其调和思想观照中西文化，并具体地阐发了他的中西文化调和论。

章士钊的中西文化调和论以调适并糅合中西文化为具体表现形式，而其最为直接的目的则在于建构新文化以求国家和民族的生存与发展。不可否认，"调和"一词的出现，既可能意味着被调和的几种事物彼此间存在着差异，又可能意味着被调和的几种事物彼此间存在着共相。不过，章士钊的中西文化调和论并非基于中西文化之共相，而是

---

[1] 伧父(杜亚泉)：《新旧思想之折衷》，第2页。
[2] 同上，第3页。

基于中西文化之差异,因为这种中西文化调和论讲究异中求和。中西文化调和论的异中求和思想又具体地表现为,章士钊在阐发中西文化调和论并建构新文化的过程中注重文化的承续性和渐变性。1918年12月,章士钊在北京大学作演讲而论究"进化"与"调和"之区别与联系时指出:"每一新时代起,断非起于孤特,与前时代绝不相谋;而所有制度文物,皆属异军苍头,一一为之制事而立名也",事实上"时代相续"、"时代衔接",而"其形如犬牙,不如枇比",至于"社会之进程"也因此而"取连环式",并"由第一环以达于今环,中经无数环,与接为构",尽管"所谓第一环者,见象容与今环全然不同,且相间之时,骛焉不属"①。因为"今日之社会,乃由前代之社会嬗蜕而来;前代之社会,乃由前代之前代社会嬗蜕而来",所以"由古及今,为一整然之活动,其中并无定畛,可以划分前后"②,而新者也"决非与旧者析疆分界鸿沟确立"③。在阐释时代及社会之发展历程的过程中,章士钊虽立足于新旧相异、古今有别的客观事实,却强调新旧相续、前后相接且新旧渐变、前后渐换的客观现象。其实,无论是时代也好,社会也罢,在章士钊看来,事物的发展总不脱新质逐渐产生、壮大而旧质日趋衰弱、消亡一途。1919年9月,章士钊在上海寰球中国学生会发表演讲时,又以重叠之两圆逐渐分离来比拟事物的发展过程,形象地阐发了他的调和思想及其承续理念和渐变理念。"宇宙之进步,如两圆合体,逐渐分离,乃移行的而非超越的。既曰移行,则今日占新面一分,蜕旧面亦只一分。蜕至若干年之久,从其后而观之,则最后之新社会,与最初者相衡,或蘑然为二物。而当其乍占乍蜕之时,固仍是新旧杂糅也。此之谓调和。"④显然,在章士钊看来,事物的发展过程一如生物的新陈代谢,起初新质与旧质相杂糅,即新中有旧、旧中有新,后来新质随旧质的日趋衰弱而逐渐产生,而旧质则随新质的逐渐壮大而日趋消亡。依据章士钊的观点,任何事物的发展过程中都存在着新旧承续、新旧渐变的调和现象,而文化的发展过程自然也不能例外。据此推论,新文化的建构固然需要融入作为新质的西方文化,却也不能脱离作为旧质的传统文化。事实上,章士钊的中西文化观及其新文化观即是如此。章士钊曾说:"旧者根基也。不有旧,决不有新。不善于保旧,决不能迎新。不迎新之弊,止于不进化;不善保旧之弊,则几于自杀","新机不可滞,旧德亦不可忘。

---

① 孤桐(章士钊):《进化与调和》,《甲寅》(周刊)1925年10月24日第1卷第15号,第5页。
② 同上。
③ 章士钊:《新时代之青年——章行严君在寰球中国学生会之演说》,第160页。
④ 同上。

挹彼注此,逐渐改善,新旧相衔,斯成调和"①。对于新文化的建构,章士钊既主张借鉴西方文化,又注重文化的承续性和渐变性而主张延续传统文化,并讲究逐步有序地构建新文化。换言之,章士钊反对断然全盘舍弃传统文化而又遽然完全依托西方文化的新文化建构方案,主张"斟酌中西,调和新旧"②,即主张调适并糅合中西文化之差异、短长以逐步建构新文化。

　　章士钊既注重文化的承续性和渐变性,又立足于中西文化的差异而主张调和中西文化以重构新文化,这其中隐现着辩证法上的对立统一律的身影。对立统一律既意谓矛盾双方相互排斥、相互斗争而呈对立之势,又意谓矛盾双方相互依存、相互渗透而呈统一之势,即矛盾双方既对立又统一。矛盾双方之间的对立表现出斗争性,而其统一则表现出同一性。显然,矛盾双方的斗争性具有相互排斥、相互否定的特点,而这不但会逐渐引起矛盾双方的属性变化,还会最终消解矛盾双方的自身存在。与此相反,矛盾双方的同一性则具有相互依存、相互肯定的特点,而这既可保持矛盾双方的各自属性又可使矛盾双方共存于一个对立统一体之中。斗争性意味着矛盾双方有你无我、有我无你,二者此消彼长而又势不两立;同一性则意味着矛盾双方你中有我、我中有你,二者俱荣俱损而又同生共死。但是,斗争性离不开同一性,因为在矛盾双方的斗争过程中存在着相互依存、相互渗透的客观现象,而其斗争结果又在客观上促使矛盾双方相互转化、相互过渡;同样地,同一性也离不开斗争性,因为同一往往以差异和对立的存在为前提,而在矛盾双方的统一过程中又始终存在着相互排斥、相互斗争的客观现象。因此,矛盾双方之间并不存在绝对分明而又恒定不变的对立或统一之界限。

　　应该说,中西文化之间也存在着这种既对立又统一的复杂关系。一方面,中西文化毕竟有所不同,二者相接触而产生冲突也在所难免。中西文化之间的冲突即是中西文化之间的矛盾,于是中西文化便是一对矛盾体。以中西文化为矛盾双方,矛盾双方的斗争性就具体地表现为中西文化之间的相异冲突。另一方面,中西文化虽源出于不同地域的不同人群,但毕竟都是人类所创之文化而蕴含着某些人类共性,所以二者之间或多或少都会存在着一些相通之处。中西文化之间的这些相通之处为中西文化的统一奠定了基础,而中西文化之间的同一性又具体地表现为中西文化互相间可以进行短长互补的转化或过渡。当然,中西文化之间的对立与统一同样没有泾渭分明而又一成不变的

---

① 章士钊:《新时代之青年——章行严君在寰球中国学生会之演说》,第162页。
② 孤桐(章士钊):《答稚晖先生》,《甲寅》(周刊)1925年12月12日第1卷第22号,第9页。

分界线。西化论者强调了矛盾双方的斗争性而忽略了矛盾双方的同一性,所以他们往往从中西文化存在差异的客观事实中得出中西文化不可调和之论,进而认为新文化的建构方案只能从中西文化中取其一端而舍其另一端。与西化论者不同,章士钊在看到矛盾双方之斗争性的同时还看到了矛盾双方之同一性,并且显然更为注重后者。陈嘉异曾说:"调和之功用本宇宙万有一切现象所不可须臾离者,否认调和是无异否认宇宙之有差别相。"[①]其实,章士钊对不同事物间之差异及调和的认识也是如此。具体到中西文化,章士钊认为中西文化之间的差异不仅不是隔离中西文化的鸿沟,反而是沟通中西文化的桥梁,即中西文化之间的差异恰恰是中西文化实现调和的前提条件,而否认中西文化可以实现调和其实也就否定了中西文化存在差异。章士钊指出,中西文化如"新旧两心,开花互侵,中乃无界。不如两点相次,无间而不相撄"[②]。也就是说,中西文化在有所差异并相互排斥的同时也有所相通并相互渗透。正因如此,可以说章士钊的承续理念、渐变理念及其中西文化可以调和的观点都隐现着辩证法上的对立统一律的身影。至于章士钊所主张的中西文化调和论其实也同样蕴含着对立统一律,只不过在中西文化调和论中,作为矛盾双方的中西文化对立统一于新文化这一整体之中。

显然,辩证法上的对立统一律可以比较充分而准确地解释章士钊的承续理念、渐变理念及其调和中西文化的思想和中西文化调和论,以至于对立统一律俨然就是章士钊所思所论的学理依据。不过,章士钊的学理依据可能更多地来源于逻辑学而非辩证法。从某种意义而言,辩证法上的对立统一律可说是逻辑学上的矛盾律、同一律以及排中律的结合体,因为二者之间毕竟存在着诸多契合之处。只不过,在逻辑学上,矛盾律和同一律一般不可被同时应用于判定同一个命题,而适用于判定两个或两个以上的命题。此外,同出于逻辑学的排中律还规定了相互矛盾的命题不能同假或同真而必有一真或一假。

具体到中西文化之间的关系,依据逻辑学上的矛盾律、同一律及排中律,无论如何都不可能推导出"中西文化既对立又统一"这种在逻辑学上完全自相矛盾而根本不为逻辑学所容的结论。但是,充分、综合而又灵活地运用矛盾律、同一律以及排中律却可以达到运用对立统一律的效果。比如,先将中西文化之间的差异和共相分割为两个独立的命题,再分别将这两个独立的命题各自拆分为几个更为具体而同样独立的子命题,

---

[①] 陈嘉异:《我之新旧思想调和观》,《东方杂志》1919年11月15日第16卷第11号,第13页。
[②] 孤桐(章士钊):《进化与调和》,第5页。

并分别对这些子命题加以逻辑学上的分析,便分别可以得出"中西文化相对立"及"中西文化相统一"的结论,最终则无异于得出了"中西文化既对立又统一"的结论(这一最终结论只能说是前两个结论的组合,并且不能说是运用逻辑学而获得,因为这有违逻辑学的反矛盾精神)。章士钊本是精研逻辑学的大家,他完全有能力充分、综合而又灵活地运用矛盾律、同一律以及排中律去分析中西文化之间的区别和联系,从而得出"中西文化既对立又统一"之论。所以,他的承续理念、渐变理念及其调和中西文化的思想和中西文化调和论很有可能就是立足于逻辑学。此外,以辩证法或逻辑学分析问题意味着采用辩证法或逻辑学之人在分析问题的过程中运用了不同的思维。由之,从分析问题者之思维特征的角度可以反推其到底采用了哪种分析问题的方法。须知,辩证法是一种哲学方法论,其应用遵循着从使用方法论到指导实践的方向。如果说章士钊确实是以辩证法观照中西文化,那么章士钊在思虑中西文化的过程中必然多用演绎思维,而其中西文化观也必将比较稳定。但事实上,章士钊的中西文化观在民国成立前后有巨大的转变,这意味着他对中西文化的思虑其实多用归纳思维而常随时移事易之变而产生相应的变化。而且,矛盾律、同一律和排中律虽可说是方法论,但综合运用这三大逻辑定律也主要依靠归纳思维。所以,从这个角度而言,章士钊立论的学理依据也主要在于逻辑学。实际上,章士钊精研逻辑学理论的生平经历及其充斥逻辑学内容的生平著述无疑更加有力地证明了这一点。

无论章士钊是运用逻辑学审视中西文化,还是采用辩证法比较中西文化,章士钊终究是阐发了他那独具特色的调和中西文化的思想及中西文化调和论,并进而提出了他的新文化建构方案。客观地说,章士钊的中西文化调和论及其新文化建构方案都合情合理,而且有其逻辑学或辩证法上的学理依据。需要指出的是,不少研究者都认为章士钊的中西文化调和论具有新旧循环的色彩而在根本上反对开新、力主守旧,并在章士钊的著作中摘录相关语句以佐证自己的观点。《评新文化运动》一文是批判者常引之文,而其中"意大利之文艺复兴,其思潮昭哉新也,而曰复兴,是新者旧也;英吉利之王政复古,其政潮的然新也,而曰复古,是新者旧也"[1]等几句更是批判者常引之句。其实,紧随着这几句引文的"是新者旧也"一语之后便是"即新即旧,不可端倪"八字。不难看出,偏引前几句及加上"即新即旧,不可端倪"八字,意义完全不同。应该说,章士钊写

---

[1] 孤桐(章士钊):《评新文化运动》,《甲寅》(周刊)1925年9月12日,第7页。

下或说出此类语句的本意其实在于阐发新旧之间并非"析疆分界,鸿沟确立"①,亦即意谓新旧杂糅以致难以分离,而不是坚认凡新皆旧而力主守旧、反对开新。至于"本期开新,卒乃获旧"②一类的论断,也往往都是章士钊在阐发其新旧杂糅而难以分离这一观点的具体语境下产生。不过,章士钊曾经极度激进过,后来又悔不当初、痛定思痛,所以当他由激进转向保守时,他在很大程度上便比其他现代保守主义者显得更加保守,如他反对"新文化运动"——尤其是"新文学革命"的态度之激烈,不但甚于"学衡"派,更甚于某些顽固、守旧之人。虽然说其他现代保守主义者的新文化建构方案多少都透露出以传统文化为主体的倾向,但惟有章士钊曾毫不讳言而又明白无误地提出了这一主张。在延续传统文化之伦理道德方面,章士钊更明言"物质上开新之局,或急于复旧;而道德上复旧之必要,必甚于开新"③,而这也恰恰是一些研究者认为章士钊的中西文化调和论在根本上反对开新、力主守旧的一大原因之所在。然而,章士钊和杜亚泉以及其他现代保守主义者一样,虽然可能出于"自然保守主义"情结或"传统主义"情结,不希望看到传统文化被西方文化所完全取代的惨淡局面而卫护传统文化,但主要还是因为传统文化——尤其是传统文化之伦理道德具有重大的当下价值而西方文化又有其局限,才力主在建构新文化的过程中承续传统文化,从而在客观上呈现出一些显明的民族主义色彩。

三、"会通论":以会通中西对抗偏取西方

虽然同为现代保守主义者并同样主张和合中西文化以建构新文化,但章士钊的中西文化调和论以及杜亚泉的中西文化互参论显然有所不同。不过,中西文化调和论以及中西文化互参论又都不约而同地缘起于中西文化之差异。这一方面固然是因为中西文化之间确实客观存在着显明的差异,而另一方面则可能是因为章士钊和杜亚泉有意与西化论者对垒。西化论者基于中西文化之差异而坚持认为中西文化根本不可能得以糅合,但章士钊和杜亚泉却从中西文化之殊相中寻觅中西文化之共相,进而得出中西文化可以和合的相反之论,这其中的针锋相对之意不言自明。与杜亚泉、章士钊等早期现代保守主义者有所不同,作为后来者的以吴宓为代表的"学衡"一派虽同样不否认中西

---

① 章士钊:《新时代之青年——章行严君在寰球中国学生会之演说》,第160页。
② 孤桐(章士钊):《评新文化运动》,第8页。
③ 章士钊:《新时代之青年——章行严君在寰球中国学生会之演说》,第162页。

文化之间存在着显明的差异,却偏重于阐发中西文化之共相而秉持其独具特色的中西文化会通论。中西文化会通论的主要特征在于反对以"精神—物质"的二分法简单地区分中西文化之差异,并认为中西文化都兼具"精神"和"物质"的双重特质。在此基础上,中西文化会通论还着力强调中西文化之共性,并力主会通中西文化以建构和合中西文化的新文化。

早期现代保守主义者,如杜亚泉、章士钊以及张君劢、梁漱溟等人,都曾在不同的场合以简单的"精神—物质"的二分法区分中西文化,并认为传统文化是一种"精神文化"而西方文化则是一种"物质文化"。至于梁漱溟的《东西文化及其哲学》一书,在很大程度上其实也是奠基于"精神—物质"的二分法来判分东西文化(包括中西文化)之相差相异而比较东西文化之优劣得失。但需要指出的是,以"精神—物质"二分法区分中西文化之人并不仅限于现代保守主义者。应该说,当时的许多学者(包括部分西化论者及部分现代保守主义者)都敏锐地看到了这一点,并深知"精神—物质"二分法之弊病甚或错误而对之有所批判,如胡适在《我们对于西洋近代文明的态度》一文中开篇便说"今日最没有根据而又最有毒害的妖言是讥贬西洋文明为唯物的(materialistic),而尊崇东方文明为精神的(spiritual)"[1]。在很多时候,胡适等人对梁漱溟之《东西文化及其哲学》一书及其"三种路向"说的批判也即着眼于此。客观地说,胡适等人对"精神—物质"二分法的批判虽然言辞激烈却不无道理。不可否认,任何一种文化都至少会包含"精神"与"物质"之两面,只不过有的文化可能偏于"精神"而寡于"物质",有的文化则偏于"物质"而寡于"精神"。或许恰如一些民国学者(包括部分西化论者及部分现代保守主义者)所言,传统文化偏重"精神"、鄙夷"物质",而西方文化则注重"物质"、轻视"精神",但这也绝不意味着传统文化纯粹是"精神文化"而西文化则纯粹是"物质文化"。然而,在"第一次世界大战"充分暴露"物质"之弊害、急切呼唤"精神"之救赎而部分西方学者又哀号西方社会日趋没落之际,区分中西文化之差异的"精神—物质"二分法的产生也在情理之中。换言之,部分民国学者以"精神—物质"二分法区分中西文化之差异也有其合理之处并情有可原。早期现代保守主义者便恰恰是在蓦然回首间发现了传统文化蕴含着丰富的伦理道德等"精神"内容,于是他们在比较中西文化的过程中刻意张扬传统文化的"精神"内容、锐意批判西方文化的"物质"内容,以至于他们以简单的"精神—物质"的二分法判定中西文化之差异。需要指出的是,早期现代保守主

---

[1] 胡适:《我们对于西洋近代文明的态度》,《东方杂志》1926年9月10日第23卷第17号,第73页。

义者所谓的"精神文化"固然多指传统文化,但其所谓的"物质文化"其实多指近世西方文化而非整个西方文化。从这个角度而言,早期现代保守主义者以"精神—物质"二分法区分中西文化(主要指传统文化和近世西方文化)之差异的做法也有一定的合理性,但当"物质文化"被无限扩大而直至指涉整个西方文化时,这种二分法的合理性则必将消退而被其偏颇性所取代。其实,西化论者批判二分法,就是预设了"物质文化"指涉整个西方文化这一前提条件。

与杜亚泉、章士钊以及张君劢、梁漱溟等早期现代保守主义者不同,以吴宓为代表的"学衡"派认为,"精神—物质"二分法根本就不适用于评判中西文化之间的差异,因为西方文化从来都不是偏于"物质"、寡于"精神",而传统文化也从来都不是偏于"精神"、寡于"物质"。刘伯明曾指出:"人情人道之思想,西洋亦有之,非仅见于中国",而"所谓西洋略于人事,仅对中国而言"①。不难看出,刘伯明之言意谓西方文化在事实上也讲究"精神",而即使非要说西方文化轻视"精神",也只是相对于比较重"精神"、轻"物质"的传统文化而言。无独有偶,《学衡》杂志刊载的论及美国文化的《留美漫记》一文也表达了与刘伯明观点相一致的看法。这篇文章写道:外国人往往认为"美国虽有偏于物质方面的'文明'但却缺少偏于精神方面的'文化'",实际上"那样的意思是不对的",因为美国"在物质方面固然有惊人的进步,即在精神方面又何尝不是一日千里的向上发展",所以说"法国 Reaction 杂志的主笔 J. de Fabrigues 氏所说'美洲是物力杀人的世界'(L' Amérique est lemonde ou la chose a tué l'homme)那句话,实在不过是片面的观察罢了"②。吴宓在此段文字之后加注按语说:"此段乃极持平之论。且若白璧德穆尔诸先生所倡之新人文主义、今世最高之智慧、最伟大之贤哲、最新之学说,实在美国,但论精神之造诣,美国实已非欧洲所能及者矣。"③显然,吴宓认同了《留美漫记》作者的观点,即美国文化不乏"精神"内容,并进一步认为美国文化之"精神"更胜于欧洲文化之"精神",而这又意味着吴宓认同刘伯明的观点,即不仅限于美国文化的西方文化其实也富含"精神"内容。后来,吴宓在讲授"文学与人生"一课时,更明确地指出"苟武断拘执,强谓(i)东方主精神,西方重物质,或(ii)中国以道德,而西人只骛功利者,皆错误"④,从而明确地批判了简单化的"精神—物质"二分法。且不说古代西方文化中

---

① 刘伯明:《评梁漱溟著东西文化及其哲学》一文文中注释,《学衡》1922 年 3 月第 3 期,第 2 页。
② 琴慧:《留美漫记自序》,参见琴慧撰《留美漫记》,《学衡》1933 年 5 月第 78 期,第 2 页。
③ 《学衡》编者(吴宓):琴慧《留美漫记自序》一文中按语,《学衡》1933 年 5 月第 78 期,第 2 页。
④ 吴宓:《文学与人生》,北京:清华大学出版社,1993 年,第 151 页。

的希腊三贤的哲思、基督耶稣的训言显然都难以用"物质"一词一以蔽之,即使是近世西方文化,虽弥漫重"物质"、轻"精神"的边泌式功利主义,却也不乏重"精神"、轻"物质"的卢梭式浪漫主义、托尔斯泰式人道主义、白璧德式新人文主义等内容。其实,不仅西方文化不是偏于"物质"而寡于"精神",就连传统文化也并不是偏于"精神"而寡于"物质"。如果说传统文化果真一味地偏于"精神"而寡于"物质"的话,那么"四大发明"可能就不会诞生于中国,天文、历法、农业、水利、冶金上的各种发明、发现也将难以产生,而古代中国的经济也必将不会那般繁荣。事实上,"物质"是"精神"的基础,而且"物质"必然先于"精神"而存在。所以,任何一种文化都不可能只讲究"精神"而不注重"物质"(反而可能只讲究"物质"而不注重"精神")。只不过,随着人类社会的不断发展——尤其是物质生活水平的不断提高,"精神"在文化中的地位可能会被不断地提升。"学衡"派其实就是在综观世界各种文化(包括中西文化)的基础上,才得出"精神—物质"二分法不适用于区分中西文化的结论。事实上,这种简单而机械的二分法不但不符合事实,且有害于比较中西文化,进而妨害新文化的建构。

应该说,仅从有效卫护传统文化或平等比较中西文化的角度而言,"学衡"派批判"精神—物质"二分法之举,其实比杜亚泉、章士钊以及张君劢、梁漱溟等早期现代保守主义者一味地渲染传统文化之"精神"特质的做法,在客观上更有利于争取传统文化的主体性地位,因为"学衡"派的批判观点隐含着中西文化在根本上共相多于殊相而彼此难分优劣的意味。胡先骕翻译的《白璧德中西人文教育谈》一文写道:"孔子以为凡人类所同具者,非如近日感情派人道主义者所主张之感情扩张,而为人能所以自制之礼。此则与西方自亚里士多德以下人文主义之哲人,其所见均相契合者也。"[1]吴宓在该文文前加注按语而附和道:"夫西方有柏拉图、亚里士多德,东方有释迦及孔子,皆最精于为人之正道,而其说又在在不谋而合。"[2]吴宓与白璧德的论断虽仅就"精神"方面而言,却都强调了中西文化之共相,这既可能意味着二人的中西文化观不谋而合,又可能意味着吴宓深受其师白璧德之思想文化主张的影响。在1919年8月31日的日记中,吴宓写道:"稍读历史,则知古今东西,所有盛衰兴亡之故,成败利钝之数,皆处处符合,同因果、同一迹象,惟枝节琐屑,有殊异耳。盖天理(Spiritual Law)人情(Human Law),有一无二,有同无异。下至文章艺术,其中细微曲折之处,高下优劣、是非邪正之判,则吾

---

[1] 〔美〕白璧德(Irving Babbitt):《白璧德中西人文教育谈》,胡先骕译,《学衡》1922年3月第3期,第9页。
[2] 〔美〕白璧德(Irving Babbitt)撰、胡先骕译《白璧德中西人文教育谈》,文前"按语",吴宓撰,《学衡》1922年3月第3期,第2页。

国旧说与西儒之说,亦处处吻合而不相抵触。阳春白雪,巴人下里,口之于味,殆有同嗜。其例多不胜举。"①在1919年9月8日的日记中,吴宓又言简意赅地说:"东圣西圣,其理均同。"②可见,吴宓的中西文化大体相同之论早已有之。也正因如此,吴宓颇为推崇"深信古今东西各族各国之历史及文化皆有公共之原理而具同一之因果律"的斯宾格勒,并对引介斯宾格勒学说的李思纯、张荫麟等后学晚辈厚爱有加。其他"学衡"派成员的中西文化观大抵也是如此,而这种中西文化大体相同的中西文化观或许还隐含着另一番潜台词,即西方文化所有,传统文化也有,所以新文化的建构自不必弃己之所有而乞他人之所余。

强调中西文化之共相凸显出中西文化会通论的又一大特征,而这又决定了秉持中西文化会通论的"学衡"派在阐发其新文化建构方案的过程中必然讲究立足于学贯中西之文化而会通中西之文化、和合中西之文化。吴宓曾指出,清末以来,国人往往都习惯于从"纵的方向(时间古今)"比较中西文化,但今后应该改从"横的方向(空间东西)"比较中西文化③。吴宓之言其实意在号召国人放弃一直以来的立足于纵向时间的古今对比而侈谈中国文化落后于西方文化的惯性思维,同时建立立足于横向空间的中西对比而平等比较中西文化的新思维。平等比较中西文化之新思维的建立,有赖于学贯中西文化之学识的支撑,亦即要求国人对中西两种文化都具有相对全面而深入的了解。为此,吴宓主张国人既应"爱护先圣圣先贤所创立之精神教化,有与共生死之决心"④,同时"对于西洋,亦应知古知今","而欲通知现今之西洋,则非仅恃翻阅供人消遣娱乐之杂志或搜集专门事项之统计报告章程等所可奏功,必当多读深思密察、见解精到、论究社会生活政治文化之根本精神之书"⑤,所以"多读精要之书籍,力求广博之知识,实为今日吾国人士之第一要务"⑥。可见在吴宓看来,国人只有在全面而深入地了解中西文化的基础上,才能"了然于中西人性行及其社会习惯风俗之差异,知若者宜保

---

① 吴宓:《吴宓日记》,吴学昭整理,北京:生活·读书·新知三联书店,1998年,第58—59页。
② 吴宓:《吴宓日记》,吴学昭整理,北京:生活·读书·新知三联书店,1998年,第66页。
③ 佚名:《欧洲战后思想变迁之大势与吾国人应有之觉悟》,《文学》副刊第3期,参见1928年1月16日天津《大公报》第九版。
④ 〔美〕白璧德(Irving Babbitt)撰、吴宓译《白璧德论欧亚两洲文化》,文中按语,吴宓撰,《学衡》1925年2月第38期,第5页。
⑤ 〔英〕路易斯(Wyndham Lewis)撰、吴宓述《路易斯论治术》,文前按语,吴宓撰,《学衡》1930年3月出版,第1页。
⑥ 〔英〕路易斯(Wyndham Lewis)撰吴宓述《路易斯论治术》,文前按语,吴宓撰,《学衡》第74期,1930年3月第74期,第2页。

我固有,若者宜师法外人,而不至含混笼统斥言迎拒也"①。当然,中西文化都是源远流长而博大精深,短时期内任何人都难以真正地学贯中西文化。对此,吴宓又指出:"中国之文化,以孔教为中枢,以佛教为辅翼;西洋之文化,以希腊罗马之文章哲理,与耶教融合孕育而成。今欲造成新文化,则当先通知旧有之文化",即"当于以上所言之四者:孔教,佛教,希腊罗马之文章哲学,及耶教之真义,首当着重研究,方为正道。"②学贯中西文化才可会通中西文化,而学贯中西文化及会通中西文化之目的又在于和合中西文化。"学衡"派专注于中西文化的共相,所以他们所主张的和合中西主要就是指和合中西文化之优长而讲究"以归纳之工夫,达综合之目的"③。归纳、综合的标准则是"以适用于吾国为断",而"适用云者,或以其与吾国固有文化之精神不相背驰,取之足以培养扩大之功,如雨露肥料之材料然;或以其为吾国向所缺乏,可截长以补短也;或以其能救吾国之弊,而为革新改进之助也"④。可见,"学衡"派的中西文化会通论虽然强调归纳、综合中西文化之优长,却也兼含借鉴西方文化以裨补传统文化之所无或所短之意。换言之,"学衡"派的中西文化会通论一如杜亚泉的中西文化互参论及章士钊的中西文化调和论,虽都致力于和合中西以建构新文化,但其直接的落脚点都在于延续传统文化,这显然迥异于西化论者那种立足于西方文化的新文化观。

就借鉴西方文化以裨补传统文化之所无或所短的角度而论,中西文化会通论虽然与中西文化互参论、中西文化调和论有所契合,却也与之有所不同。其中最明显而又最重要的不同在于中西文化互参论、中西文化调和论都相对明白无误地正视近世西文化之优长,并明确主张吸取近世西方文化之精华,但中西文化会通论对借鉴近世西方文化含糊其辞,甚至颇有存而不论之嫌。这一方面是因为"学衡"派的中西文化会通论之"西"本就偏重于古代西方文化,另一方面则可能是因为"学衡"派有意渲染传统文化在伦理道德方面所具有的无与伦比的优越性。纵观"学衡"派的各种论著,但凡论及中西文化者,都不免大谈特谈甚或刻意拔高孔孟、释迦牟尼以及耶稣、希腊三贤等中西古代哲人⑤。由之,"学

---

① 余生(吴宓):《评酋美漫记》,《文学》副刊第195期,参见1931年10月5日天津《大公报》第十版。
② 吴宓:《论新文化运动》,《学衡》1922年4月第4期,第14页。
③ 佚名:《欧洲战后思想变迁之大势与吾国人应有之觉悟》,《文学》副刊第3期,参见1928年1月16日天津《大公报》第九版。
④ 梅光迪:《现今西洋人文主义》,《学衡》1922年8月第8期,第2页。
⑤ 释迦牟尼及佛教虽都源出于古印度,却往往因二者已被中国化甚或儒化而被"学衡"派(其实并不仅限于"学衡"派甚或其他现代保守主义者)纳入传统文化的范畴中。与此相类,耶稣及基督教虽都源出于东方的古巴勒斯坦地区,却往往因二者已被西化或欧洲化而被"学衡"派(同样并不仅限于"学衡"派甚或其他现代保守主义者)纳入到西方文化的范畴中。

衡"派所主张的立足于中西文化会通论的新文化建构方案便主要地奠基于古代的中西文化之上。如吴宓就曾说:"孔孟之人本主义,原系吾国道德学术之根本。今取以与柏拉图、亚里士多德以下之学说相比较,融会贯通,撷精取粹,再加以西洋历代名儒巨子之所论述,熔铸一炉,以为吾国新社会群治之基。如是则国粹不失,欧化亦成。所谓造成新文化融合东西两大文明之奇功,或可企致。"①客观地说,中西文化会通论具有相当明显的局限性,尤其是中西文化会通论所谓的会通中西文化之说因偏于会通古代中西文化而显得颇为名不符实。但毫无疑问,中西文化会通论较之于中西文化互参论和中西文化调和论更能彰显传统文化的主体性及新文化的民族性,因为中西文化会通论所主要会通的伦理道德内容不但本为传统文化所固有,更为传统文化所精擅。从这个角度而言,中西文化会通论虽具有一定的局限性,却也不乏积极的意义而同样对新文化(无论是现代保守主义者所谓的新文化还是西化论者所谓的新文化)的建构有所裨益。

第二节　复合权力关系场域生成的和合型文学标准论

当时,传统文化正面临西方文化的严峻挑战,而传统文学也正面临西方文学的严峻挑战。尽管如此,现代保守主义者虽对传统文学有所卫护,但并不固守所有的传统文学;同样的,现代保守主义者虽对西方文学有所抗拒,但并不排斥所有的西方文学。这其中的原因其实很简单,因为他们同样致力于中国新的文学的诞生和发展。只不过,现代保守主义者认为中国新的文学固然不是一成不变的传统文学,但也绝不是西方文学的翻版。也正因如此,他们所设想的中国新的文学是和合中西文学之优长后的新文学。然而,当时所谓的新文学,在很大程度上其实无异于西方文学。于是,现代保守主义者在阐发其新文学主张的过程中,侧重于揭举中西文学的平等性、相融性以及共通性。

杜亚泉的中西文化互参论蕴含着互参中西文学的意味,因而包含着中西文学互参论。在这种中西文学互参论中,杜亚泉显然主张在平等、客观地比较中西文学之长短、优劣差异的基础上,尽可能地取西方文学之所长以补传统文学之所短甚或所无,同时又必须保持中国文学的主体性和民族性。诚然,这种中西文学互参论一如西化论者——

---

① 吴宓:《论新文化运动》,第22页。

尤其是"新文化"派所主张的相关论断那样,都阐发了中西文学间所客观存在的差异,但它并不做崇西抑中的"厚彼薄此"之论。进而言之,中西文学互参论不但承认中西文学间所客观存在的差异,并主张比较、和合中西文学的差异,还为这种比较、和合提出了一种标准——借彼之优长补己之短无。因此,中西文学互参论是比较、和合中西文学的文学标准论。仅从中国文学之创作标准的角度而言,杜亚泉的中西文化互参论便蕴含着一种互参中西的文学标准论,即主张中国文学之创作既不应完全抛弃或完全固守传统文学及文学传统,也不应完全模仿或完全排斥西方文学及其文学传统,而应放开眼界、敞开胸怀并仔细甄别、谨慎取择以借鉴西方文学之优长而补传统文学之所短甚或所无。

章士钊的中西文化调和论与杜亚泉的中西文化互参论都奠基于中西文化之差异,但后者试图在互参(—保留)这些差异的基础上主张借西方文化之所长以补传统文化之所短甚或所无,而前者则试图在调和(—消除)这些差异的基础上主张糅合中西文化各自之所长以裨益传统文化。从反抗西化论者之中西文化观的层面来说,强调取彼补己的中西文化互参论虽有力地驳斥了西化论者那种中西文化绝不相通的论断,却也在有意无意间弱化了传统文化的主体性地位。与此不同,强调糅合彼此的中西文化调和论较之于强调取彼补己的中西文化互参论更为明显地将中西文化在对等的位置上加以比较和研究,从而强化了传统文化的主体性地位,也更为有力地驳斥了西化论者那种中西文化绝不相通的论断。一如中西文化互参论,中西文化调和论也关涉着对中西文学的探讨,只不过中西文化调和论所包含着的是中西文学调和论。显然,从属于中西文化调和论的中西文学调和论也具有中西文化调和论的那些特点。正是因为这些特点的存在,中西文学调和论较之于中西文学互参论,更加强调延续传统文学,也更加强调中国文学的主体性和民族性。当然,中西文学调和论也同样从属于文学标准论的范畴,因其也同样为中西文学之比较、和合提出了一种标准——糅合中西文学。仅从中国文学之创作标准的角度而言,章士钊的中西文化调和论便蕴含着一种调和中西的文学标准论,即主张中国文学之创作应在梳理、承继传统文学之长处及找寻、借鉴西方文学之优势的基础上,调和彼此之优长。

在众多现代保守主义流派中,"学衡"派最为注重文学研究,甚至在很大程度上便是以文学研究为特色。因此,"学衡"派的中西文化会通论较之于杜亚泉的中西文化互参论、章士钊的中西文化调和论,蕴含更多的论究中西文学的内容。至于"学衡"派的精神领袖吴宓,更是首开中外文学比较研究之先河而被称为"中国比较文学之父",所以"学衡"派论究中西文学之标准的内容更具典型的文学标准论的特征。同样的,"学衡"派的中西文化会通论也蕴含着一种着眼于中国文学之创作标准的文学标准论。不失客观地说,中西文化互参论及中西文化调和论所蕴含着的互参中西或调和中西的文学标准论内容,在中西文化会通论所蕴含着的会通中西的文学标准论中几乎都有所体现。所不同的是,奠基于中西文化之共相的会通中西的文学标准论不仅主张取彼补己、糅合彼此,还主张发掘中西文学之同一层面(如道德层面、伦理层面、教化层面等)的共同优长而非各自不同层面之优长,并贯通之、和合之。需要指出的是,由于中西文化会通论在很大程度上限于会通古代中西文化,所以会通中西的文学标准论在很多时候也局限于会通古代中西文学,如"学衡"派颇为反感甚或排斥近代西方的浪漫主义文学而不主张仿效甚或借鉴即是一例。或许,"学衡"派是因为反感甚或排斥近代西方的浪漫主义文学等近代西方文学而致使其会通中西的文学标准论在很多时候都局限于会通古代中西文学一隅。又或许,"学衡"派是因为认为中西文学乃至于中西文化之共相主要在于古代而致使其会通中西的文学标准论在很多时候都局限于会通古代中西文学一隅,并反感甚或排斥近代西方的浪漫主义文学等近代西方文学。但不管怎么说,会通中西的文学标准论所存在的局限性恰恰也是其主体性、民族性之所在,因为这种文学标准论较之于互参中西或调和中西的文学标准论,更为有意识或有目的地强化了中国文学在世界文学中的地位与特色,从而彰显了中国文学的主体性与民族性。

下 编

中国现代马克思主义诗学

中国现代马克思主义诗学的源头——西方马克思主义学说自20世纪初传入中国，便在现代中国文坛掀起了一场质的革命，对19至20世纪整个世界范围内的解放运动都产生了深广影响。鸦片战争后的中国步入了半殖民地半封建社会的尴尬境地，社会的两极分化之势让中国社会矛盾重重，也让中国思想界、甚至整个中国社会都意识到寻找一种理论武器来领导中国社会、启迪国民思想之举的势在必行。恰在此时，马克思主义、苏维埃政权、共产主义理想等左倾文化潮流都随着俄国十月革命的胜利传入了中国，并与中国本土"先天下之忧而忧，后天下之乐而乐"的儒家传统相结合，共同促成了中国现代的马克思主义文艺思潮的萌芽。从此，这一思潮在中国落地生根，并随着中国现代政治状况、革命形势的发展而不断完善，最终在诗学领域形成了颇具中国特色的马克思主义诗学，改写了现代中国文论话语的格局。

根据后殖民主义学者爱德华·萨义德的"理论旅行"说，理论"旅行"到一个新的"历史"和"情境"中时，往往会被当地的"历史"和"情境"修正、归化甚至是篡改，从而发生"变异"，马克思主义诗学在中国的流传路途亦是如此。它随着中国现代政治状况、革命形势的发展而不断发展，不断完善，共经历了三大发展阶段。从马克思主义学说传入中国到1927年的"文艺大论争"开始之前，是马克思主义诗学在中国的第一发展阶段。李大钊、陈独秀、瞿秋白、鲁迅等五四新文化运动的干将，大力引介马克思主义，将其作为反对半殖半封的现实情状和启迪民众思想的重要工具。不过，此时马克思主义文艺理论仅作为一种理论武器被引介到中国文坛中来，李大钊、瞿秋白、鲁迅等早期马克思主义诗学家对它的认识还比较模糊。因此，这一阶段可谓是"朴素"马克思主义诗学时期。从1927年"文艺大论争"开始到1937年抗日民族统一战线建立，是马克思主义诗学的第二发展阶段。这一时期，马克思主义诗学家们与自由主义、保守主义诗学们展开了多次论战，马克思主义诗学的具体内涵也在这些论证中愈辩愈明，基本上确立了"反封建阶级的，反资产阶级的，又反对'稳固社会地位'的小资产阶级的倾向"[①]的无产阶级文艺观。到20世纪40年代前后的第二发展阶段，马克思主义诗学家们已能够对马克思主义话语灵活运用，并开始渐渐实践建构中国特色马克思主义诗学的目标。

---

① 《中国左翼作家联盟的成立》，《拓荒者》1930年3月第1卷第3期。

至此,马克思主义诗学完成了在中国现代的"理论旅行",改写了现代中国文论话语的格局。

俄罗斯文论家巴赫金的对话理论指出,"一切都是手段,对话则是目的。单一的声音什么也结束不了,什么也解决不了"[①]。因此,我们采用权力关系的视角,把中国现代马克思主义诗学放在其与中国现代自由主义诗学、中国现代保守主义诗学的权力博弈中去研究,不但能动态地窥探马克思主义诗学基本主张之生成、发展乃至成熟,还能由内而外、自外而内地克服目前马克思主义诗学研究中常见的先入为主的弊端,立体地彰显现代马克思主义诗学的基本主张及观点优长,从而对其作出客观评价。

---

① 〔俄〕巴赫金:《巴赫金全集》(第五卷),钱中文主编,石家庄:河北教育出版社,1998年,第340页。

第一章　权力关系视阈下的文学本质论

在整个中外文艺史上,关于文学本质论的观点大致有以下几种:一是模仿论,认为文学是对现实的模仿;二是游戏论,认为文学是不以任何功利为目的、为人类剩余精力提供一条出路的游戏;三是理念论,认为文学是理念的感性显现;四是情感论,认为文学是情感的表现;五是直觉论,认为文学是直觉的表现。

中国现代马克思主义诗学的文学本质观,与俄苏马克思主义文艺观渊源颇深,总体上是一种文学实践论,它"把文学理解为人的一种活动","从哲学的存在与意识的相互关系理论出发,把文学活动看成是一种人的主体对于客体的认识与反映"[1]。这客体不是自然,也不是心灵,而是客观的社会存在。自马克思主义文艺观传入中国,此观点就在中国现代文学革命先驱者中开始传播。不过,在马克思主义诗学发展初期,其对文学与社会现实的关系的理解和表现实质上几乎还是传统的"镜子说"之类现实主义观念,与自由主义诗学家们此时的观点也十分相近。

之后,中国革命形势的严峻让原本身处各种诗学理念包围下的马克思主义诗学脱颖而出,其诗学主张渐渐声势壮大,在中国现代文学话语争夺战中崭露头角。由于政治立场、文艺主张的不同,另外两大诗学流派的观点亦与马克思主义诗学展开文艺论争。在论争中,"朴素"马克思主义诗学时期的文艺反映客观现实的"镜子"说开始脱离与自由主义早期诗学家们的共通性,其自身特有的"红色"属性与"工具"精神在经历与自由主义诗学的"人性论"本质观的论争洗礼后,也渐渐明晰开来。另外,由于中国社会革命逐渐深入的缘故,极其强调文艺的意识形态性和社会功用性的文艺"反映政治"论本质观凸显,认为文艺应反映并反作用于社会,为当时中国革命宣传造势,革命性与唯物性显露无遗。而这与当时倡导文艺"反映道德"论的保守主义诗学也产生激烈碰撞,从而引发了一系列争夺文学本质论话语权的斗争。

---

[1] 童庆炳:《文学理论教程》,北京:高等教育出版社,2008年,第15—16页。

第一节　文艺实践论的基本内涵与表现形式

一、"反映现实"说：从"镜子"到"工具"

文艺"反映现实"说并不是一个新衍生的文论范畴，它在古希腊学者亚里士多德的"模仿说"（认为艺术是对现实的模仿）里就已崭露头角。后来，"模仿说"随着欧洲文艺的发展而发展，直至19世纪在欧洲发源的现实主义文学思潮蔚为大观。19世纪的欧洲是个变动的时代，人们对现实的物质利益的追求遮蔽了对贵族式理想生活的"幻想"，于是他们聚焦现实社会，对人的社会经验和社会关系、社会自身的结构深入研究。这种倾向反映在文学领域里，就形成了"经典现实主义"的文学潮流。到20世纪，现实主义走向多元化，内部流派众多、矛盾重重。虽然关于"现实主义"的概念问题众口难调，但别林斯基提出的理论却普遍为大家所接受。现实主义像镜子那样按照生活的本来面目呈现生活，"它不改变生活，而是把生活复制、再现"[1]。

这种文艺"反映现实"说强调文艺反映本原现实生活的特质，但马克思、恩格斯则不限于此，他们还发现了文艺能够反映社会生活的本质、作用并改变社会生活的特性以及物质生活对文艺具有决定作用的事实，这给文艺"反映现实"说注入了极具说服力的强烈的科学主义色彩。这正是辩证唯物主义文艺本质观的源头，此观点从历史唯物主义角度来解释包括文艺在内的人类的一切意识活动，提出"不是意识决定生活，而是生活决定意识"，"始终站在现实历史的基础上，不是从观念出发来解释实践，而是从物质实践出发来解释观念的东西"[2]。不过，真正承继辩证唯物主义衣钵并将其付诸实践的不是德国文艺，而是俄苏现实主义文艺。列宁首次提出了具有革命色彩的辩证唯物主义文艺观，"如果站在我们面前的是一位真正的伟大艺术家，那么他至少应当在自己的作品里反映出革命的某些本质的方面来"[3]，这就有了强调社会生活决定文学内容以及

---

[1] 〔俄〕别林斯基：《别林斯基选集》，上海：上海译文出版社，1979年，第154页。
[2] 〔德〕马克思、恩格斯：《马克思恩格斯选集》（第一卷），北京：人民出版社，1995年，第73、92页。
[3] 〔俄〕列宁：《托尔斯泰是俄国革命的镜子》，《马克思恩格斯斯大林列宁论文艺》，北京大学中文系文艺理论教研室编，北京：人民文学出版社，1980年，第79页。

文学揭示社会生活本质的双重意味。之后,随着革命形势的发展以及对文艺问题认识的深入,俄苏现实主义关于文艺本质观的学说发生了几次转变。第一次论战发生在20世纪初,"无产阶级在什么基础上建立自己的文化"这个问题以不可调和的、斗争的姿态发生在列宁与无产阶级文化派的代表——波格丹诺夫之间。第二次论战萌芽于20世纪20年代初,并以苏联"拉普"为中心在"红色的30年代"形成了波澜壮阔、席卷世界的无产阶级文艺思潮。中国初期的马克思主义文艺本质观与彼时国内对俄苏境内马克思主义学说的翻译介绍密切相关,所以伴随着俄苏文坛对文艺本质的探讨论争,其相关主张也呈现出阶段性特征。

中国现代文学革命酝酿之初,浪漫主义、唯美主义、俄苏现实主义等外国文艺思潮裹挟而下,文坛现"百花齐放"之盛况,而主要以俄苏马克思主义文艺理论为源头的中国现代马克思主义诗学也在此时发轫。目前在学界普遍为人所知的是,陈独秀、李大钊等"新文化派"革命激进分子从俄苏十月革命那里接过了马克思主义的"接力棒"。实质上,杜亚泉、钱智修等民国保守主义学者对马克思主义及俄国"十月革命"的引介和阐发早于他们。

钱智修指出:"近世社会主义之开山,咸推德人楷尔麦克 Karl Max。其资本论所述,意在集土地资本于社会,以经营共和的生产事业,所谓社会民主主义 Social Democracy 是也。同时法人路易勃朗 Louis Blanc 反对之。以为共和的生产事业,非可亟图,但当以国家强制力求分配之平均而已。故又有国家社会主义。State Socialism 二说既积盛于欧美,近且有骎骎及我国之势。"[①]他所说的社会民主主义就是马克思主义,但他所谓的社会主义显然不仅限于无产阶级革命导师马克思(Karl Heinrich Marx, 1818—1883)的科学社会主义,还包括法国历史学家勃朗(Louis Blanc, 1811—1882)的空想社会主义。另外,钱智修还对社会主义提出了自己的看法。社会主义之"方法未尽善",但"在欧美贫富阶级积重难返之时,劳动者受资本家之压抑而思反抗,政治家又悯劳动者之积困而计援拯,则社会主义犹足备救时之一说"。继钱智修之后,《东方杂志》主编杜亚泉翻译了日本社会主义者幸德秋水的《社会主义精髓》一书,并在《东方杂志》第8卷第11—12号及第9卷第1—3号上连载,这是他唯一一次在《东方杂志》上连载自己翻译的西方政治理论著作,可见杜亚泉对社会主义学说的重视。这本书依据《共产党宣言》和《社会主义从空想到科学的发展》二书,从社会贫困的原因、产业制度

---

① 钱智修:《社会主义与社会政策》,《东方杂志》1911年8月第8卷第6号。

的进化、社会主义的主张及社会主义运动等角度对马克思主义进行了全面介绍。杜亚泉指出,虽然时人对"发达于欧美"的社会主义有着"幸福之源泉"和"危险之种子"这两种截然相反的看法,但社会主义"渐暨于东亚"却是不可否认的事实,所以翻译此书供国人研究社会主义刻不容缓。所以,杜亚泉还大胆提出"吾人苟知社会主义之真髓,而知社会政策之不容缓。则其关系于中华民国之前途,岂浅鲜哉",进一步认为社会主义对中国的现实政治也不无裨益。在杜亚泉任主编期间(1911年11月15日至1919年12月15日),每期《东方杂志》都有近三分之一到一半的文章评议中外时事政治和评介西方政治理论,正因如此,杜亚泉也是较早引介列宁(Vladimir Ilich Lenin,1870—1924)、托洛茨基(Leon Trosky,1879—1940)言论和报道俄国"十月革命"者之一。在1917年12月15日出版的《东方杂志》第14卷第12号的《革命后之俄国近情》中,杜亚泉指出俄国"二月革命"后组成的资产阶级临时政府矛盾重重,"俄国今后之前途,恐一时尚未许乐观也"。随后杜亚泉又在《东方杂志》上发表《续记俄国之近状》,详细报道了"十月革命"的具体情状。在"新文化"派成员中,李大钊是最早报道"十月革命"的人,但他的《法俄革命之比较观》发表于1918年7月1日,而《庶民的胜利》、《BOLSHEVISM的胜利》则更晚(发表于1918年10月15日)。由此可知,早期马克思主义诗学家李大钊并非关注马克思主义学说的第一人。

虽然如此,伴随"十月革命"而来的俄苏马克思主义学说的强烈革命性,显然与奉行"调和论"的民国保守主义者格格不入,而与革命激进主义者解放国民的理想与追求更加契合。因此,李大钊《BOLSHEVISM的胜利》、《庶民的胜利》在《新青年》上发表之后,获得了以《新青年》为阵地的陈独秀、萧楚女等一大批革命激进主义者的热烈支持。他们受十月革命胜利的鼓舞,认为应将马克思主义作为工具,重新观察国家命运,考虑自己的问题。难得的是,陈独秀此时还意识到将马克思主义中国化的必要性,他提出目前不能"单单研究马克思的学理",而应该"以马克思实际研究的精神研究社会上各种情形"[①]。所以,在自然主义、浪漫主义、现实主义、人道主义、俄苏现实主义等众多外国文艺思潮中,他们选择并力推将马克思主义学说付诸实践的俄苏文艺。

此时,这些倡导者们主要还停留在对马克思主义相关学说的介绍说明上,于马克思主义的理解并不深刻,对马克思主义主导下的文艺观也是如此。所以,在中国现代文学的首个十年,他们侧重介绍马克思主义文艺理论的基础——唯物史观。李大钊、陈独

---

① 陈独秀:《陈独秀文章编选》(中编),北京:三联书店,1984年,第177—118页。

秀、邓中夏等中国早期马克思主义诗学家,都从马克思主义学说对政治、文艺等上层建筑的历史唯物主义态度入手,对文艺本质进行分析并提出自身见解。李大钊用唯物主义来分析文艺,肯定文艺与现实社会的联系。他不但指出新文学"是为社会写实的文学,不是为个人造名的文学"①,还指出要想建立这种写实的新文学,清除封建主义的"旧毒"以及资本主义的"新毒"的重要性,这种文艺要反封反资的观念虽然在此时并未得到发扬,但却可谓是后期马克思主义诗学强调文艺的革命性与阶级性的先声。瞿秋白也认同文艺与现实的密切联系,只不过他对两者关系的理解更深一层:"人类的文化艺术,是他几千百年社会心灵精采的凝结累积,有实际内心作他的基础。好一似奇花异卉受甘露仙滋的培植营养:土壤的膏腴,干枝的壮健,共同拥现此一朵蓓蕾。根下的泥滋,亦如是秽浊,却是他的实际内力的来源。"②文艺源于现实又高于现实,这是马克思主义文艺本质观的具现。另外,瞿秋白还对文艺未来发展的无产阶级走向作出了展望,"那将来主义,俄罗斯革命后盛行的艺术上之一派,——是资产阶级文化的夜之余,无产阶级文化的晨之初"③,这也确实成为现代马克思主义诗学在第二个十年里的发展方向。这时,就连此后成为现代马克思主义诗学扛鼎人的鲁迅也认为,文艺是由原始人创造并产生于人们从事劳动和宗教活动之时的。这种观点就摒弃了柏拉图式的"神授说"和康德式的"游戏说",充满了唯物的马克思主义文艺理论的意味。萧楚女对文艺本质的理解之马克思主义倾向就更明显了,"艺术,不过是和那些政治、法律、宗教、道德、风俗……一样,同是一种人类社会底文化,同是建筑在社会经济组织上的表层建筑物,同是随着人类底生活方式之变迁而变迁的东西"④。

综上来看,这一时期中国马克思主义文论家们拥护的是俄苏文艺"反映现实说"的本质观。不过继续探究就会发现,此时他们虽然能从历史唯物主义角度认识到文艺与现实的密切联系,但从其对文艺功用的表述上可知,他们对俄苏马克思主义文艺本质观的认识尚止于表层。因此,我们姑且可将这种情状称之为"朴素马克思主义诗学"阶段。一方面,他们并没有将文学与革命理想密切关联,陈独秀认为,"文学的特性重在艺术,并不甚重在理想。理想本是哲学家的事,文学家的使命,并不是创造理想,是用妙

---

① 李大钊:《什么是新文学》,《星期日》1920年1月第26号。
② 瞿秋白:《赤都心史·黎明》,《瞿秋白文集》(第一卷),北京:人民出版社,1985年,第117页。
③ 同上,第118页。
④ 萧楚女:《艺术与生活》,《中国青年》1924年7月第38期。

美的文学技术,描写时代的理想,供给人类高等的享乐"①。另一方面,他们也没有把文学与阶级社会相"捆绑",反而认为文学与"人性"(后来成为自由主义诗学坚守之物)难以分离,茅盾就指出,"文学是表现人生的东西,不论它是客观的描写事物,或是主观的描写理想,总是以人生为对象"②。由此可见,多数马克思主义诗学提倡者此时处于"懵懂"阶段,他们反对的侧重点是为维持专制统治而压抑人性的封建传统文学,所提倡的侧重点是通过文艺对客观现实"镜子"似的反映进而达到解放人之个性、愉悦及涵养人之情思的目的,而这些都与周作人等自由主义论者的主张并无二致。周作人提出"人的文学",在《人的文学》中声明:"我所说的人道主义,是从个人做起。要讲人道,爱人类,便须先使自己有人的资格,占得人的位置……用这人道主义为本,对于人生诸问题,加以记录研究的文学,便谓之人的文学。"很明显,这极具民主色彩的"文学记录现实"说之论与鲁迅等人的主张异曲同工。因此可知,这一时期大多数自由主义诗学家与马克思主义诗学家实际上站在同一立场。

这一时期的文坛现状也反映了此种现实。五四以后的中国文坛,以文学研究会为代表的文学阵营蔚为大观,而主要与会成员即是后来各自成为马克思主义诗学及自由主义诗学代表的沈雁冰(茅盾)和周作人。文学研究会主张"为人生而艺术",提倡写实主义,反对无病呻吟、以文学为游戏的旧文学,也批评"为艺术而艺术"的创造社文学。沈雁冰的"为人生"的现实主义文学创作以及他主编的《小说月报》刊登的现实主义文学作品,周作人的小品文,冰心、庐隐的"问题小说",叶绍均那种客观冷静写实的描写灰色卑琐的人生的小说,王统照带着诗人的热情描写客观现实的作品,落华生的浪漫主义与现实主义对立统一、在思想上和形式上都有二重性的作品,以及描写农村生活的徐玉诺、潘训、彭家煌、许杰的小说,都是这种诗学主张下的产物。

后来,随着对俄苏文艺观认识的深入以及对中国严峻革命形势的认知,许多马克思主义文论家们接受并大力宣扬俄苏现实主义"岗位派"的文艺观。"岗位派"所在的团体——"拉普"大搞宗派主义,将文学与政治混为一谈,仅仅是在理论上提倡"辩证唯物主义"创作方法,其提倡下的马克思主义文艺有强烈庸俗社会学的倾向。另外,来自日本的新文学团体——"纳普"的理论也对马克思主义文论家们产生了不小的影响。"纳普"的主张被称为"新写实主义","新写实主义"与主要强调"文艺真实性"的传统写实

---

① 陈独秀:《陈独秀文章编选》(上卷),上海:三联书店,1984年,第493页。
② 玄珠(茅盾):《中国文学不发达的原因》,《文学旬刊》1921年5月第1号。

主义的区别在于,其除了强调文艺的真实性外,还要求描写的正确性,且认为"正确性"凌驾于"真实性"之上,应渗透在文艺作品的各个角落。不仅如此,这一流派还认为,文艺除了认知生活外,还有组织生活的功用,而这种功用主要便体现在文艺可以具备的强大宣传鼓动性上。受此理论的影响,许多中国马克思主义文论家们对"现实"有了更深入的思索。萌芽时期的文艺"反映现实"说之"现实"泛指一切合乎实际的社会人和现象,而此时之"现实"已开始有鲜明的阶级性和辩证唯物主义性了。

不过令人诧异的是,推动马克思主义诗学文学本质论关键性转折的并不是促成马克思主义诗学建立的文论家,而是前期主张"为艺术而艺术"的创造社成员——郭沫若、成仿吾、李初梨等人。第一次国内革命战争开始后,创造社大部分成员拥有了革命倾向并开始从事实际的革命工作。受日本共产党"纳普"理论的深入影响,他们过分夸大文艺的宣传功用和社会工具属性,强调先进思想意识对于题材的渗透作用,"现实"自然也与无产阶级的革命意识相关联,与萌芽时期的马克思主义文学本质论渐去渐远。为传播这种理论,他们把"五四"新文学也当成了资产阶级文学而对其予以否定,将资产阶级、小资产阶级作家也当作革命的对象。

针对这种现象,以鲁迅为代表的马克思主义诗学提倡者进行了抵制,鲁迅在《文艺与革命》中也提出了自己的文艺"宣传"论。他认为一切文艺都是宣传,所以把文艺作为工具用于革命的做法自然是可行的,只不过他进一步指出"一切文艺固是宣传,而一切宣传却并非全是文艺",文艺"当先求内容的充实和技巧的上达,不必忙于挂招牌"①。这就认识到马克思主义指导下的文艺应具有"革命宣传性"和"艺术性"的双重特性,对"革命文学"所谓的"革命工具性"是种警醒。1931年的《上海文艺之一瞥》,更是鲁迅对郭沫若、成仿吾等人掀起的"文学论争"的较为客观的、总结性的评价:

> 那时的革命文学运动,据我的意见,是未经好好的计划,很有些错误之处的。例如,第一,他们对于中国社会,未曾加以细密的分析,便将在苏维埃政权之下才能运用的方法,来机械地运用了。再则他们,尤其是成仿吾先生,将革命使一般人理解为非常可怕的事,摆着一种极左倾的凶恶的面貌,好似革命一到,一切非革命者,就都得死,令人对革命只抱着恐怖。②

---

① 鲁迅:《文艺与革命》,《鲁迅全集》(第四卷),北京:人民文学出版社,1973年,第95页。
② 鲁迅:《上海文艺之一瞥》,《鲁迅全集》(第四卷),北京:人民文学出版社,1981年,第297页。

由此可见，鲁迅对这场因过度的"革命热忱"而将俄苏马克思主义机械套用到文艺中的"革命文学运动"的批判，他认为这种做法使马克思主义文艺陷入了"政治挂帅"、"口号主义"的泥潭。不过，郭沫若、成仿吾、李初梨等奉行"为艺术而艺术"的早期自由主义诗学倡导者发起的这场"革命文学"论争，让不少马克思主义启蒙文论家们对文艺本质进行了深入思考。"革命文学"大论争后，"文艺反映现实论"中"现实"的内涵，已由原来泛指平民阶级的生活开始向特指无产阶级大众的生活现实的方向转变，这就具备了鲜明的政治色彩，与"朴素马克思主义诗学"时期主张下的"现实"的含义有了实质性的区别。于是，马克思主义文艺本质观自发展之初就蕴含着的另一种特质——文艺"反映政治"论开始凸显。不过，在随后愈演愈烈的文艺"反映政治"论的包围下，文艺"反映现实"说并没有断流，而是往往与"革命"、"政治"等话题"双双出现"，许多马克思主义诗学家在阐述文艺"反映政治"论的同时也并没有放弃对文艺"反映现实"说的关注，只不过此时"现实"说下观照之文艺已有了鲜明的"工具"性质。在现代马克思主义诗学发展的中后期，冯雪峰、周扬、胡风、毛泽东等都对此种文艺"反映现实"说作出了重要阐述。

与鲁迅一样，冯雪峰与激进的马克思主义文论家保持了距离。他认为机械论者"并没有从概念或'主观'跨出一步，深入到客观的现实，从现实里取得战斗力及在现实里战斗着"①，在认可文艺承担反帝反封建任务的"工具"功能的基础上，他对文艺与现实的关系提出了自己的看法。"本来我们执着现实主义，就因为我们执着现实的缘故"，现实主义的首要态度是"使艺术及其方法不离现实及现实的发展"②。在冯雪峰那里，文艺虽能对现实产生"工具"般的作用，但他对文艺必须反映革命现实和真理却没有硬性规定，所有正视并揭露社会客观现象的创作都在其认可范围之内，这似乎与"朴素"时期的观点一脉相承，并无较大拓展。但值得肯定的是，在极左的机械主义泛滥的时期，冯雪峰这种"反映现实"说对于解除机械主义论的狭隘禁锢具有积极作用。

周扬的文艺"反映现实"说则呈现出复杂性和反复性。一方面，他不像冯雪峰那样，认为文艺反映的"现实"具有广泛性，而是认为文艺反映的"现实"应具备"阶级性"，且"无产阶级的阶级性、党派性不但不妨碍无产阶级对于我们对于客观真理的认识，而且可以加强它对于客观真理的认识的可能性"③，这从他对苏汶等"第三种人"的文艺反

---

① 冯雪峰：《冯雪峰选集·论文编》，北京：人民文学出版社，2003年，第113页。
② 冯雪峰：《冯雪峰论文集》（中编），北京：人民文学出版社，1981年，第80—81页。
③ 周扬：《到底是谁不要真理，不要文艺？》，《现代》1932年第6期。

映"社会的真实,没有粉饰的真实"的"镜子"论的批判中可见一斑。另一方面,他也不赞成激进马克思主义诗学家们对文艺与现实的关系的极左的机械主义理解,认识到文艺特殊性不应被对革命现实状况的反映掩盖的事实。在《关于"社会主义的现实主义与革命的浪漫主义"——"唯物辩证法的创作方法"之否定》一文中,周扬认为"社会主义的现实主义是在发展中、运动中去认识和反映现实",对于马克思主义诗学指导下的现实与浪漫相结合的文艺创作意义重大。可见,此时周扬在强调文艺作为"工具"的大前提下,并没有忽视文艺特有的审美特殊性问题。但在后期,在抗战大背景下,他指出,"文学上的现实主义,功利主义的主张,正是五四以来新文学的优秀传统,我们今天主张文学应成为抗战中教育和推动群众的武器,就正是把这个传统在新的现实的基础上发扬"[①]。将现实主义与功利主义相提并论,并将文学视作"工具",显示出与自己之前较为客观的文艺观的背离。在毛泽东《在延安文艺座谈会上的讲话》发表之后,周扬的这种倾向便愈发显著,其文艺反映"现实"说中"现实"的内涵几乎为"政治"所取代,成为文艺"从属政治"论的代表。在这种"现实"说的笼罩下,文艺的"工具"特质掩盖住了其"镜子"特性。

　　胡风的文艺"反映现实"说形成较晚,由于鲁迅、冯雪峰、周扬等人对文艺与现实的关系已有了相当丰富的论述,又加上卢卡契现实主义理论对他的影响,站在"巨人肩膀"上的胡风的"文艺反映现实"说显然更加深刻。他把"反映现实生活"放在文艺的中心,认为"能够真实地反映生活脉搏的作品,才是好的,伟大的",似乎与冯雪峰等人的"镜子"说无甚区别。实际上,胡风所说的"现实"有其自身特性。与周扬一样,他认为文艺应该具备"现实正确性",这里的"现实正确性"指政治发展趋势,承认文艺对革命所起的武器般的能动作用。不过他反对将文艺反映的"现实"的政治成分夸大,指出"艺术活动的最高目标是把捉人的真实","需要在作家本人与现实生活的肉搏过程中才可以达到"[②]。这就充分注意到了文艺的特殊性,提出了"主体现实主义"。这种观点认为,文艺要反映的现实应该是经过创作主体的"突入"、"拥合"、"燃烧"、"蒸沸"的"高于现实生活"的现实。这体现了胡风对主体能动作用的重视,也彰显了他对文艺"反映现实"说中现实应具备的艺术真实特性的认知。可以说,在胡风这里,文艺对现实来说不但既是"镜子"又是"工具",而且还是带有个人主观色彩的"镜子"和"工具",

---

[①] 周扬:《抗战时期的文学》,《周扬文集》(第1卷),北京:人民文学出版社,1984年,第237页。
[②] 胡风:《张天翼论》,《胡风全集》(第2卷),武汉:湖北人民出版社,1999年,第39页。

这就对"反映现实"说下的文艺形态有了深刻的认知和体悟。

在马克思主义诗学的总结性文本——《在延安文艺座谈会上的讲话》里,毛泽东也对文艺"反映现实"的这种特性进行了更直接有力说明。"我们是主张社会主义的现实主义的","这种文艺"应该以工农兵为主要的表现对象,并应该突出其阶级性和光明面"。在这里,文艺反映的"现实"是呈现"阶级性和光明面"的、"属于工农兵的",这显然是在将意识形态合法化、将文艺的"工具"性质规定的前提下确立的"现实"。尽管《讲话》还指出,"文艺作品中反映出来的生活都可以而且应该比普通的实际生活更高,更强烈,更有集中性,更典型,更理想,因此就更带普遍性"①。这对"现实"所应具备的文艺特殊性有所阐明,但由于上述前提的存在,这里的文艺特殊性只能依附于意识形态性而存在。与胡风的观点相比,这种论说的政治意味要浓厚很多。

综上可知,马克思主义的文艺"反映现实"说以革命形势的变化为背景,以文艺与社会生活、创作主体和作者的关系为中心,不同诗学家对此学说作出了不同的探讨。"朴素"马克思主义诗学时期,文艺于现实还是"镜子",呈现的是传统现实主义所说的"客观真实";文艺大论争期间,"现实"在激进主义者那里成为了"渗透着无产阶级革命意识的现实",文艺也成了促进革命发展的"工具";在鲁迅、冯雪峰那里,"现实"在允许带有革命宣传功能的情状下向五四传统意义上的现实回落,文艺拥有"镜子"与"工具"的双重属性;在胡风那里,"现实"是带有"现实正确性"的、经过"主体战斗精神"酝酿后的"高于现实生活"的,文艺是带有强烈主观色彩的"镜子"及"工具"的合体;而在周扬和毛泽东那里,"现实"最终变成了"对其他革命工作更好的协助"的、"高于现实生活"的"现实"。此番梳理证明,在马克思主义诗学内部,文艺"反映现实"的本质论本身就存在着矛盾的张力,不同诗学家对于"现实"的内涵作出了不一样的阐释。那么,是否文艺"反映现实"说便不能成立?马克思曾在《第六届莱茵省议会的辩论》中提及,社会中每一个"自由的系统"都和宇宙系统中每颗单独的行星一样,除了"自转"外还会围绕着某一中心"公转"。马克思主义诗学作为文艺理论系统的一个领域,自然也有围绕着"马克思主义"辩证唯物文艺观的"公转"以及自身内部的关于文艺本质的各自"自转"。文艺"反映现实"说在发展历程中虽然内涵有一定演变,但始终没有脱离马克思主义文艺理论的中心。况且,这种状况还昭示了文艺"反映现实"说在中国现代社会马克思主

---

① 毛泽东:《在延安文艺座谈会上的讲话》,《毛泽东选集》(第三卷),北京:人民文学出版社,1991年,第860—861页。

义化和本土化的秩序,对指导当前中国的文艺创作有极强的借鉴意义。

二、"反映政治"论:从"阶级"到"人民"

确切来说,文艺"反映政治"论并不是中国现代马克思主义诗学的独创,而是诗学领域的一个经典话题,支持者和反对者们围绕着它展开过无数次的论争。实际上,这种文艺本质观无论在学理上还是现实中都不是一个单面体,而是一个优长和局限共存的多面体,对它的极端肯定和极端否定都显示出了一种偏颇性。基于此,我们应将马克思主义诗学的文艺"反映政治"论放置在中国现代诗学场域中,进而对其作出客观、辩证的评价。

中国现代马克思主义诗学与俄苏马克思主义诗学关联甚密。而俄苏马克思主义文艺观本就是俄苏十月革命胜利后的产物,其发展也与俄苏政治形势休戚相关。只不过马克思主义文艺初入中国之时,必然要经历一个与中国社会现实及革命激进派学者思想的磨合期。当时的中国文坛,依然为封建文化及文艺所占据。所以,萌芽时期的马克思主义诗学多放眼在文艺的"真"和"善"上,这就有了"文艺反映现实说"的诸多主张。可是在革命形势逆转,国民革命面临失败的背景下,关心国家民族命运的马克思主义诗学在此时不可能无动于衷。早在太阳社成员发起文学革命之前,一批马克思主义文论家们的文艺"反映政治"论观念已崭露头角。沈泽民在1924年发表的《文学与革命的文学》一文,首次吹响了"为革命而艺术"的号角。茅盾在《文学的新使命》中说:"就是要抓住了被压迫民族与阶级的革命运动的精神,用深刻伟大的文学表现出来,使这种精神普遍到民间、深印入压迫者的脑筋,以此保持他们的自求解放运动的高潮,并且感召起更伟大更热烈的革命运动来!"[①]用文学来表现"被压迫民族与阶级"的革命精神,并促成他们的解放运动,难道不是说文学应反映政治并担负起宣传政治的责任吗?不过,马克思主义诗学文艺"反映政治"论真正得以发扬光大并在一些文论家的论辩中愈辩愈明,却是在1927年前后文艺大论争开始之时,更是在左翼文学运动及抗日战争开始之后。

1928年1月起,经过整顿的创造社和蒋光慈、钱杏邨等组成的太阳社,以《文化批判》《创造月刊》《太阳周刊》等刊物为阵地,正式开始倡导无产阶级革命文学。《文化批判》创刊号上,冯乃超发表《艺术与社会生活》,明确提出了"在转换期的中国怎样建

---

① 沈雁冰:《文学者的新使命》,《文学周报》1925年9月第190期。

设革命艺术的理论"的命题。文中引用了列宁《论列甫·托尔斯泰》中的话,强调文学应反映伟大的革命变革时代,担负起批判社会制度和旧思想的任务,因此作家应以科学的革命理论和人生观作为自己的思想基础。而他所谓的"科学的革命理论",便是极具革命性的马克思主义理论。接着郭沫若、成仿吾、蒋光慈、李初梨、钱杏邨等分别撰文声援,阐述了各自对革命文学的基本主张。其中,李初梨在《怎样地建设革命文学》一文中的观点最具代表性。他明确提出,"文学,是生活意志的表现;文学,有它的社会根据;文学,有它的组织机能,——一个阶级的武器",所以一切文学"普遍地,而且不可逃避地是宣传;有时无意识地,然而常是故意地是宣传"。那么,在当时的形势下,应倡导的是发动民众的"革命文学",这种文学"不要谁的主张,更不是谁的独断,由历史的内在发展——连络,它应当而且必然是无产阶级文学"①。这种言论将文艺的本质看作"阶级斗争的武器"和"革命的留声机",极力宣扬文艺的阶级性与宣传工具性,明显否定了初期"文学的任务是在描写生活"的"反映现实"说,而开始向"文学反映政治"论靠近。

  这种激进言论遭到了鲁迅、茅盾等人的理性批驳。1930年3月,鲁迅、冯乃超、沈端先、钱杏邨、郁达夫、李初梨、彭康等人在上海成立了中国左翼作家联盟。左联在纲领中提出,"我们的艺术不能不呈献给'胜利不然就死'的血腥的斗争","我们的艺术不能不以无产阶级在这黑暗的阶级社会中'中世纪'里面所感觉的感情为内容","我们的艺术是反封建阶级的,反资产阶级的,又反对'稳固社会地位'的小资产阶级的倾向。我们不能不援助而且从事无产阶级艺术的产生"②。这种主张也提倡建立"无产阶级文学",但与郭沫若等人倡导的"留声机"论不同,他们主张文艺写无产阶级所"感觉的感情",并肯定及保留文艺特有性征。至此可见,初期文艺"反映现实"论中的"现实"已由最初的"社会生活现实"发展为"无产阶级在这黑暗的阶级社会中'中世纪'里面所感觉的感情",由带有西方传统意义上的现实主义文学普遍特性转变为带有显著俄苏无产阶级现实主义文学的特性,政治性和阶级性凸显无遗。在此之后,文艺"反映政治"论向现代文坛大步"迈进"。

  由于作家们对文艺"反映政治"论的浅层理解,此时在这种理论指导下的作品往往带有强烈的政治功利性,并陷入了"公式化"、"概念化"的窠臼。这就导致了自由主义

---

① 李初梨:《怎样地建设革命文学》,《文化批判》1928年2月第2号。
② 《中国左翼作家联盟的成立》,《拓荒者》1930年3月第1卷第3期。

文论家对其的强烈批判,新月派的徐志摩就将这种创作斥为"标语主义"。30年代初,"第三种人"也对文艺"反映政治"论表示反对。1932年10月,苏汶在《现代》第一卷上发表《"第三种人"的出路》,批评马克思主义文艺倡导们热衷于无产阶级政治而忽略文学特性的功利做法。他认为在文学中"只要作者是表现了社会的真实,没有粉饰的真实,那便即使毫无煽动意义也都决不会是对于新兴的发展有害的",只要"它必然地呈现了旧社会的矛盾的状态,而且必然地暗示了解决这矛盾的出路在于旧社会的毁灭",就是"唯一的真实"。实际上,自由主义诗学家们可以指责此时马克思主义诗学指导下的创作弊端,但不能将这种创作弊端"迁怒"于文艺"反映政治"论的诗学主张上。因为文艺作品的"公式化"、"概念化"古已有之,而并非祸于文艺"反映政治"论。再者,以茅盾的《子夜》为代表的创作不都是"反映政治"论指导下的非"公式化"的经典作品么?

不过,自由主义诗学家们的批判让马克思主义诗学家们对文艺"反映政治"论中"政治"的内涵进行了思考。周扬在1933年5月1日《现代》第3卷第1期《文学的真实性》中承认苏汶所说的那种"表现了社会的真实,没有粉饰的真实"的"镜子"文学是马克思主义诗学所需要的,但他认为苏汶对于文学真实性的理解极其模糊、混乱、不正确。因为苏汶完全否定了认识的主体(作家)是属于社会的、阶级的人,把作品看成是"与赞助某一阶级的斗争毫无关系"的产物。在周扬看来,只有分析文艺作品内含的阶级性,才能看出作品中蕴含的客观真实因素,才算是对文艺的真实性有了真正把握。这就明确指出了马克思主义文艺所应反映的"现实"的阶级性,点明了"第三种人"备受马克思主义诗学家们诟病的原因。在《粉饰,歪曲,铁一般的事实》中,胡风从艺术和政治的关系入手,对马克思主义诗学"文艺反映政治"论进行了阐发。他认为"艺术的内容一定是铁一般的现实",其与政治的差别在于,艺术是"形象的表现而已";伟大的艺术须是和历史的动向相一致的,不能代表政治的正确(和历史方向相一致)的作品不会有"完全的艺术的真实"。因此,真正的文艺虽必须以"铁一般的事实"做内容,若没有现实性的正确,"充其量也不过走到胡秋原先生所冷嘲热讽的'盲动主义'的路上去而已"①。不过他指出,此处的"政治"指的是一个特定阶段的历史所要求的最高形态,和苏汶等人理解的"政府"和"政治家"不同,这就指出了马克思主义文艺所要求的以"政治"为本质的"现实"的历史唯物主义特性。另外,在1936年发表的《文学与生活》中,

---

① 胡风:《粉饰,歪曲,铁一般的事实》,《文学月报》1932年12月第1卷第5—6期。

通过辨明"社会主义现实主义"与一般现实主义的区别,胡风再次对马克思主义诗学主张文艺应该反映的"政治"的本质进行了强调。这里的"政治"并非许多"自由主义者"和"保守主义者"所谓的某个政府或政权,而是一种符合历史发展的意识形态——社会主义,是一种带有普遍性和唯物性色彩的真理。周扬和胡风对"文学反映政治"说中"政治"内涵的界定,成为指导马克思主义诗学发展方向,意义重大。

在中华民族生死悬于一线的抗日战争风云中,中国现代马克思主义诗学文艺"反映政治说"的本质论受到激发从而产生了新的变化。1938 年 5 月,中华全国文艺界抗敌协会在茅盾、成仿吾、冯乃超、胡风、老舍等人的努力下成立,这标志着文艺界抗日民族统一战线建立。一时间,文艺界关注社会革命现实的倾向势不可挡。这让本就带有强烈革命性质的马克思主义思潮蔚为大观,甚至连一向与之针锋相对的自由主义诗学也吸取了马克思主义诗学的部分主张。不过抗战爆发之初,为了促进抗战文艺统一战线的形成,文艺上只发出了"国防文学"或"民族革命战争的大众文学"的口号,着重强调对外的反抗,但这在一定层面上忽略了对内的民主要求,造成了一些对马克思主义文学本质论认识不清的言论和作品的产生。在国统区和沦陷区,这种情况极为突出。但在抗战大后方的解放区,毛泽东的《在延安文艺座谈会上的讲话》成为这一时期马克思主义诗学文艺"反映政治"论的集大成者。上节提到,《讲话》对"文艺反映现实"说进行了较为全面的总结。但文章对文艺"反映政治"论也作出了说明,且明显更强调后者,并对其之前的"政治说"本质论进行了递进升级。"无论高级的或初级的,我们的文学艺术都是为人民大众的,首先是为工农兵的,为工农兵而创作,为工农兵所利用的。"[①]这就将"无产阶级"概念进行了明确界定,标志着马克思主义诗学主张"新文学要为工农兵服务"的"文学反映政治"论开始。相对前两个阶段来说,这种划分的意义重大。由于明确了文艺所应反映的对象的范围,在《讲话》号召下的文艺创作没有流于"空泛",而是有了较大突破,最能代表此种突破的就是解放区文学的应运而生。解放区文学依然强调文学本质上应服务于时代政治的功利性,但要求作者心态的"工农兵"化,在艺术上更加追求大众化和乡土色彩,赵树理、孙犁等一大批人的优秀作品就是这种文学本质观下的产物。

在广大马克思主义诗学家眼中,文艺"反映政治"(此处,政治是哲学意义上的政治,代表的是一种历史发展的不可变力,而非某个特定的政权或政府)论是一种普世原

---

① 毛泽东:《在延安文艺座谈上的讲话》,《毛泽东选集》(第三卷),北京:人民出版社,1991 年,第 861 页。

则和价值。在这种观念的浸润下,其他文学本质论便被打发到了边缘地带。的确,政治关系是人与人、人与社会之间极为重要的关系,人类社会生活的方方面面与政治密不可分。所以,奉行辩证唯物思维原则的马克思主义诗学家们认为,文艺"反映政治"是不可避免的。很大程度上,这种观点具有一定的合理性。因为,"文艺反映政治"说遵循了"一时代有一时代之文学"的文学进化原则,能够随历史时势俯仰,所以在革命风云激荡的中国现代社会里,文艺"反映政治"说对发挥文艺推动历史前进、促进民众解放的能动作用益处极大。

然而,物极必反,过分地将"反映政治"的任务赋予给文艺则将导致文艺独立性的丧失。所以,在反对者看来,文艺"反映政治"论不是扼杀文艺独特性和特殊价值的"洪水猛兽",就是昙花一现、不值一提的"历史过客",现代自由主义诗学和保守主义诗学就分别持此类观点。在现代诗学场域争夺战中,文艺"反映政治"论的反对者们被排斥到了边缘地位,但这并不能说明其观点的无价值性。客观来说,文艺反映的是全面、广泛的整个社会的现实生活和精神生活,而政治只是这些生活中的一个重要部分而已,文艺所表现的对象的行为并非都带有政治色彩。况且,历史上经典作家们的著作往往也不能满足政治形势对文艺提出的要求,若强行要求文艺创作"反映政治",将会使文艺丧失自身的多元性和审美性而泯然不在。文艺"反映政治"论的反对者们的言论,可以说既是文艺对政治的拒绝与否定,也是文艺要求自身获得全面发展的呼声。当然,这个过程显然格外漫长,20世纪80年代中国文坛一味反对文艺"反映政治"论的做法可说是这种拒绝与否定最明显的战果。然而,文艺"反映政治"论的反对者们也应意识到,文艺"反映政治"论决不是侵害文艺独立性、造成文艺"公式化"和"概念化"唯一的"洪水猛兽"。文艺创作中出现此类现象的原因是复杂的,协调好文艺的审美功能和认知功能,把握好文艺"反映政治"之"度"以及探究文艺创作的特殊规律,是文艺创作者和理论家们一直致力的方向。

综合来看,中国现代马克思主义诗学的文艺"反映现实"说与文艺"反映政治"论的本质观极具自身特色,且在时代大背景下展现出了无可比拟的优长性以及异常重大的指导意义。虽然这种文艺本质观遭到了"人性论"和"道德论"的诟病,自身也确实存在占领诗学话语领域的"攻击"性和"排他"性,但它毕竟是一种独特的、具有"同情"精神的文艺本质观,它让中国现代文坛多了一道别样的"红色风景",建构起了属于无产阶级的一类文学。以往的研究只看到了马克思主义诗学主张文艺反映政治和现实的特征,却很少将其上升到文艺"本质论"的范畴,也极少对马克思主义诗学强调的"现实"

与"政治"的具体内涵及它们之间的关联及转变进行分析,这就难以把握中国现代马克思主义诗学的发展规律及其存在之合理性,难以去除罩在中国现代马克思主义诗学及其提倡下的文学创作上的"有色眼光",更难以对中国当代马克思主义诗学及其倡导下的文艺创作产生有益影响。

第二节　复合权力关系场域中"无产阶级文学本质说"的矛盾张力

中国现代马克思主义文学本质论的无产阶级倾向让它具有了一定的"反抗者的暴力",这种革命强力性使它充满了占领中国现代文坛言说领域的权力渴求。然而,在面对马克思主义诗学如此之"强力"时,自由主义诗学家和保守主义诗学家们并没有从这一权力场域中自动退场。他们分别高举"人性本质观"的自由主义诗学本质论和"伦理道德本质观"的保守主义诗学本质论的大旗,与马克思主义文学本质论展开权力争夺之战。

将"反映现实"说与"反映人性"论并立探讨,是因前者"求客观"而后者"重主观",而"主客之辩"恰是研究文艺本质倾向性时的经典话题;另外,两者在萌芽之初有共同的政治主张和相近的文学立场,并立分析后,马克思主义诗学文艺"反映现实"说的衍变历程及优长缺短将一览无遗。并立探究文艺"反映政治"论及"反映道德"说,一是鉴于倚重政治力量的"政治"与依靠传统和民众自发性的"道德"的辩证互补关系,二是考虑到两者共有的"干预现实"的强力性和初衷,如此架构下,马克思主义诗学的文艺"反映政治"本质论的发展历程与历史地位也将得到极佳彰显。

一、"反映现实"说与"表现人性"论的"分离"和"互补"

没有晚清,何来五四?晚清时期,国情衰落的现状让中国知识分子把目光转向西方,西方以个人为本位的文化思潮在这种情境下涌入中国,对中国传统文化冲击巨大。在王国维等一批思想家的提倡下,以人为本位的思想得到了大力弘扬,中国自由主义诗学的源头肇始于此。

第一个将西方文论引入中国文论的晚清学者王国维,以康德哲学思想为基来阐释文学的本质和价值。"成人之后,又不能以小儿之游戏为满足,于是对其自己之情感及所观察之事物而摹写之,咏叹之,以发泄所储蓄之势力。故民族文化之发达,非达一定程度,则不能有文学;而个人之汲汲于争存者,决无文学家之资格也"①。王国维不但指出,文学生发于人们对摹写、咏叹、发泄自己所见所识的需要中,乃人性根本需要之一,为社会人生所不可少;同时他又认为,真正的文学是"天下最神圣最尊贵而无与于当世之用者","人之感情唯由是而满足而超脱,人之行为唯由是而纯洁而高尚",将以实利为目的的文学称之为"餔餟的文学",认为其是"非文学"。此种观点不但标志着中国文学从理念上对传统的"混沌"文学观的脱离,更可视作中国现代自由主义诗学的萌芽,超脱功利、"以人为本"的文学观崭露头角。

不过,现代自由主义诗学的真正蔚为大观是在五四前后。周作人借鉴西方人道主义思想,扛起"人的文学观"大旗,提出"人的文学"的思想基础是人道主义,不过这种人道主义的前提是"从个人做起",因为"要讲人道,爱人类,便须先使自己有人的资格,占得人的位置",然后"用这人道主义为本,对于人生诸问题,加以记录研究的文学,便谓之人的文学"②。此种文论和萌芽时期的马克思主义诗学的主张有交叉之处。譬如,后来成为左翼诗学标杆的鲁迅在这一阶段也强调文学反映"人性"之重要,"涵养人之神思,即文章之职与用也"③。他们都讲求文学对人之真情实事的"记录",讲求文学的"新民"之效,最显著的标志就是"文学研究会"重要与会成员的基本主张了,上文已有所提及,此处不再赘述。

稍后,以郭沫若、成仿吾等人为首的创造社的文学本质论也表现出了较为强烈的自由主义诗学的色彩。受西方浪漫主义与唯美主义倾向的影响,创造社提倡书写个人心性和"美"的文学,发出了"为艺术而艺术"的呼声。不过,这里的"为艺术而艺术"并不等同于欧美唯美主义流派提倡的"为艺术而艺术"。后者脱胎于浪漫主义、表现主义与反理性主义等思潮,提出"艺术无用"论,排斥文艺对社会人生的认识功能,极其推崇文学形式表现上的"唯美"。相较而言,前者并不反对文艺的功用,尤其是其抒发个人心性的功用,而只是反对将其沦为求功利的工具。成仿吾在《新文学的使命》中说,"一种美的文学,纵或它没有什么可以教我们,而它所给我们的快感与慰安,对于我们日常生活的更新的效果,我们是不能不承认的",所以"除去一切功利的打算,专求文学的'全'

---

① 王国维:《文学小言》,《中国历代文论选》(第4册),郭绍虞编,上海:上海古籍出版社,1980年,第378页。
② 周作人:《人的文学》,《新青年》1918年12月第5卷第6期。
③ 鲁迅:《摩罗诗力说》,《鲁迅全集》(第一卷),北京:人民文学出版社,1973年,第54—55页。

与'美'有值得我们终身从事的价值之可能"①。总的来说,早期创造社依然偏重强调艺术抒发人之本性的纯粹本质,并用实际行动进行了实践。郭沫若的《女神》、郁达夫的《沉沦》都是他们对"美"的文学执着追求的经典体现。不过,创造社后期的文艺理念越来越注重文艺的社会认识功能,向马克思主义诗学倒戈。郭沫若一方面承认文艺的非功利主义,"艺术家的目的只在乎如何能真挚地表现出自己的感情,并不在乎使人能共感与否",一方面又认为,"任何艺术没有不和人生发生关系的事","艺术家要把他的艺术来宣传革命"②。这种反戈是中国现代马克思主义诗学对自由主义诗学分支同化成功的象征,不但昭显了现代马克思主义诗学巨大的号召力,还使其获得了一股抵制自由主义诗学争夺文坛话语权的强劲之力。

不过,还有一些自由主义诗学流派则与主张文学"为人生、为社会"的马克思主义诗学拥护者分庭抗礼,执着追求文艺之抒发个人情性与哲理情思之"美",影响最大的则要数 1923 年底成立于北京的新月社了。前期新月社依托的主要刊物是《晨报·副镌》,代表人物是徐志摩、闻一多、余上沅等人。此时他们的文艺观受西方唯美主义影响较大,具有浓郁的浪漫主义色彩,主张文学对灵感的表现、对自然与生命之美的书写。1928 年 3 月,胡适、徐志摩、梁实秋等在上海创办《新月》月刊,新月社也以此为标志进入了后期。这一时期,马克思主义诗学开始摆脱"朴素"状态,从单纯写"为人生"的现实生活中剥离出来,大力强调文艺的阶级性本质,宣扬文艺的宣传鼓动功用。在新月社前期,其与"朴素马克思主义"诗学强调文学表现人之情思之立场尚有交叉,但后期的新月社则与马克思主义诗学针锋相对,争夺文坛上的权力话语了。

在《新月》发刊词中,徐志摩明确了新月派对人的生命的珍视以及对有"尊严与健康"的人生的不懈追求。"生命是一切理想的根源,它那无限而有规律的创造性给我们在心灵的活动上一个强大的灵感。……虽则生命的势力有时不免比较的消歇,到了相当的时候,人们不能不醒起。我们不能不醒起,不能不奋争,尤其在人生的尊严与健康横受凌辱与侵袭的时日!"③出于此,他批判了马克思主义诗学所极力强调的文艺的"标语与主义"性,认为那"是一条天上安琪儿们怕践足的蹊径。……辨认已是难事,评判更是不易。……因此,我们不能不审慎,我们更不能不磨砺我们的理智。"不过,他也不

---

① 成仿吾:《新文学的使命》,《创造周报》1923 年 5 月第 2 号。
② 郭沫若:《艺术家与革命家》,《创造周报》1923 年 9 月第 18 号。
③ 徐志摩:《新月的态度》,《新月》1928 年 3 月创刊号。

完全赞成"唯美派"的姿态,"不甘愿牺牲人生的阔大,为要雕镂一只金雕玉嵌的酒杯"。从徐志摩的言论中可见,随着社会形势的发展以及马克思主义诗学文艺本质观的大行其道,自由主义诗学求"美"的倾向有所减弱,"以真我看生活,以真实来写人性"的"文艺反映人性论"本质观凸显,对生活现实的关注增强。不过,这种言论仍然引起了革命文学内部论争双方的注意并遭到了大力反击。

彭康在《什么是"健康"与"尊严"——〈'新月'的态度〉底批评》中写道:

> "健康"与"尊严"?在现在这会变革期中时谁要这两种东西?你们"认定了这时代是变态是病态,不是常态"吗?……然而旧社会形态的没落和消灭,新社会形态的发展和具现,在辩证法的唯物论者(不是"创造的理想主义"者!)看来,一切都是必然合理的,无所谓变态,也无所谓病态。①

从新月派对当前社会局势的"错误"分析入手,彭康在根本上否定了新月派对"现实"的认识,否定了其提出的"为生命的尊严和健康"的文学的主张,从而肯定了马克思主义诗学提倡者眼中的"旧社会形态的没落和消失,新社会形态必然显现和发展"的本质现实。

梁实秋在《文学与革命》中明确揭出"文学反映人性"的本质论,"伟大的文学乃是基于固定的普遍的人性,从人心深处流出来的情思是最好的文学,文学难得的是忠实,——忠于人性……因为人性是衡量文学的唯一的标准"②。至于文艺是和革命理论相结合还是和传统思想相关联,都与文艺的价值无碍。这是对此时主张"文艺反映现实说"的递进版——"文艺反映政治论"的马克思主义诗学的否定,也是对主张"文艺反映道德论"的保守主义诗学的批判。在《文学是有阶级性的吗?》中,梁实秋进一步指出文学"在根本上和理论上没有国界,更没有阶级的界限"③的特性。针对这种言论,鲁迅在《文艺与革命》中进行了批判。鲁迅认为,这种文学在阶级划分鲜明的现实中不可能真正存在;至于梁实秋所说的"无产者文学"的"一角的地位",鲁迅也进行了说明:"无产者文学是为了以自己们之力,来解放本阶级并及一切阶级而斗争的一翼,所要的是全

---

① 彭康:《什么是"健康"与"尊严"——〈'新月'的态度〉底批评》,《创造月刊》1928年7月第1卷12期。
② 梁实秋:《偏见集·文学与革命》,《梁实秋文集》,厦门:鹭江出版社,2002年,第312页。
③ 梁实秋:《偏见集·文学是有阶级性的吗?》,《梁实秋文集》,厦门:鹭江出版社,2002年,第325页。

般,不是一角的地位。"①这就肯定了文艺反映之现实之阶级性,披露了梁实秋主张文艺"无阶级性"、反映"普遍人性"的本质论的精英立场。由于这些诗学主张与革命形势的契合,这场论争以现代马克思主义诗学的影响扩大结束,也为30年代左翼文学的蓬勃发展开辟了道路。

然而,自由主义诗学的发展并没有因此搁置。戴望舒领导的"现代诗派",朱光潜、梁宗岱、沈从文等真正将自由主义文论用于批评实践的"京派",林语堂等人主办的"论语派",苏汶、胡秋原等"第三种人",他们的诗学主张虽然来源不同,然而却殊途同归,都继承并发扬了自由主义诗学"反映人性论"的理论精髓,且都对马克思主义诗学主张的"革命现实主义文学"进行了猛烈批判。

戴望舒在《一点意见》中提出,"中国的文艺创作如果要'踏入正常的轨道',必须经过两条路:生活,技术的修养",但是"我希望批评者先生们不要向任何人都要求在某一方面是正确的意识,这是不可能的,也是徒然的"②。与徐志摩、梁实秋一样,戴望舒认可文艺与现实的联系,却不认可马克思主义诗学提倡的文艺应该反映的"真正的现实"。即使是以马克思主义反映论为逻辑起点的苏汶、胡秋原等"第三种人"的诗学思想,也明确反对马克思主义文论家所提倡的反映社会现实革命状况的本质的真实。1931年底,胡秋原发表了《阿狗文艺论》,文章指出"文学与艺术,至死也是自由的,民主的",若只用一种"中心意识"来独裁文坛,那么只能"将艺术堕落到一种政治的留声机,那是艺术的叛徒"、"是对于艺术尊严不可恕的冒渎"③。与其他自由主义诗学流派的观点相悖,他承认马克思主义诗学"文学反映现实说"的合理性,但他所说的"现实"与马克思主义诗学强调的有明显阶级性的"现实"并不一致;而且,提倡文学的自由品格,主张艺术多样性,关注文学的高品位,这些观点都显示了他的诗学主张的自由主义诗学性。自然,这招来了左翼文坛的不满,紧扣"第三种人"提倡的文学"反映现实"论,鲁迅、胡风、周扬等人大力批判,上文已有所论述。论语派的林语堂提出"性灵文学","一人有一人之个性,以此个性(Personality)无拘无碍自由自在表之文学,便叫性灵。……自己见到之景,自己心头之情,自己领会之事,信笔直书,便是文学,舍此皆非文学"④。

---

① 鲁迅:《三闲集·文艺与革命》,《鲁迅全集》(第四卷),北京:人民文学出版社,1973年,第93页。
② 戴望舒:《一点意见》,《北斗》1932年1月第2卷第1期。
③ 胡秋原:《阿狗文艺论——民族文艺理论之谬误》,转引自《三十年代"文艺自由论辩"资料》,吉明学、孙露茜编,上海:上海文艺出版社,1990年,第10页。
④ 林语堂:《记性灵》,《宇宙风》1936年2月第11期。

虽然语气恬淡平和,未如其他自由主义诗学流派之愤慨激昂,但已是与"文艺反映现实论"不折不扣的对立。

在现代文坛后期,尤其是全民抗战开始后,文艺界也形成了抗战统一战线。上文提到,在《在延安文艺座谈会上的讲话》中,毛泽东提出了关于"文艺反映现实论"的一个总结性观点——文艺源于现实并高于现实。在这里需要指出的是,毛泽东还认为"革命的文艺,应当根据实际生活创造出各种各样的人物来,帮助群众推动历史的前进"。文学不但能够反映现实生活,而且能够能动地作用于现实,推动历史社会的前进。这种观点在当时产生了巨大影响,马克思主义诗学几乎全面把持了中国现代诗学界的话语权。在这种境况下,自由主义诗学的力量显得极为微弱。不少自由主义文论家配合抗战,关注"人性"所处的"现实"的诗学主张与马克思主义诗学也呈现出了一定的统一性。连一向游离于政治之外的张爱玲也在《自己的文章》中提出:"美的东西不一定伟大,但伟大的东西总是美的。只是我不把虚伪与真实写成强烈的对照,却是用参差的对照的手法写出现代人的虚伪之中有真实,浮华之中有素朴……我只能做到这样,而且自信也并非折衷派。我只求自己能够写得真实些"①。所以,1943年的《倾城之恋》可谓是张爱玲意识到现实政治于人生社会之影响的缩影了。另外,沦陷区出现的"徘徊于'作家精神追求'与'文学市场需求'之间"②的两极性创作倾向也是自由主义诗学尴尬境遇的体现:一类作品表面上也在反映现实,提出社会政治问题,实际上并不与马克思主义诗学要求反映的现实一致;另一类作品主要反映市民生活流俗及情感与欲求,出现了许多煽扬颓风的低级趣味乃至色情的作品。

综合来看,在与中国现代马克思主义诗学进行权力话语角逐的过程中,中国现代自由主义诗学一方面蕴藉着"文学远离政治现实"、"文学反映本真人性"的冲动,另一面又不得不受马克思主义诗学及中国革命现实对它施加的"文学必须符合现实发展需要"、"文学反映客观现实"的观念的高压从而自乱阵脚,在中国现代诗学话语争夺中锋芒渐收。知果虽然重要,求因更是重点,探究中国现代自由主义诗学在与现代马克思主义诗学的权力话语争夺中黯然下去的原因显得十分必要。

中国现代自由主义诗学的自由主义思想主要源于西方个人主义,西方个人主义思潮盛于17世纪的资产阶级革命,为了反对封建专制与神权威严,这种思潮宣扬天赋人

---

① 张爱玲:《自己的文章》,《张爱玲文集》,金宏达、于青编,合肥:安徽文艺出版社,第175页。
② 钱理群等:《中国现当代文学》,北京:北京大学出版社,1998年,第457页。

权,将人视作"原子",把个人的自主性、独立性和应当享受的权利看得神圣不可侵犯。因此,中国现代自由主义诗学倡导的"文学反映人性论"本质说也有强烈的个人主义色彩。"文学反映人性论"将"人之本性"看作绝对真实,看作所有人类都相通的范畴,也看作任何时代任何社会都应反映的内容,这就使"人性论"成为一种普遍主义的价值规范。这体现了对人的终极关怀,对文学独立性的极大珍视,具有很强的进步性。于是,在处理文艺与个人及社会的关系时,现代自由主义诗学仍然不甚关注当时中国政治社会所处的历史阶段,仍然以"文学反映人性论"的不变原则去应对中国如火如荼的革命形势。可在"四万万人求解放,泱泱大国求独立"的现实面前,这种超越性的、"象牙塔"式的文学本质论主张注定是一个美好但不合时宜的理想。

相较来说,中国现代马克思主义诗学的"文艺反映现实说"因其深刻的历史关怀而赢得了诗学话语权力争夺中的主动权。与自由主义一样,马克思主义重视个人权利及个人在历史社会中的作用,但它认为个人与社会是辩证关系,强调人的本质的社会性。所以,马克思主义认为,人的独立性、自主性及权利的实现都要受到当时生产方式和社会情势的制约。在这种思想的观照下,中国现代马克思主义诗学也强调社会现实对文艺的决定作用。在当时严峻国情面前,马克思主义诗学倡导者们强调文艺"反映现实"的特质,期望借文艺来揭露中国现实、宣传革命。虽然这种主张具有极强的功利性,对个人的"原子"性关注较少,对文艺的审美功能亦强调不多,但它毕竟符合了当时中国现实国情的需要,契合了中国人当时最迫切需要的生活愿景,因此获得了广博的群众基础,占据了中国诗学话语的主流地位。

无论在任何时代,多样性才是文艺的基本特征,百家争鸣才能促成文艺的百花齐放。中国现代自由主义诗学敢于与主流话语展开权力争夺,表达自己对个人"原子"性的重视以及对文艺审美之维的独特坚持,这就对马克思主义诗学起到了补充作用,从而不致中国现代文坛湮没在"标语与主义"之中,为反拨中国现代文坛的单一性、实现文艺的多元化发展作出了应有的贡献。

二、"反映政治"论与"反映道德"说的"博弈"与"统一"

研究现代保守主义诗学文学本质论,不得不提的是现代保守主义思潮。一般认为,其脱胎于晚清保守主义思潮。晚清时期,国势衰落,许多进步人士意识到改造文化对于"启发民智"的重要性,于是他们"放眼看世界"。严复、梁启超、林纾等人都是介绍西方进步理论,提倡改变中国现状的变革者。然而,第一次世界大战爆发后,曾让国人向往不已的欧洲战火连天、民生凋敝。由此,他们开始反思一味"扬西抑中"做法的合理性。严复激烈抨击道:"不佞垂老,亲见欧罗巴四年亘古未有之血战,觉彼族三百年之进化,只做到'利己杀人,寡廉鲜耻'八个字。"[1]启蒙思想大家梁启超的《欧洲心影录》描绘了战后欧洲物质匮乏、贫富对立、矛盾激化的场景,喊出了"欧洲破产"的口号,这引起了中国思想界的强烈震荡而将目光聚焦中国传统文化。这种以维护并发展传统文化为根本,并在一定程度上借鉴和吸收外来文化的思想即保守主义文化思潮的雏形。进入民国后,保守主义文化思潮也以此为底板。

然而,中国传统文化庞大繁复,他们又该聚焦何处呢?1915年,精通中西文化的辜鸿铭在《中国人的精神》中为保守主义文化派别的选择提供了依据。在书中,辜鸿铭指出了"道德力"的强大功用,"随着文明的进步,人类逐渐发现,在征服和控制人类情欲方面,还有一种比物质力量更强大和更有效力量,名之曰道德力"[2]。他否定了欧洲的道德力——已经被战争超越的基督教,肯定中华文明在重视心灵教育、注重道德的自我完善基础上形成的社会架构,认为这比建立在金钱基础上的西方社会架构要合理得多,发出了对中华文明强烈认同、对西方文明不屑一顾的超然之音。他不仅看到了西方文明的"不合理",给予当时"唯西方是从"的社会以警醒,还看到了道德至上的中华传统文化之合理性,这就为现代保守主义文艺观的选择提供了依据。在《战后东西文明之调和》及《迷乱的现代人心》中,以《东方》杂志为阵地的"东方文化派"领袖杜亚泉也明确提出"完全依靠西方文明对于救济中国之不可行",认为应"尽力输入西洋学说,使其融于吾国固有文明之中"。在中国现代诗学发展的三十年中,保守主义文论家们聚焦于"道",与马克思主义诗学的文学本质论进行了权力话语争夺。下文将从几个保守主义流派的相关文艺理论着手分析,以求发现两种诗学在文学本质论上的对立统一。

前面提到,现代文坛兴起之初,"朴素"马克思主义文论家与初期自由主义诗学文论家都是新文学运动提倡者,两者的文学本质论有交融之处,都主张抛弃封建文学的旧思想和传统,认为文艺反映真实人性和现实社会。然而,现代保守主义文论家则继续秉持中国传统文论提倡的"载道论",只不过"道"的内涵发生了一定程度的改变而已。

---

[1] 严复:《严复集》(第3册),王栻编,北京:中华书局,1986年,第692页。
[2] 辜鸿铭:《中国人的精神》,海口:海南出版社,1996年,第20页。

中国传统"文以载道"说中的"道",指的是儒家孔孟之道。众所周知,鲁迅、胡适、周作人等新文学运动领导人是马克思主义与自由主义诗学萌芽时期的代表人,推翻"孔孟之道"就是他们极力提倡的这次运动的主要目的之一,而这种做法招致了文学保守主义流派的反对。1922年以《学衡》杂志为阵地而成立的"学衡派",就是这些反对者中影响较大的一支。学衡派领军人物吴宓、梅光迪、胡先骕、汤用彤等人,几乎都受到美国20世纪著名学者白璧德"新人文主义"的影响。新人文主义提出"Humanitas(人文)一字被人谬用指泛爱,即希腊人所谓博爱(Philanthropy)。实则此字含有规训与纪律之义,非可以泛指群众,仅少数入选者可以当之"①。由此,"人文主义与人道主义根本不同,后者指'表同情于人类','以泛爱人类代替一切道德';前者则强调人之所以为人的规范和德性,强调使人不同于禽兽的自觉的'一身德业之完善',反对放任自然"②。而欲使人"返本为人,则当复昌明'人事之律',此二十世纪应尽之天职"③。这种"人事之律"由人类长期历史经验和智慧积淀而成,是人类超越政治等日常生活之上的观念自律,也是一种超越人性的表征。所以,重视"道德"是学衡派一切理论的根基。至于文学之"道"为何?他们作出了自己的探索。

学衡派学者吴芳吉在1923年发表的《再论吾人之新旧文学观》中,提出孔孟之道乃"人人亲其观,长其长,而天下平之道",指出了文学反映"孔孟之道"之合理性;另外,他还将"孔孟之道"的含义拓宽上升到整个"道德"层面。不仅如此,他还指出道德与文学的关系如"花之于土",这显然与"朴素"马克思主义诗学主张的现实生活与文学的关系如"花之于土"针锋相对。综合来说,吴芳吉的文艺本质观具有代表性,一方面文艺之"道"应包含孔孟之道——中国传统文化经典之"道",另一方面还冲破了封建伦理道德的界限,将现代社会之"道德"囊括。这种文艺本质观无疑与马克思主义诗学和自由主义诗学的本质观不同,成为现代保守主义诗学独立的支柱,为其文艺本质观的进一步发展奠定了基础。

20世纪20年代末,由太阳社成员发起的文艺"反映政治说"轰动一时。学衡派学者吴宓也肯定文艺与政治的密切联系,认为"欲求文学之充实发挥广大。亦须以国家政治及国民生活为创造之材料、为研究之对象、为批判之标准",否则其将沦为"文人学

---

① 〔美〕白璧德:《白璧德释人文主义》,徐震堮译,《学衡》1924年10月第34期。
② 乐黛云:《世界文化对话中的中国现代保守主义》,《中国文化》1989创刊号第1期。
③ 〔美〕白璧德:《中西人文教育说》,胡先骕译,《学衡》第8期。

士炫才斗志消遣游戏之资"①。这种将文学当作政治宣传工具的认识,与马克思主义诗学的文学"反映政治论"相同。然而在文学实践上,吴宓则极少谈论政治,这与其他学衡派文论家的主张一样,聚焦的都是文学恒定的道德内容和精神价值以及传统文学规范,与新文学运动中的倡导个性解放的浪漫主义和写实主义倾向相左。吴宓还进一步发展了吴芳吉的文学中"道"之含义,"韩昌黎谓'文以载道',此道非仅儒家之道,孔孟之道,实即万事之本原,人生之真理","予谓诗亦以载道,盖诗乃晓示普遍根本之原理者,特必出以艺术之方式,而有感化之功用耳"②。此处将"道"视为社会生活的本质规律,这就突破了封建伦理道德的教条,也将吴芳吉提出的泛化的"道德"进行界定,将其提升至普遍性的哲学层次。值得注意的是,这与现代马克思主义诗学要求文学应表现出社会生活的"普遍本质规律"似乎一致。然而,马克思主义诗学的"普遍本质规律"是用历史唯物主义眼光看到的、带有阶级性的,此处的"本质规律"则非如此。

由于对"文艺反映道德论"的坚持,学衡派保守主义极其重视文艺的伦理教化功能。马克思主义诗学则由于对"文艺反映现实、政治"的执着,极为重视文艺宣传革命、服务大众的价值。在承认文艺反映普遍的社会人生现实的功用性上,两者是一致的;在文学与政治的态度上,前者选择避而不谈、谈而不究,后者则从历史唯物主义角度出发,将文学反映政治视为文学之本质特性。不过,这种"文学反映道德论"的本质观,不主张维护社会现状,也不托古改制,而以追求绝对真理为己任,和风云突变的政治运动保持着"知识分子的距离"。这仿佛一股清流,是对主张"文艺反映革命"的马克思主义激进派、推崇"好人政府"的自由派的有力反拨。因为当时忽视个性、过于强调文学的"工具"性和"阶级"性的马克思主义诗学有急功近利之趋,而极度强调驰骋心性以及文学审美属性的自由主义诗学则有落入滥情主义泥淖之危。

1925年7月,以《甲寅》周刊为阵地的另一反对新文学运动的流派——甲寅派成立。其领军人物章士钊发表《评新文化运动》一文,认为文化本质上是循环相通的,所以"吾人非西方之人,吾地非西方之地,吾时非西方之时,诸缘尽异",认为学好传统文化便能融会贯通,无需学习西方;且文化之"新者早已孕育于旧者之中,而绝非无因突出于旧者之外"③,所以甲寅派又推崇旧文学,肯定旧文学中温柔敦厚之"道"对"文"的

---

① 吴宓:《本副刊之宗旨及体例》,《文学》副刊1928年1月第1期。
② 吴宓:《余生随笔》,《吴宓诗集》卷末,上海:中华书局,1935年。
③ 章士钊:《评新文化运动》,《学衡》1922年4月第4期。

统领作用,认为新文学反映的全是"淫情滥绪"。同时,章士钊对文学的教化功用也极为重视,"非有伦理基本观念,万说无自立者"①。在反对以西方学说为圭臬、重视传统文学"道"之功用、重视文学的教化功用上,甲寅派与"学衡派"观点一致。不过,甲寅派显然考虑更多。他们对文学的民族性给予了大力关注,甚至认为新文学"生搬硬套"的做法可能会导致中国文学主体性的丧失以致"灭人以国"。另外,他们注重对政治现实的关注,提出了一系列政治主张,但却不认为文学能行"社会改革之事",还指出文学"非士民众庶之所共喻"的精英性,这显然与求"民主"、求"解放"的时代潮流不符,与马克思主义诗学主张建立的"无产阶级文艺"的宗旨有本质不同,招致鲁迅等"朴素"马克思主义文论家的激烈反驳。但客观来说,相较学衡派对新文学派的"细雨轻风",甲寅派于新文学派则是"疾风骤雨",以振聋发聩的言论引起社会对中国传统文学"载道论"的重视,一定程度上遏制了一味求"新"的文艺本质观的偏激,对马克思主义诗学之后的发展完善起到了一定作用。

20世纪30年代,由于国共两党对传统文化的重视,现代保守主义思潮进入了一个新的发展阶段。1935年,陶希圣、何炳松等人在《文化建设》月刊上发表了带有官方背景的"十教授宣言"——《中国本位的文化建设宣言》,可看作是这一阶段保守主义发展的标志性事件。宣言强调要加强"中国本位的文化建设",对西洋文化要"吸收其所当吸收,而不应以全承受的态度,连渣滓都吸收过来",旗帜鲜明地反对"全盘西化"主张。这引发了关于中国文化的大讨论,强调以中国文化为本位建设未来新文化的观点一时颇获响应。1937年抗战的爆发,又让主张发扬民族精神、复兴传统文化的保守主义思潮获得了广泛的社会支持,这一时期重要的保守主义流派是"现代新儒家派"。综合来说,这两派的文化主张并没有脱离东方文化派、甲寅派、学衡派的主张,只不过更加强化了传统文化的主体意识,对西方文化的态度也更包容而已。于他们的文艺观,这种文化观念同样适用,"文艺反映道德论"是其文艺本质观,强调文学的民族性和道德教化作用仍是其对文学功用的倡导。

综合来说,保守主义与马克思主义诗学都关注政治、关注社会,随中国社会革命形势起伏而变化,但前者强调的"文学反映道德论"的诗学思想却与马克思主义诗学着重强调的"文学政治论"呈对立统一之态。一方面,保守主义的"文学道德论"有关注社会现实之念,也承认文学的教化新民功能;另一方面,这一主张又反对现代后期之时马克

---

① 章士钊:《文俚评议》,《甲寅》周刊1925年10月第1卷第13号。

思主义诗学将文学与政治紧密联结,认为千百年来形成的中西社会的"道德"远比一时之"政治"意识形态合理,否认文学"反映政治说"。虽然二者对"政治"和"道德"这两个复杂的哲学范畴都作出了发展性的阐释,但大多数情况下,彼此视域下的对方总是充满缺陷,遂形成针锋相对之势。一直以来,政治与道德本就是对立统一的关系。政治是为弥补道德的无力感而形成的,而当其形成后,道德又是为修复因政治的强力性造成的社会缺陷而存在。所以,在文学本质论上,分别主张"政治说"和"道德说"的马克思主义诗学与保守主义诗学在争夺诗学话语的上对立统一性不可否认。

第二章 权力关系视阈下的文学思维论

不同的文学思维会导致各具特色的文学作品的出现,其重要性程度可见一斑。可是,文学思维却是个复杂的话题。古今中外的文论体系,关于文学思维的观念范畴纷繁不一,中国的"虚静"说、"神思"说、"凝思"说、"苦吟"说、"兴会"说、"妙悟"说,外来的"迷狂"说、"灵感"说、"天才论"、"激情论"、"酒神精神"说、"白日梦"说等都是典型。本章试图从文学常用的思维方法入手,来分析中国现代马克思主义诗学在文艺思维问题上的主要观点,并观察其与另外两种诗学的文艺思维观之间蕴含的矛盾张力。

第一节 辩证唯物创作思维的基本内涵及其特性

中国现代马克思主义诗学源头是俄苏马克思主义文论,在文艺创作思维论上也深受其感染,极为重视辩证唯物思维。要谈论辩证唯物思维,在此需要对辩证唯物主义进行详尽阐释。辩证唯物主义最早出自《一个社会主义者在哲学领域中的漫游》一书,是德国哲学家狄慈根对马克思主义哲学的命名。但在20世纪20年代至30年代的苏联,它才真正得到系统阐释和广泛传播。列宁认为,马克思用德国古典哲学的成果——辩证法这种"最完备最深刻最无片面性的关于发展的学说,这种学说认为反映永恒发展的物质的人类知识是相对的",所以"没有停止在18世纪的唯物主义上,而是把哲学向前推进了"[1]。除此之外,列宁还指出,"马克思加深和发展了哲学唯物主义,而且把它贯彻到底,把它对自然界的认识推广到对人类社会的认识"[2]。这就将唯物史观也视作辩证唯物主义的题中之义,这就将唯物辩证主义的内容和意义给出了说明。在《无政

---

[1] 〔俄〕列宁:《论马克思主义》,《列宁专题文集》,中共中央马克思恩格斯列宁斯大林编译,北京:人民出版社,2009年,第67页。
[2] 同上,第335页。

府主义还是社会主义?》和《论辩证唯物主义和历史唯物主义》中,斯大林也将马克思主义哲学定性为辩证唯物主义,对其具体阐释也与列宁相差无几。具体来说,俄苏辩证唯物主义的主要观点如下:世界的根本是物质,意识是物质高度发展后的产物,它以实践为基础产生能动作用,既能反映物质,又能反过来服务实践;世界处于普遍联系和永恒发展中,对立统一是宇宙基本规律,是一切事物变化发展的根源。这一原理在社会领域的表现即是历史唯物主义,观点如下:社会存在决定社会意识,社会意识反作用于社会存在,经济基础和上层建筑的矛盾,是推动一切社会发展的基本矛盾;社会都是阶级社会,阶级斗争是社会发展的直接动力,其最高形式是社会革命;人民群众是历史实践活动的创造者,但其会受到一定历史阶段的政治、经济及思想文化的制约。总的来说,辩证唯物主义既是一种哲学认识论,是马克思主义倡导者对这个世界的认知,又是一种思维方法,与作为思想形态的马克思主义哲学观一体两面,是支撑马克思主义哲学认识观的基础。

辩证唯物思维以辩证唯物主义和历史唯物主义为基,以人类全部成果为基础不断建构和发展自身,在实践中重视人民之力,力求将科学方法(两分法、矛盾法、过程法、联系法、实践法)贯彻到具体的探究过程中去,以揭示人类世界的客观规律。这让其能动性和革命性昭显,并有了自己的阶级归属——无产阶级。从马克思主义衍生出来的马克思主义诗学,其关于文学思维的主张自然带有明显的辩证唯物思维痕迹。

俄苏马克思主义文论是这种思维的具体倡导者。《赞成做辩证唯物主义的艺术家》是1930年5月法捷耶夫在第三次无产阶级作家代表会议上的发言,文章从三方面论证了唯物辩证法在文艺创作中的必要性。其一,他明确指出了事物之"现象"与"本质"的区别,认为人们认识事物的途径是"通过现象世界,通过直接存在",但认识的目标却是事物的"本质"。其二,他认同《十月革命前后苏联文学流派》的观点,认为艺术的本质是"通过对现象本身的描写来解释规律性,通过描写特殊来揭示普遍,通过个别揭示一般"。社会意识反映社会现实,"从个别来看一般,自一般来审特殊"的普遍联系法则,休现了法捷耶夫对运用唯物辩证法来创造文艺作品的认同。其三,他指出,艺术家的工作来源于其在自觉或不自觉中积累的直接印象,艺术作品中的形象及它们的整个体系应"保持直接性的假象和现实生活的幻影"。社会现实是社会意识的来源并决定社会意识,这是法捷耶夫对唯物论在创作中的重要地位的肯定。基于上述主张,法捷耶夫进一步指出:若要避免无产阶级艺术只在"现象的表面上爬行",无产阶级艺术家应"站在无产阶级先进世界观的高度",应"掌握辩证唯物主义方法,并善于在他们的创作中运用这一方法"。在这种思维的关照下,文艺创作不再是不可把握的个人之作,而是可以依照规则去塑造的群体之物;文艺创作不再是"无阶级"、"无功利"的审美之作,而是力求反映并揭示社会本质现实、宣传政治主张的理想的必然产物。

中国现代马克思主义诗学源于俄苏马克思主义文论,所以中国马克思主义诗学的提倡者们也是辩证唯物主义文艺思维观的提倡者。无论是新写实主义还是社会主义现实主义,这两种为左翼文学界所推崇的创作方法都是站在无产阶级立场上,以辩证唯物主义思维来看待历史发展的本质规律,写出社会生活的必然一面。

的确,在中国马克思主义文论的萌芽时期,一批学者就隐约地意识到了这种具有科学精神的创作思维的必要性。他们指出,文艺所注意和阐释的内容不仅仅是客观地描述表象般的真实事件,还力图揭示蕴含在这种表象背后的深层原因和规律。在对自然主义理论引介潮中,茅盾提出应该"学自然派作家,把科学上发现的原理应用到小说里"①。虽然,自然主义和马克思主义文艺主张有本质不同,但茅盾毕竟意识到只写现实表象的不可靠,萌生了文学应该反映现实事物本质规律的科学创作思维。

文艺大论争时期,辩证唯物科学创作思维法开始被文论家们明确倡导。成仿吾明确提出,革命作家应"努力获得辩证法的唯物论,努力把握唯物的辩证法的方法,它将给你以正确的指导,示你以必胜的战术"②。1931 年,左联执委会通过的《中国无产阶级革命文学的新任务》在第五点明确指出:"作家必须成为一个唯物的辩证法论者。……必须研究马克思列宁主义,研究一切伟大的文学遗产,研究苏联及其他国家的无产阶级的文学作品及理论和批评。同时要和到现在为止的那些观念论、机械论、主观浪漫主义、粉饰主义、假的客观主义、标语口号主义的方法及文学批评斗争。(特别要和观念论及浪漫主义斗争)。"③除了提倡唯物辩证思维在文艺创作中的运用外,这些言论还对那些脱离实践的、重视主体意向的观念性文艺创作进行了批判,这就极大地促进了马克思主义诗学家们对这种创作思维的认可和具体探究。1931 年 11 月 15 日,茅盾在《文艺导报》第八期上发表《中国苏维埃革命与普罗文学之建设》,指出"透视的观察与辩证法的分析"是普罗文学建立的基础,用这种思维"从农村的血淋淋的斗争中","从苏维埃区域"来"汲取题材",是落实普罗文学的必经途径。冯雪峰《关于新的小说的诞生》一文,认为丁玲的小说《水》广受欢迎的原因是:作者对阶级斗争有着"正确的

---

① 茅盾:《一九一八年之学生》,《学生杂志》1918 年 1 月第 5 卷第 1 号。
② 成仿吾:《从革命文学到文学革命》,《创造月刊》1928 年 2 月第 1 卷第 9 期。
③ 左联执委会:《中国无产阶级革命文学的新任务》,《文学导报》1931 年 11 月 15 日第 8 期。

坚定的理解","取用了重要的巨大的现实的题材","有了新的描写方法（它的人物在全体大众中相互影响和发展而并不是孤立、固定的）"。冯雪峰对《水》之上述特征的认可，实际上就是肯定"社会意识反映社会现实"、"承认社会的阶级性"、"重视人民大众"等辩证唯物思维在作家文艺创作中的作用。

然而，由于对文艺复杂性和特殊性的简单化认识，许多文论家对唯物辩证思维的实质并没有客观准确地理解和落实，这使在其指导下的多数文艺创作以作家的世界观取代了作品中所应具有的艺术性，陷入了抽象、机械的哲学化的泥沼。不过，苏联"社会主义现实主义"理念的传入使这种情况得到了改善。社会主义现实主义"要求艺术家从现实的革命发展中真实地、历史具体地去描写现实；同时，艺术描写的真实性和历史具体性必须与社会主义精神从思想上改造和教育劳动人民的任务结合起来"[①]。艺术应对革命现实进行真实描写并应具备改造和教育人民的特性，依然是对社会物质决定社会意识、社会意识对社会物质具有能动作用、重视人民群众的历史实践活动的辩证唯物创作思维的体现。不过与初期相比，它对文学创作中的艺术描写更加重视，将作家世界观的直陈描写转换为对现实真实描写的强调，这反映了它对文学之本原特征的理解的深入，是辩证唯物思维中"凡事要分、凡事必分"的两分法的典型体现。由此可知，社会主义现实主义创作观仍赞成辩证唯物思维在文艺创作中的作用，只不过它对这种思维理解得更为深入，因此才对文艺的特殊性有了客观把握，才能扭转之前马克思主义文艺创作的不良风向，为之后的文艺发展提供了一条可行之路。

以周扬、冯雪峰为代表的中国马克思主义诗学家们认识到"社会主义现实主义"的合理性，开始大力提倡这种创作思维。周扬指出，虽然艺术创造和作家世界观联系紧密，但若忽视艺术的特殊性，"把创作方法的问题直线地还原为全部世界观的问题，却是一个决定的错误"[②]。所以，他主张文艺应该"在发展中、运动中去认识和反映现实"。冯雪峰在《关于抗战统一战线和文学运动》中也意识到，作家的世界观不应是文艺创作的主要表现，"现实主义（此处特指社会主义现实主义）的创作方法"是马克思主义文艺创作应该借鉴和提倡的创作思维。总的来说，这一时期中国马克思主义诗学创作思维论承接俄苏"社会主义现实主义"，对辩证唯物思维法如何运用到文艺创作中这一问题

[①] 《苏联作家协会章程》，1934年9月1日第一次苏联作家代表大会通过，见陈顺馨《现实主义理论在中国的接受与转换》，合肥：安徽教育出版社，2000年，第33页。

[②] 周起应：《关于"社会主义的现实主义与革命的浪漫主义"——"唯物辩证法的创作方法"之否定》，《现代》1933年11月1日第4卷第1期。

有了得更为合理的解答。

到了抗战时期,在文艺创作中继续提倡带有明显阶级性和限制性的"社会主义现实主义"的辩证唯物思维法已经显得不合时宜,因此马克思主义诗学对辩证唯物创作思维的提倡度有所减弱。在延安文艺整风运动中出现的《在延安文艺座谈会中的讲话》,标志着现代马克思主义诗学的辩证唯物文艺思维进入了一个新的发展阶段。文艺"是站在无产阶级的和人民大众的立场"的,确立了文艺的阶级属性,是"社会都是阶级社会"、"社会存在决定社会意识"辩证唯物创作思维的具体体现;"政治并不等于艺术,一般的世界观也并不等于艺术创作的方法论"的认识以及"更有集中性,更典型,更理想,因此就更带普遍性"的"四更"创作手法,分别体现了辩证唯物思维强调的"透过现象看本质"的认识论要求及"通过描写特殊来揭示普遍,通过个别揭示一般"的普遍联系法。与前期对"辩证唯物"创作思维的机械理解、中期的"社会主义现实主义"泛泛而谈的创作思维相比,《讲话》提出的文艺创作思维论显然更具合理性和可操作性,赵树理的《小二黑结婚》和《李有才板话》、丁玲的《太阳照在桑干河上》、周立波的《暴风骤雨》、贺敬之与丁毅的《白毛女》等文艺创作,都在塑造人物形象、反映社会客观现实、揭露社会本质矛盾方面取得了巨大成就。

综上来看,辩证唯物创作思维指导下的现代马克思主义文艺思维呈现出极强的"科学主义"特性。科学主义源于科学,从词源学角度看,science 源于拉丁语 scientia,原本是知识或学问的意思,现今人们普遍接受的科学的含义成型于 16 世纪,但截至目前,国内外关于科学的具体认知也并不统一。关于科学的定义有两种表达方式,一种是静态的,一种是动态的。前者将科学看作一条有条理的、反映现实世界各种现象的本质的规律的知识体系,美国科学哲学家内格尔(Ernest Negel)即持有此种观点。"科学无疑是组织化的知识体系,分门别类地划分和组织材料(如在生物中,把生物分类为种)是一切科学的一项必不可少的任务"[①]。后者则将科学看作一项复杂的人类活动,前苏联《大百科全书》关于科学的定义是此种观点的代表。"科学是人类活动的一个范畴,它的职能是总结关于客观世界的知识,并使之系统化。'科学'这个概念本身不仅包括获得新知识的活动,而且还包括这个活动的结果。"不过,无论以何种方式来定义科学,它们都不否认科学对待事物时重客观、求本质、求普遍性的核心精神。

具体来说,这种科学精神遵循科学信念、科学态度和科学方法三个向度的原则:

[①] 〔美〕内格尔:《科学的结构:科学说明的逻辑问题》,徐向东译,上海:上海译文出版社,2002 年,第 3 页。

"科学信念坚持以怀疑和批判的精神对待一切研究对象,相信知识增长能够促进人类的文明与进步;科学态度追求研究过程中的实事求是,排斥情感和心理等人文因素;科学方法主要是实验以及在此基础上的归纳和演绎。"[1]这为改善人类的物质生活起到了重大作用。随着人类社会的发展,这种精神逐渐泛化,科学精神的特质几乎蔓延到了人类所有的知识领域,哲学、社会科学和人文科学等领域内都掀起了一股"科学主义"思潮。所谓"科学主义",就是要将"实事求是"、"重客观"、"排斥情感和心理等人文因素"、"归纳和演绎"等科学态度和方法当作一种宗旨,并将其运用到对事物的理解和研究中去。

在马克思主义发展之初,一些理论家便意识到蕴含于其中强烈的科学主义倾向。列宁认为,"对具体情况作具体分析"是"马克思主义活的灵魂"[2],"我们决不把马克思的理论看作某种一成不变的和神圣不可侵犯的东西;恰恰相反,我们深信:这只是给一种科学奠定了基础,社会党人如果不愿落后于实际生活,就应当在各个方面把这门科学推向前进"[3]。这是将马克思主义看作一门科学的较早论述。不过,以卢卡奇为代表的一些早期的西方学者对马克思主义作出了一种人本主义的阐释,这种观点在整个国际共产主义运动内部和西方左派思想界中迅速蔓延,以致达到了泛化的程度。然而,马克思主义科学论者则认为这种做法将马克思主义哲学"软化为抽象的人性、总体性和异化之类的非科学规定"[4],使其面临着丧失强有力的战斗性的重大危机,德拉-沃尔佩说,"我的靶子是很清楚的,就是这些人道主义的胡言乱语,这些关于自由、劳动或异化的苍白论述"[5],必须用强有力的"科学的形式"来保卫马克思主义。他以新实证主义的科学精神来解释马克思主义,试图恢复马克思主义历史辩证唯物主义思维的权威,强调马克思主义是一种社会科学主义的特质。科莱蒂进一步发展了新实证主义马克思主义理论,提出了"马克思主义是科学与意识形态的统一"的著名命题,这也是对马克思主义思维特征较为客观的论述。阿尔都塞也在《马克思主义与结构主义》中指出,"马克思的最大成就是用结构辩证法的观点,把资本主义看成是一个各个成分相互依存的有结构的整体,从而把它看成是一个没有主体的过程",而结构主义与辩证看待问题的方

---

[1] 张清民:《科学主义与中国现代文学理论的兴起》,《江西社会科学》2008年第3期。
[2] 〔俄〕列宁:《共产主义》,《列宁选集》(第4卷),北京:人民出版社,1986年,第213页。
[3] 〔俄〕列宁:《我们的纲领》,《列宁全集》(第4卷),北京:人民出版社,1984年,第161页。
[4] 张一兵:《西方马克思主义哲学的历史逻辑》,南京:南京大学出版社,2003年,第239—240页。
[5] 〔意〕德拉-沃尔佩:《卢梭和马克思》,重庆:重庆出版社,1993年,第199页。

法是科学主义的方法无疑。

经过他们的探讨,马克思主义的科学主义性质被普遍接受。剩余价值学说揭示了资本主义社会的基本经济规律,被认为是马克思主义科学性最鲜明、最深刻的体现;而辩证唯物主义及唯物史观的确立,也体现了其科学性。首先,马克思主义的社会发展观具有科学性。一切现存事物的存在都是暂时的,都处在生成和灭亡的不断变化之中,那么现代资本主义社会也会被新的社会生产方式——社会主义和共产主义的生产方式所取代,这符合科学认识事物时遵循的普遍性和统一性规律。其次,它对人的认识也有鲜明的科学性。它把社会性作为人的根本属性,不仅认识到社会对人的作用,还发现了人对社会发展的能动作用,这就在本质上区分了人与动物的特性,符合科学要求认识事物本质特征的宗旨。

"辩证唯物"作为一种思维形式,与作为思想形态的马克思主义哲学观一体两面,是支撑马克思主义哲学观建立的基础,本身也带有极强的科学主义特质。上文中现代马克思主义诗学提出的"客观现实决定文艺内容、文艺反映客观现实"、"在特殊典型中看普遍规律"、"注重实践和发展"等辩证唯物创作思维观,与科学主义提倡的"透过现象看本质"、"一分为二地客观看问题"、"实事求是"等态度异曲同工。然而,由于马克思主义诗学文艺思维观的科学主义倾向,其对灵感、想象、无意识等主观性强烈的文艺创作思维论几乎视而不见,这就引发了重主观情感和想象的自由主义诗学的不满,也招致了重古典传统、重守成的保守主义诗学的反击。毕竟,文学的特性就在于认识功能与审美功能的统一,脱离认识功能只谈审美功能,文学终会沦为语言游戏;而脱离审美功能只谈认识功能,文学终会成为琐碎的现实堆积。所以,在研究现代马克思主义诗学的文艺思维时,将其放在与自由主义诗学、保守主义诗学的横向联系中进行阐发,会对它如何处理想象、灵感等主体意向性思维以及在与其他诗学的较量中如何开掘出自身特质等问题有所参悟。

第二节 复合权力关系场域中"唯物辩证思维"说的矛盾张力

文艺思维,属于哲学两大范畴之一的"思维"层面。"存在"是与"思维"对应的另一层面,指的是主观思想之外的一切存在。思维与存在的关系,即精神和物质、主观与客观的关系。文艺思维既然归属于"思维",属于"主观"层面,那么它必须要面对的就是"存在",就是"客观"现实。也就是说,在运用文艺思维进行文学创作的过程中,如何处理主观与客观的关系成为区别不同文艺思维的依据,也成为划分不同诗学类型的重要参考标准。

中国现代马克思主义诗学奉行辩证唯物的创作思维,重视客观现实大于主观情思,注重辩证全面而反对单一绝对,是一个动态的、发展的创作思维模式。这与重个性、重情感、重灵感与想象的现代自由主义诗学思维大体呈对立之态,与重摹古、重守成的现代保守主义诗学似乎也有着本质的区别。然而,在权力关系场域中,我们会发现三种诗学思维于对立上的统一之态。研究这种对立统一之态,对把握三种创作观念之间的共生关系以及反思当今文坛创作境况意义匪浅。

一、"唯物"论与"主体意向"说的"断裂"与"交融"

前文提及,现代自由主义诗学坚持具有"普遍主义"色彩的"人性论"文艺本质观,这显示了其在考虑文艺问题时的绝对化倾向。在文艺创作思维问题上,自由主义仍一如既往地坚持以"自我"为中心的绝对性立场,认为主体意向绝对凌驾于客观现实之上,倡导以创作主体的主观意向为出发点的"主体意向"思维,重视直觉、想象等思维在文艺创作中的功用,珍重文艺作品对作者个性及情感的表达。

在自由主义诗学发展之初,这种以创作主体为基点的创作思维就在其诗学主张中得到了体现。当时尚处于创造社时期的郭沫若以诗歌创作为例,提出了一个创作公式:"诗=(直觉+情调+想象)+(适当的文字)",并对其作了进一步说明:"诗人底心境譬如一湾清澄的海水,没有风的时候,便静止着如像一张明镜,宇宙万汇底印象都涵映着在里面;一有风的时候,便要翻波涌浪起来,宇宙万汇底印象都活动着在里面。这风便是所谓直觉、灵感(inspiration),这起了的波浪便是高涨着的情调,这活动着的印象便是徂徕着的想象。"[①]这种创作观强调"直觉(灵感)"、"情调"和"想象"在创作过程中的主导作用,而这三种因素恰恰是讲求以"个人"为基点的主观性创作思维最鲜明的代表。"直觉"在文艺创作中起了触发作用,"情调"和"想象"又组织了具体的创作活动从而完成作品创作。

直觉,又称"灵感",指的是在文艺活动中瞬间产生的、极富自发性、偶然性、突发性

---

① 郭沫若:《论诗三札》,《郭沫若全集》(第十五卷),北京:人民文学出版社,1990年,第337页。

思维。在现代自由主义诗学那里,"直觉"思维的冲动性成了促成他们创作的主要因素。上文郭沫若如是认为,新月派的徐志摩亦是如此。他在散文《落叶》中自白,"我的心灵的活动是冲动性的,简直可以说是痉挛性的"①,并描绘出了"思想"(此处指灵感)来与不来不受作家左右的独特感受。然而,"直觉"是偶然的、不可靠的、极其个人化的,由此出发,就形成了自由主义诗学关于文学创作的另一个主张——"天才论"。自由主义诗学支柱之一梁实秋就认为,"文学作品的产生,更与阶级观念无关。……自从人类的生活脱离了原始的状态以后,文学上的趋势是:文学愈来愈有作家的个性之渲染,换言之,文学愈来愈成为天才的产物"②。这就与现代马克思主义诗学主张的"唯物"思维对文艺作品的触发作用相对立。"唯物"思维强调物质对意识,即客观现实对主观意识的决定作用。早期马克思主义诗学家瞿秋白在1921年的《赤都心史》中提出,客观现实虽是"秽浊"的"泥滋",但却是催生艺术这朵"奇花异卉"的"实际内力的来源"。由此可知,以"直觉"为创作动力的自由主义诗学的"主观"性思维与以"现实"为创作根本的"唯物"性思维就构成了一种对立。

然而,自由主义诗学家们没有注意到的一个事实是:他们强调的"直觉"思维的基础——作家自身体验和积累的来源何在?既然他们认为,灵感"并不是什么灵魂附了体或是所谓'神来',而是一种新鲜的一观念突然使意识强度集中了,或者先有强度的意识集中因而获得了一种新鲜观念而又累积地增强着意识的集中度的那种现象"③。作家脑海中的意象、体验到的感情等,难道不是来自对现实的体验和观察吗?这就显示了"直觉"思维的片面性,衬托出唯物思维的科学性。

想象是贯穿艺术构思过程始终的一种心理机制。所谓想象,就是"对记忆中的内容进行加工、改组从而创造出新形象的心理过程"④。与直觉一样,它也是自由主义诗学家们十分看重的创作思维。朱光潜在《诗论》中指出,想象是构成"诗美"本质的重要途径。关于"想象",自由主义诗学家们的态度并不极端,他们承认想象之基础之现实性。戴望舒就提出,"诗是由真实经过想象而出来的"⑤。的确,想象不但无损现实的真实,反而能够更深入地反映现实的本质。一方面是因为,想象的基础或者材料仍然是现

---

① 徐志摩:《落叶》,《徐志摩全集》(第三卷),赵遐秋编,南宁:广西民族出版社,1991年,第6页。
② 梁实秋:《偏见集·文学与革命》,《梁实秋文集》,厦门:鹭江出版社,2002年,第316页。
③ 郭沫若:《诗歌底创作》,《郭沫若谈创作》,彭放编,哈尔滨:黑龙江人民出版社,1982年,第51—52页。
④ 张全信:《谈创造想象在创造活动中的作用》,《山东师范大学学报》1984年第3期。
⑤ 戴望舒:《望舒诗论》,《现代》1932年1月第2卷第1期。

实的经验,另一方面,想象又是超历史的,即超越了社会历史的表象,它可以在对现实的夸张、扭曲、变形中实现对现实的升华。因此,它能扩大叙述的容量,延展现实的范围,使文学作品脱离对日常现实生活的单调描述,给读者带来全新的审美体验。不过,想象的基础虽然是现实材料,但想象活动却是种极端个人化的行为,作者的经历及个性都决定着想象的内容和方式,因此想象毋庸置疑也是凸显作者个性和精神的"主体意向"性思维。由是,主张文艺"反映人性"论的现代自由主义诗学重视想象这一创作思维的做法便不难理解。

我们知道,推崇"唯物"思维的中国现代马克思主义诗学讲究客观现实对主观思维的决定作用,因此他们起初将"写实"的方式作为指导作家创作的最根本思维方式,将实地观察和客观描写视为创作的两大法宝。茅盾提出,"文艺品的创造","我总认为是凭藉客观的观察为合于通例"①,"眼睛里看见的是怎样一个样子,就怎样写"②。罗家伦也说得颇为直白,"我只知道文学里的写实主义,只问所写的实有其情,实有其事,实有其境没有"③。这种创作观忽视了创作者的主观想象,而将文艺作品中的现实等同于社会生活现实,要求作家以纯客观的态度将所见所闻复印般描写出来。在此种创作思维的指导下,不少文学革命论者开始将俄苏现实主义与自然主义混为一谈。文艺大论争期间,这种创作思维更加激进,造成的后果更为严重。茅盾、瞿秋白、冯雪峰、钱杏邨等革命文学论者站在无产阶级革命文学立场提倡"写实",主张将旧写实主义、自然主义、浪漫主义、表现主义、未来主义等"资产阶级内部腐烂变质的东西""全部打倒"。此时的"写实",追求的是社会历史的本质真实,这就以求客观本质规律的科学倾向湮没了具有自身特殊性的文艺创作,没有一分为二地看问题,是对"辩证唯物"思维在文学中的运用掌握得不够深入的表现,也让马克思主义诗学倡导下的文学走向公式化、概念化的深渊。

若马克思主义诗学创作延续这条偏颇的美学的思维路线,其对当时中国文坛的影响便不会如此重大以至于泽被当今。自由主义诗学对"想象"思维的重视,彼时在马克思主义诗学领导下并不客观的文艺创作以及马克思主义诗学本身具有的辩证思维倾向,都让现代马克思主义诗学家们重新思考了想象这一"主体意向性"极强的创作思维

---

① 方璧(茅盾):《欢迎!〈太阳〉!》,《文学研究会资料》(中),郑州:河南人民出版社,1985年,第65页。
② 茅盾:《文学与人生》,《文学研究会资料》(上),郑州:河南人民出版社,1985年,第58页。
③ 罗家伦:《驳胡先骕君的中国文学改良论》,于《中国新文学大系·文艺论争集》,郑振铎编选,上海:上良友印刷公司,1935年,第124页。

在文艺构思中的功用。1933年11月,周扬在《现代》第4卷第1期上发表《关于"社会主义的现实主义与革命的浪漫主义"——"唯物辩证法的创作方法"之否定》,文章从"社会主义的现实主义是在发展中、运动中去认识和反映现实"的观点出发,接受并坚持了现实主义与浪漫主义具有包容性的观点。他认为,浪漫主义的艺术方式就是高频率地使用想象、联想、幻想等思维方法以表现出对客观现实的超越,价值取向上则表现出对理想的向往。而在现实主义所要表现的生活真实里,浪漫主义是种客观存在的要素。因此,现实主义也无法拒绝想象、联想等创作思维。揭示出这一点非常重要,因为它说明了马克思主义思维论的历史与现实价值。由是,他提倡"两结合"的文艺创作思维,并认为这种结合既能反映客观现实又能昭示未来革命理想,是极为可行的一种文艺美学取向。虽然此时这种"两结合"的创作思维是为了"文艺反映政治"论服务,但是它毕竟认识到想象等以个人为出发点的"主体意向性"思维在文艺创作中的功用,相较于之前马克思主义诗学家们将想象思维视作与现实相悖的东西而加以排斥的做法,其突破性意义不容小觑。况且,对想象思维在文艺创作中重要作用的认识,也是现代马克思主义诗学一分为二对待复杂的文艺问题、克服形而上的片面性的"辩证"思维的具体体现。

  除了直觉与想象,"情调"也是自由主义诗学十分看重的创作因素。他们重视直觉和想象等创作思维,归根结底是为了"自由"表现个人之主观情思。受中国传统"妙悟说"、西方表现主义及个人主义思想的影响,自由主义诗学认为客观是不真实的,真正的真实是作家主观的内心世界。所以,自由主义诗学家们"在文学本质上突出作者的决定作用","认定文学是作者心灵的表现","强调作者对作品意义的生成作用"[①]。现代评论派学者刘开渠,就明确强调个人情感体验在文艺创作中的作用,认为情感"是激动观者心房跳动的东西,观者这段的感情发动,就是吾人之所谓美感"[②]。"新月派"的梁实秋也提出,"文学家不接受任谁的命令,除了他自己的内心的命令;文学家没有任何使命,除了他自己内心对于真善美的要求使命"[③]。

  然而,20世纪初期萌芽的马克思主义诗学,则有意无意地对赞赏理性的直接和快捷、强势过激的社会话语表达了肯定,而对由理入情的信道表示了冷漠。在其发展之初,许多马克思主义诗学提倡者就已经酝酿着说理的冲动了。鲁迅以为"善于改变精

---

① 童庆炳:《文学理论教程》,北京:高等教育出版社,2008年,第37页。
② 刘开渠:《艺术的新运动》,《现代评论》1926年9月第4卷。
③ 梁实秋:《偏见集·文学与革命》,《梁实秋文集》,厦门:鹭江出版社,2002年,第316页。

神的""第一要著""当然要推文艺"①,茅盾也希望"文学能够担当唤醒民众而给他们强大力量的重大责任"②。在这种观念的指导下,马克思主义诗学家们往往要求作家对社会进程拥有科学的认识,能够把世界看作是各种社会力量之间符合逻辑的必然冲突,用理性的眼光去掌握和组织素材,安排好情节之间的因果关系,使作品呈现为一个艺术整体。茅盾的《子夜》是这种创作理念的代表,小说力求完全客观地叙述个人的经历,作品中也存在"情绪的爆发和袒露",但是在安排素材时仍是以最大限度的客观性为目标的。在叙述中,作者拥有"对社会进程的科学认识",他把零散的事实统一成一个艺术整体,煞费苦心地排除个人因素,使小说几乎没有人为叙述的痕迹,目的是让读者直接去体验一切。可见,由于对文艺创作中科学的辩证唯物思维的强调,马克思主义诗学对表达作者主观情感持保留倾向。这具体表现为两个方面:一是对客观事实过分依赖,缺乏足够的勇气打破故事的事实根基,二是对文艺的主观审美性持保留态度,限制了作家对个人情思的表达。个人主体性被宏大的历史"理性"话语覆盖,个体的主观意识也常常被阶级意识涵纳。这种文艺思维观最极端的范例,就是成仿吾、郭沫若在文艺大论争初期时提出的"留声机"论。

可就实际状况来说,文学中的情与理并不能完全隔离。戴望舒提出,"诗"不是"标语口号","诗应当将自己的情绪表现出来,而使人感到一种东西,诗本身就像是一个生物,而不是无生物"③。这是对马克思主义文艺创作中的"说理"冲动的反拨。在现代马克思主义诗学发展后期,以胡风为代表的诗学家们表示了对创作主体之个人情思的重视。"作家是一个'感性的活动',不能是让客观对象自流式地装进来的'一个工具',一个'唯物'的死的容器"④。在创作时,作家应"把他的全部精神力量注向在对于对象的追求上面,要设身处境地体会出每一个情绪转变的过程"⑤,提出了"主观战斗论"论。因此,胡风虽然站在马克思主义唯物论的立场上肯定现实生活的真实性与客观性,但却认为这种客观现实都已经浸染了作者的主观色彩,"主观化的现实"是他对于作者创作出的对象的综合概括。

可见,在辩证唯物的科学思维的关照下,在与自由主义诗学的权力话语争夺中,马

---

① 鲁迅:《呐喊·自序》,《鲁迅全集》(第一卷),北京:人民文学出版社,1982年,第417页。
② 雁冰(茅盾):《"大转变时期"何时来呢?》,《文学旬刊》1923年12月第103期。
③ 戴望舒:《望舒诗论》,《现代》1932年1月第2卷第1期。
④ 胡风:《论现实主义的路》,《胡风评论集》(下册),北京:人民文学出版社,1985年,第285页。
⑤ 胡风:《关于创作发展的二三感想》,《创作月刊》1942年12月第2卷第1期。

克思主义诗学对文艺作品中的"主观之情"态度反复。起初认为文学作品应完全反映客观现实,排斥作品中"主观之情"的表现;后来认识到了创作主体——作家的主观感情对反映客观现实的必要性,开始强调"主观现实主义",虽然这种"主观现实主义"并没有得到马克思主义诗学主流团体的认可,但其合理性却不容忽视,并为新中国建立后的"社会主义现实主义"的创作提供了借鉴。

大体来说,在关于文艺思维的诗学话语争夺战中,马克思主义诗学对自由主义诗学的创作思维主张采取了审慎的接纳态度,反观自由主义诗学,它对马克思主义诗学的文艺思维主张又持何种态度?

前章提及,在整个中国社会革命风潮的穹顶之下,在气势逼人的马克思主义诗学的强力主张侵袭中,自由主义诗学坚守的"文艺反映人性"论也将"现实"因素有一定参考。相应地,自由主义诗学的文艺思维观对马克思主义诗学所看重的"客观"现实也并非无动于衷。前面提到的现代派戴望舒的"诗是由真实经过想象而出来的"言论证实了此点,象征诗派梁宗岱的"让我们底想象灌入物体,让宇宙大气透过我们的心灵,因而构成一个深切的同情交流"[①]言说,也是将对客观存在的思考纳入文艺创作过程的表现。不过自由主义诗学的这种创作思维强调的是"心"对"物"的作用,认为只有引发主体情感的"物"才能进入文艺创作范围中,具有唯心倾向;而马克思主义诗学的"主客关系"思维奉行"客观在主观之上",强调的是"物"对"心"、即"客观"对"主观"的决定作用,直觉、想象、情调等创作思维只能在客观描写现实存在的基础上进行,将辩证唯物的创作思维观显露无遗。另外,两种诗学所强调的"主观"的侧重点也不一致。"'主观'泛指作家全部精神活动。它具体又包括两个基本的层次:一个由思想、意识、世界观构成,受社会、政治、历史因素影响和制约的理性层次;另一个由情绪、感觉构成,受作家个人生理、心理因素规定的感性层次"[②]。由此观之,重情绪、感觉的自由主义诗学重的是"主观"之"感性层次"在创作中的表现,重思想意识和世界观的马克思主义诗学重的是"主观"之"理性层次"在创作中的传达。最后,两种诗学不同的创作思维所要达到的目标也不一致:自由主义诗学"主体意向性"创作思维形成的文艺创作,终究是为了实现从个人主义出发的"人性论"的目的;而马克思主义诗学辩证唯物思维形成的文艺创作则是为了"反映现实及政治",从而达到推动中国革命前进的"实践"的目的。

---

① 梁宗岱:《象征主义》,《诗与真·诗与真二集》,北京:外国文学出版社,1984年,第81页。
② 艾晓明:《中国左翼文学思潮探源》,北京:北京大学出版社,2007年,第210页。

综合来说,现代马克思主义诗学与自由主义诗学在文艺思维领域的权力争夺,是"辩证唯物思维"与"主体意向性思维"两股力量在竞争:一条朝向人的社会意识,它压抑个人情感而让人适合历史发展的基本规律;另一条则奔向人的美学理想,它渴求实现人的最高表现而努力摆脱外在现实之束缚。这两种力量一主"外"一主"内",呈现对立之态。可在追求"人之自由全面发展"的理想的基础上,二者达到了统一。只不过前者在追求理想的道路上将人视作"社会"之人,肯定人与社会与客观现实的联系之不可分割,致力于"大地"创作;而后者则切断人与社会之联系,强调作为独立个体的"原子"之人,旨在绘出一幅永不褪色的宏图,致力于表现"天空"。在波澜壮阔的中国革命浪潮中,这种"天空"创作渐渐为腾起的战火遮盖,未及"大地"创作之深入人心。然而,在这种思维的烛照下,马克思主义诗学文艺创作思维观的一个重要问题也得以昭显:由于过于强调"唯物"思维,马克思主义诗学指导下的文学创作较为重视文学的认识功能;因此,如何在文学认识功能和审美功能间找到一个平衡点,令读者在体味现实的苦辣酸甜时心中始终充盈着温暖与希望,成为马克思主义诗学指导下的创作应该关注的题中之义。

鉴古方能通今。上述对马克思主义诗学与自由主义诗学在文艺思维领域争夺战的分析,可对当今文坛中自由主义创作潮流"高温不下"的局面作出较好的解释。当下中国处于和平之态,由于经济的高速发展和政治的民主氛围,人们的思想言论自由得到了充分的发挥。在文学领域,自由主义诗学倡导下的重视"直觉"、"想象"和"个人情调"的文学创作充斥文坛。在这股潮流的影响下,为自由主义诗学家和文学家"翻盘"的趋势兴起,夏志清的《中国现代小说史》在当下中国文坛的广大影响力就是自由主义诗学主张之独特价值的证明。从两种诗学创作思维的地位的"变换",可见两者各自合理性的存在,它们共生共存,相辅相成,撑起了中国文坛的天空。

二、"辩证"论与"守成"说之"相近"和"相远"

要探究中国现代保守主义诗学的文艺思维观,首要的是对其根基——现代保守主义思想进行把握。而要探讨中国现代保守主义思想,对中国现代保守主义流派之思想进行研究便成为题中之义。"东方杂志"派、"学衡"派、"甲寅"派、"本位文化"派及"现代新儒家"派等流派构成了中国现代保守主义阵营,这使得现代保守主义思想极为纷杂,要对其进行整体归纳实非易事。然而,综观这些流派,虽然其主张有激进与平和之分,但根本性观点却是一致的。

德国哲学家哈贝马斯将保守主义思想分为三种形态：一为"老保守主义"，即着眼历史，主张退回到"过去"的"黄金时代"的价值观念和生活方式上去的保守僵化的思想观念；二为"新保守主义"，指的是在接受"现代性"的价值观念和生活方式的同时，又反对激进主义思想，目的是为了减少"现代性"对传统文化和生活的破坏；三是"青年保守主义"，它以边缘化、无主体、无深度的方式解构了"现代性"，否定了"现代性"的社会文化。依据此说，中国现代保守主义的思想属于"新保守主义"。不过，若按照现在学界的划分，其又属于"文化保守主义"了。笔者在这里做此辨析，是为了凸显"保守主义"之复杂性。然而，无论称谓如何，推崇传统文化中合理的、优美的内容，同时也承认西方文化中的优秀成果，期望将文化"贯通中西"之后以传统文化为基来建构中国文化之未来，是中国现代保守主义派别之主张的共有特征。保守主义诗学作为中国现代保守主义文化思潮在文学领域的分支，其诗学主张也深深打上了"文化保守主义"的烙印。

与一切保守主义者一样，"文化保守主义"诗学家们奉行中庸、守成思维。他们对"国粹"甚为留恋，对新的文学趋向较难认同，不能以发展的、超越的眼光来看待文学问题。而文学创作作为文学的重要问题之一，自然也是其中庸、守成思维催生出来的结果。在此种思维的观照下，大多数保守主义诗学家虽然承认中西文学"兼蓄并收"的合理性，但却致力于以传统文学为根基的创作；在具体创作手法上，他们推崇"摹古"，认为新文学的创造必以"摹仿"为基。上文提及，马克思主义诗学主张辩证唯物的创作思维，因其"辩证"，其能够看到中西文学各自的合理性，因而不断完善与发展自身的诗学主张；因其"唯物"，其能够以发展眼光来看待文学创作问题，主张文学创作应与社会历史活动相关联，应"随时仰俯"。这就与上述保守主义诗学守成、中庸的文艺创作思维观对立统一，在文学思维这一诗学领域中展开了权力话语争夺。

1915年前后，以反对旧文学、创建新文学为目的的新文学运动发展得如火如荼。提倡马克思主义诗学的先驱者陈独秀发表了《文学革命论》等系列文章，明确指出"打倒孔家店"、"打倒旧文学"，对中国传统文化和文学持绝对的反对态度。这种做法招来了杜亚泉领导的保守主义流派——"东方杂志"派的反对，双方展开了一场"东西文化大论战"。在论战中，中国传统文化的合理成分被发掘，主张糅合中西文化以建构中国新文化的保守主义思想流行开来，学衡派就是持有此种思想的流派之一。学衡派支柱吴宓提出，将"西洋真正之文化"与"吾国之国粹""兼蓄并收"，才能"保存国粹而又昌明欧化,融会贯通,则学艺文章必多奇光异彩"①。不过,学衡派进一步提出,"兼蓄并收"前提是要对中西文化(主要指传统文化)进行"彻底研究"。梅光迪就明确提出,"改造固有文化与吸取他人文化,皆须先有彻底研究,加以至明确之评判,副以至精当之手续"②;李思纯也认为,"今假定国人之中有若干过激派,认中国旧文化为毫无价值","则亦当先能准确固定旧文化之真正价值然后可"③。显然,这种文化观看到了中国传统文化和西方文化的合理性以及将其具体分析后再采用的必要性,能够一分为二地看问题,具有审慎的辩证意味。对待文学创作,他们也采取了此种辩证态度,进而提出了类似主张。胡先骕就指出,"欲创造新文学,必浸淫于古籍","尽得其精华,而遗其糟粕,乃能应时势之所趋"④。虽然这种一分为二看问题的文学创作观,在当时被马克思主义诗学家们斥为"守旧"文学观,然而,其对早期马克思主义诗学提倡者们一味强调"打倒旧文学"的激进"一元论"文学思维起到一定的反拨作用,对后来马克思主义诗学处理文学创作中的新旧文化、中西文化问题时的辩证态度有所启发。不过,需要阐明的一点是,保守主义诗学此处一分为二的"辩证"思维与马克思主义诗学的"辩证"思维有本质不同。后者的"辩证"思维以"唯物"为前提,"中西兼容"的基础是为社会现实政治服务的;而前者的"辩证"思维则以"守成"为根基,"兼蓄并收"的前提是不损害中国传统文艺。

在维护中国传统文艺的基础上,学衡派除了强调"兼蓄并收"中西文化的朴素辩证思维外,"摹仿"也是其极为重视的文艺创作思维。在《学衡》第15期的《论今日文学创造之正法》中,吴宓提出了"九宜主义",视"摹仿"为创作之首要基础,认为文学创作必须经历摹仿、融化和创造三个阶段。在1935年的《吴宓诗集·序言》中,他更直言文艺创作应当"采撷远古之花兮,以酿造吾人之蜜"。"摹仿"的对象是"远古之花",是古人的优秀作品,且认为这种"摹仿"是创作的源头,这是唯心"守成"思维的鲜明体现,与提倡作家应将"摹仿"与"创新"结合起来进行创作的马克思主义诗学之"唯物辩证"思维大相径庭。茅盾、毛泽东等人虽然认可文艺应继承"前辈的文艺遗产"的合理性,但在"摹古"的同时他们更专注创新,"摹古"的立足点是要创作新的属于无产阶级大众的文艺;另外,与保守主义诗学创作思维不一致的是,马克思主义将客观现实看作文艺创作

---

① 吴宓:《论新文化运动》,《学衡》1922年4月第4期。
② 梅光迪:《评提倡新文化者》,《学衡》1922年1月第1期。
③ 李思纯:《论文化》,《学衡》1923年10月第22期。
④ 胡先骕:《中国文学改良论》,《胡先骕文存》(上编),南昌:江西高校出版社,1995年,第1页。

的源泉,更强调文艺对客观现实的模仿而非对"远古之花"的"摹仿"。

另外,虽然学衡派提出了"兼收并蓄"、"摹仿"等创作主张,但是其在文学创作实践上却有"硬伤"——没有代表他们创作理念的极具说服力的作品问世。这不仅是其理论主张和创作实践脱轨的局限性的表露,更是其创作思维"不唯物"的鲜明体现。《学衡》刊登的文章大都为文言文,学衡代表们的文学创作也大都是古体诗词和文章。《学衡》的一个重要栏目——《诗苑》专门发表旧体诗词,吴宓和吴芳吉分别出版的《吴宓诗集》和《白屋先生诗稿》所收录的也都是旧体诗文,他们所做的"融会贯通"也只是晚清时期黄宗羲等人已经尝试过的"以新材料入格律诗"而已。鲁迅在《热风》中就揭开了学衡派自诩"贯通中西"的里子,"诸公掊击新文化而张皇旧学问,倘不自相矛盾,倒不失其为一种主张。可惜的是旧学并无门径,并主张也还不配"[①]。另外,在理论上提倡发扬文学传统的保守主义者章士钊在创作上的主要成就也是古诗,并不是其保守主义文学观得到实践的结果。可见,在创作上,学衡派思维仍是"守成"的,为他们所尊崇的中西"兼收并蓄"的辩证思想并没有落实到创作实践中去,其所奉行的仍是中国传统文学中的一个重要创作观念——"摹古"论,并没有创作出中西"兼容并蓄"的文学作品。与之相反,马克思主义诗学提倡下的文艺创作总是随着局势的发展变化而发生相应调整,也往往能与其文艺观念互为印证,实践性极强。由此观之,保守主义诗学"守成"文艺创作思维与马克思主义诗学的实践性极强的辩证唯物思维呈对立之态。

除了"兼收并蓄"、"摹古"的文学创作理念外,"以传统文学为根基"的文学发展建构观也是保守主义诗学"守成"文艺创作思维的一个显著体现。马克思主义诗学的"辩证"创作思维,更为重视的是传统与现代、古代与现实的辩证关系,推崇以现代的"否定之否定"的革命化的意识"推陈出新"的辩证思维论,这从其在整个现代阶段经历过的发展道路上可见一斑。从发展初期的"排斥传统",到发展中期的"拿来主义",再到后期主张的"民族化"大众文艺,马克思主义诗学秉持着"否定之否定"的辩证思维从而实现了"推陈出新"的文艺创作目的。然而,现代保守主义诗学家们则反对这种以现代的革命化的意识"推陈出新"的"进化"观,认为文学传统(尤其是中国文学传统)有其永恒的价值,不因时代的变化而丧失。重视中国传统文学价值的学衡派就提出了"守成"的文艺创作发展观,易峻在《评文学革命与文学专制》中指出,文学的历史流变并非因其为适应时代环境而推陈出新、变化上进,而是其由于历史环境变化而推陈出新、积厚外

[①] 鲁迅:《估〈学衡〉》,《鲁迅全集》(第一卷),北京:人民文学出版社,2005 年,第 399 页。

伸的结果,强调"文学为艺术情感之产物,其身无历史进化之要求,而只有时代发展之可能"①。这种文艺观虽然坚持了事物发展的量变原则,但却保守有余,创新不足,没有看到"量变会引起质变"的最终的发展结果。与马克思主义诗学"辩证"创作思维论相比,对文学未来的发展走向缺乏一种更科学的态度。

不过,需要指出的一点是,保守主义诗学持有的"守成"文艺创作发展观,并不意味着其对文学改革以及文学创新的否认。只是,在他们认为,文学改革及创新必须有"度"。而这一"度"字,将保守主义诗学与马克思主义诗学各自文学创作观的"中庸"性与"进步"性区别开来。吴芳吉关于诗歌发展方向的言说,是保守主义诗学的"保守"的中庸创作思维观的具现,"余所理想之新诗,依然中国之人,中国之语,中国之习惯,而处处合乎新时代者"②。从这一诗歌发展方向可见,诗歌改革中辩证地统一好文学创作"兼师众长"与"别具一格"的关系,目的仍是为了保持诗歌的中国性之"度"。而吴芳吉反对"保守论"和"另植论",提倡"接木论"的诗歌创作理念更是对中国传统文学主体性之"度"的坚守。

20世纪30年代中后期,抗战对民族自信心的需要让保守主义诗学家们加大了对传统文学的宣扬和支持力度,提出了以"民族文学"为根基的文艺创作观,这意味着学衡派等早期保守主义流派"对传统文学"强调之"度"的增加。战国策派的陈铨指出,"民族运动和文学运动是分不开的。民族意识的发达,是新文学创造的根基","站在世界文学的立场来说,一个民族对于世界文学要有贡献,必定要有一些作家,把他们的民族文化充分表现出来"③。表面看来,这种文学创作观并无不可,甚至还意识到了保持文学的"多元性"问题,具有进步意义;然而,这种创作观却是基于"国家至上、民族至上"的强力思想上的,忽视了个人的存在及需要,带有极大的盲目性,因此在马克思主义诗学家们看来,它实质是文学上的"法西斯主义"。然而,客观来说,这种文学创作观念有利于保持中国传统文学中有价值之思想、意象、韵味,进而有利于促进世界文学的多元性发展。"民族的才是世界的",歌德在几百年前就提出了如斯见解。因此,在西方文学和西方文论大肆入侵、中国文坛面临"失语"之危的当下,保守主义诗学倚重传

---

① 易峻:《评文学革命与文学专制》,《学衡》1933年7月第79期。
② 吴芳吉:《白屋吴生诗稿·自序》,《吴芳吉集》,贺远明、吴汉骧、李坤栋编,成都:巴蜀书社,1994年,第557页。
③ 陈铨:《文学批评的新动向》,《民国思想文丛·战国策派》,曹颖龙、郭娜编,长春:长春出版社,2013年,第235页。

统的"守成"创作思维应该受到学界足够的重视。

综合来看,保守主义诗学与马克思主义诗学对文学思维所采取的态度不同,一个以固守原有文学创作观念的"守成"思维论为主,一个以秉持文学创作应"因时制宜"的观念而以否定之否定的"发展"的辩证思维论为主。实质上,两者是文学在变革和发展过程中的孪生物和伴生体。它们既有斗争又有妥协,既有矛盾又有分歧,在观念上相互制衡。现代保守主义诗学奉行"文学反映道德"说的文艺本质观,通过对"德"(中国传统美德及白璧德人文主义)的宣扬来实现启发国民、稳定社会的目标。在这种文学本质论的主宰下,其创作思维也呈现出重视传统文学的"守成"性,希望保持国家民族文学之"根基",以维持中国文学的稳定发展。现代马克思主义诗学则坚持"文艺反映政治、现实"说的原则,力图发挥文学的能动作用,通过文学对社会政治现实的反映来启发大众并进而推动中国革命事业的进步。在此本质论的领导下,马克思主义诗学奉行辩证唯物的科学主义创作思维,以"海纳百川"的胸怀来借鉴另外两种诗学关于文艺思维的合理性因素,试图以这种思维的实践性来促进文学的实践性,发挥文学作为上层建筑的功能,达到解放中国、解放大众的目的。在关注中国及中国文学命运这一基点上,两种诗学的文艺思维观与自由主义诗学不同,它们都强调民族及国家与个体、主体与客体、西方及东方价值与利益的统一,只不过所推崇的"度"不同,保守主义诗学的文艺创作思维趋向"中庸",而马克思主义诗学的文艺创作思维则趋向"唯物辩证"。

若一味地将文学创作视野囿于传统,则将使文学失去发挥大的时代效应、获得大创造的可能;而若忽视文学创作的"民族性"价值,将无法让文学以别具一格的姿态屹立于世界文学之林。在两种诗学创作思维观相互牵制、互相依存的情况下,中国现代文学创作将在这种张力关系中实现民族性和世界性的统一,从而为当代中国文学的发展奠定了坚实的基础。

曹顺庆在《中西比较诗学》中将文艺思维概括为两大类:一是反求诸己的"思我"思维,在文艺上则表现为注重内在的气质和美,重感悟和直觉,在静观中把握外物;二是向外探索的"思物"思维,在文艺上表现为注重外在形象的模仿,重视对外界的反映。在长达三十多年的中国现代文坛上,尽管文学处于中西交融、新旧交集的界点之上,文艺思维论虽然众说纷纭,但总体来说的确不外乎这两大类,众家学说之异不过是由于对这两类思维的偏重程度不同而已。马克思主义诗学的科学主义思维是"思物"思维的细化,而自由主义诗学注重自我的创作思维则是"思我"思维的具现,保守主义诗学的守成文艺思维则可以说是这两种思维中和的结果。三种文学创作思维各有千秋,在文学话语争夺战中互相制衡,不但避免了中国现代文学创作陷入迷失自身主体性的可悲结局,还让中国现代文坛进入了百家争鸣的"黄金时代",为中国当代文学的发展奠定了基石,意义深远。

第三章　权力关系视阈下的文学形式论

"意识形态当然能以诸多方式影响艺术,但审美价值从来就不是完全由意识形态决定的。事实上,审美价值之为审美价值,就在于它是超越意识形态的。"[①]从审美价值方面对意识形态浓厚的马克思主义诗学进行研究,是比较诗学研究者的责任。本编第二章对文艺创作思维的研究已部分触及到了审美价值的范畴,而文艺语言及体式作为文艺作品审美价值的绝好体现,自然也是中国现代马克思主义诗学研究的题中之义。在现代文学发展的三十年间,马克思主义诗学家们为实现文学语言及体式的变革做出的努力从未间断。

从语言方面来说,新文化运动开始之初,"文白之争"就吹响了不同诗学主张间互相争斗的号角。此时,马克思主义诗学具体架构虽尚未成熟,但已显示出它在文艺语言上的民主性,它提倡"白话文",提倡语言大众化,以求实现启发民智的目标。这一时期,自由主义诗学与马克思主义诗学主张相近,也提倡"白话文运动",共同抵制继续提倡"文言文"的保守主义文论家的进攻。后来,伴随着中国革命态势的不断变化,三大诗学体系关于文学形式的主张也不断发展。其中,马克思主义诗学继续推进文艺语言的"大众化"进程,自由主义诗学在"大众化"与"精英化"的夹缝中左冲右突,保守主义诗学则继续在"贵族化"、"精英化"的道路上愈走愈远。从形式上来说,为实现文艺形式的通俗化、大众化,现代马克思主义诗学在自由主义诗学和保守主义诗学的夹击下不断地左冲右突,在三足鼎立的权力场域中最终形成了"民族化"文艺体式论,这是一种比自由主义更全面,比保守主义更开放的文艺体式类型,对中国现代文坛,甚至是中国当代文坛都产生了不可估量的影响。

---

① 〔美〕马泰·卡林内斯库:《现代性的五副面孔》,顾爱彬、李瑞华译,北京:商务印书馆,2002年,第214页。

第一节　复合权力关系场域中形成的"大众语"语言论

文艺语言是文艺形式的载体,是探讨文艺形式时不可或缺的重要成分。中国现代诗学上文艺形式的变革,也在很大程度上自文艺语言的变革开始。

在漫长的中国封建社会中,书面用语与民众俚语几乎是一分为二的,中国传统文学形式的通用语言是文言。文言以先秦口语为基础,具有言义分离的特征,很是晦涩难懂,不利于思想、知识的传播。但文言作为正统文化、精英阶层的象征,作为封建统治者"愚民"政策的"法宝",一直雄踞在语言的最高层食物链上,让普通民众只能望洋兴叹。白话则是唐宋以来在口语基础上形成的,具有言文一致的特性,起初只被用于通俗文学作品,流行于市井之间,不为主流社会接纳认可,不能与文言的地位同日而语。

然而,这种状况在19世纪末20世纪初的晚清时期发生转变。此时,社会矛盾四起,国势日渐衰落,这刺激了一大批有识之士,他们"睁眼看世界",在与西方文化的接触中认识到民众的作用,进而开始关注于文化启蒙。严复在《原强》中提出了"开民智",梁启超也在《新民说》中阐述了开启民智对于国家的重大作用。而要启发民众思想,兴办近代教育、翻译外来著作、普及基础文化等虽都是题中之义,但最迫切的还是让广大民众学习语言文字尽快摆脱"文盲"状态。而代表精英阶层的文言文却言文分离、晦涩难懂,这让开启民智的活动变得更加艰辛。于是,黄遵宪、梁启超、裘廷梁等思想家提出了一系列的语言变革主张。黄遵宪在其组诗《杂感诗》中表露了其"言文一致"的主张:"我手写我口,古岂能拘牵?即今流俗语,我若登简编。五千年后人,惊为古斓斑。"梁启超继承了黄遵宪的观点,他于1896年的《沈氏音书序》中反复讲述了言文分离之害与言文合一之益,"文与言合,而读书识字之智民,可以日多矣"。不过,晚清明确提出以白话写文的第一人是裘廷梁。1897年7月,他在给《时务报》经理汪康年的信中说:"中西有用诸书,当尽以白话演之,使天下识字之人,皆能噬书噬报,庶民智可以广开,而一切利国利民之事皆可次第以举。白话之效,数倍于鸿文也。"[①]随后,他比黄宗宪、梁启超二人更进一步,提出"白话为本"说,并给出了自己的论证。他认为"文言

---

① 裘廷梁:《汪康年师友书札》,上海:上海古籍出版社,1987年,第2629页。

之美,非真美",对于世人称之为"美"的文言,汉以前的书可以白话代之,"质干具存,不损其美"①;另外,他还详细论述了白话八大益处:"省目力"、"除骄气"、"免枉读"、"保圣教"、"便幼学"、"炼心力"、"少弃才"、"便贫民"。至此可见,晚清时期,众多有识之士已经认识到白话的大众性以及白话文所可能具有的开启民智的潜力。尽管他们对新文体的具体实践尚较薄弱,但在他们手中,文言文向白话文的初步过渡毕竟得以实现。有了裘廷梁、陈荣衮等人的理论指导和梁启超等人的新文体实践,白话文的意义与功用渐显。也是步他们后尘,中国白话文学在新文化运动时期才实现了初次勃兴。

此后,新文化运动的中流砥柱——《新青年》的学者们承继了晚清时期白话文改革的主张。1919年,陈独秀在《新青年》上刊载了系列文章,连续发出了提倡科学和民主、打倒"孔家店"等号召,极大地启迪了人们的思想,掀起了广泛的民主主义浪潮。这股浪潮也延伸到了文艺领域,于是一开始就抱着"破旧立新""救国救民"理念的《新青年》中的一大批有识之士,走上了提倡"白话文"改革之路。陈独秀、钱玄同、刘半农都主张此大旨,陈独秀早已宣言:"改良中国文学,当以白话为文学正宗之说,其是非甚明,必不容反对者有讨论之余地,必以吾辈所主张者为绝对之是,而不容他人之匡正也。"②

在1919年2月《新潮》杂志第一卷上的《怎样做白话文》一文中,傅斯年提出了两点重要修正意见:一、白话文必须依据人们说的活语言;二、白话文不能避免欧化,即应吸收欧洲语言细密的结构,使文字能够传达复杂思想,这样才能适应新时代需要。这种观点得到了钱玄同、沈尹默、李大钊、周作人、鲁迅、胡适和陈独秀等人的呼应。譬如,钱玄同就在《与陈独秀书》中写道:"语录以白话说理,词曲以白话为美文,此为文章之进化,实今后言文一致之起点。"③

不过,除强调文艺语言的口语性之外,陈独秀比前人更进一步,他对白话文所承载的新文学提出了更高的要求,他认为"白话文若是只能以通俗易解为止境,不注意文学的价值,那便只能算通俗文,不配说是新文学"④。这实际是在文学语言趋俗化的道路上,迈出了求文质的步伐。但这种理论并没有得到广泛响应,此时大多数新文学批评家们出于推广教育、启发民智的目的,关注的重心仍是文学语言的白话化。此时,对于陈独秀等大力批判传统中国文化、传播马克思主义思想的激进做法,以胡适为代表的前期

---

① 裘廷梁:《论白话为维新之本》,《近代史资料》1963年第2期。
② 陈独秀:《答胡适之》,《新青年》1917年5月第3卷第3号。
③ 钱玄同:《与陈独秀书》,《新青年》1917年8月第3卷第6号。
④ 陈独秀:《新文化运动是什么》,《新青年》1920年4月第7卷第5号。

自由主义文论家与还未形成明显立场的鲁迅等知识分子虽然并不十分认同,但在对待文艺语言的问题上,他们的立场却十分一致——主张推行白话文运动。

然而,早期激进主义革命者提倡的"白话文运动"遭到了保守主义文化派别的激烈反对,引起了一场轰轰烈烈的"文白之争"。古文家林纾攻击白话文为"引车卖浆者言",极言白话文之粗浅。后来成为学衡派重要成员的胡先骕也提出,白话文"随时变迁"之特性会构成后人看不懂前时文字从而不利于民族文化保存等弊端。针对这些"四面八方的反对白话声",鲁迅、茅盾等一大批新文化运动者据理驳斥,从而掀起了一场关于白话文和文言文的论战。

甲寅派章士钊说:"吾之国性群德,悉存文言,国苟不亡,理不可弃。"[①]围绕着这一出发点,甲寅派反对白话、维护文言,逐一批判了新文化运动所倡导的语言观。此外,他认为文言文有着白话文所无法比及的表意系统和应用基础,"文言贯乎数千年,意无二致,人无不晓","二千年外之经典,可得朗然诵于数岁儿童之口",而白话文"诵习往往难通"[②]。另一方面,他认为文言文高雅典丽,而"今之白话文,差足为记米盐之代耳"[③],用其来写美文极为困难。此外,瞿宣颖也在《文体说》中附和这一观点,甚至公开提出取消"白话文学"这一名词,认为"欲求文体之活泼,乃莫善于用文言"。

面对甲寅派为文言文张目的言论,新文化阵营对其进行批判。鲁迅在《答 KS 君信》中指出了章士钊对成语"二桃杀三士"的错误解释,讽刺了甲寅派学者们力倡"文言优长"而实质上自身对文言都无法准确掌握的尴尬境地,这就抓住了保守主义甲寅派的"硬伤",让其提倡"文言写作"的语言观之说服力大减。针对章士钊反对对中国语言进行逻辑改造的现实,胡适也进行了驳斥。他认为文言文的句法过于繁难,不利于普遍的推广,倡导新文化运动者以西方语法为参照,创建逻辑严密、语法清晰、能够准确表达复杂思想的现代白话。此外,白话文提倡者们对章士钊在《评新文化运动》中提出的"语言学习只是个人性问题,去贵族平民之辩万里也"的观点也进行了反驳。新文化运动者主张言文统一,强调"我手写我口",力图通过解决语言学习上的困难,来摧毁语言客观上的阶级性。而章士钊的观点显然以个人性否定普遍性,没有正视言文统一所包含的现代意义,且其文对言文统一后果的臆测更是反映了他以精英自居的姿态。

最后,鲁迅在《再来一次》中揭示了甲寅派一直极力维护文言文反对白话文的本

[①] 孤桐(章士钊):《评新文学运动》,《甲寅》周刊,1925 年 9 月第 1 卷 19 号。
[②] 同上。
[③] 章士钊:《答适之》,《甲寅》周刊,1925 年 9 月第 1 卷第 8 号。

质。他认为,在白话文逐渐成熟的年代里,"但偶然见到他所发表的'文言',知道他于法律的不可恃,道德习惯的并非一成不变,文字语言的必有变迁,其实倒是懂得的。懂得而照直说出来的,便成为改革者;懂得而不说,反要利用以欺瞒别人的,便成为'孤桐'先生及其'之流'。他的保护文言,内骨子也不过是这样"①。这次论争之后,白话成为中国文坛上文艺创作的主流语体,为现代语言的发展开辟了道路。然而,白话的胜利并没有达到统一文坛、启迪民众的效果,文言、现代口语、外来语(欧化语)充斥现代文坛,在拥有不同诗学倾向的知识分子手里"各显神通"。可以说,如果只聚焦于"文白之争",此时不只是马克思主义诗学的语言观,整个中国现代文坛的语言观都面临一个"瓶颈"状态,冲破"瓶颈",便能海阔天空;寓于"瓶颈",便会裹足不前。庆幸的是,与社会革命形势的发展联系紧密的马克思主义诗学,其语言观随着"大众文艺"的研究浪潮实现了突破,对文艺语言的认识境界有了质的飞越。

要研究中国"大众文艺"浪潮,不得不提的是俄苏的"普罗文艺"。20世纪30年代前后,俄苏倡导"普罗文艺"的思潮传入了中国。"普罗"是法语普罗列塔利亚(prolétariat)的简称,意为无产阶级的,"普罗文学"即无产阶级大众的文学,最初来源于法国,却在苏联走向繁盛,并被增添了"大众"的含义,它强调文学是政治的产物、文学需为政治服务的特性。这种文艺观由于契合了左联所推崇的马克思主义文艺观,因此获得了大力支持,一大批文论家围绕"普罗文学"的大众化展开讨论。

左联成立之前,郁达夫在《大众文艺》上发表《〈大众文艺〉释名》一文,质疑创造社建立"无产阶级文学"的主张,认为在当时条件下不可能产生所谓的无产阶级文学,希望让文艺"回到大众手中,而不被局限隶属于一个阶级"。1930年3月,沈端先在《大众文艺》第2卷第3期发表《文艺大众化的诸问题》,继续探讨"文艺大众化"问题。他提出"普罗文学的大众化"的语病,并指出普罗文学应该"能够在广大的群众里面,送进鼓动和宣传的效果,在他们的生活里面,能够100%的消解,而成为他们自己的血肉——那终是普罗列塔利亚文学"。同期,郭沫若在《新兴大众文艺的知识》中仰仗"无产阶级"的所指——理想中的无产阶级代表"历史前进的方向",认为"'大众'要是把无产阶级除外了的大众,是有产有闲的大众,是红男绿女的大众,是大世界新世界青莲阁四海升平楼的老七老八的大众!那么这样的大众文艺,结果要和'Made in Japan'的东洋货正当得是难兄难弟了",因此用"工农大众"为"无产阶级大众"正名。孟超、周全平等人都

---

① 鲁迅:《再来一次》,《莽原》半月刊,1926年6月第11期。

同意此观点,且孟超指出:"如果我们认为'大众'的定义是指的劳苦大众的话,那末我们的文艺——所谓大众文艺,一定需要一步步走向劳苦大众的,而不是一个笼统的略说所能包括的。"①至此,马克思主义诗学对"大众文艺"中"大众"的本质进行了限定,对大众文艺的发展方向也作出了一定说明。

左联成立后,1931年11月通过了《中国无产阶级革命文学的新任务》的决议,提出今后的文学必须以"属于大众,为大众所理解、所爱好为原则",明确规定"文学的大众化"是建设无产阶级革命文学的"第一个重大的问题",为此成立了"大众文学委员会",大众化问题更是成为左翼文学理论的焦点之一。彼时,一些批评家认为"大众化文艺"指的就是一些缺乏艺术性的、用以宣传和教育的通俗作品,而真正的"普罗文学"则必须蕴含艺术价值,至于能否为大众理解则无关紧要。然而,对于这种说法,许多左联文艺批评家对此表示异议。

冯雪峰(洛扬)提出,"'文学大众化',是目前中国普罗革命文学运动的非常紧迫的任务","'文学大众化',一方面要提高大众的文学修养,一方面要我们在作品上除去那些没有使大众理解的必要的非大众性的东西,同时渗进新的大众的要求,使作品和群众的要求接近",而实现"'文学大众化',首先就是要创造大众能理解的作品"②。为实现与此言论范畴的配套,对大众文艺所应具备的形式,他们作出了探究。

上文提及,文艺的"大众化"包含思想和形式两方面,而语言便是文艺形式上极为重要的一环。为此,冯雪峰提出了许多具体措施,"大众识字运动"便是他认为要实现文艺的大众化而必须要经历的、最根本的一环。瞿秋白对文学语言的大众化问题也极感兴趣,提出"大众文艺应当用什么话来写,虽然不是最重要的问题,却是一切问题的先决条件"③。所以他对此问题进行研究,写了许多论述语言文字的文章。他反对旧文学所用的语言,但对五四新文学所采用的白话也极其不满,认为这种白话是"不人不鬼,不今不古"的新文言,而白话文学则是"骡子文学",他认为"新的文学革命不但要继续肃清文言的余孽,推翻所谓的新文言,而且要严重的反对旧小说式的白话",所以他要求"一切都用现代中国活人的白话来写,尤其是新兴阶级的话来写。"

茅盾则不同意瞿秋白的观点,他在《问题中的大众文艺》中指出,瞿秋白所谓的新兴阶级的普通话其实并不统一,至少包括以上海土话为基本的、以江北话为基本的、以

---

① 孟超:《我希望于大众文艺的》,《大众文艺》1930年11月第2卷第4期。
② 洛扬(冯雪峰):《论文学的大众化》,《文学》1933年7月第1卷第1期。
③ 瞿秋白:《瞿秋白文集》(第3卷),北京:人民出版社,1989年,第15页。

北方音为基本的三大系统,所以大众文艺要用"真正现代中国话"就很难办,因为它还未产生,"在目前,我以为到底还不能不用通行的'白话'——宋阳先生所谓'新文言'"。此外,对于瞿秋白把语言文字视为根本的做法,他也持否定态度。他认为"技术是主,文字是末"。然而,瞿秋白对茅盾提出的意见也并不认同,在《再论大众文艺答止敬》中,他除了坚持自己基本论点外,还进一步提出,应该废除汉字而改用罗马字母拼音文字来写"真正的白话"的主张。虽然这种文字改革的主张并非瞿秋白所创(五四时期钱玄同就提出过,招致守旧派的激烈反对,倒使白话文运动减轻了压力),却由于瞿秋白的提倡而再次引起社会关注,表现了瞿秋白以推行文字改革为先行来实现大众文学的强烈愿望。

1934年,教育部官员汪懋祖发表文章,他提倡中小学生学习文言并强制其读背经书,这带动了当时南京国民政府报刊上频繁发表的反对白话文、主张学校恢复教授文言,甚至是提倡小学读经等文章的盛行。针对此种现象,在上海以鲁迅、陈望道、陈子展、胡愈之、叶圣陶、黎烈文等为中心,以申报副刊《自由谈》、《中华日报·动向》为基地,发起了关于"大众语"的讨论,掀起了一场轰轰烈烈的"大众语运动"。虽然陈望道、乐嗣炳、陈子展等人认为应该跳出文白之争,提出对大众语和大众语文学进行讨论的口号,这对大众化语言运动是一种推动。但也有些极端的议论,虽然立论极高,但实质上是将大众语悬空起来,无形中保护了文言。

客观来说,尽管马克思主义诗学家们对于"白话文"的认知并不处在同一层级上,对当时的"白话文"的提倡程度和对如何实现通行的大众文字的建议也不尽相同,然而,如何让大众"识字"却被许多马克思主义诗学家看作建构大众化文学的关键。鲁迅在反对梁实秋的艺术鉴赏天才论时,提出"读者也应该有相当的程度。首先是识字,其次是有普通的大体的知识,而思想和情感,也须大抵达到相当的水平线。否则,和文艺即不能发生关系。若文艺设法附就,就很容易流为迎合大众,媚悦大众。迎合和媚悦,是不会于大众有益的"[①]。因此,鲁迅等人大力支持20世纪30年代吴玉章等人发起的"汉字拉丁化"运动。不过,鲁迅也清醒地意识到"汉字拉丁化"理想实现的艰难,因此在《致曹聚仁》中提倡一批人"试作浅显的文章",依然将实现文字改革的重任放在了"白话文"上。

对于这次关于"大众语"的讨论,鲁迅的《门外文谈》作出了较为理性的认知,文中

---

① 鲁迅:《文艺的大众化》,《鲁迅全集》(第七卷),北京:人民文学出版社,1981年,第350页。

的观点几乎代表了所有马克思主义诗学家们对于文学语言改革的看法。他以唯物史观的视角通俗浅显地阐述了文字的起源、言文的关系和文字的发展趋向,明确指出,文字起源于劳动,文字最终要还给劳动大众;不过,大众语的建立绝不能一蹴而就,而只能逐步推行,逐步改进,现在能实行的,也只是"做更浅显的白话文,采用极普通的方言,姑且算是向大众语去的作品"。之后,马克思主义诗学提倡下的文学语言基本沿着鲁迅所说的"浅显的白话文"的路线发展。

关于"大众语"问题的讨论已经结束,随着社会革命形势的发展,马克思主义诗学对"大众语"文学的现实实践性有了更为迫切的要求。因此,随着马克思主义诗学家们对创作"浅显的白话文"之理念理解的深入,和"大众语"血肉相关的"方言问题"时时被提及。理清"方言"与"大众语"之间的关系,很大程度上改善了人们对"大众语"认知不清的现状,让"大众语"概念由模糊走向清晰,对推动大众文学的创作大有裨益。针对社会上许多人对"方言"与"大众语"认识不清的现状,茅盾写了一系列文章予以阐述说明。在1938年9月的《救亡日报》154号、155号上发表的《文艺大众化问题》中,茅盾尖锐地指出,革命新文艺还不能多深入大众群中而只能传达到知识分子是当前革命文艺工作者最大的失败。而造成这种现象的根本原因是"新文艺尚未做到大众化"。可是,为什么用白话写的新文艺还是不能为大众了解呢?茅盾指出,在口语中,有大众化与非大众化的分别。中国太大,各地人们口说的话多种多样而形成"方言",离开了方言的白话是不存在的。五四以来的"白话文学"实质是一种以北方语为基础的口语文学,故实在是一种北方的方言文学,此种方言文学和其他各地的方言文学一样,同称为"白话文学",即"口语文学",这是和'文言文学'对称的。但"五四"以来的"白话文学"却有一个不成文的定义:此种取得了"文学语言"的地位的"白话"应是北中国通行的口语,或者以北中国口语为基础的南腔北调的语言——即所谓"蓝青官话"。以致三十年来流行着一种错误的观念:凡以北方语而外的地方语写作小说诗歌等等的,都被称为"方言文学"。所以蓝青官话能"写"而不能口说,和从前流行文言时写说分离的情形并无二致。因此,"只有北方语是新文学正宗的'文学语言'——这一个观念将是新文学走上大众化的路上的绊脚石"[①]。所以茅盾认为,文学的大众化大概只能走"方言"这条路,"'方言'问题不但应当看作是'大众化'的一面,而且必须在'大众化'的命题下

---

① 茅盾:《再谈"方言文学"》,《大众文艺丛刊》1948年3月第1辑。

去处理方言问题,这才可以防止单纯地提倡方言文学所可能引起的倒退性与落后性"①。如果说鲁迅的《门外文谈》为马克思主义诗学语言观的发展提供了发展方向,那么认识到"方言"对于实现"大众化"文学的重要性的茅盾的语言观则让马克思主义文艺创作的"大众化"实践有了可能,是现代马克思主义诗学对于中国文学创作的独特贡献。以赵树理为代表的"山药蛋"派的文学语言就是这种文学语言观的成功实践,朱自清在《论通俗化》中对其有"结束了通俗化而开始了大众化"的高度评价。

由上可知,无论是对白话还是对方言的提倡,马克思主义诗学在文艺语言的选择上始终以实现"文艺大众化"为核心目标,这在当时"求民主、求解放"的社会需求中有一定的合理性。然而,以"服务大众"为宗旨的马克思主义文论家也忽视了极其重要的一环——文艺语言的特殊性。文艺语言具有两重性,从语言系统看,它从属于以某一方言为基础的民族共同语系统,是这种共同语系统的典型代表;从言语活动看,它以书面语言作为主要形式,要求"精密、细致和更高的逻辑性","在一定的社会或教学情境中,它被认为是'最好的'。……与口语或土语相对"②。显然,现代马克思主义诗学对文艺语言口语化和方言的强调主要是出于文艺"大众化"的考虑,而对文艺语言高于口语或方言的"精密、细致、具有更高逻辑性"的特质则给予了极少关照。

而起初与马克思主义文论家们共同提倡"白话文"写作的自由主义诗学家们,则对文艺语言的特殊性给予了关注,这在他们关于"新诗"创作的理念中得到了鲜明体现。自由主义诗学大家朱光潜提出,"诗和音乐一样,生命全在节奏(rhythm)"③,而如果取消了诗中的情趣、节奏和韵律,那么诗也就不存在了。梁宗岱也认为,"诗,最高的文学,遂不能不自己铸些镣铐,做它所占有的容易的代价"④,强调诗歌语言需受严谨的节奏、韵律和意象的限制,这就对文艺语言提出了"精密、细致、具有更高逻辑性"的要求。虽然,自由主义诗学的这种文艺语言观被马克思主义诗学指责为典型的"精英化"立场,其指导下的文学创作也出现了"过度纯文学化"的、"晦涩难懂"的现象,如李金发等人的象征主义诗歌。但客观来说,这种认可文艺语言特殊性的言论仍有极大的合理性。一方面,文艺语言的特殊性能够让鉴赏者与文艺作品保持一定的欣赏距离,使艺术现实

---

① 茅盾:《杂谈"方言文学"》,《群众》周刊,1948年1月第2卷第3期。
② 〔英〕R. R. K. 哈特曼、F. C. 斯托克:《语言与语言学词典》,黄长著等译,上海:上海辞书出版社,1981年,"literary language"(文学语言,标准语)条。
③ 朱光潜:《诗论》,《朱光潜全集》(第3卷),合肥:安徽教育出版社,1995年,第238页。
④ 梁宗岱:《诗与真》,《梁宗岱文集》(第2卷),北京:中央编译出版社,2003年,第24页。

与社会现实形成一定反差,达到"又像又不像"的"间离之美"。另一方面,文艺语言的特殊性也是文艺区别于政治、文化等上层建筑的重要标志。马克思主义诗学文艺语言观对这一层面认识的缺失,是招致其被其他诗学流派诟病的重要因素之一。不过,李金发等自由主义作家的创作没有得到鉴赏者普遍认同的现象也给了我们一个警醒:对文艺语言特殊性不能做到"恰如其分"的重视和实践,亦不利于文艺创作的传播和发展。

综合来看,对待文艺语言问题,应该从辩证视角来观照,因为任何"偏至"都会影响文艺创作的健康发展。马克思主义诗学重视文艺语言的大众性固然不错,但对文艺语言特殊性的关注也应是题中之义。因此,保守主义诗学家对"文言"优长的认知以及自由主义诗学家对文学语言特殊性的关注,一定程度上弥补了马克思主义诗学语言观的局限性,丰富了中国现代文坛中的文艺创作,其价值不容忽视。

第二节 复合权力关系场域中"民族化"体式论的矛盾张力

除了文艺语言外,探讨文艺形式时绕不开的另一个话题就是文艺体式了。现代马克思主义诗学关于文学语言的观点在上一节已有所论述,本节将对其倡导下的文艺体式论进行探究。

文艺体式通常被简称为"文体",指所有的言语作品因表达功能的差异而形成的不同表现形态。从大方向来说,文艺体式主要包括文学、绘画、音乐、舞蹈、雕塑等几大类。但若从文学上来说,关于体式的划分并无定论。在中国古代,常遵从"两分法"的规则,将文学分为散文与韵文两种体式;西方文学传统则奉行"三分法",将文学分为叙事类、抒情类、戏剧类三种体式;近现代以来,按照结构、体制、语言等特点,文学常被分为诗歌、小说、散文、戏剧四种体式,这种文学体式划分得到了学界的广泛支持,成为目前通用的规则。

虽然目前学界关于文艺体式的种种划分已较为明晰,然而在中国现代文学发展之初,马克思主义诗学、自由主义诗学和保守主义诗学由于文学本质论和文艺思维论的不同,他们关于文艺体式的看法也各有千秋,以对立统一之态共生于中国现代诗学场域之中。

一、"民族化"体式论的基本内涵与表现形态

"民族化"体式论是探讨马克思主义诗学文艺形式论的题中之义。1938 年,毛泽东《论新阶段》的发表标志着其中国共产党"民族化"文艺思想的确立。报告明确指出,应实现马克思主义和中国革命相结合、国际主义和民族形式相结合,进而创造出老百姓"喜闻乐见"的"中国作风和中国气派"。而中国共产党作为现代马克思主义诗学的中坚力量,其"民族化"形式论思想的确立代表着马克思主义诗学"民族化"形式说的形成,也意味着"民族化"体式说的成立。

具体来说,"民族化"体式说包括对本国"旧体式"的关注以及对"外来体式"的借鉴两层含义。亦即,在借鉴和吸收"外来体式"的前提下,最终实现创建"为老百姓喜闻乐见"的本国体式的目标。当然,此种观点似乎并不新奇,自现代文坛发展之初,类似的观点就已经崭露头角。因此,探讨马克思主义诗学"民族化"体式论需要我们追根溯源。通过观照其在整个现代阶段对待"旧体式"的态度和对待"外来体式"的姿态,我们方能发掘其"民族化"体式论之基本内涵与特殊形态。整个现代时期,鉴于几乎所有的马克思主义诗学家们对"外来形式"抱有的"开放"姿态和秉持的"拿来主义"觉悟,本节将聚焦其对"旧体式"的态度展开论述。

新文化运动时期,以陈独秀为代表的革命激进主义学者们就意识到了文学体式之于文学改革的重要性,认识到了旧文学与旧的社会观念的"相依为命"之势。陈独秀在《新青年》第 2 卷第 6 号的《文学革命论》一文中,指出中国旧文学的"形体"是"装饰品"而非"实用品",其"形体陈陈相因,有肉无骨,有形无神",是"阿谀夸张虚伪"的国民性的重要原因。因此,他倡导高举"三大主义"的文学革命大旗,主张推倒"贵族文学"、"古典文学"、"山林文学"。当然,陈独秀的主张是不严谨的,依据他的观点,他想"推倒"的并非全部的"旧文学",而是迂腐晦涩、阿谀权贵、徒视摹古的一类旧文学,这从他肯定元曲、明清小说等通俗文学,且在《通信》中提出的"通俗国民文学"建设可见一斑。后来,"五四"前后,革命激进主义者的文学主张随着中国革命形势的严峻而趋向激进。傅斯年的《文学革新申议》从文学发展的新陈代谢规律出发,指出了"新文学"代替"旧文学"的必然性;李大钊在《什么是新文学》和《新纪元》中,提出建立"为社会写实"的"新文学",将旧文学斥责为"僵尸"。这些言论将"旧文学"与"新文学"摆在绝然对立的位置,否定了"旧文学"的同时也就否定了"旧文学"的文艺体式。由此可见,在马克思主义诗学萌芽之初,其对"旧"的传统文学体式很大程度上持排斥态度。

20世纪20年代,在马克思主义诗学发展初期,文学体式依然是马克思主义诗学家们关注的话题。他们认为,要想创作出真正属于无产阶级大众的文学,创造属于无产阶级的文学体式应是题中之义。茅盾就明确提出:"无产阶级作家应该承认形式与内容须得谐和;形式与内容是一件东西的两面,不可分离的。无产阶级艺术的完成,有待于内容之充实,亦有待于形式之创造。"①至于如何创造"无产阶级文艺形式"的问题,此时他们抛掉了萌芽时期的激进做法,不再一味否定"旧"文艺体式的价值,而是看到其合理性并提倡将此种合理性纳入建设"新"文艺体式的轨道上来,茅盾在《论无产阶级艺术》中就给出了方向——"首先须从他的前辈学习形式的技术"。他认为,向"旧"体式学习的做法是无产阶级应有的权利,它是对于前辈天才的心血所应表示的敬意,并不会改变无产阶级革命艺术家的立场。不过,茅盾对学习何种"前辈文艺体式"进行了限定,认为无产阶级真正应继承的文艺遗产该是一个社会阶级处于鼎盛时期的健全的心灵的产物,"我们要健全的来作模板,不要腐烂的、变态的"②。为验证这种观点,也为了批判当时许多诗学家及创作者的激进做法,茅盾还以诗歌为例,在《论无产阶级》一文中对当时文坛上流行的"扬'新诗'、抑'旧诗'"现象给予了客观深刻的评价。他提出,"新诗式"并不像许多论者所说的那样可以"不习而能"或"更自由地表现倾诉",因为在艺术上讲,"新诗式"实在难做,所以主张完全放弃"旧诗式"的观点是错误的。

可是,单纯意识到创立无产阶级文艺体式的必要性及"前辈文艺体式"的重要性,对实现无产阶级文艺体式建立的总目标来说无异杯水车薪。那么,具体该如何创立符合自身诗学主张的文艺体式呢?随着国内战争形式的发展、"左联"的成立以及在其主导下的"文艺大众化"讨论,马克思主义诗学家们意识到了"旧"文艺体式,亦即中国传统民族文艺体式的巨大功用,开始注重挖掘传统文艺体式的价值,以期实现建立无产阶级大众文学的目标。

左联领袖鲁迅认为,大众的"哑"源于他们不识字不能读,所以他除了倡导"白话文艺"、"汉字拉丁化"之外,还认识到以视觉和听觉为主的传统艺术体式对于建构"大众文艺"的重要性。他按照受教的多寡将大众分成"很受了教育的"、"略能识字的"、"识字无几的"三个等级,认为"识字无几的"大众在读者范围之外,要启发他们只能是图画、木刻、演讲、戏剧、电影等视听艺术的任务。而以看和听为主的艺术体式,是中国传

---

① 茅盾:《论无产阶级艺术》,《文学周刊》1925年5月第196期。
② 同上。

统艺术体式最不缺乏的矿藏,于是为了实现文艺的大众化,增强革命文艺的传播,许多马克思主义诗学家将目光投射于此,主张采用大众熟悉的旧体式。1934年,在关于文艺大众化的第三次讨论中,鲁迅在《论新旧形式的采用》中提出了"拿来主义",认为凡是有利于大众文学发展的"新旧"形式都可以成为文学创作应该借鉴的内容,这是马克思主义诗学家关于文艺大众化讨论的重要收获,也是他们在文艺体式上的重要建树。冯雪峰也指出,"文学作品应该用大众听得懂的、他们听惯的言语写,以诉之耳为主",因此,当社会大众的艺术修养当时还处于较为薄弱的状态之下,新的大众的小说"应以叙述分明、线条明了的中国旧小说和说书等为师",而不该"卖弄文笔",以近代心理小说派的死寂沉闷的描写和各种神出鬼没的技巧为风尚。此外,他对作为直观视觉艺术的绘画也提出要求,认为绘画也应"排斥现代西洋画的那些资产阶级末期的奇奇怪怪的表现"[①]。冯雪峰的这些观点可以说是许多文论家的心声的代表,他们也各自为这一理念做出了实际行动。

鲁迅为图画、木刻等传统艺术样式大力辩护,并以实际行动提倡、扶持这些传统视觉艺术体式。1929年,为了反对当时国统区内的反革命文化的围剿,抑制流行于中国文坛上形形色色的欧洲艺术流派,鲁迅与柔石等以"朝花社"之名竭力提倡具有中国传统色彩的版画。虽然这次提倡版画主要目的并不在实现文艺体式的大众化,但却为版画运动后继的发展奠定了基础。鲁迅后来意识到版画的巨大功用,他在《新俄画选》小引中说:"当革命时,版画之用最广,虽极匆忙,顷刻能办。"1931年,鲁迅在上海发起了"新兴木刻版画"运动,组织起木刻团体,产生了陈铁耕、黄新波、李桦、江丰、黄永玉等第一批中国新兴木刻版画家。不过,在扶植木刻艺术时,鲁迅也从认识和审美功能上都对木刻艺术提出了要求。他强调木刻艺术也要做到内容与形式的统一,既反对内容空泛、徒有其表的作品,也反对不能很好表现内容、艺术性差的作品。关于木刻艺术的形式问题,他在《木刻纪程·小引》中写道:"采用外国的良规,加以发挥,使我们的作品更加丰满是一条路;择取中国的遗产,融合新机,使将来的作品别开生面也是一条路。"对"中国遗产"的重视,为中国新兴木刻版画运动提供了有益方向。"九·一八"事变后,江丰、陈铁耕等用木刻做抗日传单和画报,许多抗战救亡、反帝反封建的题材在木刻艺术中出现,在广大人民群众中影响广泛。后来,以延安为代表的解放区新兴木刻版画也

---

① 冯雪峰:《关于革命的反帝大众文艺的工作》,《雪峰文集》(第二卷),北京:人民文学出版社,1983年,第316—319页。

蓬勃发展。自20世纪20年代至30年代由鲁迅培育的中国新兴木刻版画的种子,已成为一片"茂林嘉卉"。至此,作为中国传统文艺体式的木刻版画对构建无产阶级文艺所作的贡献可见一斑。

木刻版画是"视觉"艺术体式的体现,传统戏曲、评书、快板等"听说"艺术体式作为民众中根深叶阔的中国传统"民族形式",更是倡导"文艺大众化"的马克思主义诗学家们关注的对象。抗战时期,关于"民族形式"的论争是"大众化"文艺体式论争的另一高潮。此次论争更加关注文艺以何种形式来呈现才更易为民众接受、更易宣传动员群众革命的问题,所以"民间形式"便作为构建"民族形式"的关键再次被推上了"宝座"。茅盾于1938年发表的《关于大众文艺》中提出:"抗战文艺中如果没有民间文艺形式的作品,那就决不能深入广大的民间。我们早已说过要加强大众化了,然而假使不从民间文艺去学习,消化它而再酿造它,那么,我们的所谓大众化始终不能圆满的。"由此,茅盾高度评价抗战文艺中出现的"旧瓶装新酒"的文艺体式,认为这种体式虽然不是尽善尽美,但却"是一个可喜的制作,也是可敬的工作"。他高度赞扬了《大众读物丛刊》中利用鼓词、皮黄、民歌乃至佛词、楚剧等"旧"体式进行创作的作品以及"仿照'连环图画小说'之体式,下半页登文字,上半页就是插画,图画与文字可以对照"的创作。但他也清醒地认识到,"利用旧形式"这个提法有一定问题,因为它会让人们误以为只是剥来旧形式的外形就尽其能事了,实际上它虽是当时抗战文艺中的一个重要课题,但它最正确的意义不是完全"活剥了其形式过来"。因为"民间文艺中的各种体式,在艺术上的成就大有高低"。所以,在学习"旧形式"来创造"民族体式"的过程中,对于那些艺术成就较高的应该连其特有的技巧也学习之、变化之、精炼之,经过消化后自铸新词。

抗战时期,在《文艺大众化问题》中,茅盾又对"大众文学"号召下的文艺体式的总体创作规律及原则进行了分析:"大众所能懂的形式,我以为是包含下列原则的:(一)从头到尾说下去,故事的转弯抹角处都交代得清清楚楚。(二)抓住一个主人翁,使故事以此主人翁为中心顺序发展下去。(三)多对话,多动作;故事的发展在对话中叙出,人物的性格,则用叙述的说明。"①所以按照此原则,用各地的民间艺术形式来写作是文艺工作者目前的课题,而从西方文艺体式传过来的小说也因符合此原则而被作为创造新的"民族形式"的工具的一种。这就比原来对传统民族文艺体式的重视更深一层,虽然提倡将一切有利于大众文艺构建的中外文艺体式都纳入考虑范畴内来,但是

---

① 茅盾:《文艺大众化问题》,《救亡日报》1938年9月154—155号。

立足点却是创造"新的民族形式"。这就表明,马克思主义诗学家们在构建文艺体式论时已经具备了"主体"意识,不再一味地"兼收并蓄",而是认识到文学体式的"民族"立场的重要性,有意识地将文艺体式"民族化"。

1942年5月,毛泽东在《在延安文艺座谈上的讲话》中对马克思主义诗学的文艺体式观做出了总结性说明。他指出,中国革命的文学艺术家"决不可拒绝继承和借鉴古人和外国人,哪怕是封建阶级和资产阶级的东西。但是继承和借鉴绝不可以变成替代自己的创造,这是决不能替代的"。因此,他认为"对于过去时代的文艺形式,我们也并不拒绝利用","但这些形式到了我们手里,须得为其加进新内容进行创造",从而使它们变成革命的、为人民大众服务的东西。可见,《讲话》的文艺体式观是参考了中国具体国情和无产阶级革命目标后的结果。这种观念以"为人民大众服务"为最终目标,因此极其提倡文学创作对广受大众喜爱的传统"民族"文艺体式的继承和发展。《讲话》对"民族化"文艺体式的号召产生了广泛影响,于是,一大批"特殊"文艺体式在在陕甘宁边区及敌后解放区内生根开花,为中国文艺形式史写下了新的一页。

综合来看,在创造属于无产阶级的大众化文艺体式的总目标的统摄下,中国现代马克思主义诗学家们形成了"民族化"的体式观。一方面,他们认识到以传统之"旧体式"破自新文化运动以来形成的新兴文艺体式的重要性,之后便深入挖掘中国传统文艺体式,寻找能够"破"封锁大众文艺欲求的精英文艺的利器。章回小说等中国传统文学体裁,戏曲、评书、快板等中国传统听说艺术,图画、连环画、传统木刻版画等中国传统视觉艺术,这些通俗易懂、为老百姓喜闻乐见的艺术体式都成为马克思主义诗学家们认为文学作品体式应该吸收借鉴的内容。马烽与西戎的《吕梁英雄传》、赵树理的《李家庄的变迁》、柯蓝的《洋铁桶的故事》等经过改造的旧式的长篇,吸收了旧秧歌戏、地方戏乃至话剧的成分后能表现人们复杂生活的秧歌剧,这些文艺体式都是在这一诗学主张的浇灌下创造出的新型文艺变体。另一方面,对中国传统文艺体式关注良多的现代马克思主义诗学家们并没有禁锢眼光,他们放眼国外,将长诗、话剧、歌剧等利于实现大众化的文艺体式引进到文学创作中来,这就"破"了自由主义诗学家们对马克思主义诗学提倡下的大众文艺的"粗浅"的诟病,为之后马克思主义诗学倡导下的文艺创作开辟了丰富的体式类型。长诗《吴满有》、六幕歌剧《白毛女》、话剧《把眼光放远一点》、《同志,你走错了路》、小说《李有才板话》等都是以新体式为主体但却吸收了"民族"文艺体式精华的大众化文艺体式典范。

不过,需要说明的一点是,马克思主义诗学提出的"民族化"文艺体式与上文提及的保守主义诗学在文学创作上的"守成"立场不同。在保守主义诗学提倡下的文艺创作往往囿于传统古诗文体式,虽然其也主张"兼收并蓄",但在实际创作中,保守主义诗学的守成性让其文艺体式秉持的"民族"立场带有"僵化"色彩和"精英"色彩。马克思主义诗学的"民族化"体式论,以为工农兵等无产阶级大众服务为根本,一方面注重发挥传统文艺体式特有的亲民、通俗的特点,另一方面也放眼国外,对这些国内外体式进行学习、变化、精炼后再来创造为中国特殊国情和为人民大众服务的"民族形式"。这是一种"海纳百川"式的开放、民主的"民族化"体式论,具有更强的说服力和更佳的可操作性。因此,这种"民族化"文艺体式论独树一帜,不但改变了中国现代文学创作的格局,还因为在民众中的巨大影响力而推进了中国革命进程。在新中国成立后的中国文坛,这种文艺体式观支撑下的文艺创作依然占有一席之地。

二、权力关系场域中"民族化"体式论之"长短"

马克思主义诗学提倡的"民族化"体式有朴素、天真、富有活力等优点,但也有套语频繁、琐屑、丑角气氛等问题。虽然胡风等人明确提出,要普及也要提高,且提高是本质目的,主张发挥大众战斗的欲求来培养大众新的欣赏能力;毛泽东也在《讲话》中提出,"我们的提高,是在普及基础上的提高;我们的普及,是在提高指导下的普及";在实践上,赵树理等人的"旧瓶装新酒"式文艺创作对克服"民族化"体式的消极倾向有所改观,然而大多数马克思主义提倡下的创作依然停留在为迎合文化水平不高的大众而存留着封建民间文学体式的不良影响。此种状况就引来了向来持文艺精英化立场的反对,也招致了倡导"跨体化"体式以生成文学"陌生化"美感的自由主义诗学的诟病。在三种诗学共生共存的文学场域中来观察马克思主义诗学的"民族化"文艺体式论,会对其优长与缺陷有更深刻的体认。

在马克思主义诗学萌芽时期,其对广大"旧"的民族文艺体式持激烈反对态度之时,学衡派、甲寅派等保守主义诗学学派对古代诗文体式的维护和对这种体式的文学创作的坚持,一定程度上冲击了此时马克思主义诗学文艺体式论的激进性,在当时产生了较大的影响。不过,在随后的较量中,马克思主义诗学渐渐领会了辩证唯物思维的精髓,形成了开放、民主的"民族化"文艺体式论,而保守主义诗学则因其保守思维而墨守成规,站在以古诗文为代表的传统"民族"文艺体式上渐渐在关于文艺体式的诗学话语争夺战中败北。

相较保守主义诗学来说,自由主义诗学为实现文学"陌生化"美感而倡导的"跨体化"文艺体式论显然影响更大,与马克思主义诗学为追求文艺大众化而形成的"民族化"文艺体式论成对立之态。总体来说,自由主义诗学的文艺体式论求"异"求"美",其指导下的创作带着精英型思维来从事文艺体式开发;而马克思主义诗学文艺体式观则求"民主"求"通俗",用大众型思维来指导文艺体式的创新工作。

面对马克思主义诗学文艺体式"为大众服务"的宗旨,自由主义诗学则持"精英化"立场。他们秉持"文艺天才论",坚持文艺的独特性,这就让他们对文艺体式也提出了求"异"求"美"的要求。起初,以新月派为代表的自由主义文学学派在文艺体式上奉行求"美"原则,与马克思主义诗学求"通俗"性原则形成对立。譬如,在两者权力争斗较为集中的诗歌领域,新月派认为诗歌应遵循"建筑美"、"音乐美"和"绘画美"的"三美"原则;而中国诗歌会则对诗歌提出了"大众化"和"民族化"的要求。后来,受西方现代主义文学思潮影响的一批流派,如新感觉派等,则更加注重文艺的"求异"性,注重营造文艺体式的"陌生化"效果以追求文学的特异之美,由此形成了"跨体式"文艺体式论。

这种文艺体式指的是作家在追求特殊文体效果的过程中,对某一体裁的文学作品在篇章结构、表达手段等方面的固有表现形式进行"破体"后而形成的文艺体式。"破体"一词出自唐代诗人李商隐《韩碑》中"文成破体书在纸"一句,本意是说文章之成就在于以古体破今体。后来,"破体"虽然有不同的表述形式,但只是"破"与"被破"之体的范围扩大,本质内涵并未发生大的变化。具体来说,"破体"指的是一种"打破某种常规文体的界限,将若干体裁混合在一起,从而生成同一文体变体的一种创作方法"[①]。"破体"大致包含"超时性破体"和"共时性破体"两种情形,"前者指把不同时间段上产生存在的几种文体相互嫁接、相互融合,从而产生新的文体;后者是将具有现代意义的四种基我们学样式之间相互打通而形成的"[②]。无论哪种情形,它们都能通过跨越和超脱特定文艺体裁在结构体制上的某些限制,从而达到创造新的文艺体式和新的审美规范的目的。施蛰存、穆时英新感觉小说中出现的电影画面叠加就是"破体"的一种典型体现。

从表面来看,中国现代马克思主义诗学最终达成坚持各种文艺类型的跨越融合、中外文艺体式的跨越融合、古今文艺体式的跨越融合的路线,似乎也是一种极具特色的、开明、开放、有理、有力的"跨体式"文艺体式论。然而实际上,两种诗学对文艺体式进

[①] 周芸:《新时期文学跨体式语言的语体学研究》,复旦大学博士学位论文,2004年4月20日。
[②] 陈永:《创体与破体》,《淮阴师专学报》1995年第3期。

行"破体"的根本目的不同,一个"破"的目的是为了"立异"与"求美",另一个的"破"则是为了"通俗"、"民主"和"革命",这就导致了两种诗学"跨体式"理论的本质之不同。

另外,在对待传统"民族"体式的态度上,两种诗学也持对立统一之姿。譬如,马克思主义诗学与自由主义诗学都赞成诗歌形式的"中西融合论",但在韵律、体式、题材等方面侧重点却不相同。后者在中西"纯文学"圈子里寻找结合点,而前者却力图打破雅与俗、中与西之间的界限,追求文学体式的多元化。针对马克思主义诗学对传统"民族"视听艺术体式的重视,自由主义诗学中的一派——"第三种人"对此表示了反对。苏汶指出,"连环图画是产生不出托尔斯泰,产生不出弗罗培尔来的",认为马克思主义诗学将一切有利于大众化的文艺形式都纳入到文学中来的做法,会降低其借批判连环图画进入文艺体式来反对的论调。自然,这种观点遭到了许多马克思主义诗学家的批判。鲁迅针锋相对地说,"左翼虽然诚如苏汶先生所说,不至于蠢到不知道'连环图画是产生不出托尔斯泰,产生不出弗罗培尔来',但却以为可以产出密开朗该罗、达文希那样伟大的画手。……现在提起密开朗该罗们的画来,谁也没有非议了,但实际上那不是宗教的宣传画,《旧约》的连环图画吗?而且是为了那时的'现在'的。"①鲁迅以发展的眼光来看待为了彼时现实需要而产生的民族文艺体式,有力地论证了"民族化"文艺体式的合理性。茅盾也认为,在抗战这一特殊时期,在一切以抗战利益最大化为目标的形式下,就应当"把大众能不能接受作为第一义,而把艺术形式是否高雅作为第二义",因而要实现作品的大众化,"就必须从文字的不欧化以及表现方式的通俗化入手"②。

研究文艺体式,最难以把握的是其与"文意"的关系。文艺创作究竟是"以意为主"还是"修辞为要",抑或是两者"平分秋色",不同的诗学有不同的主张。由上可知,马克思主义诗学与自由主义诗学关于文艺体式的分歧就集中在对"意"和"辞"的处理上。这里的"意"指意义,扩大而言指诗歌、散文、小说等文艺体裁的"主题"和"内容","辞"指包括文艺体式、语言在内的创作形态。两种诗学都意识到"意"与"辞"之间的微妙关系,都在探索能够表达各自之"意"的文艺体式,只不过在"意"之表达上,两者的侧重不一。马克思主义诗学主张下的"民族化"、"大众化"文艺体式显然更注重"显著之意"的表达,自由主义诗学倡导的"求异"、"求美"的文艺体式显然更看重"含蓄之意"的蕴含。在革命风云激荡、国家命运至上的中国现代社会,启迪民智成为文化思想工作的重要任

---

① 鲁迅:《论"第三种人"》,《鲁迅全集》(第五卷),北京:人民文学出版社,1973年,第37—38页。
② 止敬(茅盾):《问题中的大众文艺》,《文学月报》1932年第2期。

务,因此,侧重表达"显著之意"的马克思主义诗学文艺体式论大扬其道。而符合中国传统审美习惯的自由主义诗学的"言有尽而意无穷"的蕴藉美的文艺体式,则在坚硬残酷的现实面前"碰壁"。

然而,历史最终给两种诗学关于文艺体式论的争夺战做出了评判。在中国现代社会,马克思主义诗学倡导的"民族化"文艺体式因为顺应了社会形势的发展,显然在与自由主义诗学的话语争夺战中取得了胜利。然而,在后来,历史也对马克思主义诗学文艺体式论的局限性作了彰显。当今文坛,现代自由主义诗学开拓的"求异"、"求美"的文艺体式创作类型大行其道,构成了中国文坛的中坚力量,大有胜过马克思主义"民族化"文艺体式论之势。上文提及,马克思主义诗学的"民族化"文艺体式论受"为人民大众服务"的影响,不可避免会沾染"文化上的农民主义、民粹主义"习气以及流于忽视个人"原子"性创作能力的倾向,以至于让文艺创作陷入"粗浅"、"单一"的"瓶颈"之中。

总体看来,胡风在《论民族形式问题的提出和重点》中的观点较为中肯地反映了中国现代马克思主义文艺体式论的基本观点,"反映'新民主主义内容'的'民族形式',原来是国际的东西和民族的东西矛盾和统一的、现实主义的合理的艺术表现"。的确,中国现代马克思主义诗学以另外两种诗学所不曾有的见识与气魄,提倡并实践会通"古今"、容纳"中外"的"民族化"文艺体式论,为中国现代诗学的健康发展作出了不可忽视的贡献。

在当今中国乃至世界文坛,"民族的,才是世界的"的文艺创作及鉴赏观已然成为一种普遍原则被人们所接受。文艺体式上,在吸收外来体式优长的前提下从事符合民族表达习惯的文艺体式"民族化"的开拓,几乎成为当代作家们的普遍共识。虽然中国现代马克思主义诗学视野中的"民族化"体式论因其"为大众服务"的目标而呈现出一定的局限性,但这种体式论显现出的"长远"眼光却是不可否认的事实。当今中国文坛若能摈弃此种体式论的"短板"并发挥其优长,必将为中国文学带来莫大生机和无限希望。

参 考 文 献

〔美〕艾布拉姆斯:《镜与灯:浪漫主义文论及批评传统》,郦雅牛等译,北京:北京大学出版社,1989年。

〔美〕艾恺:《世界范围内的反现代化思潮——论文化守成主义》,贵阳:贵州人民出版社,1991年。

艾晓明:《中国左翼文学思潮探源》,长沙:湖南文艺出版社,1991年。

〔英〕埃德蒙·柏克:《反思法国大革命》,张雅楠译,上海:上海社会科学院出版社,2014年。

〔英〕埃德蒙·柏克:《自由与传统——柏克政治论文选》,蒋庆、王瑞昌、王天成译,北京:商务印书馆,2001年。

〔英〕柏克:《法国革命论》,何兆武、许振洲、彭刚译,北京:商务印书馆,1998年。

包亚明:《现代性与空间的生产》,上海:上海教育出版社,2003年。

〔法〕布朗肖:《文学空间》,顾嘉琛译,北京:商务印书馆,2003年。

蔡翔:《革命/叙述:中国社会主义文学文化想象(1949—1966)》,北京:北京大学出版社,2010年。

曹顺庆:《中西比较诗学》,北京:中国人民大学出版社,2010年。

曹万生:《中国现代诗学流变史》,北京:人民出版社,2015年。

陈剑晖、宋剑华:《20世纪中国文学批评史》,海口:海南出版社,2003年。

陈铨:《文学批评的新动向》,《民国思想文丛·战国策派》,曹颖龙、郭娜编,长春:长春出版社,2013年。

陈圣生:《现代诗学》,北京:社会科学文献出版社,1998年。

丁伟志、陈崧:《中国近代文化思潮》,北京:社会科学文献出版社,2011年。

丁祖豪:《20世纪中国保守主义与自由主义哲学》,徐州:中国矿业大学出版社,2002年。

董学文:《马克思主义文论教程》,桂林:广西师范大学出版社,2002年。

方汉文:《西方文艺心理学》,西安:陕西人民出版社,1999年。

〔英〕弗里德里希·奥古斯特·哈耶克:《自由主义秩序原理》,邓正来译,北京:生活·读书·新知三联书店,1997年。

〔德〕弗里德里希·威廉·尼采:《权力意志——重估一切价值的尝试》,张念东、凌素心译,北京:商务印书馆,1991年。

〔奥〕弗洛伊德:《精神分析引论》,高觉敷译,北京:商务印书馆,1986年。

范伯群、朱栋霖:《1898—1949中外文学比较史》,南京:江苏教育出版社,1993年。

冯雪峰:《雪峰文集》(第2卷),北京:人民文学出版社,1983年。

傅乐诗等:《近代中国思想人物论——保守主义》,周杨山、杨肃献主编,台北:时报文化出版事业有限公司,1980年。

傅莹:《中国现代文学理论发生史》,上海:上海文艺出版社,2008年。

高尔泰:《美是自由的象征》,北京:人民文学出版社,1986年。

〔德〕格奥尔格·威廉·弗里德里希·黑格尔:《美学》,朱光潜译,北京:商务印书馆,1982年。

耿云志:《近代中国文化转型研究导论》,成都:四川人民出版社,2008年。

郭国灿:《中国人文精神的重建(约戊戌——五四)》,长沙:湖南教育出版社,1992年。

高宣扬:《布迪厄的社会理论》,上海:同济大学出版社,2004年。

辜鸿铭:《中国人的精神》,海口:海南出版社,1996年。

郭沫若:《论诗三札》,《郭沫若全集》(第十五卷),北京:人民文学出版社,1990年。

〔匈〕豪译尔:《艺术社会学》,居延安编译,上海:学林出版社,1987年。

〔美〕赫伯特·马尔库塞:《审美之维》,李小兵译,桂林:广西师范大学出版社,2001年。

〔英〕霍布豪斯:《自由主义》,朱曾汶译,北京:商务印书馆,2006年。

胡伟希、高瑞泉、张利民:《十字街头与塔:中国近代自由主义思潮研究》,上海:上海人民出版社,1991年。

黄药眠、童庆炳:《中西比较诗学体系》,北京:人民文学出版社,1991年。

火源:《知识转型与新文学发生》,北京:中国社会科学出版社,2013年。

韩星:《孔学述论》,西安:陕西师范大学出版社,2008年。

何晓明:《返本与开新——近代中国文化保守主义新论》,北京:商务印书馆,2006年。

胡逢祥:《社会变革与文化传统:中国近代文化保守主义思潮研究》,上海:上海人民出版社,2000年。

胡先骕：《中国文学改良论》，《中国新文学大系·文学论争集》，郑振铎编选，上海：上海良友图书印刷公司，1935年。

胡适编：《中国新文学大系·建设理论集》（影印本），上海：上海文艺出版社，2003年。

胡乔木主编：《鲁迅全集》，北京：人民文学出版社，1981年。

胡风：《胡风评论集》，北京：人民文学出版社，1984年。

黄曼君：《中国20世纪文学理论批评史》，北京：中国文联出版社，2002年。

季水河：《回顾与前瞻：论新中国马克思主义文艺理论研究及其未来走向》，北京：中国社会科学出版社，2009年。

李强：《自由主义》，北京：中国社会科学出版社，1998年。

李欧梵：《现代性的追求：李欧梵文化评论精选集》，北京：三联书店，2002年。

李怡：《现代：繁复的中国旋律：现代的诗、现代的文学和现代的文化》，北京：中央编译出版社，2001年。

李国祁等：《近代中国思想人物论——民族主义》，周杨山、杨肃献主编，台北：时报文化出版事业有限公司，1980年。

李宗桂：《传统与现代之间：中国文化现代化的哲学省思》，北京：北京师范大学出版社，2011年。

李惠斌、叶汝贤：《马克思主义研究的基本问题》，北京：社会科学文献出版社，2006年。

李夫生：《现代中国文论中马克思主义话语》，四川大学博士论文，2006年。

李衍柱：《马克思主义文艺理论在中国》，济南：山东文艺出版社，1990年。

李泽厚：《美的历程》，北京：中国社会科学出版社，1984年。

龙泉明：《在历史与现实的交合点上》，西安：陕西人民出版社，1992年。

龙泉明、邹建军：《现代诗学》，长沙：湖南人民出版社，2000年。

龙泉明：《中国新诗流变论：1917—1949》，北京：人民文学出版社，1999年。

龙文懋、崔永东：《传统文化的沉思》，呼和浩特：内蒙古人民出版社，2001年。

林毓生：《中国传统的创造性转化》，北京：生活·读书·新知三联书店，1988年。

〔美〕林毓生：《中国意识的危机——"五四"时期激烈的反传统主义》，穆善培译，贵州：贵州人民出版社，1986年。

刘登阁、周云芳：《西学东渐与东学西渐》，北京：中国社会科学出版社，2000年。

刘黎红：《五四文化保守主义思潮研究》，北京：中国社会科学出版社，2006年。

刘军宁：《保守主义》，天津：天津人民出版社，2007年。

刘永明：《左翼文艺运动与中国马克思主义文艺理论的早期建设》，北京：中国文联公司，2007年。

刘乃源：《近代自由主义发展与马克思的批判及超越》，北京：光明日报出版社，2014年。

刘运峰编：《中国新文学大系·导言集（1917—1927）》，天津：天津人民出版社，2009年。

刘中树、许祖华：《中国现代文学思潮史》，武汉：华中师范大学出版社，2009年。

刘成纪：《自由主义与20世纪中国美学精神》，《求是学刊》2000年第1期。

刘川鄂：《中国自由主义文学论稿》，武汉：武汉出版社，2000年。

刘增杰：《中国现代文学思潮研究》，开封：河南大学出版社，1996年。

〔美〕刘若愚：《中国文学理论》，杜国清译，南京：江苏教育出版社，2006年。

刘小枫：《诗化哲学》，山东文艺出版社，1986年。

罗钢：《历史汇流中的抉择：中国现代文艺思想家与西方文学理论》，北京：中国社会科学出版社，2000年。

〔美〕雷·韦勒克、奥·沃伦：《文学理论》，刘象愚、邢培明、陈圣生等译，北京：生活·读书·新知三联书店，1984年。

陆建德编：《马克思主义文艺理论研究》（第1辑），北京：中国社会科学出版社，2011年。

吕进：《中国现代诗学》，重庆：重庆出版社，1991年。

〔美〕罗伯特·尼斯贝：《保守主义》，邱辛晔译，台北：桂冠图书股份有限公司，1992年。

罗家伦：《科学与玄学》，北京：商务印书馆，2011年。

梁宗岱：《诗与真》，《梁宗岱文集》（第2卷），北京：中央编译出版社，2003年。

茅盾：《茅盾全集》，北京：人民文学出版社，1989年。

〔美〕M·尼尔·布朗、斯图尔特·M·基利：《马克思主义文艺理论研究思维的变革吁求》，《走出思维的误区》，北京：中央编译出版社，1994年。

〔德〕卡尔·海因里希·马克思：《黑格尔辩证法和哲学的一般批判》，贺麟译，北京：人民出版社，1955年。

〔德〕卡尔·曼海姆：《保守主义》，李明晖等译，南京：译林出版社，2001年。

〔德〕卡尔·曼海姆：《意识形态与乌托邦》，黎鸣等译，北京：商务印书馆，2000年。

〔美〕马泰·卡林内斯库：《现代性的五副面孔》，顾爱彬、李瑞华译，北京：商务印书馆，2002年。

马克锋：《文化思潮与近代中国》，北京：光明日报出版社，2004年。

马良春、张大明：《中国现代文学思潮史》，北京：十月文艺出版社，1995年。

〔法〕米歇尔·福柯：《权力的眼睛》，严锋译，上海：上海人民出版社，1997年。

〔法〕米歇尔·福柯：《规训与惩罚：监狱的诞生》，刘北成、杨远婴译，北京：生活·读书·新知三联书店，1999年。

〔法〕米歇尔·福柯：《知识考古学》，谢强、马月译，北京：生活·读书·新知三联书店，2003年。

〔德〕帕普克：《知识自由与秩序》，黄冰源译，北京：中国社会科学出版社，2001年。

〔法〕皮埃尔·布迪厄：《艺术的法则——文学场的生成和结构》，刘晖译，北京：中央编译出版社，2001年。

〔瑞士〕皮亚杰：《结构主义》，倪连生、王琳译，北京：商务印书馆，1984年。

〔捷克〕普实克：《抒情与史诗——现代中国文学论集》，李欧梵编，上海：上海三联书店，2010年。

〔美〕乔纳森·卡勒：《文学理论》，李平译，沈阳：辽宁教育出版社，1998年。

瞿秋白：《赤都心史》，瞿秋白文集（第一卷），北京：人民文学出版社，1985年。

瞿秋白：《马克思文艺论底断篇后记》，瞿秋白文集（第二卷），北京：人民文学出版社，1988年。

钱理群、温儒敏、吴福辉：《中国现代文学三十年》，北京：北京大学出版社，1998年。

〔美〕R.R.K.哈特曼，F.C.斯托克：《语言与语言学词典》，黄长著等译，上海：上海辞书出版社，1981年。

任剑涛：《中国现代思想脉络中的自由主义》，北京：北京大学出版社，2004年。

任天石：《20世纪中国社会思潮史论》，南京：南京大学出版社，1993年。

桑兵、关晓红：《先因后创与不破不立：近代中国学术流派研究》，北京：三联书店出版社，2007年。

史华慈等：《近代中国思想人物论——自由主义》，周杨山、杨肃献主编，台北：时报文化出版事业有限公司，1980年。

〔英〕托马斯·莫尔：《乌托邦》，戴镏龄译，北京：商务印书馆，1982年。

童庆炳：《文学理论教程》，北京：高等教育出版社，2008年。

童庆炳主编:《20 世纪中国马克思主义文艺理论研究》,北京:北京大学出版社,2011 年。

王永生:《中国现代文学理论批评史》,贵阳:贵州人民出版社,1991 年。

王德威:《抒情传统与中国现代性:在北大的八堂课》,北京:生活·读书·新知三联书店,2010 年。

王元骧:《审美超越与艺术精神》,杭州:浙江大学出版社,2006 年。

王存奎:《再造与复古的辩难:二十世纪二十年代"整理国故"论争的历史考察》,合肥:黄山书社,2010 年。

王富仁:《中国现代文化指掌图》,北京:人民文学出版社,2004 年。

王琨:《孔子与二十世纪中国思想》,济南:齐鲁书社,2006 年。

王栻主编:《严复集》(第 3 册),北京:中华书局,1986 年。

王杰编选:《马克思主义文艺理论》,北京:高等教育出版社,2011 年。

王增收:《论自由主义正义的限度及超越:从马克思到 G. A. 柯亨》,北京:中国社会科学出版社,2014 年。

卫金桂:《欧战与中国社会文化思潮变动研究》,九龙:香港拓文出版社,2003 年。

武才娃:《中国传统思想文化论衡》,北京:社会科学文献出版社,2011 年。

武吉庆:《五四前后的新文化派与文化保守派:价值观比较》,北京:中华书局,2011 年。

吴宓:《吴宓诗集》,北京:中华书局,1935 年。

吴芳吉:《吴芳吉集》,贺远明、吴汉骧等编,成都:巴蜀书社,1994 年。

吴雁南、冯祖贻、苏中立、郭汉民:《中国近代社会思潮》,长沙:湖南教育出版社,1998 年。

吴中杰:《中国现代文艺思潮史》,上海:复旦大学出版社,1996 年。

〔英〕休·塞西尔:《保守主义》,杜汝楫译,北京:商务印书馆,1986 年。

谢冕、吴思敬:《字思维与中国现代诗学》,天津:天津社会科学院出版社,2002 年。

解志熙:《美的偏至:中国现代唯美—颓废主义文学思潮研究》,上海:上海文艺出版社,1997 年。

许霆:《中国现代诗学史论》,苏州:苏州大学出版社,2003 年。

萧公权等:《近代中国思想人物论——社会主义》,周杨山、杨肃献主编,台北:时报文化出版事业有限公司,1980 年。

许纪霖:《二十世纪中国思想史论》,上海:东方出版中心,2006年。

许纪霖、宋宏:《史华慈论中国》,北京:新星出版社,2006年。

〔古希腊〕亚里士多德:《诗学》,朱光潜译,北京:商务印书馆,1996年。

〔美〕叶维廉:《中国诗学》,北京:生活·读书·新知三联书店,1996年。

俞兆平:《中国现代三大文学思潮新论》,北京:人民文学出版社,2006年。

余英时:《中国文化与现代变迁》,台北:三民书局,1995年。

杨春时:《中国现代文学思潮史》,南京:南京大学出版社,2011年。

〔德〕伊曼努尔·康德:《判断力批判》,宗白华、韦卓民译,北京:商务印书馆,2009年。

〔美〕约翰·杜威:《自由主义》,欧阳梦云等译,北京:世界知识出版社,2007年。

乐黛云、孟华:《多元之美》,北京:北京大学出版社,2009年。

赵小琪:《20世纪中国现代主义诗学》,武汉:长江文艺出版社,2009年。

赵小琪:《西方话语与中国新诗现代化》,北京:中国社会科学出版社,2012年。

赵小琪:《比较文学教程》,北京:北京大学出版社,2010年。

张灏等:《近代中国思想人物论——晚清思想》,周杨山、杨肃献主编,台北:时报文化出版事业有限公司,1980年。

张利民:《文化选择的冲突——"五·四"时期东西文化论战中的思想家》,北京:中国人民大学出版社,1990年。

张淑娟:《民族主义与近代中国民族理论》,北京:光明日报出版社,2010年。

周宪:《现代性的张力》,北京:首都师范大学出版社,2001年。

周宪:《文化现代性与美学问题》,北京:中国人民大学出版社,2005年。

郑大华、邹小站:《中国近代史上的民族主义》,北京:社会科学文献出版社,2007年。

郑大华:《民国思想史论》,北京:社会科学文献出版社,2006年。

郑大华:《民国思想史论(续集)》,北京:社会科学文献出版社,2010年。

郑大华、黄兴涛、邹小站:《戊戌变法与晚清思想文化转型》,北京:社会科学文献出版社,2010年。

郑大华、邹小站:《传统思想的近代转换》,北京:社会科学文献出版社,2007年。

郑大华、邹小站:《思想家与近代中国思想》,北京:社会科学文献出版社,2005年。

郑大华、邹小站:《辛亥革命与清末民初思想》,北京:社会科学文献出版社,2012年。

郑大华、邹小站:《中国近代史上的自由主义》,北京:社会科学文献出版社,2008年。

郑大华、邹小站：《中国近代史上的激进与保守》，北京：社会科学文献出版社，2011年。

郑大华、邹小站：《中国近代史上的社会主义》，北京：社会科学文献出版社，2011年。

郑师渠：《社会的转型与文化的变动：中国近代史论》，北京：商务印书馆，2006年。

郑师渠、史革新：《近代中西文化论争的反思》，北京：高等教育出版社，1991年。

朱寿桐：《新人文主义的中国影迹》，北京：中国社会科学出版社，2009年。

朱光潜：《诗论》，《朱光潜全集》（第3卷），合肥：安徽教育出版社，1995年。

中共中央马克思恩格斯列宁斯大林著作编译局编：《马克思恩格斯全集》（第3卷），北京：人民出版社，2002年。

朱立元：《从新时期到新世纪："文学是人学"命题的再阐释——兼论马克思主义文艺理论的人学基础》，《理论的历险》，开封：河南大学出版社，2013年。

Aditya Nigam, Marxism and Power [J]. New Delhi: *Social Scientist*, Vol. 24, No. 4/6, pp. 3–22.

Bourdieu Pierre, *Sociology in Question*, London: SAGE Publications, 1993.

Benjamin Isadore Schwartz, *History and Culture in the Thought of Joesph Levenson*, Cambridge: Harvard University Press, 1972.

Erik Olin Wright. 1989. Marxism as Social Science [J]. Berkeley: *Berkeley Journal of Sociology*, Vol. 34, pp. 209–222.

Elizabeth Maddock Dillon, *The Gender of Freedom: Fictions of Liberalism and the Literary Public Sphere*, Stanford, Calif: Stanford University Press, 2004.

Eugene Lubot, *Liberalism in an Illiberal Age: New Culture Liberals in Republican China, 1919–1937*, New York: Greenwood Press, 1982.

Frank S. Meyer, *What Is Conservatism?* New York: Holt, Rinehard and Winston, 1964.

Horacio Spector, *Autonomy and Rights: the Moral Foundations of Liberalism*, Oxford: Clarendon Press; New York: Oxford University Press, 1992.

Jasper B. Shannon, "Conservatism", *Annals of the American Academy of Political and Social Science*, Vol. 344, pp. 13–24.

John Kekes, *A Case for Conservatism*, New York: Cornell University Press, 1998.

Jerome B. Grieder, *Hu Shih and the Chinese Renaissance: Liberalism in the Chinese Revolution, 1917–1937*. Cambridge: Harvard University Press, 1970.

Michael Burawoy, 1990. "Marxism as Science: Historical Challenges and Theoretical

Growth", Chicago: *American Sociological Review*, Vol. 55, No. 6, pp. 775–793.

Michel Foucault, *The Foucault Reader*, London: Penguin, 1991.

Michel Foucault, *The Foucault Reader*, New York: Pantheon, 1984.

Merle Goldman, *Modern Chinese Literature in the May Fourth Era*, Cambridge: Harvard University Press, 1985.

Meyer Howard Abrams, *The Mirror and the Lamp: Romantic Theory and the Critical Tradition*, New York: Oxford University Press, 1953.

Michel Foucault, *Power/Knowledge: Selected Interviews and Other Writings, 1972–1977*, New York: Pantheon Books, 1980.

Michael Burawoy, "Marxism, Philosophy and Science", Berkeley: *Berkeley Journal of Sociology*, Vol. 34, Symposium on the Foundations of Radical Social Science, pp. 223–249.

Mihir Bhattacharya, 1979. "Marxism and Aesthetics", New Delhi: *Economic and Political Weekly*, Vol. 14, No. 42/43, pp. 1754–1755.

Nick Knight, 1983. The Form of Mao Zedong's 'Sinificant of Marxism' [J]. Canberra: *The Australian Journal of Chinese Affairs*, No. 9, pp. 17–33.

Robert Michael Regoli, 1974. The Conception of Power: Reconsidered [J]. *Kansas Journal of Sociology*, Vol. 10, No. 2 (Fall), pp. 157–169.

René Wellek, *A History of Modern Criticism: 1750–1950*, Connecticut: Yale University Press, 1988.

Sara Mills, *Michel Foucault* [M]. London: Routledge, 2003.

Siebers, Tobin, ed. *Heterotopia: Postmodern Utopia and the Politic* [M]. Ann Arbor: University of Michigan Press, 1994.

Shlomo Avineri, 1991. Marxism and Nationalism [J]. Los Angeles, London, New Delhi and Singapore: *Journal of Contemporary History*, Vol. 26, No. 3/4, pp. 637–657.

W. Byron Groves, 1985. Marxism and Positivism [J]. *Crime and Social Justice*, No. 23, pp. 129–150.

后　　记

20世纪上半叶,中国现代诗学场域中风起云涌、波涛翻滚,西方与东方,马克思主义与自由主义,自由主义与保守主义,各种各样的诗学潮流与力量相互碰撞、相互激荡、相互呼应,促动了中国诗学的重大变革与转向。这些重大变革与转向主要涉及本质论变革与转向、思维论变革与转向、形式论变革与转向等。

然而,迄今为止,学界对中国现代诗学的研究已经形成了几种固定的阐释模式:或以"文化渊源"划界,将中国现代诗学视为单一的西方话语影响的产物;或以"诗学性质"划界,将中国现代诗学描述为政治文论与纯审美文论、启蒙文论与人文主义文论等对立性文论并列性存在的形态;或以"诗学时间与形式"划界,将中国现代诗学描述为包含着现实主义文论、浪漫主义文论、现代主义文论等互不通约的存在。应该说,这些研究模式,极大地拓展了中国现代诗学的研究空间,在很大程度上丰富了我们对于中国现代诗学的认识与了解。但是,这些研究,仍然受到非此即彼的二元对立思维的影响,将中国现代诗学中的复杂的权力关系作了过于简化和割裂化的处理。它们可以在某些层次、某些领域揭示中国现代诗学的某些部分、某些方面的特性,却难以对其复杂的内涵与形式进行整体、全面、辩证的理解与把握。

我们认为,中国现代诗学是由不同的诗学构成的既对立又统一的理论集合体。因而,我们要想真正有效地揭示中国现代诗学复杂的内涵与形式,就必须考察它的复合关系结构。所谓复合关系结构,是指我们所讲的中国现代诗学是一个由不同诗学思潮生成的纵横交错的具有极大综合性、系统性的动态诗学网络系统。

事实上,在中国现代诗学场域中,尽管马克思主义诗学、自由主义诗学、保守主义诗学是三种互相抗衡的诗学思潮,三者在文学本质论、思维论、形式论等方面的认识也具有较大的差异,并为此展开过多次论争,然而事实远非我们想象的那样简单。在复杂和充满矛盾的中国现代诗学场域中,马克思主义诗学、自由主义诗学、保守主义诗学虽然有分歧、对立,但并非壁垒森严、冰炭不容。无论从历时态还是从共时态的意义上看,三者之间既有相互冲突、相互对立的一面,也有相互影响、相互启发、相互吸收的一面。马克思主义诗学在推崇阶级的解放和社会的公平时也注重个体的自由和解放,在推崇科学理性思维的同时也不忽视个体的情感、意志;保守主义诗学在推崇普遍性的道德时也讲自由民主和社会公正,在推崇道德理性思维的同时也不忽视个体的情感、自由;自由主义诗学在推崇个体情感、意志自由的同时也讲民族国家和社会正义,在推崇直觉感悟思维的同时也不忽视科学理性思维。三者之间,就这样既有相互冲突、相互排斥、相互疏离的一面,又有相互影响、相互吸纳、相互聚合的一面,从而形成了中国现代诗学场域内诗学本质论、诗学思维论、诗学形式论等有离有合的动态发展的场景。

正因如此,当国家重点学科——上海师范大学比较文学与世界文学研究中心负责人刘耘华教授向我发出邀请,让我撰写由他主编的"比较诗学与比较文化丛书"中的《中国现代诗学导论》一书时,我便决定综合运用结构主义系统论和福柯的权力关系理论,对中国现代诗学场域中的种种关系进行系统考察。

我们把关系性视为中国现代诗学结构的重要特性,是基于我们长期以来对大量具体的中国现代诗学的认识与了解。不同的中国现代诗学思潮、力量在相互碰撞、相互冲突、相互影响的过程中,生成了独特的复合关系结构系统。中国现代诗学的本质就存在于这种复合关系结构中,并由此获得自身的本质规定性。这就要求,我们在认识、理解、阐释什么是中国现代诗学的时候,必须从系统出发,既对中国现代诗学系统与西方诗学、中国古代文论等其他系统彼此间的影响和作用进行系统分析,又要对作为大系统的中国现代诗学与作为子系统的马克思主义诗学、自由主义诗学、保守主义诗学的关系以及作为子系统的马克思主义诗学、自由主义诗学、保守主义诗学之间的相互联系进行系统分析,从而达到对处于共时性和历时性坐标上的中国现代诗学系统的完整、全面的认识与了解。

我们认为,正是马克思主义诗学、自由主义诗学、保守主义诗学的文学本质论、思维论、形式论等构成的这种对立统一关系才生成了中国现代诗学的矛盾张力及其价值所在,也才生成中国现代诗学表征社会现实关系的无限空间。因而,我们依据结构主义系统论和福柯的权力关系理论对中国现代诗学进行系统考察,对于调整中国现代诗学研究的格局,拓展中国现代诗学研究的领域,构建完整、客观、科学的中国现代诗学史观,都具有较为重要的意义。

武汉大学是中国新诗研究的重镇。如果说武汉大学有一个研究新诗的珞珈诗派的话,那么,这个诗派的重要成员理应也是由陆耀东、龙泉明先生等新诗研究大家和他们的弟子所构成。作为龙泉明先生留在武汉大学从事新诗研究的弟子,近二十年来,本人一直谨遵先生的教训,脚踏实地地进行新诗和诗学方面的研究。迄今为止,除了与龙先

后　　记

20世纪上半叶,中国现代诗学场域中风起云涌、波涛翻滚,西方与东方,马克思主义与自由主义,自由主义与保守主义,各种各样的诗学潮流与力量相互碰撞、相互激荡、相互呼应,促动了中国诗学的重大变革与转向。这些重大变革与转向主要涉及本质论变革与转向、思维论变革与转向、形式论变革与转向等。

然而,迄今为止,学界对中国现代诗学的研究已经形成了几种固定的阐释模式:或以"文化渊源"划界,将中国现代诗学视为单一的西方话语影响的产物;或以"诗学性质"划界,将中国现代诗学描述为政治文论与纯审美文论、启蒙文论与人文主义文论等对立性文论并列性存在的形态;或以"诗学时间与形式"划界,将中国现代诗学描述为包含着现实主义文论、浪漫主义文论、现代主义文论等互不通约的存在。应该说,这些研究模式,极大地拓展了中国现代诗学的研究空间,在很大程度上丰富了我们对于中国现代诗学的认识与了解。但是,这些研究,仍然受到非此即彼的二元对立思维的影响,将中国现代诗学中的复杂的权力关系作了过于简化和割裂化的处理。它们可以在某些层次、某些领域揭示中国现代诗学的某些部分、某些方面的特性,却难以对其复杂的内涵与形式进行整体、全面、辩证的理解与把握。

我们认为,中国现代诗学是由不同的诗学构成的既对立又统一的理论集合体。因而,我们要想真正有效地揭示中国现代诗学复杂的内涵与形式,就必须考察它的复合关系结构。所谓复合关系结构,是指我们所讲的中国现代诗学是一个由不同诗学思潮生成的纵横交错的具有极大综合性、系统性的动态诗学网络系统。

事实上,在中国现代诗学场域中,尽管马克思主义诗学、自由主义诗学、保守主义诗学是三种互相抗衡的诗学思潮,三者在文学本质论、思维论、形式论等方面的认识也具有较大的差异,并为此展开过多次论争,然而事实远非我们想象的那样简单。在复杂和充满矛盾的中国现代诗学场域中,马克思主义诗学、自由主义诗学、保守主义诗学虽然有分歧、对立,但并非壁垒森严、冰炭不容。无论从历时态还是从共时态的意义上看,三者之间既有相互冲突、相互对立的一面,也有相互影响、相互启发、相互吸收的一面。马克思主义诗学在推崇阶级的解放和社会的公平时也注重个体的自由和解放,在推崇科学理性思维的同时也不忽视个体的情感、意志；保守主义诗学在推崇普遍性的道德时也讲自由民主和社会公正，在推崇道德理性思维的同时也不忽视个体的情感、自由；自由主义诗学在推崇个体情感、意志自由的同时也讲民族国家和社会正义，在推崇直觉感悟思维的同时也不忽视科学理性思维。三者之间，就这样既有相互冲突、相互排斥、相互疏离的一面，又有相互影响、相互吸纳、相互聚合的一面，从而形成了中国现代诗学场域内诗学本质论、诗学思维论、诗学形式论等有离有合的动态发展的场景。

正因如此，当国家重点学科——上海师范大学比较文学与世界文学研究中心负责人刘耘华教授向我发出邀请，让我撰写由他主编的"比较诗学与比较文化丛书"中的《中国现代诗学导论》一书时，我便决定综合运用结构主义系统论和福柯的权力关系理论，对中国现代诗学场域中的种种关系进行系统考察。

我们把关系性视为中国现代诗学结构的重要特性，是基于我们长期以来对大量具体的中国现代诗学的认识与了解。不同的中国现代诗学思潮、力量在相互碰撞、相互冲突、相互影响的过程中，生成了独特的复合关系结构系统。中国现代诗学的本质就存在于这种复合关系结构中，并由此获得自身的本质规定性。这就要求，我们在认识、理解、阐释什么是中国现代诗学的时候，必须从系统出发，既对中国现代诗学系统与西方诗学、中国古代文论等其他系统彼此间的影响和作用进行系统分析，又要对作为大系统的中国现代诗学与作为子系统的马克思主义诗学、自由主义诗学、保守主义诗学的关系以及作为子系统的马克思主义诗学、自由主义诗学、保守主义诗学之间的相互联系进行系统分析，从而达到对处于共时性和历时性坐标上的中国现代诗学系统的完整、全面的认识与了解。

我们认为，正是马克思主义诗学、自由主义诗学、保守主义诗学的文学本质论、思维论、形式论等构成的这种对立统一关系才生成了中国现代诗学的矛盾张力及其价值所在，也才生成中国现代诗学表征社会现实关系的无限空间。因而，我们依据结构主义系统论和福柯的权力关系理论对中国现代诗学进行系统考察，对于调整中国现代诗学研究的格局，拓展中国现代诗学研究的领域，构建完整、客观、科学的中国现代诗学史观，都具有较为重要的意义。

武汉大学是中国新诗研究的重镇。如果说武汉大学有一个研究新诗的珞珈诗派的话，那么，这个诗派的重要成员理应也是由陆耀东、龙泉明先生等新诗研究大家和他们的弟子所构成。作为龙泉明先生留在武汉大学从事新诗研究的弟子，近二十年来，本人一直谨遵先生的教训，脚踏实地地进行新诗和诗学方面的研究。迄今为止，除了与龙先

后　记

生共同主编了《中国新诗名作导读》以外,本人作为第一作者相继出版了《台湾现代诗与西方现代主义》、《20世纪中国现代主义诗学》、《西方话语与中国新诗现代化》、《跨区域华文诗歌的中国想象》等新诗或诗学研究的著作,主持了教育部社科规划项目《中国现代主义诗学研究》和国家社科基金项目《台湾新世代本土诗人的中国想象研究》。诗比历史更长久。我相信,脚踏实地地不断推出扎实的新诗或诗学研究成果的人比那些玩弄权术、逢迎权术而陶醉在自我制造的各种虚幻的纸帽子游戏中的表演者、魔术师会更长久。

在本书出版之际,我要感谢上海师范大学比较文学与世界文学研究中心负责人刘耘华教授,没有他的支持与帮助,这本书不可能如此顺利地出版。我要感谢《当代文坛》、《上海师范大学学报》、《安徽大学学报》、《中国现当代文学研究丛刊》等核心刊物的编辑,在他们的支持与帮助下,本书中的部分内容被这些具有广泛影响力的核心刊物刊载或全文转载。

本书的撰写分工如下:赵小琪:撰写绪论,并负责本书策划、纲目拟写、统稿和定稿工作。张慧佳:撰写上编。徐旭:撰写中编。孙培培:撰写下编。

赵小琪

2016年5月6日于武汉大学

图书在版编目(CIP)数据

中国现代诗学导论/赵小琪等著.—上海:上海古籍出版社,2018.2
(比较诗学与比较文化丛书)
ISBN 978-7-5325-8706-3

Ⅰ.①中… Ⅱ.①赵… Ⅲ.①诗学-研究-中国 Ⅳ.①I207.2

中国版本图书馆 CIP 数据核字(2018)第 010711 号

比较诗学与比较文化丛书
中国现代诗学导论
赵小琪 张慧佳
徐 旭 孙培培   著

上海古籍出版社出版发行

(上海瑞金二路 272 号 邮政编码 200020)

(1) 网址:www.guji.com.cn
(2) E-mail:gujil@guji.com.cn
(3) 易文网网址:www.ewen.co

浙江临安曙光印务有限公司印刷

开本 787×1092 1/16 印张 23.25 插页 2 字数 413,000
2018 年 2 月第 1 版 2018 年 2 月第 1 次印刷
印数:1—1,500

ISBN 978-7-5325-8706-3
I·3237 定价:96.00 元

如有质量问题,请与承印公司联系